游光中 编著

历代诗词名句鉴赏

四川辞书出版社

图书在版编目(CIP)数据

历代诗词名句鉴赏 / 游光中编著. -- 成都：四川辞书出版社, 2025.6. -- ISBN 978-7-5579-1944-3

Ⅰ. I207.2

中国国家版本馆 CIP 数据核字第 2025865RR1 号

历代诗词名句鉴赏
LIDAI SHICI MINGJU JIANSHANG

游光中　编著

责任编辑 /	李小平　冉梦婷
责任校对 /	张晓梅　王埝儒　张　玮
责任印制 /	肖　鹏
出版发行 /	四川辞书出版社
地　　址 /	成都市锦江区三色路 238 号
邮政编码 /	610023
印　　刷 /	四川森林印务有限责任公司
开　　本 /	700 mm×1000 mm　1/16
版　　次 /	2025 年 6 月第 1 版
印　　次 /	2025 年 6 月第 1 次印刷
印　　张 /	44
字　　数 /	650 千
书　　号 /	ISBN 978-7-5579-1944-3
定　　价 /	58.00 元

·版权所有，翻印必究
·本书如有印装质量问题，请寄回出版社调换
·制作部电话：(028)86361826

前　言

　　中国是一个诗的国度。五千年辉煌灿烂的华夏文明，孕育了从《诗经》到《楚辞》，从唐诗到宋词的数以千万计的优秀诗章。

　　它们或雄浑高古，或豪放飘逸，或冲淡旷达，或深蕴家国情怀……写景则江山如画，抒情则味长韵深，言事则理趣横生，其中名言妙语层出不穷，思想性与艺术性兼美，被誉为诗歌皇冠上的明珠，至今传诵不衰。

　　孔子说，不学诗，无以言。诗是中华文化的精粹，也是华夏民族重要的精神家园：读诗学诗，不但可以启迪我们的智慧，滋养我们的心灵，还能够陶冶我们的情操。

　　腹有诗书气自华。为方便大家学习、品味这些千古名句的绝妙意境和无穷魅力，提升自己的审美情趣和艺术鉴赏力，余不揣谫陋，遴选出版了《历代诗词名句》一书，奉献给读者朋友们。

　　诗词之美，须用身心去体悟，用灵魂去把握，用生命去升华。愿读者朋友们通过本书走进趣味盎然的诗美世界，在陶冶情性，净化心灵的同时，从中获得巨大的精神愉悦和诗意享受。

游光中
于四川大学竹林村
2022 年 12 月

目录

诗歌部分

先 秦

001. 关关雎鸠，在河之洲。
　　 窈窕淑女，君子好逑。　　　　（诗　经）
002. 蒹葭苍苍，白露为霜。
　　 所谓伊人，在水一方。　　　　（诗　经）
003. 桃之夭夭，灼灼其华。
　　 之子于归，宜其室家。　　　　（诗　经）
004. 一日不见，如三秋兮。　　　　（诗　经）
005. 巧笑倩兮，美目盼兮。　　　　（诗　经）
006. 昔我往矣，杨柳依依。
　　 今我来思，雨雪霏霏。　　　　（诗　经）
007. 静女其姝，俟我于城隅。
　　 爱而不见，搔首踟蹰。　　　　（诗　经）
008. 不稼不穑，胡取禾三百廛兮？
　　 不狩不猎，胡瞻尔庭有县貆兮？（诗　经）
009. 硕鼠硕鼠，无食我黍！
　　 三岁贯女，莫我肯顾。　　　　（诗　经）
010. 路曼曼其修远兮，吾将上下而求索。
　　　　　　　　　　　　　　　　（屈　原）
011. 亦余心之所善兮，虽九死其犹未悔。
　　　　　　　　　　　　　　　　（屈　原）
012. 鸟飞反故乡兮，狐死必首丘。　（屈　原）
013. 黄钟毁弃，瓦釜雷鸣。　　　　（楚　辞）

目录

诗歌部分

014. 尺有所短，寸有所长。　　　　　（楚　辞）
015. 悲哉秋之为气也，萧瑟兮草木摇落而变衰。
　　　　　　　　　　　　　　　　　（宋　玉）
016. 风萧萧兮易水寒，壮士一去兮不复还。
　　　　　　　　　　　　　　　　　（荆　轲）

汉　代

017. 大风起兮云飞扬，威加海内兮归故乡，
　　 安得猛士兮守四方！　　　　　　（刘　邦）
018. 力拔山兮气盖世，时不利兮骓不逝。
　　　　　　　　　　　　　　　　　（项　羽）
019. 悲歌可以当泣，远望可以当归。（汉乐府）
020. 少壮不努力，老大徒伤悲。　　（汉乐府）
021. 胡马依北风，越鸟巢南枝。（古诗十九首）

三　国　魏

022. 对酒当歌，人生几何！　　　　　（曹　操）
023. 山不厌高，水不厌深。　　　　　（曹　操）
024. 老骥伏枥，志在千里。
　　 烈士暮年，壮心不已。　　　　　（曹　操）
025. 白骨露于野，千里无鸡鸣。　　　（曹　操）
026. 捐躯赴国难，视死忽如归。　　　（曹　植）
027. 本是同根生，相煎何太急。　　　（曹　植）

晋　代

028. 江南无所有，聊赠一枝春。　　　（陆　凯）

029. 世胄蹑高位，英俊沉下僚。　　　　　　　　　　　　（左　思）
030. 铅刀贵一割，梦想骋良图。　　　　　　　　　　　　（左　思）
031. 何意百炼刚，化为绕指柔。　　　　　　　　　　　　（刘　琨）
032. 采菊东篱下，悠然见南山。　　　　　　　　　　　　（陶渊明）
033. 羁鸟恋旧林，池鱼思故渊。　　　　　　　　　　　　（陶渊明）
034. 盛年不重来，一日难再晨。及时当勉励，岁月不待人。（陶渊明）
035. 刑天舞干戚，猛志固常在。　　　　　　　　　　　　（陶渊明）
036. 奇文共欣赏，疑义相与析。　　　　　　　　　　　　（陶渊明）
037. 茅茨隐不见，鸡鸣知有人。　　　　　　　　　　　　（帛道猷）

南朝宋、齐、梁

038. 池塘生春草，园柳变鸣禽。　　　　　　　　　　　　（谢灵运）
039. 明月照积雪，朔风劲且哀。　　　　　　　　　　　　（谢灵运）
040. 林壑敛暝色，云霞收夕霏。芰荷迭映蔚，蒲稗相因依。（谢灵运）
041. 时危见臣节，世乱识忠良。　　　　　　　　　　　　（鲍　照）
042. 大江流日夜，客心悲未央。　　　　　　　　　　　　（谢　朓）
043. 余霞散成绮，澄江静如练。　　　　　　　　　　　　（谢　朓）
044. 天际识归舟，云中辨江树。　　　　　　　　　　　　（谢　朓）
045. 蝉噪林逾静，鸟鸣山更幽。　　　　　　　　　　　　（王　籍）

北　朝

046. 天苍苍，野茫茫，风吹草低见牛羊。　　　　　　　　（斛律金）

隋　代

047. 人归落雁后，思发在花前。　　　　　　　　　　　　（薛道衡）

唐　代

048. 居高声自远，非是藉秋风。　　　　　　　　　　　　（虞世南）

目 录

诗歌部分

049. 疾风知劲草,板荡识诚臣。 （李世民）
050. 树树皆秋色,山山唯落晖。 （王 绩）
051. 火树银花合,星桥铁锁开。 （苏味道）
052. 前不见古人,后不见来者。 （陈子昂）
053. 明月隐高树,长河没晓天。 （陈子昂）
054. 儿童相见不相识,笑问客从何处来。

（贺知章）

055. 不知细叶谁裁出,二月春风似剪刀。

（贺知章）

056. 海上生明月,天涯共此时。 （张九龄）
057. 海内存知己,天涯若比邻。 （王 勃）
058. 送君还旧府,明月满前川。 （杨 炯）
059. 宁为百夫长,胜作一书生。 （杨 炯）
060. 昔时人已没,今日水犹寒。 （骆宾王）
061. 露重飞难进,风多响易沉。 （骆宾王）
062. 云霞出海曙,梅柳渡江春。 （杜审言）
063. 年年岁岁花相似,岁岁年年人不同。

（刘希夷）

064. 谁谓含愁独不见,更教明月照流黄。

（沈佺期）

065. 近乡情更怯,不敢问来人。 （宋之问）
066. 楼观沧海日,门对浙江潮。 （宋之问）
067. 春江潮水连海平,海上明月共潮生。

（张若虚）

068. 人生代代无穷已，江月年年只相似。　　　　　　　（张若虚）

069. 羌笛何须怨杨柳，春风不度玉门关。　　　　　　　（王之涣）

070. 欲穷千里目，更上一层楼。　　　　　　　　　　　（王之涣）

071. 春眠不觉晓，处处闻啼鸟。　　　　　　　　　　　（孟浩然）

072. 绿树村边合，青山郭外斜。　　　　　　　　　　　（孟浩然）

073. 人事有代谢，往来成古今。　　　　　　　　　　　（孟浩然）

074. 气蒸云梦泽，波撼岳阳城。　　　　　　　　　　　（孟浩然）

075. 野旷天低树，江清月近人。　　　　　　　　　　　（孟浩然）

076. 不才明主弃，多病故人疏。　　　　　　　　　　　（孟浩然）

077. 莫见长安行乐处，空令岁月易蹉跎。　　　　　　　（李　颀）

078. 秦时明月汉时关，万里长征人未还。　　　　　　　（王昌龄）

079. 但使龙城飞将在，不教胡马度阴山。　　　　　　　（王昌龄）

080. 黄沙百战穿金甲，不破楼兰终不还。　　　　　　　（王昌龄）

081. 洛阳亲友如相问，一片冰心在玉壶。　　　　　　　（王昌龄）

082. 玉颜不及寒鸦色，犹带昭阳日影来。　　　　　　　（王昌龄）

083. 忽见陌头杨柳色，悔教夫婿觅封侯。　　　　　　　（王昌龄）

084. 林表明霁色，城中增暮寒。　　　　　　　　　　　（祖　咏）

085. 少小虽非投笔吏，论功还欲请长缨。　　　　　　　（祖　咏）

086. 独在异乡为异客，每逢佳节倍思亲。　　　　　　　（王　维）

087. 草枯鹰眼疾，雪尽马蹄轻。　　　　　　　　　　　（王　维）

088. 泉声咽危石，日色冷青松。　　　　　　　　　　　（王　维）

089. 江流天地外，山色有无中。　　　　　　　　　　　（王　维）

090. 漠漠水田飞白鹭，阴阴夏木啭黄鹂。　　　　　　　（王　维）

091. 明月松间照，清泉石上流。　　　　　　　　　　　（王　维）

092. 大漠孤烟直，长河落日圆。　　　　　　　　　　　（王　维）

093. 渡头余落日，墟里上孤烟。　　　　　　　　　　　（王　维）

094. 劝君更尽一杯酒，西出阳关无故人。　　　　　　　（王　维）

目 录

诗歌部分

095. 红豆生南国，春来发几枝。　　　　（王　维）
096. 九天阊阖开宫殿，万国衣冠拜冕旒。
　　　　　　　　　　　　　　　　　　（王　维）
097. 白云回望合，青霭入看无。　　　　（王　维）
098. 分野中峰变，阴晴众壑殊。　　　　（王　维）
099. 深林人不知，明月来相照。　　　　（王　维）
100. 竹径通幽处，禅房花木深。　　　　（常　建）
101. 峨眉山月半轮秋，影入平羌江水流。
　　　　　　　　　　　　　　　　　　（李　白）
102. 山随平野尽，江入大荒流。　　　　（李　白）
103. 桃花潭水深千尺，不及汪伦送我情。
　　　　　　　　　　　　　　　　　　（李　白）
104. 两岸猿声啼不住，轻舟已过万重山。
　　　　　　　　　　　　　　　　　　（李　白）
105. 蜀道之难，难于上青天。　　　　　（李　白）
106. 两岸青山相对出，孤帆一片日边来。
　　　　　　　　　　　　　　　　　　（李　白）
107. 黄河之水天上来，奔流到海不复回。
　　　　　　　　　　　　　　　　　　（李　白）
108. 举杯邀明月，对影成三人。　　　　（李　白）
109. 长风破浪会有时，直挂云帆济沧海。
　　　　　　　　　　　　　　　　　　（李　白）
110. 黄鹤楼中吹玉笛，江城五月落梅花。
　　　　　　　　　　　　　　　　　　（李　白）

111. 今人不见古时月，今月曾经照古人。　　　　　　　　　　　（李　白）

112. 安能摧眉折腰事权贵，使我不得开心颜。　　　　　　　　　（李　白）

113. 清水出芙蓉，天然去雕饰。　　　　　　　　　　　　　　　（李　白）

114. 巴陵无限酒，醉杀洞庭秋。　　　　　　　　　　　　　　　（李　白）

115. 燕山雪花大如席，片片吹落轩辕台。　　　　　　　　　　　（李　白）

116. 春风知别苦，不遣柳条青。　　　　　　　　　　　　　　　（李　白）

117. 云想衣裳花想容，春风拂槛露华浓。　　　　　　　　　　　（李　白）

118. 飞流直下三千尺，疑是银河落九天。　　　　　　　　　　　（李　白）

119. 孤帆远影碧空尽，唯见长江天际流。　　　　　　　　　　　（李　白）

120. 抽刀断水水更流，举杯消愁愁更愁。　　　　　　　　　　　（李　白）

121. 白发三千丈，缘愁似个长。　　　　　　　　　　　　　　　（李　白）

122. 三山半落青天外，二水中分白鹭洲。　　　　　　　　　　　（李　白）

123. 举头望明月，低头思故乡。　　　　　　　　　　　　　　　（李　白）

124. 相看两不厌，只有敬亭山。　　　　　　　　　　　　　　　（李　白）

125. 浮云游子意，落日故人情。　　　　　　　　　　　　　　　（李　白）

126. 山从人面起，云傍马头生。　　　　　　　　　　　　　　　（李　白）

127. 人烟寒橘柚，秋色老梧桐。　　　　　　　　　　　　　　　（李　白）

128. 海日生残夜，江春入旧年。　　　　　　　　　　　　　　　（王　湾）

129. 醉卧沙场君莫笑，古来征战几人回。　　　　　　　　　　　（王　翰）

130. 晴川历历汉阳树，芳草萋萋鹦鹉洲。　　　　　　　　　　　（崔　颢）

131. 纵使晴明无雨色，入云深处亦沾衣。　　　　　　　　　　　（张　旭）

132. 莫愁前路无知己，天下谁人不识君。　　　　　　　　　　　（高　适）

133. 战士军前半死生，美人帐下犹歌舞！　　　　　　　　　　　（高　适）

134. 潭清疑水浅，荷动知鱼散。　　　　　　　　　　　　　　　（储光羲）

135. 不知近水花先发，疑是经冬雪未销。　　　　　　　　　　　（张　谓）

136. 世人结交须黄金，黄金不多交不深。　　　　　　　　　　　（张　谓）

137. 忽如一夜春风来，千树万树梨花开。　　　　　　　　　　　（岑　参）

目 录

诗歌部分

138. 马上相逢无纸笔，凭君传语报平安。

（岑　参）

139. 今夜偏知春气暖，虫声新透绿窗纱。

（刘方平）

140. 会当凌绝顶，一览众山小。　　　　（杜　甫）
141. 朱门酒肉臭，路有冻死骨。　　　　（杜　甫）
142. 读书破万卷，下笔如有神。　　　　（杜　甫）
143. 翻手作云覆手雨，纷纷轻薄何须数。

（杜　甫）

144. 射人先射马，擒贼先擒王。　　　　（杜　甫）
145. 桃花细逐杨花落，黄鸟时兼白鸟飞。

（杜　甫）

146. 穿花蛱蝶深深见，点水蜻蜓款款飞。

（杜　甫）

147. 感时花溅泪，恨别鸟惊心。　　　　（杜　甫）
148. 烽火连三月，家书抵万金。　　　　（杜　甫）
149. 落日照大旗，马鸣风萧萧。　　　　（杜　甫）
150. 身轻一鸟过，枪急万人呼。　　　　（杜　甫）
151. 渭北春天树，江东日暮云。　　　　（杜　甫）
152. 文章千古事，得失寸心知。　　　　（杜　甫）
153. 蓝水远从千涧落，玉山高并两峰寒。

（杜　甫）

154. 露从今夜白，月是故乡明。　　　　（杜　甫）
155. 文章憎命达，魑魅喜人过。　　　　（杜　甫）

156. 即从巴峡穿巫峡,便下襄阳向洛阳。　　　　　　　　（杜　甫）

157. 细雨鱼儿出,微风燕子斜。　　　　　　　　　　　　（杜　甫）

158. 水流心不竞,云在意俱迟。　　　　　　　　　　　　（杜　甫）

159. 锦江春色来天地,玉垒浮云变古今。　　　　　　　　（杜　甫）

160. 三顾频烦天下计,两朝开济老臣心。　　　　　　　　（杜　甫）

161. 出师未捷身先死,长使英雄泪满襟。　　　　　　　　（杜　甫）

162. 留连戏蝶时时舞,自在娇莺恰恰啼。　　　　　　　　（杜　甫）

163. 随风潜入夜,润物细无声。　　　　　　　　　　　　（杜　甫）

164. 泥融飞燕子,沙暖睡鸳鸯。　　　　　　　　　　　　（杜　甫）

165. 笋根雉子无人见,沙上凫雏傍母眠。　　　　　　　　（杜　甫）

166. 安得广厦千万间,大庇天下寒士俱欢颜。　　　　　　（杜　甫）

167. 新松恨不高千尺,恶竹应须斩万竿。　　　　　　　　（杜　甫）

168. 尔曹身与名俱灭,不废江河万古流。　　　　　　　　（杜　甫）

169. 不薄今人爱古人,清词丽句必为邻。　　　　　　　　（杜　甫）

170. 别裁伪体亲风雅,转益多师是汝师。　　　　　　　　（杜　甫）

171. 两个黄鹂鸣翠柳,一行白鹭上青天。　　　　　　　　（杜　甫）

172. 窗含西岭千秋雪,门泊东吴万里船。　　　　　　　　（杜　甫）

173. 江碧鸟逾白,山青花欲燃。　　　　　　　　　　　　（杜　甫）

174. 江山如有待,花柳自无私。　　　　　　　　　　　　（杜　甫）

175. 为人性僻耽佳句,语不惊人死不休。　　　　　　　　（杜　甫）

176. 五更鼓角声悲壮,三峡星河影动摇。　　　　　　　　（杜　甫）

177. 无边落木萧萧下,不尽长江滚滚来。　　　　　　　　（杜　甫）

178. 江间波浪兼天涌,塞上风云接地阴。　　　　　　　　（杜　甫）

179. 星垂平野阔,月涌大江流。　　　　　　　　　　　　（杜　甫）

180. 正是江南好风景,落花时节又逢君。　　　　　　　　（杜　甫）

181. 吴楚东南坼,乾坤日夜浮。　　　　　　　　　　　　（杜　甫）

182. 笔落惊风雨,诗成泣鬼神。　　　　　　　　　　　　（杜　甫）

目录

诗歌部分

183. 姑苏城外寒山寺，夜半钟声到客船。

(张 继)

184. 柴门闻犬吠，风雪夜归人。　　(刘长卿)

185. 细雨湿衣看不见，闲花落地听无声。

(刘长卿)

186. 曲终人不见，江上数峰青。　　(钱 起)

187. 二十五弦弹夜月，不胜清怨却飞来。

(钱 起)

188. 乍见翻疑梦，相悲各问年。　　(司空曙)

189. 春城无处不飞花，寒食东风御柳斜。

(韩 翃)

190. 春潮带雨晚来急，野渡无人舟自横。

(韦应物)

191. 身多疾病思田里，邑有流亡愧俸钱。

(韦应物)

192. 月黑雁飞高，单于夜遁逃。　　(卢 纶)

193. 三湘衰鬓逢秋色，万里归心对月明。

(卢 纶)

194. 蝴蝶梦中家万里，杜鹃枝上月三更。

(崔 涂)

195. 莫言塞北无春到，总有春来何处知。

(李 益)

196. 洞庭一夜无穷雁，不待天明尽北飞。

(李 益)

197. 不知何处吹芦管,一夜征人尽望乡。　　　　　　　　　（李　益）
198. 谁言寸草心,报得三春晖。　　　　　　　　　　　　　（孟　郊）
199. 青春须早为,岂能长少年。　　　　　　　　　　　　　（孟　郊）
200. 镜破不改光,兰死不改香。　　　　　　　　　　　　　（孟　郊）
201. 志士贫更坚,守道无异营。　　　　　　　　　　　　　（孟　郊）
202. 文章得其微,物象由我裁。　　　　　　　　　　　　　（孟　郊）
203. 曲木忌日影,谗人畏贤明。　　　　　　　　　　　　　（孟　郊）
204. 春风得意马蹄疾,一日看尽长安花。　　　　　　　　　（孟　郊）
205. 诗家清景在新春,绿柳才黄半未匀。　　　　　　　　　（杨巨源）
206. 天势围平野,河流入断山。　　　　　　　　　　　　　（畅　当）
207. 人面不知何处去,桃花依旧笑春风。　　　　　　　　　（崔　护）
208. 复恐匆匆说不尽,行人临发又开封。　　　　　　　　　（张　籍）
209. 今夜月明人尽望,不知秋思落谁家。　　　　　　　　　（王　建）
210. 自是桃花贪结子,错教人恨五更风。　　　　　　　　　（王　建）
211. 天街小雨润如酥,草色遥看近却无。　　　　　　　　　（韩　愈）
212. 欲为圣明除弊事,肯将衰朽惜残年!　　　　　　　　　（韩　愈）
213. 蚍蜉撼大树,可笑不自量。　　　　　　　　　　　　　（韩　愈）
214. 草木知春不久归,百般红紫斗芳菲。　　　　　　　　　（韩　愈）
215. 请君莫奏前朝曲,听唱新翻杨柳枝。　　　　　　　　　（刘禹锡）
216. 城中桃李须臾尽,争似垂杨无限时。　　　　　　　　　（刘禹锡）
217. 东边日出西边雨,道是无晴却有晴。　　　　　　　　　（刘禹锡）
218. 美人首饰侯王印,尽是沙中浪底来。　　　　　　　　　（刘禹锡）
219. 千淘万漉虽辛苦,吹尽狂沙始到金。　　　　　　　　　（刘禹锡）
220. 马思边草拳毛动,雕盼青云睡眼开。　　　　　　　　　（刘禹锡）
221. 芳林新叶催陈叶,流水前波让后波。　　　　　　　　　（刘禹锡）
222. 百胜难虑敌,三折乃良医。　　　　　　　　　　　　　（刘禹锡）
223. 遥望洞庭山水色,白银盘里一青螺。　　　　　　　　　（刘禹锡）

目录

诗歌部分

224. 晴空一鹤排云上，便引诗情到碧霄。
   　　　　　　　　　　　　　　　（刘禹锡）

225. 兴废由人事，山川空地形。　（刘禹锡）

226. 长恨人心不如水，等闲平地起波澜。
   　　　　　　　　　　　　　　　（刘禹锡）

227. 沉舟侧畔千帆过，病树前头万木春。
   　　　　　　　　　　　　　　　（刘禹锡）

228. 山围故国周遭在，潮打空城寂寞回。
   　　　　　　　　　　　　　　　（刘禹锡）

229. 旧时王谢堂前燕，飞入寻常百姓家。
   　　　　　　　　　　　　　　　（刘禹锡）

230. 玄都观里桃千树，尽是刘郎去后栽。
   　　　　　　　　　　　　　　　（刘禹锡）

231. 种桃道士归何处？前度刘郎今又来。
   　　　　　　　　　　　　　　　（刘禹锡）

232. 人世几回伤往事，山形依旧枕寒流。
   　　　　　　　　　　　　　　　（刘禹锡）

233. 莫道桑榆晚，为霞尚满天。　（刘禹锡）

234. 野火烧不尽，春风吹又生。　（白居易）

235. 上穷碧落下黄泉，两处茫茫皆不见。
   　　　　　　　　　　　　　　　（白居易）

256. 天长地久有时尽，此恨绵绵无绝期。
   　　　　　　　　　　　　　　　（白居易）

237. 千呼万唤始出来，犹抱琵琶半遮面。　　　　　　　　　　（白居易）

238. 别有幽愁暗恨生，此时无声胜有声。　　　　　　　　　　（白居易）

239. 同是天涯沦落人，相逢何必曾相识。　　　　　　　　　　（白居易）

240. 乱花渐欲迷人眼，浅草才能没马蹄。　　　　　　　　　　（白居易）

241. 一道残阳铺水中，半江瑟瑟半江红。　　　　　　　　　　（白居易）

242. 风翻白浪花千片，雁点青天字一行。　　　　　　　　　　（白居易）

243. 松排山面千重翠，月点波心一颗珠。　　　　　　　　　　（白居易）

244. 草萤有耀终非火，荷露虽团岂是珠。　　　　　　　　　　（白居易）

245. 试玉要烧三日满，辨材须待七年期。　　　　　　　　　　（白居易）

246. 可怜身上衣正单，心忧炭贱愿天寒。　　　　　　　　　　（白居易）

247. 吊影分为千里雁，辞根散作九秋蓬。　　　　　　　　　　（白居易）

248. 一丛深色花，十户中人赋。　　　　　　　　　　　　　　（白居易）

249. 高者未必贤，下者未必愚。　　　　　　　　　　　　　　（白居易）

250. 安得万里裘，盖裹周四垠。　　　　　　　　　　　　　　（白居易）

251. 四海无闲田，农夫犹饿死。　　　　　　　　　　　　　　（李　绅）

252. 谁知盘中餐，粒粒皆辛苦。　　　　　　　　　　　　　　（李　绅）

253. 若为化作身千亿，散上峰头望故乡。　　　　　　　　　　（柳宗元）

254. 惊风乱飐芙蓉水，密雨斜侵薜荔墙。　　　　　　　　　　（柳宗元）

255. 烟销日出不见人，欸乃一声山水绿。　　　　　　　　　　（柳宗元）

256. 千山鸟飞绝，万径人踪灭。　　　　　　　　　　　　　　（柳宗元）

257. 侯门一入深如海，从此萧郎是路人。　　　　　　　　　　（崔　郊）

258. 因过竹院逢僧话，又得浮生半日闲。　　　　　　　　　　（李　涉）

259. 曾经沧海难为水，除却巫山不是云。　　　　　　　　　　（元　稹）

260. 平生不解藏人善，到处逢人说项斯。　　　　　　　　　　（杨敬之）

261. 秋风生渭水，落叶满长安。　　　　　　　　　　　　　　（贾　岛）

262. 鸟宿池边树，僧敲月下门。　　　　　　　　　　　　　　（贾　岛）

263. 二句三年得，一吟双泪流。　　　　　　　　　　　　　　（贾　岛）

目 录

诗歌部分

264. 怪禽啼旷野,落日恐行人。　　　　　　（贾　岛）
265. 女娲炼石补天处,石破天惊逗秋雨。
　　　　　　　　　　　　　　　　　　　（李　贺）
266. 黑云压城城欲摧,甲光向日金鳞开。
　　　　　　　　　　　　　　　　　　　（李　贺）
267. 遥望齐州九点烟,一泓海水杯中泻。
　　　　　　　　　　　　　　　　　　　（李　贺）
268. 男儿何不带吴钩,收取关山五十州。
　　　　　　　　　　　　　　　　　　　（李　贺）
269. 衰兰送客咸阳道,天若有情天亦老。
　　　　　　　　　　　　　　　　　　　（李　贺）
270. 我有迷魂招不得,雄鸡一声天下白。
　　　　　　　　　　　　　　　　　　　（李　贺）
271. 向前敲瘦骨,犹自带铜声。　　　　　　（李　贺）
272. 大漠沙如雪,燕山月似钩。　　　　　　（李　贺）
273. 潮落夜江斜月里,两三星火是瓜州。
　　　　　　　　　　　　　　　　　　　（张　祜）
274. 海明先见日,江白迥闻风。　　　　　　（张　祜）
275. 溪云初起日沉阁,山雨欲来风满楼。
　　　　　　　　　　　　　　　　　　　（许　浑）
276. 残云归太华,疏雨过中条。　　　　　　（许　浑）
277. 东风不与周郎便,铜雀春深锁二乔。
　　　　　　　　　　　　　　　　　　　（杜　牧）

278. 一骑红尘妃子笑，无人知是荔枝来。　　　　　　　　　（杜　牧）
279. 霓裳一曲千峰上，舞破中原始下来。　　　　　　　　　（杜　牧）
280. 停车坐爱枫林晚，霜叶红于二月花。　　　　　　　　　（杜　牧）
281. 青山隐隐水迢迢，秋尽江南草未凋。　　　　　　　　　（杜　牧）
282. 清明时节雨纷纷，路上行人欲断魂。　　　　　　　　　（杜　牧）
283. 天阶夜色凉如水，坐看牵牛织女星。　　　　　　　　　（杜　牧）
284. 千里莺啼绿映红，水村山郭酒旗风。　　　　　　　　　（杜　牧）
285. 如今风摆花狼藉，绿叶成阴子满枝。　　　　　　　　　（杜　牧）
286. 南山与秋色，气势两相高。　　　　　　　　　　　　　（杜　牧）
287. 商女不知亡国恨，隔江犹唱后庭花。　　　　　　　　　（杜　牧）
288. 江东子弟多才俊，卷土重来未可知。　　　　　　　　　（杜　牧）
289. 蜡烛有心还惜别，替人垂泪到天明。　　　　　　　　　（杜　牧）
290. 鸟去鸟来山色里，人歌人哭水声中。　　　　　　　　　（杜　牧）
291. 鸡声茅店月，人迹板桥霜。　　　　　　　　　　　　（温庭筠）
292. 可怜无定河边骨，犹是春闺梦里人。　　　　　　　　　（陈　陶）
293. 何当共剪西窗烛，却话巴山夜雨时。　　　　　　　　（李商隐）
294. 嫦娥应悔偷灵药，碧海青天夜夜心。　　　　　　　　（李商隐）
295. 春心莫共花争发，一寸相思一寸灰！　　　　　　　　（李商隐）
296. 春蚕到死丝方尽，蜡炬成灰泪始干。　　　　　　　　（李商隐）
297. 身无彩凤双飞翼，心有灵犀一点通。　　　　　　　　（李商隐）
298. 历览前贤国与家，成由勤俭败由奢。　　　　　　　　（李商隐）
299. 桐花万里丹山路，雏凤清于老凤声。　　　　　　　　（李商隐）
300. 夕阳无限好，只是近黄昏。　　　　　　　　　　　　（李商隐）
301. 两岸晓霞千里草，半帆斜日一江风。　　　　　　　　（李商隐）
302. 可怜夜半虚前席，不问苍生问鬼神。　　　　　　　　（李商隐）
303. 庄生晓梦迷蝴蝶，望帝春心托杜鹃。　　　　　　　　（李商隐）
304. 水晶帘动微风起，满架蔷薇一院香。　　　　　　　　　（高　骈）

目录

诗歌部分

305. 同来望月人何处？风景依稀似去年。
 (赵 嘏)

306. 残星几点雁横塞，长笛一声人倚楼。
 (赵 嘏)

307. 芳草有情皆碍马，好云无处不遮楼。
 (罗 隐)

308. 采得百花成蜜后，为谁辛苦为谁甜？
 (罗 隐)

309. 何如买取胡孙弄，一笑君王便著绯。
 (罗 隐)

310. 他年我若为青帝，报与桃花一处开。
 (黄 巢)

311. 天上碧桃和露种，日边红杏倚云栽。
 (高 蟾)

312. 坑灰未冷山东乱，刘项原来不读书。
 (章 碣)

313. 凭君莫话封侯事，一将功成万骨枯。
 (曹 松)

314. 任是深山更深处，也应无计避征徭。
 (杜荀鹤)

315. 今来县宰加朱绂，便是生灵血染成。
 (杜荀鹤)

316. 时人不识凌云木，直待凌云始道高。
 (杜荀鹤)

317. 风暖鸟声碎，日高花影重。　　　　　　　　（杜荀鹤）

318. 苦恨年年压金线，为他人作嫁衣裳。　　　　（秦韬玉）

319. 桑柘影斜春社散，家家扶得醉人归。　　　　（王　驾）

320. 蛱蝶纷纷过墙去，却疑春色在邻家。　　　　（王　驾）

321. 前村深雪里，昨夜一枝开。　　　　　　　　（齐　己）

322. 秋风万里芙蓉国，暮雨千家薜荔村。　　　　（谭用之）

323. 多情只有春庭月，犹为离人照落花。　　　　（张　泌）

324. 山中无历日，寒尽不知年。　　　　　　　　（太上隐者）

325. 有花堪折直须折，莫待无花空折枝。　　　　（无名氏）

326. 山僧不解数甲子，一叶落知天下秋。　　　　（无名氏）

宋　代

327. 年年乞与人间巧，不道人间巧已多。　　　　（杨　朴）

328. 疏影横斜水清浅，暗香浮动月黄昏。　　　　（林　逋）

329. 浮萍破处见山影，小艇归时闻草声。　　　　（张　先）

330. 梨花院落溶溶月，柳絮池塘淡淡风。　　　　（晏　殊）

331. 无可奈何花落去，似曾相识燕归来。　　　　（晏　殊）

332. 要看银山拍天浪，开窗放入大江来。　　　　（曾公亮）

333. 近水楼台先得月，向阳花木早逢春。　　　　（苏　麟）

334. 人家在何许？云外一声鸡。　　　　　　　　（梅尧臣）

335. 春风疑不到天涯？二月山城未见花。　　　　（欧阳修）

336. 始知锁向金笼听，不及林间自在啼。　　　　（欧阳修）

337. 红树青山日欲斜，长郊草色绿无涯。　　　　（欧阳修）

338. 屈平岂要江山助，却是江山遇屈平。　　　　（李　觏）

339. 人言落日是天涯，望极天涯不见家。　　　　（李　觏）

340. 高松漏疏月，落影如画地。　　　　　　　　（文　同）

341. 千门万户曈曈日，总把新桃换旧符。　　　　（王安石）

目 录

诗歌部分

342. 春风又绿江南岸,明月何时照我还。

(王安石)

343. 不畏浮云遮望眼,只缘身在最高层。

(王安石)

344. 一水护田将绿绕,两山排闼送青来。

(王安石)

345. 青山缭绕疑无路,忽见千帆隐映来。

(王安石)

346. 细数落花因坐久,缓寻芳草得归迟。

(王安石)

347. 自古驱民在信诚,一言为重百金轻。

(王安石)

348. 遥知不是雪,为有暗香来。　　(王安石)

349. 看似寻常最奇崛,成如容易却艰辛。

(王安石)

350. 春色恼人眠不得,月移花影上栏杆。

(王安石)

351. 岁老根弥壮,阳骄叶更阴。　　(王安石)

352. 东风忽起垂杨舞,更作荷心万点声。

(刘　攽)

353. 不能手提天下往,何忍身去游其间!

(王　令)

354. 子规夜半犹啼血,不信东风唤不回。

(王　令)

355. 不识庐山真面目，只缘身在此山中。　　　　　　　　　　（苏　轼）
356. 欲把西湖比西子，淡妆浓抹总相宜。　　　　　　　　　　（苏　轼）
357. 人生到处知何似？应似飞鸿踏雪泥。　　　　　　　　　　（苏　轼）
358. 黑云翻墨未遮山，白雨跳珠乱入船。　　　　　　　　　　（苏　轼）
359. 天外黑风吹海立，浙东飞雨过江来。　　　　　　　　　　（苏　轼）
360. 竹外桃花三两枝，春江水暖鸭先知。　　　　　　　　　　（苏　轼）
361. 人似秋鸿来有信，事如春梦了无痕。　　　　　　　　　　（苏　轼）
362. 寒心未肯随春态，酒晕无端上玉肌。　　　　　　　　　　（苏　轼）
363. 春宵一刻值千金，花有清香月有阴。　　　　　　　　　　（苏　轼）
364. 一年好景君须记，正是橙黄橘绿时。　　　　　　　　　　（苏　轼）
365. 只恐夜深花睡去，故烧高烛照红妆。　　　　　　　　　　（苏　轼）
366. 此生此夜不长好，明月明年何处看！　　　　　　　　　　（苏　轼）
367. 有情芍药含春泪，无力蔷薇卧晓枝。　　　　　　　　　　（秦　观）
368. 林梢一抹青如画，应是淮流转处山。　　　　　　　　　　（秦　观）
369. 桃李春风一杯酒，江湖夜雨十年灯。　　　　　　　　　　（黄庭坚）
370. 落木千山天远大，澄江一道月分明。　　　　　　　　　　（黄庭坚）
371. 四顾山光接水光，凭栏十里芰荷香。　　　　　　　　　　（黄庭坚）
372. 晴天摇动清江底，晚日浮沉急浪中。　　　　　　　　　　（陈师道）
373. 满城风雨近重阳，无奈黄花恼意香。　　　　　　　　　　（谢　逸）
374. 蝶衣晒粉花枝舞，蛛网添丝屋角晴。　　　　　　　　　　（张　耒）
375. 隔水飞来鸿阵阔，趁潮归去橹声忙。　　　　　　　　　　（张　耒）
376. 新月已生飞鸟外，落霞更在夕阳西。　　　　　　　　　　（张　耒）
377. 学诗浑似学参禅。　　　　　　　　　　　　　　　　　　（吴　可）
378. 清溪流过碧山头，空水澄鲜一色秋。　　　　　　　　　　（程　颢）
379. 春雨断桥人不度，小舟撑出柳阴来。　　　　　　　　　　（徐　俯）
380. 空嗟覆鼎误前朝，骨朽人间骂未销。　　　　　　　　　　（刘子翚）
381. 桃花嫣然出篱笑，似开未开最有情。　　　　　　　　　　（汪　藻）

目 录

诗歌部分

382. 李杜文章万丈高，就中诗律杜陵豪。

(周紫芝)

383. 生当作人杰，死亦为鬼雄。　　(李清照)

384. 欲将血泪寄山河，去洒东山一抔土。

(李清照)

385. 客子光阴诗卷里，杏花消息雨声中。

(陈与义)

386. 登临自有江山助，岂是胸中不得平。

(洪　适)

387. 绿阴不减来时路，添得黄鹂四五声。

(曾　几)

388. 不愁屋漏床床湿，且喜溪流岸岸深。

(曾　几)

389. 小荷才露尖尖角，早有蜻蜓立上头。

(杨万里)

390. 接天莲叶无穷碧，映日荷花别样红。

(杨万里)

391. 个个诗家各筑坛，一家横割一江山。

(杨万里)

392. 山重水复疑无路，柳暗花明又一村。

(陆　游)

393. 天机云锦用在我，剪裁妙处非刀尺。

(陆　游)

394. 楼船夜雪瓜洲渡,铁马秋风大散关。　　　　　　　　（陆　游）
395. 小楼一夜听春雨,深巷明朝卖杏花。　　　　　　　　（陆　游）
396. 伤心桥下春波绿,曾是惊鸿照影来。　　　　　　　　（陆　游）
397. 夜阑卧听风吹雨,铁马冰河入梦来。　　　　　　　　（陆　游）
398. 纸上得来终觉浅,绝知此事要躬行。　　　　　　　　（陆　游）
399. 琢雕自是文章病,奇险尤伤气骨多。　　　　　　　　（陆　游）
400. 君诗妙处吾能识,尽在山程水驿中。　　　　　　　　（陆　游）
401. 遗民泪尽胡尘里,南望王师又一年。　　　　　　　　（陆　游）
402. 解箨时闻声簌簌,放梢初见叶离离。　　　　　　　　（陆　游）
403. 何方可化身千亿,一树梅前一放翁。　　　　　　　　（陆　游）
404. 砧杵敲残深巷月,井梧摇落故园秋。　　　　　　　　（陆　游）
405. 汝果欲学诗,工夫在诗外。　　　　　　　　　　　　（陆　游）
406. 位卑未敢忘忧国,事定犹须待阖棺。　　　　　　　　（陆　游）
407. 王师北定中原日,家祭无忘告乃翁。　　　　　　　　（陆　游）
408. 洛阳三月花如锦,多少功夫织得成!　　　　　　　　（刘克庄）
409. 但得众生皆得饱,不辞羸病卧残阳。　　　　　　　　（李　纲）
410. 昼出耘田夜绩麻,村庄儿女各当家。　　　　　　　　（范成大）
411. 等闲识得东风面,万紫千红总是春。　　　　　　　　（朱　熹）
412. 问渠哪得清如许?为有源头活水来。　　　　　　　　（朱　熹）
413. 向来枉费推移力,此日中流自在行。　　　　　　　　（朱　熹）
414. 乡村四月闲人少,才了蚕桑又插田。　　　　　　　　（翁　卷）
415. 黄梅时节家家雨,青草池塘处处蛙。　　　　　　　　（赵师秀）
416. 流出西湖载歌舞,回头不似在山时。　　　　　　　　（林　稹）
417. 牧童归去横牛背,短笛无腔信口吹。　　　　　　　　（雷　震）
418. 便觉眼前生意满,东风吹水绿参差。　　　　　　　　（张　栻）
419. 山外青山楼外楼,西湖歌舞几时休。　　　　　　　　（林　升）
420. 春色满园关不住,一枝红杏出墙来。　　　　　　　　（叶绍翁）

目 录

诗歌部分

421. 雕镂太过伤于巧，朴拙惟宜怕近村。

(戴复古)

422. 须教自我胸中出，切忌随人脚后行。

(戴复古)

423. 锦囊言语虽奇绝，不是人间有用诗。

(戴复古)

424. 寻常一样窗前月，才有梅花便不同。

(杜　耒)

425. 林莺啼到无声处，青草池塘独听蛙。

(曹　豳)

426. 花开红树乱莺啼，草长平湖白鹭飞。

(徐元杰)

427. 人生自古谁无死，留取丹心照汗青。

(文天祥)

428. 淡淡著烟浓著月，深深笼水浅笼沙。

(白玉蟾)

429. 宁可枝头抱香死，何曾吹落北风中。

(郑思肖)

430. 梅须逊雪三分白，雪却输梅一段香。

(卢梅坡)

431. 日暮诗成天又雪，与梅并作十分春。

(卢梅坡)

432. 沾衣欲湿杏花雨，吹面不寒杨柳风。

(僧志南)

金　代

433. 信手拈来世已惊，三江衮衮笔头倾。　　　　　　　　（王若虚）
434. 论功若准平吴例，合著黄金铸子昂。　　　　　　　　（元好问）
435. 眼处心生句自神，暗中摸索总非真。　　　　　　　　（元好问）
436. 心画心声总失真，文章宁复见为人。　　　　　　　　（元好问）
437. 文章得失寸心知，千古朱弦属子期。　　　　　　　　（元好问）
438. 一语天然万古新，豪华落尽见真淳。　　　　　　　　（元好问）
439. 鸳鸯绣了从教看，莫把金针度与人。　　　　　　　　（元好问）

元　代

440. 不要人夸好颜色，只留清气满乾坤。　　　　　　　　（王　冕）
441. 湖上画船归欲尽，孤峰犹带夕阳红。　　　　　　　　（尹廷高）

明　代

442. 徐行不记山深浅，一路莺啼送到家。　　　　　　　　（杨　基）
443. 粉骨碎身全不怕，要留清白在人间。　　　　　　　　（于　谦）
444. 清风两袖朝天去，免得闾阎话短长。　　　　　　　　（于　谦）
445. 但愿苍生俱饱暖，不辞辛苦出山林。　　　　　　　　（于　谦）
446. 夜船歌舞处，人在镜中行。　　　　　　　　　　　　（张　宁）
447. 平沙浅草连天远，落日孤城隔水看。　　　　　　　　（李东阳）
448. 平生不敢轻言语，一叫千门万户开。　　　　　　　　（唐　寅）
449. 地敞中原秋色尽，天开万里夕阳空。　　　　　　　　（李攀龙）
450. 一年三百六十日，多是横戈马上行。　　　　　　　　（戚继光）
451. 消得春风多少力，带将儿辈上青天。　　　　　　　　（徐　渭）
452. 我生待明日，万事成蹉跎。　　　　　　　　　　　　（文　嘉）
453. 当知雨亦愁抽税，笑语江南申渐高。　　　　　　　　（汤显祖）
454. 裹尸马革英雄事，纵死终令汗竹香。　　　　　　　　（张家玉）

目录

诗歌部分

清代

455. 柳叶乱飘千尺雨,桃花斜带一溪烟。

(吴伟业)

456. 恸哭六军俱缟素,冲冠一怒为红颜。

(吴伟业)

457. 死犹未肯输心去,贫亦其能奈我何。

(黄宗羲)

458. 不信江南百万户,锄耰只向陇头耕。

(归 庄)

459. 五载输粮女真国,天全我志独无田。

(归 庄)

460. 老柏摇新翠,幽花茁晚香。 (顾炎武)

461. 走出门前炎日里,偷闲一刻是乘凉。

(吴嘉纪)

462. 大江流汉水,孤艇接残春。 (费 密)

463. 他日差池春燕影,只今憔悴晚烟痕。

(王士禛)

464. 十日雨丝风片里,浓春烟景似残秋。

(王士禛)

465. 好是日斜风定后,半江红树卖鲈鱼。

(王士禛)

466. 晚趁寒潮渡江去,满林黄叶雁声多。

(王士禛)

467. 吴楚青苍分极浦，江山平远入新秋。　　　　　　（王士禛）
468. 风收云散波乍平，倒转青天作湖底。　　　　　　（查慎行）
469. 丝缫细雨沾衣润，刀剪良苗出水齐。　　　　　　（查慎行）
470. 世间何物催人老，半是鸡声半马蹄。　　　　　　（王九龄）
471. 马后桃花马前雪，出关争得不回头？　　　　　　（徐　兰）
472. 千磨万击还坚劲，任尔东西南北风。　　　　　　（郑　燮）
473. 冗繁削尽留清瘦，画到生时是熟时。　　　　　　（郑　燮）
474. 新竹高于旧竹枝，全凭老干为扶持。　　　　　　（郑　燮）
475. 衙斋卧听萧萧竹，疑是民间疾苦声。　　　　　　（郑　燮）
476. 写取一枝清瘦竹，秋风江上作渔竿。　　　　　　（郑　燮）
477. 不依古法但横行，自有云雷绕膝生。　　　　　　（袁　枚）
478. 爱好由来落笔难，一诗千改始心安。　　　　　　（袁　枚）
479. 寒衣针线密，家信墨痕新。　　　　　　　　　　（蒋士铨）
480. 满眼生机转化钧，天工人巧日争新。　　　　　　（赵　翼）
481. 江山代有才人出，各领风骚数百年。　　　　　　（赵　翼）
482. 矮人看戏何曾见，都是随人说短长。　　　　　　（赵　翼）
483. 日暮平原风过处，菜花香杂豆花香。　　　　　　（王文治）
484. 全家都在风声里，九月衣裳未剪裁。　　　　　　（黄景仁）
485. 惨惨柴门风雪夜，此时有子不如无。　　　　　　（黄景仁）
486. 悄立市桥人不识，一星如月看多时。　　　　　　（黄景仁）
487. 深处种菱浅种稻，不深不浅种荷花。　　　　　　（阮　元）
488. 敢为常语谈何易，百炼工纯始自然。　　　　　　（张问陶）
489. 天籁自鸣天趣足，好诗不过近人情。　　　　　　（张问陶）
490. 百分桃花千分柳，冶红妖翠画江南。　　　　　　（张问陶）

近　代

491. 苟利国家生死以，岂因祸福避趋之。　　　　　　（林则徐）
492. 千红万紫安排着，只待新雷第一声。　　　　　　（张维屏）

目 录

诗歌部分

493. 我劝天公重抖擞，不拘一格降人才。

（龚自珍）

494. 落红不是无情物，化作春泥更护花。

（龚自珍）

495. 新蒲新柳三年大，便与儿孙作屋梁。

（龚自珍）

496. 国赋三升民一斗，屠牛那不胜栽禾。

（龚自珍）

497. 避席畏闻文字狱，著书都为稻粱谋。

（龚自珍）

498. 四海变秋气，一室难为春。 （龚自珍）

499. 我自横刀向天笑，去留肝胆两昆仑。

（谭嗣同）

500. 河流大野犹嫌束，山入潼关不解平。

（谭嗣同）

501. 临命须掺手，乾坤只两头。 （章炳麟）

502. 诗界千年靡靡风，兵魂销尽国魂空。

（梁启超）

503. 谁怜爱国千行泪，说到胡尘意不平。

（梁启超）

504. 拼将十万头颅血，须把乾坤力挽回。

（秋　瑾）

505. 一腔热血勤珍重，洒去犹能化碧涛。

（秋　瑾）

目 录

词部分

唐 代

001. 西塞山前白鹭飞，桃花流水鳜鱼肥。（张志和）
002. 日出江花红胜火，春来江水绿如蓝。（白居易）
003. 山月不知心里事，水风空落眼前花。（温庭筠）
004. 过尽千帆皆不是，斜晖脉脉水悠悠。（温庭筠）
005. 当年还自惜，往事那堪忆？（温庭筠）
006. 江上柳如烟，雁飞残月天。（温庭筠）
007. 人人尽说江南好，游人只合江南老。（韦 庄）
008. 千山万水不曾行，魂梦欲教何处觅？（韦 庄）
009. 不知魂已断，空有梦相随。
　　 除却天边月，没人知。（韦 庄）

五 代

010. 换我心，为你心，始知相忆深。（顾 敻）
011. 风乍起，吹皱一池春水。（冯延巳）
012. 梅花繁枝千万片，犹自多情，
　　 学雪随风转。（冯延巳）
013. 细雨梦回鸡塞远，小楼吹彻玉笙寒。（李 璟）
014. 春花秋月何时了，往事知多少？（李 煜）
015. 问君能有几多愁？恰似一江春水向东流。
　　　　　　　　　　　　　　　　（李 煜）
016. 剪不断，理还乱，是离愁。
　　 别是一般滋味在心头。（李 煜）

目录

词部分

017. 离恨恰如春草,更行更远还生。　　　(李　煜)

018. 人生愁恨何能免?销魂独我情何限!
　　　　　　　　　　　　　　　　　　(李　煜)

019. 别时容易见时难。流水落花春去也,
　　　天上人间。　　　　　　　　　　(李　煜)

020. 寻春须是先春早,看花莫待花枝老。
　　　　　　　　　　　　　　　　　　(李　煜)

宋　代

021. 弄潮儿向涛头立,手把红旗旗不湿。
　　　　　　　　　　　　　　　　　　(潘　阆)

022. 碧云天,黄叶地,秋色连波,波上寒烟翠。
　　　　　　　　　　　　　　　　　　(范仲淹)

023. 多情自古伤离别,更那堪、冷落清秋节。
　　　　　　　　　　　　　　　　　　(柳　永)

024. 衣带渐宽终不悔,为伊消得人憔悴。
　　　　　　　　　　　　　　　　　　(柳　永)

025. 何须论得丧?才子词人,自是白衣卿相。
　　　　　　　　　　　　　　　　　　(柳　永)

026. 有三秋桂子,十里荷花。　　　　　(柳　永)

027. 沙上并禽池上暝,云破月来花弄影。
　　　　　　　　　　　　　　　　　　(张　先)

028. 天不老,情难绝。心似双丝网,中有千千结。
　　　　　　　　　　　　　　　　　　(张　先)

029. 昨夜西风凋碧树，独上高楼，望尽天涯路。　　　　　　（晏　殊）
030. 无情不似多情苦，一寸还成千万缕。　　　　　　　　　（晏　殊）
031. 劝君看取利名场，今古梦茫茫。　　　　　　　　　　　（晏　殊）
032. 绿杨烟外晓寒轻，红杏枝头春意闹。　　　　　　　　　（宋　祁）
033. 人生自是有情痴，此恨不关风与月。　　　　　　　　　（欧阳修）
034. 今年花胜去年红。可惜明年花更好，知与谁同？　　　　（欧阳修）
035. 月上柳梢头，人约黄昏后。　　　　　　　　　　　　　（欧阳修）
036. 相见争如不见，有情何似无情。　　　　　　　　　　　（司马光）
037. 千里澄江似练，翠峰如簇。　　　　　　　　　　　　　（王安石）
038. 忽忆故人今总老。贪梦好，茫然忘了邯郸道。　　　　　（王安石）
039. 相思本是无凭语，莫向花笺费泪行。　　　　　　　　　（晏几道）
040. 天涯岂是无归意，争奈归期未有期。　　　　　　　　　（晏几道）
041. 水是眼波横，山是眉峰聚。　　　　　　　　　　　　　（王　观）
042. 大江东去，浪淘尽、千古风流人物。　　　　　　　　　（苏　轼）
043. 人有悲欢离合，月有阴晴圆缺，此事古难全。
　　　但愿人长久，千里共婵娟。　　　　　　　　　　　（苏　轼）
044. 此生此夜不长好，明月明年何处看？　　　　　　　　　（苏　轼）
045. 长恨此身非我有，何时忘却营营？　　　　　　　　　　（苏　轼）
046. 万事到头都是梦，休休。明日黄花蝶也愁。　　　　　　（苏　轼）
047. 枝上柳绵吹又少，天涯何处无芳草！　　　　　　　　　（苏　轼）
048. 谁道人生无再少？门前流水尚能西，休将白发唱黄鸡。　（苏　轼）
049. 日日思君不见君，共饮长江水。　　　　　　　　　　　（李之仪）
050. 天涯也有江南信，梅破知春近。　　　　　　　　　　　（黄庭坚）
051. 春无踪迹谁知？除非问取黄鹂。　　　　　　　　　　　（黄庭坚）
052. 两情若是久长时，又岂在朝朝暮暮？　　　　　　　　　（秦　观）
053. 雾失楼台，月迷津渡，桃源望断无寻处。　　　　　　　（秦　观）
054. 自在飞花轻似梦，无边丝雨细如愁。　　　　　　　　　（秦　观）
055. 若问闲愁都几许？一川烟草，满城风絮，梅子黄时雨。　（贺　铸）

目 录

词部分

056. 当年不肯嫁春风,无端却被秋风误。
              (贺　铸)

057. 人如风后入江云,情似雨馀粘地絮。
              (周邦彦)

058. 沉思前事,似梦里,泪暗滴。　　(周邦彦)

059. 莫听古人闲话语,终归失马亡羊。
   自家肠肚自端详。　　　　　　(朱敦儒)

060. 青史几番春梦,黄泉多少奇才。
   不须计较与安排,领取而今现在。(朱敦儒)

061. 此情无计可消除,才下眉头,却上心头。
              (李清照)

062. 莫道不消魂,帘卷西风,人比黄花瘦。
              (李清照)

063. 乍暖还寒时候,最难将息。　　(李清照)

064. 枕上诗书闲处好,门前风景雨来佳。
              (李清照)

065. 天意从来高难问,况人情、老易悲难诉。
              (张元干)

066. 醉眼冷看城市闹。烟波老,谁能惹得闲烦恼!
              (张元干)

067. 莫等闲,白了少年头,空悲切!　(岳　飞)

068. 无意苦争春,一任群芳妒。　　(陆　游)

069. 零落成泥碾作尘,只有香如故。(陆　游)

070. 世路如今已惯,此心到处悠然。(张孝祥)

071. 远山眉黛横,媚柳开青眼。　　(张孝祥)

072. 想当年，金戈铁马，气吞万里如虎。　　　　　　　　　　（辛弃疾）
073. 青山遮不住，毕竟东流去。　　　　　　　　　　　　　　（辛弃疾）
074. 众里寻他千百度，蓦然回首，那人却在、灯火阑珊处！　　（辛弃疾）
075. 千古兴亡多少事？悠悠。不尽长江滚滚流！　　　　　　　（辛弃疾）
076. 天下英雄谁敌手？曹刘。生子当如孙仲谋！　　　　　　　（辛弃疾）
077. 斫去桂婆娑，人道是清光更多。　　　　　　　　　　　　（辛弃疾）
078. 稻花香里说丰年，听取蛙声一片。　　　　　　　　　　　（辛弃疾）
079. 近来始觉古人书，信着全无是处。　　　　　　　　　　　（辛弃疾）
080. 心肝吐尽无余事，口腹安然岂远谋。　　　　　　　　　　（陈　亮）
081. 未必古人皆是，未必今人俱错，世事沐猴冠。　　　　　　（刘　过）
082. 纵豆蔻词工，青楼梦好，难赋深情。　　　　　　　　　　（姜　夔）
083. 春未绿，鬓先丝，人间别久不成悲。　　　　　　　　　　（姜　夔）
084. 贾岛形模元自瘦，杜陵言语不妨村。　　　　　　　　　　（戴复古）
085. 未必人间无好汉，谁与宽些尺度？　　　　　　　　　　　（刘克庄）
086. 楼前绿暗分携路，一丝柳，一寸柔情。　　　　　　　　　（吴文英）
087. 落絮无声春堕泪，行云有影月含羞。东风临夜冷于秋。　　（吴文英）
088. 惟诗也，是乾坤清气，造物须悭。　　　　　　　　　　　（陈人杰）
089. 镜里朱颜都变尽，只有丹心难灭！　　　　　　　　　　　（文天祥）
090. 流光容易把人抛，红了樱桃，绿了芭蕉。　　　　　　　　（蒋　捷）

金　代

091. 敢向青天问明月：算应无恨，安用暂圆还缺？
　　愿人长似、月圆时节。　　　　　　　　　　　　　　　（李俊民）
092. 问世间、情是何物？直教生死相许！　　　　　　　　　　（元好问）
093. 浩歌一曲酒千钟。男儿行处是，未要论穷通。　　　　　　（元好问）
094. 月自于人无意，人被月明催老，千古共悠悠。　　　　　　（段克己）

元　代

095. 江山王气空千劫，桃李春风又一年。　　　　　　　　　　（耶律楚材）

目 录

词部分

096. 念老来生业，无他长技；欲期安稳，敢避崎岖。达士声名，贵家骄蹇，此好胸中一点然处，有膝前儿女，几上诗书。　　（许　衡）

097. 虚道人生归去好，谁知美事难双得。
　　　　　　　　　　　　　　　（许　衡）

098. 恋杀青山人不去，青山未必留人。（白　朴）

明 代

99. 记取春来杨柳，风流全在轻黄。　（杨　基）

100. 滚滚长江东逝水，浪花淘尽英雄。是非成败转头空，青山依旧在，几度夕阳红。
　　　　　　　　　　　　　　　（杨　慎）

101. 一番风雨一番情。几度销魂还未了，又是清明。　　　　　　　　　（陈子龙）

清 代

102. 天下事，少年心，分明点点深。（王夫之）

103. 别来世事一番新，只吾徒犹昨！（陈维崧）

104. 不师秦七，不师黄九，倚新声、玉田差近。
　　　　　　　　　　　　　　　（朱彝尊）

105. 一往情深深几许？深山夕阳深秋雨。
　　　　　　　　　　　　　　（纳兰性德）

106. 等闲变却故人心，却道故心人易变。
　　　　　　　　　　　　　　（纳兰性德）

诗歌

先秦

**001　关关雎鸠，在河之洲。
　　　窈窕淑女，君子好逑。**

《诗经》简介：

　　《诗经》是中国最早的一部诗歌总集，产生于公元前11世纪～前6世纪。大部分是东周时代的作品。收诗歌305篇，分为风、雅、颂三类。

　　风包括周南、召南、邶、鄘、卫、王、郑、齐、魏、唐、秦、陈、桧、曹、豳等15部分，简称国风，共160篇。大部分是民间歌谣，小部分是贵族作品。

　　雅分大雅、小雅，共105篇。小雅大部分是贵族作品，小部分是民间歌谣。大雅全是贵族作品，其中有叙事诗、祭祀诗。颂有周颂、鲁颂、商颂，共40篇。这些诗多半是当时的统治者用于宗庙祭祀的乐歌，也都是贵族的作品。

注释：

1. 选自《诗经·周南·关雎》：
　　关关雎鸠，在河之洲。窈窕淑女，君子好逑。
　　参差荇菜，左右流之。窈窕淑女，寤寐求之。
　　求之不得，寤寐思服。悠哉游哉，辗转反侧。
　　参差荇菜，左右采之。窈窕淑女，琴瑟友之。
　　参差荇菜，左右芼之。窈窕淑女，钟鼓乐之。
2. 周南：西周初期，周公旦统治东都洛邑（今河南省洛阳东北）一带各诸侯。周南是周公统治下的南方（今洛阳以南到湖北）的诗歌。关雎：篇名。诗经每篇用第一句里的几个字（一般是两个字）作篇名。
3. 关关：鸟的和鸣声。　雎鸠：一种水鸟。　洲：水中的陆地。
4. 窈窕：美好的样子。　淑：品德好。　逑：配偶。

品鉴　这是一首非常生动的情歌。主要写一个青年男子思慕一位在河边采摘野菜的姑娘，并想方设法去追求她，表现了率真大胆的情感。

　　"关关雎鸠，在河之洲，窈窕淑女，君子好逑"。大意是：诗人爱慕一个年轻美丽的姑娘，朝朝暮暮思念她。这天他来到河边的沙洲上，清清的河水从身边流过，长短不齐的荇菜在沙洲上绿绿地长着，白色的沙滩上，雎鸠鸟在树木丛中嬉戏游玩，一对对、一双双相互鸣叫，听着它们欢乐的叫声，感到它们是那样的幸福自在。这情景、这声音引起了诗人的共鸣，拨动了他心中那根敏感的爱情之弦。他想起了日夜思念的那个姑娘，她那么美丽，那么贤惠，如果能得到她做妻子的话，她将是自己一生中最好的人生伴侣。

然而，要追求到一个既漂亮又贤德的女子，是很不容易的。所以诗的后面写了主人公用琴瑟作乐来表达自己的爱意，用钟鼓奏乐来使她快乐，梦想着得到她的爱情。

《诗经》的主要表现手法有三种：即赋、比、兴。兴是从触动情怀的景物写起，通常叫做起兴。这四句从河边雎鸠的相互和鸣受到触动，产生了对美丽姑娘思念、追求的强烈愿望，这种手法，就是诗歌创作中常用的"起兴"手法。

002 蒹葭苍苍，白露为霜。所谓伊人，在水一方。

注释：

1. 选自《诗经·秦风·蒹葭》（节录）："蒹葭苍苍，白露为霜。所谓伊人，在水一方。溯洄从之，道阻且长；溯游从之，宛在水中央。"秦：在今陕西、甘肃一带。
2. 蒹葭：芦苇。 苍苍：茂盛的样子。
3. 伊人：那人。伊：指示代词。
4. 在水一方：在河的另一边。

品鉴 这是一首怀念意中人的诗歌。诗人追寻心中思念的姑娘，但她却可望而不可即，最终诗人还是未能得到她，因此这首诗表现了终未成功的遗憾和惆怅的心境。

"蒹葭苍苍，白露为霜。所谓伊人，在水一方"。这是诗的开头四句。

首二句点明季节。秋天到了，芦苇在水中长得十分茂密，刚下过一场秋霜，青色的苇叶上铺着一层薄薄的轻霜。雪白的苇花在秋风中摇曳，秋水潺潺地流向远方。它勾勒出一幅写意式的画面，意境非常优美，非常富有想象力，从而为全诗那种扑朔迷离的境界提供了想象的线索。后二句"所谓伊人，在水一方"，指诗人自己所思念的那个姑娘，却在水的另一边，两人相距甚远，诗人能够看见她，却不能接近她，表明这种单方面深情的思念，并未赢得姑娘的芳心，所以诗句流露出一种莫名的惆怅和遗憾。

后面的诗句，也都采用了同样的比喻手法。只是诗人的比喻非常巧妙，以至于读者分不清诗中描写的是比喻呢还是实景。我们仿佛看到，在一个秋天的早晨，那个被爱情苦苦困扰的人，踏着未干的秋霜，拨开岸边的芦苇，去追求他的梦幻和理想。

"在水一方"四字，是全篇的中心。虽然仅仅只有四个字，却不仅以朴素的语言传神地描绘出意中人那远远的身影，同时还进一步扩展了画面，让读者仿佛跟随诗人看见了芦苇前面浩渺的水面，正是这水面造成了诗人与伊人之间的阻隔，不能声息相通，同时也从艺术塑造美的角度，让伊人的身影具有一种朦胧迷离的美，若虚若幻，可望而不可即。

"在水一方"及后面的"宛在水中央"，有两层意思：一是表达了一种诗境，诗中美丽的伊人始终若即若离，似乎看得见，闻得着，可就是摸不着，走不近她，这是生活中的距离。诗人写这种生活中的距离，目的在于暗示一种心理上的距离，即诗人尽管在努力追寻她，可两人的心并不相通，她并不心属诗人，以至于让诗人感到不能接近她，更不可能得到她。这种写法，笔触洗练，描绘出的画面情景交融，富于诗意的含蓄美，具有一唱三叹的艺术效果。二是它完美地表现了经过艰辛的追求而仍然无法实现的惆怅心绪和失落的情感。

003 桃之夭夭，灼灼其华。
之子于归，宜其室家。

注释：

1. 选自《诗经·周南·桃夭》：

  桃之夭夭，灼灼其华。之子于归，宜其室家。
  桃之夭夭，有蕡其实。之子于归，宜其家室。
  桃之夭夭，其叶蓁蓁。之子于归，宜其家人。

2. 夭夭：少壮的样子。　灼灼：花盛开的样子。形容桃花火一般地红艳。　华：同"花"。
3. 之子：这个女子。之：这，指示代词。子：指女子。　于归：出嫁。于：动词词头。归：本义为出嫁。后世用"于归"指出嫁。
4. 宜：和顺，使家庭和顺，用如动词，使动用法。　室家：家庭。

品鉴　　这是一首祝贺女子出嫁的轻快活泼的小诗。诗人热烈赞美新娘，祝她婚后生活幸福，展现了一幅乡村嫁娶的风俗画。

  "桃之夭夭，灼灼其华。之子于归，宜其室家"。前面两句，是诗人看见桃花火红，鲜艳绚烂，联想到姑娘即将出嫁，触景生情而起兴，同时，也是用桃花的鲜明形象来比喻姑娘的美丽，光艳照人。这里用的方法，是兴兼比的表现手法。仅仅八个字，便把少女外在的美凸现了出来。后面两句，从赞扬姑娘的外在美到歌颂姑娘的内在美，进一步赞扬少女贤淑的品行，夸她嫁过去后，能使家庭和顺、美满。这样，一个外貌俊美、性格温柔、品格贤惠的少女形象就活灵活现地展现在了读者的面前。

  诗句中"夭夭""灼灼"等词的选用，色彩十分亮丽，给人一种充满希望、富有勃勃生机的鲜明意象，为姑娘出嫁做好了铺垫，为双方亲朋好友的美好祝福渲染了气氛。它的象征意义十分明白：这是个好姑娘，她嫁过去，不仅能使家庭和美幸福，其乐融融，而且这美满的爱情一定会像这鲜艳的桃花一样，枝叶繁茂，结出丰美的果实。

  这样的祝愿，水到渠成，十分自然贴切，淳朴直率，正是俊男靓女嫁娶时应有的祝福和希望，表达了民间建立幸福家庭的美好愿望，富有浓郁的乡土气息。

004　一日不见，如三秋兮。

注释：

1. 选自《诗经·王风·采葛》：

    彼采葛兮，一日不见，如三月兮！
    彼采萧兮，一日不见，如三秋兮！
    彼采艾兮，一日不见，如三岁兮！

2. 王风：周平王迁洛邑，建立东周，领土在今洛阳一带。东周王国境内的诗歌就叫王风。　葛：植物名。萧、艾也是植物名，指同一个姑娘做的不同的三件事情。

3. 秋：年。余冠英《诗经选》："通常以一秋为一年，谷熟为秋，谷类多一年一熟。古人说'今秋'、'来秋'，就是今年、来年。在这首诗里'三秋'该长于'三月'，短于'三岁'，义同三季，就是九个月。"

品鉴　这是一首表现主人公思念意中人的情歌。在这首情歌中，一位正在热恋中的小伙子，热切地抒发了他对心爱姑娘的思念和期盼之情。对于热恋中的情人，分离是一件非常痛苦的事情。哪怕只是短暂的分离，在心理的感觉上，也是十分漫长的。而且，处于分离中的情人，会被思念煎熬得食不知味，睡不安寝，终日惶惶，难以忍耐。

"一日不见，如三秋兮"两句，就以艺术的夸张，恰切地表达了主人公对恋人因热烈的爱而引起的难以忍耐的思念之情。大意是：心爱的姑娘，我是多么的想念你啊！一天没有见到你的身影，没有听到你悦耳的声音，就像隔了三年没有见到你一样，这样的日子，真是令人痛苦难熬啊！诗句语言浅近，如同口语，但情深意切，感情强烈，一股强烈真挚的思念之情跃然而出。从整首诗来看，艺术手法上采用了重章迭唱的方法，反复咏唱同一内容，一唱三叹，反复强调，以充分抒发思想感情，具有强烈的艺术感染力，达到了动人心魄的艺术效果。

后人常用这两句诗来表达对情人无比深切的思念之情。成语"一日三秋"就是来源于这两句诗。

005　巧笑倩兮，美目盼兮。

注释：

1. 选自《诗经·卫风·硕人》（节录）："手如柔荑，肤如凝脂，领如蝤蛴，齿如瓠犀，螓首蛾眉。巧笑倩兮，美目盼兮。"卫：在今河南北部及河北南部地区。硕人：美人。
2. 巧笑：指俏丽巧妙的笑容。　倩：形容巧笑时有一对酒窝儿，又露出洁白的牙齿，异常美丽动人。
3. 美目：美丽的眼睛，明丽的眸子。　盼：形容眼睛黑白分明，眼波流动有情。

品鉴　这首诗，传说是赞美卫庄公夫人庄姜的。齐侯之女庄姜刚嫁到卫国时，人们惊叹她的美丽和尊贵，便写了这首诗来称颂她。

"巧笑倩兮，美目盼兮"两句，描写庄姜一颦一笑的动人神态，是自古以来描写美女最富有灵感和生气的经典诗句。大意是：俊俏的脸蛋一笑便露出两个迷人的酒窝，是那么美好；美丽的眼睛黑白分明，流波四顾，多情动人。

诗句传神地摹写出了庄姜的风神秀韵，有动作，有表情，犹如画龙点睛，把人画活了。仅仅八个字，就把一个美女活鲜鲜地呈现在了读者面前，呼之欲出。

这两句诗是全诗的灵魂所在。如果没有这两句诗，不管用多少赞美的词来写庄姜的美，都将是苍白的，缺乏感染力的。我们试加分析，全诗共分四段（古人常称为章），这两句诗出自第二段。第一段开始写庄姜出身高贵，外表俊美，服饰华丽。接下来进一步用工笔摹写其形象之美：手指白嫩，肤色光润细腻，脖颈长而白皙，牙齿洁白整齐，额头宽阔方正，眉毛像蚕蛾的须一样弯细秀美。这里一连用了六个比喻，具体描写庄姜的手、肤、颈、齿、额、眉的静态的美，使读者初略感受到了人物的外在形象。但这些意象的堆加，并没有把人物写活，我们看到的，仍然只是片面的、单调的、没有立体感的人物。人物还缺乏灵魂和生气。

这个灵魂和生气，就在"巧笑倩兮，美目盼兮"两句诗中。一个女性有了这样的美，才是活的美，能令人心摇神驰的美。

清人孙联奎在《诗品臆说》里评价说："至曰：'巧笑倩兮，美目盼兮'，则传神写照，正在阿堵，直把个绝世美人活活地请出来在书本上滉漾。千载而下，犹如亲其笑貌。"

"巧笑倩兮，美目盼兮"两句，准确而形象地活画出了庄姜美的神韵，历来有"美人图"之称。后代的人们，也常用这两句诗来形容女性的神态美，是中国千百年来最早描写女性美、也是描写得最传神的名句。曹植《洛神赋》"秾纤得中，修短合度"、白居易《长恨歌》"回眸一笑百媚生，六宫粉黛无颜色"，都明显受其影响，以其为蓝本。

006　昔我往矣，杨柳依依。今我来思，雨雪霏霏。

注释：

1. 选自《诗经·小雅·采薇》（节录）："昔我往矣，杨柳依依。今我来思，雨雪霏霏。行道迟迟，载渴载饥。我心伤悲，莫知我哀。"
2. 昔：指出征时。
3. 依依：茂盛的样子。一说，依恋的样子。
4. 思：语末助词。
5. 霏霏：雪下得很大的样子。

品鉴　这是一首抒发下层士兵征战之情的诗歌。"昔我往矣"四句是本诗中的最后一章，也是全诗的精华所在。

"昔我往矣，杨柳依依。今我来思，雨雪霏霏"。当时诸侯征战，边患不断，战士们经常出征打仗。现在，边患虽然没有完全消除，但诗中主人公终于幸存下来，即将回到自己的家乡了。回想出征时，正是春光明媚、东风杨柳牵衣拂面的美好季节，战士们心中无不包含着对故乡、对亲人的依恋之情，依依难舍！而今天归来，一路上雨雪交加，战士们亦悲亦喜，心中却有许多难言的迷惘和惆怅！一同出征的战友，有的战死疆场，马革裹尸，永远回不来了；有的受了伤，成了残疾；有的升迁了；有的在相思中煎熬，痛苦不堪……这种战罢归来的感触，触景生情，别有一番滋味在心头，不是一般的言语能够说得清、道得明的。

然而这几句诗，巧妙地以杨柳、雨雪等景物和时令来衬托人物的内心活动，将这种复杂的情愫，惟妙惟肖地表达了出来。之所以能达到如此契合无垠的妙境，是因为诗人采用了反衬的艺术手法。离家远征时，内心本自凄苦，但诗人却以"乐景"写哀情，描写春光明媚，杨柳依依，景色宜人；而战罢归来时，本应高兴，诗人却以"哀景"写乐情，描写雨雪霏霏，寒冷凄苦，令人伤感。这种情与景错位互逆的写法，形成了鲜明的反差，使哀情更哀，乐情不乐，意境高妙，韵味无穷，增强了诗句的感染力量。

这几句诗历来被诗家推崇为写景抒情的名句，对后世的影响十分深远。南朝宋刘义庆《世说新语·文学》说它是《诗经》中最好的句子。还有人说它是《诗经》中的压卷之作。从汉魏以来，就一直有人模仿这两联诗，如三国魏曹植的"昔我初迁，朱华未希；今我旋止，素雪云飞"是其中最为典型的一例。不过，纵观后来的模拟之作，始终无出其右者，不论情趣天然，还是人物心态神韵，都不如原诗那么含蓄深永，富有韵味。

这几句诗还被历来诗家公认为是古今有名的对句。上句"昔我往矣"与"今我来思"，实字对实字，虚字对虚字，无一字不工，而"我"字两度出现，非但不以辞害义，反而更见朴实自然。下句"杨柳"对"雨雪"，"依依"对"霏霏"，并列词对并列词，叠音字对叠音字，读来风致嫣然。昔往今来的物态人情，都在这对偶句式中鲜明地表现了出来。

**007　静女其姝，俟我于城隅。
　　　爱而不见，搔首踟蹰。**

注释：
1. 选自《诗经·邶风·静女》：

静女其姝，俟我于城隅。爱而不见，搔首踟蹰。
静女其娈，贻我彤管。彤管有炜，说怿女美。
自牧归荑，洵美且异。匪女之为美，美人之贻。

邶：周武王封纣子武庚在这里，后来并入卫国。在今河南淇县以北至汤阴县一带。

2. 静：闲雅安详。 姝：美丽。 俟：等候。 城隅：指城上的角楼。

3. 爱：通薆，隐藏。 搔：挠。 踟蹰：走来走去。

品鉴 这是一首描述民间青年男女恋爱的情歌。写一个男子赴情人的约会，刻画了他见到那个美丽姑娘前后不同的心情。诗共三章，每章四句。这里所选的是第一章，描述"我"（男主人公）与静女（当是一位牧女）相互热恋，约定在城隅幽会的情景。诗一开始就以起伏跌宕的情节和富于戏剧性的画面，渲染出了活泼愉快的气氛和幽默逗乐的风趣。

"静女其姝，俟我于城隅。爱而不见，搔首踟蹰"。大意是：姑娘文静美丽，但童真未泯，调皮而又多情。她约"我"幽会，可是当我急急忙忙地赶到约会地点时，却始终不见她美丽的倩影。她到哪儿去了呢？她失约了吗？一刻不见，如隔三秋啊！这里只有我一个人在孤寂地等她，寂寞难耐。周围多静啊，时间过得多慢啊！真想早点见到亲爱的她，可是越想见到她，见不着她的那份心情就越难受，急得"我"不停地抓耳挠腮，在城楼上走来走去，徘徊四顾。

结果呢，"我"心爱的意中人其实早就来了，她是故意逗"我"玩，调皮地藏起来了，害得"我"着急万分，大概是在考验我的忠诚吧！你看，富有才华的民间诗人，把这样一次约会写得多么富有戏剧性啊！

008 不稼不穑，胡取禾三百廛兮？
不狩不猎，胡瞻尔庭有县貆兮？

注释：

1. 选自《诗经·魏风·伐檀》第一章："坎坎伐檀兮，置之河之干兮,河水清且涟漪。不稼不穑,胡取禾三百廛兮?不狩不猎,胡瞻尔庭有县貆兮?彼君子兮,不素餐兮!"魏:春秋时代的魏国,后为晋献公所灭。故址在今山西省芮城县东北一带。伐:砍伐。檀:青檀树,木质坚硬。

2. 稼:耕种。　穑:收获。　胡:为什么。　廛:古代一个成年男子所耕种的田叫廛。三百廛指三百人所耕种所收获的田禾。用来形容其多,不是确指的数目。

3. 狩:本指冬天打猎,这里泛指打猎。　瞻:望见。　县:同"悬",挂。　摇貆:就是貛。

品鉴　这首诗描写老百姓对统治者沉重剥削的愤恨和对美好生活的向往。

"不稼不穑,胡取禾三百廛兮?不狩不猎,胡瞻尔庭有县貆兮"?奴隶们艰苦劳动,却食不果腹,衣不蔽体,不由产生疑惑,大声质问起来:你们这些贵族老爷们,不种植也不收割庄稼,为什么粮食却进入了你们的仓库?你们不狩猎,为什么瞻见你们的庭院里挂满了猪貛等各种野物?

因为统治者住的是高宅大院,奴隶们近身不得,故曰"瞻",瞻就是远远地看;而远远地看,却又能看见悬挂着的野物,则足见其野物之多,非常醒目,奴隶们在田野里干活,也能望得见。那么为什么会出现这种情况呢?诗的后面两句是奴隶们无奈的反语,意思说:原来你们是君子啊,君子是不白白吃饭的啊!

实际上是奴隶们说:就因为你们是君子啊,所以你们才这样坐享其成,不劳而获啊!诗句感情强烈,将心中郁积的不平之气一泄而出,酣畅淋漓地发泄了出来,以示抗议,可谓掷地有声,让读者也跟着出了一口闷气。

这首诗可能是伐木时的劳动号子,前面以景物入手,描绘了有声有色的伐檀场面,接下来是议论,想到什么唱什么,重在抒发内心愤懑不平的情感。

009 硕鼠硕鼠，无食我黍！三岁贯女，莫我肯顾。

注释：

1. 选自《诗经·魏风·硕鼠》：

    硕鼠硕鼠，无食我黍！三岁贯女，莫我肯顾。逝将去女，适彼乐土。

    乐土乐土，爰得我所。

    硕鼠硕鼠，无食我麦！三岁贯女，莫我肯德。逝将去女，适彼乐国。

    乐国乐国，爰得我直。

    硕鼠硕鼠，无食我苗！三岁贯女，莫我肯劳。逝将去女，适彼乐郊。

    乐郊乐郊，谁之永号？

2. 硕鼠：大老鼠，比喻剥削者。
3. 三岁：三年。这里极言时间长，不是确指三年。　贯：侍奉。女：同"汝"，指鼠，即剥削者。　顾：顾念，照顾。

品鉴　这是一首纯粹的比体诗，共分三章，通篇用比，将剥削者比喻成大老鼠，既形象又生动，十分贴切地表达了诗人的愤懑和不平之情。这里精选的是第一章的前四句。

"硕鼠硕鼠，无食我黍！三岁贯女，莫我肯顾"两句，表达了诗中主人公（奴隶们）在沉重的剥削和压迫下痛苦的呻吟和乞求：乞求硕鼠们不要再偷吃我的粮食，多年来我一直都在侍奉你，用粮食养活你；你却只管自己享乐，完全不顾我们的死活，吃尽我们的粮食，剥削尽我们的血汗，却从不给我们一点照顾，这样下去，我们再也活不下去了，也再不能忍受了。

诗人对统治者的剥削和压迫做了这样血泪的控诉后，那结局自然是：我们发誓要离开硕鼠，到那安乐的地方去，寻找自己的安身之处。

这种以老鼠作比的手法，把剥削者贪婪、残忍、寄生的本性，作了集中、形象的表现，抒发了奴隶们的愤懑和不满，表达了人民的反抗意识，及对美好生活的向往。

诗句在艺术上最成功的地方，就在于它的喻体——硕鼠选择得好。诗人抓住了硕鼠和奴隶主二者的共同特征，比得贴切、生动，再加以夸张，突出了"硕鼠"贪得无厌、脑满肠肥的特征，形象鲜明、生动，千百年来在一辈又一辈的读者心中，引起强烈的共鸣。

诗句后面所表达的"逝将去女，适彼乐土"，是奴隶们的一种向往，追求没有剥削、没有压迫的人间"乐土"的社会理想。这种社会理想后来演变为儒家《礼记·礼运》篇中提出的"老有所终，壮有所用，幼有所长，矜寡孤独废疾者皆有所养"的大同理想，稍后晋代陶渊明提出"黄发垂髫，怡然自乐"、"不知有汉，无论魏晋"（《桃花源记》）的桃源理想，直到近代康有为提出"大同之世，天下为公，无有阶级，一切平等"（《大同书》）的社会理想。

所以，《硕鼠》提出的这种社会理想，代表了广大人民最普遍的理想和追求，千百年来不仅启迪、鼓舞了劳动人民为此而斗争、而牺牲，而且在中国思想发展史上，形成了一种追求幸福和美好生活的优良传统，对后世产生了深远的影响。

010 路曼曼其修远兮，吾将上下而求索。

作者简介：

屈原（约公元前340年～约公元前278年）名平，字原，又名正则，字灵均。是中国古代第一位伟大的浪漫主义诗人。战国时期楚国人，其政治理想是"美政"，即圣君贤相的政治和民本思想。主张修明法度，举贤授能，联齐抗秦。曾任楚怀王左徒、三闾大夫，参与议论国事。后受小人谗毁，被放逐到鄂渚，一住九年。到顷襄王即位，更被放逐到更远的沅湘流域。因见楚国政治腐败，国势衰弱，自己的理想不能实现，又不忍目睹楚国的沦丧，便于公元前278年农历五月初五，投汨罗江而亡。其作品思想深刻，感情强烈，形式优美，从内容到形式都有极大的开拓性、创造性。许多诗篇，反复倾诉对祖国的眷恋，对美好政治理想的热烈追求，蕴含着深厚的爱国主义感情。善于把赋、比、兴巧妙地糅合成一体，大量运用"香草美人"的比兴手法，把抽象的品德、意识和复杂的现实关系生动形象地表现出来。在语言形式上，屈原作品突破了《诗经》以四字句为主的格局，每句五、六、七、八、九字不等，句法参差，起伏跌宕，形成新的诗体——"楚辞体"。屈原对后世的影响，甚至超过《诗经》。《汉书·艺文志》录其作品25篇。

注释：
1. 选自战国屈原《离骚》诗（节录）："朝发轫于苍梧兮，夕余至乎县圃。欲少留此灵琐兮，日忽忽其将暮。吾令羲和弭节兮，望崦嵫而勿迫。路曼曼其修远兮，吾将上下而求索。"
2. 曼曼：同"漫漫"，道路长远的样子。 修：长，远。
3. 上：天上。 下：人间。 求索：寻找，寻求。原意是寻求"美人"，"美人"喻指诗人理想中的贤人。

品鉴

《离骚》是我国古代最早、最辉煌的长篇抒情诗。其气魄之宏伟，抒情之深刻，构思之奇幻，辞藻之绚烂，在古典诗歌的宝库里都是首屈一指的。

"路曼曼其修远兮，吾将上下而求索"两句，是诗人为实现自己的政治理想，不懈追求的生动写照。诗人有美好的政治理想，希望自己的祖国政治修明，繁荣强大，却受到小人的谗毁，流放远方，远离朝廷，不能为国效力。然而诗人信念坚定，矢志不渝。这两句诗就表达了诗人锲而不舍追求自由理想的精神：尽管道路是那样的遥远而又漫长，我仍然不怕艰险，立志要上天下地去寻求志同道合的人和理想中的治国贤才。

在这两句诗后面，叙写了诗人决心进行新的追求，"上下而求索"的过程。诗人在想象中驾龙乘凤上天远征：羲和（日神）为他取辔，望舒（月神）作他的先导，诗人周围屯聚着飘风，陈列着云霓，浩浩荡荡驾车来到天宫门前，可是把守大门的司阍却不肯开关，天色又渐渐阴暗下来，致使诗人只能在世道混浊、蔽美妒贤的喟叹声中怏怏离去。他哀叹"高丘"上（即天帝居处）没有美好的女子（喻指贤才）。上天没有美好的女子，于是转而追求下界的美女（喻指贤才）。他先后求访了宓妃、佚女和有虞之二姚，或则由于本人"美而无礼"，或则受到媒人作梗，终未成功。"闺中既已邃远兮，哲王又不寤"（哲王：喻指楚王），表明诗人在追求理想的过程中，道路既遥远，求索的过程充满艰难，而且还始终得不到"哲王"的理解和信任。

诗人在叩天阍、求下女的过程中虽然失败了，但却表现了诗人执着于理想的不懈追求，奋进不息的伟大人格和精神力量。因此，从那以后，"路曼曼其修远兮，吾将上下而求索"，就成为中国历代仁人志士激励自己，不懈追求理想信念的格言警语。

011 亦余心之所善兮，虽九死其犹未悔。

注释：

1. 选自战国屈原《离骚》诗："既替余以蕙纕兮，又申之以揽茞，亦余心之所善兮，虽九死其犹未悔。"
2. 亦：实在，真正。　余：我。　善：崇尚。
3. 九死：是说九死而无一生。"九"不是实数，泛言死的次数多。悔：后悔，悔恨。

品鉴　屈原一生所崇尚和追求的，是尧舜时期的理想政治，是自己祖国的政治清明，国君远离谗佞小人，国家繁荣强大。然而这一切美好的愿望都由于楚王的昏庸糊涂、不察民心，群小的妒贤害能、造谣生事，以及时俗的工巧善变、苟合取容而落空了。屈原自己竟致落得个流放远方，远离朝纲，过着流浪的生活。然而，政治上虽然失败了，屈原对于自己所崇尚的政治理想却从来就没有后悔过。

"亦余心之所善兮，虽九死其犹未悔"两句，诗人向世人直白地宣告了自己九死不悔的信念和追求。大意是说：只要是我所崇尚和追求的美善的东西，即使要我付出生命的代价，死多少次也绝不后悔。

诗人以此激励自己，坚守直道，虽死不悔，表白了诗人不与恶浊环境相妥协的操守。这种品行和人格力量，一直成为后世仁人志士学习和效仿的榜样。

012 鸟飞反故乡兮，狐死必首丘。

注释：

1. 选自屈原《九章·哀郢》（节录）："鸟飞反故乡兮，狐死必首丘。信非吾罪而弃逐兮，何日夜而忘之？"
2. 反：同"返"。首：头枕着。

品鉴

本诗写于楚顷襄王二年（公元前297年），此时诗人被放逐于长江下游的鄂渚已有9年多了。当时楚怀王已入秦被拘，秦向楚国索要大片土地，未能如愿便派大军伐楚，攻陷了16个城池。逃难的百姓从郢都沿长江向下游流亡，诗人在流放途中看到这种凄惨的景象，便写了这首言志抒情的哀郢诗。

"鸟飞反故乡兮，狐死必首丘"。诗人去国之悲，返国之愿，爱国之情，在这两句诗句中得到了深切的体现。大意是：放眼四望，希望能够有一次返回郢都的机会。鸟儿不论飞多远，总要返回自己原来栖息的树枝，狐狸临死时，总要把头枕在它穴居的土丘上。

诗人以此表明，自己虽然流放在外，却念念不忘故土，时时怀恋家乡，如同鸟飞返故乡，狐死必首丘一样，一颗心永远系念着亲爱的祖国。诗句设喻巧妙，对比强烈，读之令人感动，具有强烈的艺术感染力。谁听了这样的倾诉，都会潸然泪下，引起内心强烈的同情和震撼。

013 黄钟毁弃，瓦釜雷鸣

注释：

1. 选自《楚辞·卜居》："世溷浊而不清：蝉翼为重，千钧为轻；黄钟毁弃，瓦釜雷鸣；谗人高张，贤士无名。"《卜居》传说为屈原所作。多数学者研究认为，应该是了解屈原的楚人所作。

2. 黄钟：乐器名。我国古代音乐有十二律，阴、阳各六律，阳六律的第一律为黄钟。其器形最大，声音洪亮。比喻贤士。

3. 瓦釜：陶土制的锅。比喻进谗言的小人。　雷鸣：像雷一样发出声音。

品鉴

屈原热爱祖国，正道直行，却信而见疑，忠而被谤，流放异地；而谗佞小人却位居要津，煊赫一时，作者因而愤怒地写下了这两句诗，加以斥责。

"黄钟毁弃，瓦釜雷鸣"。大意是说：黄钟是很好的乐器，能演奏动人的音乐，可是却被毁坏丢弃了；而陶制的瓦缶是煮饭用的，却被当作乐器敲击，如雷一般轰响起来。

诗句以黄钟喻指贤良志士，以瓦釜喻指无才无德的小人，揭露了楚国社会当政者轻重不分，美丑不辨，犹如瓦釜雷鸣，用非当用；黄钟毁弃，舍非当舍。导致小人窃据高官显位，煊赫一时，气焰嚣张，而德高望重的贤良志士却被遗弃，被流放，有志难伸，报国无门，用舍颠倒的黑暗现实。

014 尺有所短，寸有所长。

注释：

1. 选自《楚辞·卜居》（节录）："夫尺有所短，寸有所长；物有所不足，智有所不明。"相传《卜居》为屈原所作，实际上是楚国人在屈原死后而记载下来的有关传说。

2. 短：短小，不足。

3. 长：长大，有余。

品鉴

这是一篇对话体楚辞，描写屈原向楚国掌管占卜的郑詹尹问卜，以明吉凶。其事可能属子虚乌有，只是诗人借以表达自己情感和思想的一种载体而已。

"尺有所短，寸有所长"。大意是：尺长于寸，但是与更长的东西相比，就显得不足；寸比尺短，但与更短的东西相比，就显得有余。

这两句诗充满了辩证思维，含有深刻的哲理意义：说明世间人和事物都各有所长，各有所短，人无完人，金无足赤。因此我们对别人，对自己，对事物，都应该坚持两点论。绝对的肯定和绝对的否定都是错误的，是形而上学的。长处再多的人，也不免有所短；缺点再多的人，也不免有所长。因此要全面地看问题，正确加以分析和对待。不应该以己之长，比彼之短，自以为了不起而轻视他人。而应该扬长避短，又不护短，或以彼之长，补己之短，互相学习，共同进步。

《吕氏春秋·用事》说："物固莫不有长，莫不有短，人亦然。故善学者，假人之长以补其短。"这正是我们应该采取的学习态度。

015　悲哉秋之为气也，
　　　萧瑟兮草木摇落而变衰。

作者简介：

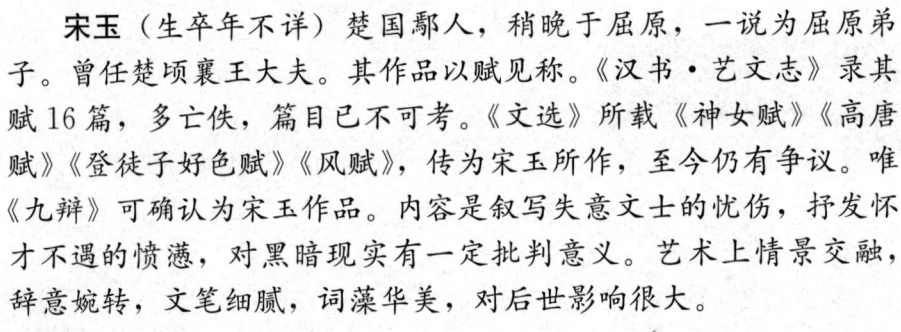

宋玉（生卒年不详）楚国鄢人，稍晚于屈原，一说为屈原弟子。曾任楚顷襄王大夫。其作品以赋见称。《汉书·艺文志》录其赋16篇，多亡佚，篇目已不可考。《文选》所载《神女赋》《高唐赋》《登徒子好色赋》《风赋》，传为宋玉所作，至今仍有争议。唯《九辩》可确认为宋玉作品。内容是叙写失意文士的忧伤，抒发怀才不遇的愤懑，对黑暗现实有一定批判意义。艺术上情景交融，辞意婉转，文笔细腻，词藻华美，对后世影响很大。

注释：

1. 选自战国楚宋玉《九辩》的首二句："悲哉秋之为气也，萧瑟兮草木摇落而变衰。憭慄兮若在远行，登山临水兮送将归。"
2. 悲：伤悲，悲凉。　秋之为气：秋天所形成的气氛。
3. 萧瑟：草木被风吹动的声音。　摇落：摇动，脱落。　衰：衰败，衰落。

品鉴

宋玉这首诗抒写了一个悲秋的主题。这个主题在中国文坛上是第一次接触到，又写得情辞并茂，因此对后世产生了很大的影响。清初王夫之《楚辞通释》称它为"千古绝唱",不无一定道理。

"悲哉秋之为气也,萧瑟兮草木摇落而变衰"两句,以情景交融的笔法,抒写诗人哀怨感伤的感情。大意是:秋天的景象,草木枯黄衰败,秋气肃杀,映入眼帘的是一派衰飒萧条的景象,令人感到悲哀和惆怅。

诗人由萧条衰败的秋天景象,联想到自己郁郁不得志的凄凉身世,禁不住从内心深处发出一声"悲哉"的感叹。这里,"悲哉""萧瑟"写的是主观感受;而引起这种主观感受的是客观景物"秋之为气"和"草木摇落而变衰"。诗句中这种凄怆的秋景与诗人悲凉失意的主观心情交织在一起,增强了艺术表现力,使哀怨感伤之情更加浓郁,枯黄的秋景更加衰败,提高了抒情的效果和感染力。

016　风萧萧兮易水寒,
　　　壮士一去兮不复还。

作者简介:

　　荆轲(?~公元前227年),战国时卫国人。侠士。曾为燕国太子丹谋刺秦王嬴政,失败被杀。《史记·刺客列传》详细记载了这件事情。

注释:

1. 选自《战国策·燕策》:"风萧萧兮易水寒,壮士一去兮不复还。"是古歌《易水歌》中的句子。
2. 萧萧:风声。　易水:古水名,即今河北省易县的易河,是当时燕国的南部边界。战国时,燕国太子丹送别荆轲于此水之上。
　　寒:寒冷。
3. 壮士:指荆轲。荆轲为燕国太子丹入秦谋刺秦王。荆轲入秦后,假献"督亢之图",上殿刺秦王(即后来的秦始皇),其事未成,为秦所杀。　不复还:不再回来。

品鉴　这首诗是战国时著名刺客荆轲渡易水、赴秦都刺杀秦王临行前唱的诀别歌。虽只有短短两句,却悲慨激昂,充满一种壮美的悲剧色彩,一直为世人所传诵。

据《史记·刺客列传》记载，荆轲为感谢燕太子丹的侠肝义胆，决心入秦刺杀秦王。燕太子丹及宾客穿着白色的衣服，戴着白色的帽子，给壮士送行，饯别于易水之上。此去凶多吉少，必死无疑，因此这一幕送别也就分外悲壮。当时，荆轲的好友高渐离击筑，荆轲按剑而立，慷慨悲歌，唱出了这首令人回肠荡气的短歌。

"风萧萧兮易水寒，壮士一去兮不复还"。大意是：风声萧萧，易水寒凉，壮士前往秦国，这一去誓死杀敌，不成功便成仁，绝不会再回来了啊！这悲壮的歌声，和着凄厉激昂的击筑声，在易水之上飘荡，令在座的人都为之感动得流下了眼泪。

诗句即景抒情，用凛冽的萧萧北风和寒冷的易水起兴，烘托出一种悲凉的气氛，来衬托壮士一去不复还，视死如归的决死精神和壮烈情怀，震撼人心，收到了强烈的感人效果。

南宋张戒在《岁寒堂诗话》中评论说："自常人观之，语既不多，又无新巧，然而此二语，遂能写出天地愁惨之状，极壮士赴死如归之情，此亦所谓中的也。"清代沈德潜《古诗源》亦给予高度评价："至今读之犹存变徵之声。"

诗歌

汉代

017　大风起兮云飞扬，威加海内兮归故乡，安得猛士兮守四方！

作者简介：

　　刘邦　沛县（今江苏省沛县）人，秦时任沛县亭长。公元前209年，在秦末农民起义浪潮的推动下，起兵响应，南征北战十几年，逐渐发展成为一支重要的反秦力量。公元前206年攻取秦都咸阳，除秦苛法，约法三章，深得百姓拥护。后击败项羽，于公元前202年称帝，建立了统一强大的封建帝国，定都长安（今陕西省西安市），史称西汉。刘邦称汉高祖。

注释：

1. 选自汉高祖刘邦《大风歌》："大风起兮云飞扬，威加海内兮归故乡，安得猛士兮守四方！"
2. 加：超越，凌驾。　海内：即四海之内，古人认为中国四面环海，所以称国内为海内。
3. 猛士：英勇善战的将士。

品鉴

　　《大风歌》是一首英雄的诗歌。为汉高祖刘邦公元前195年，平定淮南王英布叛乱后所作。据历史记载，刘邦凯旋回朝路过故乡沛县时，令大军暂时驻扎下来。他当晚设宴与乡亲父老子弟同饮。酒酣耳热之际，想到江山一统，功业盖世，但创业艰难，守成更不易，因而热切希望有一批勇猛的将士，来守卫四方的国土。思绪万千，于是在席间一边击筑，一边吟唱了这首诗。整首诗只有三句，便成为绝唱。

　　"大风起兮云飞扬，威加海内兮归故乡，安得猛士兮守四方！"前两句写天下平定，末一句写渴望猛士，守御四方，表达了既能创业，又决心守业的豪迈气概。大意是：大风吹起来，横扫天空，乌云在天空翻滚奔涌，我成就了帝业，威望加之于海内，功成名就地回到了自己家乡，与父老兄弟畅饮美酒，汉朝国土广大，怎么才能有更多的骁勇善战的猛士，来守卫大汉帝国四方的边防。

　　据《史记》记载，刘邦吟唱的同时，不禁起舞，慷慨下泪。宋人陈岩肖《庚溪诗话》说："汉高帝《大风歌》，不事华藻，而气概远大，真英主也。"

诗句风格豪迈质朴，意境壮阔，昂扬激越，气势磅礴，抒写了一个封建地主阶级政治家安邦治国的雄心大志。但另一方面，字里行间也流露出一种苍凉的意味，这里有游子对故乡的依恋之情，有帝王对国家未来发展不可预测的惆怅，也有对自己未来的忧伤（作者当时身带讨伐英布时留下的箭伤）。当然，总的基调还是威武雄壮的，表达了安不忘危，要求进一步巩固政权的强烈愿望。因诗以"大风"二字开头，故人们称之为"大风歌"。明胡应麟《诗薮》对这几句诗给予了很高评价，誉之为"冠绝千古"之作。

018 力拔山兮气盖世，时不利兮骓不逝。

作者简介：

项羽，字羽，名籍。秦末楚人。秦末随叔父项梁起义。项梁死后，羽为诸侯上将军，统帅各路起义军，大败秦兵，攻破函谷关，焚秦都咸阳（今陕西省咸阳市东），杀秦降王子婴，分封天下，自号西楚霸王。后来与刘邦争夺天下，为刘邦军围困垓下（今安徽灵璧县东南），自杀而死。

注释：

1. 选自楚项羽《垓下歌》："力拔山兮气盖世，时不利兮骓不逝。骓不逝兮可奈何！虞兮虞兮奈若何！"垓下歌：是一首楚歌体的抒情短歌。
2. 拔：拔起。　盖：压倒，胜过。
3. 时：时势，当前的形势或趋势。　利：顺利，吉利。　骓：此指良马，千里驹。　逝：本义是水、时间流去。此指马的驰骋奔跑。

品鉴　这两句诗慷慨悲壮，呜咽感叹，充分展示了项羽英雄豪迈的性格特征，是抒情主人公英雄末路的慷慨悲歌。

"力拔山兮气盖世"一句，一开口就气势不凡，显示了这位盖世英雄的身份、性格和气质，充溢着一种英雄的豪气。大意是：我有雄壮的力量能够拔起大山，我的威武豪气胜过了世上一切英雄豪杰。

这两句诗气势磅礴，豪壮逼人，大有蔑视天下英雄之势。据记载，项羽"力能扛鼎，才气过人"。秦始皇巡游会稽时，他豪迈地说："彼可取而代也！"秦末起义，他率江东八千子弟渡江北上，横扫秦军如卷席，成为反秦的一支主力军。威震华夏，诸侯慑服。尔后攻破函谷关，占领咸阳，自封西楚霸王，号令天下。楚汉战争中，屡败刘邦。项羽一生英雄，盖世无双。兵败被围垓下，四面楚歌时，仍自信地说："吾起兵至今八岁矣，身七十余战，所当者破，所击者服；未尝败北，遂霸有天下。然今卒困于此，此天之亡我，非战之罪也。""力拔山兮气盖世"，正是项羽这种性格、才干、气质的精彩描述。

"时不利兮骓不逝"，则写出了他英雄末路的处境。当年叱咤风云，所向披靡的英雄，如今落入重围之中，心爱的骏马无法突出重围，宠信的虞姬也不知道该怎么安排！这里"骓不逝"慨叹的是自己陷于绝境，不过托之于物罢了。所以"骓"是主人公处境的象征。诗人以骏马作为陪衬，诗意就显得蕴藉含蓄，耐人寻味多了。项羽英雄一世，如今末路感叹，呜咽悲歌，读来情真意切，慷慨悲壮，声情并茂，有很强的艺术感染力。

019 悲歌可以当泣，远望可以当归。

注释：

1. 选自汉乐府《杂曲歌辞·悲歌行》："悲歌可以当泣，远望可以当归。思念故乡，郁郁累累。欲归家无人，欲渡河无船。心思不能言，肠中车轮转。"
2. 歌：唱歌。 泣：哭泣。
3. 归：回家，归家。

品鉴 这是一首描写游子离开亲人，远游他方，深切思念故乡的优秀乐府诗篇。

"悲歌可以当泣,远望可以当归"。大意是,游子离家远游,怎能不常常思念家乡,思念亲人,当想家想得要哭的时候,就高声悲歌一曲吧!当思念亲人的时候,隔着千山万水,无法回家,就登上高处遥望一下故乡的方向,当作是回到家乡了吧!

诗句写得如此悲切,可以想象,这位游子在此之前不知哭泣过多少回,由于太伤心了,以至于最后以悲哀的歌声当作了思家的哭泣;游子无法返乡,只好登上高处,望一眼千山万水之外的故乡,以望乡来当作自己回到了故乡。难道真的"远望可以当归"吗?当然不能,那不过是游子聊以自慰的无可奈何之举罢了。

诗句围绕"悲"字做文章,用朴素的语言,写出了游子思念家乡、思念亲人的愁肠。两个"当"字,看似随手拈出,却最是有力,最能表达游子无可奈何的悲伤之情。这两句诗写出了千千万万人的生活体验,谁读了都会引起心灵强烈的共鸣,所以成为千古名句。明王世贞《艺苑卮言》曾盛赞这两句诗为"妙绝",亦不为过。

020 少壮不努力,老大徒伤悲。

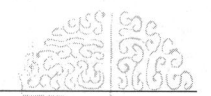

注释:

1. 选自汉乐府《乐府诗集·长歌行》:"青青园中葵,朝露待日晞。阳春布德泽,万物生光辉。常恐秋节至,焜黄华叶衰。百川东到海,何时复西归?少壮不努力,老大徒伤悲。"
2. 少壮:人年轻时。
3. 老大:人年老时。 徒:空,白白地,枉然地。

品鉴 《长歌行》是汉乐府古辞,属《相和歌辞·平调曲》,共有两首。这是其中的一首。这首诗慨叹世间万物不断变化发展,盛衰有时,而时光一旦逝去就不再回来,因而深感人们应该加倍地珍惜青春年华。

"少壮不努力,老大徒伤悲"二句,表现了诗人对时光无限珍惜之

情。诗人深感

时光易逝,于是将自己的感慨、体会倾心吐出来,大声疾呼,提醒世人:如果年轻力壮的时候不努力进取,虚度光阴,那么到年老时一事无成,悲伤惋惜也是枉然了。

这是诗人对人生的哲理思考:事物不断变化运动,人的生命有盛有衰,青春终将过去,老年终将来临。因此,盛壮之年极为宝贵,应该珍惜,早有作为,否则到年老时就追悔莫及了。议论中肯,语重情长,既是励人,亦是自励,至今仍然发人深省,是警示年轻人勤奋学习的经典之言。

021 胡马依北风,越鸟巢南枝。

《古诗十九首》简介:

《古诗十九首》是汉代无名氏的作品。不是一时一人所作。梁代萧统因这些诗歌风格相近,便合在一起,收入他所选编的《文选》中统称《古诗十九首》。从此以后,这一名称便沿用至今。歌词内容大多写夫妇朋友间的离愁别绪和知识分子彷徨失意的消极情绪。语言朴素自然,抒情真挚深入,表现手法委婉曲折,是中国早期文人五言诗的重要作品,对后世产生了深远的影响。

注释:

1. 选自汉代《古诗十九首·行行重行行》:"行行重行行,与君生别离。相去万余里,各在天一涯。道路阻且长,会面安可知?胡马依北风,越鸟巢南枝。相去日已远,衣带日已缓。浮云蔽白日,游子不顾反。思君令人老,岁月忽已晚。弃捐勿复道,努力加餐饭。"
2. 胡马:北方所产的马。
3. 越鸟:南方所生的鸟。

品鉴 这是一首写家中女子思念远方情人的诗。

"胡马依北风,越鸟巢南枝"两句,用的是比兴手法,比喻不忘故土。意思是：胡马到南方后仍旧依恋北风，越鸟北飞后仍在树的南枝上筑巢。言下之意是说，北方的马和南方的鸟尚且知道眷恋故土，我所想念的人为什么总不回家呢？

　　再进一层分析可以知道：由于胡马离开了北方，它才更加"依北风"；由于越鸟离开了南方，它才坚持要"巢南枝"。深刻地暗示出离乡背井的游子应该早点归来，而竟然现在还没有归来，那一定另有缘故。这两句诗后面点出"浮云蔽白日"，即游子在外可能另有新欢，为人所惑，恐怕就是"游子不顾反"的缘故了。

诗歌

三国
魏

022 对酒当歌，人生几何！

作者简介：

曹操（公元155年~220年）字孟德，沛国谯县（今安徽省亳州）人。汉献帝时官至丞相，后被封为魏王，死后其子曹丕称帝，追尊他为魏武帝。曹操在文学上的成就，主要是诗和散文。其诗继承汉乐府民歌反映现实的优良传统，表现自己的政治理想和远大抱负，风格悲凉慷慨；散文质朴简约，清峻通脱，豪迈雄健，对"建安风格"的形成起了重大作用。原有作品30卷，已散佚。现存散文40余篇，乐府诗20余首。有中华书局辑校的《曹操集》传世。

注释：

1. 选自三国魏曹操《短歌行》诗（节录）："对酒当歌，人生几何？譬如朝露，去日苦多。慨当以慷，忧思难忘。何以解忧，惟有杜康。"短歌行：乐府《相和歌平调曲》名。
2. 对酒：面对美酒。 当：应当。 歌：歌唱。
3. 几何：多少。

品鉴

《短歌行》写于赤壁之战后不久，是一首抒发诗人求贤若渴的政治抒情诗。

"对酒当歌，人生几何？"大意是：在饮酒、观赏乐舞的时候，想到时光易逝，而要做的事情却是很多很多，深感人的生命短促，因而借酒抒情，慷慨高歌一曲。

那么，诗人要做的事情是什么呢？我们知道，东汉末年以来，国家分裂，军阀连年混战，老百姓生活在水深火热之中。赤壁之战后，曹操败北，三国鼎立之势确立，统一的大业受到重大挫折。而一个人的生命太过短暂，因此，诗人心中充满了紧迫感。现在，在大宴将帅、宾客的宴席上，对着金樽美酒，内心风翻云涌，思绪万千，于是借酒抒情，"对酒当歌"，来排解对时事艰难的忧愁。

这里需要指出的是，"人生几何"，不是叫人及时行乐，而是抓紧时间，及时建功立业。曹操一心想在自己的有生之年结束战乱，完成统一。写这首诗的时候，他已经50多岁了，深感人生短促，岁月流逝太多，流露出大业未就的愁绪和悲凉情调。但是诗的基调一点也不消沉，因为诗人愁的是如何才能得到更多的贤才的辅助，愁的是国家分裂，不知何时才能完成统一的大业。所以这种伤感悲凉的背后，潜藏着诗人的雄才大略、逐鹿中原的伟大志向和勃勃雄心，以及求贤若渴，希望有更多的隽士贤才来与自己协力创业的焦虑心情。

总之，这两句诗表达了一代伟人昼夜萦怀的追求，及时光飞逝、大业未就的悲慨愁思。情感真实恳切，格调慷慨悲凉，充溢着一种昂扬的进取精神。

023 山不厌高，水不厌深。

注释：

1. 选自三国魏曹操《短歌行》（节录）："月明星稀，乌鹊南飞。绕树三匝，何枝可依？山不厌高，海不厌深，周公吐哺，天下归心。"
2. 厌：满足。周公：周文王之子，武王之弟，成王之叔。他曾说自己："……又相天下。吾于天下亦不轻矣，然吾一沐三握发，一饭三吐哺，犹恐失天下之士。"哺：咀嚼着的食物。

吐哺：吐出口中的食物。形容吃饭时来了客人，赶紧吐出口中咀嚼的食物，来接待客人，唯恐失礼，失去人心。

品鉴 《短歌行》写于赤壁之战后不久，是一首抒发诗人求贤若渴的政治抒情诗。

"山不厌高，海不厌深"两句诗的大意是：山不满足于自己的高度，越高越好，才能成其高；海不满足于自己的深度，越深越好，才能成其深。

曹操赤壁败北，三国鼎立之势确立。曹魏居于北方，地域辽阔，兵多将广,人才济济。但曹操作为一个有积极进取精神的政治家,不满足于现状,他渴望广收天下贤才,辅佐自己,共同建功立业,以完成自己统一天下的伟大政治理想。

管子在《形势解》中说:"海不辞水,故能成其大;山不辞土,故能成其高;明主不厌人,故能成其众。"诗人用其意,以高山、大海为喻,以周公吐哺,使普天下人心归顺自比,抒发了思贤若渴的心情。

后来,人们常用这两句诗来形容谦虚谨慎,永不满足的思想。

**024　老骥伏枥,志在千里。
　　　烈士暮年,壮心不已。**

注释:

1. 节选自三国魏曹操《步出夏门行·龟虽寿》。龟:神龟。龟是长寿的动物。古时传说神龟能活几千年。
2. 老骥:指已衰老的千里马。　枥:马槽。伏枥:伏首在马槽里。
3. 烈士:指有强烈志向的人。
4. 已:止,停止。

品鉴　　人的生命有限,青春年华易逝。但在有限的人生里,是及时行乐,还是及时建功立业?作为一个人到暮年而仍然锐意进取的政治家,曹操的回答是:"老骥伏枥,志在千里;烈士暮年,壮心不已"。大意是:千里马因衰老而蹲伏在马棚中,胸中却仍有驰骋千里的壮志豪情;有志向的人虽然到了暮年,却老当益壮,依然雄心勃勃,豪情丝毫没有减退。

这里,老骥、烈士,是曹操壮怀激烈的自我形象的化身。诗人以"老骥"和"烈士"自比,表达了自己虽到暮年,仍要为统一大业奋斗进取的豪情壮志。在表现手法上,前者以物为喻,后者以人为喻,这两个比喻形象相互补充,相互生发,生动而贴切地将一个横槊赋诗、激昂慷慨的诗人形象跃然纸上。

这几句诗笔力雄健,豪情干云,充分表现了英雄豪杰自强不息的精神气概，因而不但鼓舞了后代无数的仁人志士，而且引得他们由衷地为之击节赞赏。

025 白骨露于野，千里无鸡鸣。

注释：

1. 选自三国魏曹操《蒿里行》（节录）："白骨露于野，千里无鸡鸣。生民百遗一，念之断人肠。"蒿里行：乐府《相和歌·相和曲》名，原是送葬的挽歌。蒿里：葬死人之处，墓地。
2. 露：暴露，弃置。

品鉴

东汉末年，天下大乱，群雄并起，战争连绵不断。战争造成了巨大破坏，土地荒芜，民不聊生。人民不是充军战死，就是冻死饿死，往往一百个人里面只剩一个人活着。诗人这首诗表达了对战乱中生民死亡的哀伤之情。

"白骨露于野，千里无鸡鸣"。大意是：中原大地，荒无人烟，田地荒芜，蒿草丛生，生民冻死饿死不计其数，累累白骨，抛露在荒郊野岭之间，惨不忍睹；房屋毁坏殆尽，村庄里尽是断垣残壁，千里之内竟然听不到一声鸡鸣。

诗人同情民生的苦难，在诗句中真实地再现了军阀混战造成的社会惨状。明代钟惺《古诗归》称誉其为："汉末实录，真史诗也。"给予了很高评价。

026 捐躯赴国难，视死忽如归。

作者简介：

曹植（公元192年~232年）字子建，三国魏诗人，沛国谯县（今安徽省亳州）人。曹丕的同母兄弟，建安文学的杰出代表。早年才华出众，受到曹操的赏识。曹操一度欲立为太子。后来曹丕、曹睿相继为帝，曹植受到兄弟的猜忌和迫害，忧郁而死。其前期作品多抒发建功立业的雄心壮志，暴露社会乱离的真实面貌，后期作品则多以愤激的心情反映遭受迫害的痛苦。其诗脱胎于汉乐府民歌，但更注重语言的加工和提炼。流传下来的以五言诗为主，约80首。词采华丽，情感真挚，慷慨动人，且注意对仗、炼字和声色，对后世五言诗的发展有较大影响。《洛神赋》《白马篇》等是其名篇。宋人辑有《曹子建集》。

注释：

1. 选自三国魏曹植《白马篇》诗："弃身锋刃端，姓名安可怀。父母且不顾，何言子与妻！名编壮士籍，不得中顾私。捐躯赴国难，视死忽如归。"白马篇：乐府《杂曲歌齐瑟行》的歌辞，以首二字为篇名。
2. 捐躯：献身。　国难：国家的危难时刻。
3. 归：回家，归家。

品鉴　　这首诗塑造了一个武艺精熟、豪侠英武、忠勇爱国的少年英雄形象。

"捐躯赴国难，视死忽如归"二句，气壮山河，英勇豪迈，光照日月。大意是：当国家遇到危难的时刻，勇敢地奔赴战场，为祖国而战，不惜牺牲自己的生命，即使死了，也像回家一样，毫不畏惧。

诗人写这个少年的外在表现是武艺高强，写他的内在精神是不怕牺牲，公而忘私，具有为国捐躯的崇高志向。这两者结合在一起，就塑造出了一个顶天立地、血肉丰满的少年英雄形象。

而这个少年英雄形象不是别人，正是曹植自己。曹植年轻时理想远大，有志于为国家建功立业。这两句诗所描写的英勇气概，实际上表达了曹植为了解除国难，愿意赴汤蹈火，视牺牲像回家一样高兴的思想。

诗句感情激烈，豪气四溢，慷慨激昂，那视死如归的少年英雄，正是诗人理想的化身和写照。成语"视死如归"亦当由此得来。

027　本是同根生，相煎何太急。

注释：

1. 选自三国魏曹植《七步诗》："煮豆燃豆萁，漉豉以为汁。萁在釜下燃，豆在釜中泣。本是同根生，相煎何太急。"七步诗：曹丕欲加害曹植，令其七步之内写出一首诗来。
2. 煎：煮，煎熬，隐喻逼迫、迫害。

品鉴　　曹植是三国时魏王曹操的儿子，少年时便有诗名。曹操多次想立他为太子。曹操死后，长子曹丕继承王位不久，废汉自立，史称魏文帝。据《世说新语·文学》记载，曹植与曹丕有争立太子的矛盾，曹丕一直怀恨在心，想借机杀了他。一天，曹丕大宴群臣，特地将曹植从封地召回京师。席间，他向曹植发难说："人言皇弟文思如泉，言出为文，不知是否当真？"曹植知道哥哥心怀不善，又不敢正面反驳，便镇静地回答："陛下不信，不妨当面一试。"曹丕遂以"兄弟"为题，令曹植七步做诗，如不成，将以欺君之罪论处。当下，大臣们都为曹植捏着一把汗。曹植却神态自若，缓步慢行，走到第七步时，便写成了这首诗。

"本是同根生，相煎何太急"两句，以煮豆燃萁比喻人事。大意是：我和你本是一母所生，为什么要对我这样苦苦地逼迫煎熬呢！

诗人采用比喻手法，以"萁"喻哥哥曹丕，"豆"喻自己，委婉地表达了曹丕不顾念手足之情，苦苦相逼，欲加陷害的做法。曹丕听了他的诗，也自觉逼弟弟太过分了，内心感到愧疚，于是打消了杀他的念头。

这首诗因曹植七步写成，人们称之为"七步诗"。成语"萁豆相煎"即由此得来。

诗歌

晋代

028　江南无所有，聊赠一枝春。

作者简介：

陆凯　南朝宋诗人。身世不详。与范晔（公元 398 年—445 年）同时。因《赠范晔》诗而知名。该诗载于南朝宋盛弘之《荆州记》："陆凯与范晔相善，自江南寄梅花一枝，诣长安与晔，并赠花诗。"（见《太平御览》卷九十四）《荆州记》所记为荆州事，故可推知陆凯为荆州（今湖北省荆州市）人。《赠范晔》一作《梅花》。

注释：

1. 选自南朝宋陆凯《赠范晔》："折梅逢驿使，寄与陇头人。江南无所有，聊赠一枝春。"
2. 聊：姑且，勉强。　春：指梅花。梅花代表春的讯息。

品鉴　这是陆凯寄给朋友的一首诗。春天就要来了，江南的梅花早早绽放，报告"春"的信息。给朋友寄东西，当然应该寄最珍贵、最有意义的，那么寄什么好呢？

"江南无所有，聊赠一枝春"。大意是：江南没什么别的好东西，倒是江南春早，梅花绽开了花蕾，就寄一枝饱含春意的梅花，聊表自己的一片心意吧。

诗人说江南"无所有"，并不是说江南真没什么，而是为赠"梅"作铺垫、作渲染。古代折梅寄赠，代表着美好的情意。朋友在陇头（古时甘肃一带），这个时节仍然朔风劲吹，严寒笼罩大地，所以赠送梅花特别有意义。但诗人不说赠梅，而说"赠一枝春"，这个"春"字，使得诗人的情意显得更加真挚温婉，韵味深长。

诗句语言质朴，构思新巧，淡而有味，情意隽永，富有诗意，是传诵很广的名句。

029 世胄蹑高位，英俊沉下僚。

作者简介：

左思（约250年~约305年）字太冲，齐国临淄（今山东省淄博）人。西晋太康时期的杰出诗人。出身寒微。晋武帝时，其妹左芬以才名选入宫，乃举家迁往京师。仕进不得意，仅做过秘书郎一类的小官。博学多才，诗歌笔力充沛，气概激昂，极少雕饰。诗以《咏史》八首为代表，托古讽今，对门阀制度表示不满。此外，他的赋也很有名，如《三都赋》显名一时，人们争相传抄，一时形成了"洛阳纸贵"的现象。有《左太冲集》传世。

注释：

1. 选自晋代左思《咏史》诗八首之二（节录）："郁郁涧底松，离离山上苗。以彼径寸茎，荫此百尺条。世胄蹑高位，英俊沉下僚。地势使之然，由来非一朝。"
2. 世胄：世族子弟。　胄：后裔。　蹑：履，踩，踏。指占据。高位：高官。
3. 僚：官。　下僚：低下的官职。

品鉴

左思所生活的时代，正是门阀制度盛行的年代。朝廷选拔任命官员，不是看他是否有才德，而是看出身是否高贵，因此，当时官场的一个普遍现象是："上品无寒门，下品无世族。"左思对这种不公平现象极为愤慨，写诗予以抨击，为出身寒微，壮志难酬的英俊之士鸣不平。

"世胄蹑高位，英俊沉下僚"两句，大意是：高门贵族的子弟即便无才无德，也占据着高官显位，而德才兼备的英俊之士却只能做小官，屈居于低下的地位。

本诗以小草比喻无才无德的世胄，以青松比喻英俊之才，以山上比喻高位，以涧底比喻小官。指出一寸多高的小草，长在高高的山上，枝叶十分茂盛，相反的，青松以百尺之材，却处于"涧底"，不能发挥自己的才干。在这种门阀形成的"地势"之下，无才德者因门第高贵而"蹑高位"，异常显赫，有才德者因门第低下而"沉下僚"，终生坎坷。一高一低，一贵一贱，形成鲜明的对比。表达了诗人对门阀制度造成的"上品无寒门，下品无世族"的不合理现象的愤慨和指责。

030　铅刀贵一割，梦想骋良图。

注释：

1. 选自晋代左思《咏史》八首之一（节录）："长啸激清风，志若无东吴。铅刀贵一割，梦想骋良图。左眄澄江湘，右盼定羌胡。功成不受爵，长揖归田庐。"
2. 铅刀：用铅做的刀。　一割：铅刀割一次就钝了。
3. 骋：驰骋，施展，实现。　图：愿望，打算，抱负。

品鉴　　这首诗是左思早年的作品，抒发了诗人希望大展宏图，为国建功立业的抱负和理想，具有一种昂扬向上的积极进取精神。

"铅刀贵一割，梦想骋良图。"大意是：铅刀虽然不是利刃，但它愿意像利刃一样去割东西，即便一割就钝了，也是很可贵的；我梦想着能有施展才能的机会，以实现自己宏伟的抱负和理想。

诗句化用汉代班超上疏请兵时说过的一段话："臣乘圣汉威神，出万死之志，冀立铅刀一割之用。"表达了诗人希望得到朝廷重用，为国效劳的思想情感。左思20岁时已博览群书，善于写文章，既懂文韬，亦懂武略。他自己常以《过秦论》作者贾谊和《子虚赋》作者司马相如的才华自况，希望自己出色的谋略能够得到施展，所以用铅刀贵一割，梦想骋良图"的诗句来表示自己的愿望和志向。

后来，"铅刀贵一割"用来比喻才能低下的人也可聊备一时之用。

031　何意百炼刚，化为绕指柔。

作者简介：

刘琨（公元271年～318年）字越石，中山魏昌（今河北省无极县）人。年轻时崇尚老子庄子之学，喜欢清谈。历任著作郎、尚书左丞、司徒左长史等职。后封为广武侯。永嘉元年（公元307年）任并州刺史时，抵抗刘聪、石勒进攻，遭遇失败。愍帝时担任大将军，统筹并、冀、幽三州军事，因追击石勒失败，又无力守住并州，遂投奔幽州刺史段匹䃅，被其杀害。其诗有丰富的现实内容和深厚的爱国之情。诗风清刚悲壮，为时人所推重。存诗3首。明人辑有《刘越石集》。

注释：
1. 选自西晋刘琨《重赠卢谌》（节录）诗："狭路倾华盖，骇驷摧双辀。何意百炼刚，化为绕指柔。"
2. 刚：刚金，钢铁。喻指英雄。　柔：柔软，柔弱。

品鉴　　这是刘琨在狱中写的一首绝命诗。卢谌是作者的诗友，二人早年志趣相投。中年以后，卢谌和刘琨一样投身卫国战争，失败后投奔刘琨，成为刘琨的僚属。刘琨追击石勒失败，投奔幽州刺史段匹䃅，卢谌也随之前往。刘琨因儿子得罪段而被段匹䃅囚禁。在狱中，刘琨写诗给卢谌，勉励他努力为国家效力。卢谌的"答诗"没有谈及国事，于是刘琨写了《重赠卢谌》，希望卢谌能够追步先贤，完成匡扶社稷的大业。

"何意百炼刚，化为绕指柔"，抒发了诗人自叹壮志摧折，寄希望于卢谌的悲慨。大意是：怎么也想不到像我这样经过千锤百炼的好钢，如今却变得那么柔软，竟然可以缠绕在指头上了。

诗人以"百炼刚"比喻自己过去久经战争考验，是一个英雄有为的人物，以"绕指柔"比喻自己而今成为阶下囚，显得那么的柔弱无助。这两句诗不仅概括了他复杂的斗争经历，也蕴含着某种人生哲理。清代施闰章《蠖斋诗话》说："非英雄失志，身经多难之人，不知此语酸鼻。"

诗句比喻贴切，已发展成为常用的成语。现在人们常用它来比喻文艺作品经过反复锤炼，达到很高的艺术水平。

032　采菊东篱下，悠然见南山。

作者简介：

　　陶渊明（约366年~约427年）一名潜，字元亮，世称靖节先生。浔阳柴桑（今江西省九江市）人。自幼博览群书，有远大的政治抱负。又生性热爱自然，淡泊名利。曾担任江州祭酒、镇军参军、建威参军等职务。41岁时任彭泽令，在任上仅81天，就不愿"为五斗米折腰"而挂冠辞职，从此隐居不仕。存诗120余首，文10多篇。其田园诗描写淳朴的农村生活，寄托诗人的社会理想，开辟了田园诗的新境地。其诗语言清新，质朴自然，个性鲜明，具有独特的风格，对中国诗歌的发展产生了广泛的影响。有《陶渊明集》传世。

注释：

选自东晋陶渊明《饮酒》二十首之五："结庐在人境，而无车马喧。问君何能尔，心远地自偏。采菊东篱下，悠然见南山。山气日夕佳，飞鸟相与还。此中有真意，欲辨已忘言。"《饮酒》作于四十一二岁，为诗人酒后醉书，故统称"饮酒"。

品鉴

　　这首诗是陶渊明歌颂闲适田园生活的著名篇章之一，写于辞官后不久。他描写清静幽美的农村景色，实际上表达了对官场肮脏的鄙弃和厌恶的情感。

　　"采菊东篱下，悠然见南山。"大意是：诗人在茅屋东边的篱笆下采摘菊花，怡然自得，偶尔抬头，不经意间，看见了远处夕阳余晖照耀下的南山。

　　诗句情景交融，笔触优美，突出了诗人与大自然契合无间的心境，使人一下子就领悟到了陶渊明的精神世界。诗中的东篱、菊花、南山景物，格调谐和自然，画面恬淡闲适，从诗人由采菊而见山的两个动作中，勾画出了诗人摆脱世俗尘网，心里淡泊宁静，一尘不染的清高形象。

　　宋代苏轼曾说："因采菊而见山，意与境会，此句最有妙处。"近人王国维《人间词话》也毫不掩饰地赞美说，这两句诗达到了"无我之境"

的艺术境界。

033 羁鸟恋旧林，池鱼思故渊。

注释：

1. 选自东晋陶渊明《归园田居》五首之一（节录）："少无适俗韵，性本爱丘山。误落尘网中，一去三十年。羁鸟恋旧林，池鱼思故渊。开荒南野际，守拙归园田。"归园田居：作于陶渊明42岁时，即从彭泽县辞官归隐后第二年（公元405年）。
2. 羁鸟：关在笼中的鸟。　旧林：原先生活过的树林。
3. 池鱼：养在池子里的鱼。　故渊：原先生活过的深水。

品鉴　这首诗写于陶渊明辞官归隐后的第二年。陶渊明"性本爱丘山"，憎恶官场的污浊险恶，他作彭泽县令，仅仅81天便挂冠而去，归隐田园，因此，融入大自然，忘情于田园山水的美好景色之中，自然就是他一生中最向往的生活了。

"羁鸟恋旧林，池鱼思故渊"两句，诗人把仕途比作尘网，樊笼，把自己13年来奔波宦海的生活，比作羁鸟、池鱼的生活，毫无自由可言。从而以羁鸟向往山林树丛，池鱼怀念溪涧渊水作喻，深切地表达了诗人在尘网中不忘家乡田园生活的心情。

这里，那陷人的尘网，困人的樊笼，不仅喻示了仕途的庸俗和污浊，官场的拘束和限制，实际上还意味着官场中的种种阴谋，勾心斗角的政治斗争和残酷的屠杀。人在其中，自然处处受到威胁，时时感到朝难保夕，不得开心颜了。因而诗人在《始作镇军参军经曲阿作》中写道："望云惭高鸟，临水愧游鱼。"之所以"惭高鸟"，是因为他感到自己像"羁鸟"；之所以"愧游鱼"，是因为他感到自己像"池鱼"。一种渴望自由的思想，不断地萦绕着他，召唤着他，流注在他的诗句之中，塑造出了一个忘情田园山水，淡泊名利，蔑视官场黑暗的清高脱俗的诗人形象来。

034 盛年不重来，一日难再晨。
及时当勉励，岁月不待人。

注释：

1. 选自东晋陶渊明《杂诗》十二首之一："人生无根蒂，飘若陌上尘。分散逐风转，此已非常身。落地为兄弟，何必骨肉亲。得欢当作乐，斗酒聚比邻。盛年不重来，一日难再晨。及时当勉励，岁月不待人。"杂诗作于晋义熙十年（公元414年），共12首，前8首大多表达晚年自勉之意，后4首多写行役之事。本诗属于前者。
2. 盛年：壮年。 再：再有，再来。 晨：早晨。
3. 勉励：鼓励。 待：等待。

品鉴 这是《杂诗》十二首中的第一首。表现诗人对人生漂泊无常、岁月难留的思索。

"盛年不重来，一日难再晨。及时当勉励，岁月不待人。"大意是：人的壮年过去了就不会再来，一天过去了也不会再回到早晨；因此应当趁年富力强之时勤勉学习，发奋自强，珍惜时光，有所作为，因为岁月的流逝是不会等人的！

诗人认为欢乐的时候应该尽情欢乐，还应当邀请邻里乡亲们一起来欢饮。但接着他又以人生应该珍惜时光，努力有所作为来自勉并勉励别人。诗句平淡无奇，但却极富理趣。他在欢乐的时候不是忘乎所以，得过且过，一味追求享乐，而是冷静地审视人生，将从生活中总结出来的富有哲理性的人生感受，写成诗篇，使情、景、理有机地结合起来，达到了潜移默化的启示教育作用。

这四句诗，平淡自然而又蕴藉深厚，已经成为人们勉励自己珍惜年华，珍惜光阴，奋发作为的千古名句！清代方宗诚《陶诗真诠》赞赏说："语意精警，令人发深省。"确能给人以深刻的启迪和警示。

035 刑天舞干戚，猛志固常在。

注释：

1. 选自东晋陶渊明《读山海经》十三首之十（节录）："精卫衔微木，将以填沧海。刑天舞干戚，猛志固常在。同物既无虑，化去不复悔。徒设在昔心，良辰讵可待。"《山海经》：古代书名，共十八卷，多述海内外山川异物和神物传说。
2. 刑天：是一种兽的名字。《山海经·海外西经》说：刑天与天帝争斗，被砍掉头颅，葬在常羊山上。刑天就"以乳为目，以脐为口，操干戚以舞。" 干戚：干，盾。戚，斧。都是古代兵器的名字。
3. 猛志：坚决斗争的意志。 固：本。

品鉴

刑天是神话传说中一种兽的名字，出自《山海经·海外西经》。陶渊明这首《读山海经》诗，极力歌颂了刑天勇猛顽强的斗志及不达目的誓不罢休的战斗精神。

"刑天舞干戚，猛志固常在。"大意是：刑天与天帝争神失败，被砍掉了头颅，然而刑天并不屈服，继续以乳为眼睛，以肚脐为嘴巴，挥舞盾牌、大斧，斗志昂扬地与天帝进行殊死战斗，直到最后一息，绝不轻言失败。

诗人盛赞刑天不屈不挠的反抗精神，寄寓着自己对黑暗现实的激愤之情。少年时代，诗人即怀有远大的理想，抱有济苍生的志向，并在《杂诗》其五中以诗言志："猛志逸四海，骞翮思远翥。"但是社会动乱，战乱不断，加之官场的黑暗，使这位志行高洁的诗人理想破灭了，只能归耕田园，独善其身。然而，诗人的心虽然在田园山水之中得到了一时的宁静，可是济世之志并未泯灭，它像一股暗流，始终在诗人心中涌动着，撞击着，一有机会便会在诗歌创作中冲撞而出，由隐而显地表现出来。

这两句诗，在诗人的创作中，属于"金刚怒目"式的诗歌，它在一个归隐田园的诗人作品中出现，一点也不奇怪。它恰恰是诗人胸怀壮志却不得施展抱负,不得已退隐田园的矛盾心理的写照。

鲁迅《题未定草》评论说:"陶渊明正因为并非浑身是'静穆',所以他伟大。"并指出这类"金刚怒目"式作品,代表着诗人创作风格的另一方面。

036 奇文共欣赏,疑义相与析。

注释:

1. 选自东晋陶渊明《移居二首》第一首(节录):"弊庐何必广,取足蔽床席。邻曲时时来,抗言谈在昔。奇文共欣赏,疑义相与析。"
2. 奇文:好文章。
3. 疑义:疑难的意义。　相与析:一起分析研究。

品鉴

陶渊明原先住在柴桑县柴桑里。公元408年,他的住房被大火烧毁。火灾后过了一年,他搬到了南里的南村居住。这首诗是在搬家后写的。

诗人以平淡的口语,表现移居南村后喜得佳邻,以及与朋友聚会论文的乐趣。诗人搬家后,对于自己的住处,只求头上能遮风雨阳光,屋里能安下一张床睡觉就心满意足了。令他快乐的是自己的陋室里,常有朋友们来光临,大家击节抵掌,漫话古往今来情事文章。为此,诗人身心都为之陶醉。

"奇文共欣赏,疑义相与析。"大意是:与朋友谈古论今,发现新奇优美的文章就一同阅读欣赏,遇到疑难不解的问题就共同研究剖析,真是人生之中一件美妙和令人赏心悦目的事了。

诗句显示出诗人高雅的志趣和旷逸的情怀,而这正是田园诗人精神寄托之所在,也是诗人恬淡性格和潜心阅读研讨的真实写照。清代温汝能在《陶诗汇评》里评论说:"'欣赏'二字亦妙,非奇文不足共欣赏;欣之赏之,此中大有会悟在。"

后人引用这两句时，常把"奇文"当作有问题的文章。成语"奇文共赏"，就是指把有问题的文章拿来供人们鉴别和批评。与陶渊明原文的意思有了天壤之别。

037 茅茨隐不见，鸡鸣知有人。

作者简介：

帛道猷（生卒年不详）东晋诗人，高僧，又名白道猷。俗姓冯，山阴（今浙江省绍兴市）人。年少时即以文章著称，性率直，喜丘壑，一吟一咏，皆有濠上之风。出家后先后居若耶山、沃洲山，与竺道壹友善。今存作品中有清寂幽邃的景象，及超然尘外的韵致。语言晓畅，意境清新，清代王夫之称其"宾主历然，情景合一"（《古诗评选》）。事迹见慧皎《高僧传》及白居易《沃洲山禅院记》。

注释：
1. 选自东晋帛道猷《陵峰采药触兴为诗》（节录）："茅茨隐不见，鸡鸣知有人。闲步践其径，处处见遗薪。"
2. 茅茨：用茅草或芦苇盖的屋顶。

品鉴　帛道猷是一个僧人，也是一个隐逸的诗人。他生活在门阀制度盛行的晋代（稍晚于陶渊明），社会政治黑暗，人才的进退主要看门第的高低，而不依据个人的品行才干，许多才德兼具的英俊之士屈居下位，抱负不能实现。帛道猷厌弃这种政治社会的黑暗和恶浊的世俗生活，他写这首诗的主旨就是劝人离开烦嚣的尘世，归隐深山。

"茅茨隐不见，鸡鸣知有人"两句，充满诗情画意。大意是：深山之中，林木茂盛，绿树环绕，茅屋就隐藏在山间林木丛中，只从偶尔传来的鸡鸣声中，知道山林深处有人家居住。

诗人用平淡自然的语言，歌颂大自然的幽美，表现隐逸生活的宁静和谐，描绘出一片美好的净土，以劝慰人们离开烦恼肮脏的尘世，归隐到大自然的美好中去。

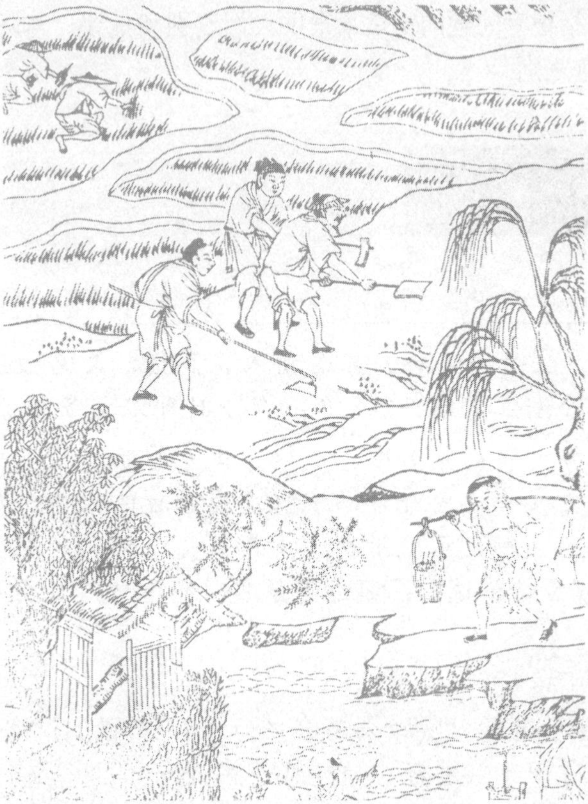

诗歌

南朝 宋、齐、梁

038 池塘生春草，园柳变鸣禽。

作者简介：

　　谢灵运（公元385年～433年）小名客儿，故又称谢客。世代居住会稽（今浙江绍兴）。是名将谢玄的孙子，袭封康乐公，世称谢康乐。青年时好学上进，博览群书。南朝宋高祖刘裕代晋，降公爵为侯，任散骑常侍。元嘉十年获罪被杀。谢为人恃才傲物，酷爱山水自然风光，写了大量山水诗歌，是我国山水诗的开创者。代表作品有《登池上楼》《游南亭》《登江中孤屿》《石壁精舍还湖中作》《石门岩上宿》等。用词富丽精工。明人辑有《谢康乐集》。

注释：

1. 选自南朝宋谢灵运《登池上楼》诗（节录）："初景革绪风，新阳改故阴。池塘生春草，园柳变鸣禽。"池上楼：在永嘉郡，即今浙江省温州市。该池后来又名"谢公池"。
2. 园柳：园中的柳树。
3. 变鸣禽：鸣叫的鸟儿换了新的种类。

品鉴　　这首诗作于宋景平元年（公元423年），诗的主旨是写仕途失意，及久病之后初春时节带来的新鲜感。

　　"池塘生春草，园柳变鸣禽"两句，写冬去春来，景物一新的景象，是诗人最负盛名的名句。大意是：池塘边的春草开始发芽生长了，垂柳吐绿，在风里飘拂着，柳枝上婉转的鸟儿，也换了一批新的种类，春天悄悄地来到了。

　　诗人病后初次登楼，感受到新春的生机和气息，流露出了内心无比喜悦的心情。语言明白晓畅，意趣生动，清新挺拔，仿佛不经意间脱口而出，却极富新意，敏锐地从春草和鸣禽的变化中捕捉到了春天的信息。

　　据说谢灵运写诗，往往有堂弟谢惠连在旁陪伴，诗思便特别活跃，常得佳句。这两句便是他梦中与谢惠连相会时，妙想偶得，写成的千古名句。

　　宋代叶梦得《石林诗话》赞扬说："此语之工，正在无所用意。猝然与景相遇，借以成章，不假绳削，故非常情所能到。"金代元好问《论诗三十首》（二十九）也给予很高评价："池塘春草谢家春，万古千秋五字新。"

039　明月照积雪，朔风劲且哀。

注释：

选自南朝宋谢灵运《岁暮》诗："殷忧不能寐，苦此夜难颓。明月照积雪，朔风劲且哀。运往无淹物，年逝觉已催。"

品鉴　这首《岁暮》诗表现感时惜生的主旨。但在对感时惜生主旨的理解和阐释上，比起同类题材的诗歌来，无论立意，景象描写，还是联想上，均要高出一等，从而开拓了一个新的境界。

"明月照积雪，朔风劲且哀"两句，写诗人由自然无限而感受到人生苦短，由人生苦短而生出愁绪，辗转不能成眠，最后因辗转不眠而观赏到明月朔风之景，构成了一幅意蕴深厚，情感复杂的完美图景。大意是：明月皎皎，照着白茫茫的积雪，天地显得清旷高朗而又萧瑟；广袤的天地之间，北风卷地，猛烈而又鸣咽，衬托出感情的孤寂而又悲凉。

前一句写目之所见：绘声绘色地写出了浩渺的大地和无垠的自然；后一句写耳闻：其中"劲"字写风的回旋鸣咽，"哀"字写"以我观物，物皆着我之色彩"（近代王国维《人间词话》）的情景，景中有情，情中有景，于凄清寒峭的气氛中透露出忧伤之情。这里，情与景已经完全融在了一起，景语即是情语，情语即是景语，已经分不清哪里是情，哪里是景了。

尤其成功的是：诗句以明月之高，积雪之广，反衬人的孤独和渺小，以天地的永恒无限，反衬人生的短暂，形象鲜明，境界开阔，感情深沉，格调有力。所以明代钟惺《古诗归》称赏其为"有骨，有韵，有色"，清代王士禛《师友诗传续录》更给以"绝妙千古"的赞誉，亦不为过。

总之，这两句诗语言平易流畅，格调高阔深远，意境鲜明沉郁，体现出深厚的锤炼功夫,具有撞击人心的艺术力量,同他的"池塘生春草,园柳变鸣禽"一样,都是传诵不衰的名句。

040 林壑敛暝色,云霞收夕霏。
芰荷迭映蔚,蒲稗相因依。

注释:

1. 选自南朝宋谢灵运《石壁精舍还湖中作》诗(节录):"出谷日尚早,入舟阳已微。林壑敛暝色,云霞收夕霏。芰荷迭映蔚,蒲稗相因依。"石壁精舍:在始宁墅附近。
2. 敛:聚。 暝色:暮色。
3. 夕霏:傍晚天空中云霞将尽时的余晖。
4. 芰:四支角的菱。 迭映蔚:指芰荷的光色相互映照。
5. 蒲:菖蒲。 稗:长得像稻子一样的草。 相因依:相互依靠。

品鉴 这首诗写诗人湖中游赏的乐趣,及从中体会到的理趣,清新自然,是其山水诗的主要代表作之一。

"林壑敛暝色,云霞收夕霏,芰荷迭映蔚,蒲稗相因依"四句,采用全景式罗列的笔法,用典丽华美的语言铺排山水奇观,色彩饱满而又斑斓,是谢灵运山水诗中最脍炙人口的诗句。大意是:山林丘壑在青黛的夜色中渐渐隐没,满天红霞也逐渐消失了它们最后的光芒,在朦胧的暮色之中,放眼望去,湖水中香菱和绿荷重重叠叠,互相映衬,一片碧绿,田野里蒲草与稗子相依相偎,在晚风中轻轻摇曳。

诗人先大笔勾勒苍茫暮色的迷蒙和残阳晚霞的绚丽,既而以细腻的笔触描摹黄昏时分草木相依相恋的姿态和神韵,鲜明形象地展示出故乡田园黄昏的美景,及黄昏带来的安谧与温馨的氛围。

善于描写山水田园景物,并在景物描绘中融景、情、理于一体,是谢灵运山水诗的一个显著特点。这四句诗就具有这样的特点。其中,诗人对动词的提炼及拟人化描写,如"敛","收","迭映蔚","相因依"

等，将山川草木写得脉脉含情，处处与人的心灵相契合，形成一种物我浑然一体的动人境界，特别令人神往。

041 时危见臣节，
　　　世乱识忠良。

作者简介：

　　鲍照（约 414～466 年）字明远，东海（今山东郯城北）人。出身寒微。一生不得志。曾任国侍郎、秣陵令、中书舍人等职。临海王刘子顼镇荆州时，鲍照为前军参军，故称鲍参军。刘子顼谋反，鲍照为乱兵所杀。其诗或描写社会不平现象，或描写边塞战争和征夫的生活，或抒写雄心壮志，或表现对美好生活的憧憬和追求。内容丰富，感情强烈，具有浪漫主义色彩。代表作品有《拟行路难》《代放歌行》《代出自蓟北门行》等。《拟行路难》大胆采用自由奔放的民歌形式，加以改造，变逐句用韵为隔句用韵，还可以自由换韵，对七言诗是一种创新发展。存诗 200 多首。有《鲍参军集》传世。

注释：

1. 选自南朝宋鲍照《代出自蓟北门行》诗（节录）："时危见臣节，世乱识忠良。投躯报明主，身死为国殇。"
2. 时危：时局垂危，指敌情严重。　节：节操。
3. 识：辨识。　忠良：忠诚于君王的贤良。

品鉴　　这是一首出色的边塞诗，真切地描写了边塞苦寒，风沙弥漫，战斗艰苦激烈的景象，和将士们勇敢战斗，浴血杀敌，誓死保卫国家的壮烈行为，表达了诗人爱国忠君的思想感情。

　　"时危见臣节，世乱识忠良。"大意是：在国家时局危难的时候，才能真正考验出臣子的气节，在世道动乱的紧急关头，才能真正识别出谁是忠于国家的贤良。

　　鲍照一生忠心为国，却怀才不遇，不得为国家建功立业，所以这两句诗言外有意，应该寄寓着诗人的慷慨不平：平时君主宠信的臣子未必有节操，未必就是忠臣良将，而平时不受君王看重的人，在国难当头之际，倒能显出英雄本色，顶天立地，捍卫国家，是真正的忠勇良臣。

　　诗句由此深刻地阐明了一个普遍的哲理：只有在生与死的紧急关头，才能考验和识别出一个人的真正品性和操守。

042 大江流日夜，客心悲未央。

作者简介：

　　谢朓（公元464～499年）字玄晖，陈郡阳夏（今河南省太康）人。与谢灵运同一宗族，人称"小谢"。曾任宣城太守，因而又称"谢宣城"。官至尚书吏部郎。南朝齐东昏侯永元元年，被诬下狱，死时年仅36岁。他和沈约等人共同开创了"永明体"，其诗平仄协调，对偶工整，开唐代律诗、绝句之先河。存诗200多首。多数作品描写山水景色，亦有少量诗作直抒怀抱。善于融裁，时出警句。风格清新秀美，意境新颖，是南朝齐最优秀的山水诗人。明人辑有《谢宣城集》。

注释：

1. 选自南朝齐谢朓《暂使下都夜发新林至京邑赠西府同僚》诗（节录）："大江流日夜，客心悲未央。徒念关山近，终知返路长。秋河曙耿耿，寒渚夜苍苍。引领见京室，宫雉正相望。"下都：指齐随王萧子隆的藩国荆州。　新林：地名。在今江苏省南京市西南。京邑：京城。南朝齐以金陵为都城（即今南京市）。　西府：指荆州随王府。

2. 未央：未止，不已。央：止。

品鉴　　这首诗写于返回京城的路上，抒发了诗人对朋友的思念和悲愤的心情。

　　"大江流日夜，客心悲未央"两句，是诗人谢朓的名句。大意是：滚滚的长江水日夜奔流，客子心中的悲伤像这滚滚的江水一样有增无已。

　　前一句以日夜奔流不息的江水起兴，写得气势磅礴，境界阔大，情思浩荡。它不仅巧妙地化用了孔子"逝者如斯夫，不舍昼夜"的句意，更在所描写的景物之中融进了自己悲慨的情感。后一句直接倾诉自己的悲慨心情，率真自然，有力地表达了内心深处"悲未央"的无穷无尽的悲哀和愁绪，堪称绝唱。

南朝齐永明九年（公元491年）到十一年（公元493年）之间，谢朓在荆州随王处任文学从事，甚受赏爱，为长史王秀之所嫉。由于长史密告朝廷，说谢朓年轻，迷惑随王，被责令返回京城。当时谢朓心中充满了忧惧悲愤的心情。他乘船顺江而下，驶向京城建业。由于日夜行驶在长江之中，感受到大江东去的壮阔美景，因而自然流出"大江流日夜"的壮美诗句。

这两句诗突出的特点是融情于景，情景相生，将诗人如江水浩荡东流的悲凉之情真实地表达了出来。语言清俊，境界壮阔。清代沈德潜《说诗晬语》对这两句诗给予了很高的评价："极苍苍莽莽之致。"

043　余霞散成绮，澄江静如练。

注释：

1. 选自南朝齐谢朓《晚登三山还望京邑》诗（节录）："灞涘望长安，河阳视京县。白日丽飞甍，参差皆可见。余霞散成绮，澄江静如练。喧鸟覆春洲，杂英满芳甸。"三山：在今南京市西南长江南岸，上有三峰，南北相接。
2. 余霞：指晚霞。绮：锦缎。
3. 练：白绸子。

品鉴　这是诗人离开京城，出任宣州太守时写的一首名诗。

"余霞散成绮，澄江静如练"两句，描写长江傍晚的江景，备受后人称赏。大意是：绚丽多彩的晚霞，在空中铺展开来，有如片片飘动着的云锦；清澈的江水，静静地在大地上流淌着，宛如一匹洁白的丝缎。

诗句比喻奇妙精巧，造语清俊贴切。诗人写云霞，用一个"散"字，便将云霞满天而又飘浮不定的姿态形容得淋漓尽致；诗人写江水，用一个"静"字，便将长江变成了一条可爱而安静的白练。云霞是仰看，大江是俯视，诗人巧妙地将上下空间景色结合在一起，构成一幅立体的画面，天光水色，动静结合，相映生辉，浑然一体，描绘出了长江傍晚优美宁静的江天景象。

这两句诗不仅受到唐代李白的高度赞赏，李在《金陵城西楼月下吟》中评价说："解道澄江静如练，令人常忆谢玄晖。"而且也受到明代胡应麟《诗薮》的大力推崇，胡认为这两句诗是唐诗的发轫，说："六朝句于唐人，调不同而语相似者，'余霞散成绮，澄江静如练'，韧唐也。"

044　天际识归舟，
　　　云中辨江树。

注释：

选自南朝齐谢朓《之宣城郡出新林浦向板桥》诗（节录）："江路西南永，归流东北鹜。天际识归舟，云中辨江树。"之宣城：这是作者出任宣州太守途中所作。之：到，去。

品鉴　　谢朓的山水诗，总是充溢着一种灵气。这首前往宣城出任太守，江行途中见到江天、归帆、云树，触景生情写的山水诗，就是这样一首充溢着灵气的诗章。

"天际识归舟，云中辨江树"两句，是诗人极目遥望所见的远景。大意是：江天邈远，天地开阔，水天相接的地方，仔细辨别，烟霭迷茫中归舟隐约可见；而江边云树融为一片的地方，仔细辨认，原来是江岸上生长的树木隐隐约约地连属在一起。

诗人使用"识"字和"辨"字，描绘出一种隐隐绰绰、朦朦胧胧的景象，里面的景物似见非见，既符合远望的特点，又含蓄委婉，别开境界，耐人寻味，成为令人击节赞赏的名句。

045　蝉噪林逾静，鸟鸣山更幽。

作者简介：

　　王籍（？～约536年）字文海，琅邪临沂（今山东省临沂市）人。南朝梁诗人。自幼好学，颇有才华，深为沈约赏识。曾仕齐为行军参军、记室。入梁后，任安成王主簿、余姚及钱塘令。性喜山水，好游览。湘东王萧绎镇荆州时，任安西府咨议参军，兼作塘县令，不理政务，终日饮酒自适，未几而卒。诗学谢灵运，格调清丽。所作多散佚。存诗仅《入若耶溪》《棹歌行》2首。

注释：

1. 选自南朝梁王籍《入若耶溪》诗："艅艎何泛泛，空水共悠悠。阴霞生远岫，阳景逐回流。蝉噪林逾静，鸟鸣山更幽。此地动归念，长年悲倦游。"若耶溪：在今浙江省绍兴市南若耶山下。
2. 噪：鸣叫。　逾：更加。
3. 幽：清幽，幽静。

品鉴　　这是王籍游览若耶溪时写的一首名诗。据《梁书·文学传》记载："郡境有云门，天柱山，籍常游之，或累月不反。至若耶溪赋诗，其略云：'蝉噪林逾静，鸟鸣山更幽。'当时以为文外独绝。"

　　"蝉噪林逾静，鸟鸣山更幽"两句，都写幽静，构思新奇，描写真切，写出了静的神韵，得到了当时萧纲、萧绎、颜之推等人的大力推许。大意是：蝉的噪叫声使树林显得更加的寂静；鸟的鸣叫声使山谷显得更加幽深。

　　诗人欲写静，却不直接写静，而是运用反衬手法，从它的反面——"动"落笔，写出山林单调的蝉噪声和鸟的啁啾声，环境反倒显得更加幽静。

　　看来诗人是懂得艺术的辩证法的，善于从不静中创造出更静的境界来。动与静既是矛盾的，又是统一的。没有动就没有静，没有静也无所谓动。这两句诗巧妙地运用了动与静的辩证关系，独具匠心地以动写静，以有声写无声，寓静于动，动中显静，用动态的声音烘托恬静的气氛。

这种以动衬静的写法，突出了静的效果，比起单纯地写静，更成功地塑造出了一种极为清幽、极为恬静的意境。

诗歌

北朝

046 天苍苍，野茫茫，风吹草低见牛羊。

作者简介：

斛律金（公元488年~567年）一名阿六敦。原名敦，改为金。鲜卑族人。归魏后，号雁臣。北齐朔州（今山西省西北部）敕勒部人。不识字，善骑射。曾在高欢部下任职。北齐文宣帝即位，封咸阳郡王，官至大司马、左丞相、右丞相。据《乐府广题》记载，东魏丞相高欢攻打西魏玉壁，士卒死者近半，神武惷愤成疾。为了安抚众军，令斛律金唱《敕勒歌》，高欢和之。这就是后世传诵的著名的《敕勒歌》。清代王夫之《古诗评选》及沈德潜《古诗源》等书，皆认为斛律金所作。歌词系由鲜卑语翻译过来。

注释：

1. 选自北朝东魏斛律金《敕勒歌》："敕勒川，阴山下。天似穹庐，笼盖四野。天苍苍，野茫茫，风吹草低见牛羊。"敕勒歌：系北朝时敕勒族的民歌，收于《杂歌谣辞》。敕勒族又名铁勒族，居住在今山西北部一带。
2. 苍苍：深青色。　茫茫：无边无际。
3. 见：同"现"，显露。

品鉴　这首民歌描绘了西北地区大草原的壮美景象，表现了游牧民族的生活，语言质朴简练，具有北朝民歌特有的明朗豪爽风格。

"天苍苍，野茫茫，风吹草低见牛羊。"大意是：大草原蔚蓝色的天空深邃广远，原野空旷辽阔，水草丰茂，牛羊散布在草原上，掩没在茂盛的牧草之中，当一阵大风吹来的时候，牧草起伏翻涌，肥壮的牛羊才随之一会儿显露出来，一会儿又被牧草遮住。

诗句语言朴素，气势豪迈，境界高远，富于浓郁的草原生活气息，写出了大草原壮观美丽的独特景象。

据说这首传诵千古的民歌为北朝东魏将领斛律金所作。南北朝时，东魏丞相高欢率大军攻打西魏要塞玉壁。久攻不下，将士死伤数万。又值高欢发病卧床，东魏只得撤军。西魏人探知消息，乘机大造谣言："高欢鼠子，来犯玉壁。剑弩一发，元凶自毙。"

谣言传到高欢营中，士兵们议论纷纷。为了稳定军心，高欢抱病去各营看望将士，安抚军心。士兵们见丞相亲临营寨，疑虑全消。高欢趁热打铁，对大将斛律金说："听说将军擅长歌唱，今日试歌一曲，如何？"斛律金知道丞相是为了鼓舞士气，于是拔刀轻拍几案，扬声高唱了这首民歌，众将士齐声和唱，军心振奋，大军得以顺利撤离回境。

诗歌

隋代

047　人归落雁后，思发在花前。

作者简介：

薛道衡（公元540年~609年）字玄卿，河东汾阴人（今山西省万荣县西）人。隋朝诗人。6岁成为孤儿，从小好学。任北朝齐散骑常侍。曾接待南朝陈的使臣傅䍧，和其诗五十韵，南北朝的文人都大为赞美。北周时历任陵州、邛州刺史。隋文帝时，以文才受到赏识。曾奉命出使南朝陈，每有吟咏，南人争相传诵。后出任襄州总管，颇有政绩。隋炀帝即位以后，做过番州刺史、司隶大夫的官职。性格耿直。存诗21首，风格趋向刚健清新，但仍带有齐梁浮靡习气。代表作有《昔昔盐》《人日思归》《出塞二首》等。明人辑有《薛司隶集》。

注释：

1. 选自隋代薛道衡《人日思归》诗："入春才七日，离家已二年。人归落雁后，思发在花前。"人日：农历正月初七日。古时风俗，每逢这一天，古人要剪彩成人形，不分男女老幼都戴在头上，叫做"人胜"，又名"春胜"。后代"人胜"的制作愈益精巧，用来在人日这天互相赠送。
2. 雁：鸿雁。传说鸿雁在正月里从南方飞回北方。
3. 思发：思念回家。思：想。发：出发，回家。　花：开花。指春天。

品鉴　隋文帝开皇四年（公元584年）冬天，诗人薛道衡奉命出使陈朝，写下了这首著名的《人日思归》诗。

"人归落雁后，思发在花前"两句，着重抒写诗人思归的急切心情。大意是：在春花开放之前，我就盘算着回乡了；现在春天来临，春花已经开放，大雁排着"人"字从头顶掠过，飞回北方，我却落在了大雁的后面，不能立即归去。

据说，陈朝君臣在人日（农历正月初七）这天设宴款待薛道衡。因素慕他的诗名，席间，请他以"人日"为题，赋诗赐教。薛道衡亦不推辞，略一思索，开口吟道：

> 入春才七日，离家已二年。

众人听了，不禁窃窃私语起来。尚书令兼诗人江总亦觉得这两句诗太俚俗，不堪入诗，但碍于薛道衡是隋朝使节，便使眼色示意大家安静。薛道衡看在眼里，却不以为意，待大家安静下来，朗声续了后面两句：

人归落雁后，思发在花前。

众人听了，无不拍手称赏，感叹地说，"名下固无虚士。"原来薛道衡用前两句的平淡俚俗，来衬托后两句的隽逸精巧，四句连在一起，就成了一首完整的佳作。

众人称赞这首诗，是因为鸿雁由南向北飞，与诗人的处境相仿；而诗人思归早于花前，归期迟于雁后，准确地表达了诗人欲归未归的心理活动。

这两句诗在结构的安排上也是匠心独运的。诗人先说结果：迟归于雁后；后说先前的心思：早就萌生的思归愿望，巧妙地流露出诗人羁旅异乡的那种无可奈何的怅惘之情。从诗句中，读者仿佛可以听见诗人在叹息：鸿雁啊，你们有一双自由的翅膀，你们定然比我先回到家乡，但是，我的心思却早在你们之前就已经飞到家了！

比喻形象，结构精巧，语言平淡，情味浓厚，是这两句诗的显著特点，表现出典型的齐梁风格。

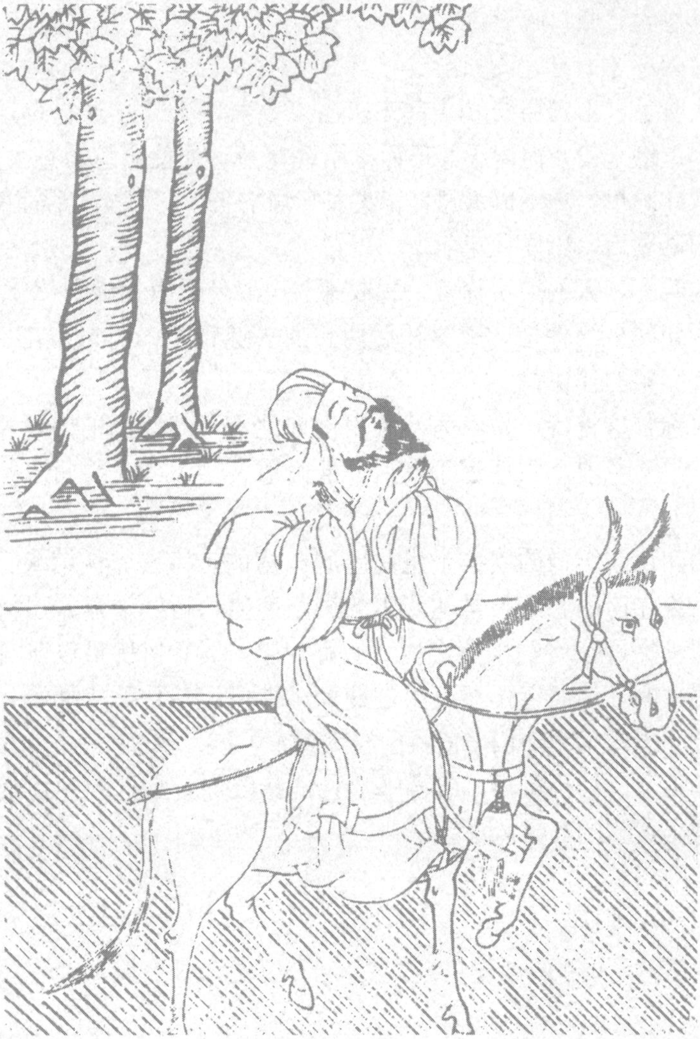

诗歌

唐代

048　居高声自远，
　　　　非是藉秋风。

作者简介：

虞世南（公元558年~638年）字伯施，越州余姚（今浙江省余姚市）人。少时勤学好思，有文名。开始在南朝陈为官。入隋后，任秘书郎、起居舍人等职。隋灭后入唐，任弘文馆学士，官至秘书监。世称"虞永兴"。善写文章，敢于直言劝谏，太宗称其有五绝：德行、忠直、博学、文辞、书翰。诗歌创作主张"雅正"。但诗作多是应制、奉和、侍宴之类，文词典雅工丽，内容却较为贫乏。其代表作《蝉》诗有兴寄，风格清俊，《从军行》等边塞诗也较为刚健。《全唐诗》录其诗32首。

注释：

1. 选自唐代虞世南五绝《蝉》诗："垂緌饮清露，流响出疏桐。居高声自远，非是藉秋风。"
2. 居：坐，住。
3. 藉：凭借，依靠。

品鉴　这首诗借咏蝉寄意，比喻品德高洁的人，即使没有权势地位可以凭借，他们的声名仍然能够远远播扬。

"居高声自远，非是藉秋风"两句，大意是：居于高大树木上的秋蝉，鸣叫的声音自然传得很远很远，倒不是凭借秋风吹送的缘故，而是因为它居处在树梢高处。

虞世南的《蝉》诗，以蝉的鸣声为喻，从文学的角度，进一步形象地说明了这个问题。蝉鸣之声远传，一般人往往以为是借助于秋风的传送。诗人却从另一个角度，体会到一个做人的道理：认为其鸣声之所以能够致远，完全是由于自身"居高"的缘故。因此品格高洁的人，不需要凭借外在的权势地位及有力者的支持，自能声名远播，确实颇有见地。

当然，声名远播的关键是自身要有人格的美，人格的力量。诗句中的"自"字、"非"字，正是从一正一反两个方面，强调了人的这种内在品质的重要性。

唐太宗曾多次称赏虞世南的"五绝"诗，由此可以推测，诗人笔下的"蝉"，带有浓厚的自况的意味。清代沈德潜《唐诗别裁集》说："咏蝉者每咏其声，此独尊其品德。"也是十分中肯的评论。

049 疾风知劲草，板荡识诚臣。

作者简介：

李世民（公元599年～649年），李渊次子。大业十三年（公元617年）随父起兵反隋。唐建国后封为秦王。武德九年（公元626年）即帝位，史称唐太宗。在位23年，常以隋亡为戒，深知"水能载舟，亦能覆舟"，知人善任，注重纳谏，励精图治，使唐初社会经济迅速得到恢复和发展，出现了史称的"贞观之治"。文学上，反对梁、陈君主及隋炀帝的浮艳文风。其诗记述平定暴乱的戎马生涯，抒发治国图强的宏伟理想，内容充实，风格秀朗，对唐代诗歌的发展有开启的作用。他也写一些宫中游宴行乐的诗，讲求骈俪对偶，尚未完全摆脱六朝宫廷诗的风气。《全唐诗》《全唐诗外编》录其诗102首。

注释：

1. 选自唐代李世民《赐萧瑀诗："疾风知劲草，板荡识诚臣。勇夫安识义？智者必怀仁。"萧瑀：唐太宗的大臣之一。
2. 疾风：猛烈的大风。　劲：强劲有力。　劲草：强健的草。
3. 板荡：《诗经·大雅》中有《板》《荡》两篇，内容是写周厉王统治无道，社会黑暗，局势动荡。故后人用"板荡"比喻动乱世道。诚臣：忠臣。

品鉴

萧瑀是唐太宗的大臣之一。据《新唐书·萧瑀传》记载，唐太宗李世民的这首诗，是专为称赏萧瑀而写的。

"疾风知劲草，板荡识诚臣"两句，因蕴含一定的辩证思想而广为传诵。大意是：猛烈的大风吹过以后，弱草倒伏，唯有劲草挺立，只有这时候才能知道什么样的草是坚韧的；时局动荡，形势危急，群小自危，唯有忠臣英勇赴难，只有这时候才能识别出谁是忠心耿耿的良臣。

诗人以人们司空见惯的自然现象作比喻，形象而又深刻地阐明，情况和环境发生变化，特别是在困难和危险的时候，往往成为人们识别忠奸真伪的可靠条件：在风和日丽的平和日子里，劲草与一般的草差不多，看不出它的优良品质；在和平安宁的环境中，诚臣也与一般的臣子没有明显的区别。这是因为他们特殊的品格没有显露出来，因而不易鉴别。只有在危急严峻的紧要关头，才能考察出一个人的真正品格和节操；只有经过血与火的洗礼，才能鉴别出谁是坚定的忠勇良臣。

050 树树皆秋色，山山唯落晖。

作者简介：

王绩（约589年~644年）字无功，号东皋子，绛州龙门（今山西省河津）人。隋朝时任秘书正字。入唐以后，因官场失意，弃官还乡，过着隐逸闲居的生活。他嗜酒成癖，有"斗酒学士"之称。诗文也经常以"酒"为题材，如《醉后》《独酌》等。诗风与陶渊明非常相似，善于使用平淡清雅的笔法，描写充满闲情逸致的田园生活。尤长于五言律诗。后人辑有《东皋子集》。

注释：

1. 选自唐代王绩《野望》诗："东皋薄暮望，徙倚欲何依。树树皆秋色，山山唯落晖。牧人驱犊返，猎马带禽归。相顾无相识，长歌怀采薇。"
2. 秋色：指树木凋残的衰败景象。
3. 落晖：落日的余晖。

品鉴 这是诗人归隐后写的一首诗。诗人处于隋末唐初的社会动乱中，因官场失意而退隐东皋山野，诗中就反映了这种隐逸的生活，及怀才不遇的苦闷心情。全诗以质朴平淡的风格，描绘出一幅生动的秋景山色图，意境丰富，表现了诗人寄情山水及不同流俗的孤高品格。

"树树皆秋色，山山唯落晖"两句，描写薄暮中的山景，是诗中名句。大意是：举目四望，起伏连绵的山峦，映照在落日的余晖中，仿佛涂染上了一层橘黄的色彩，辽阔、静穆而又安详；山上的树木已经开始衰落变黄，呈现出一片秋色，衬着逐渐变淡的日光，越发显得萧瑟而又苍凉。

诗人采用静态素描法，把远近高低的景象融合汇集在同一个画面里，诗中有画，静中有动，景中含情，色彩明丽，意境幽远。特别是"皆"字、"唯"字，以虚托实，把满山余晖，万树秋色的美景，描绘得形象逼真，辽远壮阔，构成了独特的鲜明景象。而且，这夕阳黄昏，这苍茫暮色，与诗人失意官场，彷徨消沉的心情也是十分合拍的。

初唐时，律诗格律并不严格，但王绩这首五律，平仄对仗较为规范，标志着初唐五言律诗开始走向成熟。

051 火树银花合，星桥铁锁开。

作者简介：

苏味道（公元648年～705年），赵州栾城（今河北省栾城县）人。9岁能文，20岁举进士。任咸阳尉。武后时升迁至宰相。苏味道做事缺乏决断，怕得罪人，喜欢和稀泥，苟全取容，模棱两可，人们称之"苏模棱"。长安四年（公元704年）被贬为眉州刺史。中宗时恢复相位。因谄附张易之兄弟，又被贬为眉州刺史。工诗善文，与李峤并称"苏李"，加上崔融、杜审言，合称"文章四友"。其诗多侍宴、咏物之作。《全唐诗》录其诗15首。

注释：

1. 选自唐代苏味道五律《正月十五夜》诗："火树银花合，星桥铁锁开。暗尘随马去，明月逐人来。游妓皆秾李，行歌尽落梅。金吾不禁夜，玉漏莫相催。"
2. 火树：指悬着许多灯笼的树。银花：指灯光。比喻灯火的繁盛。　合：形容灯光连成一片。
3. 星桥：城关外面城河上的桥。因为点缀着无数明灯，灯影照耀，城河望去有如天上的星河，桥似乎是架在了星河上，所以称

"星桥"。　铁锁：秦李冰开凿蜀江，置七桥，每桥一副铁锁。铁锁开：比喻京城开禁，允许夜晚活动。

品鉴　这首诗描写京城长安元宵之夜的景象。据记载：每年元宵前后三天，长安城里都要大放花灯，夜间解禁，人们可以自由出入观灯赏灯。在这三天夜里，长安城里大街小巷观灯的，赏灯的，人山人海，整个城市都沉浸在一种热闹欢乐祥和的气氛中。

"火树银花合，星桥铁锁开"两句诗，逼真地描绘出了京城长安元宵佳节灯景的繁华和热闹。大意是：元宵佳节，长安城里明灯错落，万家灯火，映射出灿烂的辉光，构成一幅璀璨奇丽的美丽景象；城关外河的水面上映照着两岸千千万万的灯影，有如天上的星河，横跨在河上的桥梁，此时成了名副其实的"星桥"。由于开了禁，人们可以自由出入城门，因此游人往来如织，欢声笑语如歌，熙来攘往，盛况空前。

诗人用火树、银花、星桥描写灯光，写尽了节日风光的繁盛，是诗人颇为得意之笔，也深受人们喜爱，一直广为传诵。直到今天，我们仍然用"火树银花"来形容灯火辉煌的美丽和灿烂。

052　前不见古人，后不见来者。

作者简介：

陈子昂（公元659年～700年）字伯玉，梓州射洪（今四川省射洪县）人。开耀进士。有进步的政治理想，武后当政时期，因上书论政，受到青睐，官麟台正字、右拾遗。世称"陈拾遗"。敢于直谏，为权贵所憎恶。后从武攸宜远征契丹，因屡次进言献策，武不听，反降职为一名军曹。圣历元年（公元698年）辞官回乡，被县令段简诬陷致死。文学上主张改革诗风，提倡汉魏风骨，强调寄兴，反对六朝绮靡文风。其诗风格浑厚刚健，苍劲有力，是唐代诗文革新运动的先驱和旗帜。所作《感遇》诗38首、《登幽州台歌》等诗，指斥时弊，抒写悲愤，内容充实，风格高峻。李白、杜甫、白居易等人都深受其影响。有《陈拾遗集》传世。

注释：

1. 选自唐代陈子昂《登幽州台歌》："前不见古人，后不见来者。念天地之悠悠，独怆然而涕下！"幽州台：即蓟北楼，亦名蓟丘、燕台。唐代属幽州。故址在今北京市西南。
2. 古人：指前辈先贤。即古代那些能够礼贤下士的贤明君主。
3. 来者：指后贤。即能效法前贤，重用人才的后代君王。

品鉴 武则天万岁通天元年（公元696年）契丹人李尽忠、孙万荣等攻陷营州。武则天委派武攸宜率军征讨。陈子昂在武攸宜幕府担任参谋，随同出征。武攸宜为人轻率，少谋略。次年兵败，情况紧急，陈子昂请求分兵万人作前驱，迎击敌人，武不同意。稍后，陈子昂又向武进言，反而受到降职处分。诗人接连遭受挫折和打击，报国的宏图顿时成为泡影，因此满怀悲愤登上幽州台，面对辽阔壮丽的山河，神驰于苍茫无际的宇宙，唱出了这首震撼千古的不朽诗篇。

"前不见古人，后不见来者"两句，大意是：登上幽州台，回首过去，看不到雄才大略、任人唯贤的古代先贤，瞻念前途，看不到能效法先贤唯才是用的后之来者，前程渺茫，令人叹息不已。

诗人登高望远，想到古时的郭隗、乐毅得到燕昭王的重用，干出了一番惊天动地的事业来，名垂后世。而自己心怀壮志却孤处于世，无人赏识，不能为国家建功立业。因而一种生不逢时的孤独、寂寞、悲慨的情绪油然而生，发而为诗，这种悲凉的情绪便贯注在诗句的字里行间，成为千古传诵的名句。千百年来，不知感染了多少怀才不遇的人士，也不知获得了多少人的共鸣和同情！

053 明月隐高树，
　　长河没晓天。

注释：

1. 选自唐代陈子昂《春夜别友人》诗："银烛吐青烟，金樽对绮筵。离堂思琴瑟，别路绕山川。明月隐高树，长河没晓天。悠悠洛阳道，此会在何年？"

2. 长河：银河。 没：淹没，消失。

品鉴 这首诗描写送别、惜别的深情。全诗围绕一个"别"字，层层展开，步步深入，到五六句达到高潮。在这两句诗中，诗人用"隐""没"作铺垫，暗示客人即将离去而又无可奈何的心情，别有一番情韵。

"明月隐高树，长河没晓天"两句，大意是：天将亮了，明月渐渐西沉，隐没在高高的树梢后面；天上的银河也在愈来愈明亮的曙色中，慢慢地消失了它的身影。

从宴席上的热闹情绪，到明月西沉，再到天上的银河在曙色中消失，诗人将深挚的感情融入到诗句之中，营造出了一种低回惆怅，缠绵婉转，依依不忍离去的惜别之情，表现出一种郁悒的情调美。其中"隐""没"二字，炼字精妙，对仗工整，声调流转，抓住了天亮前的景色特征，起到了点睛传神的作用。

诗的最后两句说：我就要登上漫长而辽远的洛阳大道，今朝分别，不知何年何月再能相会，含蓄深婉，融情入景，是对诗句景物描绘的进一步深化和发挥。

054 儿童相见不相识，笑问客从何处来。

作者简介：

贺知章（公元659年~约744年）字季真，越州永兴（今浙江省萧山）人。武则天证圣元年（公元695年）进士，授国子四门博士，曾任礼部侍郎、太子宾客兼秘书监等职。唐玄宗天宝三年（公元744年），因病请度为道士，辞官回乡隐居，自号"四明狂人"。不久去世，年86岁。性情豪放，喜谈笑，擅长草书隶书，与张若虚、包融、张旭合称"吴中四士"。与李白、张旭等8人友善，并称"醉中八仙"。醉后挥毫，文不加点，每有可观。其诗以绝句见长，善用比喻，富于感情，挥洒自如，体现了他豁达的性格。《回乡偶书》《咏柳》为其代表作。《全唐诗》录其诗19首，编为1卷。

注释：

选自唐代贺知章《回乡偶书》诗二首之一："少小离家老大回，乡音无改鬓毛衰。儿童相见不相识，笑问客从何处来。"偶书：随意记下。

品鉴

　　天宝初年，86岁的贺知章辞去官职，以老病回到故乡越州永兴（今浙江省萧山）。到家后写的这首诗，表现了诗人热爱乡土的感情和归家后的喜悦心情。

　　"儿童相见不相识，笑问客从何处来"两句，写儿童问话的细节、神态，隐含着50多年人事沧桑的变化，尤令人感慨万端。大意是：我离开家乡很久了，如今回到家乡，已是两鬓雪白，老态龙钟，虽然乡音未改，但儿童们见了都不认识我，以为我是外地客人，笑着问我从哪里来！

　　贺知章30多岁离家宦游，如今回乡，已是80多岁的老人了。所以村里的儿童们不认识他，笑着问他从哪里来。问者固然活泼可爱，可被问的诗人却感到悲伤。在自己感到熟悉亲切的家乡，在笑意可掬的后辈儿童面前，自己竟然一下子变成了一个过路的陌生人，被乡亲们遗忘了，怎能不感慨万千，心绪复杂呢。这种情绪体现在诗句当中，就流露出一层莫名的惆怅，并透出一种淡淡的莫名的孤独。

　　诗句语言虽然浅近，含意却十分丰富，而且音节响亮，流畅优美，读起来朗朗上口，十分亲切自然。

055　不知细叶谁裁出，
**　　　二月春风似剪刀。**

注释：

1. 选自唐代贺知章的《咏柳》诗："碧玉妆成一树高，万条垂下绿丝绦。不知细叶谁裁出，二月春风似剪刀。"
2. 细叶：细小的柳树叶。
3. 裁：剪裁。

品鉴　这是一首比喻贴切、构思精巧的咏柳诗。古代有折柳送别的习俗，因"柳"谐音"留"，人们便以赠柳表达挽留的意思，因而"咏柳"诗中也就多了几分感伤的情调。但贺知章这首诗却一反传统情调，写得生趣盎然，格调清新，活泼舒畅，令人心情感奋。

"不知细叶谁裁出，二月春风似剪刀。"大意是：曼长袅娜的柳条，不经意间已经吐绿，绽放出了点点嫩叶，是谁把它打扮得如此美丽呢？原来是二月的春风，像神奇的剪刀，精心剪裁出了千万条美丽的柳丝。

诗人敏感地捕捉到了春的信息，并以拟人化的手法，通过一问一答，将自己的心意、情感融入其中，情不自禁地赞美春的无限生机，讴歌春的伟大，读后令人耳目一新。

诗人将春风比喻为剪刀，万条吐绿的柳叶都是由它剪裁出来的，这种比喻新颖巧妙，清新活泼，给读者以广阔的想象空间，也使这两句诗成为了"咏柳"的千古名句。

056　海上生明月，天涯共此时。

作者简介：

张九龄（公元678年～740年）字子寿，一名博物，韶州曲江（今广东省韶关市）人。7岁能文。神功元年（公元697年）进士。历任中书舍人、集贤院学士、中书侍郎等职。唐玄宗开元二十一年（公元733年）任宰相，后加金紫光禄大夫，封始兴伯。为唐代开元著名贤相。后被李林甫进谗诽谤，贬为荆州刺史。不久告老还乡。能诗善文，名重当时。其贬谪后的诗作以寄兴为主，讽喻时政，思想深刻，含蓄深永。代表作《感遇》诗12首格调清雅，含蓄潇洒，与陈子昂诗风相近。后世常以陈、张并举。《全唐诗》存其诗218首，编为三卷。

注释：

1. 选自唐代张九龄《望月怀远》诗："海上生明月，天涯共此时。情人怨遥夜，竟夕起相思。灭烛怜光满，披衣觉露滋。不堪盈手赠，还寝梦佳期。"怀远：怀念远地的情人，是诗人的一种寄托，不一定是实指。

2. 天涯：天边。涯，边。

品鉴

张九龄是唐朝有名的贤相之一，他主持朝政的时候，李隆基已经做了20多年的"太平天子"，生活日趋享乐，政治逐渐腐败，开始喜欢阿谀逢迎，并经常做出一些不恰当的任命。每有这种情况，张九龄都敢反对，直言相谏。晚年张九龄贬官荆州，继承《楚辞》浪漫主义的手法，写了一些五言古体《感遇》诗，寄慨遥深。这首怀念远人的诗篇，就寄寓了诗人对美好理想的热烈追求。

"海上生明月，天涯共此时"。大意是：遥望远方，一轮明月从远远的海上升起，大地沐浴在它清冷的光辉里；我望着天上这皎皎的明月，思念远方的情人，我相信此时远方的情人，也和我的心情一样，在深深地怀念着我。

这里，情人只是诗人的一种寄托，并非实指女性情人。自屈原以来，诗人多以美人香草作寄托，以此比喻君臣之间的亲密关系。这里也是指诗人和君主之间的关系。当时，诗人贬官荆州，离长安千里迢迢，所以是在怀念远方的朝廷，远方的君主，希望重新得到君王的宠信和重用。

如果我们这样来理解这首诗，它无疑就是一首政治感遇诗。诗人说的"共此时"，表达了诗人希望君主也在怀念自己的一种愿望。实际上，这只是诗人的一种单相思，因为诗人已经贬为荆州刺史，远方的情人（君主）此时恐怕早就把他遗忘了。

然而，诗人对远方的情人始终是怀念的，但怀念归怀念，其实诗人心里明白，远方情人早已如明月在天，可望而不可即了。尽管诗人切切思念，孜孜不倦地追求，依然得不到君主的信任、召见，所以诗人的追求始终是渺茫的和不可企及的。

这两句诗起势遥远，格调清新明朗，自有一种高华浑融的气象。不说"望"而望已在其中，充满了一种缠绵悱恻的相思之情，语言虽然平淡，而情韵却十分深厚，耐人寻味。

057　海内存知己，天涯若比邻。

作者简介：

　　王勃（公元649年～676年）字子安，绛州龙门（今山西省河津市）人。14岁时应举及第，曾任沛王府修撰、虢州参军，后获罪免职。仪凤元年秋八月，去交趾（今越南）探望父亲时，渡海溺水而亡，死时年仅28岁。王勃少年时就才华出众，和杨炯、卢照邻、骆宾王并称"初唐四杰"。善作骈文，其《滕王阁序》十分有名，为前人推崇备至。诗风"高朗"，笔调清新质朴，韵律婉转起伏，冲破了陈、隋、初唐时盛行的浮艳诗风，对唐代律诗的形成和发展有一定贡献。也得到了杜甫的肯定。有《王子安集》传世。

注释：

1. 选自唐代王勃《送杜少府之任蜀州》："城阙辅三秦，风烟望五津。与君离别意，同是宦游人。海内存知己，天涯若比邻。无为在歧路，儿女共沾巾。"少府：县尉的通称，负责治安，其位在县令之下。唐代官制，每县有县令、县尉，"令"称"明府"，"尉"称"少府"。杜少府是诗人的朋友，其名不详。　之任：赴任。之：去，到。　蜀州：治所在今四川省崇州市。
2. 海内：四海之内，天下。古代的人们认为中国的周围都是海，所以称整个中国为海内。　存：有。　知己：知心好友。
3. 天涯：天边，极远之处。　比邻：邻居。唐朝的社会组织，五家相连为"比"，二十五家为邻。

品鉴

　　王勃的时代，唐帝国正处在上升阶段，国力强盛，疆域辽阔。而王勃本人又是少年得意，14岁考中"幽素科"，不久就在长安做官。这首赠别诗就是在长安任职后送别朋友所作。当时，这位年轻诗人才大学博，名高气盛，对前途充满了信心，反映到这首诗中，是王勃既写了别中之别，又写出了分别中的壮志豪情。

　　"海内存知己，天涯若比邻"两句，是流传千古的名句。大意是：在辽阔的国土上,只要是互相了解的知心好友,即便远在天涯海角,仍能心志相通,和邻居一样亲近。

诗人以"海内"的辽阔,"天涯"的遥远,来衬托朋友之间友情的真诚深挚,在离情别意之中,表现出豪迈的襟怀,雄阔的气象,表达了一种乐观旷达,积极向上的情感。

同时,诗句也揭示了感情不受地域阻隔的辩证关系:即思想上的心意相通,心心相印,就能缩短心理距离,即使相隔万里,也感到彼此犹如近邻一般,千百年来一直给人们以精神上的激励和鼓舞。

这两句诗旋律高昂,意境挺拔,情调健康,反映了诗人意气风发的精神面貌。语言自然流畅,近于口语化,别具一格,改变了唐初以来齐、梁的浮靡风气,而代之以雄健朴质的新诗风,开启了盛唐诗歌创作的先河。

058 送君还旧府,明月满前川。

作者简介:

杨炯(公元650年~?),华阴(今陕西省华阴市)人。"初唐四杰"之一。曾任校书郎、崇文馆学士、太子詹事司直。武后光宅元年(公元684年),因堂弟参与徐敬业扬州起兵讨伐武则天的活动,被贬为梓州法曹参军。后出为盈川令。自幼聪明博学,善文章,与王勃、卢照邻、骆宾王齐名,并称"王杨卢骆"。自视颇高,曾感叹说"吾愧在卢前,耻居王后"。不满六朝绮靡诗风,蓄意革新,以五言律诗见长。其诗多乐府、纪行和送别之作,韵调谐婉,文字洗练。《从军行》《出塞》写边塞从军生活,激昂慷慨,热忱感人。《全唐诗》存其诗33首,编为一卷。

注释:

1. 选自唐代杨炯《夜送赵纵》诗:"赵氏连城璧,由来天下传。送君还旧府,明月满前川。"赵纵:诗人的朋友,赵州(今河北省赵县)人,颇具才华。
2. 旧府:故乡的旧居。

品鉴 这首送别小诗,写得轻松简洁,情满胸襟,而又十分富有情趣韵致。

"送君还旧府,明月满前川"两句,大意是:今夜送你回赵国的故乡去,明月当空,清辉泻地,照在前面的江水之上,这样的良宵美景我俩暂时还能一起欣赏,而从今夜你走以后,我们天各一方,此情此景便只能成为美好的回忆了。

诗人在明月朗照的前川送别友人,寓情于景,言辞恳切,情意殷殷,流露出依依惜别的深情。"明月满前川"中的"满"字,不单是形容月光普照大地,而是突出了诗人送别朋友时的深厚情意。诗句中虽然没有浓烈的表达感情的词语,但由于比喻恰切,抒情巧妙,语语中的,字字动人,读之感到诗人的满腔情意溢于言表,收到了很好的艺术效果。

059 宁为百夫长,胜作一书生。

注释:

1. 选自唐代杨炯《从军行》诗:"烽火照西京,心中自不平。牙璋辞凤阙,铁骑绕龙城。雪暗凋旗画,风多杂鼓声。宁为百夫长,胜作一书生。"从军行:乐府旧题。多写军旅生活的艰苦辛劳。东汉末王粲曾作《从军行》五首,描写曹操征战张鲁和孙权的事情。
2. 宁为:宁愿做。
3. 百夫长:率领百人士兵的军长。泛指下级军官。

品鉴 这是唐代最早的著名的边塞诗,表达了诗人耻作书生,向往边塞杀敌,立功报国的豪情壮志。

"宁为百夫长,胜作一书生"两句,深刻表达了唐代书生决心投笔从戎的壮志豪情。大意是:宁愿做一个下级军官,率领一百个士兵驰骋疆场,杀敌立功,保卫边疆,也比整天坐在书斋里,舞文弄墨,吟诗作赋强。

诗句铿锵有力地表明在外敌入侵,烽烟四起,战火弥漫之时,充满爱国热情的诗人,深感国家兴亡,匹夫有责,决心投笔从戎,英勇杀敌,在保卫祖国的战斗中体现自己的人生价值。

诗人所处的时代,唐王朝刚刚建立,政治开明,经济恢复,国力日益增强,有志气的知识分子的内心世界随之发生了很大变化,充满了一种自豪的昂扬向上的精神风貌。他们除了读书应考之外,也希望投笔从戎,戍边杀敌,从马背上获取功名。杨炯这两句诗,反映的不仅是唐代知识分子要求为国立功的战斗精神,也反映了唐代社会意气风发,昂扬奋进,蒸蒸日上的时代精神。

060 昔时人已没,今日水犹寒。

作者简介:

　　骆宾王(约638年~?)唐代诗人,婺州义乌(今浙江省义乌市)人。七岁能诗。高宗时曾入蜀从军,任武功、长安主簿,升侍御史,人称"骆侍御"。不久遭武后诬陷下狱。遇赦获释后,出为临海县丞。光宅元年(公元684年),徐敬业起兵讨伐武则天,骆宾王撰写《代李(徐)敬业传檄天下文》,情辞慷慨,在当时广为流传。武则天读后,曾有"宰相安得失此人"之叹。兵败后不知去向。与初唐王勃、杨炯、卢照邻并称"王杨卢骆"。其诗工整洗练,风神清峻,格律严谨,尤长于七言歌行。长篇《帝京篇》、五律《咏蝉》均为传世名作。《全唐诗》录其诗120余首,编为三卷。

注释:

1. 选自唐代骆宾王《易水送别》诗:"此地别燕丹,壮士发冲冠。昔时人已没,今日水犹寒。"易水:水名,即今河北省易县的易河。战国时,燕国太子丹送别荆轲于此水之上。
2. 没:同"殁",死亡。荆轲入秦后,假献"督亢之图",内藏匕首,待地图展现完毕时,拔出匕首欲行刺秦王(即后来的秦始皇),其事未成,为秦所杀。
3. 寒:寒冷。

品鉴

骆宾王少负高才，却只做过一些小官，政治上郁郁不得志，对武则天的统治深为不满，暗中期待时机，梦想为匡复李唐王朝干一番事业。《易水送别》这首诗，就曲折地反映了诗人在时机未到来之前的那种沉沦压抑、彷徨企求的苦闷心情。

"昔时人已没，今日水犹寒"两句诗，借古讽今，充满了对荆轲的崇敬之情。大意是：当年在这易水之上，壮士荆轲慷慨赴秦，怒发冲冠的动人故事，已经过去了；但今天的易水依然寒气逼人，正像当年荆轲长歌告别的悲壮情景一样。

据历史记载，战国末年，荆轲为燕太子丹复仇，入秦刺杀秦王。燕太子丹、高渐离、宋意等人身穿白衣，头戴白帽，为其饯行于易水之上。高渐离击筑，荆轲按剑而歌："风萧萧兮易水寒，壮士一去兮不复还。"歌声悲凉慷慨，高亢激越，场面十分悲壮。如今，诗人送别友人，又同在易水之上，抚今追昔，自然想起了荆轲的故事。

这里，"没"字起到了过渡的作用，由咏古人自然而然地转到喻今，说明历史悲剧已成过去。但"水犹寒"三字，却含义丰富，表面上是在赞扬壮士的精神流传千古，实际上却隐含了诗人对现实环境的深切反感，暗示今日易水之滨仍然有像荆轲一样视死如归的壮士，读来令人有回肠荡气之感。后来骆宾王参与讨伐武则天的活动，这两句诗似乎是诗人心迹的一种先期征兆。

这首诗虽然名为送别，却并没有告诉我们送别的是什么人，而是直入史事，借怀古以慨今，借史事以抒怀，一吐心中蕴蓄着的愤激之情。与一般送别诗相比，确是别开一生面，别树一旗帜，开了送别诗的风气之先。

061 露重飞难进，风多响易沉。

注释：

选自唐代骆宾王《咏蝉》诗："西陆蝉声唱，南冠客思侵。不堪玄鬓影，来对白头吟。露重飞难进，风多响易沉。无人信高洁，谁为表予心。"

品鉴 高宗仪凤三年（公元678年），骆宾王任侍御史，因数次上书议论政事，触忤武后（武则天），遭到武后的嫉恨和诬陷，被加以贪污的罪名，关到大牢之中。这首诗便是在狱中写成的。

"露重飞难进，风多响易沉"两句，以秋蝉的困苦比喻自己的艰难处境，大意为：露水浓重，秋蝉的翅膀沾满露水，飞行起来非常困难；由于风声大，蝉的鸣叫声轻易地就被风声淹没了。

这两句诗以秋蝉生活处境的艰难，比喻自己处境的艰险，含蓄而又深沉。表面上字字说蝉，实际上字字说自己。诗人用"露重""风多"比喻环境险恶，自己遭诬陷，下到狱中，精神上受到很大打击；用"飞难进"比喻自己政治上坎坷不得意，理想不能实现；用"响易沉"比喻言论受到压制，自己上书议政，却无辜遭到诬陷。因此，这短短十个字承载了诗人太多的遭遇和不幸，字里行间无不浸透着一种悲痛感伤的情调。

由于设喻巧妙，"蝉"与诗人浑然相融，物我一体，"蝉"即指诗人，诗人的遭遇即"蝉"的遭遇。诗人咏蝉，实际上就是咏自己，借物抒情，情景相融，达到了很高的艺术造诣。

062 云霞出海曙，
梅柳渡江春。

作者简介：

杜审言（公元645年～708年）字必简，祖籍襄阳（今湖北襄阳），后迁至巩县（今河南巩义）居住。杜甫祖父。唐高宗咸亨年间进士，曾任丞、尉等职。武则天时历任著作郎、膳部员外郎。后受张易之兄弟牵连，流放峰州。不久重新起用，任国子监主簿、修文馆直学士。年轻时与崔融、李峤、苏味道合称"文章四友"，是唐代近体律诗形式的奠基者之一。五言律诗格律严谨，对仗工整，对唐朝许多诗人都有影响。《全唐诗》录其诗40余首，编为一卷。

注释：

1. 选自唐代杜审言《和晋陵陆丞早春游望》诗："独有宦游人，偏惊物候新。云霞出海曙，梅柳渡江春。淑气催黄鸟，晴光转绿萍。忽闻歌古调，归思欲沾襟。"和：陆丞作了一首《早春游望》的诗，大约是游览春景而引动乡思。杜审言以同样的主题写诗回答他，就称之为"和"。所写的诗，称为"和诗"。晋陵：在今江苏省常州市武进区。 陆丞：姓陆的晋陵县丞，其名不详。 丞：辅佐县令的官员。唐代官制，县有县丞，职位在县令之下，县尉之上。早春游望：是陆丞的一首诗。杜审言写了这首和诗，作为酬答。关于此诗作者，一作"韦应物"。《全唐诗》在杜审言、韦应物名下，均录有此诗。但《韦苏州集》中无此诗，而《杜审言集》中却载有此诗，所以，这首诗当为杜审言所作。
2. 海曙：拂晓时的海边景色。
3. 梅柳：梅树和柳树。 渡江春：在人们的感觉中，春天以大江为限，由南向北推移。江南的春色出现在前，这时梅花柳叶一直延续到了江北，好像春天渡过了长江一样。

品鉴　　这是杜审言读了陆丞的《早春游望》诗后，写的一首和诗，主旨是表现思乡的情感。开头二句写出了对于离家在外的"宦游人"来说，春天景物气候的更新，特别容易引起思乡的情感，所以特别惊心。接下来铺叙了游望中听到见到的新的物候景观。

"云霞出海曙，梅柳渡江春"两句，写远景和望中所见，描绘传神，是诗人很精彩的名句。大意是：拂晓时分，太阳从海上升起，曙光照亮天边，灿烂的云霞散向四面八方，云蒸霞蔚，壮丽无比，好似与旭日同时从海上涌出来一般；江南春早，梅花开了，柳条绿了，现在江北的梅花也开了，柳叶也绿了，春姑娘的脚步已经渡过了长江。

诗人紧扣"偏惊物候新"的诗意，用"出"字写云霞从海上生出来，用"渡"字写梅开柳绿，春天到了江北，既有力量，又颇生动，十分恰当地表现了诗人触景伤情，归心似箭的乡情。

诗句格律谨严，对仗工整，没有相同的音调，是早期律诗形成过程中格律较为完备的诗作。

063 年年岁岁花相似，岁岁年年人不同。

作者简介：

刘希夷（公元651年~约679年）字庭芝，汝州（今属河南）人，宋之问的外甥。25岁进士。一生都没有做官。生活一直过得艰辛拮据。喜欢饮酒，善弹琵琶。死时不到30岁。其诗喜依古调，内容多写闺情及从军生活。尤以歌行体见长，风格柔丽婉转。开始并不引人注意。孙昱编的《正声集》将刘希夷排在首位，才引起人们重视，名声大振。代表作《代白头吟》《将军行》《从军行》等诗，慷慨流动，气势雄浑，已有盛唐诗歌的气韵。《全唐诗》录其诗35首，编为一卷。

注释：

选自唐代刘希夷《代白头吟》诗（节录）："古人无复洛城东，今人还对落花风。年年岁岁花相似，岁岁年年人不同。寄言全盛红颜子，应怜半死白头翁。"白头吟：汉乐府《相和歌楚词曲》旧题，描写女子毅然与负心男子决裂。

品鉴

这首诗描写洛阳女子年轻时的快乐和年老时的不幸。从青春女子写到白头老翁，抒发了青春难再，富贵无常的感叹。语言优美，音韵和谐，抒情婉转，艺术性较高，历来传为名篇。

"年年岁岁花相似，岁岁年年人不同"两句，既是洛阳女儿的心声的流露，也是作者情满于怀的绝唱。大意是：年复一年，日复一日，随着时间的不断推移，花开了，又落了，虽然有盛有衰，自然界的花儿总是年年相似，今昔相同的；而人的年华易逝，青春不再，年年都在变化，一天一天地衰老，今与昔比，迥然相异。

这两句诗写出了时间的变化，变化的永恒，具有深刻的人生哲理。艺术表现上，"年年岁岁""岁岁年年"的颠倒重叠运用，不仅排沓回荡，更在于强调了时光流逝的无情，以及人们听天由命的无奈情绪，真实动情。"花相似""人不同"的形象，则突出了花卉盛衰有时而人生青春不再的感慨，语言精粹，令人警醒，耐人寻味。十四个字中，竟有八字相同，然而仅仅顺序颠倒了一下，就给人一种时间不断流逝的感觉，音韵优美，自然流畅，不但不觉得重复，反而收到了回环往复、一唱三叹的艺术效果。

传说诗人写出了这样优美的诗句，令人击节赞赏，同时也为这样优美的诗句，付出了自己生命的代价。据元代辛文房《唐才子传》载，诗人宋之问读了这首诗后，向武则天告发说，这两句诗蓄意讥刺朝廷，别有用意，诗人因此丢掉了性命。

064 谁谓含愁独不见，更教明月照流黄。

作者简介：

沈佺期（约656年～713年）字云卿，相州内黄（今河南省内黄县）人。高宗上元二年（公元675年）进士。武后时期，任通事舍人、考功员外郎等职。唐中宗时，累迁至中书舍人、太子少詹事。与宋之问并称"沈宋"。其诗多为陪游侍宴、点缀升平之作，没有摆脱梁、陈宫廷诗浮靡习气。但注重声韵、对偶，"回忌声病，约句准篇"，对律诗体式格律的完成具有较大贡献。流放时期所作《夜宿七盘岭》《驩州南亭夜望》等诗辞工意炼，情致深婉，向来为人称颂。《全唐诗》录其诗150余首，编为三卷。

注释：

1. 选自唐代沈佺期《独不见》诗："卢家少妇郁金堂，海燕双栖玳瑁梁。九月寒砧催木叶，十年征戍忆辽阳。白狼河北音书断，丹凤城南秋夜长。谁为含愁独不见，更教明月照流黄。"独不见：《乐府诗旧题》，属《杂曲歌辞》。据《乐府解题》说，"独不见"的意思是"伤思而不得见也"。
2. 流黄：一种颜色，《文选·别赋》"晦高台之流黄"。李善注引《环济要略》："间色有五：绀、红、缥、紫、流黄也。"在有的场合，流黄指的是丝织的绢匹。如《古乐府·相逢狭路间》："中妇织流黄"，这里指黄紫色的绢。在《独不见》这首诗里的流黄，可能指织布机上的绢匹，或指黄色的帐幕。

品鉴 在初唐诗人中,沈佺期是写七言律诗较多的一个,这首诗写少妇怀念出征的丈夫,属于"闺怨"之类。

"谁谓含愁独不见,更教明月照流黄。"大意是:在这个不眠的夜晚,为什么相思愁绪难消?偏偏在这与心上人不能相见的夜晚,明月的清辉还从窗口照射进来,这不是更给人增添一层烦恼吗!

夜深人静的时候,一人独处,最容易思念亲人,增添相思之苦。偏偏月光照在帐幕上,引得闺中人越发思绪纷纭,长夜难眠。诗句的余情远意,见于言外,韵味悠长。

从诗的意旨来看,这是唐诗中常见的题材。但诗的含意很深,耐人寻味。而语言曲折委婉,对仗精整,从艺术上看,也是非常成功的。可以说,这首诗是早期七言律诗中比较成熟的一首。

065 近乡情更怯,不敢问来人。

作者简介:

宋之问(约656年~约712年)字延清,一名少连,汾州(今山西省汾阳市)人,一说虢州(今河南省灵宝)人。唐代诗人。高宗上元二年(公元675年)进士。任左奉宸内供奉。后贬为泷州参军。不久逃回洛阳,依附武三思,官至考功员外郎。又贬为越州长史,流放钦州。唐玄宗先天年间赐死。与沈佺期齐名,并称"沈宋"。其诗对仗精工,声律严密,对律诗形式的定型有很大贡献。在放逐中写的一些诗,如《题大庾岭北驿》《度大庾岭》等,情真景切,为人称美。《全唐诗》录其诗200首,编为三卷。

注释:

选自唐代宋之问《渡汉江》诗:"岭外音书断,经冬复历春。近乡情更怯,不敢问来人。"

品鉴 这是诗人从泷州(今广东省罗定市)贬所逃归洛阳,途经汉江(襄阳附近的一段汉水)时写的一首诗。前两句追述诗人远离亲友,远离家乡，音讯断绝，度日如年的苦闷心情。接下来抒写"近乡"时的心理，十分精彩，是历来传诵的名句。

"近乡情更怯，不敢问来人。"大意是：离家乡越近，心里越感到害怕，碰见从家乡方向来的客人，很想打听家乡亲人的情况，可是又不敢贸然相问，怕这一问，就听到家乡亲人遭遇不幸的消息。

诗人的家乡在北方，离"汉江"有不短的距离。诗人说"近乡"，只是从心理上感到离家越来越近了。按常理，越临近家乡，越想尽早知道家里的消息。但诗人贬居岭南，长期不通音讯，常常担心家人受到牵连而遭遇不幸。因此，当他逃出泷州，接近家乡时，反倒胆怯起来，不敢向来人打听家乡的情况了。似乎一问来人，家人遭遇不幸的担心就会变成现实，自己与家人团聚的梦想就会破灭。这种矛盾心理发展的结果，就是"情更怯"，而又"不敢问"了。

诗人从矛盾的心理描写中表现内心的痛苦和复杂的心情，真切委婉，富于情致，耐人回味。唐汝洵《澹园诗话》说："隔岁无书，近乡正直问询。今云不敢问者，思之之深，惊喜交集，若有所畏耳。"

066 楼观沧海日，门对浙江潮。

注释：

选自唐代宋之问《灵隐寺》诗（节录）："鹫岭郁岧峣，龙宫锁寂寥。楼观沧海日，门对浙江潮。桂子月中落，天香云外飘。扪萝登塔远，刳木取泉遥。"灵隐寺：在浙江省杭州市西湖西北武林山下，始建于东晋。

品鉴 这是宋之问从贬所（今浙江省绍兴）召回京师，途经钱塘（今浙江省杭州市），月夜游灵隐寺写的一首诗。

"楼观沧海日，门对浙江潮。"大意是：从灵隐寺的楼台上远望，茫茫大海，波翻浪涌，波浪中托出一轮金光耀眼的红日；寺的山门，正对着日夜流淌的钱塘江，涨潮时，浪潮滚滚滔滔，后浪逐前浪，奔涌而来，声势十分浩大壮观。

据《古今诗话》记载，宋之问游赏宝刹时，见殿堂巍峨壮丽，庄严肃穆，寺外峰峦峻峭，穿空欲飞，顿感心胸开阔，壮思豪情奔涌，遂欲吟诗一首，描绘它的胜景。先得二句为："鹫岭郁岧峣，龙宫锁寂寥。"接下来诗思阻滞，苦思良久，一时写不下去了。这时，佛堂里一位燃灯坐禅的老僧问道："少年夜深了还不睡觉，而吟诵甚苦，是为什么呢？"宋之问以实情相告说："想为此寺题写一首诗，但诗思不续，一时语塞。"老僧道："愿闻佳作。"宋之问将首二句吟了一遍。老僧略一思索，微笑说："何不道：'楼观沧海日，门对浙江潮。'"宋之问听了，眼睛一亮，盛赞法师诗才高妙。便欲请告法号，以便随时请教。老僧笑着说："贫僧遁入空门已经很久了，早不知自己姓甚名谁了。"宋之问无奈，只得回房休息，然而诗兴勃发，诗思不断，意不可止，一气续成全篇。

而老僧所吟二句，却是全篇警策。因此天刚一亮，宋之问急急忙忙去拜谢老僧，却不见其人。问小僧，回答说，师傅已乘筏渡海云游去了。传说老僧就是著名诗人骆宾王，因参加徐敬业讨伐武则天的军事行动，兵败后隐姓埋名，削发为僧，已有20余年了。

当然，这段故事，不过是因为这两句诗景色壮观，气势雄伟，人们争相传抄而附会出来的一个轶闻趣事罢了。

067 春江潮水连海平，海上明月共潮生。

作者简介：

  张若虚 唐代诗人。扬州（今江苏省扬州市）人。曾官兖州兵曹。神龙（公元706年）年中，以文词俊秀名扬京都。唐中宗时，与贺知章、张旭、包融合称"吴中四士"。其余生平事迹，向无史籍可考。作品多散佚。《全唐诗》仅存其诗2首。

注释：

选自唐代张若虚《春江花月夜》诗（节录）："春江潮水连海平，海上明月共潮生。滟滟随波千万里，何处春江无月明。"春江花月夜：乐府旧题，属《清商曲·吴声歌曲》。据《旧唐书·音乐志》

称，为南朝陈后主创制。《乐府诗集》中所录的古辞，最早两首是隋炀帝杨广作的。张若虚这首诗是借乐府旧题，抒写新情，被誉为"孤篇横绝，竟为大家"。有"孤篇盖全唐"的美誉。

品鉴 在初唐七言歌行体的创作中，张若虚这首《春江花月夜》，一洗六朝宫体诗的浓脂腻粉，以清丽流畅的语言抒写宇宙人生的感慨，情景相生，韵调悠美，达到了当时同类诗歌的最高水平，具有很高的审美价值。

"春江潮水连海平，海上明月共潮生"是全诗的首二句，状写长江潮涨，海月初升的景象，十分形象生动。大意是：长江潮涨，茫茫荡荡，几乎与大海的水面一样浩瀚无边；这时，明月随着翻滚涌荡的潮水，跃出了水面，景象浑莽辽阔，十分壮观。

诗人善于炼字，表现长江潮水用一"平"字，便显其浩瀚莽荡，无边无际之态；摹写明月从潮水中涌出，用一"生"字，状其乘潮势跃升的动人瞬间，形象而又逼真，境界也显得十分浑莽壮阔。

读这两句诗，我们能深切地感到，诗中江、潮、海、月四个意象环环相扣，融为一体，构成一幅景色雄浑，色彩明丽，音韵优美，意境深远，能给人一种回肠荡气感觉。因此，现代诗人闻一多先生在《宫体诗的自赎》一文中，高度赞誉这首诗为"诗中之诗，顶峰上的顶峰"，是不为过的。

068 人生代代无穷已，江月年年只相似。

注释：
选自唐代张若虚《春江花月夜》诗（节录）："江天一色无纤尘，皎皎空中孤月轮。江畔何人初见月？江月何年初照人？人生代代无穷已，江月年年只相似。不知江月待何人，但见长江送流水。"

品鉴 诗人面对明月年年相似，长江流水无穷无尽，从艺术的角度，对人生现实进行了深入的思考和探索。

"人生代代无穷已,江月年年只相似",是其中颇为精彩的两句。大意是:在漫长的历史长河中,人类代代相传,经久不断,没有穷尽的时候;一轮明月,悬挂在青天上,倒映江水中,年复一年,都是这般皎洁,都是这般明亮。

诗人以永恒的江月衬托人类的绵延无穷,以人类的绵延无穷感叹人生短促,虽然流露出些微伤感哀婉的情调,然而诗人却能跳出前人慨叹人生苦短的樊篱,超越个人情感,站在历史的高度,对自然界和人类社会的代谢运动进行了一种理性的思考,表现出对人生探索的热情和热爱,既不颓废,也不低沉。诗人这种超越个人情感的思想境界,在当时那个历史环境下,是非常难能可贵的。

诗句语言朴实,熔情、景、理于一炉,读之耐人寻味,掩卷令人深思,能给我们以启迪,以激励,产生一种亦欲探寻一番奥妙无穷的人生和宇宙哲理的冲动。

069 羌笛何须怨杨柳,春风不度玉门关。

作者简介:

王之涣(公元688年~742年),字季凌,原籍晋阳(今山西省太原市),后迁居绛郡(今山西省新绛县)。唐代著名边塞诗人。自幼好学。唐开元初,曾任冀州衡水县主簿,后被人诬告去官,乡居15年。晚年出任文安县(今属河北省)尉。天宝元年病逝。王之涣为人任侠尚气,豪放不羁,常以击剑悲歌为事。其诗热情奔放,意境雄阔,音韵铿锵,被当时乐工歌女谱曲吟唱,名噪一时。七绝《凉州词》、五绝《登鹳雀楼》等都是传世名作。但其诗作大都散佚。《全唐诗》仅录存6首。

注释:

1. 选自唐代王之涣《凉州词》二首之一:"黄河远上白云间,一片孤城万仞山。羌笛何须怨杨柳,春风不度玉门关。"凉州词:唐代乐府曲名,是歌唱凉州一带边塞生活的歌词。凉州,指河西一带，即今甘肃省武威市一带。
2. 羌笛：古代羌族的乐器。　杨柳：古人有临别折杨柳相赠的风俗，柳谐音留，赠柳表示留念。　折杨柳：北朝乐府中《鼓角横吹曲》中有《折杨柳枝歌》："上马不捉鞭，反折杨柳枝。蹀座吹长笛，愁杀行客儿。"
3. 度：过。　玉门关，在今甘肃省敦煌市以西，地处当时凉州的最西部。

品鉴　　这是一首描写凉州地界雄浑景象的边塞诗。诗人写这首诗的时候是在凉州，从凉州到玉门关还有很远的距离。但诗人已经感受到了离家乡愈来愈远，对乡土的怀念就愈来愈深的情感。如今面对黄河、边城、大漠辽远壮阔的风光，耳中听到折杨柳的歌曲，感慨良多，遂写了这首脍炙人口，为人传诵的佳作，以抒发自己的感情。

"羌笛何须怨杨柳，春风不度玉门关"两句，是诗中名句。大意是：边地已经见不到杨柳了，春意已经很少了，而玉门关外更是连春风都吹不到的地方！这一切景象对于离乡戍边的征人来说，已经倍感凄凉，会平添许多乡愁，羌笛何必还要吹奏诉说离肠的《折杨柳》，给戍边的征人再增添一层哀婉的愁思呢！

唐代的时候，人们有折杨柳送别的风俗，所以人们见了杨柳会引起乡思离愁，听了《折杨柳》的曲调会触动思乡的情感。而到了连杨柳都没有的地方，笛中的杨柳就更能搅动人们对家乡的怀念之情。这里，"怨"字用得特别妙，特别富有情味，传达出了许多难以言说的复杂情愫和思想，能引发更多的联想。诗人不言思乡怀土，而说听到了杨柳曲，思乡之情会更切，离愁会更深，含蓄地表达了征人们正有浓浓的哀怨之情。而"何须怨"三字，点出在征人愁思正浓的时候，何须吹奏撩人愁绪的杨柳曲，则是以委婉之语，表现戍边者无限的乡思，更浓郁的怨情，进一步深化了主题和诗意。

然而，尽管人们思乡情切，慷慨悲凉，悲中有壮始终是诗句的主旋律，表现出戍边将士怨而不怒，愁而不哀，善于自我排解，仍能以戍边卫国为重，没有丝毫衰飒颓唐的情调。同时也表现了盛唐时期诗人宽广豪迈的胸怀。

070　欲穷千里目，更上一层楼。

注释：

1. 选自唐代王之涣《登鹳雀楼》诗："白日依山尽，黄河入海流。欲穷千里目，更上一层楼。"鹳雀楼：一名鹳鹊楼。旧址在今山西省永济市西南城上，因鹳雀经常在上面栖息，故名。宋代沈括《梦溪笔谈》卷十五云："河中府鹳雀三层，前瞻中条（山名），下瞰大河（黄河）。唐人留诗甚多，唯李益、王之涣、畅当三篇能状其景。"
2. 欲穷：想看尽。穷：尽，尽目力所及。　千里目，看到千里之外。
3. 更：再。

品鉴　　这是诗人游览鹳雀楼时写的一首五言绝句。唐代以来，在鹳雀楼上题诗的人很多，但王之涣这首诗流传最广，也最为人所乐道。短短20个字中，融白日、黄河、山、海的景象为一体，构成了一幅大自然的壮丽图景，色彩明丽，意境开阔，是众多题诗中最负盛名的不朽之作。

"欲穷千里目，更上一层楼"二句，感情饱满，胸襟开阔，不仅向读者展示了更大的视野，而且具有深刻的哲理。大意是：要使视野辽阔宽广，看到千里之外的美景，就需要再登上一层楼，站得更高一些。表现出诗人高瞻远瞩、进取向上的精神，也道出了要站得高才看得远的哲理，把诗歌意境推到一个更高的境界，给人以启迪和鼓舞。

一般地说，诗不说理。但这只是说，诗不能枯燥地、抽象地议论。相反，形象化地说理，常能增强诗意，给读者以深刻的启示。王之涣这两句诗，就巧妙地融情于理，情理结合，读者乍看似在写景，浑不觉它在言理，而细一玩味，却感到妙理无穷，富于深刻的启示意义，成为千古历传不衰的名句。

今天，"更上一层楼"进一步引申为：事无止境，学无止境，要想达到更高的目标，进入更高的境界，就必须不畏艰难，不断地奋斗、攀登，并且已经成为那些为了实现远大理想而孜孜追求和不懈攀登者的座右铭。

071　春眠不觉晓，处处闻啼鸟。

作者简介：

孟浩然（公元689年~740年），襄州襄阳（今湖北省襄阳市）人。盛唐山水田园派重要诗人。长期隐居鹿门山，曾游历吴、越、湘、闽等地。唐开元中，年届40岁时，游历长安，应进士不第，还归故里。开元二十五年（公元737年），张九龄出任荆州长史，召为从事，不久归隐还乡，过着高人逸士的生活。与王维齐名，并称"王孟"。其诗多以故乡襄阳的山水风光为题材，代表作有《夜归鹿门歌》《望洞庭湖赠张丞相》《过故人庄》等。擅长写五言诗，尤工五律，自成一家。风格平淡自然，秀丽清新，深得李白、杜甫称赏。有《孟浩然诗集》传世。《全唐诗》存其诗260余首，编为两卷。

注释：

1. 选自唐代孟浩然《春晓》诗："春眠不觉晓，处处闻啼鸟。夜来风雨声，花落知多少？"《春晓》一作《春眠》。
2. 晓：天刚亮的时候。　不觉晓：春夜因风雨而贪眠，一觉醒来，已是天光大亮。
3. 啼鸟：鸣叫的春鸟。

品鉴

《春晓》是一首千年传诵的五言绝句。它写诗人春天早晨醒来时特有的心理感受，初读似乎平淡无奇，反复咏之，便会感到韵味无穷，别有天地。

"春眠不觉晓，处处闻啼鸟"二句，大意是：春宵梦短，一觉醒来，不觉曙色临窗，在雨后的清晨，房前屋后到处婉转着鸟儿的歌唱，一派春日宁静、祥和的景象。

"不觉"二字特别富有韵味，写出了春眠的特点：春宵短，春睡酣，加上夜间风雨扰梦，不知不觉中便睡到了大天亮。清晨醒来，传入耳鼓的是春的声音：鸟鸣啁啾，婉转动听，此起彼伏，远近应和，令人感到神清气爽，轻松愉悦。同时，从鸟儿的啁啾声中，使读者产生联想，感受到春的色彩，春的阳光，春的气息。这里，诗人以声绘色，从听觉的角度，成功地描绘出一幅风和日丽、啼鸟唱晴、百花吐艳、花香四溢的明媚的春光图。

语言明白浅近，亲切生动，如话家常。但仔细品味，诗意又很深远，表现了诗人爱春、惜春的情怀，韵味隽永悠长，成为千古流传的名句。

072 绿树村边合，青山郭外斜。

注释：

1. 选自唐代孟浩然《过故人庄》诗："故人具鸡黍，邀我至田家。绿树村边合，青山郭外斜。开轩面场圃，把酒话桑麻。待到重阳日，还来就菊花。"过故人庄：到朋友的田庄上去做客。
2. 合：村庄四围都是绿树，故说"合"。

品鉴　这首诗描写诗人受故人邀请，兴致勃勃地来到田家，饮酒话桑麻后，临别时相约再来，娓娓而谈的动人情景。

"绿树村边合，青山郭外斜"两句，描写故人庄周围的自然景色。大意是：诗人来到田家之后，环视村中景色：一片小平川，错落地有几处庐舍，村前村后，浓密绿荫的树木环绕着，在视线中形成一个绿色屏障，似乎把一切来路都遮断了。一个"合"字，准确地描绘了这里的静穆安详，别有天地。诗人再往远处眺望：看见一列苍翠的小山，依依相伴，从城外绕村而过。诗人用一"斜"字状写山的神貌，山的走势，写出了山的动态，我们仿佛能看到它远远地蜿蜒而去。"斜"字是从诗人眼睛观察的结果，山势如果不斜，就一点诗味也没有了。

这两句诗描写自然景象，一近一远，一密一疏，顾盼之态如见，亲切之态可掬，恰切地表现了诗人超然洒脱的心境和情趣。它景中见情，鲜明得像一幅水彩画。特别是"合""斜"二字，信手拈来，极其自然，又极为传神，起到了画龙点睛的作用，表现了诗人高超的驾驭语言的能力。

073 人事有代谢，往来成古今。

注释：
1. 选自唐代孟浩然五律《与诸子登岘山》诗："人事有代谢，往来成古今。江山留胜迹，我辈复登临。水落鱼梁浅，天寒梦泽深。羊公碑尚在，读罢泪沾襟。"诸子：诗人的几个儿子。岘山：又称岘首山，在湖北省襄阳市南。
2. 代谢：泛指人生人世的生死盛衰，更替变化。

品鉴 这是一首诗人写自己与几个儿子一起登岘山，吊古伤今的诗。所谓吊古，是凭吊岘首山的羊公碑。据《晋书·羊祜传》记载，羊祜镇守荆襄时，常到此山置酒吟诵。有一次，他对同游者喟然叹道："自有宇宙，便有此山，由来贤达胜士，登此远望如我与卿者多矣，皆湮灭无闻，使人悲伤！"羊祜生前有政绩，死后，襄阳百姓为了纪念他，在岘山建庙立碑，每年进行祭祀。诗人登上岘首山，见到羊公碑，自然会联想到羊祜对人生的感叹，不由得伤感起自己的身世来。

"人事有代谢，往来成古今"，是一个平凡的真理。大意是：人世间的事总是在不停地更替变化，日月推移，寒来暑往，时光不停地流逝，形成了从古到今的历史。

这两句是诗的首二句，凭空落笔，似乎与吊古的内容无关，其实遐思邈邈，胸怀千载，引出了作者吊古伤今的无限心事，正是气度不凡的好的开头。

诗句议论说理，蕴含哲理，是其又一特点：古今人事的新陈代谢是社会历史发展的基本规律。大至朝代的更替，小至一族一家的兴衰，以及人们的悲欢离合，生老病死，贵贱荣枯等等，社会、人事无不在不停地"代谢"着、变化着，有谁没感觉到呢！寒来暑往，春去秋来，时光在不停止地流逝着，又有谁没有感觉到呢！正是有了这种变化、"代谢"，才有了人类社会的古往今来，发展前进。

074 气蒸云梦泽，波撼岳阳城。

注释：

1. 选自唐代孟浩然《望洞庭湖赠张丞相》诗："八月湖水平，涵虚混太清。气蒸云梦泽，波撼岳阳城。欲济无舟楫，端居耻圣明。坐观垂钓者，徒有羡鱼情。"洞庭湖：在湖南省北部，长江南岸。张丞相：指张九龄。
2. 气蒸：水气蒸腾、弥漫的样子。
3. 云梦泽：古二湖名。又名巴邱湖、青草湖。在湖北省长江两岸，江北为云，江南为梦，面积八九百里。后来大部分淤成陆地，遂并称云梦泽。相当于今天洞庭湖北岸地区。
4. 撼：摇动，摇。　岳阳城：今湖南省岳阳市，在洞庭湖东岸。

品鉴　这是一首著名的五言律诗，曾被人誉为"有唐五律之冠"。唐玄宗开元二十一年（公元733年），孟浩然入长安求仕之前，游览洞庭湖，写下了这首气势磅礴的诗篇，赠给当朝宰相张九龄，希望得到张的赏识和推荐，含蓄地表达了出仕从政的愿望。

"气蒸云梦泽，波撼岳阳城"两句，写洞庭湖雄浑、磅礴的气势，绝唱千古。据记载，洞庭湖多西南风，夏秋水涨，涛声喧若万鼓齐鸣，震天撼地，昼夜不息。这两句诗十分传神地描绘出了这种气势。大意是：湖上蒸腾起来的水气，氤氲一片，如同淡淡的薄雾，笼罩在云梦大泽上空；湖水掀起的波涛，滚滚不断地拍向岸边，激荡澎湃，波翻浪涌，声若雷霆，震撼着雄伟的岳阳古城。

上句用一"蒸"字，写出水气氤氲弥漫之势；下句用一"撼"字，写出波涛惊天动地的声威，既有夸张，亦有写实，十分生动形象地传达出了洞庭湖阔大雄浑的神韵。因此，前人对这两句诗向来推崇备至，如

《金玉诗话》就称赞这两句诗达到的效果是"洞庭空旷无际,雄壮如在目前"。

岳阳楼上的题诗颇多,唐开元四年(公元716年),张说为岳州刺史时,曾率领众多才子登楼,题诗100余首。后来的诗人亦题咏不绝。自从孟浩然题写了这首诗后,一时叹为绝唱,特别是"气蒸云梦泽,波撼岳阳城"两句,气象壮阔,诗意激荡,"蒸""撼"两字,笔力千钧,大有万马奔腾之势,令许多诗人甘拜下风,为之搁笔。

后来杜甫游洞庭湖,写了《登岳阳楼》诗,其中"吴楚东南坼,乾坤日夜浮"两句,别具气象,另有一番宏大景象,堪与孟诗媲美。论笔力,各有千秋,但若论意境,杜诗似乎高出一筹。

075 野旷天低树,江清月近人。

注释:

1. 选自唐代孟浩然诗《宿建德江》:"移舟泊烟渚,日暮客愁新。野旷天低树,江清月近人。"建德江:浙江上游的一段,因在建德市境内,所以又称建德江。
2. 旷:开阔,空旷。 低:低于。
3. 月近人:月影映入江水,接近客船。

品鉴 这是一首描写傍晚江渚景色的小诗。诗人使用白描的手法写景抒情,写出了辽远清丽的景色,诗句中也流出了一种淡淡的愁绪,耐人寻味。

"野旷天低树,江清月近人"。大意是:日暮时刻,旷野平远,天空广袤,放眼望去,极目之处只有稀疏的远树,天看起来仿佛比树还低;一叶孤舟,月照江心,一顷澄澈,月影映入水中,与舟中的客子那么接近,显得分外亲切可爱。

"低""近"二字,为形容词转动词,分别与"旷""清"配合,极为传神:因"野旷"而觉"天低树",因"江清"而觉"月近人";反之,

"天低树"而倍显"野旷","月近人"而更显"江清",历历如画,如在目前,在景物的描写上,确是极为传神。

然而这两句诗的妙处不止于纯粹地写景,更在于诗人景中融情,将一份淡淡的愁情寓于美景之中,而又妙合无垠,不露丝毫痕迹。你看,天地寂寥,江水悠悠,明月孤舟,诗人仕途失意,理想幻灭,人生坎坷,思乡情切……字面上虽未言愁,但"愁"情却从诗句渲染的氛围中自然地流溢了出来。诗人以一颗充满愁绪的心境来审视天地、远树、江月、孤舟,移情入景,这些景物怎么会不打上愁情的痕迹呢。

076 不才明主弃,多病故人疏。

注释:

1. 选自唐代孟浩然《岁暮归南山》诗:"北阙休上书,南山归敝庐。不才明主弃,多病故人疏。白发催年老,青阳逼岁除。永怀愁不寐,松月夜窗虚。"
2. 明主:英明的君主。 弃:放弃不用。
3. 病:古代"病""穷"相通,即"途穷"的意思。 故人:好朋友。 疏:疏远。

品鉴 这是孟浩然唐开元十六年(公元728年)赴长安应进士试,落第后写的一首抒发苦闷心情的诗。

"不才明主弃,多病故人疏"两句,表达了诗人有才不为人赏识,良驹没有遇到伯乐的慨叹。大意是:因为自己没有才能,所以英明的君王弃置不用;因为自己穷病自守,疏远了老朋友,所以他们才不予大力引荐,致使自己有志不能伸。

这里"不才明主弃"似反语,而又不尽是反语。孟浩然自幼有远大的抱负,赴进士试时亦颇有诗名,可是竟名落孙山,只好自我宽解,正话反说,说自己没有才能。君主是英明的,应该广揽贤才,自己有才却不被用,显见君王未必英明,然而诗人仍然说君王是明主,这种表达方式,既是正说,亦含微词。"多病故人疏"也是这样,明明想说好朋友引荐不力,偏说是自己穷厄多病,疏远了朋友,朋友们才不愿尽力举荐自己。语言曲折、婉转、含而不露,意在言外。

据说,孟浩然因为这两句诗触忤了唐玄宗,以致终身不得仕进。据《新唐书·文艺传》载,孟浩然与王维、张说等友善,尝于集贤殿书院与诸公联诗,因赋"微云淡河汉,疏雨滴梧桐"而名声大振。一日,张说邀孟浩然在集贤殿赋诗唱和,二人正在兴头上,忽报:"皇上驾到。"孟浩然乃一布衣,不敢面见皇帝,吓得藏于床下。张说不敢欺君,只好实言奏明。玄宗听了,笑说道,"早闻诗名,未见其人,今日既来,正好相识,藏着何干?"即命进见。孟浩然这才敢从床下钻出来,整顿衣冠,朝见玄宗。玄宗说:"孟卿可诵近作,博朕一笑否?"孟浩然不敢违命,再拜后,遂吟诵了《岁暮归南山》这首诗。

玄宗听到"不才明主弃"一句时,怫然变色道:"卿不求仕进,而朕未尝弃卿,奈何诬我!卿何不诵'气蒸云梦泽,波撼岳阳城?'"当即下诏"放归南山,终身不仕"。浩然旋归故里,隐居于襄阳鹿门山,寄情山水,以诗酒自娱。然而他怀才不遇的抑郁之情,却时时在描写幽寂景物的诗行中流露出来。

077 莫见长安行乐处, 空令岁月易蹉跎。

作者简介:

李颀(?~约753年),赵郡(今河北省赵县)人。唐代诗人。开元二十三年(公元735年)进士。曾任新乡县尉。后去职,长期归隐颍阳。与王维、王昌龄、高适、綦毋潜、崔颢等交往密切,名重当时。诗歌创作以边塞诗著称,如《古从军行》《古意》等诗,写得豪壮奔放,慷慨激扬。其他如《送陈章甫》《别梁锽》《赠张旭》等赠别诗亦各有特色。擅长律诗、绝句、歌行等诗体,尤以七言歌行最为突出。其诗"发调既清,修词亦丽",历来评价较高。《全唐诗》存其诗120余首,编为三卷。有《李颀集》传世。

注释：

1. 选自唐代李颀七律《送魏万之京》诗："朝闻游子唱离歌，昨夜微霜初渡河。鸿雁不堪愁里听，云山况是客中过。关城曙色催寒近，御苑砧声向晚多。莫见长安行乐处，空令岁月易蹉跎。"魏万：诗人的好朋友，比诗人晚一辈。 之：去，到，赴。 京：指京城长安。
2. 空：白白的，徒劳的。 易：容易，轻易。 蹉跎：虚度光阴。

品鉴

　　这是诗人送魏万赴长安求取功名送别时写的一首诗，抒发了依依惜别的复杂心情。魏万于上元初年赴京应进士试。

　　"莫见长安行乐处，空令岁月易蹉跎"两句，诗人以长辈和朋友的身份对魏万进行了语重心长的嘱咐。大意是：不要认为长安是行乐寻欢的地方，沉溺其中，白白地虚掷了宝贵的光阴，一事无成；而应该抓住时机努力奋斗，积极进取，成就一番事业，有所作为。

　　言辞恳挚，情真意切，感人肺腑，体现了长者对后辈的殷殷嘱托和希望。

　　这里"行乐处"写想象中的长安，用的是"虚"笔，而前两句写长安的树色、砧声是实景，这样一虚一实，使诗意前后连属，诗旨更加醒目，达到了强化劝诫朋友的效果。

078　秦时明月汉时关，万里长征人未还。

作者简介：

　　王昌龄（？～约756年）字少伯，京兆长安（今陕西省西安市）人。唐代诗人。早年境贫寒。开元十五年（公元727年）进士，曾任秘书省校书郎、氾水县尉、江宁丞，晚年贬为龙标尉。世称王江宁或王龙标。安史之乱发生后，因世乱返乡，经过亳州时，为刺史闾丘晓杀害。工诗，有唐代七绝圣手之称，负有盛名，尤长于边塞、宫怨、闺怨、送别之作的抒情言志，能以精练的语言表达丰富的情致，意味浑厚深长，素有"诗家夫子王江宁"之称。代表作《从军行》《出塞》等边塞诗气势雄浑，格调高昂；《长信秋词》《闺怨》等也都是历来传诵的名篇，语言凝练含蓄，描写细腻生动，"多惊耳骇目之句"。著有《诗格》《诗中密旨》等评诗之作。《全唐诗》存其诗180余首，编为4卷。有《王昌龄集》传世。

注释：
1. 选自唐代王昌龄《出塞》诗："秦时明月汉时关，万里长征人未还。但使龙城飞将在，不教胡马度阴山。"出塞：乐府旧题，属于横吹曲辞；横吹曲属于军乐，其乐调雄劲高亢。
2. 秦：秦朝。汉：汉朝。

品鉴 这是一首以戍边卫国为主旨的边塞诗。在当年秦、汉抵御外敌取得胜利的地方，唐朝却不断失利，不能有效地防御匈奴的侵扰，以致边患不断，给人们带来了生离死别的巨大痛苦。

"秦时明月汉时关，万里长征人未还"两句，是千古传诵的名句。诗人兴发高远，感慨深沉，字字千钧，动人心魄，表现了巨大的艺术腕力。大意是：秦、汉时代就开始在边陲设立关塞，防备匈奴入侵；现在边关依旧，多少人为了抵御外敌入侵，不远万里出征，血战沙场，不能与自己的亲人团聚，有的人甚至马革裹尸，再也回不了故乡了。

秦、汉是两个朝代，表明年代的久远，明月和关隘，是边塞的两种典型情景，这四种景物组织在一起，展现出一幅广阔浩渺，富有历史纵深感的场景：从秦到汉，从古到今，朝代更迭，明月依旧，然而边关战火连绵不断，给人民带来无穷的灾难。为了御敌戍边保家，老百姓服兵役，参加征战，行程之遥远，战斗之艰苦，以"万里长征"给以集中概括，是十分恰当和准确的。而"人未还"三字，则写出了征人妻儿老小盼望其早日返回家园的复杂心境，委婉含蓄地表达出了诗人深沉真挚的感情。

诗句格调雄浑苍凉，浑厚朴实，意境悠远深邃，能引发广泛的联想。故而明代诗人李攀龙把这首诗誉为唐人七言绝句的压卷之作。

079 但使龙城飞将在，不教胡马度阴山。

注释：

1. 选自唐代王昌龄《出塞》诗："秦时明月汉时关，万里长征人未还。但使龙城飞将在，不教胡马度阴山。"
2. 但使：只要。　龙城：即卢龙城，乃唐朝北平郡（即汉朝的右北平）的郡治所在。　飞将：汉代威震龙城的右北平太守李广。李英勇善战，屡败匈奴军队。匈奴称之为"飞将军"。据《史记·李将军传》载，李广居右北平（今河北省喜峰口一带），匈奴闻之，号曰"汉之飞将军"，避之数岁，不敢入侵右北平。
3. 不教：不使。胡：古代汉族人对北方少数民族的通称。阴山：横亘于今内蒙古南境与内兴安岭相接处的山脉。汉时匈奴常度过阴山南侵。

品鉴　"但使龙城飞将在，不教胡马度阴山"。大意是：假如有汉代龙城飞将军李广那样的良将镇守边关的话，就不会让胡人的战马越过阴山来侵犯边境了，没有战争，人民就能安居乐业地生活。

由于边将无能，边患不断，边疆人民的生活痛苦不堪。因此诗人在诗中表达了一个强烈的愿望：希望唐王朝任用像李广那样英勇善战的将领来抵御侵扰，保障边疆地区的和平和安宁。言辞激切，意气豪放。不过诗人用的是假设句，表明这种假设只是诗人的一种期望，而在现实社会中是不存在的。这就是说，"胡马度阴山"的侵扰会继续存在，边境会继续不得安宁。言外之意，边疆不宁是朝廷用人不当之过，蕴含着诗人委婉的讥刺和不满。

从这两句诗里，还可寻绎出人民反对战争，希望和平与安宁的美好愿望，以及戍边人才不得重用，引出仁人志士怀才不遇、壮志难酬的共鸣。由于诗句蕴含了如此丰富复杂的思想情感，所以读这两句诗能引人感慨万千，思潮起伏，千载之后，仍令人慷慨激昂，壮心不已。

080 黄沙百战穿金甲，
不破楼兰终不还。

注释：
1. 选自唐代王昌龄《从军行》诗之四："青海长云暗雪山，孤城遥望玉门关。黄沙百战穿金甲，不破楼兰终不还。"从军行：乐府旧题，属《相和歌辞·平调曲》。
2. 黄沙：指战场。两军在戈壁上对垒厮杀时，扬起黄沙漫漫，因以黄沙泛指战场。穿：磨穿。金甲：金属片制作的盔甲。
3. 楼兰：汉代时西域古国名，后改为鄯善。在今新疆若羌县西南。汉昭帝时，楼兰一会儿降顺汉朝，一会儿反汉，反复无常，经常杀害汉朝派去的使臣。后来汉朝大将军霍光派傅介子用计杀了楼兰王，于是西域各国慑服，真心归附汉朝，通往西域的道路也从此变得安全顺畅。诗中用来借指敌人，即当时侵扰西北边境的吐蕃。

品鉴

唐代开元、天宝年间，唐朝国力强盛，统治者实行积极的开边拓土政策。军事上的接连胜利，使全国上下沉浸在一片欢乐之中，不论是戍边的将士，还是投身军幕的诗人们，都有一种"马背上猎取功名"的欲望和豪情。

"黄沙百战穿金甲，不破楼兰终不还"两句诗，就是这种壮志豪情的具体表现。大意是：戍边将士身着甲胄，在黄沙弥漫的战场上，与吐蕃军频繁地厮杀，把金属片做的盔甲都磨破了；然而，将士们卫国戍边的雄心尤壮，誓言铿锵，掷地有声：一定要战胜敌人，不破楼兰誓不还家。

这两句诗直接抒情，人物情感与战场环境达到和谐的统一。前一句高度概括了将士们戍边时间长，边地荒凉，战事频繁，战斗激烈的状况。后一句用否定之否定形成的特有的肯定语气，表现戍边将士誓死杀敌御边的决心和勇气，读来令人想见唐军将士的英风豪气。

081 洛阳亲友如相问，
一片冰心在玉壶。

注释：
1. 选自唐代王昌龄《芙蓉楼送辛渐》诗二首之一："寒雨连江夜入吴，平明送客楚山孤。洛阳亲友如相问，一片冰心在玉壶。"芙蓉楼：原名西北楼，遗址在润州（今江苏省镇江市）西北。登临可以俯瞰长江，遥望江北。
2. 冰心：像冰一样晶莹洁净的心。晋陆机《汉高祖功臣颂》："心若怀冰。"开始用"冰"来比拟心的纯洁。
3. 玉壶：玉质的壶。南朝宋诗人鲍照有诗云："直如朱丝绳，清如玉壶冰。"用"玉壶冰"比喻高洁的品格。唐开元宰相姚崇作《冰壶诫》诗后，王维、崔颢、李白等诗人都曾以"玉壶冰"自励，表明自己表里如一、光明磊落的气节。

品鉴 这首诗大约作于开元二十九年（公元741年）以后。王昌龄当时为江宁（今江苏省南京市）丞，辛渐是他的朋友，这次由润州渡江，取道扬州，北上洛阳。王昌龄为他写了两首送别诗，这是其中一首。

看到友人离去，回到洛阳亲友之间，而诗人却依然留在吴地，孤零零一个人伫立江畔，空望着江水向东流逝，倍感孤独寂寞。但他坚持操守的信念，化作了自信的诗句："洛阳亲友如相问，一片冰心在玉壶。"大意是：诗人给辛渐送行时，边走边嘱托说：如果洛阳的亲朋好友问起我的情况，你就告诉他们，我的心犹如晶莹透明的冰藏在洁白无瑕的玉壶之中。

王昌龄因不拘小节，被人毁损。据《唐才子传》载："谤议沸腾，两窜遐荒。"第一次贬官到岭南，从岭南归来后任江宁丞，几年后再次被贬，这一次是更远的龙标，但诗人坚信自己内清外洁，节操自守，纯洁如玉壶盛冰，蔑视排挤陷害自己的势力。因此，能够坦然告慰洛阳友人：自己依然有一颗从玉壶中捧出的晶亮纯洁的冰心。

诗人在这里以冰心玉壶自喻，是基于对洛阳亲友的真正了解和相互信任，并以此向洛阳亲友表达自己的一片深情。刻画出一个性格孤介傲岸、冰清玉洁的人物形象。

这两句诗构思精巧，用意深婉，浑然天成，不着痕迹，含蓄蕴藉，余韵无穷，有着独特的风格和魅力。写的虽是离别之情，却无伤感之意，而是蕴含着一种高昂的情调，表现了诗人意志坚定，心胸开阔。

082　玉颜不及寒鸦色，犹带昭阳日影来。

注释：

1. 选自唐代王昌龄《长信秋词》五首中的第三首："奉帚平明金殿开，且将团扇共徘徊。玉颜不及寒鸦色，犹带昭阳日影来。"长信秋词：《乐府诗集》亦作《长信怨》，属《相和歌辞·楚调曲》。楚调多哀怨悲切之声。长信：长信宫。汉成帝时宫殿名，太后居住的地方。成帝时班婕妤受宠，后来成帝宠赵飞燕姐妹，班婕妤便搬到长信宫去侍奉太后。诗人以长信宫喻失宠宫妃凄凉的境遇。
2. 玉颜：妇女娇美的容颜。
3. 昭阳：汉代宫殿名。汉成帝时，赵飞燕姊妹居住的地方。

品鉴　本诗借托汉代班婕妤长信宫的故事，描写宫廷嫔妃失宠后的凄苦生活和幽怨心情。汉代时，班婕妤美丽善良，深得成帝的宠爱。可后来赵飞燕姐妹得宠后，班婕妤受到疏远，她怕赵飞燕谗言相害，遂搬到长信宫去住，侍奉太后，一生孤苦落寞。人们同情班婕妤的遭遇，历代都有人以班婕妤的故事为题材写诗。王昌龄这首《长信秋词》是历代宫怨诗中最有名的篇章。

"玉颜不及寒鸦色，犹带昭阳日影来"。大意是：秋日里，失宠的宫妃孤独寂寞，虽然有美丽动人的容貌，可是却不如一只小小的乌鸦，因为乌鸦从昭阳殿那里飞过来，尚能带着昭阳殿日光的温暖，而自己失去了宠爱，只能度日如年地在冷宫中消磨时光了。

诗人将如花似玉的宫妃和寒鸦并列相比，人不如禽，美不如丑，更衬托出了宫妃们的怨苦：乌鸦可以在帝王居住的地方飞起飞落，而自己深居长信宫，君王从不一顾，再也得不到他的眷恋了，其怨苦之深之痛，也就不言自明了。

"寒鸦"的"寒"字，表明季节，秋天到了，天气开始转凉。"昭阳"是赵飞燕姐妹居住的宫殿名。赵飞燕得宠，成帝常常居住在她那里。古代以太阳比喻帝王，所以诗人以太阳的光影比喻君恩。

这里，字面上是写班婕妤的不幸遭遇，实际上含蓄地表现了唐代宫妃们的悲惨命运。此诗一出，就得到了宫妃们的喜爱，常常诵读，爱不释手，以此表达她们的心声。

083 忽见陌头杨柳色，悔教夫婿觅封侯。

注释：

1. 选自唐代王昌龄《闺怨》诗："闺中少妇不知愁，春日凝妆上翠楼。忽见陌头杨柳色，悔教夫婿觅封侯。"
2. 陌头：路边。
3. 觅封侯：指从军以谋取功名富贵。

品鉴　盛唐时期，国力强盛，从军征战，"马背上猎取功名"已成为一种时代风尚。而军事上的接连胜利，更是鼓舞了将士们杀敌报国的豪情。影响所及，连闺中女子也多以自己的丈夫能够立功边塞，获取功名为荣。

这首诗就写了这样一个少妇，她和其他女子一样，鼓励自己的丈夫出征边关，热望他建功立业，封王封侯，荣归故里，所以并不为夫妻的离别而有丝毫忧伤。

然而，春日登楼，触景生情，体味到一种从未有过的情绪，引起了少妇心理上微妙的变化。

"忽见陌头杨柳色，悔教夫婿觅封侯"。大意是：少妇梳洗打扮整齐，登楼观赏春天的景色，却无意间发现了路边杨柳青青，葱绿一片，又是一年一度的大好春光，而自己竟然孤身一人，没有丈夫陪伴在自己身边；顿感春光易逝，意识到自己渴望爱情，渴望有一个美好幸福的家庭，于是陷入无边的相思之中，后悔不该叫丈夫去寻求什么功名利禄，辜负了这良辰美景，大好春光。

　　诗人以独特的视角，成功地表现出少妇向往爱情的瞬间心理活动。

　　"杨柳色"就是"春色"，春色最易于勾起少妇思春的情感。丈夫出征在外，寻求功名，年复一年，冬去春来，少妇独处一室，不知度过了多少孤独的时光！如今春心触动，油然而生出一种惆怅，一种懊恼的情绪，从而开启了潜意识里的相思和企盼。可见诗人善于捕捉少妇登楼赏春的细节及心理变化，描写细腻逼真，委婉地表现了追求功名与享受爱情的矛盾，生动而有韵味。

　　在写法上，欲写少妇之悔之怨，先写少妇之喜之天真烂漫，以少妇之喜之天真烂漫来反衬登楼观景后之悔之怨，写出的怨悔就比直接描写显得更曲折更委婉更细腻更深切，就能达到更好的艺术效果。

084　林表明霁色，城中增暮寒。

作者简介：

　　祖咏（公元699年～746年），洛阳（今河南省洛阳市）人。开元十二年（公元724年）进士。与王维、储光羲、卢象等为诗友，多有唱和。为人不偶流俗。生活穷困，贫病交加。其诗以描写山水自然风光为主，善于写景状物。代表作有《望蓟门》《终南望余雪》等。唐代殷璠《河岳英灵集》称其创作"翦刻省净，用思尤苦"。《全唐诗》存其诗36首。明人辑有《祖咏集》。

注释：

1. 选自唐代祖咏《终南望余雪》诗："终南阴岭秀，积雪浮云端。林表明霁色，城中增暮寒。"终南望余雪：是祖咏长安应试时的题目。按规定应写成六韵十二句五言排律，但诗人只写了四句就交卷了。
2. 林表：树林表面，即树梢部分。　明：光亮。　霁：雨、雪停止，天气放晴。

品鉴　这是诗人描写从长安遥望终南山余雪的诗。为了表现"余雪"

的神韵,唤起人们丰富的联想,诗人选取了具有典型性的景物,先实写,后虚写,成就了两句名诗。

"林表明霁色,城中增暮寒"。

大意是:新雪初停,天色开霁,树林表层的枝梢上闪烁着落日的余晖;而长安城里,薄暮初上,终南积雪透出来寒气,使人们感到空气变得更加凛冽了。

作者虚笔写冷,把"余雪"的寒气,惟妙惟肖地传达出来了,十分妥帖生动。

据《唐诗纪事》载,唐玄宗开元初年,诗人祖咏赴长安参加进士第的考试,诗题是《终南望余雪》。这种"应试诗",按规定要写五言六韵,共12句,每两句押一韵。祖咏细心审题后,很快构思好了"终南阴岭秀,积雪浮云端。林表明霁色,城中增暮寒"四句,便沾墨濡笔写在试卷上。

写到这里,祖咏再也写不下去了。他想,既然是"余雪",说明雪已经基本停了,薄暮时分,天空开始放晴,树梢林表间闪动着残雪的浮光,远远望去,山高雪厚,直觉寒气逼人,在城中也能感受到阵阵的寒意。祖咏觉得意思已经表达完了,思之再三,不愿画蛇添足,凑足规定的字数,破坏诗意的优美和完整,便毅然搁笔交卷。主考官认为不合规定,祖咏却淡然一笑回答说:"意尽!"大踏步离开了考场。

不言而喻,这次考试,祖咏名落孙山。然而正是这首诗,特别是"林表明霁色,城中增暮寒"两句,脍炙人口,流传千古。而那些所谓合格的应试诗,随着时间的流逝,统统湮没无闻,一首也没有流传下来。

085 少小虽非投笔吏,论功还欲请长缨。

注释:

1. 选自唐代祖咏七律《望蓟门》诗:"燕台一望客心惊,笳鼓喧喧汉将营。万里寒光生积雪,三边曙色动危旌。沙场烽火连胡月,海畔云山拥蓟城。少小虽非投笔吏,论功还欲请长缨。"蓟门:当时幽州治所,在今北京市德胜门外。一说,即蓟门关,在居庸山,即今之居庸关，形势雄伟，军事要地。

2. 投笔：指班超年轻时投笔从戎。　吏：小官。

3. 长缨：长绳。

品鉴　这是祖咏宦游范阳时写的一首抒情言志诗。唐代的范阳道，以今北京西南的幽州为中心，统率16州，为东北边防重镇。主要防御契丹的侵扰。唐玄宗开元二年，朝廷以并州长史薛讷将兵御契丹；二十二年，幽州节度使张守珪斩契丹王屈烈及可突干，北部边陲一度安宁无事。

"少小虽非投笔吏，论功还欲请长缨"两句，大意是：我在青少年的时候，虽然没有汉朝定远侯班超投笔从戎的壮志，但如今遥望蓟门，顿生豪情，也要学习终军请长缨，为安定边疆建功立业的事迹。

这里诗人使用了班超和终军两个历史故事，来抒发自己报国立功的豪情壮志。

据《后汉书·班超传》记载：班超年轻时当过官府抄写文书的小吏。一日，投笔叹息道："大丈夫立功异域以取封侯，安能久事笔砚间！"后来从军，屡立战功，最后平定西域36国，因功封为定远侯。另据《汉书·终军传》记载：西汉时济南书生终军，主动要求出使南越，向汉武帝誓言说："愿受长缨，必羁南越王致阙下。"后来，经过努力，终于说服南越王降归汉朝。

诗人来到蓟门，看见的景象是：燕台地区，地势险要雄阔，唐朝军队，意气风发，斗志昂扬。笳鼓之声喧喧，此起彼落，军队训练整齐，号令严肃，军威赫然。这三边壮气，令诗人心灵震撼，豪情万丈，吟出了"论功还欲请长缨"这样豪迈的诗句，雄心勃勃地要请长缨，缚番王，欲为国家建立奇伟的功业。

086　独在异乡为异客，
　　　　每逢佳节倍思亲。

作者简介：

王维（公元701年～761年）字摩诘，原籍太原祁（今山西省祁县），后随父迁居蒲州（今山西省永济市）。9岁就有才名，19

岁赴京兆应试，考中"解头"（唐时各州送举子赴京应试，列入第一名的称"解头"）。唐开元年间进士，时年21岁。曾一度奉使出塞。官至尚书右丞。年轻时很有政治抱负，遭到唐肃宗的冷遇后，对仕途逐渐淡薄。天宝年间先后在终南山和辋川隐居，过着亦隐亦官的生活。其诗描写山川的壮丽，边塞将士的英勇，具有积极意义。隐居以后写了许多田园、山水诗，描写细腻，格调清新，自然流畅，形成了独特的田园派诗歌，具有很高的艺术欣赏价值。又擅长书画，精通音律，宋代苏轼称其诗是"诗中有画，画中有诗"。有《王右丞集》传世。

注释：

1. 选自唐代王维《九月九日忆山东兄弟》："独在异乡为异客，每逢佳节倍思亲。遥知兄弟登高处，遍插茱萸少一人。"九月九日：中国农历的节日，俗称重阳节。这一天，古人有佩戴茱萸，以祛邪避恶的风俗。　　山东：唐代华山以东地区称为山东。诗人的家乡蒲州在华山以东，所以他称家乡的兄弟为山东兄弟。与今天的山东没有关系。

2. 异乡：外乡，他乡。　异客：做外乡的客人，指客居他乡。古人离家在外，均称做客。

3. 每：每每。　逢：遇到。　佳节：指阴历九月初九重阳节。倍：加倍，更加。

品鉴　　这是诗人17岁时写的一首抒发重阳节怀念家乡亲人的诗歌。其时，他离开家乡蒲州，外出游历，正客居在长安。

"独在异乡为异客，每逢佳节倍思亲"两句诗，大意是：独处他乡，人海茫茫中举目无亲，感到十分孤独和寂寞，常常思念家乡；特别是佳节到来的时候，看着别人一家人团聚，热热闹闹地过节，就会格外地思念家乡，思念亲人。

一个"独"字，两个"异"字的运用，恰如其分地渲染了诗人形单影只，孑然一身的状况，状写出诗人远离故乡亲人，冷寂凄清孤独的处境，增强了艺术的感染力。

在这样的境况之下，在这样的心理孤独面前，"每逢佳节"的时候，诗人也就自然要"倍思亲"了。这个"倍"字下得好，是诗中的诗眼，点睛之笔，重逾千斤，很好地表达了诗人思乡情感的真挚和浓烈。

而且，"每逢佳节倍思亲"一句，道出了人们生活中普遍存在的共同感受，在千千万万离乡背井的人心里引起了强烈的共鸣。千百年来，做客他乡的游子一读到它，都会被一种巨大的情感力量激动得热泪盈眶。

诗句语言精练，感情真挚，情思绵邈，耐人寻味，成为千百年来传诵不衰、脍炙人口的名句。

087 草枯鹰眼疾，雪尽马蹄轻。

注释：

1. 选自唐代王维五律《观猎》诗："风劲角弓鸣，将军猎渭城。草枯鹰眼疾，雪尽马蹄轻。忽过新丰市，还归细柳营。回看射雕处，千里暮云平。"
2. 疾：快，这里指敏锐、犀利。
3. 尽：完，没有了。指雪化了。

品鉴 这首《观猎》诗，描写长安附近打猎的情景，是王维早期的作品。王维生活在开元全盛时期，政治清明，国力强盛，因此，其诗歌创作也洋溢着一种积极健康的情调。

"草枯鹰眼疾，雪尽马蹄轻"，描写放鹰纵马的壮观场面。大意是：冬末春初，渭水北岸的平原上，春风还没有到来，茫茫原野里百草凋枯。此时狩猎，猎鹰的眼力特别敏锐，躲藏在草丛中的小动物无所掩蔽，很容易被猎鹰发现目标。当骑手纵辔驰骋，追赶猎物时，草地上残雪消融，战马的四蹄在新晴的大地上跑起来格外轻快。

这两句写马和鹰的矫捷英俊，烘托出狩猎场面的生动。可以想见，诗人一定看到了猎鹰迅速搏击猎物的雄姿，推想到它眼睛的敏锐；诗人也一定见到了骏马风驰电掣，瞬间消逝在远方的踪影。这里没有描绘猎骑的主人公，但主人公的飒爽英姿，英雄神武的神情，不着一字，却早跃然而出了。

诗句意境开阔,豪爽有力,气象雄浑,反映了盛唐时代的精神。清沈德潜《唐诗别裁》评价说:"章法,句法,字法俱臻绝顶,盛唐诗中,亦不多见。"

088 泉声咽危石,日色冷青松。

注释:

1. 选自唐代王维五律《过香积寺》诗:"不知香积寺,数里入云峰。古木无人径,深山何处钟。泉声咽危石,日色冷青松。薄暮空潭曲,安禅制毒龙。"过:访问。 香积寺:旧址在今陕西省长安南,历史上有名的子午谷就在这里。
2. 咽:呜咽。 咽危石:泉水经过山石的缝隙而发出的幽咽之声。
3. 冷青松:因山深林密,枝叶葱郁,连照到树枝上的日光也染上寒意。

品鉴 这首诗写前往香积寺路上的景物和内心感受,描绘出山林幽邃,古寺深藏林间的美妙景观。但是,整首诗没有一句正面描写香积寺的外形风貌,而是从侧面和寺外景色落笔,步步逼近寺院,给人以走进深山深处而寺院自见的感觉。这是王维描写景物的高妙之处,读来令人清新悦目。

"泉声咽危石,日色冷青松",描写寺外幽景。大意是:山泉从嶙峋的岩石间流出,遇危石阻之,乃曲折婉转而下,发出幽咽细小的声音,诗人用"咽"字状之,颇能传其神韵;红日当空,而万松浓荫,阳光洒落在幽深的松叶之间,似乎也带着一丝寒意,令人感到清新凉爽,诗人用"冷"字绘之,足可觉其妙境。

这两句诗是历来传诵的名句。其中"咽""冷"二字炼得好,是诗眼。这里"咽危石"可以看做是"危石咽"的倒装,"冷青松"可以看做是"青松冷"的倒装。泉声、日色、危石、青松等寻常景物,一经"咽"

"冷"二字点化，又用倒装句法精心组合，境界随之而出，音韵优美，增强了诗的意境美。

　　山涧清泉，淙淙而流，如鸣环珮，声韵悦耳，但若遇危石峭立，阻遏水流，泉声便会变得低沉幽咽；山林阳光，辉映万木，明丽秀润，光色清美，但若是山高林密，夕阳残照，光色微弱，青松映现出来的光色便会给人一种清冷的感觉。"咽""冷"二字作为诗眼，绘声绘色，筋节自见，一字敲响，全篇生辉，成功地描绘出香积寺环境的幽静和深邃，营造出一种凄清幽冷的优美境界。

　　清代赵殿成《王右丞集笺注》中评论说："'泉声'二句，深山恒境每每如此。下一'咽'字，则幽静之状恍然；着一'冷'字，则深僻之景若见。昔人所谓诗眼矣。"

089　江流天地外，山色有无中。

注释：

1. 选自唐代王维《汉江临泛》："楚塞三湘接，荆门九派通。江流天地外，山色有无中。郡邑浮前浦，波澜动远空。襄阳好风日，留醉与山翁。"　汉江：又称汉水，发源于陕西省宁强县，初名漾水，到褒城会合褒水才称为汉水。进入湖北省境内，水势变大，至汉口流入长江。

2. 浦：水边，河岸。

品鉴　这是王维一首著名的风景诗，写出了江汉平原的广阔和汉江水势的浩渺，景色雄浑壮阔。这也是王维融画法入诗，诗中有画的力作。

　　"江流天地外，山色有无中"两句，写诗人在辽阔的平原上纵目遥望所见的景色，诗中有画，历来传为名句，不仅景色雄浑壮丽，而且写远望也很入神。大意是：汉江之水在辽远无边的平原上浩浩荡荡远去，一直涌流到天地之外。天地在远方合成一处，江水流到了目力能及的天地尽头，还在继续奔流，所以视觉上感到江水已奔流到天地以外了；远处的山色，在寥廓的天宇下，烟岚迷茫，雾霭重叠，朦朦胧胧，时隐时现，使人感到迷离惝恍，似有若无。

前一句写汉江水远流长，把人的思绪带入无穷的空间；后一句写苍茫迷离的山色，以山色烘托水势的浩瀚邈远，一显一隐，虚实相映，构成一幅空阔迷茫、浩瀚无际的画面。在这幅画面上，山色水势动静结合，构图错落有致，笔墨淡雅，气韵生动，其效果远远胜过色彩浓丽的油画和水彩画。

所以，明代王世贞评价说："江流天地外，山色有无中，是诗家隽语，却入画三昧。"十分中肯。

王维是唐代著名的画家，后来人赞赏他"诗中有画"。他将绘画的手法融入诗歌，描绘自然风光，湖光山色，形象显得更加鲜明，色彩显得更加绚丽。然而不仅如此，诗人还善于在鲜丽的景色描写中，注入自己的思想感情，把自己的怀抱和情趣熔铸在意境中，达到写景抒情的效果。从这两句诗中我们可以清楚地感受到盛唐的时代气氛，感受到诗人壮阔的襟怀，它似乎在向人们宣示：人人面前都有广阔的天地和远大的发展前程。

090 漠漠水田飞白鹭，阴阴夏木啭黄鹂。

注释：

1. 选自唐代王维《积雨辋川庄作》诗："积雨空林烟火迟，蒸藜炊黍饷东菑。漠漠水田飞白鹭，阴阴夏木啭黄鹂。山中习静观朝槿，松下清斋折露葵。野老与人争席罢，海鸥何事更相疑？" 积雨：久雨。 辋川：水名。在今陕西省蓝田县终南山下，唐朝另一诗人宋之问的别墅建在此地，后归王维。王维在这里住了三十多年。 庄：村庄。
2. 漠漠：形容水田平敞广布的样子。
3. 阴阴：形容树林幽暗浓密。 夏木：乔木，与低矮灌木相对而言。夏木指夏天枝叶浓郁的树木。 啭：鸟类轻柔悦耳地鸣叫。

品鉴　　这首诗描写辋川地区的田园景色,有如一幅笔意闲淡简远的山水画。在这幅画中,诗人恬淡闲适的心情和田园幽淡寂静的景色亲密无间地融合在一起。

"漠漠水田飞白鹭,阴阴夏木啭黄鹂",是诗人静观自然景色写出的名句。大意是:雨后的原野,清新明净,在明镜般的水田上空,白鹭悠闲安详地翩翩飞翔;在浓荫幽深的夏木丛中,黄鹂婉转着歌唱,声音甜美而又快活。

诗人着意选取色彩鲜明的意象白鹭、黄鹂加以描绘,再以视野苍茫的漠漠水田、境界幽深的阴阴夏木为背景,让白鹭飞行,黄鹂鸣唱,一为动态的视觉形象,一为悦耳的听觉形象,色彩一浓一淡,和谐地交织在一起,意态娴静而又生意盎然。

其中"漠漠""阴阴"两组叠字的运用,最为精彩。不但增加了诗的色调,而且开拓了诗的境界。有了"漠漠"二字,画面的空间才显得广阔辽远,"白鹭"也就有了自由飞翔的天地;有了"阴阴"二字,才显出"夏木"的绿阴浓郁,幽寂深邃,烘托出"黄鹂"鸣唱的婉转清幽。这两组叠字,贴切精练,传神入妙,构成了辋川夏日恬淡静远清丽的自然风光图。

据说,当时比王维略小的李嘉祐写有"水田飞白鹭,夏木啭黄鹂"的诗句。因此唐代李肇在《国史补》中认为,这两句诗是王维窃取李嘉祐的。宋代叶梦得则在《石林诗话》中为王维辩护:"唐人记'水田飞白鹭,夏木啭黄鹂',为李嘉祐诗,摩诘窃取之,非也。此两句好处,正在添'漠漠''阴阴'四字,此乃摩诘为嘉祐点化,以自见其妙。"

叶梦得的观点是正确的。"水田飞白鹭,夏木啭黄鹂"两句诗有画意,白鹭、黄鹂的色彩也很鲜明,是好的写景句。但是它的境界不够开阔。有了"漠漠""阴阴"两词,就不一样了。白鹭在广阔的水田上飞,比起只说在水田上飞,境界要开阔多了。黄鹂在夏天的一片浓荫里鸣叫,比起只在夏天的树上叫,意境也大为不同。所以这两句诗是改造出新,而不是剽窃。艺术上有"后出转精"的惯例。王维在李诗上加上"漠漠""阴阴"四字,使平凡的语言顿时变得精彩异常,是值得称道的。

091 明月松间照，清泉石上流。

注释：

选自唐代王维《山居秋暝》诗："空山新雨后，天气晚来秋。明月松间照，清泉石上流。竹喧归浣女，莲动下渔舟。随意春芳歇，王孙自可留。"暝：夜色初临。

品鉴　王维晚年在辋川过着隐居的生活。他在这个时期的诗歌创作，主要表现自然界中的恬静景色，特别善于描写动中之静的生活情趣，给人以清新的感觉。

初秋时节，新雨过后，诗人以恬淡平和的心情静观山居中的清幽景色，于是写出了《山居秋暝》这样绝妙的风景诗。

"明月松间照，清泉石上流"两句，恬静而清新，是流传不衰的写景名句。大意是：雨过天晴，新月当空，溶溶的月光斜斜地照在松林上，透过摇曳稀疏的枝叶，柔和地洒在铺满松针的土地上；诗人漫步松林，陶醉在雨后大自然的幽静景色中。山间泉水的流量增加了，充满了活力，清冽的水波泛着月光，从溪涧高低错落的山石淌过，发出淙淙的声响，向远方流去。

这样的描写，有色彩有音响，于平淡中见到绚丽，幽静而不孤寂。一切都静穆、安详，一切又都自在、活泼，静中有动，景中有情，形成清静淡远、尘虑全无的意境，具有咀嚼不尽的韵味。

092 大漠孤烟直，长河落日圆。

注释：

1. 选自唐代王维五律《使至塞上》诗："单车欲问边，属国过居延。征蓬出汉塞，归雁入胡天。大漠孤烟直，长河落日圆。萧关逢候骑，都护在燕然。"使：出使。唐开元二十五年（公元737年），唐军大胜吐蕃，王维奉使出塞宣慰。

2. 大漠：沙漠。 孤烟：燧烟。直：燧烟孤高的样子。段成式的《酉阳杂俎》记载，燧烟是古时边塞报平安的信号，燃狼粪，取其烟直而聚。

3. 长河：黄河。圆：傍晚太阳又圆又大的样子，并隐含落日残红的样子。

品鉴　　王维奉命出使塞外，慰问唐军，一路之上，见到落日下沙漠浩瀚无边的壮伟景象，写出了这首著名的诗章。

"大漠孤烟直，长河落日圆"两句，写塞外奇特壮丽的风光，画面开阔，意境雄浑，近人王国维《人间词话》称这两句诗是"千古壮观"。大意是：沙漠浩瀚无垠，连绵千里，在这杳无人迹、广袤的大漠里，一柱孤烟直薄云天；浩浩荡荡的黄河，横贯高原，流向天际，临近傍晚，一轮红日徐徐沉向地平线，显得又大又圆。

沙漠广远无垠，浩瀚无边，以"大"形容之；边塞荒凉，燧烟格外醒目，以"孤"形容之；沙漠上没有山峦林木，黄河横贯其间，用一"长"字形容之。这几个字的运用，拟物状态，十分贴切，十分准确，能传神地表达诗人独特的艺术感受。

然而真正创造诗意和美感的，是"直"字和"圆"字。只有大漠之上的孤烟才显得特别直，而"直"字也正好表现出孤烟的劲拔、坚毅之美；只有长河中的落日才显得更圆，所以"圆"字最能恰切地传达一种苍茫悲凉的意境美。一个"直"字，一个"圆"字，将孤烟与落日的形态描绘得惟妙惟肖。平旷的大漠，与竖直的烟配伍，长长的黄河与圆圆的落日构图在一起，诗人抓住这些典型景物加以艺术构思，逼真地描绘出塞外大漠特有的奇丽壮美的景象，立体感强，开阔混莽，具有永恒的魅力和审美价值。

同时，读这两句名诗，还可以体会到诗人融入景物描写中的悲凉气氛和孤寂情怀。

093 渡头余落日，
　　　墟里上孤烟。

注释：

1. 选自唐代王维五律《辋川闲居赠裴秀才迪》诗："寒山转苍翠，秋水日潺湲。倚杖柴门外，临风听暮蝉。渡头余落日，墟里上孤烟。复值接舆醉，狂歌五柳前。"辋川：今陕西省蓝田县西南。唐初宋之问在此修建了蓝田别墅，后王维购得别墅，晚年隐居于此。

　　裴迪：王维的好友。王维晚年隐居辋川时，常和他往来。《新唐书·王维传》："别墅在辋川，地奇胜……与裴迪游其中，赋诗相酬为乐。"

2. 渡头：水边渡口。　余：留下，剩下。
3. 墟里：村庄里。　上：升起。

品鉴　　这首诗是王维晚年住在辋川别墅隐居时，与裴迪相与唱酬，赠给裴迪的诗。诗中，风光人物，交替行文，相映成趣，情景交融，诗、歌、画完美结合，很好地抒写了诗人的闲适生活及与朋友的真切情谊。

"渡头余落日，墟里上孤烟"两句，是描写农村原野落日景象的名句。大意是：渡口边夕阳西下，快要落入地平线了，只留下余晖残照，铺在西边的天际，倒映在水中，散发出五彩瑰丽的光彩；村庄里，农家开始生火晚炊，一缕炊烟，袅袅升起，映着落日的余晖，向远处的天空慢慢飘散。

这两句诗历来被人称道。诗人精确地剪取一抹夕阳即将落下水面的一瞬，表现了落日的动态和趋向，为读者留下了想象的余地；对村里炊烟的描写，给人一种悠然上升的动感，生动地传达出山村傍晚的宁静和祥和氛围。

渡头、落日、墟里、孤烟等富有时间特征的景物，经过诗人眼睛的过滤而带上了感情色彩，构成一幅色彩鲜明、动静结合的和谐静谧的田园风景画。

094 劝君更尽一杯酒，西出阳关无故人。

注释：

1. 选自唐代王维《送元二使安西》诗："渭城朝雨浥轻尘，客舍青青柳色新。劝君更尽一杯酒，西出阳关无故人。"元二：不详。安西，唐代安西都护府治所，在今新疆库车附近。诗题在《乐府诗集》中又作《渭城曲》。
2. 更：再。　尽：一作"进"。
3. 阳关：古关名。故址在今甘肃省敦煌市西南，一直是内地通往西域的通道。因在玉门关之南而被称为阳关。　故人：老朋友。

品鉴　　这是一首极负盛名的送别诗，音节优美，明白如话，而又情深意长，堪称送别诗的千古绝唱。在当时即谱成乐曲，广为传唱。

"劝君更尽一杯酒，西出阳关无故人"两句，剪取送别时一刹那的情景，直接叙述临别时的话语，是全诗最为脍炙人口的佳句。大意是：元二即将去安西（今新疆库车附近）上任为官，虽然是去为官，但毕竟那里地老天荒，远在边陲。因此在送别的宴席上，诗人与元二依依惜别，酒已阑，人将散，在友人放下酒杯、即将壮别之时，诗人再次劝酒：请再干了这杯酒吧，趁我们现在在一起，多享受一份朋友的温情吧！因为再向西走，出了阳关，那里人地生疏，边远荒凉，就再也没有亲近的朋友了。

一杯淡酒，在诗人眼里，像一杯盛满了丰富情感的琼浆，既表达了依依惜别的深挚情谊，倾注了对远行者的亲切关怀，也包含着对友人前路的殷殷祝福，诗人对朋友的一片至诚之心及友爱怜惜的情感，在诗句里得到了充分的展露和体现。

从语言来说，这两句诗词意婉转，自然深切，明白如话，毫无雕饰；然而，却最为动情，最为感人。

明李东阳《怀麓堂诗话》评价说："王摩诘阳关故人之句，盛唐以前所未道。此辞一出，一时传诵不足，至为三叠歌之。后之咏别者，千言万语，殆不能出其意之外。"

095　红豆生南国，春来发几枝。

注释：

1. 选自唐代王维五绝《相思》诗："红豆生南国，春来发几枝。愿君多采撷，此物最相思。"诗题一作《江上赠李龟年》。
2. 红豆：草本木质豆科植物，生于岭南，即今广东、广西一带。树干高三米左右，秋天开白色或淡红色小花，冬春结实。果实为荚，荚中种子形如豌豆，但略扁。鲜红润圆，晶莹如珊瑚。也有的半红半黑，或红中带黑色斑点。南方人常用来镶嵌饰物。 南国：指南方。

品鉴　　这首《相思》，是写给友人的著名小诗。古代相思不限于男女之间的情爱，也常用来表达朋友之间相互思念的情感。

"红豆生南国，春来发几枝"两句，大意是：开春了，天气转暖，岭南生长的红豆树，又该开始生长了，不知道萌发了多少新的枝叶，会生出多少令人相思的红豆？

红豆，亦称相思豆。传说古代有一位女子，因丈夫死在边地，她在树下痛哭而死，化为红豆，于是人们又称它为"相思子"，所以，红豆是赤诚友爱的一种象征，是富于情味的典型事物。

正是因为如此，诗人才以红豆蕴含的相思之意起兴，把它作为友爱的象征物，抒写眷念朋友、珍重友谊的情感。语言朴实自然，却又形象鲜明，富于浓郁的诗意，能引起读者丰富的想象和联想。继而问"春来发几枝"，意味深长。春天，万物复苏，欣欣向荣，花开鸟啼，都容易拨动人们相思的琴弦。所以诗人遥问，象征相思的红豆发了多少枝叶，其实是说，对朋友的相思也开始萌发了。亲切的一句问话，寄托着诗人无限的关爱和情思。语近情遥，令人神远。

王维《相思》诗经乐工谱曲后，广为传唱，是梨园弟子最喜爱的歌词之一。天宝之乱后，著名歌手李龟年流落江南，经常为人演唱这首诗，听者无不动容。宋代计有功《唐诗纪事》记载称："禄山之乱，李龟年奔于江潭，曾于湘中采访使筵上唱'红豆生南国'、'秋风明月苦相思'。此皆维所制，而梨园唱焉。"

096 九天阊阖开宫殿，万国衣冠拜冕旒。

注释：

1. 选自唐代王维《和贾至舍人早朝大明宫》诗："绛帻鸡人报晓筹，尚衣方进翠云裘。九天阊阖开宫殿，万国衣冠拜冕旒。日色才临仙掌动，香烟欲傍衮龙浮。朝罢须裁五色诏，佩声归到凤池头。"和：以诗互相赠答。　贾至：任中书舍人，是皇帝的近臣。
　早朝：古代百官早晨要朝拜皇帝，称为早朝。　大明宫：又名蓬莱宫。唐时在长安城东内，宫后有蓬莱池，故名。与西内太极宫，南内兴庆宫轮流受朝。唐太宗发动玄武之变即在大明宫。
2. 九天：即九重，指宫殿。　阊阖：原为神话中的天门，这里指宫殿正门。　九天阊阖：喻天子住处。　宫殿：指大明宫，是皇帝接受朝臣和使节朝见的地方。
3. 万国：各国遣唐使。　衣冠：这里代指文武百官。　冕旒：皇帝戴的帽子，这里代指皇帝。帝王、诸侯及卿大夫的礼冠，外黑内红。盖在头顶上的叫"延（綖）"，以五彩丝绳穿玉，垂在延前的叫"旒"。天子的帽子有12串旒，其余诸侯为9串，上大夫为7串，下大夫为5串。

品鉴　唐明皇的近臣贾至，在中书省任中书舍人时，写了一首《早朝大明宫呈两省僚友》的诗篇。当时杜甫、岑参、王维等人都曾写诗相和。王维这首诗利用细节描写和场面渲染，写出了大明宫早朝时庄严华贵的气氛，显示了唐帝国鼎盛时期国力的强盛，四夷臣服，四方来朝的浩大气魄。

"九天阊阖开宫殿,万国衣冠拜冕旒"两句,正面叙述,表现场面的宏伟庄严和帝王的尊贵,写出了唐帝国早朝的声威气势。大意是:层层叠叠的宫殿有如九重天门,迤逦打开,深邃伟丽,肃静庄严;世界各国的使节拜倒在丹墀面前,他们衣饰鲜明,庄严华贵,整齐威武,正恭谨虔诚地朝见大唐天子。

诗人以浓墨重彩,大笔勾勒"早朝"的非凡气势:"九天阊阖""万国衣冠",写尽了大唐鼎盛时期威镇四方的气象。"冕旒"一句,在"万国衣冠"之后着一"拜"字,利用数量上的多与寡、地位上的尊与卑作对比,突出了大唐帝国的威仪,在一定程度上反映了当时真实的历史背景。

诗句胸襟广阔,气魄壮伟,写景状物,渲染气氛,如在目前,读之如见如闻。

097 白云回望合,青霭入看无。

注释:

1. 选自唐代王维《终南山》诗:"太乙近天都,连山接海隅。白云回望合,青霭入看无。分野中峰变,阴晴众壑殊。欲投人处宿,隔水问樵夫。"终南山:一名南山,又称楚山或秦山,为秦岭中部最著名的一座山峰。在唐代都城长安(今陕西省西安市)的南面。
2. 回望:回过头来看望。
3. 青霭:青蓝的雾气。

品鉴　开元末天宝初,王维在终南山下的辋川别墅过着隐居生活,写了许多好诗,本篇就是其中之一。这首诗描写终南山的景色,以少总多,写出了终南山的形与神,达到了"意余于象"的艺术效果。

"白云回望合,青霭入看无"两句,描写近观远望终南山云霭变幻的情状,十分传神。大意是:白云从四面涌来,在山峰间缭绕,路和景物都看不真切,待穿过云雾进入山中,回头一看,身后刚分开的白云转眼间又合在一起，蒙蒙漫漫，白茫茫一片；远远望去，前路上笼罩着朦胧的青色雾气，仿佛伸手可及，然而走近一看，又似有若无，仿佛消失了一般，不可捉摸。

这两句诗，移步换形，摹写山上烟云变换的状况，传神写照，十分神似。终南山的景色，因白云"回望合"，青霭"入看无"，由清晰而朦胧，又由朦胧而隐没。可以想见，山中千岩万壑，苍松古柏，怪石清泉，奇花异草，一切都笼罩在茫茫"白云"、蒙蒙"青霭"之中，看不真切了。正因为如此，才特别令人神往，特别富有韵味，给读者留下了丰富的想象的空间。

098 分野中峰变，阴晴众壑殊。

注释：

1. 选自唐代王维《终南山》："太乙近天都，连天接海隅。白云回望合，青霭入看无。分野中峰变，阴晴众壑殊。欲投人处宿，隔水问樵夫。"
2. 古代以二十八宿星座的分布来区分地上的界域，名为"分野"。这里指立足山顶遥望群峰。
3. 壑：山谷。 殊：不同。

品鉴 这是诗人游览终南山写的一首山水景物诗。诗人从高处鸟瞰山势纵横变化，加以高度概括，展示了终南山广阔壮观的景色。

"分野中峰变，阴晴众壑殊"两句，尺幅之间，纳万里河山，颇有"笼天地于形内，措万物于笔端"的神奇笔力。大意是：立足中峰远望，更显得终南山蜿蜒绵亘，形势崇伟；在阳光的照射下，千岩万谷，或明或暗，淡妆浓抹，呈现出千姿百态，迥然不同的景色。

本诗首二句写从山北遥望见到的景象，写出了终南山的高和从西向东的远。而终南山从北到南的阔，则用"分野中峰变"一句来描绘。游山而有"分野中峰变"的观感，显示出诗人立足"中峰"之上，纵目四望，群山尽收眼底，依稀可见之状，颇为传神。"中峰"是山的最高处。终南山东西如此长远，南北如此广阔，欲收全景于眼底，只有立足于"近天都"的"中峰"之上，才能够实现。而"阴晴众壑殊"一句，则传神入画地勾勒出终南山高、低、远、近的千姿万态，形成一幅高视点鸟瞰的全景图。这里，"阴晴"不是天气的阴或晴，而是阳光的或浓或淡，或有或无的奇妙变化和姿态，展示出群山鸟瞰的壮阔气势。

北宋苏轼曾风趣地说过，"味摩诘（王维字）之诗，诗中有画；观摩诘之画，画中有诗"。这首诗便是"诗中有画"的佳作。

099　深林人不知，明月来相照。

注释：

1. 选自唐代王维《竹里馆》诗："独坐幽篁里，弹琴复长啸。深林人不知，明月来相照。"竹里馆：诗人辋川（水名，在今陕西省蓝田县境终南山下）别墅里的一处胜景，为别墅的一部分，因绿竹围绕而得名。
2. 深林：指竹林深处。

品鉴　这首小诗描写了月下竹林的幽静景色，抒发了诗人清幽澄静的心境。

"深林人不知，明月来相照"两句，大意是：竹林幽深，诗人在里面弹琴、唱歌，外面却没有人听见，没有人知道，只有天上那一轮多情的月亮，静静地照着这片竹林，照在诗人身上，与诗人为侣为伴，听他弹琴长啸。

诗句自然浅近，如同口语，看似平平淡淡，却营造出一种空明澄净的意境，塑造出了一个尘虑皆空、安闲自得的诗中主人公形象，淡而有味，境界自出，使人仿佛置身于宁静的月夜幽竹之中，一睹诗人弹琴、长啸、悠闲自得的神情。在这两句诗中，竹林幽深的环境与诗人清幽澄静的心境和谐地统一在一起，相辅相成，很好地表达了诗人淡泊闲逸的人生态度及乐于归隐生活的情趣，具有一种特殊的艺术魅力。

100 竹径通幽处，禅房花木深。

作者简介：

常建（生卒年不详），长安（今陕西省西安市）人。唐代诗人。开元十五年（公元727年）进士。曾任盱眙（今江苏省内）县尉。因仕途失意，转以山水浪游为乐，故诗多描写名胜风景和田园风光。风格与王维、孟浩然相近，语言洗练淡雅，意境清幽，质朴中寓有深意，有"旨远兴僻，佳句辄来"之誉。其边塞诗亦别有韵味，代表作《塞上曲》《吊王将军墓》《塞下曲四首》等颇具声名。殷璠《河岳英灵集》称其诗："似初发通庄，却寻野径，百里之外，方归大道，所以其旨远，其兴僻，佳句骤来，唯论意表。"《全唐诗》存其诗58首，编为一卷。

注释：

1. 选自唐代常建《题破山寺后禅院》诗："清晨入古寺，初日照高林。竹径通幽处，禅房花木深。山光悦鸟性，潭影空人心。万籁此俱寂，但余钟磬音。"破山寺：又名兴福寺。故址在今江苏省常熟市虞山北麓。《舆地纪胜》云："两浙西路平江府，兴福寺在常熟之破山，齐倪德光舍宅为寺，唐常建诗云云，即此地也。"禅院：僧人居住的地方。
2. 禅房：一名"寮房'，是僧人们住的房舍。　花木深：指禅房笼罩在花木之中。

品鉴

这是一首描写破山寺景物的诗。破山寺极为幽静、闲适，诗人从不同的角度把寺中美景如画一般呈现在读者面前。他还通过有特征性的景物描写，创造出一种幽深寂静的艺术意境，给人以身临其境之感。然而，这首诗也不是纯为写景，而是通过吟咏禅院，抒发了诗人寄情山水的隐逸情怀。

"竹径通幽处，禅房花木深"两句，大意是：入寺以后，除了茂密高林之外，映入眼帘的是一条弯弯曲曲的竹林小道，一直通向幽深的去处，愈走愈静，最后来到了僧人们居住的地方，那里的禅房全都掩映在花草树木丛中。

诗人用幽来状写"径",用深来描摹"房",成功地写出了禅房的幽静,令人想见小径的幽深,禅房的雅静,衬托出佛教忘情世俗的意境,寄寓着诗人遁世的情怀,为历代诗人所称赞。宋代大诗人欧阳修读了这两句诗,十分叹服,他在《洪驹父诗话》中说自己曾想"效其语作一联,久不可得",成为一大憾事。

"竹径通幽处"一句,造意巧妙,旨趣含蓄,常被用来形容景色的优美宜人和环境的清幽静寂。

101 峨眉山月半轮秋,影入平羌江水流。

作者简介:

李白（公元701年~762年）字太白,号清莲居士。先祖在隋末获罪流放西域。李白出生于安西大都督府的碎叶（今吉尔吉斯斯坦北部托克马克附近）。5岁时随父迁居绵阳昌隆（今四川省江油市）青莲乡。25岁离川,远游长江、黄河中下游地区。天宝元年（公元742年）到京城长安,任翰林院供奉,不久遭谗离职。安史之乱时,抱着平乱的愿望,参加唐肃宗之弟永王的军队,任幕僚。后永王以叛逆之罪被肃宗讨伐击溃,李白受牵连流放夜郎（今贵州省桐梓县）。在巫山途中遇赦东归,卒于当涂（今安徽省当涂县）。李白博学善诗赋,才华横溢。他热爱祖国,关心人民疾苦,对权贵疾恶如仇。其诗想象丰富,豪放飘逸,汪洋恣肆,瑰丽多姿,音律和谐,流转自然,语言流畅,善于从民歌、神话中吸取营养和素材,构成其诗特有的瑰伟绚丽的色彩,对后世产生了深远的影响,是中国继屈原之后又一位伟大的浪漫主义诗人,有"谪仙人"之称。有《李太白集》传世。

注释:

1. 选自唐代李白《峨眉山月歌》诗:"峨眉山月半轮秋,影入平羌江水流。夜发清溪向三峡,思君不见下渝州。"峨眉山:在四川省峨眉山市西南,佛教名山。素有"峨眉天下秀"的美誉。景色优美，是历代人们游览的胜地。　歌：唐时绝句是从乐府民歌中来，故又称为歌。

2. 半轮：指半轮秋月。秋：秋天的月亮。

3. 影入：指月影映入江水。　平羌：江水名。现在叫青衣江。自四川宝兴经芦山、雅安、洪雅、夹江，到乐山市与大渡河合流入岷江。

品鉴　这首诗是李白青年时期的作品。李白25岁"仗剑去国，辞亲远游"。由乐山经重庆前往三峡，漫游祖国名山大川。行船途经平羌江时，写下了这首诗篇，以表达对故乡深切的怀念之情。

"峨眉山月半轮秋，影入平羌江水流"两句，构成了一幅美妙的峨眉山月图。大意是：峨眉山巅之上，挂着半轮明亮清澈的秋月；月影映入平羌江中，江面宁静，月光闪闪，随波流动，景色美丽迷人。

这里，"秋"用得极妙。"峨眉山""月"两个实物名词连用，平平淡淡，并无什么诗意，然而以"秋"字形容月色之美，则起到画龙点睛、自然入妙的作用，立即赋予这些实物以生命的力量。"江水流"，也是人们司空见惯的现象，平凡得很，毫无美感可言。然而诗人不是为写江水而写江水。诗人秋夜行船，顺流而下，亲身体验到月影映入江水，又随江水流去的意境，于是摹写出来，读之可以感受到月影在逐波流动，其境界也是十分清新优美的。

这两句诗意境空灵，淡朴自然，音韵流畅，显示出一种引人入胜的意境，能给人以独特的美的享受。前人曾赞誉它是"千秋绝调"，并不为过，也绝不是溢美之词。

102　山随平野尽，江入大荒流。

注释：

1. 选自唐代李白《渡荆门送别》："渡远荆门外，来从楚国游。山随平野尽，江入大荒流。月下飞天镜，云生结海楼。仍怜故乡水，万里送行舟。"荆门：山名。在今湖北省宜都市西北，长江南岸，隔江与虎牙山对峙，上合下开若门，形势险要。

2. 大荒：辽阔无边的原野。

品鉴

这首诗描写了李白"仗剑去国，辞亲远游"，经三峡渡荆门，进入平原后见到的壮丽景色。语言生动，气象雄浑，境界开阔，反映出诗人青春勃发的朝气和盛唐积极向上的时代精神。

"山随平野尽，江入大荒流"两句，景色壮丽，意境雄浑，形象地描绘了船出三峡带给诗人的喜悦开朗的心情。大意是：从蜀出发，两岸连山，一直到荆门以后进入平原，山势也随之逐渐消失了，视野豁然开阔，展现在眼前的是一望无际的千里平野，伸向天边；而滚滚滔滔的长江水，江面变得十分开阔，就在这荒漠辽远的原野上，奔腾直泻而去，流向茫茫无际的远方。

诗人从巴渝乘流而下，穿行于"两岸连山，略无缺处"的七百里三峡，船出荆门，连绵的山岭就随着平野的出现而逐渐消失了。长江浩浩荡荡，向东奔流，天旷地平，看不到尽头。广漠无边的江天景色令诗人倍感新奇，激动不已，所以使用"尽"字，表达刚从三峡出来的新鲜感受和开朗心情，使用"入"字，表现长江流入茫茫远方的壮阔景观。

诗人描摹的完全是一种动态的景色。"随……尽"，是随着船的移动，展现出来的一幅幅活动的画面，"入……流"，则更像是随着江流远去，逐渐推远的一组镜头。因而意象辽阔，气势雄浑，描写生动。

杜甫《旅夜抒怀》中写有类似的景观："星垂平野阔，月涌大江流。"气象一样雄壮，句法也都相似，只是所写的景观和观察的角度有差异，王琦的《李太白全集》注引丁龙友说："李是昼景，杜是夜景，李是舟行一瞥，杜是停舟细观"，是很有见地的；从寄寓的情感来看，年轻的李白，怀抱壮志，刚刚从"两岸连山，略无缺处"的三峡七百里中飞舟出来，豪壮的心情，表现在意气风发的诗句中。而杜甫是在月朗星稀的夜晚，站在江边，沉静地思虑，细心地体察大自然，面对千里皓月，万里江波，只有"星垂"和"月涌"这样的诗句，才能表现那辽远壮阔的景象。

风格上，同是上对天宇，下临江面的景色，李诗奔腾爽朗，而杜诗则显得静穆凝重，功力相敌，各有千秋。

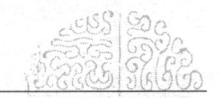

103　桃花潭水深千尺，不及汪伦送我情。

注释：

1. 选自唐代李白《赠汪伦》诗："李白乘舟将欲行，忽闻岸上踏歌声。桃花潭水深千尺，不及汪伦送我情。"汪伦：村民。家住宣州泾县（今安徽省泾县）桃花潭附近。崇拜李白的诗才，特邀李白游桃花潭，两人情投意合，结下了深厚的友谊。
2. 桃花潭：潭水名。在今安徽省泾县西南方。
3. 不及：不如，比不上。

品鉴　唐玄宗天宝十四年（公元755年），李白从秋浦（今安徽省池州市）前往泾县游桃花潭，当地村民汪伦以美酒热情招待他。临走时，汪伦又热情送别，李白遂写了这首充满深厚情意的赠别诗。

"桃花潭水深千尺，不及汪伦送我情"两句，直接抒情，意思说：汪伦对我的深情厚谊，比这深千尺的桃花潭水还要深啊！

诗句以潭水之深，比友情之厚，随手拈来，联想丰富。语言明白如话，浅显易懂，却蕴含着诗人质朴而热烈的情愫，有着不同寻常的意味和魅力，耐人寻味。

清代沈德潜《唐诗别裁》高度评价这两句诗："若说汪伦之情比于潭水千尺，便是凡语。妙境只在一转换间。"这个"转换间"的词，就是"不及"二字，其妙处在于用了比物的手法，变无形的情谊为生动的形象，空灵而有余味，自然而又情真。

关于这首诗，清代袁枚《随园诗话补遗》记载了这样一件轶事。泾县汪伦慕李白诗名，欲邀之做客，便写信告诉他说："先生好游乎？此地有十里桃花。先生好饮乎？此地有万家酒店。"落款是"泾县桃花潭布衣汪伦"。李白闻之心动，欣然受邀前往。等李白赶到时，汪伦才告罪说："桃花者，潭水名也；万家者，店主人之姓也；欲邀先生，故以此相劝也。"李白听了大笑，二人相聚甚欢，煮酒论诗，一住好几天，建立了深厚的友谊。

这个故事，显然是因为这首诗脍炙人口，广为传诵而附会出来的，但也因此反映出人们是如何的喜爱它。后来，"桃花潭水"就成为诗人抒写别情的代名词，桃花潭一带至今仍留有许多相关的优美传说和遗迹。

104 两岸猿声啼不住，轻舟已过万重山。

注释：

1. 选自唐代李白《早发白帝城》诗："朝辞白帝彩云间，千里江陵一日还。两岸猿声啼不住，轻舟已过万重山。"白帝城：在今重庆市奉节县东白帝山上。江陵：今湖北省江陵县。

2. 猿声：猿猴的叫声。长江三峡重庆到湖北一线，沿江两岸，高山连绵不断，其间的猿猴很多，昼夜不停地长啸，一路行船都能听到猿猴的叫声。《水经注·江水注》："自三峡七百里中，两岸连山，略无阙处。……每至晴初霜旦，林寒涧肃，常有高猿长啸，属引凄异。空谷传响，哀转久绝。" 啼不住：一作"啼不尽"。啼：鸣叫。住：停止。

3. 轻舟：轻快的小船。 已过：已经走过。 万重山：很多山。形容山势重重叠叠，连绵不断。

品鉴

唐肃宗乾元二年（公元759年）春天，李白流放夜郎，经水路行至白帝城（今重庆市奉节县）时遇赦，放舟东返江陵。李白生性豪放，乐观豁达，向往美好。这次遇赦，意味着艰难的时光已经度过，内心流溢出无比轻快喜悦的心情，遂即景抒情，写下了这首精妙无伦的不朽诗篇。

"两岸猿声啼不住，轻舟已过万重山"是其中最脍炙人口的两句，大意是：船过三峡，两岸猿啸，此起彼伏，不绝于耳，瞬息之间，千山万壑便落到了船的后面。

前一句，"两岸猿声啼不住"，既是写景，又是比兴，表面看是记叙诗人乘舟而下的所见所闻，实际上却创造了一个崭新的意境。古代的长江三峡常有高猿长啸，声声相属，尽管轻舟飞快，但猿声却此起彼伏，使人感到猿声一直在啼叫，断断续续，没有片刻停止过。而轻舟飞渡，则表现了李白的乐观主义情怀。船行轻快，箭一般地穿过崇山峻岭，表明自己度过了一切艰难险阻，即将踏上新的坦途的舒畅心情。

清代桂馥《札朴》特别欣赏"两岸猿声啼不住"一句，赞扬说"妙在第三句，能使通首精神飞越"。

现在这两句诗经常被人们引用，用于表达某种人生哲理：任何事物都是在运动变化的，而且在一定条件下还呈现为迅速运动的状态。那不绝于耳的猿声，就正好衬托出了轻舟的飞快，表现出事物的飞速发展、变化！同时，人们还用它说明：尽管前进途中困难重重，但历史的潮流、时代的步伐却是不可阻挡的，这是事物发展的不可抗拒的规律。

105 蜀道之难，难于上青天。

注释：

1. 选自唐代李白《蜀道难》诗（节录）："噫吁嚱，危乎高哉！蜀道之难，难于上青天！蚕丛及鱼凫，开国何茫然，尔来四万八千岁，不与秦塞通人烟。"蜀道难：乐府旧题，属《相和歌辞·瑟调曲》。梁简文帝、刘孝威都曾作过《蜀道难》，李白这首也是拟作。
2. 噫吁嚱：蜀地方言，表示惊讶。 蜀道：出入四川的道路。过去蜀地山高路险，进出十分困难。

品鉴　李白胸怀"济苍生，安社稷"的抱负，仗剑出游，到长安寻求机会，希望为国家出力，然而李白一次次碰壁，最后失望了，深感自己脚下道路艰难。因此在送友人入蜀时，借蜀道之难，直抒胸臆，写下了这首惊天地、泣鬼神的诗篇。

诗人大体按照自秦入蜀的路线，展开丰富的想象，着力描述了秦蜀道路上奇丽惊险的山势和壮美的山川。

"蜀道之难，难于上青天"两句，道尽蜀道艰难之状，千古以来，描写蜀道艰难的诗句很多，但无出其右者。大意是：进入蜀国的道路在崇山中穿行，山高路陡，真是艰难万分啊，难得比登上青天还要难！

古人认为，登天是不可能的事，常把不可能的事比作登天，这就十分形象地道出了蜀道的艰险。

诗人采用咏叹的句式开头，直奔主题，感情强烈，给人以惊险突兀之感。诗句以"难于上青天"为喻，形象生动，夸张得体，比喻贴切，再现了蜀道的高峻艰险，给人以强烈的震撼。之后，"蜀道之难，难于上青天"随着自然场景的变化，感情的起伏，反复出现，反复强调，像一首咏叹调的主旋律，一直紧紧地扣动着读者激荡的心弦，产生的心理冲击力也一次比一次强烈，进一步达到了强化和突出的效果。

唐代殷璠《河岳英灵集》称赞这首诗作说："至如《蜀道难》篇，可谓奇之又奇，然自骚人以还，鲜有此体调也。"

106　两岸青山相对出，孤帆一片日边来。

注释：

1. 选自唐代李白《望天门山》诗："天门中断楚江开，碧水东流至此回。两岸青山相对出，孤帆一片日边来。"天门山：位于安徽省当涂县西南长江两岸，东称东梁山（古称博望山），西称西梁山，两山夹江对峙，是一道天造地设的门户，形势十分险要。
2. 两岸青山：指安徽省当涂县天门山。　相对出：两岸青山相对而立，连绵不断。出：耸出来。
3. 孤帆：单独的一只船。　帆：船上的风帆。这里以帆代指船。
　日边来：从太阳升起的地方驰过来。

品鉴　青年时代的李白从四川出发，由三峡沿江东下，来到安徽省当涂县境内。望见两岸夹江对峙的天门山时，不禁为其山势的险峻和雄伟所惊叹，于是用他那生花妙笔生动逼真地描绘出了天门山壮美的景象。

"两岸青山相对出，孤帆一片日边来"两句，由青山、孤帆、太阳等鲜明的意象组成，明丽而又壮美，充满勃勃生气。大意是：诗人站立船头，乘风破浪而下，看到一幅幅动态的景象：青山巍巍，江水滔滔，船在移动，景在转换。前面，两岸青山由远而近，由朦胧而清晰，逐渐突显出来，耸立在眼前。原本静态的山景，在诗人眼里具有一种扑面而来的动态感觉，生气十足。而此时，一叶小舟，从水天相接处，从金光灿烂、太阳跃升的天际飘来。小舟如飞，波光粼粼，山形水势，浑然一体，展示出了一幅山、水、船的动态风光图。诗人欢悦的心情也由此自然而然地流露出来。

这两句诗既写景、又抒情。不特意写情，而情自在景中。青山绿水，白帆红日，色彩绚丽，境界辽阔；既有动景又有静景，既有声音又有色彩，宛如一幅幅逐渐展开的大江帆影图。而诗人精心提炼的"出"字，"来"字，动感十足，生意饱满，使诗人热爱大自然的感情在诗句中舒畅自然地流了出来，十分高妙。

107 黄河之水天上来，奔流到海不复回。

注释：

选自唐代李白《将进酒》诗（节录）："君不见黄河之水天上来，奔流到海不复回。君不见高堂明镜悲白发，朝如青丝暮成雪。人生得意须尽欢，莫使金樽空对月。天生我材必有用，千金散尽还复来。"将进酒：乐府旧题，属《鼓吹曲·饶歌》。 将：请。

品鉴

这是李白在颍阳嵩山友人家做客，借酒兴写下的著名诗篇，塑造了一个蔑视功名利禄，鄙弃世俗，反抗权贵，性格傲然不羁，豪放洒脱的主人公形象。

"黄河之水天上来，奔流到海不复回"两句，大意是：纵目远眺，黄河之水从远处奔流而下，好似从天上流来，又浩浩荡荡，一泻千里，呼啸着向大海奔流而去。

诗句想落天外，语带夸张，先写黄河的来势，后叙其去向，一来一去，写尽其汹涌澎湃不可阻挡的气势，形成一种高亮壮美的黄河奔流图。

颍阳离黄河不远，到了晚上，能够听到黄河的咆哮声。所以诗人写这首劝酒歌时，顺势以黄河起兴，写尽了黄河的声威气势。一开篇便气度不凡，黄河奔流澎湃之势，如挟天风雨、惊雷闪电般向读者迎面扑来。黄河之来，既势不可挡；黄河之去，亦势不可回。一来一去，舒卷往复，韵律和谐，琅琅上口，一气呵成，具有浓郁的壮美的诗意。若非李白其人，襟抱阔大，想落天外，是写不出这样壮丽浪漫的景象来的。

108　举杯邀明月，对影成三人。

注释：

1. 选自唐代李白《月下独酌》诗四首其一（节录）："花间一壶酒，独酌无相亲。举杯邀明月，对影成三人。月既不解饮，影徒随我身。暂伴月将影，行乐须及春。"独酌：一个人喝酒。
2. 邀：邀请。
3. 三人：此指诗人、明月及诗人的影子。

品鉴　　这首诗以奇特丰富的想象，描写诗人在花间月下独酌的情景，表现了诗人寂寞孤独的心怀。

"举杯邀明月，对影成三人"。大意是：春天幽静的月夜，月色溶溶，花香袭人，赏春月，观春花，饮春酒，应该是一件非常惬意的事。然而诗人却孤孑一人，自斟自饮，美丽迷人的月夜反而显得凄清冷落。于是诗人突发奇想，举起酒杯，邀来天上的明月，月光下自己的身影，顿时成了三人共饮，冷清的场面才显得有些气氛，情调也变得乐观起来。

晋代陶渊明《杂诗》之二有句云："欲言无予和，挥杯劝孤影。日月掷人去，有志不获骋。"李白化用其意，以浪漫主义的手法，即景生情，神游象外，创造出了一个全新的境界。在诗人的意境里，世上仿佛只有明月和自己的身影，才能和自己一样与世无争，忘怀得失。这就把李白缺少知音，深感孤独苦闷的心境，和他自视高洁的情怀淋漓尽致地烘托了出来。

清代孙沫评价这两句诗说："月下独酌，诗偏幻出三人，月影伴随，反复推勘，愈形其独。"

109 长风破浪会有时，直挂云帆济沧海。

注释：

1. 选自唐代李白《行路难》诗三首之一："金樽清酒斗十千，玉盘珍羞直万钱。停杯投箸不能食，拔剑四顾心茫然。欲渡黄河冰塞川，将登太行雪满山。闲来垂钓碧溪上，忽复乘舟梦日边。行路难，行路难！多歧路，今安在？长风破浪会有时，直挂云帆济沧海。"乐府旧题，属《杂曲歌辞》，大多写世路艰难或离别之类的主题。
2. 长风破浪：典故。南朝宋宗悫少年时，叔父问其志向，他回答说："愿乘长风破万里浪。"会：当。 有时：有机会。
3. 济：渡。 沧海：泛指大海。

品鉴 天宝三年（公元744年），李白因被权贵嫉恨，屡遭谗毁，被放逐出长安，不久即写了这首诗，表达自己彷徨的心理及执著追求的志向。

"长风破浪会有时，直挂云帆济沧海"是诗的最后两句，大意是：前路虽然障碍重重，但总会有一天，我能高挂云帆，乘长风破万里浪，直渡茫茫大海，在彼岸寻得一片光明的净土。

李白受诏入京，却不得重用，最后被唐玄宗"赐金放还"，政治抱负不能实现，深感道路艰难。但诗人又是一个倔强、自信，对理想执著追求的人。因而最后两句诗，境界开阔，气度非凡，高唱乐观昂扬的曲调，相信自己的理想抱负总有一天要实现。

诗句用典而不拘泥，翻出一个天高海阔云帆横渡的壮观图景。气概豪迈，情调高昂，表现了诗人远大的理想和百折不挠的追求。

110 黄鹤楼中吹玉笛，江城五月落梅花。

注释：

1. 选自唐代李白《黄鹤楼闻笛》诗："一为迁客去长沙，西望长安不见家。黄鹤楼中吹玉笛，江城五月落梅花。"诗题一作《题北榭碑》，因黄鹤楼四面都有台榭，诗人题诗于北榭之碑，故名。
2. 黄鹤楼：在今湖北省武汉市长江大桥武昌桥头。
3. 江城：武汉。武汉在长江边上，故名。　落梅花：即《梅花落》，曲名。意谓笛声凄凉，连梅花也忍不住而落下花瓣。

品鉴　这是李白流放夜郎，途中遇赦，乘船回到江夏（今武汉市）时，感念前途渺茫，写了这首诗来抒写自己苦闷的心情。他的流放本来是冤枉的，遇赦之后，政治上看不到出路，心情郁闷，情绪较为低落，因而诗中自然而然地流露出了一种抑郁忧愁的情调。

"黄鹤楼中吹玉笛，江城五月落梅花"两句，意思说：流放回来，孑然一身，伫立黄鹤楼头，忽然听见楼里有人吹《梅花落》曲，笛声哀婉悲凉，一曲下来，连梅花也伤感得掉下了花瓣。

忧伤凄清的笛声，与诗人悒郁幽怨的心情相映照，二者互相衬托，互相发挥，笛声与个人情感达到了一种完美的融合。阅读这两句诗，听见悲怆凄凉的《梅花落》笛声，一个满腹怨恨、一腔烦恼，形容消瘦、满面愁云的诗人形象就凸现在了我们面前。

111 今人不见古时月，今月曾经照古人。

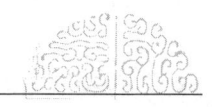

注释：

选自唐代李白《把酒问月》诗（节录）："白兔捣药秋复春，嫦娥孤栖与谁邻？今人不见古时月，今月曾经照古人。古人今人若流水,共看明月皆如此。唯愿当歌对酒时,月光长照金樽里。"题下自注云:"故人贾淳令予问之。"贾淳不问而令我问之,风流自赏之意溢于言表。

品鉴　诗人面对皓月青天,浮想联翩,于是骋无限之遐思,探宇宙之奥妙,抒人生之哲理。使这首诗写得情理并茂,意味深长,耐人回味。

"今人不见古时月,今月曾经照古人"两句,与张若虚《春江花月夜》中的"江畔何人初见月,江月何年初照人。人生代代无穷已,江月年年只相似",有异曲同工之妙。大意是:今人没有见到过古时的明月,而今天的明月却曾经照见过古时的人们。太空中的月亮只有一个,诗中的"今月"其实就是"古时"的月,而"今人"和"古人"却在不断地生死繁衍,更迭无穷,所以诗句表达了古人不见今时月,古月依然照今人的感慨。

人们对月亮的欣赏往往停留在外在的美感上,而诗人李白却想探寻一个究竟。他不仅探询月亮,而且通过月亮,进一步探求宇宙、人生的道理。今月与古月,作为自然现象,其实就是同一个景物,而今人与古人却同流水一般地更迭不已。所以,诗人面对明月,既有明月长在,人生短促的慨叹,也生发出了对人世沧桑的巨大变化及"人生代代无穷已"的哲理思考。

112　安能摧眉折腰事权贵,使我不得开心颜。

注释:

1. 选自唐代李白《梦游天姥吟留别》诗(节录):"别君去兮何时还?且放白鹿青崖间,须行即骑访名山。安能摧眉折腰事权贵,使我不得开心颜。"梦游:梦中游历。　天姥:山名,在今浙江省。
2. 摧眉:低眉。　折腰:弯腰。　事:伺候。
3. 开心颜:高兴得露出笑容。

品鉴 　李白胸怀济苍生、安社稷之志,来到长安时,雄心万丈,却只做了个翰林学士。每天无非是写写诏书,草草文告,十斗之才不过才用了几升而已。而其安邦定国、济世之志却不得施展。于是,奏请归山。玄宗顺水推舟,"赐金放还"。这首诗就是离开翰林院后写的。诗以叙述梦境景色的形式,描述了天姥山奇异壮伟诡谲的景象,手法新奇,艺术形象缤纷多彩,是一首寓意深刻的抒情诗,也是李白的代表作之一。

　　"安能摧眉折腰事权贵,使我不得开心颜"两句,是全诗的诗眼。表达了诗人不愿卑躬屈膝,谄媚权贵的清高品格和情操。大意是:我怎么能卑躬屈膝,低三下四地去侍奉那些权贵政要,而丧失自己的尊严和人格,使我终日抑郁苦闷,不能舒心地生活,喜笑颜开呢!

　　这是诗人满腔的怨恨和不平之气熔铸出来的慷慨激昂的诗句,是诗人洁身自爱、铮铮铁骨的宣言书。诗人向世人公开宣告:自己对统治者已经完全失望,义无反顾地表示了不肯苟合取容的态度,并公开向当朝权贵们投去轻蔑的一瞥,显示了诗人兀傲不羁的性格和人格的尊严伟大。

113　清水出芙蓉,天然去雕饰。

注释:

选自唐代李白《经乱离后,天恩流夜郎,忆旧游书怀赠江夏韦太守良宰》诗:"览君荆山作,江鲍堪动色。清水出芙蓉,天然去雕饰。逸兴横素襟,无时不招寻。朱门拥虎士,列戟何森森。"

品鉴 　这首诗写于唐乾元二年(公元759年),是李白因参加永王李璘军队获罪流放夜郎,中途遇赦回到江夏时所作。

　　"清水出芙蓉,天然去雕饰"两句,是李白称赞韦太守文章的诗句。它以清水中的荷花作比喻,赞扬韦太守的文章像清水中生长出来的荷花一样,自然清新,秀丽天成,没有丝毫人为雕饰的痕迹。

　　这两句诗,也是李白诗歌创作主张和审美取向的具体表现。李白在诗歌创作中，追求自然美，语言朴素天然，不做作，不涂饰。表面似乎淡而无味，实则味深义浓，蕴含着深厚的感情和丰富的思想，从而达到了平淡而有理致的境界。

宋代胡仔《苕溪渔隐丛话》引王安石的话评价说，"诗人各有所得，'清水出芙蓉，天然去雕饰'，此李白所得也。"李白自己的诗歌创作，就很好地体现和诠释了他的这一创作思想。

114 巴陵无限酒，醉杀洞庭秋。

注释：

选自唐代李白《陪侍郎叔游洞庭醉后》诗三首中的第三首："刬却君山好，平铺湘水流。巴陵无限酒，醉杀洞庭秋。"侍郎叔：指李白的族叔李晔，曾任刑部侍郎。此次贬官岭南，与李白邂逅，同游洞庭湖。

品鉴

李白因参加永王李璘军获罪流放夜郎，遇赦后依然怀着梦想，希望得到朝廷任用，为国家出力。但是李白的梦想又一次破灭了。于是他来到湖南岳州，与族叔李晔同游洞庭湖，写下了这首绝唱。

"巴陵无限酒，醉杀洞庭秋。"大意是：巴陵有像洞庭湖水一样无穷无尽的美酒，洞庭的山水一定会被醉倒，那山上经霜的枫叶，层层叠叠，红得如火如荼，一定是酒醉的颜色，装点出了洞庭这迷人的秋色。

李白既怀才不遇，又经历了九死一生的惨痛遭遇，深感世路艰难，理想难于实现。在这种特殊的心情下，于是突发浪漫主义奇想，希望借洞庭湖水一样无穷无尽的美酒，浇去胸中块垒，大醉方休，一洗心中的愤懑不平之气。

明代谢榛《四溟诗话》指出，这首诗"迄今脍炙人口，谓有含蓄之意，则凿矣"。

115　燕山雪花大如席，
　　　　片片吹落轩辕台。

注释：

1. 选自唐代李白《北风行》诗（节录）："烛龙栖寒门，光耀犹旦开。日月照之何不及此，唯有北风号怒天上来。燕山雪花大如席，片片吹落轩辕台。"
2. 燕山：山名，在今河北省蓟县东南。此泛指燕地的山。
3. 轩辕台：故址在今河北省怀来县乔山上。

品鉴　　《北风行》是乐府旧题。鲍照曾写过一首《北风行》，内容表现北风雨雪，行人不归的伤感情绪。李白这首诗是模拟鲍照《北风行》写的有名诗篇，但在主题的开掘上，反映战争给人民带来的苦难上，则远远超越了鲍照。

"燕山雪花大如席，片片吹落轩辕台"两句，以夸张手法描写燕山雪花，历来传为名句。大意是：北方大雪纷飞，气候严寒，燕山一带的雪花像席子那样大；在北风的呼啸声中，一片片飘落在轩辕台上。

诗人寓情于景，用浪漫主义的夸张手法，描写"雪花大如席"，想象飞腾，精彩绝妙，表现出了燕山气候的奇寒，读之似乎有一股冷气扑面而来，不愧是千古传诵的名句。

李白想象丰富，情感热烈，性格豪放，寻常事物经他描绘出来，便会出人意表，变得不寻常起来。这"燕山雪花大如席"一句，就是他诗歌想象奇特，夸张大胆，富有浪漫主义特征的典型代表之一。

近代鲁迅在《漫谈"漫画"》里评论说："'燕山雪花大如席'是夸张，但燕山究竟有雪花，就含有一点诚实在里面，使我们立刻知道燕山原来这么冷。如果说'广州雪花大如席'，那可就变成笑话了。"

116　春风知别苦，不遣柳条青。

注释：

1. 选自唐代李白《劳劳亭》诗："天下伤心处，劳劳送客亭。春风知别苦，不遣柳条青。"劳劳亭：即新亭，又名临沧观。在今江苏省南京市江宁区南，为三国时的吴国所建，是古人送别的地方。
2. 遣：叫，使，让。　柳条：古人送别时往往折柳枝相赠，表示留恋。

品鉴　　这是一首表现诗人与友人分手告别的小诗。早春时节，春风初到，柳条未青。李白以送别之地劳劳亭为题材，借景抒情，深情地表达了人间离别之情。

古时有折柳送别的习俗，表达留别思念的意思。很多优秀诗人都写过这样题材的诗，如唐代王之涣《送别》诗："杨柳东风树，青青夹御河。近来攀折苦，应为离别多。"杨巨源的《折杨柳》："水边杨柳曲尘丝，立马烦君折一枝；惟有春风最相惜，殷勤更向手中吹。"等等。但李白这首诗联想更为丰富，构思更为奇特，意境上也更高出一等。

"春风知别苦，不遣柳条青"两句，是诗中名句。大意是：早春时节，柳条尚未吐绿，无枝可折；大概春风也知道离别的愁苦，不忍看到人间折柳送别的场面，所以不愿吹到柳条身上，让它变绿发青吧！

诗人把柳条和春风联系在一起，采用拟人化的手法，托物言情，寓情于景，使无知无情的春风变得有知有情，而且与离别之人一样具有惜别、伤别之心，从而把它变成了诗人感情的化身。这样写法，不仅形象生动，而且思念的情意也表达得更为委婉细腻。春风原是无情之物，但诗人将自己的情感赋予了它，让它知道人间别离的痛苦，从而使劳劳亭送别的情怀显得更加浓烈情深了。

诗句立意高妙，韵味隽永，是一首很有诗味的小诗。因此，李锳赞美这两句诗是"奇警无伦"，其《诗法易简录》誉之"妙在'知'字、'不遣'字"，也是言中肯綮的评论。

117　云想衣裳花想容，
　　　春风拂槛露华浓。

注释：

1. 选自唐代李白《清平调》三首中的第一首："云想衣裳花想容，春风拂槛露华浓。若非群玉山头见，会向瑶台月下逢。"清平调：应作《清平调词》。天宝中，唐玄宗与杨贵妃在沉香亭观赏牡丹，上曰："赏名花，对妃子，焉用旧乐辞为？"乃命李白别创新词，时李白带醉写词，一气呵成三首，名为《清平调词》。
2. 想：既可作"想到""想象"，又可作像、似。
3. 槛：栏杆。　露华：露水的光华，露气。

品鉴　　这是李白在长安宫中供奉翰林时所作。天宝二年（公元743年）春，兴庆宫中的牡丹花开了。玄宗带着杨贵妃来到沉香亭赏花。牡丹含苞怒放，或典雅富贵，或冰清玉洁，衬着片片绿叶，鲜艳欲滴。高力士请来梨园歌手李龟年，唱歌助兴。玄宗叹道：赏名花，对妃子，岂能没有新词，便命宣李白前来，立献新词。李白来到沉香亭前，见园中牡丹千娇百媚，争妍斗艳，诗兴大发。立即饱蘸浓墨，神笔一挥，立成《清平调词》三首。玄宗和杨贵妃看过，十分赞赏。

"云想衣裳花想容，春风拂槛露华浓"是第一首的开头两句，意思说：贵妃的衣服像天上的云彩一样鲜艳，贵妃的容貌像牡丹花一样美丽；春风吹拂着沉香亭前的栏杆，牡丹花带着晶莹的露珠，散发出浓郁的香气。

"想"字用得特别好，能引出丰富的联想：既可以是见云霓而想到衣裳，见鲜花而想到容貌，也可以把衣裳想象为云霓，把容貌想象为鲜花。鲜花与云霓交互辉映，勾画出了杨贵妃的服饰美丽，也烘托出了她容貌的娇艳妩媚。而"露华浓"名义上是写带露的牡丹花，实则暗喻杨贵妃得到君王的恩泽，花容月貌显得更加光彩精神。

这一切，诗人是通过虚写的手法来完成的。名义上在写牡丹，实际上写的是美人。诗句中没有一句直接写杨贵妃，但又处处在写杨贵妃。

美人与牡丹花完全融合在一起，交织在一起，成了诗句唯一描述的美丽意象。

这两句诗比喻贴切，构思巧妙，语言清新，色彩明丽，美轮美奂，耐人回味。

118　飞流直下三千尺，
　　　　疑是银河落九天。

注释：

1. 选自唐代李白《望庐山瀑布》诗："日照香炉生紫烟，遥看瀑布挂前川。飞流直下三千尺，疑是银河落九天。"庐山：在今江西省九江市南，是我国著名的风景名胜区。瀑布：指庐山香炉山附近的瀑布。
2. 飞流直下：飞泻而下，极言其磅礴的气势。　三千尺：形容瀑布流泻之长，高达三千尺，属于夸张。
3. 疑：仿佛，好似，怀疑。　银河：天河。本是宇宙间的银河系星云。然而在古人眼里，银河是天上流淌的一条大河。　落：垂直流下的样子。　九天：古人认为天有九重，九天是最高的一层。

品鉴　　这是李白青年时期的作品，描写庐山瀑布壮丽的自然风光，充满着一种朝气蓬勃、昂扬向上的精神风貌。

"飞流直下三千尺，疑是银河落九天"两句，历来脍炙人口。大意是：瀑布临崖喷涌，高悬天上，飞珠溅玉，凌空飞泻而下，如垂珠帘，如悬素锦，其势不可挡，它所形成的独特景观，使人感到仿佛是滚滚银河从九天之上降落了下来。

这是何等惊心动魄的气势！何等雄奇壮美的景象啊！

周景式在《庐山记》中描述说："其水出山腹，挂流三四百丈，飞湍于林峰之表，望之若悬素，注水处石悉成井，其深不可测。"

面对这样壮美的景象，谁人不倍感惊喜，神思飞扬呢！然而唯有诗人李白才能以想落天外之笔，写出这样气势磅礴，神采飞扬的诗句来。

诗句融情于景，想象奇特，比喻新颖，构思夸张，形象生动，寄寓着诗人对祖国壮丽山川无限热爱的深厚感情。特别是"疑是银河落九天"的比喻，夸张而又自然，新奇而又真切，既给人留下深刻印象，又给人以丰富想象的余地，显示了李白那种"万里一泻，末势犹壮"的独特艺术风格。

　　南宋葛立方在《韵语阳秋》中记载说，苏东坡对这首《望庐山瀑布》诗推崇备至，盛赞它"帝遣银河一派垂，古来唯有谪仙词"，认为是吟咏庐山瀑布的今古绝唱。

119　孤帆远影碧空尽，唯见长江天际流。

注释：

1. 选自唐代李白《黄鹤楼送孟浩然之广陵》："故人西辞黄鹤楼，烟花三月下扬州。孤帆远影碧空尽，唯见长江天际流。"黄鹤楼：故址在今湖北武昌西黄鹄矶头。　之：去，到。　广陵：今江苏省扬州市。
2. 孤帆：指孟浩然一人乘坐的帆船。此处以帆代船。　远影：远处的帆影。指诗人目送孟浩然远去的景象。　碧空尽：指水天相接的澄碧的天边。
3. 唯见：只见。　天际：天边。

品鉴　唐玄宗开元十六年（公元728年）春天，李白与孟浩然在江夏聚会了20多天。三月下旬的一天，孟浩然告别李白，乘船前往扬州。李白到岸边送行，一直目送着帆船的影子消失在水天相接的地方。在这烟花三月的仲春季节，两位风流潇洒、才华横溢的诗人，依依惜别，促使诗人写下了这不朽的篇章。

　　"孤帆远影碧空尽，唯见长江天际流"两句，淡笔勾勒出一幅绝妙的江天帆影图。大意是：天高地阔，江水浩荡，目送着友人乘坐的一叶小舟，在江面上悠悠远去，越来越小，最后逐渐消失在水天相接的碧空之间；人已逝，水长流，剩下的，唯有眼前这滚滚一江春水，不知疲倦地向船儿消失的地方奔流。

画面境界开阔壮美。"孤帆远影""长江天际流"，既是景语，又是情语。诗人借景抒情，描绘出一幅孤帆远去，驰向天地尽头的动感图，同时，随着孤帆渐行渐远的逐渐流逝，也延续着诗人久久伫立、依依不忍惜别的情态。可谓情景交融，融情入景，妙合无垠。你看，友人去远了，身影看不见了，只能望见船，诗人还在望；直到船也看不见了，只看到遥远的帆影，还在岸上望；最后连帆影也消失了，还在岸上望着，诗人的一腔友情，似乎随着一片白帆远去了，诗人的无限神往，也似乎随着一江春水，泛着情感的涟漪和漩涡，奔向了友人去的扬州城。

在这两句诗里，诗人运用化实为虚的艺术表现手法，用水天广阔之状，暗示友人远去后自己空虚寂寥的心情。真可谓景物可画，别情难遣。所以前人评价说：这两句送别的诗，着重写景，而又将离别之情暗喻其中，因而诗人所欲表达的情感，更显得余味不尽，含蓄无穷，比起直接叙说更有力量。

总之，诗人以情寓景，以景抒情，情景完全融合在一起了。尽管有一丝儿惜别的怅惘，但并没有影响诗人的昂扬情绪。从诗句壮美的境界里，我们可以读到诗人开阔的胸襟，对朋友的满腔真情，以及流注在里面的青春活力。

120 抽刀断水水更流，举杯消愁愁更愁。

注释：

选自唐代李白《宣州谢朓楼饯别校书叔云》诗（节录）："蓬莱文章建安骨，中间小谢又清发。俱怀逸兴壮思飞，欲上青天揽明月。抽刀断水水更流，举杯消愁愁更愁。人生在世不称意，明朝散发弄扁舟。"诗题一作《陪侍郎叔华登楼歌》。 宣州：今安徽省宣城市。 谢朓楼：南朝诗人谢朓任宣州太守时建。又称谢公楼、北楼。 校书：校书郎的简称。负责整理国家图籍的官员。 云：

人名。

品鉴　这首诗是天宝十二年（公元753年）秋，李白在宣城饯别族叔李云时所作。天宝以来，朝政愈益腐败，李白的遭遇愈益困窘，欲"济苍生"的理想与才能不得施展的矛盾，愈益引起了诗人内心强烈的烦忧和悒郁。

"抽刀断水水更流，举杯销愁愁更愁"两句，就是诗人精神苦闷之深广、之强烈，无法派遣的真实写照。大意是：抽出利剑，想斩断流水，可是滔滔的流水流得更急；频频举杯，想要以酒消愁，一醉解千愁，可是反而愁上加愁，心里更增添了许许多多的忧愁。

比喻富于独创性，自然贴切而又富有生活气息。不尽的流水与无穷的忧愁之间内在联系一致，生动地显示了诗人在遭到排斥压抑的逆境中，郁郁不得志的苦闷彷徨心情，以及力图摆脱精神忧愁的主观要求，体现了诗人顽强不屈的性格。

语言明朗、自然，风格豪爽，情感真切。诗人的思想感情与表现手法达到了完美的统一。今天，人们常借这两句诗比喻事物发展的趋势无法阻挡，或说明人的思想情感是无法砍断的。

121　白发三千丈，缘愁似个长。

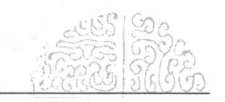

注释：

1. 选自唐代李白《秋浦歌》诗十七首之十五："白发三千丈，缘愁似个长。不知明镜里，何处得秋霜。"秋浦：唐代县名，故址属今安徽省贵池区西。区西南有条河，叫秋浦河。
2. 缘：因为。　个：这么，这样。

品鉴　秋浦歌是诗人在秋浦时写的组诗，共17首，这是其中的第15首。主要反映作者因怀才不遇、壮志难伸而发出的愁思。

"白发三千丈，缘愁似个长"两句，起句突兀，劈空而来，气度不凡。大意是：头上的白发有三千丈那么长；我心头的千般忧虑，万缕愁思，也有白发那么长啊！

诗人用白发之长，来写愁思之深，运用的是浪漫主义的夸张手法，而且兴中有比，构思奇妙，十分贴切地表达了诗人内在的心理感受。显然，诗人不是说白发真有三千丈，而是说愁很长；因为愁很长而生出很长的白发，所以白发竟有三千丈那么长了。

诗人怀抱济苍生，扶社稷的壮志，仗剑出蜀，却始终得不到朝廷的重用。而今已年逾50，抱负未能施展，生活的境况却愈来愈艰难，前途亦更加渺茫。在这种情况下，诗人内心忧愁之深之广之激烈之澎湃，怎么衡量也难于度量它，怎么表达也说不够它的分量。唯有诗人自己，也只有诗人自己，才能以这种异于常理的奇特比喻，来充分表达他内心的深广愁思，从而写出了"白发三千丈"这样奇伟不凡的诗句来。

122 三山半落青天外，二水中分白鹭洲。

注释：

1. 选自唐代李白《登金陵凤凰台》诗："凤凰台上凤凰游，凤去台空江自流。吴宫花草埋幽径，晋代衣冠成古丘。三山半落青天外，二水中分白鹭洲。总为浮云能蔽日，长安不见使人愁。"金陵：即今南京市，曾是三国时吴国，南朝时东晋、宋、齐、梁、陈各代的都城。　凤凰台：故址在金陵城西南凤凰山上。相传南朝刘宋元嘉十六年，有三只鸟飞聚山间，它们的羽毛呈五色，状如孔雀，鸣声和谐，众鸟翔附，当时人们以为是传说中的凤凰来临，便在山上修了凤凰台。山也因此得名。
2. 三山：山名。在今南京市西南长江东岸。三峰并列，南北相连，故此得名。　半落青天外：形容山非常远，隐隐约约看不清楚。南宋陆游《入蜀记》："三山，由石头及凤凰山望之，杳杳有无中耳。及过其下，则距金陵才五十余里。"
3. 二水：指长江。因秦淮河由金陵城西流入长江，白鹭洲正当两条河之间。一作"一水"。白鹭洲：古时长江中的沙洲，在今南京市西门外。在金陵西南方长江中。后世江流西移，洲与陆地连成了一片。

品鉴　　这首诗是天宝年间李白"赐金放还"以后，漫游金陵时写的，为唐代律诗中脍炙人口的佳作。诗人登凤凰台遥望金陵古城，想到吴宫芳草，晋代豪族，曾经煊赫一时，可而今安在哉？触景生情，吊古伤今，进而对社会现实进行思考与探索，抒发了政治上愤郁的情怀。诗人视野宽广，寄慨遥深，内容丰富深刻，情韵悠然不尽。

"三山半落青天外，二水中分白鹭洲"两句，是李白描写山景和江景的名句。大意是：远望西南城外，三山隐隐约约在长江远处，雾岚缭绕，若隐若现，看不真切；眼前，长江滚滚流来，波翻浪涌，泛着太阳的光影，被白鹭洲分割成了两道。

据说，李白这首诗，是受到崔颢《黄鹤楼》诗的影响与激发，并用了崔颢诗的原韵写成的。

天宝三年（公元744年）三月，李白因理想抱负不能实现，遂上表辞官，漫游梁宋、江浙、齐鲁间。路过武昌时，与朋友同登黄鹤楼。李白凭栏远眺，天地宽阔，大江东去，不禁技痒心动，意欲题诗一首。他饱蘸浓墨，正待书写时，忽然看到已有崔颢的题诗《黄鹤楼》在墙上了："昔人已乘黄鹤去，此地空余黄鹤楼。黄鹤一去不复返，白云千载空悠悠。秦川历历汉阳树，芳草萋萋鹦鹉洲。日暮乡关何处是，烟波江上使人愁。"

李白读毕，连称"好诗"，于是搁笔。友人们知他才高十斗，都劝他再题一首，一比高下。李白低头想了一会，自觉不能超过崔颢，便感叹道："眼前有景道不得，崔颢题诗在上头"。虽然如此，李白心中却总有一种诗情在涌动，不能释怀。后来，李白到了六朝故都金陵，登凤凰台览胜，面对眼前美景，感念历史陈迹，遂步崔颢诗的原韵，写了这首名诗《登金陵凤凰台》。

这首诗构思新颖，感情真挚，与崔颢的《黄鹤楼》诗一样，名垂千古，广为流传。而"三山半落青天外，二水中分白鹭洲"两句，也完全可以与崔颢"秦川历历汉阳树，芳草萋萋鹦鹉洲"相媲美，难分高低。

123　举头望明月，低头思故乡。

注释：

1. 选自唐代李白《静夜思》："床前明月光，疑是地上霜。举头望明月，低头思故乡。"
2. 举头：抬起头。　望明月：一作"望山月"。晋代《清商曲辞·子夜四时歌·秋歌》之九有："仰头看明月，寄情千里光。"

品鉴　这是一首表现诗人思乡之情的脍炙人口的小诗。明月当空，万籁无声，床前洒满了皎洁的月光，犹如一层白白的薄霜。此情此景，使远在他乡的游子躺在床上，辗转反侧，难以入眠。不禁抬起头来，望着这轮同样照着家乡的明月，思念起充满儿时的梦想和温暖情趣的故乡和亲人来。

诗的首二句明白晓畅，却蕴含深意。诗人用"明月光"和"地上霜"作对比，衬托出夜深人静，游子不眠，寒气袭人的氛围。"霜"字使用在这里，具有出神入化之妙，十分逼真地写出了深秋月光的特点：既明亮又冷清，而且这冷清，这寂静，自然让人生出寂寞的情绪来，为"思乡"做好了心理上的铺垫。

"举头望明月，低头思故乡"两句，表达了他乡游子共同的心理和感受。大意说：看到天空中那一轮皎洁明亮的月亮，心中萦绕着千般离愁，万般别恨，情不自禁地低下头来，深切地怀念起自己远别的故乡来。

诗句写出了一个细微的动作"抬头"，这个动作，是以静为铺垫，以寂寞为基础，自然流露出来的。抬头是为了看明月，因为明月自小看惯，最是亲切，最容易引起对故乡的思念之情。唐代杜甫《月下忆舍弟》诗也表达望月怀乡的情感："露从今夜白，月是故乡明。"秋月如此明亮，对孤身的游子来说，客况萧索，最容易触动羁旅情怀。所以，诗人此时此地望着明月，而兴起对故乡的无限思念之情，也就顺理成章了。

这个"思"字，是诗人用得极好的一个字，不仅点明了主题，同时也留下了回味无穷的情思。试想：一切远离故乡的游子，每当幽室独处，望夜月朗照,看晓月熹微,谁能不思念自己的家乡和亲人呢!

清人沈德潜评价这两句诗说:"旅中情思,虽说明却不说尽。"这两句诗清新自然,明白如话,毫无修饰和夸张,也没有华美的词藻,但因为道出了人人心中蕴藏的那份思乡的情感,所以情味隽永,婉曲动人,千百年来被人们广为传诵。

124 相看两不厌,只有敬亭山。

注释:

1. 选自唐代李白《独坐敬亭山》诗:"众鸟高飞尽,孤云独去闲。相看两不厌,只有敬亭山。"
2. 相看:指李白看山,山也在看李白。这是一种把山拟人化的写法。 两不厌:指李白不厌敬亭山,敬亭山也不厌李白。厌:够。
3. 敬亭山:一名昭亭山。在今安徽省宣城市北。此处风景秀丽。山上原有"敬亭",相传是南朝齐谢朓吟咏处。李白晚年常在此山游赏。

品鉴 李白对皖南山水有着特殊的感情,曾数次漫游宣城一带。这首诗是天宝十二年(公元753年),诗人54岁时,盘桓于宣城期间,游敬亭山写的一首小诗。由于诗人的政治抱负落空,也由于他看到了政治的腐败黑暗,因而精神上深感孤独,便把情感和热爱之情倾注到了自然景物上。诗人表现自己对敬亭山的依恋情怀,实际上是表达了自己对现实的不平和厌弃。

诗的前两句极力渲染敬亭山的静,敬亭山的孤寂。你看,鸟儿全都离开敬亭山高飞远逝了,极目长天,空空荡荡,了无余物。山顶上仅有的一片孤云,也在慢悠悠地向天边飘去。鸟去山空,云去山孤,眼前只剩下一座默然无语、形影孤单的敬亭山。这里,敬亭山的孤独,不就是诗人心中无限孤独寂寞的一种反映,一种象征么!

"相看两不厌，只有敬亭山"两句，抛开山形、山貌的描绘，用十个字把山的人性活现在了读者眼前，同时也进一步表现了诗人心中的孤独与寂寞。大意是：云、鸟都去了，如今只剩下一座敬亭山与孤独的我彼此相望了；我久久地凝视着敬亭山秀丽的景色，而敬亭山似乎也一动不动地久久地凝视着我。

诗人用拟人的手法，赋予了敬亭山以人的品格、人的精神和生命感，表达了诗人对敬亭山深厚的感情。人与山仿佛是早已相识的知己，是早已熟悉的朋友，此时相顾无言，似乎是在默默地交谈着知心话。这里，人性与物性自然契合，诗人以内心的孤寂情感看山，山便显出孤寂的色彩，山的孤寂，反过来又映衬、凸现出诗人的孤寂来。

很显然，这是一种人与自然和谐统一、天人一体的思想境界。古人有仁者乐山，智者乐水的说法，山水等自然景象在被审美观照时，往往被人格化，成为具有人的思想、性格和感情的有情有义之物，而不是单纯供人欣赏的自然。这种物我一体的审美思想，使人得以以山水自然为知己。李白与敬亭山脉脉含情，心灵沟通，正反映了我们民族的这种审美心理。

自然有情，人"无情"，是这两句诗透露给我们的另一个信息。诗人屡遭冷遇，赐金还山，理想抱负不得实现，晚年寂寞凄凉。与诗人相亲相近的，只剩下静谧不言的敬亭山了。人与山同处孤寂之中，看来，诗人只有以山为友，山亦以诗人为友，才可能驱散心中的一丝孤独，得到某种精神上心灵上的安慰。

总之，诗句融情入景，情景合一，倾注了诗人强烈的思想感情。人的心灵与自然高度融合，创造出这首小诗恬静、孤寂的境界，韵味无穷。无怪乎清人沈德潜在《唐诗别裁》中要盛赞这两句诗是"传'独坐'之神"了。

125 浮云游子意，
　　　落日故人情。

注释：

1. 选自唐代李白《送友人》诗："青山横北郭，白水绕东城。此地一为别,孤蓬万里征。浮云游子意,落日故人情。挥手自兹去,萧萧班马鸣。"

2. 游子:在外远行的人。
3. 故人:友人,李白自称。

品鉴 这是一首充满诗情画意的送别诗。诗人与友人策马辞行,依依难舍,情意绵绵,感情细腻真切。

"浮云游子意,落日故人情"两句,大意是:天空中的一抹白云,随风飘浮,多像友人任意东西,来去不定的身影;远处一轮血红的夕阳徐徐而下,留恋不忍遽然离去,多像我对朋友们依依惜别的深情。

李白的律诗,自然流畅,诗意蕴藉,文笔婉转,往往不受格律的束缚,但读来仍然琅琅上口。这首诗就是一个例子。诗的主题是"送别",诗人写"青山""北郭","白水""东城"等景色,既是写景,也是寓情,这里的景语就是情语。而且写青山和郊野连在一起,白水和城墙互相围绕,好似朋友之间心心相印,依恋不舍的感情,象征的意味很浓,并为后面两句名诗做好了必要的烘托和渲染。

接下来诗人又巧妙地用"浮云""落日"作比,来表明心意。在这山明水秀、夕阳西沉的背景下送别友人,特别令人留恋,令人感到难舍难分,不忍分道扬镳。这里既有景,又有情,情景交融,生动形象,含义隽永,进一步抒发了对朋友的深情厚谊。

126 山从人面起,云傍马头生。

注释:

选自唐代李白《送友人入蜀》:"见说蚕丛路,崎岖不易行。山从人面起,云傍马头生。芳树笼秦栈,春流绕蜀城。升沉应已定,不必问君平。"这首诗和《蜀道难》一样,是写蜀道的艰险崎岖。从诗的第五、六两句看,作者的友人是从长安境内去四川成都的。

品鉴 天宝二年(公元743年),李白在长安送友人入蜀,写了这首描绘蜀道山川秀美的抒情诗。

"山从人面起，云傍马头生"两句，是诗人描写山势高峻、峭拔的名句。大意是：蜀道在崇山峻岭上迂回盘绕，山山相连，人在其间穿行，过了一山又一山，一座座陡峭的山峰宛如从人面前陡然升起一般，挡在道路的前面；山势高峻，云雾弥漫，骑马在山间行走，缭绕在身边的云雾仿佛从马头上不断涌升出来，使人感到好似行走在天上的云层中一样。

诗人着意描写蜀道山高、路险、云浓、雾障，活灵活现，十分传神。但除了自然景观的险峻外，诗人还融情于景，向友人暗示：人生道路的坎坷，宦海风波的险恶，就同这蜀道一样，也是十分艰险的，从而寄托了对友人的关怀和惜别之情。

"起""生"两个动词用得极好，颇见神韵，生动地再现了蜀道的险峻和高危。《诗境浅评》评论这两句诗说："以雄奇之笔，状雄奇之景，是足凌驾有唐矣。"颇有见地。的确，诗人想象奇诡，境界壮美，气韵飞动，令人有亲临其境的感受。

127 人烟寒橘柚，
   秋色老梧桐。

注释：

1. 选自唐代李白《秋登宣城谢朓北楼》："江城如画里，山晚望晴空。两水夹明镜，双桥落彩虹。人烟寒橘柚，秋色老梧桐。谁念北楼上，临风怀谢公。"谢朓楼：又名谢公楼，北楼。唐时改名叠嶂楼。南北朝时南齐诗人谢朓所建，时任宣城（今安徽省宣城市）刺史。

2. 人烟：炊烟。

3. 秋色：苍黄的颜色。秋天树叶变黄，所以用苍黄来形容秋色。

品鉴 天宝十三年（公元754年），李白从金陵再次来到宣城。一个晴朗秋天的傍晚，诗人独自登上谢公楼游览，写下了这首充满诗情画意的五言律诗。

"人烟寒橘柚，秋色老梧桐"两句，是诗人描写秋景的名句。大意是：秋天的傍晚，原野是静寂的，农家一缕缕的炊烟，缭绕在村后的橘林上，透着一层幽青和深碧，似乎带着寒意；梧桐开始凋落，稀稀疏疏的树叶泛着微黄，呈现出一片荒寒景色，显得有些苍老，使人感到秋已经深了。

诗人站高望远，抓住了一刹那间的感受，用凝练形象的语言，勾勒出一幅深秋的景色。同时在景物的点染中，传达出了一个人人都能体会到而又没有道出的秋意。用笔丝丝入扣，"寒橘柚""老梧桐"，是眼前的实景，透露出深秋的季节气氛，但诗人绝不是泛泛描写，而是以自己的感受来状物写景。如用"寒"字写橘柚，用"老"字写梧桐，景中寓情，既写得细腻逼真，又写出了诗人情感，是描摹传达秋意的点睛之笔。

李白是一位热爱大自然的诗人。政治上的不得意，使他把更多的笔力投入了描绘祖国的大好河山上，写出了不少脍炙人口的诗章。而李白在齐、梁山水诗人中，又最佩服谢朓。谢朓曾任宣城太守，留下了许多吟咏宣城山水的优美诗篇。李白对宣城有着与谢朓同样的情感，此次重登谢朓楼，遥望前辈诗人吟赏过的山川，一抒自己抑郁渺茫的情怀，个中就有诗人因政治上的苦闷彷徨，转而寄情山水，寄情古人的复杂情愫。

128 海日生残夜，江春入旧年。

作者简介：

王湾，洛阳人。生卒年不详。玄宗先天年间（公元712年～713年）进士。曾任荥阳主簿、洛阳尉等职。年轻时即有诗名。以后往来吴楚之间，与诗人綦毋潜过往较为密切。名作《次北固山下》（一作《江南意》）气象高远，风格壮美，颇有盛唐气韵，备受称赞。唐代殷璠在《河岳英灵集》中称："湾词翰早著，为天下所称最者不过一二，游吴中所作《江南意》诗云：'海日生残夜，江春入旧年'，诗人以来少有此句，张燕公（说）手题政事堂，每示能文，令为楷式。"其诗流传不多。《全唐诗》存其诗10首。

注释：

1. 选自唐代王湾《次北固山下》："客路青山外，行舟绿水前。潮平两岸阔，风正一帆悬。海日生残夜，江春入旧年。乡书何处达，归雁洛阳边。"次：驻。这里指停船留宿。诗人从水路旅行，小住几天的意思。　北固山：在今江苏省镇江市北面，下临大江，三面环水，山峻水阔。《元和郡县志》载："润州丹徒县北固山在县北一里，下临长江，其势险固，因以为名。"
2. 海日：指在长江下游开阔的江面上，天尚未明，就可以看到江心涌出的旭日。　残夜：残余的夜晚。指天快亮的时候。
3. 江春：江南气候暖和，江边景物已经有了一些春意。　旧年：指一年未尽。

品鉴

唐代诗歌到了开元年间，出现了清新的风格和健康的情调。优美的自然景色，代替了宫廷的腻粉浓脂，构思的奇警和创新的诗风，代替了陈套的模拟。诗坛一时百花竞秀，万紫千红一片。王湾这首描写旅途停泊，登山睹物，即景生情的诗，抒发了对家乡的怀念之情，语意清新，境界广阔，表达出了一种意气风发的气象，是盛唐万花丛中的一支春秀。

"海日生残夜，江春入旧年"两句，内容丰富而构思巧妙，是这首诗中最有影响，流传很广的名句。大意是：天快亮的时候，一轮红日从江面上冉冉升起，好像是从黎明前的黑夜里生出来似的；江南春早，旧的一年还未完全过去，江水已经回暖，江边景物也呈现出了春天的气息。

长江下游连着东海，江面宽阔，地势又极平旷，能较早地看到日出。而红日，是在残夜中孕育出来的。诗句说"海日生残夜"而不说"升"，是因为太阳升起，就不是残夜了。所以"生"字下得好，残夜里生出新日，正是在旧的事物中孕育新的生命。

"江春入旧年"的"入"字，用得更加精妙。这里，江春是从空间上说的，而旧年则是从时间上讲的。江南气候温和，旧年的腊月还没有过完，江边景物便开始透露出春的气息。诗人敏感地观察、捕捉到自然现象的这种微妙变化，运用艺术笔法，传神地把它描绘了出来：春姑娘的脚步来得早，旧年还没有过完，春意已经提前到来了。

这两句诗得到了当朝宰相张说的高度称赞，亲手题写在政事堂上，作为写诗的榜样。张说能诗文，号称"燕许大写笔"。王湾的作品被张说这样有地位的前辈诗人赏识，自然影响很大，传播很广，诗人也因此早负盛名。

清代沈德潜《唐诗别裁集》中评论这两句诗说："江中日早，客冬立春，本寻常意，一经锤炼，便成奇绝。"

129 醉卧沙场君莫笑，古来征战几人回。

作者简介：

王翰（生卒年不详）字子羽，并州晋阳（今山西省太原市）人。唐代诗人。唐景云元年（公元710年）进士。开元八年（公元720年）张说镇守并州时，举为直言极谏，授昌乐尉，又登超群拔类科。后张说入相，荐为秘书正字，升任通事舍人、驾部员外郎。出为汝州长史、仙州别驾、道州司马等。卒于开元后期。工诗善文。豪放不羁。其诗词情壮丽，名重当时。擅长绝句。代表作《凉州词》慷慨悲壮，广为传诵，是千古传颂的名篇。"葡萄美酒夜光杯"一首，明代王世贞推为唐人七绝的压卷之作。《全唐诗》存其诗14首。编为一卷。

注释：

1. 选自唐代王翰《凉州词》诗（二首其一）："葡萄美酒夜光杯，欲饮琵琶马上催。

   醉卧沙场君莫笑，古来征战几人回。"凉州词：河西、陇右（今甘肃省武威）一带地方乐曲。
2. 沙场：战场。

品鉴 此诗以浪漫主义笔触，描写边塞军营一次欢乐的宴会，从侧面烘托出将士们英武豪迈的气概，具有盛唐昂扬向上的乐观情调和浓郁的边疆战地色彩。

"醉卧沙场君莫笑，古来征战几人回"两句，大意是：将士们痛饮葡萄美酒，兴致飞扬，已经有些醉了。但将士们却豪迈地说：怕什么，醉了就醉了吧，请诸位不要见笑，我们早将生死置之度外了，醉倒在这沙场上又有什么关系呢！要知道，古往今来，出征的人，有几个能活着回去啊！

　　这意思从另一个角度理解就是，我们连死都不怕，还怕醉倒在战场上吗？从这两句诗里，将士们表现出来的不仅是奔放、开朗、乐观、热烈的情绪，更洋溢着一种戍边卫国、视死如归的勇气。

　　诗句语言明快爽朗，节奏起伏跌宕，形象生动豪迈，富有感人的艺术魅力和盛唐泱泱大国特有的时代气息。

130　晴川历历汉阳树，芳草萋萋鹦鹉洲。

作者简介：

　　崔颢（公元704年~754年），汴州（今河南省开封市）人。开元十一年（公元723年）进士。曾在代州都督杜希望帐下做事，入朝后任太仆寺丞、尚书司勋员外郎等职。有诗才，当时的人往往将其与王维、高适等并称。前期诗歌创作以妇女生活、流连光景之作居多，诗风较轻浮。后期历经塞上风云，对社会认识加深，诗风发生变化，写了一些反映军旅生活的诗，诗风慷慨豪迈，雄浑奔放，为人们所称颂。代表作《黄鹤楼》吊古怀乡，气势磅礴，意象高远。南宋严羽誉为唐人七律第一。《全唐诗》存其诗42首，编为一卷。

注释：

1. 选自唐代崔颢《黄鹤楼》诗："昔人已乘黄鹤去，此地空余黄鹤楼。黄鹤一去不复返，白云千载空悠悠。晴川历历汉阳树，芳草萋萋鹦鹉洲。日暮乡关何处是？烟波江上使人愁。"

　　黄鹤楼：故址在今湖北武汉市武昌桥头。武昌西有黄鹤山，下临长江，山上有楼，故名。相传仙人子安（一说费祎）乘黄鹤过此而得名。该楼是历代相传的古迹，楼址屡经变迁。最后一个黄鹤楼在清朝末年毁于火，现已重建。

2. 晴川：长江两岸天气晴朗。　　历历：清楚分明的样子。　　汉阳：在武昌西北，与黄鹤楼隔江相望。

3. 芳草：芳香的花草。　萋萋：茂盛的样子。　鹦鹉洲：在黄鹤楼东北，长江当中。据说汉末黄祖为江夏太守大会宾客，有人献鹦鹉，祢衡作鹦鹉赋，由此得名。

品鉴　这是开元十一年（公元723年）崔颢中进士以后，游历黄鹤楼留下的著名诗篇。该诗描绘了登楼时见到的壮阔景色，以景寓情，感情真挚，语言自然。诗人直抒胸臆，不受格律限制，写得气概豪迈，意象深远，能把读者带进一个广阔的诗境中，所以历来备受推崇。

"晴川历历汉阳树，芳草萋萋鹦鹉洲"两句，写登临鸟瞰的景色，真切自然。大意是：登上黄鹤楼纵目远眺，在晴空朗日的照耀下，对岸汉阳城的树木历历在目，清晰可辨；鹦鹉洲上的花草茂盛繁密，绿茵如染。

黄鹤楼和汉阳城隔江相望。在天色晴朗的时候，楼中眺望，城中景色极为鲜明。因此，诗人用了"历历""萋萋"两组叠字，来刻画汉阳的树木和洲上的春草，描绘出一幅静穆明丽、寥廓空旷的绘画似的景象。诗意明快，韵律优美，意境旷大，脍炙人口。诗人在描写中贯穿了一种富于理趣的思考：宇宙是永恒的，人生是短暂的。天空中的白云，千载以来都是这样地悠悠不尽。而登临见到的"晴川""汉阳"等景物，不过是楼前的一瞬罢了。这些景物进一步衬托出黄鹤楼"空余"幽寂的氛围，流露出一种苍莽的气概和寂寞的心情，含蓄隽永，真切感人。

据元代辛文房《唐才子传》记载，李白长安"赐金放还"后，曾游览黄鹤楼，本欲题诗一首，待看到崔颢的这首诗后，慨然叹道："眼前有景道不得，崔颢题诗在上头。"遂搁笔无作而去。后来，李白模拟这种格调，写了《登金陵凤凰台》《鹦鹉洲》两首诗，明显是受了崔颢这首诗的影响。其中"三山半落青天外，二水中分白鹭洲"，堪与崔颢的这两句诗相媲美。

崔颢这首诗历来为诗家所称道。南宋严羽极力赞扬之，他在《沧浪诗话·诗评》中说："唐人七言律诗，当以崔颢《黄鹤楼》为第一。"清代沈德潜在《唐诗别裁集》中也给予高度评价："意得象先，神行语外，纵笔写去，遂擅千古之奇"。

131　纵使晴明无雨色，
　　　入云深处亦沾衣。

作者简介：

　　张旭（生卒年不详）字伯高，苏州吴郡（今江苏省苏州市）人。唐代诗人，书法家。曾任常熟尉、金吾长史，世称张长史。工书法，尤其擅长草书。喜欢嗜酒，喝醉以后，号呼狂走，近乎癫狂，而后下笔，或以头濡墨而书，醒后，"自视以为神"，世人呼为"张癫"。与李白友善。当时，李白的诗歌、张旭的草书和裴昱的剑舞被赞誉为"三绝"。其诗写景空灵秀丽，意境清幽。代表作《春草》，一作《春草贴》，被明代杨慎誉为"绝唱"（《升庵诗话》）。《全唐诗》存其诗6首。

注释：

1. 选自唐代张旭《山中留客》诗："山光物态弄春晖，莫为轻阴便拟归。纵使晴明无雨色，入云深处亦沾衣。"
2. 纵使：即使，假使。　晴明：天气晴朗。
3. 入云：走入云雾中。

品鉴　　这首诗描写了山中诱人的景色，希望能够挽留客人留下来。

　　"纵使晴明无雨色，入云深处亦沾衣"两句，大意是：春日游山，登高山，探幽谷，进入大山深处，山上云雾缭绕，水汽蒙蒙，即便是晴朗的天气，头上阳光朗照，也会因为山高雾重，不知不觉地衣衫已经湿润了。

　　诗人体物入微，构思巧妙，委婉含蓄，短短两句诗，有景有情有理，三者浑然一体，勾画出一幅极富诗意的境界。诗人正是用这令人神往的意境，去激发客人欣赏春山美景的欲望，达到挽留客人的目的。

　　诗句用语浅近，情味深永，读之如嚼橄榄，余味无穷，具有独特的艺术魅力。

132 莫愁前路无知己，天下谁人不识君。

作者简介：

　　高适（公元700年～765年）字达夫，一字仲武，沧州渤海（今河北省沧县）人。唐代边塞诗人。少时贫困。20岁到长安求仕不遇。天宝三年（公元744年），与李白、杜甫一起游历梁、宋。安史之乱时，曾协助哥舒翰守卫潼关。其后历任谏议大夫、淮南节度使、蜀州刺史、彭州刺史、西川节度使等职，官至散骑常侍。人称高常侍。与岑参齐名。其诗慷慨激昂，笔力雄健，音韵多变。善于直抒胸臆，以洗练的语言和苍劲的形象塑造雄浑质朴的意境。边塞诗反映军旅生活，描写边塞风光，思想感情深沉雄厚。尤以七言歌行见长。《全唐诗》存其诗240余首，编为四卷。有《高常侍集》传世。

注释：

1. 选自唐代高适《别董大》诗："千里黄云白日曛，北风吹雁雪纷纷。莫愁前路无知己，天下谁人不识君。"董大：当时著名音乐家董庭兰，董因琴艺高超受到当朝宰相的赏识。
2. 愁：担心。
3. 君：指董大。

品鉴　　这是诗人写的一首富有特殊情韵的送别诗，于悲凉之中流溢出豪迈之气。前两句缘情写景，景中寓情，勾画出日暮天寒、大雪纷飞的送别的悲凉景象，笼罩着一种生离死别的惨淡气氛，及游子漂泊的凄怆之感。诗的后两句直抒胸臆，格调一新，情绪高昂，抒发了对朋友真挚的信赖及情意真切的祝福。

　　"莫愁前路无知己，天下谁人不识君"两句，异峰突起，充溢着一种乐观向上的豪迈之气。大意是：尽管道路漫长，困难重重，但你不要担心前面的路上没有知心朋友，像你这样有人品有名望的杰出人士，天下谁人不认识你呢？

　　诗人写的《别董大》诗有两首，另一首中有"丈夫贫贱应未足，今日相逢无酒钱"的诗句,表示诗人当时自己也处在贫困的境遇之中。但诗人心境高朗、自信,有着坚强的生活信念,和对理想抱负的不懈追求,因此在劝慰友人中寄以希望,勉励其以乐观的态度踏上征途,给人一种满怀信心和力量的感觉。

这两句诗,超越了一般送别诗凄清缠绵、低回流连的情调,善于化惆怅为豪放昂扬,情调乐观积极,给人以鼓舞,在唐代送别诗中开拓了新的意境,也就是历代所称誉的盛唐之音。

133 战士军前半死生,美人帐下犹歌舞!

注释:

1. 选自唐代高适《燕歌行》诗(节录):"山川萧条极边土,胡骑凭陵杂风雨。战士军前半死生,美人帐下犹歌舞!"燕歌行:乐府旧题,以前多写思妇怀念远戍的征人。高适则是借古题讽喻时事。
2. 军前:军事前线。 半死生:生死各半。
3. 帐下:指军队将帅的营帐。

品鉴 这首诗描写边将骄傲轻敌,荒淫失职,致使士兵们在战场上遭受极大的痛苦和牺牲。诗人讽刺和愤恨不恤士兵的将帅之情溢于言表,是唐代边塞诗中久传不衰的杰出作品。

"战士军前半死生,美人帐下犹歌舞"两句,大意是:士兵们在战场上出生入死,浴血奋战,伤亡惨重;而将军们却呆在营帐之中,观赏美人歌舞,寻欢作乐,沉溺于酒肉声色之中,全然不顾前方战士的死活。

诗句反映了军中将帅和士兵苦乐不均的矛盾,对比鲜明,深刻地揭露了将帅们纵情酒色,骄奢淫逸,指挥无能,导致了战争失败的罪责。因此近人高步瀛在《唐宋诗举要》中引用吴汝纶的评语说,这两句诗的情感"最为沈至"。

诗句也寄寓了诗人对战争的批评。开元二十四年(公元736年),幽州节度使张守珪经略边事,让安禄山出兵讨奚、契丹,遭致失败。开元二十六年（公元738年），张守的部下为邀战功出兵袭击奚族残部，先胜后败。张守隐瞒了这次败绩，后来受到贬官的处分。诗人对这两次战败感慨很深，因此在诗句中对将帅的荒淫失职，腐败无能给予挞伐和讽刺。

134 潭清疑水浅，荷动知鱼散。

作者简介：

储光羲（约707年~约762年），润州延陵（今江苏省丹阳市）人。唐代山水诗人。开元十四年（公元726年）进士。曾任汜水尉、宜县尉、太祝，官至监察御史。安史之乱时曾受伪职，叛乱平定后，贬官下狱，流放岭南。曾一度隐居终南山中，与王维、孟浩然、裴迪等多有唱和。其诗多写农村生活和田园风光，诗风质朴淡雅，词直理切，较有生活气息。唐代殷璠《河岳英灵集》称其诗"格高调逸，趣远情深，削尽常言，挟风雅之迹，得浩然之气"。《全唐诗》存其诗210多首，编为四卷。

注释：

1. 选自唐代储光羲《钓鱼湾》诗："垂钓绿湾春，春深杏花乱。潭清疑水浅，荷动知鱼散。日暮待情人，维舟绿杨岸。"
2. 疑：怀疑。

品鉴 这是诗人山水诗的代表作之一。全诗犹如一幅情趣盎然，生动别致的山水风景画。

"潭清疑水浅，荷动知鱼散"两句，静中有动，诗中有画，描写细致入微。大意是：潭水清澈澄碧，透明见底，使人感到水好像很浅似的（其实潭水不浅）；水面上荷叶长势繁茂，有鱼儿藏在下面也不知道，只有当荷叶突然轻轻摇动的时候，才知道是鱼儿游散开去了。

诗句清新自然，描绘出一幅满含诗意的画面。诗人在这里用了"疑"字和"知"字两个动词，在诗意的开掘上具有相互阐发的作用：人们因水清而疑其浅，水浅理应无鱼，但见荷动而知有鱼，才知道潭水并不浅。清潭中的鱼本应可见，因荷叶覆盖而不可见，只有当荷叶摇动的时候才知道鱼在游动。这样写，不仅十分细致传神，而且写出了生活情趣，增添了诗情画意。

135 不知近水花先发，
　　疑是经冬雪未销。

作者简介：

张谓（？～约778年）字正言，河内（今河南省沁阳市）人。唐代诗人。早年有大志。天宝二年（公元743年）进士。曾从军北征，因主将获罪，失去归依，遂浪迹于燕赵一带。天宝后期复又从军西北边疆，立有军功。大历年间，历任潭州刺史、太子左庶子、礼部侍郎等职。其诗一部分描写边塞生活，其余多是酬答送别之类。写景抒怀，工丽畅达，抒写客愁和游子别情之作，意蕴深长。元代辛文房《唐才子传》称其诗"格度严密，语致精深，多击节之音"。《全唐诗》存其诗40首，编为一卷。

注释：

1. 选自唐代张谓《早梅》诗："一树寒梅白玉条，迥临村路傍溪桥。不知近水花先发，疑是经冬雪未销。"
2. 经冬：过了冬天。

品鉴　这首咏梅绝句，描写白梅花开得早，色泽如玉如雪，清白可爱，并能给人一种哲理的启示。

"不知近水花先发，疑是经冬雪未销"两句，大意是：一树白梅花在溪边凌寒独放，人们不知道它靠近水边，比别的梅花开得早；还以为是经过一个冬天尚未消融的积雪呢。

诗人远望白梅花，洁白似雪，按季节，还不到梅花开的时候，所以怀疑它是未融化的白雪。由于不清楚梅花近水可以先发育开花，就用了一个"疑"字，表现出诗人迷离恍惚之情，十分贴切。到最后，才看清了是一树早早开放的白梅。既写出了梅花的早，又写出了梅花洁白的色泽和不畏严寒的品格。

读"近水花先发"的诗句，还能给我们以如下的哲理体会：当白梅

（事物）具备了开花（发展变化）的内在根据（内因），其外部原因（外因），如气温、水分、地气、阳光等，就可能对开花（发展变化）产生一定的影响和作用，加速或延缓花的开放（事物的发展变化）。诗人写的白梅，之所以能够临水者先发（变化发展），就是因为它得天独厚，比其他梅花多了一份临水的外部条件。表明一定的外部条件（外因）能够影响或作用于事物变化发展的道理。

136 世人结交须黄金，黄金不多交不深。

注释：

1. 选自唐代张谓《题长安主人壁》："世人结交须黄金，黄金不多交不深。纵令然诺暂相许，终是悠悠行路心。"长安主人：不详。或疑为诗人曾经寓居过的长安一家旅店的主人。
2. 世人：指世俗之人。

品鉴　　这首诗表现世俗之人，交朋友只认金钱多寡，缺乏真诚的友谊，并对这种现象加以辛辣的讽刺和挞伐。

"世人结交须黄金，黄金不多交不深"两句，大意是：世俗之人结交朋友不是靠以心换心，建立在感情的基础上，而是靠金钱维系朋友关系，如果金钱不多，那么朋友的交情也就不深厚。

诗句以精警的语言，深刻地揭露了当时颓废庸俗的世道风气，反映了中唐社会世态人情的一个侧面。人们常说："君子之交淡若水。"朋友之间"淡若水"的交谊，是心心相印，相互理解，相互支持的关系。这样的友情天长地久，经得起时间的考验。可是，在一般世俗之人的眼中，"黄金不多交不深"，金钱成了交友的基础和砝码。金钱多，交谊就深，金钱少，交谊就浅。这种靠金钱维系的"友情"，是一种建立在沙滩之上的友情，有钱就是"哥们"好朋友，一旦钱袋空了，友情也就完结了。如此交友，何友之有？

137　忽如一夜春风来，千树万树梨花开。

作者简介：

岑参（约715年~770年），出生仙洲（今河南省叶县）官宦之家，后移居江陵（今湖北省江陵市）。唐代诗人。少年时勤奋苦读。天宝三年（公元744年）进士。天宝八年（公元749年），任安西节度使高仙芝的幕府掌书记，后又随封常清赴北庭，任安西节度判官。以后历任虢州长史、太子中允、殿中侍御史等职。大历初，任嘉州刺史，世称"岑嘉州"。以边塞诗著称，与高适齐名，并称"高岑"。边塞诗题材广泛，内容丰富，想象奇特，充满豪情壮志和积极乐观精神。语言瑰丽多变，风格挺峻奇峭。代表作有《走马川行奉送封大夫出师西征》《白雪歌送武判官归京》《轮台歌奉送封大夫出师西征》等。《全唐诗》存其诗360余首。有《岑嘉州集》传世。

注释：

1. 选自唐代岑参《白雪歌送武判官归京》诗（节录）："北风卷地白草折，胡天八月即飞雪。忽如一夜春风来，千树万树梨花开。散入珠帘湿罗幕，狐裘不暖锦衾薄。将军角弓不得控，都护铁衣冷难着。"判官：官职名。唐代节度、观察、防御诸使的僚属。

归京：回到京都长安。

2. 梨花：此指雪花。

品鉴

天宝十三年（公元754年），岑参任安西北庭节度使封常清的判官，在轮台送武判官归京时，写了这首著名的"白雪歌"。

"忽如一夜春风来，千树万树梨花开"两句，气势豪迈奔放，是咏雪的千古名句。大意是：塞外天寒地冻，北风一吹，八月天就下起大雪来了。早晨走出帐篷一看，四野白茫茫一片，满山遍野的树木枝条上都压着缀着雪花，好像一夜温暖的春风，吹得千树万树的梨花竞相开放。

诗人以梨花盛开，一团团，一簇簇，缀满枝头的景象，比喻冬雪压林的景象，描写塞外雄奇壮美的雪景，想象奇丽独特，新颖贴切，富有浓郁的浪漫主义色彩。

  诗句语言精炼,传神达意准确,如以"忽如"形容大雪来得急骤,传达出诗人惊喜好奇的神情;以"千树万树"重叠修辞,表现雪景的浓厚繁复,描绘出了境界的阔大壮丽。故清代方东树评论这两句诗说:"奇才奇气奇情逸发,令人心神一快。"

138 马上相逢无纸笔,凭君传语报平安。

注释:

1. 选自唐代岑参七绝《逢入京使》诗:"故园东望路漫漫,双袖龙钟泪不干。马上相逢无纸笔,凭君传语报平安。"入京使:奉命到京城长安的使者。
2. 马上:骑在马上。
3. 凭君:全靠你。君,指入京使。　传语:带话。

品鉴　天宝八年(公元749年),岑参在安西节度使高仙之幕中任掌书记。这首诗是他赴安西途中写的怀乡之作。

  "马上相逢无纸笔,凭君传语报平安"两句,大意是:诗人向安西进发途中,骑马奔走间,偶逢回京都长安的使者,欲请他给家人捎信报说平安,不必挂念;但因走马相逢,来去匆匆,没有纸笔,不能写信,只好口头传话了。

  岑参此次赴边,怀抱"功名只向马上取"的雄心,所以胸襟豪迈宽广,没有儿女情长、缱绻低回的情调。然而当诗人离京都和家人愈来愈远时,也免不了流露出对故园和亲人的眷念之情。这两句诗极为准确地表达了这种复杂、细腻、矛盾的思想情感。

  "马上相逢"是行者匆匆的模样,"无纸笔"含蓄地表现出一种焦急和惋惜的心情,"凭君"表现出再三嘱咐拜托的情形,语言浅淡而情意深浓,自然浑成,恰如其分地表达了征人对亲友的思念和慰问之情。

139　今夜偏知春气暖，虫声新透绿窗纱。

作者简介：

刘方平（生卒年不详），河南人。唐代诗人。唐开国元勋刘政会之玄孙。天宝前期，应试不第，遂隐居，终生不仕。工诗善画，与元德秀、李颀、皇甫冉等友善，互有酬唱，颇得李颀、萧颖士的称赏。其诗多写山水、乡思、闺怨之情，内容较贫乏。艺术上情景交融，含蓄蕴藉，较有特色。《全唐诗》存其诗26首，编为一卷。

注释：

1. 选自唐代刘方平《月夜》诗："更深月色半人家，北斗阑干南斗斜。今夜偏知春气暖，虫声新透绿窗纱。"
2. 偏知：出乎意料地感知到。
3. 新透：初次传入。

品鉴

刘方平是唐代不太有名的诗人，但他的一些诗写得清丽、细腻、新颖隽永，在唐代诗坛独树一格。

"今夜偏知春气暖，虫声新透绿窗纱"两句，写小昆虫首先感知到了春天的信息。大意是：今天晚上夜半时分，正是寒气袭人，万籁俱静的时候，透过绿色的窗纱，第一次传来了初春清脆、欢快的虫鸣，身上也似乎感觉到了春天的温暖。

春的信息是悄悄的，不经意的，一如虫声的轻微，一丝一毫的暖意，然而尽管很微弱，还是被诗人敏感地捕捉到了。在静谧的月夜之中，小昆虫首先感知到夜气中散发着春的信息，情不自禁地鸣叫起来。这欢快的虫声标志着生命的萌动，万物复苏的欢乐，所以它在诗人心中引起的，就是春回大地的美好联想。

诗人选取虫声报春，立意新颖别致，写出了一支独特的大地回春曲，与北宋苏轼的"春江水暖鸭先知"有异曲同工之妙，而且比苏轼的诗意体验早了几百年。它不仅表现出诗人艺术上的独创精神，而且显示了敏锐的感受能力。观察细腻，构思别致，轻盈的语气中洋溢着诗人的喜悦之情。

140 会当凌绝顶，一览众山小。

作者简介：

　　杜甫（公元712年~770年）字子美，自称少陵野老。祖籍襄阳（今湖北省襄阳市），后迁居河南巩县。杜审言之孙。唐代伟大的现实主义诗人。少年时勤奋好学，7岁能诗。曾漫游吴、越、齐、赵地区。天宝三年（公元744年），与大诗人李白相会于洛阳，同游梁、宋。安史之乱起，曾一度被俘，后逃奔凤翔，谒见肃宗，任左拾遗。乾元二年（公元759年）弃官入蜀，在浣花溪畔草堂居住。曾任严武节度使的检校工部员外郎，世因称"杜工部"。后离开成都，漂泊于岳州、潭州、衡州一带，贫病交加，生活困窘。其诗深刻地反映了安史之乱前后的社会现实，表现了诗人忧国忧民的思想情感，有"诗史"之称。他用五言、七言古体写了许多反映现实的不朽名篇。他的律诗更是脍炙人口，不论题材的广泛，风格的多样，艺术的精湛，在古代诗人中都是无与伦比的，对后世产生了极为广泛、深远的影响。现存诗1400余首，有《杜工部集》传世。

注释：

1. 选自唐代杜甫《望岳》诗："岱宗夫如何？齐鲁青未了。造化钟神秀，阴阳割昏晓。荡胸生层云，决眦入归鸟。会当凌绝顶，一览众山小。"岳：指东岳泰山。
2. 会当：合当，应当，将要。　凌：登临，登上。
3. 览：看，阅。此处指向下看，即俯视的意思。

品鉴　　这首咏泰山的记游诗，是杜甫的早期作品，写于开元二十四年（公元736年）。当时杜甫到洛阳应试落第后，曾漫游齐鲁（河北、山东）一带，远望泰山，有感于它的雄伟峻秀，写下了这首名诗，字里行间洋溢着青年诗人蓬勃的朝气。

　　"会当凌绝顶，一览众山小"两句，大意是：应当登上泰山的最高峰，从那里俯视群山，平时高耸峻峭的千山万壑将会变得十分矮小。

从诗意上看，诗人写的不是眼前的景象，而是心中的想象。《孟子·尽心上》曾说："登东山而小鲁，登泰山而小天下。"杜甫取其意入诗，用一"览"字，表达出诗人博大的胸襟和抱负。言简意赅，脍炙人口。这种不甘平庸，敢于进取，勇攀高峰的雄心和气概，千百年来一直为人们所称道，至今仍能引起有志者的广泛共鸣。

这两句诗也给人以哲理的启示：站得高，看得远，就能扩大视野，综观全局，从而获得全面的情况和正确的认识，高屋建瓴地总揽全局，取得把握事物的主动权。

正是基于上述原因，清代浦起龙《读杜心解》认为，杜诗"当以是为首"，其"心胸气魄，于斯可观。取为压卷，屹然作镇。"给予了很高的评价。

141 朱门酒肉臭，路有冻死骨。

注释：

选自唐代杜甫《自京赴奉先县咏怀五百字》诗（节录）："朱门酒肉臭，路有冻死骨。荣枯咫尺异，惆怅难再述。"京：京师长安。

奉先县：今陕西省蒲城县。当时杜甫的家属寄居在该县。

品鉴　唐玄宗天宝十四年（公元755年）冬十一月，杜甫由长安前往奉先县，探望寄居在那里的家属。当时正是安禄山叛乱前夕，而唐明皇却毫不知觉。杜甫从骊山下路过时，唐明皇正与杨贵妃在山上华清宫里避寒，纵情享乐。杜甫忧愤交集，回到家中便写了这首长诗。

"朱门酒肉臭，路有冻死骨"两句，反映唐代社会贫富悬殊的严酷事实，是传诵千古的名句。大意是：豪富人家的美酒、鱼肉堆积如山，都已腐败变臭了；可是穷苦的黎民百姓，食不果腹，衣不暖体，不断有人冻死在大路旁，嶙嶙白骨随处可见。

唐代"安史之乱"前夕，政治腐败，统治者大肆聚敛钱财，挥霍享受，社会矛盾日趋尖锐。杜甫敏锐地感受到"山雨欲来风满楼"的严峻形势，率先在诗中做了深刻的反映，鲜明、生动地揭示了封建社会贫富悬殊的现象，被称为一代史诗。清代赵翼《瓯北诗话》评价说，这两句"本有所自"，"而一入少陵手，便觉惊心动魄，似从古未经人道者"。

142 读书破万卷，下笔如有神。

注释：
1. 选自唐代杜甫《奉赠韦左丞丈二十二韵》诗（节录）："甫昔少年日，早充观国宾。读书破万卷，下笔如有神。赋料扬雄敌，诗看子建亲。李邕求识面，王翰愿卜邻。"左丞：即韦济。天宝七年（公元748年）任河南尹，后升任尚书左丞。
2. 破：尽，遍。　万卷：极言其多。
3. 如有神：才思风发，左右逢源，如有神助。

品鉴　　这首诗是杜甫集中第一首自叙诗，反映了诗人早年的抱负和眼前沦落长安，有志不得申的牢骚和愤激。

唐玄宗天宝七年（公元748年），韦济任尚书左丞前后，杜甫给他写过两首赠诗，希望得到他的荐引提拔。但是，杜甫从韦济那里没有得到任何实际的帮助。于是，又写了这首诗，表示自己如果在长安不能有所作为，也就不再留居长安，而准备就此退隐江湖了。

"读书破万卷，下笔如有神"两句，既是诗人创作经验的总结，也是诗人勤奋学习，刻苦钻研的真实写照。大意是：平时要博览群书，认真研究，细心体会，积累下丰富的知识和人生体验，这样，到创作诗歌的时候，自然会才思敏捷，左右逢源，如有神灵在暗中相助一样。

诗句说明了读书对于提高写作水平的重要性，对后人有极大的激励和启发作用。清代李沂在《秋星阁诗话》中说："读书非为诗也，而学诗不可不读书，诗须识高，而非读书则识不高，诗须力厚，而非读书则力不厚，诗须学富，而非读书则学不富。昔人谓子美诗无一字无来处，由读书多也。故其诗曰：'读书破万卷，下笔如有神'。此老自言其得力处。"

143 翻手作云覆手雨，
纷纷轻薄何须数。

注释：

1. 选自唐代杜甫《贫交行》诗："翻手为云覆手雨，纷纷轻薄何须数。君不见管鲍贫时交，此道今人弃如土。"
2. 翻手：掌心向上。　覆手：掌心向下。
3. 纷纷：众多的样子。　轻薄：指人情不敦厚，交友不真诚的轻薄之徒。　数：点数。

品鉴　唐玄宗天宝年间，杜甫困守京都长安，不但没有得到举荐任用，反倒饱尝了世态炎凉、人情反复的滋味，一时愤激而写了这首《贫交行》诗。

"翻手为云覆手雨，纷纷轻薄何须数"两句，描写世态炎凉，变化无常，给人一种势利之交"诚可畏"的感觉。大意是：有的人结交朋友像翻手为云覆手为雨一样，得意时如云之趋合，失意时如雨之纷散，朝秦暮楚，变化无常，这样轻薄不诚的人真是多得很啊，哪里用得着点数呢！

诗人用翻手、覆手作比，喻人情变换迅速，用云雨更换，喻交友的态度变化无常，曲尽交友之道的淡薄，令人惊醒。清代浦起龙《读杜心解》评论这两句诗说："只起一语，尽千古世态。"非常中肯。成语"翻云覆雨"就由这两句诗衍化而来。

144 射人先射马，
擒贼先擒王。

注释：

1. 选自唐代杜甫《前出塞》九首中的第六首（节录）："挽弓当挽强，用箭当用长。射人先射马，擒贼先擒王。杀人亦有限，立国自有疆。苟能制侵陵，岂在多杀伤。"

2. 前出塞：大约写于天宝年间，主旨是讽喻唐王朝的穷兵黩武政策。

品鉴　汉乐府《横吹曲》中有《出塞》《入塞》的曲名，杜甫借用旧曲名，表达了社会现实的主题和新意。《前出塞》组诗9首，旨在暴露朝廷的对外用兵侵略，同情从戎的人民，笔意显得抑郁沉痛。

"射人先射马，擒贼先擒王"两句，富有辩证思想，可能是从当时的军事战术中提炼出来的。大意是：用箭射杀敌人，首先应射他骑的战马；捉拿贼寇，首先应捉住贼寇的首领，这样，其余的贼众自然不战而降。

诗句是实战经验的总结，具有民谣民谚的韵味，富于哲理的启示。今天，人们常用以比喻凡事应抓关键、抓要害，注意解决主要矛盾，这样什么事情就都可以迎刃而解了。

145 桃花细逐杨花落，黄鸟时兼白鸟飞。

注释：

1. 选自唐代杜甫七律《曲江对酒》诗："苑外江头坐不归，水精宫殿转霏微。桃花细逐杨花落，黄鸟时兼白鸟飞。纵饮久判人共弃，懒朝真与世相违。吏情更觉沧州远，老大徒伤未拂衣。"曲江：曲江池，因池水曲折而得名。原为汉武帝所造，唐玄宗大加整修，池水清冽，花卉环绕，是当时京都长安第一游览胜地。故址在今陕西省西安市东南。
2. 逐：追逐，跟随。
3. 兼：一起，同时，伴随。

品鉴　这首诗写于乾元元年（758年）春天。一年前，杜甫从叛军控制的长安逃奔出来，破衣麻鞋朝见天子，被肃宗授以左拾遗的官职。接着因上疏为宰相房琯罢职一事鸣不平，受到审讯，弃置不用。杜甫空怀报国之心，无所作为，不免心头怅然；仕途失意，独坐曲江岸边饮酒遣闷，写了这首诗，宣泄自己心中的不满和牢骚。

"桃花细逐杨花落，黄鸟时兼白鸟飞"两句，描写曲江畔的春天景象，生动自然，曲尽其妙。大意是：桃花追随着杨花轻盈地飘落下来，黄鸟伴随着白鸟不时地在空中飞来飞去，构成一幅春光烂漫的迷人景象。

在短短14个字里，有形象、色彩的直接描写，有声音、花香的含蓄暗示，"细逐"摹状落花的轻盈无声，"时兼"勾勒飞鸟的欢跃和鸣，笔调轻灵活泼，描写细腻逼真，不仅气韵生动，而且十分传神。

在色彩的使用上，诗人选用黄鸟、白鸟，形成鲜明对照；而桃花与杨花，虽没有明写颜色，但桃花红艳，杨花青白，也能给人以色彩的丰富想象，对比也很强烈。这些色彩字眼的精心提炼，构成了一幅五彩缤纷、色彩绚丽的曲江春光图。

宋代胡仔在《苕溪渔隐丛话》中引用《漫叟诗话》评价说："李商老云：'尝见徐师川说，士大夫家有老杜墨迹，其初云"桃花欲共杨花语"，自以淡墨改三字'。乃知古人字不厌改也，不然何以有日锻月炼之语。"

146 穿花蛱蝶深深见，点水蜻蜓款款飞。

注释：

1. 选自唐代杜甫《曲江》诗二首中的第二首："朝回日日典春衣，每日江头尽醉归。酒债寻常行处有，人生七十古来稀。穿花蛱蝶深深见，点水蜻蜓款款飞。传语风光共流转，暂时相赏莫相违。"
2. 穿：蝴蝶飞的样子。花丛深厚繁密，蝴蝶在其间往来回环地飞舞，故用"穿"字形容。　蛱蝶：蝴蝶。　深深见：在繁茂的鲜花丛中忽隐忽现。
3. 点：蜻蜓飞的样子。蜻蜓蘸水，一触即起，故用"点"字形容。　款款：慢慢，缓缓。　款款飞：蜻蜓上下往来，嬉戏从容，故用"款款"摹其状态。

品鉴　这首描写曲江风景的诗，是诗人仕途失意，排遣愁闷时写的。

由于经过战乱，诗人生活十分艰苦，每日典当衣裳度日，还到处欠着酒钱。既然不能借酒浇愁、寻欢买醉了，就只好散步曲江，借风光景物聊以自慰解愁了。

"穿花蛱蝶深深见，点水蜻蜓款款飞"两句，是写曲江春光的名句。大意是：蝴蝶在繁密的鲜花丛中翩翩飞舞，穿进穿出，时隐时现；蜻蜓在水面上空上下往来，从容嬉戏，不时贴近水面，一蘸水即飞了起来。

诗人从江畔和江面两处着笔，描绘出恬静自在而又绚丽多姿的春天景色。遣词精巧，刻画入微。描摹蝴蝶和蜻蜓的活泼姿态，如在眼前。譬如"深深见""款款飞"，表现蝴蝶、蜻蜓飞来飞去的姿态，活灵活现。而"穿""点"两个动词的运用，炼字极工，状其飞行的动作，极为传神。阅读这两句诗，能立即唤起人们对明媚春光的美好感受和神往之情。

南宋叶梦得在《石林诗话》中评价此二句说："'深深'字若无'穿'字，'款款'字若无'点'字，皆无以见其精微如此。然读之浑然，全似未尝用力，此所以不碍其气格超胜。"又说它："缘情体物，自有天然工巧，而不见其刻削之痕。"可谓中的之论。

147　感时花溅泪，恨别鸟惊心。

注释：

选自唐代杜甫《春望》诗："国破山河在，城春草木深。感时花溅泪，恨别鸟惊心。烽火连三月，家书抵万金。白头搔更短，浑欲不胜簪。"

品鉴　唐肃宗至德二年（公元757年）春天，诗人在长安被安史之乱的叛军囚禁。眼看宫殿被焚毁，住宅被洗劫，人民遭杀戮，过去繁华的景象，成了一片废墟，不免为祖国的前途和个人的命运担忧，从而写下了这首感时伤事的著名诗章。

"感时花溅泪，恨别鸟惊心"两句，极写诗人的感伤之情。大意是：长安城的春天，花香鸟语，春光明媚，景色宜人，本来应该感到喜悦，但因山河破碎，诗人感时伤怀，所以看见美丽的鲜花反而溅洒出伤心的眼泪；战乱离乡别亲，困居长安，处境堪忧，所以听到鸟儿婉转的鸣叫，反而感到惊悸不安。

对这两句诗，历来还有另一种理解：山河破碎，生灵涂炭，花儿见了也会感时伤别，流出哀伤的眼泪；鸟儿见了也会忧虑惶恐，惊悸不安。这种理解也是成立的，合乎情理的。这是将感情移入物体，从花鸟的角度来看人世间的悲剧，实际上仍然是诗人的感受和心情，只不过从花鸟的角度来表达罢了。

诗人从美好的春光里，写出感伤、怨恨之情，然而感伤而不消沉，怨恨而不绝望，反而在诗句中始终充满着对祖国前途的坚强信心。正是基于这种高昂的爱国主义热情，此诗写了一个月以后，诗人就冒着刀丛箭雨，不顾生命危险，间道投奔凤翔（今陕西省凤翔县）去了。这时，唐肃宗正在这里组织力量，准备反攻平叛，维护国家的统一与和平。

148　烽火连三月，家书抵万金。

注释：

1. 选自唐代杜甫《春望》诗："国破山河在，城春草木深。感时花溅泪，恨别鸟惊心。烽火连三月，家书抵万金。白头搔更短，浑欲不胜簪。"
2. 烽火：战火。　三月：指时间长。
3. 抵万金：极言家书的珍贵、重要。

品鉴　　自安史之乱起，杜甫即与家人离别，不通音信。而后战火烧到长安，连绵不断，杜甫困居长安，为叛军所掳，更与家人断绝了联系。因此，当春天来临之际，诗人感念个人危难，倍加想念离散中的亲人。

"烽火连三月，家书抵万金"两句，表达的正是这样一种焦灼的企盼和急切的心情。大意是：如今已经是深春三月了，战争的烽烟仍然没有熄灭，多么渴望得到家人的消息啊！这时的一封家书，真比万两黄金还要珍贵!

诗人以战乱之中家书的难得,说明自己对远方亲人的惦念,写出了音讯阻隔久盼不至的迫切心情。言浅意深,语短情长,表达了千千万万人共同的心理感受,所以能够引起人们普遍的共鸣和理解,成为千古传诵的名句。

149 落日照大旗,马鸣风萧萧。

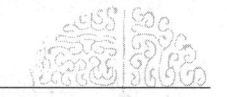

注释:

1. 选自唐代杜甫《后出塞》五首中的第二首:"朝进东门营,暮上河阳桥。落日照大旗,马鸣风萧萧。平沙列万幕,部伍各见招。中天悬明月,令严夜寂寥。悲笳数声动,壮士惨不骄。借问大将谁,恐是霍嫖姚。"
2. 后出塞:组诗共五首,写于天宝十四年(公元755年)。旨在讽刺李隆基养虎遗患,不戒自焚,人民遭受了许多苦难,诗人希望尽快平定叛乱,恢复国家的和平与安宁,所以笔意是振奋而又昂扬的。

品鉴 这首诗从一个被征入伍战士的经历和视角,描写了唐军出征关塞,号令森严,队伍整肃的场面和气势,表明唐军平定叛乱的军事行动,一定能够取得完全的胜利。

"落日照大旗,马鸣风萧萧"两句,描写唐军雄壮昂扬的行军场面。大意是:在夕阳映照下,出征的战士迎着呼啸的北风,大步向前挺进,军旗在空中猎猎飘扬;一队队战马疾驰而去,扬起一串沙尘,辽阔空旷的原野上不时传来战马的阵阵嘶鸣。

诗人化用《诗经·小雅·车攻》"萧萧马鸣,悠悠斾旌"的诗意,表现唐军的声威,诗句中充满着一种一定能战胜敌人的必胜信念和气势,活画出一幅军旗辉映,残阳如血,色彩明丽,气氛悲壮凛然的日暮行军图。

150　身轻一鸟过，
　　　　枪急万人呼。

注释：
选自唐代杜甫《送蔡希鲁都尉还陇右因寄高三十五书记》诗（节录）："蔡子勇成僻，弯弓西射胡。健儿宁斗死，壮士耻为儒。官是先锋得，材缘挑战须。身轻一鸟过，枪急万人呼。"

品鉴　　在谈到诗歌创作炼字用词精准的话题时，不少诗人、诗论家常常会列举杜甫的两句诗来加以说明。它们是：

"身轻一鸟过，枪急万人呼"。这两句诗赞扬蔡都尉武艺高强，矫健出众的身手，炼字十分精当。大意是：蔡都尉的轻身功夫出类拔萃，他腾身跳跃时，其势疾如一只小鸟一掠而过；他的枪法精湛迅猛，一杆枪舞动起来虎虎生风，鬼神见了都会发愁，万人见了也会感到惊呼畏惧。

诗句用一"过"字形容蔡都尉跳得又高又快又轻，像鸟儿一样一飞即过的本领，十分准确形象。

据宋魏庆之《诗人玉屑》记载：宋代京城汴京（今河南省开封市）城中，有个叫陈从易的人，官居舍人。一天偶然得到一本《杜甫诗集》，由于年深月久，已经残缺不全。其中《送蔡希鲁都尉还陇右》诗中"鸟"字下面缺了一个字。陈从易反复诵念，找不出用什么字恰当。于是约来几个诗友，提议每人补一个字。结果有人补"疾"字，有人补"急"字。但马上有人反对，因为"疾""急"都是入声字，读音相近，犯了写诗的大忌，并提出补"度"字为好。陈从易遂将"身轻一鸟度"诵了两遍，摇摇头说："'度'字不妥。'度'字后面往往有字承接，如《木兰辞》中有'关山度若飞'句，否则句意便显得没有着落。而且，'度'字也显不出身轻如鸟的特性。"

众人听了，觉得言之有理。接着，有的提出补"落"字，有的提出补"起"字或"下"字，但都不能完整、精确地形容纵跳的本领。后来陈从易找到一本完整的《杜甫诗集》，翻开一看，原来是"身轻一鸟过"。形容身轻如鸟，用"过"字十分精当，众人不由得深深叹服："老杜真是下笔如有神啊，虽一字之工，亦令人不能望其项背！"

"过"虽是一个平常的字，用在这里却非常生动地把蔡都尉的高强本领表现出来了。所以诗歌创作中，最精彩的字，就是最能够传神达意的字。

151 渭北春天树，江东日暮云。

注释：

1. 选自唐代杜甫《春日忆李白》诗："白也诗无敌，飘然思不群。清新庾开府，俊逸鲍参军。渭北春天树，江东日暮云。何时一樽酒，重与细论文。"
2. 渭北：指杜甫所在的长安一带。
3. 江东：指李白正在漫游的江浙一带地方。

品鉴 这首怀念李白的诗，是天宝五年前后（公元746年～747年），杜甫居住长安时写的。

"渭北春天树，江东日暮云"两句，写杜甫对李白的深切怀念之情，是历来传诵的名句。大意是：我在渭北长安思念江东的李白之时，李白一定也正在江东思念着渭北长安的诗人杜甫；而作者遥望南天，只看到天边飘浮的云彩，看不到心中思念的诗人李白，那么李白北望长安时，能看见的也只有春天里长出新绿的树木了。

这里，春树、暮云两个意象，在诗人眼里，被涂上了浓重的离情色彩。看见这两个意象，自然能感受到两人相互思念，牵挂着对方的离情别绪和无限情思。

这两句诗看似平淡，实则每个字都千锤百炼；语言非常朴素，却蕴含着非常丰富的思想感情。所以明代王嗣奭在《杜臆》中引王慎中话，誉之为"淡中之工"，清代沈德潜的《唐诗别裁》也称赞它是"写景而离情自现"，都给予了很高的评价。

152　文章千古事，
　　　　得失寸心知。

注释：
1. 选自唐代杜甫《偶题》诗："文章千古事，得失寸心知。作者皆殊列，名声岂浪垂。骚人嗟不见，汉道盛于斯。前辈飞腾入，余波绮丽为。后贤兼旧制，历代各清规。"
2. 文章：指创作。

品鉴　"文章千古事，得失寸心知"两句，大意是：著书立说是流传千古的大事，所以作者呕心沥血，构思提炼，反复修改，精益求精，其中的酸甜苦辣，成败得失，作者自己心中是清楚的。

《左传·襄公二十四年》："太上有立德，其次有立功，其次有立言，虽久不废，此之谓不朽。"后来，三国魏曹丕在《典论·论文》里说得更直白："盖文章，经国之大业，不朽之盛事。"文章属立言，所以是不朽的盛事，也就是流传千古的大事。而文章的创作，其中的甘苦，只有作者自己知道。

明代王嗣奭《杜臆》说，这两句诗"乃一部杜诗所胎孕者。'文章千古事'，便须有千古识力为之骨，而'得失寸心知'，则寸心具有千古。此乃文章家之秘藏，而千古立言之标准"。

153　蓝水远从千涧落，
　　　　玉山高并两峰寒。

注释：
1. 选自唐代杜甫《九日蓝田崔氏庄》诗："老去悲秋强自宽，兴来今日尽君欢。羞将短发还吹帽，笑倩旁人为正冠。蓝水远从千涧落，玉山高并两峰寒。明年此会知谁健？醉把茱萸仔细看。"九日：指唐乾元元年（公元758年）九月初九日，重阳节。　蓝田：

蓝田县，在今陕西省西安市东南。
2. 蓝水：在蓝田县东。《三秦记》："蓝田有洲，方三十里，其水北流，出玉铜铁石，合溪谷之水为蓝水。" 千涧：无数条小溪。涧，两山之间的流水。
3. 玉山：在蓝田县境内，又名蓝田山，或称覆车山。 两峰：指蓝田山和云台山两座山峰并立，山势峥嵘。 寒：指山色苍翠而带有寒意。

品鉴 这首诗是杜甫贬为华州（今陕西省华县）司功参军时写的，他笔下的蓝天山和云台山犹如擎天玉柱，笔力拔山，令人精神振作，惊叹不已。

"蓝水远从千涧落，玉山高并两峰寒"两句，描山绘水，气象峥嵘，不同凡响。大意是：蓝水远来，从千条山涧奔泻而下，玉山高耸，两峰并峙，峥嵘峻伟，寒气森森。

诗人用"蓝水"与"玉山"相对，色泽淡雅，表现山势的雄杰挺峻；用"远"与"高"相对，拉出空间距离，境界开阔高远；用"落"与"寒"相对，诗意突兀变化，既点明山势高危，又创造出萧瑟寒冷的意象，于豪壮之中带有几分悲凉。

南宋杨万里十分赞赏这首诗写的精妙雄拔，称它是"一篇之中，句句皆奇，一句之中，字字皆奇"，推为唐代七律诗的代表之作。

154 露从今夜白，月是故乡明。

注释：
1. 选自唐代杜甫《月夜忆舍弟》诗："戍鼓断人行，边秋一雁声。露从今夜白，月是故乡明。有弟皆分散，无家问死生。寄书长不达，况乃未休兵。"
2. 露：露珠。

品鉴 这首诗作于乾元二年（公元759年）秋，当时杜甫在秦州，而他的几个弟弟正分散在河南、山东一带叛军控制的地方，由于战事阻隔，音信不通，引起他强烈的忧虑和思念，于是写了《月夜忆舍弟》诗来表达自己的思念之情。

"露从今夜白，月是故乡明"两句，表现月夜思念故乡的情感。大意是：夜晚，露水在月光的映照下泛着白色的清光，令人顿生寒意；离家远行的人，深深地思念着家乡亲人，无论走到哪里，始终感到天上月亮还是故乡的最明亮。

显然地，"月是故乡明"是情语作景语，既是写景，也是抒情。诗人在描写景物中，融入了自己强烈的主观感受，认定故乡的月亮才是最明亮的。这样写，诗人怀乡的深厚感情就有力地突显了出来。由于以情写景，景亦带有诗人的感情色彩，所以人们并不感到诗句有不合情理地方。

为加强语调，诗人在句式上使用了倒装句法。本来应说"今夜露白"，"故乡月明"，诗人却偏写成"露从今夜白""月是故乡明"，句子这么一倒装，读起来语气便分外矫健有力了，这也正是大家见功力的地方。

所以近人高步瀛《唐宋诗举要》引王彦辅的话评价说，这两句诗体现出"子美善于用故事及常语，多离析或倒句，则语健而体峻，意亦深稳"。

155 文章憎命达，魑魅喜人过。

注释：

1. 选自唐代杜甫《天末怀李白》诗："凉风起天末，君子意如何？鸿雁几时到，江湖秋水多。文章憎命达，魑魅喜人过。应共冤魂语，投诗赠汨罗。"
2. 憎：憎恨，嫉妒。　命达：命运通达。
3. 魑魅：山上的精，水中的怪。　过：路过，走过，经过。

品鉴　这首诗为杜甫客居秦州（今甘肃省天水市）时所作。当时李白受永王李璘事牵连，流放夜郎。杜甫对李白的遭遇寄予深切同情，写了这首诗怀念他。

"文章憎命达,魑魅喜人过"两句,大意是:文才出众的诗人总是命运多舛,好像文辞富赡的优秀作品憎恨它的作者有通达的命运似的;山精水怪择人而食,所以特别喜欢有人从它们身边走过。

这两句诗采用拟人手法,议论中深含情韵,用比中富蕴哲理,委婉地道出了李白长流夜郎,是遭受朝廷中某些人的诬陷和迫害所致,意味深长,是传诵千古的名句。

近人高步瀛《唐宋诗举要》引邵长蘅的话评价说:"一憎一喜,遂令文人无置身地。"从而概括出了千古以来才智之士的共同命运。

156 即从巴峡穿巫峡,便下襄阳向洛阳。

注释:

1. 选自唐代杜甫《闻官军收河南河北》诗:"剑外忽传收蓟北,初闻涕泪满衣裳。却看妻子愁何在,漫卷诗书喜欲狂。白日放歌须纵酒,青春作伴好还乡。即从巴峡穿巫峡,便下襄阳向洛阳。"闻:听到。 官军:指唐王朝的军队。河南河北:今河南洛阳一带及河北全部。广德元年(公元763年)正月,安史之乱叛军头目史思明的儿子史朝义兵败自缢而死,官军收复河南河北。杜甫时在四川梓州(今四川省三台县),听到这一喜讯后,写下了这首脍炙人口的诗篇。

2. 巴峡:今四川省东北部巴江中的峡。 巫峡:长江三峡中最长的一个峡。在今四川与湖北交界处。

3. 襄阳:今湖北省襄阳市。 洛阳:句下原注:"余田园在东京。"东京,即洛阳,在今河南省洛阳市。

品鉴 唐代宗广德元年(公元763年)正月,史思明的儿子史朝义兵败自杀。从天宝十四年十月开始的安史之乱,延续七年零三个月后,终于结束了。杜甫在梓州(今四川省三台县)听到这个消息,高兴异常,想到自己马上可以结束流浪生活，重返家园了，更是兴奋得涕泪长流，写下了这首"生平第一首快诗"(清代浦起龙《读杜心解》)。

不光是杜甫高兴，妻子也是满心欢喜，已经在忙着收拾诗卷了。于是诗人沉浸在与融融春光为伴，返回洛阳家园的美好畅想之中。

"即从巴峡穿巫峡，便下襄阳向洛阳"两句，是诗人想象中的回乡路线。大意是：立刻穿过巴峡、巫峡，直下襄阳，再转道奔向洛阳的老家。

杜甫自己有注云："余田园在东京。"这是他急于回洛阳的原因。诗人以"即从""穿"，来表现舟船驰行的快疾，用"下""向"，来写到达家园的迅捷，路途虽然遥远，但在诗人心目中，却是一线相连，仿佛一下子就可以到达，恰到好处地表达了诗人狂喜的心情。

而且，诗句连用四个地名而不拘滞，气势奔腾变化，流转自然，一气贯注，写经过的路程，采用以点带线的手法，欲尽不尽，留给了读者极大的想象空间。

清代仇兆鳌在《杜少陵集详注》中引王嗣奭《杜臆》的话评论说："此诗句句有喜跃意，一气流注，而曲折尽情，绝无妆点，愈朴愈真，他人决不能道。"作为对此诗艺术上的评价，是很允当的。

157 细雨鱼儿出，
微风燕子斜。

注释：

1. 选自唐代杜甫《水槛遣心》二首之一；"去郭轩楹敞，无村眺望赊。澄江平少岸，幽树晚多花。细雨鱼儿出，微风燕子斜。城中十万户，此地两三家。"水槛：水边栏杆。
2. 细雨：小雨。
3. 燕子斜：燕子在风中飞翔，因身子受风而微微倾斜。

品鉴 杜甫在成都草堂住下来以后，一个暮春时节，登上了草堂旁的小亭游览，见风光绮丽，幽静宜人，写了这首描写自然景物的小诗，体现了诗人闲适的心情。这一时期杜甫生活相对安定，因此写了一些意境优美，颇有情趣的风景诗。

"细雨鱼儿出，微风燕子斜"两句，捕捉自然物态，描摹逼真自然，是历来为人传诵的名句。大意是：细雨落在水面上，池中的鱼儿吐着水泡，不时游出了水面；微风轻轻地的吹拂着，燕子受风力的影响，体态轻盈地倾斜着掠过细雨蒙蒙的天空。

雨下得很小的时候，鱼儿才会游出水面；当风轻轻吹拂的时候，燕子才能轻盈地掠过天空，这是自然物态表现出来的特征。诗人观察仔细，他用一"出"字来传达鱼儿的喜悦，表现的是俯看的景物，用一"斜"字状写出燕子受风飞过的轻捷姿态，表现的是仰观的景象。诗人体物入微，精确地捕捉到了这两个细节，并加以精细地刻画，逼真地描摹，状写物态十分生动准确，流露出了诗人热爱自然的喜悦之情。

南宋叶梦得在《石林诗话》中评论这两句诗说："十字殆无一字虚设，细雨着水面为沤（水泡），鱼常上游为唼（惊走）。若大雨则伏而不出矣。燕体轻弱，风猛则不胜，唯微风乃受以为势（借风力之势），故又有'轻燕受风斜'之语。"因而认为这两句诗"缘情体物，自有天然之妙。"

158 水流心不竞，
云在意俱迟。

注释：

1. 选自唐代杜甫《江亭》诗："坦腹江亭暖，长吟野望时。水流心不竞，云在意俱迟。寂寂春将晚，欣欣物自私。江东犹苦战，回首一颦眉。"
2. 竞：争竞，竞逐。
3. 迟：慢，迟缓，缓慢。

品鉴 上元二年（公元761年），杜甫居住在草堂，一次游江亭时触景生情，写出了这首抒发自己心意的诗篇。

"水流心不竞，云在意俱迟"两句，是诗中的写景名句。大意是：江水滔滔，向前缓缓地流去，我此时的心情也如这水流一样平静，无意去相争相竞；白云在天上是那样的悠闲，无所用心，我恬淡的心情也正好和白云一样舒缓悠闲。

　　这是杜甫静观自然，有所觉悟而发出的感想。水在流动，而诗人的心是平静的；云在天不动，而诗人的意念是舒缓的。诗人无心与物竞，不愿争名争利，正像流水白云，不和谁争竞一样。这样的景物描写寄托着一种人生的看法，这种看法跟诗人个人遭遇有关。诗人的政治抱负几经挫折，不免产生消极情绪，其中也包含着不愿争名争利的思想。

　　由此可以看出，诗人由"竞"到不竞，由不迟到"迟"的一种心态变化。"心不竞"，意味着以前的心是"竞"的，看了流水之后，才忽然觉得平日凄凄惶惶，毫无意义，心中陡然想到，人生不过如此，又"何须去竞"呢！"意俱迟"也一样，原本有满腔抱负，希望有所作为，是不愿意"迟"的；然而四处碰壁以后，道路多艰，如今看见白云悠悠，突然觉得应该同白云一样"俱迟"才对，以往的追求，不过是枉费心思、自讨苦吃罢了。

　　这样的思想感情，结合着形象，自然地写出，传达出诗人的人生感悟，是一篇触景生情，情理并茂的佳作。

159　锦江春色来天地，
　　　　玉垒浮云变古今。

注释：

1. 选自唐代杜甫《登楼》诗："花近高楼伤客心，万方多难此登临。锦江春色来天地，玉垒浮云变古今。北极朝廷终不改，西山寇盗莫相侵。可怜后主还祠庙，日暮聊为梁甫吟。"
2. 锦江：即濯锦江，岷江的支流，源出四川省灌县，自郫县流经成都城西，汇入岷江。一称"浣花溪"。杜甫的草堂就在浣花溪旁边。　春色来天地：春满大地，到处充满了盎然生气。
3. 玉垒：山名，位于四川省都江堰市西北方向，茂汶羌族自治县境内。　变古今：古往今来变幻不定。

品鉴　唐代宗广德二年（公元764年），杜甫从阆州（今四川省阆中市）返回成都。这时安史之乱已经平定，但次年十月吐蕃又攻陷长安，继而破松、维、保等州，山河重新破碎。诗人登楼，触景生情，感念国家人民多灾多难，写了这首寄情深远的《登楼》诗。

"锦江春色来天地，玉垒浮云变古今"两句，描写登楼远望见到的壮丽而又雄阔的景象。大意是：凭栏远眺，锦江流水倒映着绿树春花，带着盎然春色从天边奔涌而来；玉垒山上的浮云缥缥缈缈，忽聚忽散，千姿百态，正像古今变幻不定的世势风云。

诗句既写了空间的广阔，也写了时间的久远，描绘出一幅天高地迥，古往今来，壮阔悠远的境界，饱含着诗人对祖国壮美山河的深情赞美，以及对我们民族千古历史的无限遐思和追怀。

160 三顾频烦天下计，两朝开济老臣心。

注释：

1. 选自唐代杜甫《蜀相》诗："丞相祠堂何处寻，锦官城外柏森森。映阶碧草自春色，隔叶黄鹂空好音。三顾频烦天下计，两朝开济老臣心。出师未捷身先死，长使英雄泪满襟。"
2. 三顾：三次拜访。　频烦：多次烦劳，一再地烦劳。　天下计：统一天下的大计。
3. 两朝：指蜀国先主刘备、后主刘禅两代。　开济：开创基业，匡济时危。指辅佐刘备、刘禅。　老臣心：指诸葛亮一生忠心耿耿，为蜀国事业"鞠躬尽瘁，死而后已"的精神。

品鉴　三国时代的诸葛亮，在中国人民的心目中，已经成为智慧的化身，忠诚的典范。他在《后出师表》中说，"鞠躬尽瘁，死而后已"，表示了对事业矢志不渝的奋斗精神，是杜甫最景仰的历史人物之一。

后人为了纪念诸葛亮，在成都为他建造了祠宇。杜甫大约在上元元年（公元760年）春天定居浣花溪草堂，之后，为了凭吊这位杰出的历史人物，拜访了他的祠庙，写下了这首脍炙人口的《蜀相》诗。

"三顾频烦天下计，两朝开济老臣心"两句，概括了诸葛亮的一生经历，高度赞扬了他的政治品质和杰出才能。大意是：诸葛亮"躬耕南阳，苟全性命于乱世，不求闻达于诸侯"。刘备"三顾茅庐"，他才出山辅佐刘备，定出三分天下的大计。尔后联吴拒魏，取荆州，定西川，创立了蜀汉的基业。不论刘备或刘禅在位，都是他辅佐朝廷，呕心沥血二十多年，直至在五丈原逝世，真正做到了死而后已。

"开济"，概括了诸葛亮政治生活中的两个重要时期："开"是辅佐刘备，开创基业；"济"是辅佐刘禅，挽救艰危的时局。"老臣心"三个字，活画出了他任劳任怨，忠贞不贰的品格，塑造出一个雄才大略，高瞻远瞩，忠心耿耿和坚忍不拔的蜀相形象。

161 出师未捷身先死，长使英雄泪满襟。

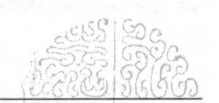

注释：

1. 选自唐代杜甫《蜀相》诗："丞相祠堂何处寻？锦官城外柏森森。映阶碧草自春色，隔叶黄鹂空好音。三顾频烦天下计，两朝开济老臣心。出师未捷身先死，长使英雄泪满襟。"蜀相：指三国蜀国丞相诸葛亮。

2. 出师：出兵。公元228年，诸葛亮率军北伐曹魏，在这以后又五出祁山，北向伐魏，未获成功。最后一次驻兵陕西武功的五丈原地方，魏司马懿固守不战，双方相持一百多天，诸葛亮病死军中，蜀军退走。

3. 长：永远。 英雄：指后来仰慕和追怀诸葛亮的有志之士。
泪满襟：泪满衣襟，对诸葛亮功业未成的痛惜之情。

品鉴 成都西北二里有诸葛武侯祠，是晋时李雄在成都称王时所建。杜甫于上元元年（公元760年）的春天由秦川来到成都，卜居在浣花草堂。杜甫平生对武侯忠于蜀汉事业，"鞠躬尽瘁，死而后已"的精神极为景仰，在流寓成都浣花溪草堂期间，写过不少追怀诸葛亮的诗。这首诗是诗人到成都不久访问诸葛武侯祠时写的，表达了诗人对诸葛亮决心匡扶汉室而功业未遂的痛惜之情。

"出师未捷身先死，长使英雄泪满襟"两句，概括了诸葛亮壮志未酬的悲壮结局。大意是：诸葛亮六出祁山伐魏，最后一次进驻五丈原，与魏将司马懿相持一百多天。八月，病死军中。他决心匡复汉室、统一中国的大志未能实现就过早地去世了，致使后代无数的豪杰志士们一想起这件事来就不免潸然泪下，痛惜不已。

这沉痛的诗句也道出了历代英雄壮志未酬、抱恨终身的愤怨情怀，具有强烈的艺术感染力。据正史记载：唐顺宗永贞元年（公元805年），王叔文推行政治革新，失败时，在中书堂黯然吟诵："出师未捷身先死，长使英雄泪满襟。"宋高宗建炎二年（公元1128年），抗金名将宗泽在规划收复大河南北时，不幸病危，临死前也深以"出师未捷身先死"为憾。《宋史·宗泽传》载："泽请上（指宋高宗）还京二十余奏，为黄潜善等所抑，忧愤成疾。诸将入问疾，泽曰：'吾以二帝（徽宗、钦宗）蒙尘，积愤至此，汝等能歼敌，则我死无恨。'众皆涕泣曰，'敢不尽力。'诸将出，泽感曰：'出师未捷身先死，长使英雄泪满襟。'无一语及家事，但呼过河者三而薨。"

因为这两句诗表达了赍志以殁的英雄的共同心理，因此他们在壮志未酬时，都不约而同地用这两句诗来寄寓自己的情感，所以这两句诗具有长久的艺术生命力，虽历经千百年却始终能够激动人心。

162 留连戏蝶时时舞，自在娇莺恰恰啼。

注释：
1. 选自唐代杜甫《江畔独步寻花》（其六）："黄四娘家花满蹊，千朵万朵压枝低。留连戏蝶时时舞，自在娇莺恰恰啼。"
2. 留连：恋恋不舍，不肯离去的样子。
3. 自在：自由自在。　恰恰：形容黄莺啼叫的声音和谐悦耳。

品鉴

上元元年（公元760年），杜甫饱经乱离之后，卜居成都浣花溪草堂，生活开始安定下来。一天，春光明媚，他独自沿江边散布，看见路边花叶繁茂，那千朵万朵春花遮满了小路，沉甸甸地把枝条压得弯下腰来，触景生情，写了这首独步寻花的小诗。

"留连戏蝶时时舞，自在娇莺恰恰啼"两句，描写春天里的两种自然景象，逼真而又生动：一是彩蝶翩翩飞舞，在花蕊上流连往返，不忍离去，是一种视觉上的动态画面，诗人以"留连"形容之，暗示出花的芬芳鲜妍，使蝴蝶留恋不舍，意境优美。二是黄莺在树枝上悠闲自在地啼叫，一声声婉转传到诗人耳里，是一种听觉上的音乐美，诗人以"恰恰"形容之，将黄莺的歌声描摹得惟妙惟肖，给人一种轻松愉快，令人赏心悦目的陶醉感。

此外，"娇"字写莺声的轻软，"时时"表达黄莺的歌声不断传来，都准确而生动地渲染了春天的盎然情趣和热闹景象。

文法上使用了倒装手法。按文义顺写，应该是戏蝶留恋时时舞，娇莺自在恰恰啼，通过将"留连""自在"两个动词前置，强化蝴蝶恋恋不舍，不肯从花枝间飞走的形象，突出黄莺鸣叫的自在逍遥，优美和谐的歌喉，都自然有力地浓厚了诗意，增添了艺术的魅力，品味起来也更耐人咀嚼。

163 随风潜入夜，润物细无声。

注释：

1. 选自唐代杜甫《春夜喜雨》诗："好雨知时节，当春乃发生。随风潜入夜，润物细无声。野径云俱黑，江船火独明。晓看红湿处，花重锦官城。"喜雨：因春雨而喜，体现出诗人对春夜下雨的喜悦心情。
2. 随风：随着春风飘落。　潜：悄悄地来到。　入夜：夜里来。
3. 润物：滋润万物。　细：细小。形容春雨纷纷绵绵的样子。细小才不骤，才能润物。　无声：听不到雨声。形容夜间下雨，春雨细小，不容易为人所知晓。

品鉴 　唐肃宗乾元二年（公元759年），诗人由秦州（今甘肃省天水市）出发，于十二月到达成都。第二年，在成都西郊的浣花溪畔，建造了草堂，有了安定的住所，诗人便能以恬静的心情，体察物情。这一时期，诗人常常以轻松细致的笔触，传神地刻画自然景物，写出了许多别有情致的小诗。《春夜喜雨》就是其中出色的一首。

　　"随风潜入夜，润物细无声"两句，从听觉上写夜雨，细致入微。大意是：春夜里，细小春雨随着春风悄悄地来到人间，飘飘洒洒，无声无息地滋润着大地万物，人们却一点儿也没有察觉到。

　　春天是万物生长的季节。有了春雨，万物才能够得以复苏，充满生机：使土地得到耕种，植物生长发出新芽，残冬褪去最后的痕迹，大地披上新春的绿装。

　　这里，诗人既在咏物，也在抒情。诗人用"潜入"二字，状其神韵；用"润物无声"，写其普惠天下。这样的春雨，是悄悄的，温柔的，多情的，它无私地孕育着大好春光，给予万物以生命。

　　诗人把春雨写得如此可亲、可爱，语言如此生动、形象，其由衷地赞美之情也就如同春雨一样潜入到了字里行间。

164　泥融飞燕子，
　　　　沙暖睡鸳鸯。

注释：

1. 选自唐代杜甫《绝句三首》中的第一首："迟日江山丽，春风花草香。泥融飞燕子，沙暖睡鸳鸯。"
2. 泥融：春天的泥土变暖变软了。
3. 沙暖：春天的阳光把浣花溪边的沙土晒得暖暖的。

品鉴 　杜甫这首五言绝句，写于成都草堂。诗人前两句用粗线条勾勒出阳光明丽，百花初放的景象，然后在春风和煦，芳草如茵的图景上，选取最富有特征性的景物，细致地勾画春天的景色。

"泥融飞燕子,沙暖睡鸳鸯"两句,诗人抓住浣花溪畔春天里两种禽鸟的情态,用细笔刻画、描摹两个细节,写出了春天的勃勃生机。大意是:春风送暖,泥土融融,春天的小使者燕子正忙忙碌碌地飞来飞去,衔泥做巢,是一幅动态的画面;春日冲融,日丽沙暖,鸳鸯在溪边的沙滩上打盹,静静地一动也不动,是一幅静态的画面。

　　这两句一写动景,一写静景,动静相间,相映成趣。"融"和"暖"用字精当,与春天的阳光紧紧相扣。因为有了春天的丽日,泥才会融,沙才会暖,也才会有燕子穿梭,鸳鸯静卧。

　　杜甫的许多诗和王维一样,能够以诗入画。这两句诗写景状物,格调清新,描绘出的就是两幅清丽工致,生意勃发,意境隽永的工笔画。

165　笋根雉子无人见,
　　　沙上凫雏傍母眠。

注释:

1. 选自唐代杜甫《绝句漫兴九首》中的第七首:"糁径杨花铺白毡,点溪荷叶叠青钱。笋根雉子无人见,沙上凫雏傍母眠。"漫兴:兴之所到随意写出。
2. 雉:山鸡。雉子:幼小的山鸡。
3. 凫:野鸭。雏:幼小。

品鉴　　这首诗写于成都浣花溪草堂,时间大约在上元二年(公元761年),也就是诗人寓居草堂的第二年初夏。

　　"笋根雉子无人见,沙上凫雏傍母眠"两句,状写初夏成都郊野的景色,极为传神。大意是:一只只幼雉隐伏在竹丛笋根旁边,不易为人所见,岸边沙滩上,毛茸茸的小野鸭亲昵地偎依在母亲身边安然入睡。

　　这两句诗,语言通俗生动,刻画细腻逼真,意境清新隽永,生活情趣浓郁,是杜诗中富有诗情画意的佳作之一。

166　安得广厦千万间，
　　　　大庇天下寒士俱欢颜。

注释：

选自唐代杜甫《茅屋为秋风所破歌》（节录）："安得广厦千万间，大庇天下寒士俱欢颜，风雨不动安如山。呜呼！何时眼前突兀见此屋，吾庐独破受冻死亦足！"

品鉴　　上元元年（公元760年），杜甫在亲友的帮助下，在浣花溪盖起了一座草堂。第二年八月，草堂被秋风吹破，大雨接踵而至，屋漏如注，诗人通宵不能成眠。经过苦苦煎熬，诗人推己及人，写出了这首伟大的现实主义诗篇。

"安得广厦千万间，大庇天下寒士俱欢颜"两句，是诗人崇高人格和博爱精神的体现。大意是：怎么能得到千万间高大宽敞明亮的房屋，让普天下的贫寒之人都住进去，不再遭受风雨的侵扰，而能欢天喜地地过上温暖幸福的生活呢！

杜甫自己的茅屋被风吹破，饥寒交迫，困苦不堪，得不到别人的同情和帮助，他推己及人，想到千千万万贫苦无依百姓的房屋被风吹破，也像自己一样处在水深火热之中，在痛苦中煎熬着。诗人由此希望能有千千万万间房屋，让千千万万苦难的百姓住进去，遮蔽风雨。此时诗人的所思所虑，早已超越了个人的温暖得失，早已不是以己之悲为悲，以己之痛为痛，而是普爱天下苍生百姓，以天下人之悲为悲，以天下人之痛为痛了。

诗句中表露出来的这种炽热的爱民忧民情感，和大庇天下寒士的悲悯博爱精神，充分表现了杜甫的博大胸怀和崇高的人道主义理想。

167　新松恨不高千尺，
　　　　恶竹应须斩万竿。

注释：

1. 选自唐代杜甫《将赴成都草堂途中有作先寄严郑公》诗五首中

的第四首:"常苦沙崩损药栏,也从江槛落风湍。新松恨不高千尺,恶竹应须斩万竿!生理只凭黄阁老,衰颜欲付紫金丹。三年奔走空皮骨,信有人间行路难。"严郑公:即严武,广德元年,严武被封为郑国公。

2. 新松:杜甫在草堂新栽的松树。
3. 恶竹:竹子横生竖长,枝叶蔓生,遮蔽了松树,故称为恶竹。

   斩:砍伐。

品鉴

由于徐知道以成都为据点叛乱,杜甫曾一度离开成都,前往梓州、阆州等地避难。广德二年(公元764年)正月,杜甫携家由梓州到阆州,准备出陕谋生。二月,严武回到成都,任成都尹兼剑南节度使,邀请杜甫回蓉。这首诗就是杜甫从阆州返回成都途中写的。

"新松恨不高千尺,恶竹应须斩万竿"两句,是诗人遥想回成都后整理草堂林木之事。大意是:我亲手在草堂里种植的小松树,恨不得它们快快生长,早日成为参天大树,直薄云霄;那到处滋生侵蔓的恶竹,挤占了小松生长的阳光和空间,则应该毫不犹豫地把它们统统砍伐掉。

诗人以"新松""恶竹"为喻,比喻人间的美丑:松树峻秀挺拔,堪为栋梁之材,然而在乱世岁月,其济世之才却难以为用;恶竹根茎乱窜,在政治腐败的时候,却能滋生蔓长,喧嚣一时。诗人深感恶竹应该砍去,新松应该尽快成长,寄寓了诗人对世事爱憎分明的情感。

清代杨伦在《杜诗镜铨》旁注中,评论这两句诗说,"兼寓扶善疾恶意",可谓洞悉诗人心意的中肯之言。

由于这两句诗比喻恰切,感情鲜明,分寸恰当,所以千百年来一直受到人们喜爱,至今仍用以表达对社会美丑现象的爱憎之情。

168 尔曹身与名俱灭,不废江河万古流。

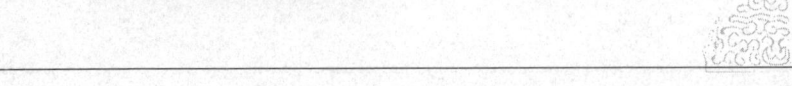

注释:

1. 选自唐代杜甫《戏为六绝句》中的第二首:"王杨卢骆当时体,

轻薄为文哂未休。尔曹身与名俱灭，不废江河万古流。"戏为六绝句：是杜甫以诗论诗写的一组七言绝句，共6首，是中国古代诗歌理论遗产中出现较早、影响最大的论诗绝句。

2. 尔曹：你们这帮人，指哂笑"初唐四杰"的人。据清代仇兆鳌《杜少陵集详注》引《玉泉子》说，时人以杨炯好用古人姓名，谓之"点鬼簿"，骆宾王好用数目作对，谓之"算博士"。

3. 不废：不止。废，止的意思。　江河：比喻四杰王勃、杨炯、卢照邻、骆宾王的文章，将如江河一样长流不止。

品鉴　这首诗针对初唐"四杰"王、杨、卢、骆的创作和当时议论，阐明了杜甫的观点和评价。

当时人们对初唐"四杰"的评价有褒有贬，褒之者以《新唐书·文苑传序》为代表，认为"缔句绘章，揣合低昂，故王、杨为之霸"。贬之者以《旧唐书·文苑传上·王勃》为代表，认为四杰"虽有文才，而浮藻浅露"。杜甫认为，评论一个诗人，既不能随意否定，也不能任意夸大他的历史作用，更不能离开一定的时代环境，恣意雌黄。

"尔曹身与名俱灭，不废江河万古流"两句，大意是：你们这伙讥笑王、杨、卢、骆的人，随着时间的流逝，身与名都会消失；而不管你们怎么诋毁贬抑，都无损于他们的作品像长江大河一样万古流芳。

初唐"四杰"的诗歌，因六朝浮艳诗风相沿已久，积习过深，受时代限制，未能完全摆脱其影响。但他们的创作，从内容上突破了六朝及唐初"宫体诗"的影响，开始面向广阔的社会生活，抒发了自己愤世嫉俗之情，吐露出一种刚劲、清新的气息，在唐代诗歌发展中起了承先启后的作用，开了唐代诗歌的先河。

所以，杜甫这两句诗充分肯定了"初唐四杰"诗歌创作的成就，认为他们的作品定会像江河一样长流不止，传之久远。

169 不薄今人爱古人，清词丽句必为邻。

注释：

1. 选自唐代杜甫《戏为六绝句》中的第五首："不薄今人爱古人，清词丽句必为邻。窃攀屈宋宜方驾，恐与齐梁作后尘。"
2. 薄：轻视，菲薄，看不起。
3. 清词丽句：指精美的语言。　必为邻：必为近邻，都有所取。也就是引为同调的意思。

品鉴　这首诗表明：在对待前辈诗人和"今人"的艺术长处上，杜甫主张兼收并蓄，海纳百川，既力崇古调，亦兼取新声，古体诗与今体诗并行不悖。

"不薄今人爱古人，清词丽句必为邻"两句，大意是：既不鄙薄今人，亦爱慕古人。诗歌是语言的艺术，创作时应该讲求"清词丽句"，不论古人、今人，只要能写出清词丽句的诗歌来，都应该有所撷取，引为同调。

杜甫论诗，主张"转益多师"，广泛地学习前人和今人的长处，反对贵古贱今；对齐、梁诗人与初唐"四杰"的清词丽句，亦认为宜有所取，不能因为六朝以来诗风浮艳淫靡而将之一概否定。

对"不薄今人爱古人"的诠释，历代诗家有两种理解：一是"不薄今人"连读，"爱古人"三字连读，即不鄙薄今人，亦爱慕古人。二是"不薄"二字另读，"今人爱古人"连读，即对今人爱慕古人的清词丽句，不能妄加鄙薄。两种理解都解释得通。

170 别裁伪体亲风雅，转益多师是汝师。

注释：

1. 选自唐代杜甫《戏为六绝句》中的第六首："未及前贤更勿疑，

递相祖述复先谁？别裁伪体亲风雅，转益多师是汝师。"
2. 别：区别。　裁：剪裁淘汰。　伪体：指模拟因袭，无病呻吟的形式主义诗歌。　亲：亲近。　风雅：《诗经》里面的国风、小雅、大雅，简称"风雅"。杜甫用以指联系现实，反映生活的优秀诗歌。
3. 转益：辗转不断地学习，获取教益，提高诗艺水平。　多师：指多方面学习，向一切优秀的诗人拜师求教。　汝：你们。

品鉴　　这首诗阐明杜甫艺术上继承发扬《诗经》的现实主义传统，汰弃形式主义"伪体"诗风，虚心地广泛地向前辈优秀诗人借鉴学习的主张。

"别裁伪体亲风雅，转益多师是汝师"两句，大意是：阅读学习前人的作品，要善于区分真伪，分别对待，特别要学习风雅的现实主义精神；如能广泛虚心地向前辈诗人学习，吸取他们的艺术长处，老师便会越来越多，他们才是你们真正的老师。

杜甫论诗，主张"转益多师"，对当时陈子昂、李白等人标举汉魏、崇尚风雅的主张和实践给予了充分的肯定。但是，杜甫同时也反对贵古贱今，是古非今；对齐、梁诗人与初唐"四杰"的清词丽句，亦认为宜有所取；对同时代的诗人亦多所推崇。杜甫的创作思想是容川纳流，熔今铸古，不仅从精神实质上继承汉魏风骚作品的真谛，亦从艺术形式上取其精华，不断地追求诗歌内容的充实和艺术形式的完美。在这种创作理论指引下，杜甫的诗歌熔铸古今，达到"尽得古今之体势，而兼人人之所独专"（元稹《唐故工部员外郎杜君墓系铭》）的境界。《新唐书文艺传》称其诗歌创作"浑涵汪茫，千汇万状，兼古今而有之"，成为中国古代诗歌艺术的集大成者，并把现实主义诗歌推向了一个新的高峰。

杜甫在诗歌创作上强调广泛学习、博采众长，《戏为六绝句》实质上是杜甫诗歌创作实践经验的总结。

171　两个黄鹂鸣翠柳，
　　　　一行白鹭上青天。

注释：
1. 选自唐代杜甫《绝句》四首之三："两个黄鹂鸣翠柳，一行白鹭上青天。窗含西岭千秋雪，门泊东吴万里船。"
2. 黄鹂：黄莺。
3. 白鹭：又名"小白鹭""白鹭鸶"。春夏间活动于湖沿岸边或水田中，群居为生，以小鱼和水生动物为主食。

品鉴　宝应元年（公元762年），成都尹严武入朝，蜀中发生动乱，杜甫曾一度离开成都到梓州（今四川省三台县）避乱。次年（公元763年）严武重回成都任职，写信邀请杜甫，于是杜甫又回到成都的草堂居住。面对明媚的春光，诗人心情十分舒畅，写下了这首脍炙人口的小诗。

"两个黄鹂鸣翠柳，一行白鹭上青天"两句，描写大地复苏，欣欣向荣的春天景象，生动活泼，动感十足。大意是：春回大地，柳枝吐绿，两个黄鹂在柳枝上欢快地鸣啭；晴空如洗，一碧万顷，一行白鹭凌空向蓝天深处飞去。

诗人在明丽开阔的背景之中，工笔刻画了鸟类怡然自得的欢快之态，既展示了春天景物的美好，也传达出了诗人安居草堂后的喜悦心情。同时，这两句诗十分讲究对仗，如"两个"对"一行"，"黄鹂"对"白鹭"，"鸣翠柳"对"上青天"，都非常工稳巧妙。而且色彩明亮，对比鲜明：如"黄"对"翠"，"白"对"青"，不仅颜色鲜艳，属对精工，而且像绘画一样，色调协调和谐，勾画出了一个色彩绚丽、美妙动人的境界。

宋代魏庆之在《诗人玉屑》里对这两句诗也给予了高度评价："杜少陵（杜甫）诗云：'两个黄鹂鸣翠柳，一行白鹭上青天'，王维诗云：'漠漠水田飞白鹭，阴阴夏木啭黄鹂'，极尽写物之工。"

172　窗含西岭千秋雪，
　　　　门泊东吴万里船。

注释：
1. 选自唐代杜甫《绝句》诗："两个黄鹂鸣翠柳，一行白鹭上青天。窗含西岭千秋雪，门泊东吴万里船。"
2. 含：指窗户面对西山，通过窗户看西山的景象，像被窗户含着一样。　西岭：泛指岷山，在成都西，积雪终年不化。

3. 门泊：在门前江边停泊。　东吴：三国时吴国地区，在今长江中下游一带。

品鉴　这是杜甫到梓州（今四川省三台县）避乱，重回成都浣花溪草堂居住时写的一首脍炙人口的小诗。

"窗含西岭千秋雪，门泊东吴万里船"两句，大意是：诗人从窗口极目远眺，看见西岭的山头上，覆盖着一层厚厚的千年积雪。尽管春回大地，万物复苏，可西岭之上仍然白雪皑皑。年复一年，山头上积雪从来没有消融过，景色奇特而美丽。接着，收回视线，俯视门前的江面上，正停泊着一排排即将启程，远航万里之外东吴的船只。

这两句诗，前一句写远眺，后一句写近观。远眺者，言其时间之久远。而且用一"含"字，把远处的雪景置于窗口之中，好像画框取景一样。近观者，言其空间之广阔。由成都前去东吴，要驶过岷江的汹涌波涛，度过长江湍急峻峭的三峡，去到江面浩瀚宽广的长江中下游一带，行程不下万里。由此可见诗人思接千载，视通万里，联想丰富，胸襟阔大。不仅描绘了祖国河山的美景，也表达了诗人喜悦的情感。

173　江碧鸟逾白，山青花欲燃。

注释：
选自唐代杜甫《绝句二首》中的第二首："江碧鸟逾白，山青花欲燃。今春看又过，何日是归年？"

品鉴　这是杜甫由陕西进入蜀地后写的一首诗，抒发了游子远游、思亲怀乡的思想和感慨。

"江碧鸟逾白，山青花欲燃"两句，描写蜀中山水秀丽的景象，优美宜人。大意是：江中碧波荡漾，白色的水鸟展开翅膀，在水面上翩翩飞翔；山上青翠欲滴，一丛丛红艳艳的山花点缀其间，像燃烧的火焰一样灿烂夺目。

诗人一支神笔，饱蘸浓墨重彩，描抹于图中，绘出江、鸟、山、花四种鲜丽的颜色，勾画夏日风光的艳丽。尤其一个"愈"字，将水鸟因江水的碧绿而愈显其洁白，写得深中画理；一个"欲"字，赋予山花以拟人化的动作，摇曳多姿，燃烧似火。景象清新明艳，意境广阔优美，具有令人目迷神摇的艺术魅力。

174 江山如有待，花柳自无私。

注释：

选自唐代杜甫《后游》诗："寺忆曾游处，桥怜再渡时。江山如有待，花柳自无私。野润烟光薄，沙暄日色迟。客愁全为减，舍此复何之？"

品鉴　　杜甫于上元二年（公元761年）春天，曾到过新津修觉寺游览，后来又再次去过该寺，这首诗就是第二次游修觉寺写的。

"江山如有待，花柳自无私"两句，以拟人化的手法，将山水草木写成有情之物，对诗人充满了深情厚谊。大意是：美好的江山好像还在那儿"忆"着我，期待着我再次游历赏玩；草木更是毫无私心，你看，百花绽开笑脸，柳条迎风招手，热情地袒露出自己全部的美丽和娇艳，欢迎我的再次到来。

诗句以拟人的手法，描写江山和花柳的缕缕情思，写得人有意，物有情。细细品味，它透露了诗人对人世间世态炎凉的感慨，说明大自然是无私有情的，而人世间却是有私无情的。言外之意是说：世道险恶，人们尔虞我诈，明争暗斗，谋求一己之私利，残酷无情；而大自然天宽地厚，无私奉献，无怨无悔，对人一视同仁，是多么有情有义啊。

清人薛雪评论说："花柳自无私"，"下一'自'字，便觉其寄身离乱感时伤事之情，掬出纸上"（《一瓢诗话》）。

175 为人性僻耽佳句，语不惊人死不休。

注释：

1. 选自唐代杜甫七律《江上值水如海势聊短述》诗："为人性僻耽佳句，语不惊人死不休。老去诗篇浑漫与，春来花鸟莫深愁。新添水槛供垂钓，故著浮槎替入舟。焉得思如陶谢手，令渠述作与同游。"
2. 性僻：性情怪僻、偏爱。自谦之词。
3. 耽：嗜好，沉溺于。

品鉴

杜甫在这首诗里，对自己的创作做了一个简约而又中肯的评述。

"为人性僻耽佳句，语不惊人死不休"两句，表明诗人刻苦钻研，不懈努力，执著追求完美的创作精神。大意为：自己的性情有所偏爱，写诗总喜欢反复锤炼，刻意求工，创造出最美好的句子来；如果写出的诗句达不到惊人的效果，我是死也不肯罢休的。

诗句概括了诗人一丝不苟，精益求精，追求卓越的创作态度，联系到创作实践来看，杜甫能取得诗歌创作的伟大成就，攀上中国古代现实主义诗歌创作的高峰，是和他这种严肃的创作态度分不开的。这就启迪人们：在进行创作时，一定要反复推敲，千锤百炼，精益求精，切忌不负责任的粗制滥造。

176 五更鼓角声悲壮，三峡星河影动摇。

注释：

1. 选自唐代杜甫《阁夜》诗："岁暮阴阳催短景，天涯霜雪霁寒宵。五更鼓角声悲壮，三峡星河影动摇。野哭千家闻战伐，夷歌数处起渔樵。卧龙跃马终黄土，人事音书漫寂寥。"
2. 鼓角：古时军队用以报时和发号施令的军中乐器。
3. 星河：银河。

品鉴　唐代宗大历元年（公元766年）前后，西川发生战乱。已到暮年的杜甫又开始了晚年的流浪生活，从成都来到了夔州（今重庆市奉节县）。是年冬天，天寒岁暮，诗人登上西阁，感念时局动荡，人民颠沛流离，写下了这首有名的七律。

"五更鼓角声悲壮，三峡星河影动摇"两句，写夜晚所闻所见的景象，气象雄浑，音节响亮。大意是：战乱频仍，天尚未破晓，军队已在开始活动，鼓角之声此起彼伏，在黎明前的夜晚，声音特别嘹亮，给人一种苍凉悲壮的感觉；天空澄澈无尘，银河格外璀璨明亮，群星参差，倒影映入峡江，星光在湍急的水流中摇曳闪烁。

前一句描写听闻的声音，后一句写眼见的景象，然而，诗人不是为写景而写景，而是通过景物描写，烘托出夔州一带浓重的战争阴影，和时局动荡不安的气氛。它的妙处在于：诗人把对时局的深切关怀和对三峡夜色美景的欣赏，糅合在了一起，有声有色，情词深切。

诗句形象鲜明，气势苍凉雄伟，辞采清丽夺目，音调铿锵悦耳，北宋苏轼曾誉之为"七言之伟丽者"。其实，不仅伟丽，在"伟丽"之中，还深蕴着诗人太多的悲壮深沉的情怀。

177　无边落木萧萧下，不尽长江滚滚来。

注释：
1. 选自唐代杜甫《登高》诗："风急天高猿啸哀，渚清沙白鸟飞回。无边落木萧萧下，不尽长江滚滚来。万里悲秋常作客，百年多病独登台。艰难苦恨繁霜鬓，潦倒新停浊酒杯。"
2. 萧萧：形容落叶的声音。描写秋声之肃杀。
3. 滚滚：形容江波的气势。描写长江之雄迈。

品鉴　这是杜甫晚年在夔州（今重庆市奉节县）写的一首有名的律诗。时间大约是唐代宗大历二年（公元767年）秋天。古人九月九日有登高的习俗，诗人独立长江之滨，登上高山，仰望寥廓的秋空，俯看峡江急流，有感而作。

"无边落木萧萧下，不尽长江滚滚来"两句，描写三峡壮丽的秋景，气势恢弘。大意是：登高远望，苍山如海，树木无边，漫山遍野的山林经秋风一吹，木叶飘落，一片萧瑟景象；俯视万里长江，波翻浪涌，后浪推前浪，从远方浩浩荡荡地奔流而来，有气吞万里的之势。

诗人前一句写山，后一句写水，均从大处落笔，描绘夔州秋天的景色，意境开阔，情调深沉而不凄凉。其中以"无边"和"不尽"形容"落木"和"江水"的气势，状写秋风的强劲和长江的壮伟，表达出诗人对宇宙运化无穷、人世生生不已的感悟和希望之情。

诗句语意流转，对仗工稳；写情写景，融为一体；境界壮阔，气象雄浑，有高屋建瓴、百川东注的磅礴气势。因此前人把它誉为"古今独步"的"句中化境"，是有道理的。

明代诗评家胡应麟在《诗薮》中称誉这首诗是，"一篇之内句句皆奇，一句之中字字皆奇"，为古今七律第一。

**178　江间波浪兼天涌，
　　　塞上风云接地阴。**

注释：

1. 选自唐代杜甫《秋兴》诗八首之一："玉露凋伤枫树林，巫山巫峡气萧森。江间波浪兼天涌，塞上风云接地阴。丛菊两开他日泪，孤舟一系故园心。寒衣处处催刀尺，白帝城高急暮砧。"《秋兴》共八首，因秋景而起兴，感怀往事，故名。　兴：感兴，即兴遣怀。
2. 江间：指长江巫峡江面。
3. 塞上：指巫山关塞。

品鉴 这首诗作于大历元年（公元766年）四川夔州（今重庆市奉节县），表达了诗人"身居巫峡，心望京华"的思想感情。

"江间波浪兼天涌，塞上风云接地阴"两句，描写巫峡秋天景色，意境十分壮阔。大意是：江间流水奔腾汹涌，澎湃的波涛好似涌溅到了天上；巫山关塞之上，乌云借秋风之势滔滔滚滚，一直垂落到了地面上。

诗人写"波浪"，是由地下涌到了天上，写"风云"，是由天上落到了地面，这种空间的上下转换，不但描绘出了巫峡波浪滔天，风云匝地，萧森之气充塞的秋日景象，而且也体现出了夔州山水的内在精神。

同时，天上地下，江间关塞动荡不安，萧条肃杀，不见天日的景象，具有强烈的象征意义，象征了国家局势的变易无常和混沌不安的前途，折射出诗人内心极度不安，翻腾起伏的忧思和郁闷不平的低沉心情。所以，在这两句诗中，诗人之情因景物而得到彰显，景物因诗人之情而愈显深沉含蓄，二者相辅相成，使诗人复杂的情愫和思想得到了很好的表达和体现。

诗句语言简练，含意繁复，对仗工稳，语意双关，如"江间""塞上"，"波浪"，"风云"等，有情有景，有声有色，由近及远，遐想联翩，犹如巫峡之水，始而盘旋回荡，继而奔腾千里，诗意缠绵涵蕴，耐人回味。

179 星垂平野阔，月涌大江流。

注释：
1. 选自唐代杜甫《旅夜书怀》："细草微风岸，危樯独夜舟。星垂平野阔，月涌大江流。名岂文章著，官应老病休。飘飘何所似？天地一沙鸥。"
2. 星垂：夜深空旷无人，星光明亮，似乎觉得星星低垂在天空。平野阔：平坦的原野显得空阔。阔：广阔，开阔。
3. 月涌：月光照在江中，仿佛是从大江中涌出来的。 大江流：长江日夜奔流。

品鉴 这首诗作于唐代宗永泰元年（公元765年）。这年四月，剑南节度使严武病逝，杜甫失去了好友，也失去了依靠，加之当时成都发生兵乱，于是五月间杜甫离开浣花溪草堂，沿江东下，途经渝州（今重庆市）、忠州（今重庆市忠县），到达云安（今云阳县）。诗人感怀身世，在旅行途中写下了这首著名的诗章。

"星垂平野阔，月涌大江流"两句，描绘长江雄壮的夜景，十分出色。大意是：当夜幕降临时，天宇高朗，繁星闪烁，星光低垂，大地格外广阔；月影映入江中，江水波翻浪涌，月亮仿佛是从波浪中涌出来似的，愈觉得江水浩浩荡荡，奔流不息。

诗句体物入微，描写生动，境界壮阔，意境优美。"平野阔"和"垂"字，"大江流"和"涌"字，互相烘托，形成强烈的诗意。因为夜色微茫中，平野的边际，已经见不到苍茫的云树，只有星光从天际垂挂到地面，才能显出平野的广袤无垠；夜幕下的长江波涛看不真切了，只有月影在江水中涌动，才能见出江流在激荡地奔涌。"垂""涌"两字，衬托出了"阔""流"的莽荡气势，所以这两句诗，雄视千古，真切传神，创造出了一种阔大、雄壮，但又寂寞、空旷的境界。

李白也有类似的诗句。他的"山随平野尽，江入大荒流"（李白《渡荆门送别》），不仅气象一样雄壮，而且句法也十分相似。就意境和境界来看，两人难分高下。就描写的景象来看，"李是昼景，杜是夜景，李是舟行暂视，杜是停舟细观"（王琦《李太白全集》注）。就抒情写怀来看，年轻的李白，怀抱满腔壮志，刚刚从"两岸连山，略无缺处"的三峡七百里中飞舟出来，视野顿然开朗，表现在诗句之中，是眼界的无比广阔，心情的无比豪壮。而杜甫是月夜泊船岸边，静静地思虑，细心地体察，当天地笼罩在迷蒙夜色之中时，只有通过"星垂"和"月涌"，来辨认这种辽阔，描写这种辽阔了。

180 正是江南好风景，落花时节又逢君。

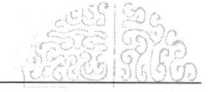

注释：
1. 选自唐代杜甫《江南逢李龟年》诗："岐王宅里寻常见，崔九

堂前几度闻。正是江南好风景,落花时节又逢君。"江南:指潭州(今湖南省长沙市)。李龟年:唐玄宗开元、天宝年间著名歌唱家。杜甫青年时听过他的演唱,和他有旧交。安史之乱中,李龟年流落到了江南。

2. 落花时节:指暮春天气。

品鉴 杜甫年轻的时候,在长安出入于一些豪贵之家,以求得到荐举。因而在岐王李范(唐玄宗的弟弟)府第里与李龟年见过面,又在秘书监崔涤(因排行第九,又称崔九)府里听他唱过歌。安史之乱后,杜甫从长安辗转入蜀,后来又漂泊到湖北一带。李龟年也在这次国难中流落江南。经过30年的离乱之后,两人于春末在江南潭州重逢了。杜甫感慨万端,写下了这首既有情韵,又富涵深蕴的诗章。

"正是江南好风景,落花时节又逢君"两句,字面上写两人相逢的情景和地点,语意中却蕴含了乱世沉沦的悲慨。大意是:暮春时节,落英缤纷,正是江南风光秀丽最美好的季节,想不到又在这里与你相会了,是多么的不容易啊!

诗句以良辰美景来衬托两位老人在漂流颠沛中邂逅异乡的悲凉景况。江山依旧,人事全非。抚今追昔,世事沧桑,令人黯然神伤。所以诗意沉郁,相逢中没有欢愉,有的只是物是人非的良多感慨。其中"正是"和"又"两个虚词,一转一跌,绾结着过去和现在,烘托出国家的治乱兴衰和个人的悲欢离合,蕴含着一种家国离乱的无可奈何的辛酸。

诗意委婉,意在言外。无一字感慨国家衰落,人生艰难,而字里行间却含蓄着乱世沉沦的悲伤和感叹。而且,通过这两句诗,诗人把当时的社会现状和个人遭遇、凄苦的心境也都表露出来了,充满了一种含蓄的美。

181 吴楚东南坼,
乾坤日夜浮。

注释:

1. 选自唐代杜甫《登岳阳楼》诗:"昔闻洞庭水,今上岳阳楼。

吴楚东南坼，乾坤日夜浮。亲朋无一字，老病有孤舟。戎马关山北，凭轩涕泗流。"岳阳楼：湖南岳阳城西门城楼，下临洞庭湖。唐代张说贬谪岳州时建造，宋代曾经重修。

2. 吴楚：我国东南部的湖北、湖南、江西、安徽、江苏、浙江一带地方。古时属于吴国和楚国的地区。楚大致在洞庭湖之西，吴大致在洞庭湖之东。　东南：吴、楚地处洞庭湖的东南方。　坼：地裂。吴、楚被湖水分隔，仿佛从东南方割裂开了一样。《淮南子》有"天倾西北，地陷东南"的说法。

3. 乾坤：指整个天地。包括日月星辰。《水经·湘水注》："洞庭湖水方圆五百余里，日月若出没其中。"　日夜：即日日夜夜，永恒的意思。

品鉴　唐代宗大历三年（公元768年）正月，杜甫离开蜀地，从夔州出峡，开始了在今湖北、湖南一带新的漂泊流荡。这年冬天，他经过石首，进入洞庭，登上岳阳楼，看到湖水汪洋浩渺的壮观景象，写出了这首杰出的诗篇。

"吴楚东南坼，乾坤日夜浮"两句，形容洞庭湖浩大的气势，景象十分雄浑壮阔。大意是：从楼上远望，浩瀚无涯，一片汪洋的洞庭湖，远远地把吴地和楚地划分开来了；洞庭湖水波翻浪涌，远水连天，一望无涯，仿佛整个天地宇宙都漂浮在它那浩瀚无边的水面上。

古时，湖南境内的洞庭湖曾是天下的壮观。楚国的云梦泽，就在这里。它毗连着湖南湖北很大一片地区，浩瀚汪洋一片，漫无际涯。面对这样壮阔浩渺的景象，诗人以"笼天地于形内，挫万物于笔端"的博大胸怀，饱蘸浓墨，仅用"吴楚东南坼，乾坤日夜浮"两句，就写出了它"包吴楚而浸乾坤"的阔大气象来，将洞庭湖的神态，洞庭湖的气势传神地表现了出来。如果不是有纳天地于胸中，遣万象于笔端的笔力，是表现不出这样雄浑壮阔的景象来的。正如宋代胡仔《苕溪渔隐丛话》引《西清诗话》评语说，从这两句诗来看，"不知少陵胸中吞几多云梦也"。

艺术手法上，诗人大处落笔，粗线条勾勒洞庭湖广阔无边的景象，并且运用十分夸张的语言，写出洞庭湖涵天盖地的博大声势。试想，如果不是写"乾坤日夜浮"，而是写君山浮在湖水中，那气魄就小多了，自然地，诗的意境和韵味也没有了。

历代题咏洞庭湖的诗很多，孟浩然的"气蒸云梦泽，波撼岳阳城"出来后，前无古人，一时叹为绝唱。但杜甫写出了"吴楚东南坼，乾坤日夜浮"这一警句后，孟浩然的诗就不能再专美于前了。

182　笔落惊风雨，
　　　　诗成泣鬼神。

注释：

1. 选自唐代杜甫《寄李十二白二十韵》诗（节录）："昔年有狂客，号尔谪仙人。笔落惊风雨，诗成泣鬼神。声名从此大，汩没一朝伸。文彩承殊渥，流传必绝伦。"李十二白：李白。李白在本家族弟兄中排行十二。
2. 惊风雨：使风雨惊起。
3. 泣鬼神：使鬼神哭泣。

品鉴　　杜甫同李白的友谊，是从诗歌上结成的。杜甫在怀念、题赠李白的诗作中，对李白奇伟瑰丽的诗篇，总是给予高度赞赏。这首诗不仅对李白的诗歌给予高度评价，也对他受永王李璘事的牵累，流放夜郎表示了深切同情。

"笔落惊风雨，诗成泣鬼神"两句，是杜甫对李白诗歌的高度评价。大意是：李白落笔写诗，像能调遣风雨一样令人感到惊奇；诗篇写成，其奇丽非凡的想象和超尘拔俗的人格魅力鬼神也会为之感动得哭泣起来。

诗句盛赞李白诗歌神妙，有气势，流露出衷心钦佩之情，字字皆是肺腑之言，体现了两位大诗人之间真诚的友谊。

183　姑苏城外寒山寺，
　　　　夜半钟声到客船。

作者简介：

张继（生卒年不详）字懿孙。襄州（今湖北省襄阳市）人。

唐代诗人。早有诗名。天宝十二年（公元753年）进士。大历末年，先后任检校司部员外郎、盐铁判官等职，并分掌洪州（今江西省南昌市）财赋事务。一生官位不显。曾游历吴越等地，与诗人刘长卿、皇甫冉等友善。诗歌创作以登临记行、羁旅行役为多。其诗格调流畅，清俊秀丽，情韵悠远，自然平易。著名的有《枫桥夜泊》《晚次淮阳》等。也有部分反映现实生活的诗作。《全唐诗》录其诗47首，编为一卷。

注释：

1. 选自唐代张继《枫桥夜泊》诗："月落乌啼霜满天，江枫渔火对愁眠。姑苏城外寒山寺，夜半钟声到客船。"枫桥：原名封桥，在今江苏省苏州市西郊40里。因张继这首诗出来后改名枫桥。夜泊：行商、游客将船停靠在岸边，留宿过夜。
2. 姑苏：苏州城的别称。因其西南方有姑苏山，所以苏州城也称姑苏城。　寒山寺：枫桥（今苏州城西阊门外）西一里的一个寺院。建于梁代。相传唐初诗僧寒山曾在此修行过，因而得名。原寺已毁，现存的寺院是后来重建的。苏州名胜之一。
3. 夜半钟声：古代寺院有夜半敲钟的习惯，《南史》中即有夜半敲钟的记载。旧称"无常钟"。唐代诗人皇甫冉、于鹄、陈羽、温庭筠等的诗歌中，都曾吟咏过夜半钟声，如许深的诗："月照千山半夜钟。"　客船：游客所乘之船。这里指诗人所乘之船。

品鉴　这是张继非常有名的、流传很广的一首写景抒情诗。它以白描的手法，描绘了霜天夜泊的凄冷景象，表达了诗人羁旅的孤寂情怀。

一个秋天的夜晚，诗人乘船来到姑苏城外，泊船在枫桥岸边。江南的秋夜，如诗如画：月落乌啼，江边枫叶星星点点，江中渔火闪闪烁烁，秋霜下来了，江面上有一层淡淡的微寒袭来。诗人首二句画出了一幅冷落凄清的江船夜景图，表达出了一种淡淡的羁旅愁怀。

"姑苏城外寒山寺，夜半钟声到客船"。大意是：正当诗人面对月落、乌啼，愁绪难解，夜不能寐的时候，从姑苏城外的寒山寺那里，又传来了一声声幽远的钟声，给已经感到羁旅艰难的游子，更增添了一种远离家乡，寂寞孤寂的思乡情感。

这幽远的钟声是以声写静手法的巧妙运用，衬托出了午夜的安静，与张籍"蝉噪林愈静,鸟鸣山更幽"是一个道理。而且,它比蝉声、鸟鸣更富有诗意。蝉声、鸟鸣在张籍诗中仅仅起到以声托静而已,而张继的钟声不仅以声托静,更在于钟声所传达的情韵,以及钟声过后所营造出来的那种悠长、深永的宁静和寂寥。

"夜半钟声"是诗人夜泊枫桥得到的最鲜明、最深刻、最富有诗意的意象,也是这两句诗的灵魂,最能传达枫桥夜晚的神韵。而且这钟声来自有浓郁宗教氛围的寒山寺,便自然带有一种古雅庄严的人文气氛,不但反衬出夜的静谧,而且渗透着浓厚的宗教情思,让人产生一种美妙的动人的遐想。

诗句寓情于景,情景交融,意境悠远,情味隽永,有着强烈的艺术感染力,能引起旅居在外的游子的长久共鸣,成为描写夜半钟声的绝唱。寒山寺原是个一般的小寺,却因有了张继这首诗而名动天下,成为苏州著名的游览胜地之一。

184 柴门闻犬吠,风雪夜归人。

作者简介:

刘长卿(?~约789年)字文房,河间(今河北省献县东南)人,一说宣城(今安徽省宣城市)人。唐代大历诗人中的佼佼者。少年时代在嵩山读书。天宝进士。历任海盐令、检校司部员外郎、转运使判官、睦州司马等职,官至随州刺史。世称刘随州。工诗,尤长于五言,被誉为"五言长城"。其诗大部分写于安史之乱后,主要表现政治上的失意和隐居山林的闲情,也有部分反映社会乱离和托古喻今之作,有较深的隐逸情调。善于以简淡的笔触描绘自然景物,风格含蓄洗练。《全唐诗》存其诗500余首,编为五卷。有《刘随州集》传世。

注释:

1. 选自唐代刘长卿《逢雪宿芙蓉山主人》诗:"日暮苍山远,天寒白屋贫。柴门闻犬吠,风雪夜归人。"
2. 柴门:篱笆门。

品鉴　这首诗描写诗人雪夜投宿山村人家的情景。暮色苍茫,太阳快要下山了。诗人在通向黛青色远山的崎岖小路上行走着。下雪了,天冷地冻,寒气逼人,于是诗人走向山路旁边的一处茅屋,投宿过夜。

"柴门闻犬吠,风雪夜归人"两句,写山村主人归家的情景,很有情趣。大意是:夜深人静时分,万籁俱寂,诗人已经安寝,突然,茅屋外传来狗的吠叫声,打破了山村的宁静;是芙蓉山主人在这风雪交加的夜晚,顶风冒雪回来了。

诗人以柴门、犬吠、风雪、夜归人等鲜明的形象,构成一幅美妙的山村雪夜图,有声有色,有景有情,特别是寒夜中的犬吠人归,使原本清冷寒寂的诗意背景,平添了许多生气和活力,散发出了浓郁的生活气息。

185　细雨湿衣看不见,闲花落地听无声。

注释:

1. 选自唐代刘长卿《别严士元》诗:"春风倚棹阖闾城,水国春寒阴复晴。细雨湿衣看不见,闲花落地听无声。日斜江上孤帆影,草绿湖南万里情。君去若逢相识问,青袍今已误儒生。"严士元:吴(今江苏省苏州市)人,曾任员外郎。
2. 细雨:毛毛雨。
3. 闲花:自然飘落的花。人以闲适的心境看花,移情于物,花便也有了闲适情趣。

品鉴　诗人刘长卿与严士元在苏州城外江边偶然相遇,严士元随之要去湖南,于是刘长卿写了这首送别诗相赠。

"细雨湿衣看不见,闲花落地听无声"两句,描写景物细腻入微,是著名的写景名句。大意是:早春时节,天空飞着蒙蒙细雨,雨细得看不见踪影,身上的衣服却分明已经感到有些润湿了;微风轻轻拂过,偶尔有几片花瓣飘落下来，轻轻飘飘的，落在地上连一点儿声音也听不见。

诗人观察入微，笔触细腻，辞藻美丽，形象地勾画出江南早春的美景，有着浓郁的诗情画意。

186 曲终人不见，江上数峰青。

作者简介：

钱起（约720年～约782年）字仲文，吴兴（今浙江省湖州市）人。"大历十才子"之一。天宝十年（公元751年）进士。乾元二年（公元759年）任蓝田尉时，常与诗人王维唱和。官至尚书考功郎中，世称"钱考功"。继承了王维、孟浩然的诗风传统，文辞优美，清新淡雅。格律严谨，对仗工整。与郎士元齐名，时称"钱郎"。又有"前有沈宋，后有钱郎"之誉。写景诗尤为人称道。《全唐诗》存其诗530多首，编为4卷。有《钱考功集》传世。

注释：

1. 选自唐代钱起《省试湘灵鼓瑟》诗："善鼓云和瑟，常闻帝子灵。冯夷空自舞，楚客不堪听。苦调凄金石，清音入杳冥。苍梧来怨慕，白芷动芳馨。流水传湘浦，悲风过洞庭。曲终人不见，江上数峰青。"省试：唐时各州县贡生到京师由尚书省的礼部主试，称为省试。
2. 湘灵鼓瑟：取自《楚辞·远游》："使湘灵鼓瑟兮，令海若舞冯夷。" 湘灵：湘水女神。一说是舜的妃子，因舜死于苍梧后，投湘水自尽，化为水神。
3. 曲终：演奏结束。终：完，结束，终点。

品鉴

这是一首试帖诗。但写得意境优美，为人传诵不衰。

唐天宝十年（公元751年），诗人钱起上京城长安应进士试，考题是《湘灵鼓瑟》。前十句他略事思索，一挥而就，然而结尾却诗思不续，煞费斟酌。他苦苦思索，蓦然想起10年前一次夜晚住店，夜半醒来，听到门外有人吟哦诗句，低回婉转，反复不已。钱起猝然出户，却不见人影，故以为"鬼谣"。现在佳句难觅，正好用这两句"鬼谣"结尾。交卷后，主考官对结尾二句深为赞赏，击节吟咏良久，以为必有神助。这两句诗是：

"曲终人不见，江上数峰青"。

诗人在前段诗里，反复渲染、描写湘水女神鼓瑟的场面，使人听其优美乐曲，想见其美丽伊人。然而湘水女神始终扑朔迷离，能听闻者只有其乐声，而不能目睹其身姿芳容，直到最后曲调弹奏完了，湘水女神仍然未露真容，只留下江上数座寂寞的青峰，让人回想，让人回味。

这两句诗的妙处在于：诗人将湘水女神鼓瑟的场面，描绘得迷离惝恍，五彩缤纷，可是音乐一停，这一切倏忽间烟消云散，什么也没有了。让听闻者从似真似幻的景象里回到了现实里来，产生一种淡淡的若有所失的怅惘。湘江如练，依然澄碧地流去，数峰似染，依然青青地伫立。景色如此恬静，可是湘水女神到哪里去了呢？是随流水回到了水府？还是化作了青峰，看守着人间？

前人评价这两句诗通神，以景结情，余味悠然，就是因为诗人给读者留下了充分的想象的空间。这样神奇优美的诗句，在一般人看来，是非人力可及的，所以便附会出了一个"鬼谣"的故事。其实说穿了，它只是诗人灵感火花照亮的神来之笔。

自然地，这灵感火花迸溅出来的诗句，让钱起当年夺取了进士第一名的桂冠，年轻的诗人从此扬名天下。

187 二十五弦弹夜月，不胜清怨却飞来。

注释：

1. 选自唐代钱起《归雁》诗："潇湘何事等闲回？水碧沙明两岸苔。二十五弦弹夜月，不胜清怨却飞来。"归雁：从南方回到北方的鸿雁。衡山七十二峰的第一峰叫"回雁峰"，其势犹如飞雁回旋。相传雁飞到这里，不再越过，就返回原地。

2. 二十五弦：弦，瑟弦。《汉书·郊祀志上》："帝使素女鼓五十弦，悲，帝禁不止，故裂其瑟为二十五弦。"
3. 不胜：不堪，受不住。不胜清怨：受不住太幽怨的声音。这里指归雁。　却飞：言从潇湘折回。

品鉴　这是钱起写的一首著名的咏雁诗。钱起当时在京城长安为官，所以他吟咏的是从南方归来的雁。

"二十五弦弹夜月，不胜清怨却飞来"两句，大意是：大雁从风光优美的湘江之畔归来，是因为湘水女神在月夜里弹的乐曲太过幽怨太过凄凉了，大雁实在受不了，听不下去了，才折翅返回了北方。

大雁是候鸟，待到天气暖和了，自然要从南方飞回北方。可是在诗人眼里，大雁返回北方是因为受不了湘水女神哀怨凄清的琴声。这样立意构思，诗意就显得十分新颖独特，而且余味不尽。试想，大雁尚且如此，那么人怎么样呢？实际上，"不胜清怨"的大雁在这里已经人格化了。大雁听了湘水女神弹奏的充满哀怨之情的曲调，引动了思亲怀乡的情感，客愁难耐，便急急忙忙返回了北方的家乡。这里，大雁的这种乡思，不就是一个客居他乡的游子思乡怀亲的真实写照么！

诗句想象丰富，抒情婉转，意趣含蓄，是历代诗歌咏雁的名篇之一。

188　乍见翻疑梦，相悲各问年。

作者简介：

司空曙（生卒年不详）字文明（一作文初），广平（今河北省永年县东南）人。"大历十才子"之一。进士。历任洛阳主簿、左拾遗、长林县丞等职。后任剑南西川节度使韦皋幕府检校水部郎中，官终虞部郎中。工诗。其诗多为酬唱赠别、羁旅行役之作，语言朴素，风格淡雅，善于以简淡的笔调描绘幽静的自然景物。《全唐诗》存其诗170余首。编为两卷。

注释：
1. 选自唐代司空曙《云阳馆与韩绅宿别》诗："故人江海别，几度隔山川。乍见翻疑梦，相悲各问年。孤灯寒照雨，湿竹暗浮烟。更有明朝恨，离杯惜共传。"云阳：县名。县治在今陕西省泾阳西北。韩绅：《全唐诗》注："一作韩升卿。"

2. 乍见：刚刚相见，出乎意料地突然相见。

3. 问年：询问年龄。

品鉴　这是一首表达惜别之情的诗篇，情感真挚，描写曲折，富有情致。

"乍见翻疑梦，相悲各问年"二句，描写朋友之间，山川阻隔，分别日久，思念甚殷的情状，是历来传诵的名句。大意是：两位经常互相思念的老朋友有一天突然意外地重逢了，乍见之后，竟不敢相信是真的，反而怀疑是在梦境之中；相会如此不易，见面后因喜极而悲而泣，想到多年山阻水隔，天各一方，如今鬓毛花白，容颜衰老，不禁生出悲哀，以至相互询问起年龄来。

诗句真实地表现了久别相逢，以真为假的梦幻感觉。"翻疑梦"三字情真意切，把诗中主人公欣喜、惊奇的神态表现得惟妙惟肖，十分传神。"各问年"不仅恰切地写出了诗人对人生易老的感叹，同时也是在以实景证明老朋友相见是真的，不是在梦中。

189　春城无处不飞花，寒食东风御柳斜。

作者简介：

　　韩翃（生卒年不详）字君平，南阳（今河南省南阳市）人。"大历十才子"之一。天宝十三年（公元754年）进士。历任节度使幕府从事、检校金部员外郎。大历九年（公元774年）后，在宣武节度使李勉幕府中任从事，其诗为德宗赏识，擢为驾部郎中，官至中书舍人。其送行赠别之作，笔法轻巧，写景别致，技巧圆熟，一扫送行诗中常见的离愁别恨之风。诗风华丽，常有深沉的比兴和讽喻。七绝《寒食》是历来传诵的名篇。《全唐诗》存其诗165首，编为三卷。

注释：

1. 选自唐代韩翃《寒食》诗："春城无处不飞花，寒食东风御柳斜。日暮汉宫传蜡烛，轻烟散入五侯家。"寒食：节令名。中国古代的一个传统节日，一般在冬至后105天，清明节前一天（一说两天）。按风俗，每逢此节，前后三天不生火，只吃现成的冷食，故名寒食。传说是为了纪念春秋时被晋文公烧死的义士介之推，故这几天禁火。另一种观点认为这一风俗很古老，与介子推的事不相关。
2. 春城：春天的城市。城：指唐朝都城长安。 花：指柳花，柳絮。
3. 御柳：皇宫御苑里的柳树。当时风俗，每逢寒食日，百姓人家都要折柳条插在门上以示纪念。

品鉴　　这是一首流传很广的描写寒食节的名诗，写出了暮春时节长安城里的独特景象。

"春城无处不飞花，寒食东风御柳斜"两句，描写寒食节长安优美的春景。大意是：暮春时节，春天的长安城处处柳絮飘飞，轻扬曼舞，整个大街小巷是一片花的海洋；和煦的东风吹过御苑，宫中柳树的枝条在轻轻飘荡，袅袅婷婷，婀娜多姿，拂人面颊。

帝都长安，春光无限。诗人用"春城飞花"形容之，写出了暮春时节人人之所见、人人笔下之所无的特有景致，遣语新颖，生机盎然，成为描写春城风光的千古绝唱。

据唐代孟棨《本事诗》记载，韩翃《寒食》诗"春城无处不飞花"句脍炙人口，名传天下。唐德宗皇帝李适特别喜爱这两句诗。当时缺一个起草诏令的人，德宗命中书省推荐。中书省先后推荐两人，皆不中意，遂下诏："赐韩翃。"大臣一查，有两个韩翃，一个任江淮刺史，一个任宣武节度使李勉幕府从事。中书省不敢擅定，报奏皇上。德宗便抄《寒食》诗一首，曰："赐此韩翃。"一时传为佳话。

190　春潮带雨晚来急，
　　　野渡无人舟自横。

作者简介：

韦应物（约737年~约791），京兆万年（今陕西省西安市）人。15岁时便成为唐玄宗的侍从"三卫郎"。少年时狂放不羁，后来刻苦读书，成为著名诗人。历任京兆府功曹、郡县令、及江州、苏州刺史。世称韦江州、韦苏州。其诗以描写景物和表现隐逸闲情见长。深受陶渊明、谢灵运、王维等人影响，写了大量的田园诗。诗风高雅闲淡，不事雕饰，善以简淡的笔调描绘幽寂的自然景物。由于亲历玄宗、肃宗、代宗和德宗四朝，对安史之乱造成的社会动荡深有体会，也写了不少反映社会现实和人民苦难生活的作品。《全唐诗》存其诗560余首，编为十卷。有《韦苏州集》传世。

注释：

1. 选自唐代韦应物《滁州西涧》诗："独怜幽草涧边生，上有黄鹂深树鸣。春潮带雨晚来急，野渡无人舟自横。"滁州，今安徽省滁州市。作者当时为滁州刺史。　西涧，在滁州城西，俗名上马河。
2. 春潮：春汛。　带雨：遇上雨水。
3. 野渡：荒郊野外的渡口。舟自横：因下雨和天晚，无人渡水，孤舟横来竖去地漂浮在水面上。横：横躺着，横浮着。

品鉴　唐德宗建中二年（公元781年），韦应物出任滁州刺史。滁州城外西涧一带景色非常幽美，韦应物十分喜爱，常去欣赏、吟咏，据说还亲自在涧边种了许多柳树。这首小诗描绘滁州西涧独特的山水景物，表现了作者向往自然、恬淡、自适生活的情趣，诗意清新，画面优美，是一首描写山水景物的著名诗篇。

"春潮带雨晚来急，野渡无人舟自横"两句，不仅具有"诗情"，而且富有"画意"，是历来传诵的名句。大意是：傍晚时分，春潮上涨了，西涧的水流开始变大，加之又下起了急骤的春雨，涧水陡涨，水流更加湍急了；在郊野渡口，本来过往的行人就少，这时天晚了，又在下雨，没人过渡，船主人已早早回家，只剩下一条无人驾驶的小船独自悠闲地横在水面上，在潮水的冲击下悠然地晃来荡去。

这两句诗以情写景，借景表意，把滁州西涧的自然风光写得生机勃勃，富有动感："春潮"挟带着雨水，来势汹汹，以一个"急"字状写，给人以急流奔突之感和哗哗流动的音响感，十分贴切。既见其气势，诗句的节奏也显得紧凑而有力量。后一句显出郊野风光的自然恬静：由于潮涨，下雨，天晚，"野渡"早已没有了行人，因此只剩下一叶小舟横浮在水面上了。

诗人用富有情感的语言，逼真地勾画出一幅"舟自横"的自在自得的美妙图画，具有很强的艺术感染力。"春潮""野渡""春雨""小舟"，声、色、动、静交错叠映，有动有静，有声有色，历历如在眼前，使人有身临其境的感觉。同时，从字里行间所传达的诗意中，明显地流露出诗人对恬淡、闲适生活的向往之情。

北宋欧阳修很喜欢"野渡无人舟自横"这句诗，他在自己填的《采桑子》词里原句作了借用："残霞夕照西湖好，花坞蘋汀，十顷波平，野岸无人舟自横。"同是"舟自横"的诗意，在韦应物"春潮带雨"的湍急流水中是湍急的，流动的，而在欧阳修的"十顷波平"的水面上则是宁静的，静止的。这两位诗家不同的心境，不同的文学爱好，表现出了不同的诗歌境界。然而不管是动态的，还是静态的，都具有赏心悦目的美感和动人之处。

191 身多疾病思田里，
邑有流亡愧俸钱。

注释：

1. 选自唐代韦应物《寄李儋元锡》诗："去年花里逢君别，今日花开又一年。世事茫茫难自料，春愁黯黯独成眠。身多疾病思田里，邑有流亡愧俸钱。闻道欲来相问讯，西楼望月几回圆。"李儋，字元锡，曾任殿中侍御史。韦应物的好友。韦应物与他唱酬的诗很多。

2. 田里：田园乡里。指归隐。
3. 邑：居民聚居的小城镇。指作者当官时管辖的地方。作者当时任滁州刺史。　流亡：外出逃荒的饥民。　俸钱：旧时官吏的薪金。

品鉴　这首诗是诗人任滁州刺史时写的，抒发了对人民疾苦同情的思想感情，时间大约是在唐德宗贞元初年。

"身多疾病思田里，邑有流亡愧俸钱"两句，大意是：身体多病，体力不支，心想返回故里，归隐田园；看到自己管辖的地方有百姓外出逃荒，深感自己尸位素餐，拿了朝廷的俸禄钱粮而没有使百姓安居乐业、免于饥寒而感到惭愧。

诗中不但担忧自己的疾病，并且同情境内逃荒的灾民，反映了作者关心人民疾苦的进步思想。而拿了朝廷的"俸钱"，政绩上无所建树，深感惭愧，更表现了诗人的责任感和道德良心。宋代黄彻《䂬溪诗话》评论说："余谓有官君子当切切作此语！彼有一意供祖，专事土木，而视民如仇者，得无愧此诗乎？"

据说宋代大词人范仲淹读了"邑有流亡愧俸钱"的诗句，感动不已，叹为"仁人之言"。元代诗人方回说："朱文公盛称此诗五、六句好。以唐人仕官多夸美州宅风土，此独谓身多疾病，邑有流亡，贤哉！"

192　月黑雁飞高，单于夜遁逃。

作者简介：

卢纶（公元748年~约799年）字允言，祖籍范阳（今河北省涿县），后移居蒲州（今山西省永济市）。"大历十才子"之一。安史之乱时，避居鄱阳。屡举进士不第，后经元载举荐，任阌乡尉，迁集贤院学士、秘书省校书郎，又出为陕府户曹、河南密县令。建中、贞元间，历任昭应令、检校户部郎中。其诗多为酬答送别之作，也写了不少优美的山水诗和边塞诗。其诗较有生活气息，风格雄健，苍凉悲壮，为后人所称道。工于写景，尤以五律见长。《全唐诗》存其诗360首，编为五卷。

注释：

1. 选自唐代卢纶《塞下曲》："月黑雁飞高，单于夜遁逃。欲将轻骑逐，大雪满弓刀。"塞下曲：唐代乐府诗中的标题，乐府中的新乐府词。

2. 月黑：没有月亮的夜晚。雁飞高：雁群因战事受惊，高高飞起。

3. 单于：原指汉代匈奴的首领，此泛指侵扰唐代边境的少数民族贵族首领。遁：逃跑。

品鉴 这是一首充满战斗气息的边塞诗。描写守边将士保卫边陲，击败敌军的情景。

"月黑雁飞高，单于夜遁逃。"大意是：经过一天的战斗，傍晚时分双方各自回营休息。但将士们仍然警惕地守卫着边防。侵犯边塞的敌军遭到唐军坚决有力的抵抗，损失惨重，单于已无斗志，于是趁着"月黑"之夜，欲偷偷地逃走。敌军人慌马乱，狼狈逃窜，栖息中的大雁受到惊吓在夜风中呼啦啦慌乱地高高飞起。

诗人没有正面描写战斗的激烈，也没有写士兵们如何英勇杀敌，但通过这两句诗，却从侧面烘托出了守边将士英勇善战，屡战屡胜，打得单于损兵折将，落荒而逃的情形，歌颂了守边将士胜利在握，捍卫祖国边疆的伟大功绩。

卢纶是中唐诗人，但这首诗风格雄壮豪放，字里行间洋溢着英雄主义气概，颇有盛唐气象。

193 三湘衰鬓逢秋色，万里归心对月明。

注释：

1. 选自唐代卢纶《晚次鄂州》诗："云开远见汉阳城，犹是孤帆一日程。估客昼眠知浪静,舟人夜语觉潮生。三湘衰鬓逢秋色,万里归心对月明。旧业已随征战尽,更堪江上鼓鼙声!"次:停泊。 鄂州:今湖北省鄂州市。
2. 三湘:指注入洞庭湖的资湘、蒸湘、沅湘三水。此指湖南境内,即诗人此行的目的地。
3. 万里:形容路远。诗人家乡在蒲州(今山西省永济市),离鄂州路途遥远。

品鉴 这首诗是在安史之乱中,诗人被迫离乡背井,浪迹异乡,在南行途中写的。

"三湘衰鬓逢秋色,万里归心对月明"两句,诗人情来笔至,借景抒怀。大意是:时值寒秋,正是人们容易感到悲凉的季节,无限的惆怅已使我两鬓雪白如霜了;独对一轮明月,倍觉孤独凄凉,思乡更切,一片归心早已飞回万里之外的家乡。

秋天到了,落叶在秋风中飘落,枫叶被秋霜染得火红一片。这异地的秋色,没有引起诗人的赏玩兴趣,倒牵动了诗人思亲的情感和归乡的念头。一个"逢"字,将诗人的万般愁绪千般凄凉与秋色联系起来了,情融于景,愁情与秋色妙合无垠。"万里归心对月明"则有迢迢万里不见家乡的悲戚,亦有音书不通萦怀妻儿的凄凉。

诗句属对精工,情景相生,抒发了诗人在战乱中愁肠百结的悲凉心境,动人肺腑。

194 蝴蝶梦中家万里,杜鹃枝上月三更。

作者简介:

崔涂(生卒年不详)字礼山,江南人。唐代诗人。唐僖宗光启四年(公元888年)进士。他一生中有不少岁月都在巴蜀、秦陇等地客居,漂泊四方。其诗多为羁愁别绪之作,情调较为抑郁低沉。但其写景状怀,往往沁人肺腑。如"夕阳高鸟过,疏雨一钟残"(《题绝岛山寺》)、"蝴蝶梦中家万里,杜鹃枝上月三更"

(《春夕》)、"五千里外三年客,十二峰前一望秋"(《巫山旅别》)等,皆为名句。《全唐诗》存其诗102首。编为一卷。

注释:

1. 选自唐代崔涂《春夕旅怀》诗:"水流花谢两无情,送尽东风过楚城。蝴蝶梦中家万里,杜鹃枝上月三更。故园书动经年绝,华发春催两鬓生。自是不归归便得,五湖烟景有谁争。"诗题《春夕旅怀》,一作《春夕》或《旅怀》。
2. 蝴蝶梦:在梦中变成蝴蝶。《庄子·齐物论》:"昔者庄周梦为蝴蝶,栩栩然蝴蝶也。"
3. 杜鹃:鸟名,又称子规。经常夜里啼叫,传说哀啼时口中出血。

品鉴　　这是一首怀乡诗。诗人一生大多数时间在巴蜀、秦陇一带漂泊、客居,诗中常有异乡羁旅之叹,格调凄楚消沉。这首《春夕旅怀》诗便是明显的一个例子。

"蝴蝶梦中家万里,杜鹃枝上月三更"两句,恰切地烘托出了诗人的乡思乡情。大意是:诗人思家心切,愿学庄周做梦化蝶一样,变成一只蝴蝶,飞回故乡去;然而好梦不长,醒来时只看见一轮淡月挂在天上,杜鹃在树枝上不时传来一阵阵的哀鸣声。

崔涂长期流寓他乡,诗句中的"蝴蝶梦""杜鹃啼"都是在异乡的真情实感,渲染出一种凄凉寂寞的乡思情调。形象鲜明,具有很强的感染力。这两句诗曾为许多人所传诵,引起了不少远离故乡的"游子"们的共鸣。

195　莫言塞北无春到,总有春来何处知。

作者简介:

李益(公元748年~约829年)字君虞,陇西姑臧(今甘肃省武威市)人。唐代诗人。大历四年(公元769年)进士。初授郑县尉,久不得升迁,遂弃官北游燕、赵。曾从军十载,对边塞生活非常熟悉。后来，宪宗闻其诗名，召为秘书少监，历任集贤殿学士、太子宾客、右散骑常侍、礼部尚书等职。其诗题材广泛，内容丰富，尤其善于描写士卒久戍思归的怨情和边愁。长于七绝，而以边塞诗著称。语言凝练含蓄，音律谐美，慷慨悲壮，意境苍凉。元代辛文房《唐才子传》赞其"往往鞍马间为文，横槊赋诗，故多抑扬激厉悲离之作"。《全唐诗》存其诗164首，编为两卷。有《李益集》传世。

注释：

1. 选自唐代李益《度破讷沙》诗："眼见风来沙旋移，经年不省草生时。莫言塞北无春到，总有春来何处知。"破讷沙：沙漠名，一作普纳沙，在唐代丰州（今内蒙古五原县西南）境内。
2. 塞北：中国古代长城以北地区。亦称塞外。
3. 总：纵，虽，即使。

品鉴

李益曾在唐代丰州一带从军，写了《度破讷沙》诗二首，描写边地的生活和感受。这是其中一首。

"莫言塞北无春到，总有春来何处知"两句，描写北国春天不易察觉的感受，颇有真情实感。大意是：不要说塞北大地没有春天的足音，冬天过去了，春天总是要到来的。可是由于常年风沙漫漫，不见花红柳绿，草木青青，能见到的，除了黄沙漠漠，就是漠漠黄沙，所以即使春在身边，又有谁能看见，谁能知觉呢！

诗句从反面落笔，先肯定春到塞北，又感叹看不到春天的景象，从而鲜明地表现了塞北边地的寒冷与荒凉。

196　洞庭一夜无穷雁，不待天明尽北飞。

注释：

选自唐代李益《春夜闻笛》诗："寒山吹笛唤春归，迁客相看泪满衣。洞庭一夜无穷雁，不待天明尽北飞。"

品鉴　　这首诗是诗人谪迁江淮时,于初春之夜听见哀怨的笛声,引起了强烈的思归之情。

"洞庭一夜无穷雁,不待天明尽北飞"两句,写大雁北飞,来衬托自己思归的心情。大意是:春天的夜晚,洞庭湖畔宿满了无数南迁越冬的大雁;可是不到天明的时候,便都纷纷向北方飞去了。

据说,每年秋天,大雁从北方飞到湖南衡山回雁峰栖息过冬,春天一到便飞回北方去。诗人巧妙地运用这个传说,想象着春光来临,一夜之间大雁全都飞走了。然而,雁归人留,春到大地而不暖人间,自己不得像大雁一样,北归返回家乡。字里行间流露出诗人对大雁北飞的无限羡慕,也流露出诗人复杂的思想感情:不尽的怨望,难言的惆怅,以及一种身不由己的无可奈何之情。

诗人怨望什么呢?诗人贬居南方,自然是希望尽快得到朝廷的赦免。这无异于就是迁客可以北归的春光。可是这个春光什么时候才能降临呢?诗人只有怨艾地期盼着。

诗句构思巧妙,比喻贴切:以大雁春来北飞,比托迁客欲归不得的复杂感情,语意委婉,寄喻得体,颇有新意。其意境与王之涣"羌笛何须怨杨柳?春风不度玉门关"相比,极其相似,但却缺少盛唐边塞诗那种豪迈的气概,流露出一种怨望和悲慨的气氛,而这,正是中唐诗歌的时代特征。

197　不知何处吹芦管,一夜征人尽望乡。

注释:
1. 选自唐代李益《夜上受降城闻笛》诗:"回乐峰前沙似雪,受降城外月如霜。不知何处吹芦管,一夜征人尽望乡。"受降城:唐时受降城有东、中、西三城,这里指的是西受降城,地址在灵州(今甘肃省武威市)境内。
2. 芦管:胡笳别名。但诗题已点明"闻笛",所以此处指的是笛。

3. 征人：指从军守卫边疆的人。　尽：全，都。

品鉴　李益从军十载，历尽了西北边地军戎苦寒的生活，对边塞征戍的感受特别深刻。他在这首边塞诗中，因景及情，将苍茫寥廓的景色同自己的感受结合起来，写出一种在感伤衰飒基调上的豪迈慷慨之情，称得上是中唐七绝诗的名篇。在当时即被谱成曲子，广为传唱。甚至有人认为此诗可以和王昌龄、李白的七绝相媲美。

"不知何处吹芦管，一夜征人尽望乡"两句，情感真切，缠绵悱恻，意态生动，音节高亮，有很强的艺术感染力。大意是：辽阔寂寞的塞外大地，月照沙白，诗人面对这万籁俱寂的大漠夜色，凄然难禁时，寒风中忽然传过来一阵幽怨的笛声，时断时续，如泣如诉，哀怨婉转；戍边的将士听了，心中顿时涌出无边的思乡情感，辗转反侧，彻夜难眠，个个都在翘首遥望自己的家乡和亲人

诗句暗示了征人思乡之切，望乡之久，怔忡怅惘的心情，读之品之，韵味无穷。明代诗论家胡应麟在《诗薮》中以此篇为例评论说："七言绝，开元之下，便当以李益为第一。"

李益当之无愧。

198　谁言寸草心，报得三春晖。

作者简介：

孟郊（公元751年~814年）字东野，湖州武康（今浙江省德清县）人。唐代诗人。早年苦读。屡试不第。46岁始中进士。50岁时任溧阳尉，不久辞官回乡侍母。元和元年（公元806年），经河南尹郑余庆推荐，任过河南水陆转运从事、兴元军参谋等小官。虽一生穷困潦倒，却不苟流俗，性格孤直耿介。其诗大部分吟咏自己的穷愁孤苦，表示对社会的不平和愤慨，也有一些反映和同情人民疾苦的作品。以苦吟著称。擅长五古和乐府。诗风平易浅显，不事藻饰。与韩愈齐名，时称"孟诗韩笔"，是韩孟诗派重要的代表人物。又与贾岛并称，有"郊寒岛瘦"之说。《全唐诗》存

其诗400余首，编为十卷。有《孟东野诗集》传世。

注释：

1. 选自唐代孟郊《游子吟》诗："慈母手中线，游子身上衣。临行密密缝，意恐迟迟归。谁言寸草心，报得三春晖。"游子吟：孟郊自制的乐府诗，题下自注"迎母溧上作"。游子：离家远行的人。
2. 谁言：谁说。 寸草：小草，此比喻游子。 心：指小草抽出的嫩心，草心向太阳，好似子女的心向慈母一样。此比喻游子的心。
3. 三春：春天。古时将春天分为孟春、仲春、季春。 晖：太阳光。 三春晖：春天的阳光。比喻深厚的母爱。

品鉴　　这是一首歌颂慈母恩情的诗歌。儿子即将远行，母亲疼爱儿子，担心他离家后无人照料，遭受风寒，便坐在床前，就着昏暗的灯光，飞针走线，为儿子缝制衣裳。慈母手中的线，就这样一针一针地变成了游子身上的衣裳。这样结实耐穿的衣服穿在儿子身上，母亲才能稍放宽心。这些细节描写，刻画了一个细心周到，慈爱心肠，关怀备至，呵护有加的慈母形象。穿着这样衣裳的游子，又怎能忘记母亲的慈爱心肠呢！

"谁言寸草心，报得三春晖"两句，是游子对伟大母爱无限感激的由衷之言。大意是：谁说儿子能够报答母亲的深恩厚情啊！儿子犹如一棵小草，而母亲的恩情就像春天温暖的阳光，小草承受着阳光雨露无私地哺育，生长发育，长大成材。那春天阳光般普照的母爱，儿子要想报答，又怎么能够报答于万一呢！

诗句使用反诘语气，表达十分肯定的意思。不如此，就不能强烈表达主人公心中那份异常恳切、异常真挚的感激之情，自然也就达不到现在这样的艺术效果了。

语言质朴，通俗易懂，比喻贴切，感情真挚，充分表现了母爱的伟大和人性的光辉，也道出了千千万万人心中的那份真情，所以千古传唱，至今不衰。

199 青春须早为，岂能长少年。

注释：

选自唐代孟郊《劝学》诗："击石乃有火，不击元无烟。人学始知道，不学非自然。万事须己运，他得非我贤。青春须早为，岂能长少年。"劝学：劝勉人们勤奋学习。

品鉴 这首诗名为《劝学》，其主旨就是勉励人们特别是青少年勤奋学习，努力掌握知识本领，懂得事物的道理，早有作为，成为对国家、社会有用的人才。

"青春须早为，岂能长少年"两句，劝勉人们珍惜青春，珍惜时光。大意是：人的青春是宝贵的，也是短暂的，青春一去不复返。所以青年人应该趁自己年轻，及时努力，早有作为，早有所成；青春易逝，人生易老，人的一生哪能永远都是少年，永远都年轻呢！

诗人劝勉人们要抓紧生命中最宝贵的青少年时期，发奋学习，努力向上，有所作为。动人以情，晓之以理，言辞恳切，发自肺腑，具有一定的教育和启示作用。

200 镜破不改光，兰死不改香。

注释：

1. 选自唐代孟郊《赠别崔纯亮》（节录）诗："镜破不改光，兰死不改香。始知君子心，交久道亦彰。"诗题一作《赠崔纯亮》。
2. 兰：花名。花很香，有"香祖"之称。

品鉴 孟郊这首诗强调做朋友之道：彼此应该有优良的品德，忠贞的诚意，即使遇到困难和挫折，也不能丧失友谊和感情，一直到生命的终结。

　　"镜破不改光，兰死不改香"两句，以镜子和兰花为喻，强调真正的朋友，其友谊应该始终如一。大意是：镜子虽然破了，不会改变光亮，依然像以前一样明亮；兰花开时花香浓郁，一直到枯死，香气丝毫也不会改变，依然如生前一样芳香。

　　诗人指出：在世态浇薄的社会中，朋友之间的真诚友谊是始终都不会改变的。

201 志士贫更坚，守道无异营。

注释：

1. 选自唐代孟郊《答郭郎中》诗："松柏死不变，千年色青青。志士贫更坚，守道无异营。每弹潇湘瑟，独抱风波声。中有失意吟，知者泪满襟。何以报知者，永存坚与贞。"郭郎中：作者友人，官郎中，名不详。
2. 守道：成语"守死善道"的意思。指一直到死，或即使是死，也要坚守自己的立场和观点。《论语·泰伯》："笃信好学，守死善道。"
3. 异营：另外的谋求。指背叛自己的志向而改图其他。

品鉴　　这是孟郊赠答郭郎中的一首诗，明确地表明了"志士"应该具有的人生品行。

　　"志士贫更坚，守道无异营"两句，大意是：有志之士处于贫困的时候，其志向往往更加坚定；能够真正做到恪守正道，绝不会因为环境的恶劣而屈服，也不会因为自己处境困难而改变，另做打算。

　　诗人一方面阐明志士应有的品行，一方面也表达了自己高洁坚贞，具有矢志不移、不苟流俗的节操和志向。

202　文章得其微，物象由我裁。

注释：

1. 选自唐代孟郊《赠郑夫子鲂》诗："天地入胸臆，吁嗟生风雷。文章得其微，物象由我裁。宋玉逞大句，李白飞狂才。苟非圣贤心，孰与造化该。勉矣郑夫子，骊珠今始胎。"郑鲂：作者的诗友。
2. 微：指事物的深微意义。
3. 物象：指客观事物（天地万物）的形象。

品鉴　这是作者与诗友郑鲂论说写作之道的一首五言诗。

"文章得其微，物象由我裁"两句，概述了写作过程中观察、体悟和剪裁之间的关系。大意是：只要能深刻体察、把握事物深微的含义，融会于心，那么诗人创作构思时，世间万象就会奔涌笔端，任由作者调遣取舍，达到左右逢源，任意剪裁的自由境界。

诗人认为：要想写出好诗文，平时就要做生活的有心人，多观察、熟悉、了解社会和自然，只要能把天地万物纳入胸中，展开想象，即《文心雕龙》说的"运思"，灵感就会袭来，产生一种创作冲动，犹如风雷激荡胸臆，其情不可遏，其势不可挡。这时提起笔来，一切都将听命于我，平时所观察到的，入于胸臆的天地万物，都任意地由我裁取措置，从笔端汩汩流出，形成一首首好诗。此其一也。

其二，孟郊这里所讲的写作之道，更强调"文章得其微"这句话。因为作者纵然平时有观察，但如果浮光掠影，对天地万物只是识其皮毛，没有认识到事物运动和发展变化的规律、彼此之间的联系，没有体悟到天地万物的精微之处，也不会形成"吁嗟生风雷"的创作冲动，自然也谈不上"物象由我裁"了。既不能自裁物象，又怎能写出好诗文来呢？

由此看来，孟郊这首谈论写作之道的诗是颇有道理的，是符合唯物主义观点的。因为诗文作为观念形态的东西，是现实生活在诗人作家头脑中的反映和升华。人的头脑好比是一个加工厂，诗歌文章就是加工出来的成品。如果平时不留心生活，不留心观察，不用头脑思考、体悟，那么，既无原材料，又无加工的契机和技艺，又怎么能够写出优秀作品来呢！

诗句阐发创作道理，是对前人及自己创作经验的总结，具有一定的普遍性。

203 曲木忌日影，谗人畏贤明。

注释：

1. 选自唐代孟郊《古意赠梁肃补阙》诗："曲木忌日影，谗人畏贤明。自然照烛间，不受邪佞轻。不有百炼火，孰知寸精金。金铅正同炉，愿分粗与精。"梁肃：中唐著名散文家。其文古朴，为韩愈、柳宗元所师法，亦为孟郊推重。曾官右补阙（谏官）。
2. 曲木：弯曲的树木。比喻品行不端的谗人。 忌：恨。汉代桓宽《盐铁论·申韩》："曲木恶直绳，奸邪恶正法。"
3. 谗人：善用谗言陷害别人的人。 贤明：有才能有见识。

品鉴

孟郊写这首赠诗给梁肃，目的是希望梁肃能够识别精金（贤人）与粗铅（奸佞）。

"曲木忌日影，谗人畏贤明"两句，托物寄意，联想自然，阐述了邪不压正，坏人终将现出原形的道理。大意是：弯曲的树木憎恶太阳的光辉，因为太阳光的影子能照出它的弯曲来；用谗言陷害别人之徒害怕道德高尚的人，因为在道德高尚人的面前，谗言不攻自破，反而暴露了自己的丑恶嘴脸和不良用心。

这两句诗设喻贴切，含有一定的哲理：曲木的本质是"曲"，所以害怕阳光；谗人的本质是"造谣"，所以害怕正直的人。在社会生活中，只要善于观察，并通过实践进行检验，总能认清事物的本质，分清真伪，去伪存真的。

204 春风得意马蹄疾，一日看尽长安花。

注释：

1. 选自唐代孟郊《登科后》诗："昔日龌龊不足夸，今朝放荡思无涯。春风得意马蹄疾，一日看尽长安花。"
2. 得意：心满意足。
3. 疾：急速，迅猛，快。

品鉴

孟郊42岁时，赴京城长安考进士，落第，作《下第》诗，悲痛地写道："弃置复弃置，情如刀剑伤。"次年，孟郊再次赴长安应试，结果又名落孙山，作《再下第》诗："一夕九起嗟，梦短不到家。两度长安陌，空将泪见花。"贞元十二年（公元796年），孟郊第三次赴长安应进士试，终于榜上有名，喜不胜收。放榜之后，一连几天，新进士们参见当朝宰相，同年互拜，曲江大宴，雁塔题名。孟郊在兴奋中马不停蹄，往来于南北通衢，内心的喜悦之情难以抑止，以为从此风云际会，可以龙腾虎跃一番了，遂写下了这首《登科后》诗。

"春风得意马蹄疾，一日看尽长安花"。表达了诗人欣喜若狂的心情。大意是：春风吹拂，春花烂漫，我扬鞭催马，得意洋洋地奔跑在长安大道上，一天之内，就看尽了长安数不胜数的风光美景和鲜花。

诗句活现出诗人神采飞扬，心花怒放的得意神情，突出了诗人心理上的快感。诗人两次落第，到46岁时始中鹄的，仿佛一下子从苦海中登上了快乐的峰顶：马蹄因此显得格外轻块，长安春花因此能够"一日看尽"。情与景会，写出了诗人的真情实感。虽然夸张了些，但在现实生活中不是不可能的事，所以亦在情理之中。而且唯其如此，才能尽兴地表达诗人的快乐心情。

成语"春风得意"与"走马看花"由此演化而来，为人们所熟知。后人常借"春风得意马蹄疾"形容一个人遇事顺利，心情愉快，升迁迅速。有时也用来形容得意忘形，趾高气扬的样子。

205 诗家清景在新春，
绿柳才黄半未匀。

作者简介：

杨巨源（公元755~?）字景山。蒲州（今山西省永济市）人。唐德宗贞元五年（公元789年）进士。曾任秘书郎、虞部员外郎、凤翔少尹等职，官至国子司业。年70解职归乡，后又授河中少尹，食禄终身。工诗，深得韩愈、白居易等人赏识。其诗内容较丰富，写了不少酬答送别、羁旅抒怀的作品。其边塞和妇女题材之作也颇具特色。尤擅近体，能于景中寓情。诗意蕴藉浑厚，比喻新颖。《全唐诗》存其诗158首，编为一卷。

注释：

1. 选自唐代杨巨源《城东早春》诗："诗家清景在新春，绿柳才黄半未匀。若待上林花似锦，出门俱是看花人。"
2. 诗家：诗人。　清景：清丽的景色。
3. 匀：匀称。

品鉴　　这是一首描写早春景色的诗。早春时节，柳枝刚刚吐出新叶。诗人抓住早春这种特有的景色，写出了早春的神韵。

"诗家清景在新春，绿柳才黄半未匀"两句，笔触细腻，描写生动，流露出一种欢悦和赞美之情。大意是：最清丽的景色是在早春时节。那时，天气尚寒，百花未开，只有杨柳的枝条上刚刚绽出几颗新芽，嫩黄嫩黄的，是那么清新宜人；尽管颜色参差不齐，还没有长成一片绿茵，但却给人们带来了春的信息，让人感到欢欣鼓舞，因为万紫千红，繁花似锦的季节马上就要到来了。

这两句诗中，蕴含着一种创作思想：表明诗人写诗，要像早春看到"绿柳才黄"一样，善于以新的视角，发现新的东西，写出新的境界，只有这样，才能道前人之未道，创作出优秀的作品来。

206　天势围平野，河流入断山。

作者简介：

畅当（生卒年不详），河东（今山西省永济市）人。唐代诗人。代宗大历七年（公元772年）进士。大历后期，任校书郎。建中四年（公元783年）被召从军。曾任太常博士，官终果州刺史。仕途淹滞，有志不骋。曾隐居漫游过。工诗。与韦应物、卢纶、司空曙、李端等诗人有诗唱和。南宋计有功《唐诗纪事》称其诗"平淡多佳句"。以《登鹳雀楼》《山居酬韦苏州见寄》等较佳。《全唐诗》存其诗17首，与弟畅诸合为一卷。

注释：

选自唐代畅当《登鹳雀楼》诗："迥临飞鸟上，高出世尘间。天势围平野，河流入断山。"　诗题一作畅诸诗。　鹳雀楼：已不复存在。故址在蒲州（今山西省永济市）西面，黄河中的一个小岛上，高三层，前瞻中条山，下瞰黄河水。

品鉴　鹳雀楼是唐代登临游览的胜地，许多知名诗人都曾登楼赋诗。畅当这首登鹳雀楼诗到了宋代，在诗家中获得了很高的评价，其名气与王之涣的同题目诗作差相近似。

"天势围平野，河流入断山"二句，描写鹳雀楼四周壮阔的景象，景中寓情，抒写了诗人登临的喜悦之情。大意是：从鹳雀楼眺望，中条山脉莽莽苍苍，绵亘向西，与华山相接，其连绵的山势围住了眼前的平野；奔腾咆哮的黄河，从断开的山脉之间流入，滚滚滔滔向远方奔去。

诗人抒怀励志，不甘困顿，目光远大，因而登临赋诗，能以简练的笔触，勾勒出山河的形势和气势。诗人胸襟开阔，激情荡漾，无羁无束，酣畅淋漓，似乎能冲决一切堤坝的约束，奔突向前。

207 人面不知何处去，桃花依旧笑春风。

作者简介：

崔护（生卒年不详）字殷功，博陵（今河北省定县）人。唐代诗人。贞元十二年（公元796年）进士。大和三年（公元829年）由京兆尹出为御史大夫、广南节度使。工诗。以《题都城南庄》诗知名。后世的戏剧节目《崔护求浆》《人面桃花》等均取材于此。《全唐诗》录存其诗6首。

注释：

1. 选自唐代崔护《题都城南庄》诗："去年今日此门中，人面桃花相映红。人面不知何处去，桃花依旧笑春风。"都城：指京城长安。
2. 人面：指姑娘娇俏的面容。 相映红：指姑娘的面容与红色的桃花互相映衬。
3. 笑春风：桃花盛开在春风里，仿佛在欢笑。

品鉴 这首诗描写诗人故地重游、追觅心有所属的美丽姑娘。不巧的是未能相遇，睹物思人，表达出一种委婉情深的爱意和悠悠长恨的眷恋之情。

"人面不知何处去，桃花依旧笑春风"两句，大意是：去年的今天，我在这里遇到一位美丽的姑娘，一见钟情，爱意无限，可是如今来找她，春光依然明媚，桃花依然红艳，那风姿绰约、楚楚可人的姑娘却不知哪里去了？只有和她一样美丽的桃花，依然在春风中露出迷人的笑靥。

语言通俗浅近，叙写简洁，情味深永。特别是"不知""依旧"词语的运用，委婉含蓄地表达了诗人内心深沉、复杂的情感，使诗句节奏有一定跌宕，并涂抹上一层浓郁的感情色彩，耐人寻味。

据唐代孟棨《本事诗》记载：崔护于德宗贞元元年（公元785年）赴长安应进士试，落第后去郊野踏青解闷。在城南一桃花盛开的院门前求水喝，见到一个美丽的姑娘，巧笑怡人，美目流盼，倚着灼灼桃花，楚楚动人。崔护情摇意夺，以言语试其心愿。姑娘欲言不言，如不胜情。第二年清明，崔护又来到南庄，寻找姑娘。只见门前桃花依旧，无语迎人，门上却挂了把将军锁，寂静无人。崔护怅然有失，便在门上题写了这首诗，并署上自己的姓名。

姑娘回家，读了门上题诗，进门便卧床不起。过了几天，崔护眷念姑娘，又去寻访。进门见姑娘躺在床上，面如纸色，已经奄奄一息了。便大声哭喊道："大姐醒醒，大姐醒醒，崔护看你来了！"

原来姑娘姓桃名小春，自幼勤读诗书，尚未许人。自去年见到崔护以后，便整日闷闷不乐，失魂落魄。前几日为亡母扫墓归来，见了门上题诗，一病不起，已不省人事多日了。

听到崔护的哭喊声，姑娘渐渐缓过气来，见是崔护，嘤嘤啜泣。经过此番波折，两人更觉难舍难分，遂结百年之好。贞元十二年（公元796年），崔护考中进士，夫妻和睦，生活美满。

后人还以此为题材，编写了《崔护求浆》《人面桃花》等戏剧，在民间广为流传。

今天，"人面桃花"常用来比喻思慕不可见的姑娘而产生的惆怅心情。

208 复恐匆匆说不尽，行人临发又开封。

作者简介：

张籍（约767年～约830年）字文昌，祖籍吴郡（今江苏省苏州市），后移居和州乌江（今安徽省和县）。唐代诗人。家贫。贞元十五年（公元799年）进士。历任国子助教、秘书郎、国子博士、主客郎中等职。后迁任水部员外郎，世称张水部。又升任国子司业，又称张司业。工诗。与王建齐名，同为中唐新乐府运动的代表诗人，世称"张王"。与韩愈、孟郊、元稹、刘禹锡、白居易等友善，常有诗作唱和。其诗以乐府著称，能广泛而深刻地反映当时社会的各种矛盾。形式多样，通俗易懂，凝练精警。《全唐诗》录存其诗450余首，编为五卷。有《张司业集》传世。

注释：

选自唐代张籍《秋思》诗："洛阳城里见秋风，欲作家书意万重。

复恐匆匆说不尽，行人临发又开封。"

品鉴　　这首诗表达了做客异乡的游子深切怀念故乡和亲人的思想感情。

"复恐匆匆说不尽，行人临发又开封"两句，活画出了人物匆忙间托人捎信的微妙的内心活动。大意是：出门远行的游子托人给家人捎信，问候、思念、担忧、父母、妻儿……要说的话很多很多。书成之后，似乎想说的话都已经写上了；但当捎信的人即将出发的时候，又担心起来，感到刚才太匆忙，无暇细细思考，生怕漏掉了什么重要的内容，于是又把已经封好的信拆开来再看一遍。

诗人对亲人的深切思念，千言万语，难以尽述。"临发又开封"一句，将这种心理刻画得入木三分，情真意切，别致生动，充分表达出他乡游子丰富复杂的思想情意。

北宋王安石在《题张司业诗》中评其诗说："看似寻常最奇崛，成如容易却艰辛。"深谙张籍诗歌创作的要旨和甘苦。

209　今夜月明人尽望，不知秋思落谁家。

作者简介：

　　王建（生卒年不详）字仲初，颍川（今河南省许昌市）人。唐代诗人。大历十年（公元775年）进士。历任渭南尉、昭应县丞、秘书郎、秘书丞等职。大和中，出为陕州司马，从军塞上。工诗。与张籍交谊尤深，又都擅长乐府，世称"张王乐府"。其诗继承乐府民歌的现实主义传统，能多方面地反映中唐时期的社会面貌。元代辛文房《唐才子传》称其"于征戍迁谪，行旅离别，幽居官况之作，俱能感动神思，道人所不能道"。其《宫词》百首亦较有名。《全唐诗》存其诗520余首，编为六卷。有《王司业集》传世。

注释：

1. 选自唐代王建《十五日夜望月寄杜郎中》诗："中庭地白树栖

鸦，冷露无声湿桂花。今夜月明人尽望，不知秋思落谁家。"
2. 秋思：见秋色而触动思乡之情。

品鉴 这是诗人吟咏中秋明月，表达秋思离情的一篇名作。

"今夜月明人尽望，不知秋思落谁家"两句，大意是：皎皎一轮明月，悬挂在浩渺无垠的青天之上，清辉如水，泻满大地，此时此刻，天下何人不在伫立赏月，何人不在低回徘徊，神驰乡关呢？月光凄清，动人相思离愁，不知道那深深的怀乡思亲的"秋思"将会落到哪一个人家？

诗人在这里提出了"秋思落谁家"疑问。其实，这个答案是无须回答的。因为明明是诗人自己在怀人，诗人所要表达的正是自己那份感秋之意，思乡之情。此时此刻，"秋思"最浓厚最诚挚的也正是诗人自己。只不过他不用直接抒情的方法来抒写自己思念之情，而是使用委婉的笔法，通过问询的方式，将自己无边的秋思表达得更加婉曲动人，更加蕴藉深沉罢了。

"落"字为句中诗眼，诗人炼字不同凡响，"落"字用在这里，化静为动，生气充溢，诗的意境也因此而显得新颖隽永，思深情长，仿佛那无尽的秋思已随着凄清的月光洒遍了人间。言有尽而意无穷，余韵悠然，耐人寻味。

210 自是桃花贪结子，
错教人恨五更风。

注释：

1. 选自唐代王建《宫词》百首之一："树头树底觅残红，一片西飞一片东。自是桃花贪结子，错教人恨五更风。"宫词：王建作有《宫词》100首，广泛地描写了唐代宫廷的生活情况。王建和宦官王守澄同宗，有关材料是从王守澄那里听来的，由于背景真实，所以刻画细腻生动，在艺术上也颇具特色，当时和后世都有不少人模仿。

2. 结子：喻女子出嫁。《诗经·周南·桃夭》："桃之夭夭，有蕡其实。之子于归，宜其家室。"用桃花结子暗示女子出嫁。
3. 五更：旧时把一夜分为一、二、三、四、五更。此指第五更。

品鉴 　　这首诗描写宫廷妇女的生活，构思新颖，委婉含蓄，耐人回味。

"自是桃花贪结子，错教人恨五更风"两句，从字面看，大意是：桃花长到一定的时候就凋谢了，花瓣也掉了下来，这是因为它忙着要结果实了；人们却错误地怨恨拂晓前的那阵风，以为是风把美丽的花瓣吹残了。

然而，这两句诗仅从字面上理解是远远不够的，这样理解也不能真正读懂宫女们内心的怨苦。为此，我们须先了解桃花"结子"的含义。《诗经·周南·桃夭》第二章说："桃之夭夭，有蕡其实。之子于归，宜其家室。"前两句写桃花开得艳丽，结出了甘美的果实，是起兴。接着讲一位姑娘出嫁了，她是家里的好媳妇，定会和家人和谐融洽地相处。王建在这两句诗里面引用《桃夭》的含义，其主旨是暗示女子出嫁。

桃花有结子的自由，那么，像《桃夭》中的姑娘一样，女大当嫁也是自然的、合乎情理的事情。然而宫中的姑娘们却连桃花都不如，不能像民间姑娘一样能够出嫁，找一个自己心仪的夫婿，过上幸福美满的生活。所以，"桃花贪结子"这一句，言外之意是表达宫女们对桃花的羡慕、妒忌，暗示了宫女们生活的不幸、孤独和怨恨。

然而，诗人在表达这一意蕴时，却不明白地直接说出来，而是采用婉曲的笔法，说桃花凋谢不能错怪"五更风"，是它自己"贪"结子造成的。语气十分委婉，含义却很丰富生动，深刻反映了封建制度扼杀妇女自由幸福生活的反人道的残酷现实。

211 天街小雨润如酥，
　　　草色遥看近却无。

作者简介：

韩愈（公元768年~824年）字退之，河南河阳（今河南省孟州市）人。唐代诗人，文学家。世称韩昌黎。少年时刻苦攻读。

贞元八年（公元792年）进士。曾任监察御史、中书舍人、刑部侍郎等职。元和十四年（公元819年），因上书谏迎佛骨，触怒宪宗，被贬为潮州刺史，又改任袁州刺史。翌年召为国子祭酒。历任兵部侍郎、京兆尹，官终吏部侍郎，因称韩吏部。谥号"文"，又称韩文公。韩愈是文拯八代之衰的古文大家，倡导古文运动，反对骈俪文风。为文深刻，境界开阔。做诗也喜欢用散文的气势入句。其诗想象奇特，气势雄浑，风格"奇崛险怪"，自成一家。是韩、孟（郊）诗派的代表诗人。时人认为他上承杜诗，下启宋派，对后世影响较大。为唐宋八大家之一。《全唐诗》存其诗400余首，编为十卷。有《昌黎先生集》传世。

注释：
1. 选自唐代韩愈《早春呈水部张十八员外》二首之一："天街小雨润如酥，草色遥看近却无。最是一年春好处，绝胜烟柳满皇都。"张十八：张籍。张在兄弟辈中排行十八。时任水部员外郎。
2. 天街：京城中的街道。此指唐朝都城长安。　酥：奶油，牛羊乳汁的制品，这里作滑润解。
3. 遥看：远看。

品鉴　这是一首描写春天景色的小诗，写于唐穆宗长庆三年（公元823年），原作二首，这是第一首。

"天街小雨润如酥，草色遥看近却无"两句，描写初春长安城的景色，细腻新颖，是历来传诵的名句。大意是：大街上飘着蒙蒙春雨，滋润如酥，空气十分清新；远远的地面上，小草刚刚冒出了嫩芽，泛出了一抹淡淡的、朦朦胧胧的茵茵绿色，可是走近一看，地面上纤细的草尖疏疏朗朗地分布着，什么也看不出来。

诗人抓住春雨滋润大地，枯草刚刚萌芽这一细微的变化，准确、精彩地写出了早春景物的特色。他犹如一位高明的水墨画家，挥洒着一支生花妙笔，饱蘸水分，在画面上随意一抹，就绘成了一幅清新悦目的早春草色图。诗人的观察极为细致，比喻也很新颖，描写景物时兼摄远近，而能于空处传神。所以清代黄叔灿在《唐诗笺注》中评论这两句诗说："'草色遥看近却无'，写照工甚，正如画家设色，在有意无意之间。"

诗人在艺术表现方面，十分讲究炼字造句。如前一句中的"润"字，非常恰当地表明春雨来得及时，滋润大地，十分可贵；接着再用一"酥"字，形容"润"的样子，形象地表现了春雨滋润催生万物，带来无限生机的作用，读来清新动人。后一句用"遥看"、近看的对比手法，把初春草芽泛绿的情景，鲜明准确地表达了出来。笔法细腻，生意盎然。

212 欲为圣明除弊事，肯将衰朽惜残年！

注释：

选自唐代韩愈《左迁至蓝关示侄孙湘》诗："一封朝奏九重天，夕贬潮阳路八千。欲为圣明除弊事，肯将衰朽惜残年！云横秦岭家何在？雪拥蓝关马不前。知汝远来应有意，好收吾骨瘴江边。"左迁：唐时右尊左卑，故称贬官为"左迁"。　蓝关：即峣关，在今陕西省蓝田县东南。

品鉴　元和十四年（公元819年）正月，唐宪宗命人从凤翔法门寺迎释迦文佛指骨，入宫供养。韩愈素不信佛，时为刑部侍郎，上奏疏《论佛骨表》，极力反对，触怒宪宗，贬为潮州刺史。潮州在今广东省东部，远离京师长安，其间行程八千多里。但是韩愈并没有气馁，在行至蓝关时，他的侄孙韩湘赶来同行，诗人慷慨激昂地写下这首名诗，表明心志。

"欲为圣明除弊事，肯将衰朽惜残年"两句，大意是：我上表劝谏迎佛骨入京，目的是替朝廷除掉弊端，使政治清明；哪能因为自己年老体衰，珍惜晚年的岁月而不坚持正确的意见呢？

诗人被贬之后，仍然认为反对"迎佛骨"是"除弊事"，坚信自己的意见是正确的。诗人尽管为此事忠而获罪，非罪而远谪，招来一场大祸，但志向却老而弥坚，始终不愿妥协，亦无怨悔。表现了正直知识分子忠于国家，忠于职守，刚直不阿的精神品格和浩然正气。

213　蚍蜉撼大树，可笑不自量。

注释：

1. 选自唐代韩愈《调张籍》诗（节录）："李杜文章在，光焰万丈长。不知群儿愚，那用故谤伤！蚍蜉撼大树，可笑不自量。伊我生其后，举颈遥相望。"调：戏赠。
2. 蚍蜉：蚂蚁的一种。　撼：摇动。
3. 不自量：不衡量一下自己的力量。

品鉴　中唐时期盛行王、孟和元、白的诗风，李白、杜甫的成就因而被忽略，有些人甚至还无端进行贬抑。针对这些糊涂认识，韩愈在这首诗中高度赞美李白、杜甫的诗歌，表现出由衷地景仰倾慕之情，在当时起到了拨乱反正，振聋发聩的作用。

"蚍蜉撼大树，可笑不自量"两句，大意是：李白、杜甫是历史上最伟大的诗人，他们的诗歌作品美轮美奂，无与伦比，光照日月，永垂千古，有些人想要抹杀它的光芒，就像蚂蚁想撼动参天大树一样，是徒劳的，可笑他们太不自量力了。

诗句对李白和杜甫予以崇高评价，认为他们的卓越成就光耀千古，他们的崇高地位不可撼动，表现了诗人卓尔不群的见识和爱憎分明的感情。

214　草木知春不久归，百般红紫斗芳菲。

注释：

1. 选自唐代韩愈《晚春》诗："草木知春不久归，百般红紫斗芳菲。杨花榆荚无才思，惟解漫天作雪飞。"诗题一作《游城南晚春》。

2. 不久归：快要回去。指春季即将结束。
3. 红紫：指花朵。百般红紫，即万紫千红。　芳菲：花草美丽芬芳。

品鉴　这首《晚春》诗描写暮春时节的风光景色，是韩愈诗歌中颇富奇趣的小品，历来各种选本几乎都要选到它。

"草木知春不久归，百般红紫斗芳菲"两句，大意是：春天即将归去，草木似乎知道了这个信息，它们为了要留住春天的脚步，正千方百计使出浑身招数，争妍斗艳，把大地装点得处处花红柳绿，姹紫嫣红一片。

暮春季节往往易于与春光易逝、好景难留联系在一起，常常引起骚人墨客韶华易逝，青春难再的感叹。所以，诗人们在描写暮春景色时，总会或多或少地流露出一种惜春怜春的感伤情调。但韩愈这首诗却不一样，他用拟人化的手法，不但将无情的"草树"写得有情有义，知道春天将尽，十分珍惜，而且还能"斗"群芳，争奇斗妍，竞相开放。诗人构思新奇，用他的一支彩笔，描绘出一幅万紫千红、生意盎然的"群芳图"，表达了乐观开朗的情绪和浪漫进取的精神。

215　请君莫奏前朝曲，听唱新翻杨柳枝。

作者简介：

刘禹锡（公元772年~842年）字梦得，洛阳（今河南省洛阳市）人。唐代诗人。少年时从皎然学诗。贞元九年（公元793年）进士。曾任太子校书、监察御史等职。参加王叔文集团，推行"永贞革新"，试图革新政治，失败后贬为朗州（今湖南省常德市）司马。后历迁连州刺史、夔州刺史、和州刺史及礼部郎中，官至太子宾客，世称刘宾客。其诗题材较广泛，尤以贬谪期间，寄寓激愤和怀古喻今之作最为有名。善于吸取民歌营养，风格通俗，清新明快，精炼含蓄。如《竹枝词》模拟巴楚民歌，语言清新爽朗，音韵和谐，深得民歌特点，向来脍炙人口。《全唐诗》存其诗近800首，编为十二卷。有《刘梦得文集》传世。

注释：

1. 选自唐代刘禹锡《杨柳枝词》九首之一："塞北梅花羌笛吹，淮南桂树小山词。请君莫奏前朝曲，听唱新翻杨柳枝。"
2. 前朝曲：指过去《梅花落》等旧曲子。
3. 新翻：重新改作、创作新曲。　杨柳枝：汉乐府《横吹曲》旧题，原名《折杨柳》，歌词多借杨柳为题，托物抒情，因物寄兴。

品鉴

　　唐代《杨柳枝》曲调在民间流行很广，一些文人也颇感兴趣，写了不少《杨柳枝词》，内容与杨柳有关，或借杨柳托物抒情，或借杨柳因物寄兴。著名诗人白居易就作有《杨柳枝词》八首。刘禹锡与白居易唱和，也写了《杨柳枝词》九首，这是第一首。

　　"请君莫奏前朝曲，听唱新翻杨柳枝"。大意是：前朝的曲词虽然悦耳动听，但是已经陈旧了，劝你不要再演唱了；还是听听我新改编谱成的《杨柳枝》曲吧！

　　《杨柳枝》原名《折杨柳》，属《乐府旧题》，乐府横吹曲中有《折杨柳》曲，鼓角横吹曲中有《折杨柳歌辞》，相和歌辞中有《折杨柳行》，其歌辞基本上都是汉魏六朝时期用五言古体写的作品。而唐朝文人的《杨柳枝词》，则都是用七言近体的绝句写成的。在形式上，如句式和字数上，是翻了新的；在内容上，如白居易、刘禹锡等诗人，也力求写出新意，所以刘禹锡敢于自信地大声疾呼"听唱新翻杨柳枝"了。

　　这两句诗充分表现了诗人大胆创新，推陈出新的创作主张，符合艺术发展的辩证法，也颇有哲理的启示意义：艺术创作从形式到内容都在不断地向前发展着，陈旧的东西必然要消亡，新生的东西总要兴起。如果一味地留恋过去，什么都是前人的好、古人的好，凡是前辈先贤说过的或做过的就不能动，不能改，必然阻碍事物自身的发展。刘禹锡吟唱"请君莫奏前朝曲，听唱新翻杨柳枝"，正是用诗歌艺术的形式，反对因循守旧，主张革新前进，这种厚今薄古的观点，是非常可贵的，也是值得大力发扬光大的。艺术创作是如此，世间事物的发展又何尝不是如此呢！

　　现在人们常用"请君莫奏前朝曲"来讽刺那些思想守旧，喜欢留恋过去的人。

216 城中桃李须臾尽，
争似垂杨无限时。

注释：

1. 选自唐代刘禹锡《杨柳枝词》九首中的第四首："金谷园中莺乱飞，铜驼陌上好风吹。城中桃李须臾尽，争似垂杨无限时。"
2. 须臾：瞬间，迅速，很快。　尽：完，结束。
3. 争似：哪比得上，哪里像。争：怎，怎么。

品鉴　这是刘禹锡与白居易唱和写的《杨柳枝词》九首中的第四首。内容是借杨柳因物寄兴，委婉地表达自己对世事的看法和认识，含有一定的哲理思考。

"城中桃李须臾尽，争似垂杨无限时。"大意是：城中桃李花势正盛，一时桃红李白，艳冶一片，占尽春光，得意非常，然而一阵风吹过，花瓣很快便凋谢零落，残红遍地；哪里比得上郊野的杨柳，葱葱郁郁，绿阴照人，迎风飘舞，拥有无限的生机和活力。

诗人以桃李的鲜艳一时比喻王侯富贵不会长久，以杨柳的青绿无限比喻品格操守的恒久美丽，比喻巧妙，富有新意。刘禹锡这样大声地赞美杨柳，鄙抑桃李，爱憎分明，鲜明地表现了诗人自己立身处世的光明品格和磊落胸怀，令人钦佩。

这两句诗也蕴含了一定的哲理，至今仍有启迪意义，常用来说明一个人要想经得起环境的考验，不能徒有其华而无其质。

217 东边日出西边雨，
道是无晴却有晴。

注释：

1. 选自唐代刘禹锡《竹枝词》二首中的一首："杨柳青青江水平，闻郎江上唱歌声。东边日出西边雨，道是无晴却有晴。"竹枝词：

唐代巴渝地区（今重庆市一带）的一种民歌。体制形式与绝句差不多，每首四句，因唱时多加和声"竹枝"而得名。刘禹锡任夔州刺史（今重庆市奉节县）时很喜欢这种民歌，先后拟作了两组《竹枝词》。这是其中的一首。《竹枝词》的创作到贞元、元和年间更加盛行。

2. 东边日出：东边出太阳。西边雨：西边下雨。

3. 晴：天晴，又因谐声而指"情"。

品鉴　这是刘禹锡写的一首朗朗上口、脍炙人口的情歌，民歌风味十足。

"东边日出西边雨，道是无晴却有晴"两句，描写了一个初恋姑娘独特的心理感受。大意是：江边垂柳依依，江中流水静静，远处忽然传来情郎的歌声。姑娘对情郎早就芳心暗许，梦想着有朝一日共筑爱巢，白头偕老。可是情郎的态度总是暧昧不清，不知道他的心意到底如何？姑娘心里犯着嘀咕：他真心爱我吗，为什么有时候又显得那么冷淡；他不喜欢我吗，为什么有时候又对我那么热情？他的心，就像这江面上的天气：东边太阳从云层里露出了笑脸，西边天空却还在下雨，天气变化不定，说是没晴（情）吧，好像又有晴（情）的地方，让人捉摸不透。

诗人以天气的"晴"，巧谐爱情的"情"，语意通俗，谐音双关，音节谐婉，含而不露。表现了"郎"的感情似有若无，有有无无，藕断丝连，变化不定。活现出姑娘有几分希冀、有几分狐疑、有几分羞涩的情态和心情。

明代谢榛在《四溟诗话》中评价这两句诗说："措辞流丽，酷似六朝"，具有南朝乐府民歌的艺术特色。

218　美人首饰侯王印，
　　　　尽是沙中浪底来。

注释：

1. 选自唐代刘禹锡《浪淘沙》九首中的第六首："日照澄洲江雾

开，淘金女伴满江隈。美人首饰侯王印，尽是沙中浪底来。"浪淘沙：唐朝教坊（乐工训练机构）的歌曲名，起于民间。不同于后来的词牌《浪淘沙》。刘禹锡《浪淘沙》是用民歌体写的七言组诗。

2. 美人：此指贵族妇女。　首饰：指用黄金做的头部装饰品。侯王印：古代王侯的印章是用黄金铸成的，以显示权力和尊贵。

3. 沙中浪底：指在河沙中淘洗沙金。

品鉴　这首诗描绘淘金妇女们一年四季辛勤地劳作，创造了丰富的社会财富，但她们的生活却十分艰辛，难得温饱。而统治者们不劳而获，却无止境地占有、享受着淘金妇女们的劳动成果。揭示了当时不合理的社会现象，表达了作者的民本观和劳动创造财富的进步思想。

"美人首饰侯王印，尽是沙中浪底来"两句，采用对比写法，展示贫富两极的生活，揭示出本诗的主旨：美人身上珍贵的黄金首饰和侯王手中象征王权的金印，都是淘金女们冒着严寒，不顾水冷，丢下家中嗷嗷待哺的小孩和年迈的父母双亲，千辛万苦从浪底沙中一点点淘洗出来的。

诗人以首饰、印玺象征王公贵族的奢侈和权势，以"沙中浪底"刻画淘金工作的艰辛劳苦，主旨深刻，立意高远，表达了诗人对劳苦大众的深切同情。诗句语言朴实，叙事抒情浑然一体，有着强烈的艺术感染力。

219　千淘万漉虽辛苦，
　　　吹尽狂沙始到金。

注释：

1. 选自唐代刘禹锡《浪淘沙》九首中的第八首："莫道谗言如浪深，莫言迁客似沙沉。千淘万漉虽辛苦，吹尽狂沙始到金。"

2. 千淘万漉：指淘金者用反复冲洗、过滤的方法，提取金沙。淘、漉是为了把杂质去掉。

3. 狂沙：指迷惑人的沙子。沙子也有闪光的，看似金沙，故言。

狂,通"诳",欺骗,迷惑。　　始:才能。　　到:得到。

品鉴　　刘禹锡因参加王叔文集团,推行"永贞革新",试图改革政治,失败后遭谗言诬陷,被贬逐出了政治权力中心京城长安。先任郎州司马,后迁任连州刺史,转为夔州刺史,这首诗就是诗人在夔州时写的。

"千淘万漉虽辛苦,吹尽狂沙始到金。"大意是:淘金的时候,反复过滤,反复筛选,虽然非常辛苦,但经过千遍万遍的冲洗淘滤以后,去掉了泥沙,得到的就是真正的金子了。

诗人以淘金为喻,说明清直之士,虽一时遭受诬陷,但经过无数次的考验和磨难之后,其高尚品质终会被人们发现,终能洗雪罪名,大白于天下。因为谗言尽管欺骗性很大,一时能蒙蔽住人,但最终是要破产的。从这两句诗里,充分显示了诗人虽屡遭贬谪,但意志却未消磨,始终相信自己的高风亮节终将被世人所认识的坚定信念。

诗句还从另一个角度,表达了一个普遍而又千真万确的真理:任何成功的取得,都要经过艰苦的奋斗,巨大的成功,则须付出巨大的努力。犹如沙里淘金一样,"千淘万漉虽辛苦,吹尽狂沙始到金。"

220　马思边草拳毛动,雕眄青云睡眼开。

注释:
1. 选自唐代刘禹锡《始闻秋风》诗:"昔看黄菊与君别,今听玄蝉我却回。五夜飕飕枕前觉,一年颜状镜中来。马思边草拳毛动,雕眄青云睡眼开。天地肃清堪四望,为君扶病上高台。"
2. 思边草:思念边地的草。喻指向往边塞战斗的生活。　　拳毛动:马的鬃毛在抖动。形容骏马将要跑动时的神勇姿态。
3. 雕:一种猛禽,嘴呈钩状,视力敏锐,能捕食山羊、野兔等小动物。　　眄:斜着眼看。　　青云:指蓝色的天空。　　睡眼:形容雕合眼休息中忽然睁开了眼睛。

品鉴　　这是一首描写秋意,表现诗人远大志向的诗篇。它丝毫没有一般文人的悲秋之慨，而是充满了一种积极向上的乐观精神和渴望进取的战斗意志。诗的颈联就是这种精神和意志的充分体现。

"马思边草拳毛动，雕眄青云睡眼开"。大意是：骏马思念边塞的秋草，昂起头，抖动着拳曲的鬃毛，将要昂首奋蹄，踏破关隘，驰骋于千里戈壁；猛雕睁开了睡眼，顾盼着蔚蓝天宇中飘动的一片云彩，欲振翅冲天，搏击万里长空。

"拳毛动"，极为传神地刻画出骏马"聆朔风而心动"的神勇形象，"睡眼开"活画出猛雕"眄天籁而神惊"的勃勃英姿。一"思"一"眄"，显示出他们内心那种战斗的意志和不可遏止的潜在力量，似乎随时都会迸发出来，如长风如闪电般地冲锋陷阵，横扫一切。而这一切，正是秋风使然。诗人透过骏马和猛雕这两个形象，歌颂秋之美妙，秋之神奇，秋之力量。总之，是秋给予了他们虎虎生气，赋予了万物以饱满的活力。

当然，诗人塑造"马思边草""雕眄青云"的英武形象，归根结底还是喻志，抒发自己壮心不已、自强不息的豪情壮志。所以清代沈德潜在《唐诗别裁》中赞誉说："下半首英气勃发，少陵操管不过如此。"给予了很高评价。

221 芳林新叶催陈叶，流水前波让后波。

注释：

1. 选自唐代刘禹锡《乐天见示伤微之、敦诗、晦叔三君子，皆有深分，因成是诗以寄》："吟君叹逝双绝句，使我伤怀奏短歌。世上空惊故人少，集中惟觉祭文多。芳林新叶催陈叶，流水前波让后波。万古到今同此恨，闻琴泪尽欲如何？"
2. 芳林：生长茂盛的树林。　陈叶：枯败的树叶。
3. 让：谦让，退让。这里是退避的意思。

品鉴　这是诗人回答白居易伤逝故人的诗作，表达了一种对自然规律的真知灼见和豁达的人生态度。

"芳林新叶催陈叶，流水前波让后波"。大意是：春天到了，林中的树木开始发芽长出了新叶，迅速成为一片绿阴，似乎在催促老叶快点离去；滔滔的流水翻着波浪，以不可阻遏之势滚滚向前，似乎前浪总是让位给后面的波浪。

诗句深刻地说明了新陈代谢是事物不可避免的客观规律，生生死死也是很自然的事情，人们完全不必为此伤感。同时也喻示了在人类社会中，新旧代替不可避免的哲理启示：后生可畏，青出于蓝而胜于蓝，充满无限生机和活力；而前辈也总是奖掖后进，扶持年轻人，希望他们赶超自己，并主动让贤，使年轻有为者能够脱颖而出，早担重担，保证事业后继有人，不断走向更大的辉煌。

比喻新颖，寓意精切，情调豁达，哲理昭然，给人以深刻的启迪。

222 百胜难虑敌，三折乃良医。

注释：

1. 选自唐代刘禹锡《学阮公体》三首中的第一首："少年负志气，信道不从时。只言绳自直，安知室可欺。百胜难虑敌，三折乃良医。人生不失意，焉能暴己知。"诗题一作《效阮公体》，共三首。阮公：指魏、晋之际的著名诗人阮籍，以写《咏怀诗》著称于世。
2. 虑：考虑，分析判断。
3. 三折：指胳臂三次折断。

品鉴 刘禹锡对社会现实的黑暗和腐败深感忧虑，心中苦闷，遂仿效魏、晋之际著名诗人阮籍的《咏怀诗》，写了三首拟古诗，以抒怀言志。这是其中第一首。在这首诗中，诗人总结自己走上社会、进入仕途，特别是参加"永贞革新"失败后的实践和斗争经验，说明一个人在经历了一定的生活阅历、政治斗争实践以后，受了挫折，更能认识人生道路的坎坷曲折，从而会变得更加成熟起来。

"百胜难虑敌，三折乃良医"两句，大意是：经验丰富，打过一百次胜仗的将军，也有难以完全掌握敌情、识破敌人计谋的时候，以至于遭致败绩；而多次折断胳膊的人，反复治疗，知道医方优劣，积累了经验，就可能成为高明的医生。

"三折乃良医"句,出自《左传·定公十三年》中的一段话:"三折肱(胳臂),知为良医。"诗人化用这句话入诗,以形象化的比喻,道出了智者千虑必有一失,实践出真知、长才干的道理,富于哲理的思考:说明胜利了不能自满,失败了不要气馁。只要善于吸取经验教训,失败反而是一种收获,一种生活中难有的教益,能够帮助一个人取得成功。正如一个将军,一个折臂的人,在经过了多次战斗和多次的医疗实践后,增长了经验,就会提高指挥作战的能力和治病技术一样。

所以,挫折和失败对于一个人来说,既是坏事,又是好事,只要善于认识和对待,它会使一个人变得更加聪明,更加坚强,更加成熟。相反,如果一个人的一生太顺利,一帆风顺,没有经历过重大挫折或失败的磨炼和考验,不可能很快成熟和成长起来,也不可能正确认识自己,认识别人。其致命的弱点就是看不清自己的缺点和不足,这对于一个人的成长来说,将是十分不利的。

223 遥望洞庭山水色,
白银盘里一青螺。

注释:

1. 选自唐代刘禹锡《望洞庭》诗:"湖光秋月两相和,潭面无风镜未磨。遥望洞庭山水色,白银盘里一青螺。"洞庭:洞庭湖。
2. 山:指君山,在洞庭湖中。
3. 白银盘:指水月交辉的洞庭湖面。 青螺:古代一种精制的螺形黛色墨,用于绘画或女子画眉。此处用以比喻君山。

品鉴　　刘禹锡在贬逐南荒的20年间,曾6次到过洞庭湖。这一次是秋天,诗人改任和州刺史,一路之上"浮岷江,观洞庭,历夏口,涉浔阳而东",前往和州上任。这一次经过洞庭湖时,写了这首诗,描写秋天月夜洞庭的湖光山色,及其呈现出的空灵、缥缈、宁静、和谐的境界,优美迷人,宛如一幅动人的山水画。

"遥望洞庭山水色，白银盘里一青螺"两句，从月夜遥望的角度，写出了洞庭湖浩大与精致相结合的神韵美：皓月中天，一湖清辉，秋天的洞庭，没有风，一平如砥，湖水清明澄澈，在月光的朗照下显得格外明净；远远望去，浩瀚的湖面宛如一只玲珑剔透的白银盘，而君山耸峙湖中，在月光下深碧如染，小巧玲珑，犹如白银盘里托着的一颗青螺，十分惹人喜爱。

诗人从"望"字着眼，写远望君山的景象，奇丽精美，见出诗人浪漫的奇思壮采。而把千里洞庭比作案几上的一个杯盘，托着一个小巧精致的青螺，其构思之巧妙，比喻之贴切，气度之不凡，更令人叹为观止，拍手叫绝。这种以山显水，以水托山，山水相互映衬的艺术手法和夸张的语言，巧妙地纳千里之景于尺幅之中，使描绘的景物显得特别清奇灵秀，精美可爱，别具一种朦胧的静谧的美，给人以独特的审美感受。

224 晴空一鹤排云上，便引诗情到碧霄。

注释：

1. 选自唐代刘禹锡《秋词》二首中的第一首："自古逢秋悲寂寥，我言秋日胜春朝。晴空一鹤排云上，便引诗情到碧霄。"
2. 排云上：排开云层，一飞冲天。
3. 诗情：诗歌创作的激情，志向，志气。《尚书·虞书·尧典》："诗言志，歌永言，声依永，律和声。"

品鉴 这首咏秋的小诗，以诗人对秋的独特感受，一反过去文人悲秋的传统，谱写了一曲昂扬的秋的颂歌，给人以奋发向上的精神力量。

"晴空一鹤排云上，便引诗情到碧霄。"大意是：秋高气爽，晴空万里，朵朵白云在澄碧的天空中慢慢飘浮，一只白鹤从地面冲天而起，排开云层，飞向广阔的天宇，令人精神倍增，激情满怀，充满凌云的志向和壮阔的诗情。

在诗人眼里，秋天不是萧瑟、肃杀、寂寥，而是充满了生命的律动和旺盛的活力。因此，诗人塑造出一只一飞冲天、顽强奋斗的"鹤"的意象，让这只振翅高飞、凌厉矫健、排云直上九霄的鹤，与充满生命活力的秋天相匹配，相一致，相互发挥。这样的景象自然是亮丽多彩的，这样的画面自然更是壮阔感人的。

诗人说"便引诗情到碧霄"，既蕴含有丰富的美感和情趣，也发人思索，给人以哲理的启示：它带给人们的不是自怨自艾，悲观失望，而是生气勃勃，奋发有为，是一种激励，一种豪情，一种大展宏图的雄心壮志，能激发人们为理想而不懈奋斗的英雄气概，为事业而一往无前的进取精神。

225　兴废由人事，山川空地形。

注释：

1. 选自唐代刘禹锡《金陵怀古》："潮满冶城渚，日斜征虏亭。蔡洲新草绿，幕府旧烟青。兴废由人事，山川空地形。后庭花一曲，幽怨不堪听。"金陵：南京市的一个古称。在历史上曾是三国时期的吴国、东晋、南朝宋、齐、梁、陈的都城。
2. 兴：兴旺，兴起。　废：衰落，衰败。　由：决定于。　人事：指政治、政策等治国之事。
3. 山川：山河，指地理形势。　空：徒然，白白。　空地形：徒然具有险要的地形。

品鉴　这是宝历二年（公元826年）刘禹锡任和州刺史期间，途经金陵时写的一首怀古诗。诗人通过凭吊金陵古迹认识到：国家的兴亡取决于人事，巩固政权要靠民心的拥护和支持，而不能仅仅凭借山川地形的险要。充分反映了刘禹锡进步的历史观和重视"人事"的民本主义思想。

"兴废由人事，山川空地形"两句，总结历史经验，指出国家的兴废不在地理形势的险要与否，而在人事。大意是：国家的兴衰存亡，主要取决于人事，即政治的优劣和人心的向背，六朝帝王们妄图依恃金陵地势的险要立国久远,最终"人事"不济,荒淫腐败,失去民心,一个接一个都灭亡了。险要的山川形势不足以作为长治久安的凭恃,也不能决定一个国家的兴亡。

在这两句诗里,诗人思接千里,自铸伟词,揭示了六朝兴亡的秘密,提出了社稷之存"在德不在险"的卓越见解。并示警当世:六朝的繁华哪里去了?当时的权贵而今安在?险要的山川形势并没有保住他们的江山。当朝的统治者们应该记取这个历史教训,不要重蹈六朝国君败亡的覆辙。

226 长恨人心不如水,等闲平地起波澜。

注释:

1. 选自唐代刘禹锡《竹枝词》九首中的第七首:"瞿塘嘈嘈十二滩,此中道路古来难。长恨人心不如水,等闲平地起波澜。"
2. 等闲:无缘无故,平白的。
3. 波澜:以水的波澜比喻造谣生事,惹起祸端。

品鉴　　瞿塘峡是长江三峡之一,两岸山势峻峭,峡中水流急湍,有"瞿塘天下险"之称。这首《竹枝词》即从瞿塘十二滩之险起兴,从而引出了对人情世态的感慨。

"长恨人心不如水,等闲平地起波澜。"大意是:瞿塘峡自古以来滩多浪险,行船艰难,然而江峡之险却比不上人心之险。江峡之险是因为礁多滩险,水流湍急,人心之险却是平白无故生出谣言,掀起风波,伤人于无形,防不胜防。

人心之险险于瞿塘十二滩,是刘禹锡在现实的经历和体察中悟出的人情世态。诗人参加王叔文"永贞革新"失败以后,屡受小人中伤诬陷,前后两次被放逐,贬谪蛮荒达23年之久。这种不幸的遭遇和痛苦,使他深感世路艰难,人心凶险,寸步难行,故有此愤世嫉俗之言,并深恶之。

诗句命意精警,比喻巧妙,使抽象的道理具体化,能给人以深刻的感受和警示。成语"平地波澜"即由这两句诗演化而来。

227 沉舟侧畔千帆过，病树前头万木春。

注释：

1. 选自唐代刘禹锡《酬乐天扬州初逢席上见赠》诗："巴山楚水凄凉地，二十三年弃置身。怀旧空吟闻笛赋，到乡翻似烂柯人。沉舟侧畔千帆过，病树前头万木春。今日听君歌一曲，暂凭杯酒长精神。"酬：白居易赠诗给刘禹锡，刘禹锡写诗回答他，叫做"酬"。 乐天：白居易的字。
2. 沉舟：沉没的船只。 侧畔：旁边。
3. 病树：枯朽的树。 万木春：各种树木生机勃勃，一片盎然春色。

品鉴

唐敬宗宝历二年（公元826年）秋天，白居易以眼病罢免了苏州刺史之职，刘禹锡也自和州刺史任上罢归，两人在回洛阳的路上相逢于杨子津。白居易写了一首《醉赠刘二十八使君》给刘禹锡，诗中有"举目风光长寂寞，满朝官职独蹉跎"等句子。刘禹锡便写了这首诗，回答白居易的赠诗。

"沉舟侧畔千帆过，病树前头万木春"两句，形象鲜明，比喻新颖，含义深刻，富于哲理：大意是：虽然自己遭遇不幸，贬谪达23年之久，如今已如"沉舟""病树"一般，英雄失落，虚度了一生年华；然而沉舟侧畔，正有千帆竞渡，奋发向上；病树前头，更是万木争春，欣欣向荣。后生们人才辈出，充满无限生机。

白居易的赠诗"举眼风光长寂寞，满朝官职独蹉跎"，对刘禹锡二十多年政治生活的遭遇深表同情。意思说：同辈人都升迁了，只有你在荒凉的地方寂寞地虚度了年华，言词间带有明显的伤感情调。刘禹锡在酬诗中以沉舟、病树自比，对自己的命运流露出无限惆怅，但诗句的主旋律是相当达观的，诗人的襟怀是豁达的。诗人摆脱了个人寂寞、孤苦的狭小情感圈子，摈弃了仕途沉浮、年华虚度的哀伤感叹，从社会前进的角度，事物发展的眼光看问题，提出沉舟侧畔，千帆竞发；病树前头，万木争春。一切蓬勃兴旺，向前发展，因而唱响了一曲生命跃进的赞歌，充满着一种乐观主义精神和高昂的情调。比起白居易的诗来，感情格调更加健康昂扬，风格更加雄劲苍凉。

诗句不仅形象生动，意志昂扬，而且深寓哲理：世界上一切事物都是向前发展的，旧的总要消去，新的总会到来。新陈代谢的客观规律始终存在，不可避免。

今天，人们在引用这两句诗时，往往赋予新的含义：落后的事物由它衰没吧，新生事物的前进和成长是阻挡不了的。新事物必将取代旧事物。

也有人以这两句诗比喻事业的发展蓬蓬勃勃，不可遏制。

228 山围故国周遭在，潮打空城寂寞回。

注释：

1. 选自唐代刘禹锡七绝《金陵五题》第一首《石头城》诗："山围故国周遭在，潮打空城寂寞回。淮水东边旧时月，夜深还过女墙来。"金陵：今南京市。石头城：金陵城西石头城堡的简称。常用以代称金陵。金陵地势险要，《太平御览》引《吴录》云："钟山龙盘，石头虎踞，此帝王之宅。"

2. 故国：故城，故都。指吴国的都城石头城。它的西北面有长江流过，城外有山，缭绕如垣墙。　周遭：周围，环绕。

3. 潮打：石头城北面临长江，江潮涌上来的时候，波浪拍打着堤岸。　空城：指城池荒凉。石头城是古迹，六朝的时候十分繁华。唐高宗武德九年（公元626年）开始废弃，到刘禹锡写诗时，已过了200年了，所以早已成为空城了。

品鉴　这首诗是刘禹锡任和州（今安徽省和县）刺史时，看了朋友写的《金陵五题》后，有感而发，也写了五首怀古咏史的诗，冠以同样的诗题《金陵五题》。《石头城》是其中的第一首。石头城原为战国时楚国的金陵城，建安十六年（公元211年），三国时代，吴国孙权改为石头城。这首诗凭吊古迹，笼罩着一层浓重的吊古伤怀的情调和气氛。

"山围故国周遭在，潮打空城寂寞回"。大意是：故都石头城自古山川形胜，号称"帝王之宅"，历史上曾有六个朝代在这里建都。如今四周依然群山环抱，可是当年繁华的帝都已如过眼云烟，成为了历史的记忆；伴随着阵阵江风，江潮一波一波涌来，拍打着萧条空寂的古城，然后又寂寞无声地退了回去。

诗人写石头城的景色，是为了抒情。这两句诗既是景语，也是情语。前一句勾画出一幅静态的画面，后一句写动态的景象，以动衬静，描写潮水拍岸又消退的自然现象，烘托出一种山川依旧，潮水不改，人事已非的凄凉氛围。金陵虎踞龙盘，历史上曾有六个朝代在这里建都，繁华异常。可是到了唐代，昔日的繁华都不复存在了，空留下一片寂寞和荒芜。地形的险峻并没有保住帝王们的江山，历代的小王朝一个接一个消亡了。诗人感叹于历史的古今变迁，在诗句里寄寓了世事难料，物是人非的复杂情感。

南宋谢枋得在《谢叠山诗话》中评论这首诗说："意在言外，寄有于无。"可以感受到，这两句诗里蕴含了诗人对于历史兴衰存亡的探索、思考和以古鉴今的讽喻之意。

229 旧时王谢堂前燕，飞入寻常百姓家。

注释：

1. 选自唐代刘禹锡《金陵五题》第二首《乌衣巷》诗："朱雀桥边野草花，乌衣巷口夕阳斜。旧时王谢堂前燕，飞入寻常百姓家。"金陵：今江苏省南京市。　乌衣巷：金陵（今南京市）东南秦淮河南岸的一条街巷，和朱雀桥相近。三国时，吴国乌衣营在此驻军，因兵士皆穿乌衣而得名。东晋时，东晋开国元勋王导和淝水之战的主帅谢安等官僚富贵人家，都聚居在这里。后以乌衣巷代指豪门贵族们居住的地方。
2. 旧时：从前。　王谢：指东晋时代的王导、谢安两大世族。当时王、谢世族大都居住在乌衣巷。　堂：高大宽敞的房子。

3. 寻常：普通，平常。

品鉴　这是诗人游览金陵乌衣巷，目睹乌衣巷荒凉衰败的景象，有感于昔日盛极一时的王谢世族的零落、风光不再而写的一首咏古抒怀、慨叹世事沧桑变化的小诗。

诗的前两句写乌衣巷的衰败景象，烘托渲染环境气氛：朱雀桥边长满了野草花，一片荒凉，夕阳西下，当年的繁华荡然无存，展现在我们面前的是一幅冷冷清清、日薄西山的破败荒凉景象，为后两句继续描绘景物，发表感慨，作好了环境气氛的铺垫。

"旧时王谢堂前燕，飞入寻常百姓家"两句，抚今追昔，感慨世事沧桑，盛景不再，好景难寻，充满了一种悲凉的情调。大意是：历史走过了400多年，过去在王谢两家飞来飞去、筑巢安家的燕子，如今再飞回来的时候，早已物是人非，今非昔比了；曾经显赫一时的王谢家族已经零落，昔日的繁华不复存在，当年的燕子如今飞进了寻常百姓之家。

诗句构思巧妙，想象奇特，追忆新颖：燕子，当然不是当年的燕子。诗中的"王谢堂前燕"，只是诗人的艺术构思、想象而已。诗人设想当年的燕子现在回来，却飞进了普通百姓家。房屋的主人变了，乌衣巷衰败了，像王导、谢安那样声势显赫的权贵们，最终也归于尘土，成为历史的一页。燕子依旧，而王、谢堂非，含蓄地反映了权势难久，富贵易逝，人事兴衰代谢的道理。诗人通过这种今昔对比的手法来慨叹物是人非，感慨之情尤其强烈，诗意自然也就更加深永浓郁。

清代施补华在《岘佣说诗》里评论这两句诗说："若作燕子他去，便呆。盖燕子仍入此堂，王谢零落，已化作寻常百姓矣！如此则感慨无穷，用笔极曲。"

230　玄都观里桃千树，
　　　　尽是刘郎去后栽。

注释：

1. 选自唐代刘禹锡《元和十年自郎州至京，戏赠看花诸君子》诗：

"紫陌红尘拂面来，无人不道看花回。玄都观里桃千树，尽是刘郎去后栽。"唐永贞元年（公元805年），以王叔文为首的革新派失败后，刘禹锡被贬为郎州司马。十年后，召回京师，借游赏玄都观桃花一事，写了这首有名的讽刺诗，表达对守旧势力的不满和愤恨。

2. 玄都观：唐代京城长安（今西安市）城南一座道教庙宇。道教庙宇称作"观"。此喻指朝廷。　桃千树：隐喻被保守派扶持起来的朝廷新贵。

3. 尽：都，全。　刘郎：刘禹锡自称。　去后：指刘禹锡被贬出京城以后。

品鉴

唐永贞元年（公元805年）刘禹锡、柳宗元参加以王叔文为首的永贞政治革新集团，反对宦官专权和藩镇割据，要求政治革新，以维护国家的统一和加强中央集权，得到顺宗支持。不久失败。宦官俱文珍勾结藩镇韦皋，发动宫廷政变，逼迫顺宗李诵"内禅"给宪宗李纯，顽固派重新把持朝政。王叔文赐死。刘禹锡被贬为郎州刺史。柳宗元等人均被贬黜出京。历史上称这次政治变故为"二王八司马事件"。

"玄都观里桃千树，尽是刘郎去后栽。"表面上写玄都观里的桃树，都是刘禹锡离京以后栽种的。大意是：玄都观里如今桃树如林，花红似火，娟红欲滴，春风得意，都是我离开京城以后栽种的。实际上指的是：满朝的新贵们，都是我被排挤出朝廷以后，由顽固守旧势力新提拔起来的。

诗人以桃花为喻，暗喻那些朝廷中的权臣新贵，说他们都是靠打击、排斥革新派而飞黄腾达的。从"桃千树"到"去后栽"，由写景到抒情，由物到人，诗人将情、景有机融合在一起。桃花已经拟人化了，并且与自己的遭遇紧密相连：由桃花满枝想到满朝声势显赫的新贵，都是自己贬谪后提拔起来的趋炎附势的小人，像桃花（桃花在唐诗里被视作为轻薄意象）一样轻薄无情，追逐东风，窃据高位，恃宠专权，红得发紫，喧闹一时。隐喻巧妙，借题发挥，讥讽时弊，痛快淋漓。

但诗人也因此付出了沉重的新的代价。这首诗出来后，宰相武元衡大怒，遂以"心怀怨恨，诽谤朝廷"罪，将刘禹锡第二次逐出京都，贬到比朗州更远的播州（今贵州省遵义市），继之又贬往连州（今广东省连州市），刘禹锡为这两句诗吃尽了苦头。

231　种桃道士归何处？
　　　　前度刘郎今又来。

注释：

1. 选自唐代刘禹锡《再游玄都观》诗："百亩庭中半是苔，桃花净尽菜花开。种桃道士归何处？前度刘郎今又来。"再游：上次玄都观赏花写诗后，刘禹锡又被贬黜出京。14年后重被召回，写下本诗。
2. 种桃道士：比喻打击迫害革新派的朝廷守旧派当权者，他们提拔（种桃）了大量新进而不中用的人作为其羽翼，而大肆打击迫害革新派。一说"道士"暗指反对"永贞革新"而当上宰相的武元衡，他于元和十一年遇刺身亡，故诗人讽刺他"归何处"，意谓反对革新的人终究不会有好结果。　归何处：到哪里去了。
3. 度：量词，表次数。前度：前次，以前，原先。　刘郎：作者自称。

品鉴　　元和十年（公元815年），刘禹锡因写《戏赠看花诸君子》（即《游玄都观》）诗第二次被逐出京师。14年后（公元828年）终于回到长安。朝廷上那些迫害过他的权贵们死的死了，垮的垮了。诗人重游玄都观，写了这首诗，强烈地表示了自己倔强的性格和对政敌的蔑视。

　　"种桃道士归何处？前度刘郎今又来"两句，写时过境迁，旧地重游，玄都观里别有一番景象：桃花凋谢，庙宇冷落，苔藓满地，菜花盛开，昔日红极一时的桃花已荡然无存，"种桃道士"也不知去向了。联想到煊赫一世、势炎炙人的顽固派烟消云散，而屡遭打击、备尝艰辛的自己终于回来，亲眼见到了那些权势人物的凋零，抚今追昔，意兴昂奋，得意地写出了"前度刘郎今又来"的诗句。

　　诗人以桃花凋谢、菜花盛开这一自然现象，比喻朝廷上人事更替，讽刺那些顽固守旧派及新贵们虽得逞一时，却终于归于沉寂。

　　刘禹锡当年参加革新的时候，朝中大臣和同僚都称他为"刘郎"。如今24年过去了，刘禹锡已进入老年，可他仍自称"刘郎"，充分显示了诗人高度自信，顽强不屈，一如青年时代的革新战斗精神。

232 人世几回伤往事，
　　　　山形依旧枕寒流。

注释：

1. 选自唐代刘禹锡《西塞山怀古》诗："王濬楼船下益州，金陵王气黯然收。千寻铁锁沉江底，一片降幡出石头。人世几回伤往事，山形依旧枕寒流。今逢四海为家日，故垒萧萧芦荻秋。"西塞山：故址在今湖北省大冶市东，是三国吴国时期重要的江防要塞。
2. 往事：指东吴以来，在金陵建都的东晋、南朝宋、齐、梁、陈等兴亡的历史。
3. 山形：指西塞山。　　枕：紧靠。　　寒流：指长江。

品鉴　　这首诗写于长庆四年（公元824年）。当时刘禹锡由夔州调任和州刺史，途经西塞山，因感于六朝兴亡的往事，伤于当朝藩镇割据势力重新抬头，对国家统一构成威胁的现状，遂借思古之幽思，写了这首著名的政治抒情诗。

　　"人世几回伤往事，山形依旧枕寒流。"大意是：在南北分裂时期，西塞山是东吴政权赖以凭恃的著名军事要塞，然而，自东吴亡后，先后在金陵建都的六个小王朝都相继灭亡了。如今西塞山风景依旧，然而世事却发生了巨大的变化。大自然是如此的永恒，六朝盛衰兴亡是如此的短促，令人伤感叹息不已。

　　诗人以山川地形的"依旧"，来衬托人事的变化，以古讽今，说明国家的统一是不可抗拒的。国之兴亡，不在地形，而在人心。人心思统，再险的地形也不足以凭恃。诗人借古讽今，其言外之意是委婉地劝告：藩镇割据不得人心，分裂终不能久长，国家终将重归一统。

　　诗句语言朴实豪放，格调雄浑激越，含蓄有致。据南宋计有功《唐诗纪事》记载，这首诗曾使白居易等人折服罢唱，佩服不已。

233 莫道桑榆晚，为霞尚满天。

注释：

1. 选自唐代刘禹锡《酬乐天咏老见示》诗："人谁不顾老，老去有谁怜？身瘦带频减，发稀冠自偏。废书缘惜眼，多炙为随年。经事还谙事，阅人如阅川。细思皆幸矣，下此便翛然。莫道桑榆晚，为霞尚满天。"乐天：白居易的字。
2. 桑榆：传说中太阳落山的地方。 桑榆晚：日暮的意思。诗中常以之比喻人到暮年。《太平御览》卷三引《淮南子》："日西垂，景（影）在树端，谓之桑榆。"
3. 微霞：光亮微弱的晚霞。一作"为霞"。

品鉴

白居易写了一首《咏老》诗寄赠给刘禹锡，刘禹锡于是写了这首《酬乐天咏老见示》诗作为答诗，回赠白居易。

在本诗中，刘禹锡阐发了自己对待人老的观点：每个人都必然要走向老年，这是人生的规律。而且人老了也会有诸多不便，例如身体消瘦，头发脱落，视力衰退，体弱怕冷等等，这些都是事实，是不以人的意志为转移的。但是，老年人也有老年人的长处。老年人经历的事情多，阅历丰富，看人待事很有经验，对人的认识也会比较全面。这些可贵的经验可以为后之来者提供许多有益的借鉴和帮助。为此，诗人写出了下面两句精神昂扬的名句。

"莫道桑榆晚，为霞尚满天。"大意是：不要说人到老年不中用了，时光也不多了，只会坐以等死；我认为老年人像这快要落山的太阳一样，仍能放射出灿烂的霞光，映红整个天空。

诗人希望老年人要尽力发挥余热，继续干一番事业，像行将落山时的夕阳一样，生出满天晚霞，照亮人间世界，放出绚丽的光彩。诗句譬喻恰切，表现了作者垂暮之年壮心不已的乐观主义精神。这种积极的人生态度和乐观主义精神，使千千万万老年人备受鼓舞，值得充分肯定、学习和发扬光大。

234 野火烧不尽，
春风吹又生。

作者简介：

　　白居易（公元772年~846年）字乐天，晚年号香山居士。原籍太原，生于新郑（今河南省新郑市）。中唐大诗人。少年时即能为诗。贞元十六年（公元800年）进士。曾任翰林学士、左拾遗、太子左赞善大夫等职。因得罪权贵，贬为江州司马。其后历任忠州刺史、杭州刺史、苏州刺史等职。官至刑部尚书。与元稹齐名，并称"元白"。和朋友李绅、元稹提倡"新乐府运动"，对当时和后世产生了深远的影响。主张"文章合为时而著，歌诗合为事而作"，强调继承《诗经》的优良传统，反对"嘲风雪，弄花草"之作。其诗广泛深刻地反映了中唐社会的矛盾，有强烈的现实主义精神。长篇歌行《长恨歌》《琵琶行》，语言优美，形象生动，广为传诵，是中国古代长篇叙事诗中的翘楚之作。讽喻诗通俗易懂，思想性强，善用对比，质朴自然。现存诗2800多首。有《白氏长庆集》传世。

注释：

1. 选自唐代白居易《赋得古原草送别》诗："离离原上草，一岁一枯荣。野火烧不尽，春风吹又生。远芳侵古道，晴翠接荒城。又送王孙去，萋萋满别情。"赋得：按指定、限定题目做诗，写法和咏物诗大致相同。本诗是白居易应考的习作，所以称"赋得"。
2. 野火：野外自燃的火。

品鉴

　　这是贞元三年（公元787年），白居易年仅16岁时写的一首诗，抒写离别之情，情感真挚，成为诗人的一首成名作。

　　"野火烧不尽，春风吹又生"两句，以草为喻，描写离情，传唱千古。大意是：离别之情犹如原野上的春草，被野火烧光了茎叶，只要一遇春风，又会破土发芽，蓬蓬勃勃地生长出来。

　　诗人以春草生命力的顽强，比喻朋友离别思念之情的深厚，难于忘却，稍有触及，就会勾引出来。用语痛快淋漓，比喻新颖贴切，想象别致，情味隽永，至今仍然脍炙人口，具有无限的生命力。

据唐代张固《幽闲鼓吹》记载，白居易16岁赴长安应试，曾投诗著作郎顾况，希望得到顾的举荐揄扬。顾况善诗文，当时被推为诗文宗主。如果能得到他的褒奖，便会身价百倍。但顾况恃才傲物，对平庸之辈往往不屑一顾。这天，他见携诗求见的白居易谈吐风雅，举止大方，已有几分喜欢。待见到行卷上"太原白居易诗稿"七字时，便戏谑地说："方今长安米贵，'居'大不易啊！"及看到"离离原上草，一岁一枯荣。野火烧不尽，春风吹又生"时，不禁吟咏再三，大加赞赏，笑着说道："有诗才如此，'居'天下亦不难也。"由于受到顾况的赏识，白居易和他的名句"野火烧不尽，春风吹又生"不胫而走，声名远扬。

由于诗句抒写了一种蓬勃向上、生生不已、顽强不息的精神，因此常被用来比喻富有生命力的事物，是扼杀不了的，不论遭受多么严重的困难和挫折，只要有适宜的条件，就一定会发生和发展起来。这也是它的哲理含义。

235　上穷碧落下黄泉，两处茫茫皆不见。

注释：

1. 选自唐代白居易《长恨歌》（节录）："排空驭气奔如电，升天入地求之遍；上穷碧落下黄泉，两处茫茫皆不见。"
2. 穷：尽，遍。　碧落：道家对天的称呼。　黄泉：古人认为"天玄地黄"，泉在地下，故称黄泉。
3. 茫茫：渺茫。

品鉴　这首脍炙人口的长篇歌行作于元和元年（公元806年），描写了唐玄宗与杨贵妃之间婉转动人、缠绵悱恻的爱情故事。由于玄宗迷恋美色，纵欲行乐，疏于朝政，最终酿成安史之乱。叛军声势浩大，洛阳、长安先后失守，唐玄宗仓皇逃往蜀地避乱。"六军"愤于唐玄宗迷恋女色误国，要求处死杨贵妃。为了稳定军心，唐玄宗"掩面救不得"，不得已赐死了杨贵妃。爱情悲剧由此产生。唐玄宗回宫以后，无尽的相思绵绵而来。诗人于是展开想象，写了临邛道士帮助寻找杨贵妃精魂的情节。

"上穷碧落下黄泉，两处茫茫皆不见。"大意是：方士上天入地找寻杨贵妃，可是寻遍了青天，访遍了地底，天上地下都音讯渺茫，找不到她的一丝踪影。

诗句以浪漫主义的夸张手法，形象生动地表现了唐明皇对杨贵妃真挚的爱情和刻骨的思念之情。

236 天长地久有时尽，此恨绵绵无绝期。

注释：

1. 选自唐代白居易《长恨歌》（节录）："在天愿作比翼鸟，在地愿为连理枝。天长地久有时尽，此恨绵绵无绝期。"
2. 尽：完，结束。
3. 绵绵：连绵不断的样子。　绝：终，完结，穷尽。

品鉴　这是《长恨歌》结尾两句。唐玄宗与杨贵妃人仙两隔，终不能长相厮守，但在诗人笔下，二人的爱情却是分外的坚贞。

"天长地久有时尽，此恨绵绵无绝期"。大意是：天那么长，地那么久，也有穷尽的时候；唐明皇对杨贵妃这刻骨铭心的生死相思，永无相见的绵绵思念，却永远也没有终结的时候。

诗人在描写了唐玄宗对杨贵妃的深刻相思之后，以最后两句渲染令人"长恨"的无尽思念，将唐玄宗、杨贵妃的爱情悲剧推向高潮，言有尽而意无穷，留下的是茫茫无尽的回味和思索，具有巨大的艺术感染力。

237 千呼万唤始出来，犹抱琵琶半遮面。

注释：

1. 选自唐代白居易《琵琶行》（节录）："移船相近邀相见，添酒回灯重开宴。千呼万唤始出来，犹抱琵琶半遮面。"
2. 始：才。
3. 犹：还，尚。　半遮面：遮住一半面孔。

品鉴　元和十年（公元815年），诗人贬官出京，任九江司马。此诗写于他任九江司马的第二年秋天，诗人通过船上听京都旧伎弹奏琵琶的场面描写，抒发了自己无端被贬谪的苦闷心情和对琵琶女的深切同情。

"千呼万唤始出来，犹抱琵琶半遮面"。大意是：再三地邀请她，呼唤她，她才走出船舱，还将手里抱着的琵琶，遮住自己半边娇羞的面庞。

女主人公有娴熟的才艺，有娇好的美色，形成其娇羞的心理状态；又由于身世悲凉，老大嫁作商人妇，商人外出，月照孤舟，独守空船，寂寞凄苦。偏又在寂寞凄苦之中，梦中回忆起年轻时的情景，不禁伤心地哭了，眼泪洗残了面容上的胭脂，留下几点红色的泪痕。此情此景，所以"千呼万唤"琵琶女才愿意出来，出场后还"犹抱琵琶半遮面"。诗句形象、准确、惟妙惟肖地表现出了女主人公复杂的内心活动。

238　别有幽愁暗恨生，此时无声胜有声。

注释：
1. 选自唐代白居易《琵琶行》（节录）："冰泉冷涩弦凝绝，凝绝不通声暂歇。别有幽愁暗恨生，此时无声胜有声。"
2. 别有：另有。　幽愁：隐藏之愁情。幽愁又作"幽情"。
3. 暗恨：潜藏的怨恨。

品鉴　白居易精通音律，对乐曲情感的鉴赏和理解十分高超，所以在对琵琶乐曲进行摹声描写时，刻画精彩，用字精当，传其神韵，有如亲闻，是琵琶乐曲的真正知音。

"别有幽愁暗恨生，此时无声胜有声"。诗人对乐曲进行了精彩的描摹后，用这两句诗描绘出了一个余音袅袅、余意无穷的艺术境界。大意是：琵琶女的弹奏戛然而止，别有一种说不尽的怨恨藏在内心深处，无法表达出来；这个时候，没有音乐声反而更能表现丰富的情感，更能令人浮想联翩，遐思缥缈，胜过了乐声的效果。

诗句描写了一个小小的静场，捕捉到了音乐停顿瞬间的丰富内涵，主人与客人在无声的静场中，似乎在体味，在寻绎，在捕捉乐曲所表达的情思，达到一种心灵的交流和默契，从而维系了主宾之间的思想情感。这是一种烘云托月的手法，能给读者留下无限的韵味和广阔的思索。

239 同是天涯沦落人，相逢何必曾相识。

注释：

选自唐代白居易《琵琶行》（节录）："我闻琵琶已叹息，又闻此语重唧唧。同是天涯沦落人，相逢何必曾相识。"

品鉴 琵琶女因容颜衰老，"门前冷落"，"老大嫁作商人妇"而流落异乡；诗人也因不白之冤被贬谪出京，作了一个小小的江州司马，心中自有诸多郁闷和感伤。二人的处境有非常类似的地方，诗人因而写出了下面传唱不衰的名句。

"同是天涯沦落人，相逢何必曾相识"。大意是：你我同是流落异乡的人，不幸的命运使我们的思想情感息息相通，纵然萍水相逢，也必定是知音了，又何必一定要过去曾经相识呢！

诗人同情琵琶女，又感伤自己，将自己的失意与琵琶女的浪迹江湖相提并论，同病相怜，深刻表达了自己政治上的苦闷忧伤和对世态炎凉的感叹。

240 乱花渐欲迷人眼，浅草才能没马蹄。

注释：

1. 选自唐代白居易《钱塘湖春行》诗："孤山寺北贾亭西，水面初平云脚低。几处早莺争暖树，谁家新燕啄春泥。乱花渐欲迷人眼，浅草才能没马蹄。最爱湖东行不足，绿杨阴里白沙堤。"春行：春天在湖边散步。
2. 钱塘湖：即杭州西湖。在今浙江省杭州市西。三面环山，唐代白居易任杭州刺史时修有著名的白堤。风景优美，为游览胜地。

品鉴 这是唐穆宗长庆年间（公元821年~824年），白居易任杭州刺史时写的一首描写西湖春天风光的佳作。词清句丽，意境优美。

"乱花渐欲迷人眼，浅草才能没马蹄。"大意是：春天的西湖岸边，杂花初开，到处是一丛丛一簇簇红的白的野花，笑脸迎人，令人眼花缭乱；刚冒芽的细草，绿茸茸的一片，像铺了一层地毯，游人骑马走过，刚好能浅浅地遮住马蹄。

诗句写春天的景物和自己的感受，情调轻快，生动地描绘出一幅策马踏青图。其中"渐欲"两字，巧妙地点明春光已然渐渐地浓郁起来了，"没"字则精彩地刻画了缓辔徐行的生动形象。这两处动词的运用准确传神，笔触细腻自然，亲切平易，毫无雕琢的痕迹，生动地勾画出春天原野欣欣向荣的画面，道出了人们常见而难于表达的感受和韵味。

241 一道残阳铺水中，半江瑟瑟半江红。

注释：

1. 选自唐代白居易《暮江吟》诗："一道残阳铺水中，半江瑟瑟半江红。可怜九月初三夜，露似真珠月似弓。"暮：傍晚，天快黑的时候。

2. 残阳：夕阳。这里指西边天上的彩霞。　铺：铺展。

3. 瑟瑟：据明代学者杨升庵考证，"瑟瑟"是一种碧色的玉石。因其色碧，故以瑟瑟代指碧色。秋天江水清碧，如琼如玉，用"瑟瑟"来形容江水的颜色，最为恰切。　红：指霞光照水。

品鉴　这首诗写秋天傍晚的景象，画出了一幅极其优美的秋江日暮图。其特点是通过一时一物的吟咏，真率自然地表达出诗人内心深处的感受和情思。这首诗，在自然景色的描绘中善于敏锐地捕捉光色的闪动，画面色彩丰富，从中可以清晰地感觉到，天光云影的变化带给自然景物的丰富的色彩效果。

"一道残阳铺水中，半江瑟瑟半江红"两句，描绘日暮时分的秋江景色，写出了诗人对夕照江水一刹那间的感觉和印象，极为传神。大意是：夕阳晚照，彩色斑斓，斜照在江水中，映射出残照的瑰丽，像在江面上铺了一层柔软、光亮的彩绸；江水微微地起伏、漂动着涟漪，余霞洒在江中，江水一半呈现出翡翠般的澄碧，一半呈现出色彩斑斓的橘红。

前一句用一"铺"字，描摹"残阳"余晖几乎贴着地面照射过来的景象，非常形象。这个"铺"字炼得好，是"诗眼"，写出了秋天夕阳的柔和，给人以亲切、安闲的感觉。后一句写江水缓缓流动，波光粼粼，由于受光角度不同，一部分呈现出绚烂的"红"色，一部分呈现出深深的碧色。这里既写了夕阳残照的静景，又写了波浪反射余晖的动景，充分表现出夕阳照射下的美丽鲜明的暮江景色和光色变化的迷人效果。

明代杨慎在《升庵诗话》中评论这两句诗说："诗有丰韵，言残阳归水，半江之碧如瑟瑟之色，半江红日所映也。可谓工致入画。"

242　风翻白浪花千片，
　　　　雁点青天字一行。

注释：

1. 选自唐代白居易《江楼晚眺景物鲜奇吟玩成篇寄水部张员外》

诗："淡烟疏雨间夕阳，江色鲜明海气凉。蜃散云收破楼阁，虹残水照断桥梁。风翻白浪花千片，雁点青天字一行。好著丹青图写取，题诗寄与水曹郎。"江楼：临江的楼阁。　吟玩：体味。　水部张员外：张籍，时任水部员外郎。

2. 花千片：风吹浪花，掀起的白沫，好似朵朵白花，因此称花千片。

3. 雁点：大雁点缀在空间，即飞在天上。字一行，横空雁阵"一"字形排列。

品鉴　这是白居易傍晚时分游览西湖，登楼眺望，见湖光山色在夕阳的辉映下，景象美丽迷人，胜过了丹青妙手的画卷，于是点染成诗，寄给远方的朋友，让友人与自己一同分享。

"风翻白浪花千片，雁点青天字一行"。大意是：从江楼上俯瞰，整个西湖尽收眼底，晚风吹过湖面，浪为晚风轻轻掀动，水波翻涌，形成千千万万个细小的波浪，反射着天光，犹如千千万万片白色的花瓣；抬头仰望，晴空一碧万顷，蔚蓝的天空下点点大雁正排成"一"字雁阵，展翅飞向远方。

诗句景象开阔，清新优美，诗人信笔挥洒，不加雕饰，而诗意盎然，着手成春。特别是雁阵凌空飞翔，更给这优美的西湖美景增添了活力。

243　松排山面千重翠，月点波心一颗珠。

注释：

1. 选自唐代白居易《春题湖上》诗："湖上春来似画图，乱峰围绕水平铺。松排山面千重翠，月点波心一颗珠。碧毯线头抽早稻，青罗裙带展新蒲。未能抛得杭州去，一半勾留是此湖。"

2. 松排山面：松树排列整个山坡。　千重翠：从山下向山上望去有千万重翠绿颜色。

3. 月点波心：月影堕入波浪中。一颗珠：形容入水月影如同一颗明珠。

品鉴 这是诗人游览西湖时写的一首风景诗，着意描绘了春到西湖的美好景色，同时也抒发了诗人留恋西湖美景，不忍离去的心情。

"松排山面千重翠，月点波心一颗珠"。大意是：西湖边山峦环绕，层层叠叠长满松树，在春日的映照下，如同千重翡翠的屏风，排列在西湖周围；到了晚上，月亮升上中天，水光接天，光辉明亮，水面一平如镜，水下明灿灿的月影，就像一颗大明珠点缀在湖水中央。

诗句表现湖畔青山，松如翠屏，月如明珠，比喻生动，极为传神。特别是"排"与"点"两个动词的运用，体物准确，动态优美，犹如一个丹青妙手，准确地描绘出了西湖的独特美景，令人有身临其境之感。

244 草萤有耀终非火，
       荷露虽团岂是珠。

注释：

1. 选自唐代白居易《放言五首》中的第一首："朝真暮伪何人辨，古往今来底事无？但爱臧生能诈圣，可知宁子解佯愚。草萤有耀终非火，荷露虽团岂是珠。不取燔柴兼照乘，可怜光彩亦何殊。"放：是放肆，任意。放言：谓无所顾忌，畅所直言，不受拘束的意思。
2. 草萤：古人认为萤火虫是腐草化生，故叫草萤。见《礼记·月令》。 耀：闪烁的光亮。
3. 团：圆。 珠：珠子，珍珠。此二句是以萤光之非火，露滴不是珠，来比喻人世间的某些假象，从而告诫人们不要为假象所蒙蔽。这是从侧面说明要从本质上去看问题，或者说要善于透过现象看本质。

品鉴 白居易的《放言五首》是一组政治抒情诗。元和十年（公元815年）六月，诗人上疏请追捕刺杀宰相武元衡的凶手，遭当权者嫉恨，被贬为江州（今江西省九江市）司马。大凡人们处于坎坷的人生道路上，对于事物的观察就会比较细致，感受也会比较深刻。这时人的思维方式，也往往惯于总结人生的经验。正因为这个原因，诗人在去江州的船上，回忆起官场中所经历的斗争和社会上所见到的世态，写了《放言五首》。在这组诗里，诗人根据自己丰富的阅历，分别就社会人生的真伪、祸福、贵贱、贫富、生死诸问题，以艺术的诗笔直抒己见，批评政治，告诫世人，同时也宣泄了对自己遭遇的不满和愤愤之情。

"草萤有耀终非火，荷露虽团岂是珠"两句，通过生动形象的比喻，提醒人们要善于识别真伪美丑。大意是：草丛里的萤火虫尽管能发出光亮，但终归不是火，荷叶上的露珠，虽然溜圆晶莹，颇似珍珠，但肯定不是珍珠。

世上万物往往鱼龙混杂，真伪难辨，但只要通过客观的比较和鉴定，就能做出正确判断。诗人着重告诫人们：要善于辨别真伪，透过现象看本质。其中"草萤""荷露"二句，尤富哲理的思考：萤火虫拖着一条发光的尾巴，似火而实非火；荷叶上浑圆晶莹，闪着光彩的露珠，像珠而不是珠。萤火和荷露由于表面上带着火与珠子的某些表面假相（非本质特征），会使一些人不辨真伪，受到迷惑，把假相当作真相，把现象看成本质，产生种种错觉，甚至以假为真，混淆黑白。

但是，世间事物的真假终究是可以辨别的。假的就是假的，骗人与受骗都不会长久：只要经过实践检验，善于去伪存真，真伪即能大白，是非自可分明。

诗人把抽象的议论融入到具体的形象描写之中，借助形象，运用比喻，阐明哲理，道理深刻精辟，富有启迪意义。

245 试玉要烧三日满，辨材须待七年期。

注释：

1. 选自唐代白居易《放言五首》中的第三首："赠君一法决狐疑，不用钻龟与祝蓍。试玉要烧三日满，辨材须待七年期。周公恐惧流言日，王莽谦恭未篡时。向使当初身便死，一生真伪复谁知。"

2. 试玉：要验证玉是真的还是假的，就用火烧它，烧满三天，如果还不发热，即可证明是真玉。作者自注说："真玉烧三日不热。"《淮南字·真训》："钟山（昆仑山）之玉，炊以炉炭，三日三夜而色泽不变。"按古代的传说：玉在火中烧三天三晚，颜色不变，如果是石头就烧化了。

3. 辨材：豫和樟两种树木，幼苗时特别相似，要长七年以后才能分辨出来。作者自注："豫章木，生七年而后知。"豫章：枕木和樟木，生长较慢，成材期较长。

品鉴　诗歌是抒情的，不宜于说理。但用形象的语言，阐述生活中的哲理，也算别具一格。这首诗就以通俗的语言讲了一个判别事物真相的道理。元和十年（公元815年）六月，诗人受到朝中当权者的嫉恨，贬官江州司马，因此诗人表示，像自己及友人元稹这样受到诬陷的人，是经得起时间的考验的。历史终将澄清事实，辨明真伪。

"试玉要烧三日满，辨材须待七年期"。大意是：若要检验是真玉还是假玉，必须用火烧上三天三夜，看它变不变热。如果不变热，即可证明是玉，如果是石头，早就被烧化了；豫（枕木）、章（樟木）是两种不同的树木，但在幼苗时特别相似，不容易辨认，必须长到七年以后，才能分辨得出是豫木还是樟木。

诗人用形象的比喻，表达了一个深刻的哲理：世间的事情是复杂的，不能凭主观印象，根据一时一事就轻率地下结论。要想认识事物的本质，须要经过长期深入的观察和考验，了解其全部的发展过程，全面的、历史的去衡量、去判断，才能判别事物的真假、善恶与美丑，得出符合实际情况的结论。

诗句思之有理，读之有味，小中见大，能给人以诸多启发和教益。

246　可怜身上衣正单，心忧炭贱愿天寒。

注释：
选自唐代白居易《卖炭翁》诗："卖炭翁，伐薪烧炭南山中。满面尘灰烟火色，两鬓苍苍十指黑。卖炭得钱何所营？身上衣裳口中食。可怜身上衣正单，心忧炭贱愿天寒。"

品鉴　　这是白居易新乐府诗中的第32首。其自序云："苦宫市也。"宫市是中唐以后皇帝直接掠夺人民财物的一种最残酷的方式。以前宫廷里需要的日用品，由官府承办，向民间采购。到德宗贞元末年，改由太监直接办理。皇宫经常派数百人遍布热闹的街市，叫做"白望"。他们不携带任何文书和凭证，看到需要的东西，口称"宫市"，随意付一点钱物，便要货主送进皇宫；同时还向他们勒索"脚价钱"和"门户钱"。因此，据记载，当时有送货入皇宫者，出来时两手空空，一无所有。所以，人们一看见宦官出来，便赶紧关门闭户，不敢做生意。这一弊政，对商业活动及人民造成了深重的灾难。卖炭翁就是其中一个典型的例子。

"可怜身上衣正单，心忧炭贱愿天寒"。大意是：数九天气，卖炭翁身上的衣服非常单薄，不能御寒，尽管这样，他仍然希望天气再冷一些，因为天气越冷，他的炭就越能卖上一个好价钱，就可以维持一家人的衣食冷暖了。否则，一冬的努力，就白费了。

卖炭是为了衣食，眼下衣单食缺，卖炭翁本应该希望天气更暖和一些，然而卖炭翁把解决全家衣食的希望寄托在"卖炭得钱"上，因此在冻得发抖的时候，还一心盼望天气再冷些，以便炭价更高一点，好多卖点钱回家。

诗人以这种违反人之常情的描写，表现卖炭翁矛盾复杂的心理，深刻地反映了人民的悲惨生活和内心的痛苦，读之令人心酸落泪。

247　吊影分为千里雁，辞根散作九秋蓬。

注释：

1. 选自唐代白居易《自河南经乱，关内阻饥，兄弟离散，各在一处。因望月有感，聊书所怀，寄上浮梁大兄、於潜七兄、乌江十五兄，兼示符离及下邽弟妹》诗："时难年荒世业空，弟兄羁旅各西东。田园寥落干戈后,骨肉流离道路中。吊影分为千里雁,辞根散作九秋蓬。共看明月应垂泪,一夜乡心五处同。"

2. 吊影:对影自怜,形容孤独。吊:伤痛,怜悯。

3. 蓬:蓬草。

品鉴

此诗写于唐德宗贞元十六年(公元800年)秋天。这年春天,白居易在长安考中进士,随之东归省亲,途经河南。当时,河南正经历宣武军(治所在开封)节度使董晋部下、彰义军(治所在汝南)节度使吴少诚叛乱之苦。唐王朝派大军征讨,百姓流离失所,四处漂泊。诗人见哀鸿遍野,民不聊生,写了这首抒写伤乱的感情浓郁的诗篇。诗题像一篇小序,点明这是一首哀乱伤离、寄赠众位兄弟的书怀诗。

"吊影分为千里雁,辞根散作九秋蓬"两句,诗人以"孤雁""断蓬"作比,正面抒发诗人内心的孤苦,一向为人们所传诵。大意是:手足离散,天各一方,犹如那失群的孤雁,分飞千里,只能对影自怜;众弟兄辞别故乡,流离四方,又像那深秋时节断了根的蓬草,被萧瑟的西风卷向空中,飘转不定,永无安宁的日子。

诗句勾画了雁行分飞,顾影自怜,蓬草辞根,飘无定所的孤苦凄惶的画面,深刻地揭示一家人饱经战乱的零落之苦,同时抒写了诗人对亲人的怀念和对现实的哀怨。比喻形象贴切,有很强的艺术表现力和感染力。

248 一丛深色花,十户中人赋。

注释:

1. 选自唐代白居易《秦中吟·买花》诗(节录):"有一田舍翁,偶来买花处。低头独长叹,此叹无人喻。一丛深色花,十户中人赋。"诗题一作《牡丹》。

2. 中人赋:即中户赋。唐时赋税,按户口征收,分为上户、中户、下户。

品鉴　　白居易时代，长安城里有崇尚栽养赏玩牡丹的风俗。每到春季末期，牡丹花开放的时候，赏玩牡丹的人车来马往，络绎不绝。人们都以赏牡丹为时髦，以不耽爱牡丹为耻。一些富贵闲人，为买花、移花相互攀比，挥金如土。一株开了百朵花的红牡丹，其价格竟相当于25匹帛，珍贵异常，与珠宝不相上下。

　　"一丛深色花，十户中人赋"。大意是：一丛深颜色的牡丹花，价格昂贵，要买回这样的牡丹花，大约要付出十户中等人家一年缴纳的赋税钱。

　　暮春时节，一边是农村青黄不接，农民们饿着肚子干农活，一边是京城富贵人家花钱如流水，侍弄牡丹。诗人通过买花处一位"田舍翁"发出的感慨，揭露了社会贫富不均的矛盾和不公平现象，具有深刻的社会意义。

249　高者未必贤，下者未必愚。

注释：

1. 选自唐代白居易乐府诗《涧底松》诗（节录）："貂蝉与牛衣，高下虽有殊。高者未必贤，下者未必愚。君不见，沉沉海底生珊瑚，历历天上种白榆。"
2. 高者：地位高的人，显达的人，指权贵。
3. 下者：地位低下的人，贫寒的士人。

品鉴　　这是白居易《新乐府五十首》中的一首。白居易之作"新乐府"诗，旨在讽谏君主，批评时政。每首诗前面均写有一则小序，用以概示该诗大意。这首《涧底松》的小序谓："念寒隽也。"寒隽，即寒俊，指出身寒微而有才能的读书人。这些人大多想通过仕途以施展其政治抱负，实现建功立业的理想，但往往遭到世族权贵的压制和排挤，使他们很不得意。白居易这首诗，就是托物言志，通过对"涧底松"处境的描写，表达了这类"寒俊"的愿望和苦闷，借以为"寒俊"们鸣不平。

"高者未必贤，下者未必愚。"大意是：有地位有权势的高官显爵，不见得就贤良端正，才能卓著，而很可能无德无行，是个蠢材；名位低下没有地位的士子，不见得就愚笨，没有头脑，而很可能其中潜藏着胆识过人的英雄豪杰和才俊之士。

诗人表达了对出身寒门的知识分子不受任用的不满，和对权贵把持朝政的愤慨。告诫人们在选用人才时，务必从人的贤能出发，而不能只看人的出身和地位高低。

今天，人们常用这两句诗表达不能以地位的高下来划分人的贤愚的思想。

250 安得万里裘，盖裹周四垠。

注释：
1. 选自唐代白居易《新制布裘》诗（节录）："丈夫贵兼济，岂独善一身！安得万里裘，盖裹周四垠。稳暖皆如我，天下无寒人。"
2. 万里裘：一万里长宽的大衣。象征在全国实行开明政策，普惠天下。
3. 周：普遍。 垠：界限。四垠，指天下四方。

品鉴 诗人由穿上布袍子在寒冬腊月也感觉温暖如春，而"推身利以利人"，表现了诗人广泛的人道主义同情和博爱的情怀。

"安得万里裘，盖裹周四垠"。大意是：我自己做了新衣，穿得很暖和，可是天下还有很多人在寒冷的冬夜里煎熬，如何能缝制一件又长又大的袍子，用它把整个大地都覆盖包裹起来，让世上的百姓都过上温暖的生活，再也不受冻馁之苦。

诗句的主旨同杜甫《茅屋为秋风所破歌》中"安得广厦千万间，大庇天下寒士俱欢颜"两句十分相似，如出一辙。显示了诗人不满足于个人温饱，热爱人民，博爱天下的胸怀，闪耀着救世济人的理想光辉和积极的浪漫主义精神，是诗人崇高思想的流露和表现。

251 四海无闲田，农夫犹饿死。

作者简介：

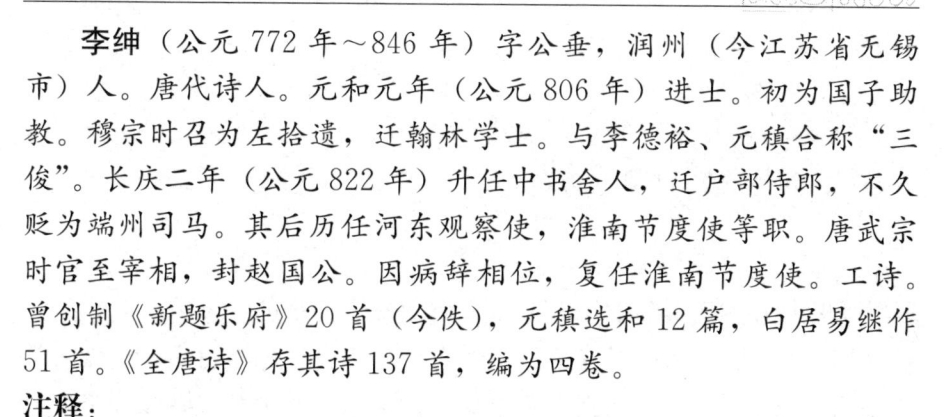

李绅（公元772年～846年）字公垂，润州（今江苏省无锡市）人。唐代诗人。元和元年（公元806年）进士。初为国子助教。穆宗时召为左拾遗，迁翰林学士。与李德裕、元稹合称"三俊"。长庆二年（公元822年）升任中书舍人，迁户部侍郎，不久贬为端州司马。其后历任河东观察使，淮南节度使等职。唐武宗时官至宰相，封赵国公。因病辞相位，复任淮南节度使。工诗。曾创制《新题乐府》20首（今佚），元稹选和12篇，白居易继作51首。《全唐诗》存其诗137首，编为四卷。

注释：

1. 选自唐代李绅《悯农》二首中的第一首："春种一粒粟，秋收万颗子。四海无闲田，农夫犹饿死。"悯农：对农民表示怜悯、同情。
2. 四海：指全国。 闲田：没有耕种而荒置的土地。

品鉴　李绅不仅是中唐时期新乐府运动的倡导者之一，而且是写新乐府诗的最早实践者，对元稹、白居易均产生一定影响。元稹曾称赞他"雅有所谓，不虚为文"，具有白居易提倡的"文章合为时而著，歌诗合为事而作"的创作思想。李绅写的《新乐府》20首已失传，《悯农二首》（一称《古风二首》）为其早年所作，通俗警策，表现了对农民的深切同情，后世广为流传。

"四海无闲田，农夫犹饿死"。大意是：土地是肥沃的，春天种下一粒种子，秋天就能收获万颗粮食。然而，四海之内虽然都是良田，经农民辛勤劳作，种上了庄稼，获得了丰收，而农民们并没有因此过上安居乐业的生活，仍然一贫如洗，两手空空，惨遭饿死。

是谁制造了这人间的悲剧呢？人们不禁要问。诗人没有回答，留给读者去思考。其实诗人不用回答，因为答案是很清楚的。

252 谁知盘中餐，
粒粒皆辛苦。

注释：

1. 选自唐代李绅《悯农》诗二首中的第二首："锄禾日当午，汗滴禾下土。谁知盘中餐，粒粒皆辛苦。"
2. 餐：指饭食。一作"飧"。
3. 皆：都。

品鉴　　在古代诗歌中，历传不衰而又家喻户晓的，恐怕要数李绅这首《悯农》诗了。之所以这样，是因为这首诗言理朴素自然，它用诗的语言明白地告诉人们：粮食来之不易，种粮人十分辛苦，因此应该十分珍惜粮食，切不可浪费一颗一粒。

"谁知盘中餐，粒粒皆辛苦。"大意是：春种秋收，稼穑艰辛，才种出了粮食，谁人不知道盘子里的米饭，粒粒都是农民日晒雨淋，辛勤耕耘，用汗水和劳动换来的啊！

诗句语言通俗，道出了一个朴素的真理：没有农民头顶烈日，汗滴禾下土，哪有盘中香喷喷的米饭呢。因此告诫人们要珍惜农民来之不易的劳动果实。

那么"谁"指什么人呢？诗人没有回答，但是诗人一定是有所指的：一定是那些不劳而获、四体不勤、五谷不分的人；是那些饱食终日、无所用心的人。因此，诗人在流露出对农民同情的"悯农"思想时，也对那些浪费粮食的现象进行了委婉含蓄的批评。

毛泽东曾引用此诗来教育他的孩子。毛岸青、邵华写的《我们爱韶山的红杜鹃》说："有时在饭桌上，孩子们抛洒了饭粒，他老人家就吟诵那首古老而通俗的诗篇：'锄禾日当午⋯'教育晚辈爱惜粮食，珍惜劳动人民的血汗。"

253　若为化作身千亿，
　　　散上峰头望故乡。

作者简介：

柳宗元（公元773年~819年）字子厚，河东解县（今山西省运城市）人，世称柳河东。唐代诗人、散文家。贞元九年（公元793年）进士。曾任蓝田县尉、监察御史、礼部员外郎。早年参加王叔文革新政治集团，积极参与"永贞革新"。革新失败后，被贬为永州司马。后升任柳州刺史，因称柳柳州。在任期间，革弊兴利，为政清廉。提倡"文以明道"，强调文学的社会功能。与韩愈共同倡导古文运动，为"唐宋八大家"之一。并称"韩柳"。散文题材广泛，风格多样，而以山水游记成就最为突出。其诗言畅意美，善于借山水景物的描写寄寓悲愤孤清之情，别具一格，卓然成家。《全唐诗》存其诗180余首，编为四卷。有《河东先生集》传世。

注释：

选自唐代柳宗元《与浩初上人同看山寄京华亲故》诗："海畔尖山似剑芒，秋来处处割愁肠。若为化作身千亿，散上峰头望故乡。"　浩初上人：龙安海禅师的弟子。　京华：京师长安。　亲故：亲人和朋友。故，故交。

品鉴　柳宗元是个有远大政治抱负的诗人。早年参加以王叔文为首的"永贞革新"，积极进行政治活动。失败后贬为永州司马。十年以后，又被贬到更边远的柳州。此诗即是在柳州任刺史时所作。

"若为化作身千亿，散上峰头望故乡"。大意是：怎么能够化作千千万万个身子，散布到每一个峰顶上，这样，就有千千万万个柳宗元在山峰上眺望故乡。

身在贬所，去故乡之远，不下几千万里。望故乡而不可归，于是在无可奈何的情况下，只好远望当归。然而一个人望还不足以表达自己对故乡的思念之情，于是通过独特的艺术构思，希望"化作身千亿"，千千万万山上都有自己在望故乡，来抚慰思乡的情感。为什么情感会这样强烈呢？这是因为，诗人政治上不断遭受沉重的打击，心情抑郁不平，终年生活在忧危愁苦的阴影之中，于是只有从对故乡亲人的怀念中来寻求心灵的慰藉了。

诗句想象丰富新奇，抒情"沉着痛快"，准确形象地揭示了诗人复杂矛盾的内心世界。

254 惊风乱飐芙蓉水，密雨斜侵薜荔墙。

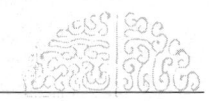

注释：

1. 选自唐代柳宗元《登柳州城楼寄漳、汀、封、连、四州刺史》诗："城上高楼接大荒，海天愁思正茫茫。惊风乱飐芙蓉水，密雨斜侵薜荔墙。岭树重遮千里目，江流曲似九回肠。共来百越文身地，犹自音书滞一乡。"柳州：今广西省柳州市。漳：漳州（今福建省漳州市）。汀：汀州（今福建省长汀县）。封：封州（今广东省封开县）。连：连州（今广东省连州市）。
2. 惊风：狂风。飐：吹动。　芙蓉：荷花。
3. 薜荔：一种常绿的蔓生香草，常攀缘在墙上生长。

品鉴　"永贞革新"失败后，柳宗元、刘禹锡等八名革新志士都被贬到边远地区任司马。十年以后，柳宗元、刘禹锡等五位幸存者得以召回京师，但随即又被贬往更荒远的柳州、连州、漳州、汀州、封州任刺史。这首诗就是柳宗元在柳州刺史任上（公元815年），写给一同被贬出京的四位刺史的诗。

"惊风乱飐芙蓉水，密雨斜侵薜荔墙"两句，写夏天暴雨袭来时的情景。大意是：狂风胡乱吹着荷花盛开的水面，又急又密的暴雨猛烈地吹打着爬满薜荔的墙头。

"芙蓉""薜荔"历来是美好人格的象征。屈原《离骚》有云："制芰荷以为衣兮，集芙蓉以为裳。"又云："贯薜荔之落蕊。"因此，在《离骚》里，芙蓉与薜荔，象征着诗人屈原人格的美好与芳洁。

而这两句诗中的"惊风""密雨""乱飐""斜侵"，则象征着恶劣的政治环境和接踵而来的打击与迫害。很明显，芙蓉与薜荔在暴风雨中的情状，一方面寄寓着作者遭受打击迫害的愤慨之情，另一方面也表达出具有高洁思想品格的诗人，是不会为外力所屈，也不会为外物所污的。

255 烟销日出不见人，欸乃一声山水绿。

注释：

1. 选自唐代柳宗元《渔翁》诗："渔翁夜傍西岩宿，晓汲清湘燃楚竹。烟销日出不见人，欸乃一声山水绿。回看天际下中流，岩上无心云相逐。"此诗系诗人被贬后，在永州时所作。
2. 烟销：烟雾消散。
3. 欸乃：行舟时摇橹的声音。唐时湘中棹歌中有《欸乃曲》，元结在湘中任刺史时受棹歌影响，也仿作了《欸乃曲》五首。

品鉴 这是一首描写渔翁活动的山水诗。诗人通过赞赏永州奇妙的山水，排遣心中的抑郁，并表达了对自由生活的倾慕之情。

"烟销日出不见人，欸乃一声山水绿"。大意是：湘江的清晨，水面上的烟雾慢慢消散了，东方一轮红日正冉冉升起，人们还没有开始活动，四周一片寂寥，见不到一丝人的踪影；渔翁来到船上，摇动了船桨，随着"欸乃一声"划破静静的江面，一条渔船从水面划过，映入眼帘的，是绿的水，青的山，是点染了春妆的绿的天地。

诗人描绘了江上一幅清静的早晨景象，诗人沉浸于这样的安静之中，似乎已经忘却了自身与万物的存在，而随着欸乃一声，倏忽惊醒，发现眼前已是一片绿色的世界了。诗句静中有声，以声托景，山水似乎是因为"欸乃"之声而绿得更加可爱了。

这里，诗人巧妙地展示出渔翁的清静和自由，并以渔翁的意象，隐隐传达出自己孤高而又不免寂寞的心境。

256 千山鸟飞绝，万径人踪灭。

注释：

1. 选自唐代柳宗元《江雪》诗："千山鸟飞绝，万径人踪灭。孤舟蓑笠翁，独钓寒江雪。"
2. 绝：绝迹，尽，没有踪迹。
3. 万径：千万条道路。　人踪：人的踪迹。

品鉴　柳宗元是王叔文"永贞革新"改革派的重要成员之一。"永贞革新"失败后，唐顺宗逊位，王叔文被杀，柳宗元被贬为柳州司马。十年后升任柳州刺史，死在柳州任上。政治上的失败，使诗人精神上受到很大的打击。于是，诗人常常通过对山水景物的描写，抒发自己苦闷的心情，寄托自己孤傲清高的情感。《江雪》便是这样的一首小诗。

"千山鸟飞绝，万径人踪灭"两句，诗人使用夸张的手法，描写冬天江上的孤寂凄冷。仅用十个字，便勾勒出一幅大雪纷飞，天地一色的景象：千山万壑，没有一只鸟儿飞过，千万条道路，见不到一个人的踪迹。

诗人虽然没有直接写"雪"，但却使人感到了大雪封山，天无飞鸟，地无人迹，一片沉寂冷清、寒风凛冽的景象。而这样的环境描写，为身披蓑衣，头戴斗笠，独自驾着一叶小舟垂钓的渔翁做好了铺垫。而这个渔翁，正是诗人在永贞革新失败后顽强不屈而又孤寂形象的真实写照。

257 侯门一入深如海，从此萧郎是路人。

作者简介：

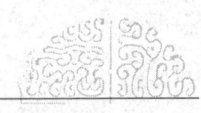

崔郊，生卒和事迹不详。

注释：

1. 选自唐代崔郊《赠婢》诗："公子王孙逐后尘，绿珠垂泪滴罗巾。侯门一入深如海，从此萧郎是路人。"

2. 侯门：指权豪势要之家。
3. 萧郎：唐代诗词中习惯用语，泛指女子所爱恋的男子。此处指崔郊自己。　路人：过路的陌生人。

品鉴　据唐末范摅笔记《云溪友议》载：元和年间（公元806年~820年），秀才崔郊住在姑母家里。当时，姑母家有一婢女，生得姿容秀丽。两人朝夕相处，互生爱慕之情，暗中相恋，两情相许。姑妈年老多病，一时计短，将婢女卖给了当地军政要员襄州刺史、山南东道节度观察于頔。崔郊念念不忘，日夜思念，经常整日在府墙门外徘徊。一日，婢女受命外出，见一熟悉的身影立在路旁，停轿一看，竟是崔郊。两人见面，相对垂泪，泣不成声。崔郊百感交集，想到甫一相见，又将永别，便写了《赠婢》诗留作纪念。

"侯门一入深如海，从此萧郎是路人"。大意是：政要高官的府邸门禁重重，守卫森严，像海一样深不可测；婢女一进入侯门，两相隔绝，再也不能相见，从此自己不过是一个过路的陌生人罢了。

诗人以侯门"深如海"的形象比喻，表现了自己对婢女的同情、爱慕以及得不到所爱之人的绝望之情，含蓄蕴藉，哀怨动人。

不久，于頔读到这首诗，便将崔郊叫去，笑问道："'侯门一入深如海，从此萧郎是路人'，是你写的吗？"于頔是一个极有权势的地方官，《旧唐书·于頔传》说他"虽为政有绩，然横暴已甚"，"公然聚敛，恣意虐杀，专以凌上威下为务"。崔郊见问，战战兢兢，不知是祸是福，然不敢违逆，只默默点头应允。于頔却笑着说道："诗不错，很感人，我今天叫你来，就是让你从此不再作'路人'。"说毕，把婢女叫出相见，让崔郊领去为妻，并赠送了不少嫁妆。

这件事后来传为诗坛佳话。成语"侯门似海"也由此变化而来，常用来形容高官贵族的府邸宅院深广，门禁森严，不能随便进出。

258　因过竹院逢僧话，又得浮生半日闲。

作者简介：

李涉（生卒年不详）号清溪子，洛阳（今河南省洛阳市）人。

唐代诗人。早年与其弟李渤一起在庐山隐居。曾任太子通事舍人、峡州司仓参军，官至太学博士。宝历初，因武昭谋害李逢吉事受牵连，流配康州。工诗。名动当时。传说李涉曾夜过九江皖口，遇盗，盗问何人，从者曰："李博士也。"盗首曰："若是李博士，不用剽夺，久闻诗名，愿题一篇足矣。"李涉遂赠一绝句云："暮雨潇潇江上村，绿林豪客夜知闻，他时不用相回避，世上如今半是君。"李涉性情放达，喜山水浪游。诗多写仕途坎坷不平和羁旅之愁。《全唐诗》存诗117首，编为一卷。

注释：
1. 选自唐代李涉《登山》诗："终日昏昏醉梦间，忽闻春尽强登山。因过竹院逢僧话，又得浮生半日闲。"
2. 竹院：种有竹的寺院。　僧：和尚。　话：交谈，聊天。
3. 浮生：古人以为世事无定，生命短暂，所以把人生叫做浮生。这是对人生的一种消极看法。

品鉴　　这首诗描写登山游览途中，路过山间一座寺庙，庙里翠竹凤尾森森，迎风摇曳，表现了诗人爱春惜春的情感和追求闲适淡泊生活的心情。

"因过竹院逢僧话，又得浮生半日闲"。大意是：路过寺院时遇见了和尚，便与他们闲聊起来；感到身心愉快，非常惬意，因为自己又得到了半天闲适生活的乐趣。

这两句诗抒发了一种悠闲自得，不涉尘事，超然物外的心情。但实际上，诗人内心深处充满了牢骚与不满，不然他不会处于"昏昏醉梦间"。他是蓄牢骚于闲适间，寓不满于"醉梦"中，寻享乐于"浮生"上，貌似清高，实是慨叹。这是封建士大夫因不满现实而虚度人生的典型写照。

后来，人们常用这两句诗说明忙中有闲，劳逸结合的舒坦心情。由于使用的环境和心境不同，也有将之作为讽刺语来使用的。

259　曾经沧海难为水，除却巫山不是云。

作者简介：

　　元稹（公元779年～831年）字微之，河南（今河南省洛阳市）人。唐代诗人。早年家贫苦学。15岁明经及第。25岁举书判拔萃科。曾任秘书省校书郎、左拾遗、监察御史等职。因得罪守旧派官僚，遭到贬斥。穆宗时起用为中书舍人、翰林学士承旨，拜相，随又出为同州刺史，迁浙东观察使。大和三年（公元829年）入朝任尚书左丞。与白居易共同倡导新乐府运动，强调诗歌的政治讽喻作用，推重杜甫"即事名篇，无复倚傍"的创作。诗风与白居易相近，世称"元白"。其乐府诗广泛地反映了当时的社会矛盾。《连昌宫词》是宫怨诗名篇。传奇《莺莺传》为后世《西厢记》所本。《全唐诗》录其诗820余首，编为二十八卷。有《元氏长庆集》传世。

注释：

1. 选自唐代元稹《离思》五首中的第四首："曾经沧海难为水，除却巫山不是云。取次花丛懒回顾，半缘修道半缘君。"离思：诀别的思念。这是元稹悼念其亡妻韦丛之作。共五首。
2. 曾经：曾经经历过。犹言曾经看见过。　沧海：大海。一说指渤海。　难为水：难以算得是水。沧海无比深广，使他处之水相形见绌，故言。《孟子·尽心上》："观于海者难为水，游于圣人之门者难为言。"
3. 除却：除去，除了。　巫山：在今重庆、湖北两省界上，主要部分在重庆市巫山县东南，即巫山12峰。其中有朝云峰，通称神女峰，下临长江，云蒸霞蔚，极为奇丽。据宋玉《高唐赋》说，其云为神女所化，上属于天，下入于渊，茂如松树，美如娇姬，相形之下别处的云就显得黯然失色了。又，晋王羲之到处学习书法，至洛阳，见东汉蔡邕《石经》三体书，后又在从兄王洽处见到张昶《华岳碑》，叹曰："巫云洛水外，云水宁足贵哉！"王羲之以此喻书法，他说天下再没有比巫云洛水更好的云和水了，是比喻见过《石经》《华岳碑》后，天下再没有比这更好的书法了。

品鉴 这是诗人写的一首表示爱情专一的悼亡诗。元稹娶韦丛为妻，度过了一段困穷的生活。韦氏27岁去世，当时元稹尚未发达。后来元稹官做到宰相，写了《遣悲怀》三首诗悼念亡妻。《离思》五首也是悼念亡妻之作，写得情真意切，令人感动不已。

"曾经沧海难为水，除却巫山不是云"两句，写诗人对亡妻的忠贞爱情和无限怀念。大意是：经历过浩瀚无边的沧海之后，别处的水流就难以称得上是水了；同样，见过了神女峰上特别美丽的巫山之云，其他地方的云赶不上它的美丽，就不能叫作云了。

诗人言下之意是说：自己的亡妻最美，最好，别的女人都比不上。从爱情的角度看，这是"情人眼里出西施"，自有其一定的道理。但它却反映了人们感知事物的一种辩证心理，明显涵有人生理趣。它说明：经历丰富的人，由于见多识广，眼界自然高远，因而对寻常的事物就不以为奇了。恩格斯年轻时，有一次听了贝多芬的《命运交响曲》后，写信给他的妹妹说："这一交响曲和《英雄交响曲》是我最喜爱的作品。……真是了不起的音乐！假如你没有听过这部壮丽的作品，那你可以说等于一生没有听过什么好音乐。"说的也是这个意思，可以帮助我们理解这两句诗的哲理。

这两句诗用笔极妙，取譬新奇，意境绝佳，故常被后人称引。

260 平生不解藏人善，到处逢人说项斯。

作者简介：

杨敬之（生卒年不详），《全唐诗》存其诗2首。其中《赠项斯》诗极为后世传诵，并形成了"说项"这个典故。

注释：

1. 选自唐代杨敬之《赠项斯》诗："几度见诗诗总好，及观标格过于诗。平生不解藏人善，到处逢人说项斯。"项斯：据南宋计有功《唐诗纪事》载："斯，字子迁，江东人。始，未为闻人。……

谒杨敬之，杨苦爱之，赠诗云云。未几，诗达长安，明年擢上第。"历史上，项斯并未有突出成就，其为人所知，皆因杨敬之这首诗的缘故。

2. 不解：不会，不懂。　藏：隐藏，隐瞒。　善：善事，优点。
3. 说：此处是称许的意思。

品鉴　这是一首赞美年轻诗人项斯的诗。杨敬之在当时是一个有地位的人，他认为品评人应该重才德。项斯的诗写得好，人品也好，因此从心里称赏他，并且从行动上真心实意地加以宣传揄扬，大力推荐。

"平生不解藏人善，到处逢人说项斯"。大意是：有生以来，我从来不懂得如何去将别人的优点、长处藏在心里，缄口不言；如今见项斯才、德俱佳，因此我无论走到哪里，逢人便夸奖这个年轻有为的才学之士。

项斯是一个尚未"闻达"的年轻人，作者当时是有一定社会地位和影响的人。但作者能够放下架子，虚怀若谷，勉励推荐后之来者，发掘人才，为之揄扬，表现出了真心实意奖掖后进的高尚品质。

文坛上奖掖后进，传扬别人的优点，历来被传为美谈。但一般是由别人道出，方能显出谦虚的美德，避免自我标榜之嫌。然而杨敬之却是自己做了，又自己说出来，不但没有自我标榜之嫌，反而让人感到他的直率可爱，而且其古道热肠，也颇令人钦佩。

诗句语言朴实无华，情感高尚美好，一直为世人所传诵，久而久之，逐渐形成了"说项"这个典故。

261　秋风生渭水，落叶满长安。

作者简介：

贾岛（公元 779 年～843 年）字浪仙，一作阆仙，自称碣石山人。范阳（今河北省琢州市）人。唐代诗人。曾为僧，法名无本，后还俗。屡应进士试不第。大中末始授遂州长江（今四川省安岳县）主簿，时年 59 岁。世因称贾长江。他受知于韩愈，和孟郊交谊颇深，并称"郊岛"。又与姚合齐名，并称"姚贾"。工诗，以苦吟著称。善于描写寂寞荒凉的景色和个人凄苦的生活感受，形成凄清僻苦的风格。以五律见长。注重炼字造句，刻苦求工，竭力推敲恰切的字句。与孟郊齐名，有"郊寒岛瘦"之说。《全唐诗》存其诗400余首，编为四卷。有《长江集》传世。

注释：

1. 选自唐代贾岛《忆江上吴处士》诗："闽国扬帆去，蟾蜍亏复圆。秋风生渭水，落叶满长安。此地聚会夕，当时雷雨寒。兰桡殊未返，消息海云端。"处士：隐居林泉不仕的人。
2. 生：一作"吹"。渭水：在长安郊外，是送客出发的地方。

品鉴　这是一首怀念朋友的诗。一位姓吴的朋友远离长安，到福建去了很长时间，如今秋天到了，还没有得到他的消息，他在哪里呢，如今还好吗？一种思念之情油然而生。

"秋风生渭水，落叶满长安"两句，写景抒情，含蓄蕴藉，情意深永。大意是：回想当时在渭水边送别的时候，春意盎然，满眼生机，如今已是深秋时节了，阵阵西风从渭水河边吹来，长安城里落叶遍地，呈现出一派萧瑟肃杀的景象，引动了诗人对朋友的深切怀念之情。

诗人通过秋景的描绘，寄寓着对友人深深的忆念。诗句景中寓情，情景相生，含思婉转，影响很深，为历代不少诗家所称引。

262　鸟宿池边树，僧敲月下门。

注释：

1. 选自唐代贾岛《题李凝幽居》诗："闲居少邻并，草径入荒园。鸟宿池边树，僧敲月下门。过桥分野色，移石动云根。暂去还来此，幽期不负言。"
2. 宿：栖息。
3. 僧：和尚。

品鉴　贾岛是唐代著名的苦吟诗人。一天，他去拜访友人李凝归来，吟成《题李凝幽居》一诗。

"鸟宿池边树，僧敲月下门"。大意是：一个月色朦胧的晚上，夜已深了，鸟雀早已在池塘边的树枝上栖息了；一位僧人从外归来，寺院的大门已经紧紧关上，他伫立在月光下，举手敲响了月光下的寺门。

诗句在有声和无声、静止和活动的对照描写中，突现了李凝山居环境的清幽之美，颇有诗意。据宋代阮阅《诗话总龟》记载：传说贾岛诗成之后，于"推""敲"二字炼之未定。既欲著"推"字，又欲著"敲"字，遂于驴上吟哦，时时用手作推敲之状。这时，值京兆尹韩愈路过，贾岛神游象外，全然不知，骑着驴子闯进了仪仗队，被左右拿下，推到韩愈面前发落。韩愈问其闯道的原因，贾岛将炼字不定的事讲了一遍。韩愈听了，并不怪罪，反而替贾岛思索起来，沉吟良久，回答说："当用'敲'字为佳。"贾岛听了，恍然醒悟：月下找人，应该敲门，才和幽居相应。幽居则门常关，门常关则推不开。而且，夜阑人静，明月朗照，僧人敲门，以动写静，极富诗意。从音节上看，"敲"字也响亮些。贾岛大为佩服，决定用"敲"字。韩愈亦怜才惜士，遂邀贾岛并辔回府，流连数日，评诗论文，结为布衣之交。韩愈还特地写诗一首，赠给贾岛，表示推崇之意："孟郊死葬北邙山，日月风云顿觉闲。天恐文章中断绝，又生贾岛在人间。"

从此，贾岛的"苦吟"誉满诗坛。他字斟句酌，认真推敲炼字的故事，传为佳话。而"推敲"一词，亦由此得来。

263 二句三年得，一吟双泪流。

注释：

选自唐代贾岛《题诗后》诗："二句三年得，一吟双泪流。知音如不赏，归卧故山秋。"

品鉴 贾岛写了一首《送无可上人》诗，其中"独行潭底影，数息树边身"两句，诗意凄苦，对仗工整，诗人自己十分欣赏。在这首诗的后面，贾岛自己写了一个注解，就是这首《题诗后》诗。

"二句三年得，一吟双泪流"两句，描写写作的甘苦和艰辛。大意是：我的《送无可上人》诗中"独行潭底影，数息树边身"二句，构思酝酿，反复推敲，几多锤炼，经历了三年的功夫，才最后修改完成，心里特别喜爱和珍惜；因此，每当我吟诵它时，想到创作的艰辛，就会像母亲看到自己十月怀胎的孩子一样动情，流出喜悦和激动的泪水。

这两句的诗竟花去了诗人三年的时间，由此可以看出诗人的创作态度是多么严肃认真，所付出的劳动是多么艰辛。真可算得上是呕心沥血，倾注心力了。所以这两句诗正是诗人"苦吟"的真实写照。

264 怪禽啼旷野，落日恐行人。

注释：

1. 选自唐代贾岛《暮过山村》诗："数里闻寒水，山家少四邻。怪禽啼旷野，落日恐行人。初月未终夕，边烽不过秦。萧条桑柘外，烟火渐相亲。"
2. 怪禽：鸱鸮一类的鸟。
3. 恐：恐惧，害怕。

品鉴　　贾岛诗歌的创作特色，诗论家们喜欢用"幽奇寒僻"来形容。这种风格在这首诗中得到了鲜明的体现。诗人用自己独特的视觉和感受，描写日暮时分山村道路的景象，勾画出了一幅夕阳落山，前路阴森的画面。

"怪禽啼旷野，落日恐行人"两句，描摹山区肃杀阴森的景象，十分精彩：黄昏时分，昏黄的落日眼看就要下山了。诗人从杳无人迹的旷野向一座小山村走去。山路崎岖，没有行人。天渐渐黑下来。怪禽在荒漠空寂的山野间发出一阵阵凄厉的叫声，令孤单的行人感到毛骨悚然，不寒而栗。

这两句诗写得有声有色：而且通过怪禽的啼声，逐渐暗淡下去的光色，成功地烘托出了一种恐怖气氛，令身处其中的行人惊惶不安。诗的境界幽深险僻，正是贾岛的本色。

265 女娲炼石补天处，石破天惊逗秋雨。

作者简介：

李贺（公元790年~816年）字长吉，福昌（今河南省宜阳县西）人。唐代诗人。出身于没落宗室。父名晋肃，因"晋"谐音"进"，为避父讳不得举进士。终身失意，生活困顿。早岁即能为诗，尤为韩愈、皇甫湜等人赏识。其诗对当时宦官专政、藩镇割据的社会现实有所揭露和批判，同时也表现了自己怀才不遇的悲愤和对人民疾苦的同情。想象丰富，立意新奇。风格奇崛峻峭，继承了屈原、李白的浪漫主义精神。有些作品感伤情调较浓。名篇有《李凭箜篌引》《雁门太守行》《金铜仙人辞汉歌》等。《全唐诗》存其诗240余首，编为五卷。有《昌谷集》（一作《李长吉歌诗》）传世。

注释：

1. 选自唐代李贺《李凭箜篌引》诗（节录）："昆山玉碎凤凰叫，芙蓉泣露香兰笑。十二门前融冷光，二十三丝动紫皇。女娲炼石补天处，石破天惊逗秋雨。"李凭：是供奉宫廷的梨园弟子，擅长弹奏箜篌。　箜篌：弦乐器的一种。　箜篌引：乐府《相和歌》中的旧题。

2. 补天：古代神话，共工怒触不周山，天倾西北，女娲炼五色石把缺处补好。

3. 石破天惊：形容箜篌声激越，出人意外，无法形容。　逗：引出来的意思。

品鉴　这首诗描绘李凭弹箜篌的技艺高超，演奏的乐曲优美动听，感染力很强。其遣词造意新颖奇特，道前人之未道，充分体现了诗人独特的艺术构思。

"女娲炼石补天处，石破天惊逗秋雨"两句，形容箜篌乐声美妙动听，震惊了天宇。大意是：当李凭胸中激情奔腾，突然抒发出来时，箜篌弹奏的乐声，高亢激越，直射天宇，女娲补天的地方，天缝裂开，彩石崩落，发出了石破天惊般的雷鸣之声。乐声仿佛从天的缺口处倾盆而下的一场秋雨，借着风势，铺天盖地地横扫大地，哗哗哗地流泻下来。

诗人对神话传说的独特运用和感悟，把读者带进了一个辽阔深广、神奇瑰丽的天宇境界。想象大胆奇特，出人意料。而"逗"字的使用，含义丰富，不仅将音乐形象与神话传说紧密地联系起来，而且将诗人欣赏乐声的独特感受转化为通过联想可以感知的具体的物象，增强了艺术感染力。意象鲜明，充满了浪漫主义精神。因此可以说，石破天惊，秋雨滂沱的景象，就是箜篌乐声创造出来的一种独特的音乐形象，是诗人用瑰丽奇诡的视觉形象表现听觉形象的巧妙手段。

清代王琦对这两句诗给予了高度评价。他在称赏李贺摹写声音的精妙时说："虽幽若鬼神，顽若异类，亦能见赏。"成语"石破天惊"即由此得来。

266 黑云压城城欲摧，甲光向日金鳞开。

注释：

选自唐代李贺《雁门太守行》诗："黑云压城城欲摧，甲光向日金鳞开。角声满天秋色里，塞上燕脂凝夜紫。半卷红旗临易水，霜重鼓寒声不起。报君黄金台上意，提携玉龙为君死。" 雁门太守行：系古乐府名称之一。从有关传说和材料记载看，《雁门太守行》可能是写平定藩镇叛乱的战争。

品鉴 李贺生活的时代，曾发生过多次藩镇叛乱。例如元和四年（公元809年），王承宗的叛军曾攻打易州和定州，爱国将领李光颜率兵驰救。他身先士卒，冲击吴元济叛军的包围，杀得敌人人仰马翻，狼狈逃窜。李贺这首诗，就描写了这样一场惨烈的战争，他以不同凡响的笔触，赞扬了将士们舍生忘死的战斗精神。

"黑云压城城欲摧,甲光向日金鳞开"两句,用比兴和夸饰的手法,烘托出敌军兵临城下的紧张气氛和危急形势。大意是:敌军犯境,铺天盖地地杀奔而来,不可一世,嚣张气焰笼罩着整个战场,犹如天空乌云翻滚,压向城头,城墙快被摧毁了,一场毁灭性的灾难即将降临一样;而城内唐军将士披坚执锐,严阵以待,满天乌云中透出的阳光,映照在战士们鱼鳞似的金甲上,发出炫目的金光,耀人眼目。

这两句诗通过景物描写,一开始就把敌军人马众多,来势凶猛,敌众我寡,力量悬殊,形势万分紧迫的情况淋漓尽致地揭示出来了,渲染了一个险恶的战争环境。然而正是这险恶的战争环境,充分有力地展现了守城将士不畏强敌,雄姿威武,具有战而必胜的坚定信念和风采。

语言奇警生动,情景相生,意象飞动,历来受到人们的称赞。后来,"黑云压城城欲摧"演化为成语,常用来形容局势的危急和艰难。

据《太平广记》记载,这两句诗在当时就得到了韩愈的赞扬和赏识:"李贺以诗歌谒吏部韩愈,时为国子博士分司,送客出归,困极。门人呈卷,解带旋读之。首篇《雁门太守行》云:'黑云压城城欲摧,甲光向日金鳞开。'即插带,急命邀之。"表现了韩愈对李贺诗才的看重和推崇。

267 遥望齐州九点烟,一泓海水杯中泻。

注释:

1. 选自唐代李贺《梦天》诗:"老兔寒蟾泣天色,云楼半开壁斜白。玉轮轧露湿团光,鸾珮相逢桂香陌。黄尘清水三山下,更变千年如走马。遥望齐州九点烟,一泓海水杯中泻。"
2. 齐州:即中州,这里指中国。
3. 泓:水深而清的样子。一泓海水,犹言一汪海水。中国古代分为九州,九州之外便是大海。

品鉴 这首诗通过梦游月宫,展现了天上幻想的神奇境界:诗人到了天界，天上众多美丽的仙女你来我往，过着一种宁静的生活。而诗人俯视人间，感到人的时间是那样短促，空间是那样渺小，寄寓了诗人对人事沧桑的深沉感慨。

"遥望齐州九点烟，一泓海水杯中泻"两句，是诗人驰骋幻想，从天界下望人寰所见到的景象：九州非常渺小，小得像九点烟尘；浩瀚的大海虽然波涛滚滚，也不过如同倾倒在杯中的一汪清水而已，微不足道。

诗人想象丰富，构思奇妙，比喻新颖，气象开阔，充满浪漫主义色彩，充分体现了李贺诗歌变幻怪谲的艺术特色。

268 男儿何不带吴钩，收取关山五十州。

注释：

1. 选自唐代李贺《南园》十三首中的第五首："男儿何不带吴钩，收取关山五十州。请君暂上凌烟阁，若个书生万户侯？"南园：李贺福昌故居的田园。
2. 吴钩：吴地出产的弯形刀。这里泛指宝刀。
3. 五十州：指当时被藩镇所据州郡。北宋司马光《资治通鉴》二百三十八卷云："李绛曰：'今法令所不能制者，河南北五十余州。'"

品鉴 这是诗人在故乡田园居住时写作的诗歌，反映了诗人欲弃文就武，报效国家的愿望。辞意显豁，表现了李贺诗歌的另一种面貌。

"男儿何不带吴钩，收取关山五十州"。诗人自问自答，气势昂扬。大意是：山河破碎，民不聊生，作为男子汉大丈夫，为什么不身佩军刀，奔赴疆场，杀敌戡乱，收复藩镇割据下的五十余州，使国家重归一统呢？

诗句节奏明快，一气呵成，抒发了诗人面对烽火连天、战乱不已的局面，焦急万分，恨不得立即身佩宝刀，奔赴沙场，以身许国，从戎建功的豪情壮志。

诗人诗名早扬，因为"避父讳"而不能才学入仕，一生困穷寡欢，深感怀抱才能而没有用武之地。然而诗人又不甘长期蛰居乡间，就此沦落，无所作为。而要摆脱眼前的困穷境况，似乎只有投笔从戎一条路可走了。"何不"二字的语气，就表现出了这种无奈的心情。而"收取关山"四字，气势如虹，流露出了建功立业，报效国家的急切心愿。语意顿挫激越，直抒胸臆，酣畅淋漓地表达了家国之痛和身世之悲的愤激不平之情。

269　衰兰送客咸阳道，天若有情天亦老。

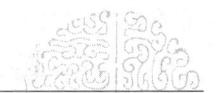

注释：

1. 选自唐代李贺《金铜仙人辞汉歌》诗："茂陵刘郎秋风客，夜闻马嘶晓无迹。画栏桂树悬秋香，三十六宫土花碧。魏官牵车指千里，东关酸风射眸子。空将汉月出宫门，忆君清泪如铅水。衰兰送客咸阳道，天若有情天亦老。携盘独出月荒凉，渭城已远波声小。"

2. 金铜仙人：汉武帝刘彻曾在长安建昌宫前造神明台，上铸铜仙人，手托承露盘以储露水，和玉屑吞服，以求长生。　辞汉：魏明帝曹叡景初元年（公元 237 年）命宫官到长安，将铜人拆下，运至洛阳，欲立置于前殿。但在搬运过程中，因铜人过重，留在了灞上。传说金铜仙人被拆离时，流下了眼泪。

3. 咸阳：秦国的都城。故址在今陕西省咸阳市东的渭城故城。这里借指长安。

品鉴　这首诗大约作于元和八年（公元 813 年）。李贺因病辞去奉礼郎职务后，由京城前往洛阳，行至途中，借金铜仙人离别汉宫的传说，写下了这首别具格调的乐府诗作，表达了诗人自身对世事沉浮，人事沧桑的百感交集的感慨。

"衰兰送客咸阳道，天若有情天亦老"两句，诗人借描写金铜仙人离京而去的凄楚景况，寄托自己的哀愁。大意是：金铜仙人被魏国的军士们拆下来，装在车上，孤独地从长安运往洛阳，其时月色惨淡，秋风凄冷，一派萧瑟悲凉的景象，前来送别的只有道路两旁已经开始衰败的兰草；苍天虽然日出月没，光景常新，终古不变，然而倘若它有情的话，它大概也会为金铜仙人的遭遇和这种黯然销魂的离别悲伤得容颜衰老了吧！

金铜仙人迁徙洛阳，千里东行，伤心落泪，不仅有眷恋故土，远离之愁，而且因为汉、魏朝代更迭易主，也寄寓着对旧王朝衰亡的万千感慨和悲伤。兰草的衰枯，也不只是秋风肃杀、摧残的缘故，而是因为愁苦的情怀而变得衰败了。兰草的愁苦恰好映衬了金铜仙人的愁苦，起到了烘托金铜仙人艰难处境和凄苦情怀的作用。

实际上，诗人移情入物，景中寓情，写兰草的愁苦，就是写诗人本人的愁苦，而金铜仙人的遭遇，不就是诗人自己遭遇的真实写照么！

诗人以拟人手法，赋予兰花和苍天以丰富的情感，构思奇巧，设想奇伟，意境辽阔，感情深沉，蕴含着诗人对现实生活的丰富联想和感慨。读来韵味深长，堪称千古佳句。

270　我有迷魂招不得，雄鸡一声天下白。

注释：

1. 选自唐代李贺《致酒行》诗："零落栖迟一杯酒，主人奉觞客长寿。主父西游困不归，家人折断门前柳。吾闻马周昔作新丰客，天荒地老无人识。空将笺上两行书，直犯龙颜请恩泽。我有迷魂招不得，雄鸡一声天下白。少年心事当拿云，谁念幽寒坐呜呃。"
2. 迷魂：指心情郁悒，行止彷徨，迷失于外。　招不得：招不回来。指失意远游。

品鉴　李贺少年时期即有大志，从小饱读诗书，才华横溢，然而因为避父名讳不得参加进士的考试。诗人郁郁不得志，困居异乡，遇主人设酒相待，并举古事相勉励，因而写下了这首感遇诗。

"我有迷魂招不得,雄鸡一声天下白"。大意是:我失意远游,行止彷徨,魂魄迷失在外,穷愁潦倒,招不回来;听了主人的一席话,心胸豁然开朗,如梦方醒,犹如雄鸡一声高唱,划破黑暗的夜空,天地豁然清明,迎来了天下大白的无限光明。

诗句运用象征手法,通过雄鸡报晓,夜尽天明,天下大白,一片璀璨光明的景象,表达了诗人憧憬未来,前景无限美好的乐观精神。这一景象也激起了诗人的豪情,因此表示:少年时期正该壮志凌云,坚持高远的志趣,努力奋斗,干一番轰轰烈烈的事业出来,绝不能因目前的困厄遭遇而一蹶不振,坐愁悲叹,那是谁也不会来怜惜你的!

诗句感情高亢,音节明快,磅礴大气,别具一种气概,充分表现了李贺内心深处蕴涵的火山一样的激情。

271 向前敲瘦骨,犹自带铜声。

注释:

1. 选自唐代李贺《马诗二十三首》中的第四首:"此马非凡马,房星本是星。向前敲瘦骨,犹自带铜声。"
2. 敲:敲打。
3. 铜声:金属的铿锵声。

品鉴 这首诗通过描写一匹非同寻常的骏马形象,表现了诗人自己的奇才异质、远大抱负及不遇于时的感慨与愤懑。

"向前敲瘦骨,犹自带铜声"。大意是:一匹良马,因为境遇恶劣,受尽磨难,被折腾得不成样子了;然而良马毕竟是良马,骨力坚劲,品质优良,上前敲打一下它的嶙嶙瘦骨,它仍然能发出撞击铜器的铿锵之声。

诗人笔下的这匹马虽然瘦骨伶仃,却是一匹不同凡响的良马,它所比喻的正是诗人自己怀才不遇的景况。诗人用拟物的笔法,将自己比作一匹瘦马,使马和人的意象重叠交叉在一起,达到物我两契的境界:看到马的形象便想到诗人有志难申，困窘不遇的境况，说到诗人的困窘境况，便联想到瘦骨嶙峋的良马，这就十分婉曲地表达出了诗人心中的悲愤之情。

诗句中"铜声"二字浑厚凝重，以之形容马的素质，化虚为实，描绘出了一个具体可感的物象，使其内在的素质得以外化为可闻、可见的东西，表现出了高超的艺术手法。

272 大漠沙如雪，燕山月似钩。

注释：

1. 选自唐代李贺《马诗二十三首》中的第五首："大漠沙如雪，燕山月似钩。何当金络脑，快走踏清秋。"
2. 大漠：广大的沙漠。
3. 燕山：燕然山，即今蒙古国境内杭爱山。钩：一种弯头宝刀。

品鉴 这首《马诗》反映了诗人欲投笔从戎，战场杀敌，削平藩镇，使江山重归一统，建立不朽功业的热切愿望。

"大漠沙如雪，燕山月似钩"两句，画出了燕山边塞壮阔冷爽的月夜景象。大意是：浩瀚无垠的沙漠，在月光下像铺上一层白皑皑的霜雪；连绵的燕山山岭上空，高悬着一弯新月，就像是一把明亮的宝刀。

诗人以雪喻沙，以"钩"（一种弯头武器）喻月，比中见兴，兴中有比，让人联想到悲凉肃杀的战场气氛，以及将士们驰骋战马，挥动宝刀奋勇杀敌的飒爽英姿。句中对仗工整，用字精炼形象，如描写月牙，根据其形状，形容其似"钩"，恰切地寄寓了诗人渴望战斗的壮志豪情。

诗人所处的贞元、元和时期，正是藩镇势力嚣张跋扈的时代。"燕山"所暗示的幽州蓟门一带，是安史之乱战火燃起的地方，也是藩镇势力肆虐最久、为祸最烈的地方，所以这首诗的诗意是颇有现实感慨意义的。

273 潮落夜江斜月里，
两三星火是瓜州。

作者简介：

　　张祜（生卒年不详）字承吉，清河（今属河北）人，一说为南阳（今河南省南阳市）人。唐代诗人。开始住在姑苏。颇得令狐楚器重。后到长安，献诗300首。被元稹排挤，失意东归，遂于淮南丹阳曲河之地筑庐隐居，终身不仕。杜牧任池州刺史时，与祜结交，并有诗相赠。他终生困顿，任侠尚气，浪迹名山大川。其诗多为记游题咏之作，轻巧流畅，含意深远。代表作有《河满子》《宫词》二首、《题金陵渡》等。《全唐诗》存其诗350首，编为两卷。

注释：

1. 选自唐代张祜《题金陵渡》诗："金陵津渡小山楼，一宿行人自可愁。潮落夜江斜月里，两三星火是瓜州。"金陵渡：地址在镇江。
2. 星火：指远处闪烁的灯光。　瓜州：一作瓜洲。在江苏省邗江区南，运河于此注入长江。隋唐时这里是水运交通的重要市镇。

品鉴　　张祜漫游江南时，一天晚上，住在小山楼上。夜深人静之时，独立楼头遥望江上夜景，只见月白浸江，渔火明灭，夜色迷蒙美丽，一阵浓浓的诗兴袭来，遂提笔蘸墨，在墙壁上题写了这首描写江南夜景的小诗。

　　"潮落夜江斜月里，两三星火是瓜州"。大意是：静谧的夜晚，一弯月亮已经西斜，是天快亮的时候了。诗人夜不能寐，凭栏独眺，夜色笼罩下的渡口，依稀可以辨出潮水刚刚退去；江水浸月，在朦胧的江面上，远处有几点星火闪烁。那是什么地方呢？诗人认为，那里应该是瓜洲镇吧！

　　诗人描绘出一幅美妙的夜江图画：近景是月光下落潮的江水，远景是江面几点闪烁的灯火。斜月、夜江、潮水，与那两三点星火相映衬，融成一体，如诗如画，清美之至，宁静之至。诗人用笔轻灵细腻，精工刻镂而又浑然无迹，且能传递出一种悠远的神韵，表现出锤炼语言艺术的高超才能。

274　海明先见日，
　　　江白迥闻风。

注释：

1. 选自唐代张祜《题松汀驿》诗："山色远含空，苍茫泽国东。海明先见日，江白迥闻风。鸟道高原去，人烟小径通。那知旧遗逸，不在五湖中。"松汀驿：在今江苏省境内。
2. 江白：江上泛起白色浪花。　迥：远貌。

品鉴　这是张祜题在松汀驿壁上的一首写景诗。诗人描写了松汀驿周围水光山色，画出了江南吴地的一派旖旎风光。

"海明先见日，江白迥闻风"。大意是：东南一带靠近大海，太阳早早地从海平面上跃升起来，海天明亮，霞光四射，这里的人们总是最先目睹到东升的太阳；风声远远传来，江上波涛涌动，映照着旭日的光辉，白浪滔滔，波光一片。

写日出之早，如在眼前，风浪之急，声震耳鼓。写景状物，真切自然。诗人喜爱山水之情，也流露无遗。

275　溪云初起日沉阁，
　　　山雨欲来风满楼。

作者简介：

许浑（生卒年不详）字用晦，一作仲晦，祖籍安陆（今湖北省安陆市），后移居润州丹阳（今江苏省丹阳市）。唐代诗人。已故宰相许圉师的后裔。大和六年（公元832年）进士。曾任当涂、太平县令。大中三年（公元849年），拜监察御史，因病去官，东归京口。后任睦州、郢州刺史。喜好林泉，淡于名利。其诗题材较广泛，尤以登临怀古、羁旅宦游之作著名。格调清丽，句法圆熟，尤擅律诗。《全唐诗》存其诗530余首，编为11卷。有《丁卯集》《集外遗诗》传世。

注释：

1. 选自唐代许浑《咸阳城西楼晚眺》诗："一上高城万里愁，蒹葭杨柳似汀洲。溪云初起日沉阁，山雨欲来风满楼。鸟下绿芜秦苑夕，蝉鸣黄叶汉宫秋。行人莫问当年事，故国东来渭水流。"咸阳：秦的都城。汉代改名长安。旧址在今咸阳市东窑店。它在唐代与新都长安隔河相望。诗题一曰《咸阳城东楼》。
2. 阁：指慈福寺阁。诗人自己在句下注云："南近磻溪，西对慈福寺阁。"
3. 山雨：山里下的雨。　欲来：将要来了。　楼：咸阳城楼。

品鉴　诗人在一个秋天的傍晚，登上咸阳城楼远望，见秋日城外景色壮丽，山雨欲来，景象壮观，乃以雄浑劲健的笔触写了这首诗，对这一景象予以描绘，并于字里行间寄托了自己深沉的感慨。全诗意境恢弘，气韵沉雄。

"溪云初起日沉阁，山雨欲来风满楼"两句，描写黄昏时分风雨将至的景象：诗人登上高高的城楼，凭栏远眺，只见磻溪之上，渐渐生起乌云，乌云逐渐扩大，随风飘然而至，一轮红日却隐隐下沉，落向慈福寺阁的后面，一瞬间天地陡变，暮色顿生，乌云吞没了一切；一阵狂风袭来，灌满空旷的城楼，凉意凛然，山间的骤雨眼见就要来到了。

风为雨先，山雨欲来而风先至。这个"欲"字引而不发，十分传神，达到了状难写之景如在目前的艺术效果，而且具有很大的想象空间：让人感到，其背后似乎蓄积着一股强大的力量，随时都会爆发出来似的；用"满"字形容秋风，也是恰到好处，气韵生动，突出了飓风骤至，城楼空落，凛然萧然，形势紧迫逼人的动荡景象，生动地描绘出了暴风雨来临前的征兆。

后来，"山雨欲来风满楼"逐渐演变成了成语。今天，常被用作表现社会大变动前夜，天下即将大乱，政治风雨即将来临前的征兆，既生动又形象。

276 残云归太华，
疏雨过中条。

注释：

1. 选自唐代许浑《秋日赴阙题潼关驿楼》诗："红叶晚萧萧，长亭酒一瓢。残云归太华，疏雨过中条。树色随山迥，河声入海遥。帝乡明日到，犹自梦渔樵。"阙：宫阙，指京城。潼关：在今陕西省潼关县境内，当陕西、山西、河南三省要冲，是从洛阳进入长安必经的咽喉重镇，形势险要。
2. 太华：华山。
3. 中条：即中条山。在山西省永济市，位于潼关东北。

品鉴

诗人离开故乡润州丹阳（今江苏省境内），前往京城长安（今陕西省西安市），途中路过潼关，为其山势的雄伟和自然景色的壮美所吸引，一时兴会淋漓，写下了这首被后人称誉为"高华雄浑"的诗篇。

"残云归太华，疏雨过中条"。大意是：极目远眺，天空中云层被风吹散，剩下的片片浮云飞归西岳华山，天空放晴了；北面，隔着一条滔滔黄河，可以看见连绵苍莽的中条山，一阵疏雨刚刚下过，空气清新，山势历历可见，给人一种十分清爽的感觉。

诗人大笔勾勒四周的山色，意境雄浑苍茫。从写景的角度看，用"残云"来点染华山，用"疏雨"来烘托中条山，在山势浩茫无际的静景中抹上了一层美丽的动感，把山景山色真正写活了，从而增强了诗歌形象的意趣美。

277 东风不与周郎便，
铜雀春深锁二乔。

作者简介：

杜牧（公元803年～853年）字牧之。京兆万年（今陕西省西安市）人。晚唐重要诗人。大和二年（公元828年）进士。曾任监察御史、黄州、池州、睦州刺史，官至中书舍人。工诗善文。以诗的成就最高。主张"为文以意为主，以气为辅"，《阿房宫赋》为其传诵名篇。其诗多指陈时政、咏史抒怀、纪行写景之作，情思俊爽，词彩清丽，绰约含蓄，为人称道，时称"小杜"（有别于杜甫而言）。七言咏史绝句，擅以华丽的辞藻，寓深沉的讽刺，写得非常出色，艺术性很高。与李商隐齐名，并称"小李杜"（区别于"大李杜"：李白、杜甫）。《全唐诗》存其诗520余首，编为八卷。有《樊川文集》传世。

注释：

1. 选自唐代杜牧《赤壁》诗："折戟沉沙铁未销，自将磨洗认前朝。东风不与周郎便，铜雀春深锁二乔。"赤壁：即赤壁山，在今湖北省赤壁市赤壁镇。地处长江南岸，峙立江边。为三国时赤壁之战的战场。今湖北省黄冈市（在江北）城外江上有赤鼻矶，后人曾误认为是当年赤壁之战的古战场，诗家多有吟咏者。杜牧的《赤壁》诗亦指此而言。

2. 东风：指赤壁之战中，周瑜用火攻法进攻曹操，周瑜军在东南，曹军在西北，故需东南风作为助攻之力。 周郎：指周瑜。建安三年，周瑜时年24岁，被任为建威中郎将，吴中皆呼为"周郎"。赤壁之战中，他是孙、刘（吴蜀）联军吴军的统帅。 便：便利，帮助。

3. 铜雀：指铜雀台。建安十五年（公元210年）曹操在邺城所建，台上有楼，楼上立有高达一丈五尺的大铜雀，故名。邺是曹操封魏王时魏国的都城，故址在今河北省临漳县城西南30里之三台村。 春深：春意盎然。 二乔：乔，通"桥"。汉末时皖城太守桥玄有两个女儿，大的称大桥，小的称小桥，兼称"二乔"，都很美貌。周瑜随孙策（孙权之兄）攻下皖城，得桥玄二女，孙策自纳大桥，周瑜纳小桥。 锁二乔：谓东吴如果失败，二乔将被曹操掳去，关在铜雀台上，据为己有。

品鉴

赤壁在今湖北省嘉鱼县境内，汉献帝建安十三年（公元208年），蜀、吴联军与曹操在此爆发了一场中国历史上著名的战役——赤壁之战，曹操败绩，从此形成了魏、蜀、吴三分天下的格局。赤壁由此名扬天下。杜牧登临这具有传奇色彩的古战场，感慨万端，挥毫泼墨，写下了这首怀古咏史的力作《赤壁》。

"东风不与周郎便，铜雀春深锁二乔"两句，大意是：若不是借助东风的力量，赤壁一战周瑜未必能胜，如果战败的话，那江东美丽的二乔就会被曹操夺去，铜雀台上也将会增添两位绝代佳人了。

赤壁之战是一次著名的以少胜多的战例。处于弱势一方的周瑜采用火攻，战胜了数量和实力都远远超过自己的魏军。但火攻须要借助东风，所以诗人选择战争胜利的重要因素东风落笔构思，进行换位思考，反观这次战争进程，设想如果没有东风这个战争胜利的重要条件，那结局会是一种什么状况呢？

诗人于感叹兴亡之中，讲了一个深刻的道理：要建立一番事业，除了具备一定内因外，一定的外部条件也是十分重要的，不可缺少的。倘若没有这些条件，譬如赤壁之战没有东风，就是周瑜这样的英雄人物，也同样无能为力。形象地说明了条件对于事业成功的重要性。

278　一骑红尘妃子笑，无人知是荔枝来。

注释：

1. 选自唐代杜牧《过华清宫》三首中的第一首："长安回望绣成堆，山顶千门次第开。一骑红尘妃子笑，无人知是荔枝来。"华清宫：故址在今陕西省临潼区东南骊山上，是唐玄宗开元十一年（公元723年）修建的行宫，玄宗和杨贵妃曾在这里寻欢作乐。
2. 红尘：扬起的飞尘。"红"是飞尘在日光照映下呈现微红的颜色。　妃子：指杨贵妃。

品鉴　这是诗人经过陕西骊山华清宫时，有感于唐玄宗、杨贵妃淫佚误国而写的一首政治讽喻诗，也是历代以华清宫为题的咏史诗中尤为精妙，尤为脍炙人口的一首。

"一骑红尘妃子笑，无人知是荔枝来"。大意是：宫外一名专使骑着驿马飞驰而来,一路上不断地扬鞭催马,他的身后带起了一溜烟的尘土,宫内,杨贵妃嫣然而笑了;没有人知道专使为什么这么急匆匆的,人们或许认为是在传送国事公文吧,有谁能想到却是从千里之外的南国给杨贵妃送新鲜荔枝来了。

据《新唐书·杨贵妃传》:"妃嗜荔枝,必欲生致之,乃置骑传送,走数千里,味未变,已至京师。"诗里,诗人把一骑红尘与妃子笑对照来写,深刻地揭露了封建帝王不恤民情的骄奢淫逸的生活,有着以微见著的艺术效果。

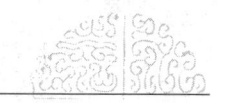

279 霓裳一曲千峰上,舞破中原始下来。

注释:

1. 选自唐代杜牧《过华清宫》三首中的第二首:"新丰绿树起黄埃,数骑渔阳探使回。霓裳一曲千峰上,舞破中原始下来。"
2. 霓裳:唐玄宗时宫廷舞曲名。　千峰:极言骊山峰峦众多。

品鉴　　这是政治讽喻诗《过华清宫》三首中的第二首。玄宗在位时,安禄山兼任平卢、范阳、河东三镇节度使,秘密扩军备战,伺机谋反。皇太子和宰相杨国忠屡屡启奏,称安禄山有谋反之心,玄宗不信,对安始终信任有加。后来不得已才派使臣以赐柑为名去探听虚实。使臣受安禄山贿赂,回来后盛赞他的忠心。玄宗轻信谎言,自此更加高枕无忧了。

"霓裳一曲千峰上,舞破中原始下来"。大意是:在骊山群峰环抱的华清宫里,唐玄宗与杨贵妃纵情声色,恣意享乐,不问国事,招致安禄山、史思明叛乱,中原残破。叛军随之又攻破潼关,剑锋直指长安。眼看长安不保了,唐玄宗和杨贵妃才从骊山上下来,仓皇逃往蜀中。

这两句诗思想内容深刻,表现手法完美,不着一字议论,却将唐玄宗的耽于享乐,执迷不悟,轻信误国的形象刻画得淋漓尽致,从一个侧面概括出了唐帝国衰落的根本原因。

280 停车坐爱枫林晚，
霜叶红于二月花。

注释：

1. 选自唐代杜牧《山行》诗："远上寒山石径斜，白云生处有人家。停车坐爱枫林晚，霜叶红于二月花。"山行：行进在山中。
2. 坐：因为。 枫林：枫树林。
3. 霜叶：经霜的枫叶。枫叶到了秋天，经霜后变成红色，颜色很美。 于：比。

品鉴　　这是一首描写山区深秋景色的小诗。诗人用一支多彩的笔，勾画出一幅美丽迷人的山林秋景图。像杜牧这样，一反文人悲秋怨秋的凄苦情调，在诗意的描绘中，将秋天枫林的自然景色与强烈的主观情感联系起来，写成为一曲秋的赞歌，尚不多见。诗人笔下的秋天是多姿多彩，生动美丽的，充溢着一种勃勃生气，一种奋发向上的精神魅力。

"停车坐爱枫林晚，霜叶红于二月花"两句，向我们展示了一幅充满生机、色彩绚丽的深秋枫林美景图。大意是：深秋的时节，天气开始转冷，诗人在山路上驱车前行，路两旁漫山遍野的枫树，经霜洗礼，一片火红。诗人喜爱这枫林的美景，便停下车来仔细地观赏；在夕阳余晖的映照下，枫叶红彤彤地透着阳光，东一片，西一簇，流丹溢彩，层林如染，比二月姹紫嫣红的春花还要鲜艳美丽。诗人陶醉在枫林之中，流连忘返，不知不觉就到了傍晚时分。

诗人喜爱枫叶，愈看愈爱，从枫叶的火红颜色里，看到了秋天旺盛的生命力。诗人笔下的山林，也真实自然地传达出了这种热烈的、生机勃勃的景象。立意新颖，形象鲜明。不仅渲染了枫叶外形的美，更赋予了它一种内在的精神上的美——不畏困难和傲霜斗寒的品格。与此同时，诗人热爱大自然，积极进取的思想风貌也表露无遗，令人备受鼓舞。

今天，湖南长沙岳麓山上有"爱晚亭"，就是以这两句诗的诗意命名的。

281 青山隐隐水迢迢，
秋尽江南草未凋。

注释：

1. 选自唐代杜牧《寄扬州韩绰判官》诗："青山隐隐水迢迢，秋尽江南草未凋。二十四桥明月夜，玉人何处教吹箫？"韩绰：生平不详。　判官：唐朝时节度使、观察使的属官。
2. 隐隐：隐隐约约，模模糊糊。　迢迢：形容非常遥远。扬州扼大运河，自古为南北交通要道。
3. 江南：指长江南面。　草未凋：一作"草木凋"。　凋：凋零，枯萎。

品鉴　　扬州自古繁华，唐时商业更加发达，商贾云集，成为水陆交通要道。大和七年至九年间（公元833年～835年），杜牧在扬州淮南节度使幕中任掌书记，与韩绰同僚，后来杜牧离开扬州到了江南，因思念与韩绰在扬州游乐的情景，写了这首风调悠扬，意境优美的小诗，表达对往日扬州生活的深切怀念。

"青山隐隐水迢迢，秋尽江南草未凋"二句，描写深秋景色，点明怀念友人的缘由。大意是：远处青山逶迤，在天际之间时隐时现，绿水如带，缭绕着流向远方；时令虽已过了深秋，江南的草木尚未凋零，依然绿茵葱葱，生意盎然，一派秀美旖旎的水乡风光。

"隐隐""迢迢"，两个叠字的运用，不但画出了山清水秀、绰约多姿的江南风貌，而且暗示了与友人之间的空间距离。那抑扬的声调中仿佛荡漾着诗人思念江南的似水柔情，景情交融，韵味无穷，千百年来为人们传诵不衰。

282 清明时节雨纷纷，
　　　路上行人欲断魂。

注释：

1. 选自唐代杜牧《清明》诗："清明时节雨纷纷，路上行人欲断魂。借问酒家何处有，牧童遥指杏花村。"
2. 清明：节气名，在每年4月4日或5日。　雨纷纷：形容春雨如丝，连绵飘落的样子。
3. 行人：指出门在外的行旅之人。这里指诗人自己。　欲：将要。　魂：指人的精神、情绪。　断魂：形容那种十分强烈、而又并非表现在外的隐深的痛苦。

品鉴　　杜牧这首描写清明节景象的诗，千百年来流传很广，脍炙人口，是描写清明最有名的篇章。全诗清新俊秀，通俗易懂，但仔细品味，却又寓意深远，言外有意，好似美酒佳酿，醇味自在其中。

"清明时节雨纷纷，路上行人欲断魂"二句，于动态景物描写中刻画环境气氛，烘托人物性格，见出人物情怀。大意是：阳春三月，万物复苏，桃红了，柳绿了，蜂飞蝶舞，春光明媚。但清明节这一天，却飘飘洒洒地下起了小雨，一路之上看不到去郊外扫墓祭祖、踏青郊游的人们。只有诗人孤身在外，正急急忙忙地行走于雨丝风片之中，赶路回家。春雨如丝，道路泥泞，触景伤怀，那心境自然是特别沮丧，特别的凄迷纷乱了。

诗人是写景寓情的高手。他用清明时节特有的"雨纷纷"三字，形容春雨，也形容了情绪，传达了那种"做冷欺花，将烟困柳"的凄迷而又美丽的境界。而这，正是情在景中，景即是情的一种胜境。诗人用"欲断魂"三字，来表达自己绵绵如春雨般剪不断，理还乱的孤独、凄惶、伤感的思乡情怀，也颇为贴切传神，顿挫有力，成为人们十分喜爱的千古名句。

283 天阶夜色凉如水，坐看牵牛织女星。

注释：

1. 选自唐代杜牧《秋夕》诗："银烛秋光冷画屏，轻罗小扇扑流萤。天阶夜色凉如水，坐看牵牛织女星。"诗题一作《七夕》。
2. 天阶：宫中的石阶。也指露天的石阶。
3. 坐看：一作"卧看"。牵牛、织女：都是星座名，牵牛星在银河之东，织女星在银河之西。神话传说中，一是牛郎，一是织女，被天河隔开。七夕之夜（农历七月初七），由喜鹊搭桥，牛郎、织女才得以相会。

品鉴　这首宫怨诗，描写了一位失宠宫女在"七夕"之夜的孤独生活和凄凉心情。秋天的夜里，宫女独坐在画屏旁边，等待"皇上"的幸临，但这一线希望眼见又落空了。宫女孤独无聊，只得用扑流萤的方式来消遣时光。接着，诗人含蓄地写出了宫女在寂寞凄凉的秋夜中向往爱情的情景。

"天阶夜色凉如水，坐看牵牛织女星"。大意是：夜深了，宫中的石阶像水一样冰凉，孤独寂寞的宫女却毫无睡意，依旧坐在那儿，痴痴地望着天河两岸的牵牛星和织女星。七夕之夜又到了，牛郎织女这一对恩爱夫妻，今晚将通过喜鹊搭成的鹊桥相会。宫女深深地羡慕牛郎织女美丽的故事，联想到自己长年锁在深宫，失去了追求爱情的自由，失去了自己的青春和幸福，那是连天上的织女都不如的啊！

根据民间传说，织女是天帝的孙女，嫁给了牛郎，但她却不能和牛郎长相厮守。只能等到每年七夕的夜晚，成百上千的喜鹊飞到天河搭成一座鹊桥，织女和牛郎才能过河相会。虽然一年之中只有七夕才能相会一次，可是对于一年365天独守空房的宫女来说，已经是天大的奢望了。

诗人写的是宫怨，字里行间处处透出宫怨，但句中却没有一个"宫"字或"怨"字，这正是诗人艺术构思高妙的地方。诗人表现宫怨十分含蓄，如"坐看牵牛织女星"一句，从静态的外在形象描写中，已经活现出一个内心凄苦、幽怨的宫女形象；而外静内动，意在言外的向往和憧憬，更含蓄隽永地透露出宫女种种活跃的情思和诉求。人们透过这幅秋夜深宫图，能够切实地感受到宫女的不幸遭遇，体会到她凄苦的心境及对美好爱情的渴求。

284 千里莺啼绿映红，水村山郭酒旗风。

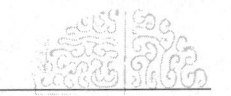

注释：

1. 选自唐代杜牧《江南春》诗："千里莺啼绿映红，水村山郭酒旗风。南朝四百八十寺，多少楼台烟雨中。"江南春：泛指江南处处春光，并非专指一处。
2. 莺：黄莺。啼：叫。 绿映红：花草树木，红绿相映。
3. 水村：水乡，临水的村庄。 山郭：山城。郭是外城。 酒旗：酒幌，酒店外招徕顾客的旗子。

品鉴 这首诗以明快的笔调描绘了一幅江南春天绚丽的景象，极富江南水乡的特色，也极富生活的情趣。同时诗人触景生情，也不吝笔墨地嘲讽了南朝梁武帝崇佛佞佛的愚昧和灭亡。当时杜牧所处的唐代，君主们也笃信佛教，耗费大量物力人力，广建庙宇禅院，所以诗人借凭吊南朝的覆亡，以讽喻的手法，说明迷信佛教，终是一场春梦，希望引起当朝统治者的警戒，寓意可谓十分深刻，用心亦多良苦。

"千里莺啼绿映红，水村山郭酒旗风"两句，表现了诗人对江南景物的赞美和神往：千里江南，黄莺儿欢快地歌唱，鲜花掩映在绿树丛中，到处莺歌燕舞，红绿相映，春色烂漫；在这大好的春光之中，绿波荡漾的溪水流过村庄，依偎在青山怀抱里的美丽小镇，到处飘动着招徕顾客的酒旗。

诗人一支生花妙笔，饱蘸浓丽色彩，将千里莺啼、绿树、红花、水村、山郭、酒旗等富有特征的景物，组织在一起，亦实亦虚，构成了江南水乡特有的春光画卷，诗意浓浓，生机勃勃，美丽动人，为人们所喜爱。

然而，这两句优美的诗句，在文坛上却引起了历代诗家们的争辩。明代杨慎《升庵诗话》批评说："千里莺啼，谁人听得？千里绿映红，谁人见得？若作十里，则莺啼绿红之景、村郭、楼台、僧寺、酒旗，尽在其中矣。"清代何文焕《历代诗话考索》则反驳说："即作十里，亦未必尽听得着，看得见。题云《江南春》，江南方广千里，千里之中，莺啼而绿映焉，水村山郭，无处无酒旗，四百八十寺，楼台多在烟雨中也。此诗之意既广，不得专指一处，故总而命曰：《江南春》，诗家善立题者也。"

就艺术造境的概括性来说，后者的意见是对的。杨慎是一个学识渊博，著作宏富的人，但在对这两句诗的理解上，却拘泥于实景，诗思不开，理解片面，贻笑诗坛。

285 如今风摆花狼藉，绿叶成阴子满枝。

注释：

选自唐代杜牧七绝《叹花》诗："自恨寻芳到已迟，往年曾见未开时。如今风摆花狼藉，绿叶成阴子满枝。"此诗一作："自是寻春去校迟，不须惆怅怨芳时。狂风落尽深红色，绿叶成阴子满枝。"

品鉴 传说唐文宗大和九年（公元835年），杜牧到湖州游玩，遇见一位十多岁的女孩，十分逗人喜爱，遂与其母约定10年内到湖州娶她。14年后，杜牧终于出任湖州刺史，可这位女子已经嫁人3年，有两个小孩了。杜牧唏嘘感叹，写了这首《叹花》诗。

"如今风摆花狼藉，绿叶成阴子满枝"。大意是：春天过去了。鲜艳妩媚，亭亭玉立，含苞待放的花蕾，在风风雨雨的吹打下，如今已是红芳褪尽，一片残红狼藉；而枝头上，绿叶丛中，却早已挂满了青色的果实。

这两句诗表面看，是在惜春、伤春的情调中，描绘出春末夏初，绿叶成阴的独特景色。实际上它是以一个充满诗意的凄婉的故事为背景，采用"比"的手法，用花来比喻少女的豆蔻年华，用绿树成阴子满枝来比喻少女青春已过，结婚生子，为人之母。这种花与人合一，人事与自然相统一的意象，蕴含着诗人深深的惋惜之情。

诗句语言朴素自然，诗味浓郁，婉曲含蓄，令人掩卷之余情思不已，回味无穷。

286 南山与秋色，气势两相高。

注释：

1. 选自唐代杜牧《长安秋望》诗："楼倚霜树外，镜天无一毫。南山与秋色，气势两相高。"
2. 南山：指终南山。

品鉴　这首诗赞美远望中的长安秋色，意境高远，气势鹏举，不啻一曲秋的赞歌。

"南山与秋色，气势两相高"。大意是：在长安城中远远望去，终南山拔地而起，高耸入云，它那凌空矗立的气势，与明净高远、寥廓无际的秋色，两相竞美，相映成趣。

诗人采用以实托虚的艺术手法，用具体的有形的终南山，来比拟抽象的虚空的秋色，使难以言传的明净高远的秋色，成为可以触摸，可以感知的具体物象。通过这两句诗的形象描写，读者可以感受到"秋色"之"高"，也能感悟到它凌云的气势和精神。而这种气势和精神，自然也是诗人精神品的一种体现，既象征着诗人高远的胸怀，也寄寓着诗人挺拔向上的情志。

287 商女不知亡国恨，隔江犹唱后庭花。

注释：

1. 选自唐代杜牧《泊秦淮》诗："烟笼寒水月笼沙，夜泊秦淮近酒家。商女不知亡国恨，隔江犹唱后庭花。"泊：停泊。秦淮：秦淮河。发源于江苏省溧水县东北，横贯金陵（今南京市），流入长江。因为这条河是秦时所开,凿钟山以疏通淮水,故名。六朝以来,这里一度非常繁华,两岸歌楼舞馆矗立,江中游船往来。每到夜晚,桨声灯影,荡漾其中,别有景象。一直是王孙公子、富家豪门游宴消遣的地方。

2. 商女:指以唱歌为生的乐妓。当时歌女不管城中、船中都有。

　亡国恨:相继建都金陵的吴国、东晋、南朝宋、齐、梁、陈几个王朝一个个都灭亡了。这里主要指南朝的陈朝。

3. 江:指秦淮河。长江以南,无论水的大小,口语都称为江。隔江:指秦淮河两岸酒家林立,乐妓在酒店里替客人唱歌佐酒,从船中听去,故称为隔江。　犹唱:还在唱。

　　后庭花:指乐曲《玉树后庭花》,相传为南朝陈朝末代皇帝陈后主(陈叔宝)所作。陈后主荒淫奢侈,沉于声色,作《玉树后庭花》舞曲,每天和妃嫔们歌舞取乐,不理朝政,终于亡国被俘。

品鉴　这是诗人杜牧夜泊秦淮河上,触景生情写出的一首优秀的政治讽喻诗。当时,唐王朝内忧外患,处于风雨飘摇之中,社会危机四伏,人民生活痛苦不堪。诗人是一个有政治头脑的知识分子,他从秦淮河桨声灯影的虚假繁荣中,已经预感到了唐朝末路的来临。因而感时伤事,借古讽今,从对历史兴亡的回顾中,讽劝唐王朝统治者,希望他们能从前朝的灭亡中吸取教训。由于诗人浓郁的吊古伤今情绪,为唐王朝的衰败沦落而惋惜哀叹,所以诗句中笼罩着一层淡淡的感伤情调。

"商女不知亡国恨,隔江犹唱后庭花"。大意是:诗人夜泊秦淮岸边,对岸酒楼里传过来一阵阵靡靡的歌声,商女们不知道亡国之恨,正在唱着陈后主作的轻靡的《后庭花》曲。

《后庭花》其词有"玉树后庭花,花开不复久"。后人称之为亡国之音。诗人联想到陈后主荒于声色,淫乐误国,每天同侠客、妃嫔们饮酒作乐,不理朝政,最后为隋朝所灭。不禁触动情怀,忧心忡忡,悲慨交加,发出了一声哀婉沉重的叹息。

这里,诗人表面上哀叹"商女不知",实则是采用曲笔写法,讽刺那些王公贵族、达官显贵们"不知"。他们在这衰微的世道之中,不以国事为怀,却沉溺声色,寻欢作乐,陶醉于亡国之音中。这就揭示了唐代社会晚期一种末世的淫靡情调,诗人从中敏锐地感到:国家的命运前途将不久长了。

诗人即景叙事，即事抒怀，将讽刺与感慨相结合，文字精练，含而不露，寄寓深远。塑造出了一种沉郁顿挫的妙境，能令人一唱而三扼腕。清人沈德潜在《唐诗别裁》中高度评价这首诗，将之推为唐人七绝的压卷之作。

288　江东子弟多才俊，
　　　　卷土重来未可知。

注释：

1. 选自唐代杜牧《题乌江亭》诗："胜败兵家事不期，包羞忍耻是男儿。江东子弟多才俊，卷土重来未可知。"乌江亭：故址在今安徽省和县东北的乌江浦。传说是项羽自刎的地方。
2. 江东：古时指安徽芜湖以下的长江南岸地区。也泛指长江下游一带。项羽战败，退到乌江，被刘邦大军追杀，乌江亭长曾建议他渡江，说："江东虽小，地方千里，众数十万人，亦足王也。"

才俊：才能杰出的人士。

品鉴　这是杜牧任池州刺史时，路过乌江亭，感叹项羽乌江自刎，决不过江这段史实，惋惜他的英雄事业归于覆灭而写的一首咏史诗。

"江东子弟多才俊，卷土重来未可知"两句，写项羽如能重整旗鼓，挥师西渡，则胜负之机，尚在未定之数。大意是：项羽遭遇失败的挫折，便灰心丧气，含羞自刎，怎么算得上是真正的"男儿"呢！江东有那么多杰出的人士，如果他能面对现实，忍受失败的羞耻，重返江东，总结失败的教训，或许能够卷土重来，轰轰烈烈地大干一场，重新打出一片江山，也是很有可能的啊！

对项羽无颜见江东父老这段史实，历来有人欣赏，认为表现了项羽的气节，是真英雄的表现，可歌可泣。诗人杜牧却独具只眼，提出了不同的见解，翻出了新意。他在微讽和惋惜的语气中，宣扬了好男儿应当"胜不骄，败不馁"，百折不挠、奋斗到底的道理，有积极的意义。成语

"卷土重来"即本于此。

289 蜡烛有心还惜别，
替人垂泪到天明。

注释：
1. 选自唐代杜牧《赠别》诗二首中的第二首："多情却似总无情，唯觉樽前笑不成。蜡烛有心还惜别，替人垂泪到天明。"
2. 垂泪：流泪。泪，语意双关，既指烛油，又指眼泪。

品鉴　这是一首抒情诗。抒写了诗人与歌女留恋惜别的心情，表现出了一种深沉、真挚的感情。

"蜡烛有心还惜别，替人垂泪到天明"。大意是，蜡烛也有惜别之心，也像人一样，懂得离别的痛苦，知道主人公天明就将与恋人分离了，一直在那里默默地流着烛泪，为离别而悲伤。

诗人抛开传统赠诗的写法，不写如何惜别，如何留恋不忍离去，而是借物抒情，选择了宴席上那枝燃烧的蜡烛，移情入物，以蜡烛流出了惜别的眼泪，来表现人的惜别之情，将蜡烛完全拟人化了。而且，通过蜡烛一直流泪"到天明"，写出了时间的连续性，表明男女主人公整整宴饮了一个晚上，男女主人公也借此厮守了一个晚上，成为不忍分离的一种外在的表现形式，曲折含蓄地抒写了临别分手的依依难舍之情。

诗人联想巧妙，构思婉转，意境深远，语言精炼流畅，清爽俊逸，表达了悱恻缠绵的情思，风流蕴藉，韵味无穷。

290 鸟去鸟来山色里，
人歌人哭水声中。

注释：
1. 选自唐代杜牧《题宣州开元寺水阁，阁下宛溪，夹溪居人》

诗:"六朝文物草连空,天淡云闲今古同。鸟去鸟来山色里,人歌人哭水声中。深秋帘幕千家雨,落日楼台一笛风。惆怅无因见范蠡,参差烟树五湖东。"

2. 人歌人哭:指喜庆丧吊,即生的欢乐、死的哀痛,代言生生死死的世事变化。

品鉴 这是杜牧任宣州(今安徽省宣城市)团练判官时,游赏开元寺(本名永乐寺),俯瞰宛溪,眺望敬亭山而写的一首诗。时间大约是唐文宗开成年间。宛溪从宣城城东流过,敬亭山在城的东北方,风景秀丽。开元寺建于东晋时代,地处城中心,是当地的名胜之一。

"鸟去鸟来山色里,人歌人哭水声中"两句,语言浅近通俗,凝练概括。大意是:敬亭山像一面巨大的翠色屏风,展开在宣城的近旁,鸟儿自由自在地飞来飞去,出没在这美丽的山色里;宛溪两岸的人民临河而居,世世代代在这里繁衍生息,山村里有多少欢乐的歌声,有多少悲哀的哭泣,年复一年地伴随着这宛溪潺潺的流水,一道流逝。

诗句描写敬亭山飞鸟出没的景象,意在表明客观世界的亘古久长;而写宛溪淳朴山村的歌哭,则欲说明人生短促,生生死死更迭不断,歌哭相迭。这两个意象,一个久长,一个短促。诗人以久长衬托人生的短促,造成一种对比鲜明的效果,从历史长河发展演化的角度,寄寓了诗人对人世变化的无限感慨。

291 鸡声茅店月,人迹板桥霜。

作者简介:

温庭筠(?~866年)字飞卿,太原祁(今山西省祁县)人。唐代诗人。才思敏捷。每次参加考试,手叉八次而成八韵,时号"温八叉"。屡试不第。政治上一生都不得意。曾任隋县尉,官止国子助教。工诗、词。诗风浓艳精巧,与李商隐齐名,时称"温李"。内容多为个人羁旅行役和青楼艳情之作,题材狭窄。词的成就高于诗,与韦庄并称"温韦"。为"花间派"代表词人之一,对早期词的发展有过重要贡献。内容多写闺情离愁及妇女容颜情态。《花间集》中他的词最多,被称为"花间鼻祖"。风格艳冶,词藻华丽。《全唐诗》存其诗330余首,编为九卷。有《温庭筠诗集》传世。

注释:

1. 选自唐代温庭筠《商山早行》:"晨起动征铎,客行悲故乡。鸡声茅店月,人迹板桥霜。槲叶落山路,枳花明驿墙。因思杜陵梦,凫雁满回塘。"商山:在今陕西省商州区的东南,又名地肺山、楚山、商岭、商谷。汉朝初年,东园公等4个80岁以上的老人曾隐居在这里,人称"商山四皓"。 早行:清晨上路。
2. 鸡声:指早晨鸡的叫声。 茅店月:茅屋旅店上挂着一弯斜月。
3. 人迹:人行走留下的脚印。 板桥霜:木板小桥上铺满了晨霜。

品鉴 这首诗描写客居他乡的游子在旅途中对故乡的怀念之情。诗人离开故乡太原祁县后,很长一段时间住在长安城南的杜陵。唐宣宗大中末年,诗人离开杜陵,到南方去游历,路过商山。这首诗大约就写在此次的旅游途中。温庭筠作为一个诗人,远不如他作为一个词人重要,但这首诗却写得清新可喜,是一首思念家乡的佳作。

"鸡声茅店月,人迹板桥霜"两句,运用淡淡的白描手法,既交代了山行的时间、地点和茅屋旅店的景物,也形象鲜明地勾画出一幅山村早行的生动图画。大意是:行人赶了一天的路程,晚上投宿于山村一家茅屋小店,通夜寂静冷清。天快亮了,残月尚挂在天边,一声鸡鸣在小村里啼叫起来,行人被鸡声唤醒,又早早地起床,戴月上路了;路上见不到行人,可是走过板桥的时候,发现薄霜上已经留下了更早的行人的足迹。

诗人摄取与"早行"密切相关的有特色的镜头,用鸡声初闻、月尚未落、霜还未化、板桥人迹等意象,勾画出一幅乡村破晓时分的风景画,从视、听两个方面给读者以具体真切的感受,既形象鲜明,又集中生动,如在目前。描写细致,言简意丰,不言"早行",而早行的辛苦已见于言外。而且,从这种环境典型的描写中,也可以窥出诗人当时复杂的心情。

这两句诗对仗工整，意境优美，全用名词，没有一个动词。短短十个字中，容纳了尽可能多的信息，扩充了诗歌表现的容量，形成了近体诗中特有的句法。因此，宋代欧阳修在《六一诗话》中称赞这两句诗写"道路辛苦，羁旅愁思"，"见于言外"。明代李东阳在《怀麓堂诗话》中也赞扬说："二句中不用一二闲字，止提掇出紧关物色字样，而音韵铿锵，意象俱足，始为难得。"

292 可怜无定河边骨，犹是春闺梦里人。

作者简介：

陈陶（生卒年不详），字嵩伯，自称三教布衣。唐诗人。大中时，游学长安，后隐居南昌西山。工乐府。后人辑有《陈嵩伯诗集》。

注释：

1. 选自唐代陈陶《陇西行》四首中的第二首："誓扫匈奴不顾身，五千貂锦丧胡尘。可怜无定河边骨，犹是春闺梦里人。"陇西行：是乐府《相和歌·瑟调曲》旧题，内容写边塞战争。陇西，即今甘肃、宁夏陇山以西的地方。
2. 无定河：黄河中游的支流。在今陕西境内，流经米脂、绥德至河口入黄河。　骨：指战死者的白骨。
3. 春闺：此指出征将士的妻子。

品鉴　　这首诗明写汉代对匈奴的战争，实指唐代的边境战争。唐军将士奋不顾身，誓死杀敌，捍卫边疆。战斗十分惨烈，五千将士马革裹尸，战死沙场，结果给千万个家庭造成了永不团圆的痛苦和灾难。

"可怜无定河边骨，犹是春闺梦里人"。大意是：可怜那些战死的将士，嶙嶙白骨早已暴露在无定河边，而家中的妻子却对征夫的情况一无所知，还常常在梦中与他们团圆相逢，憧憬着美好幸福的生活。

诗人匠心独运，把"河边骨"与"春闺梦"联系起来，一边是现实，一边是梦境；一边是令人悲哀凄凉的枯骨，一边是妻子心中年轻英俊的战士；虚实相对，荣枯迥异，两相对比，尤显得凄楚动人。这里，诗人没有直接写战争带来的悲惨景象，也没有渲染家人的悲伤情绪，然而正是这种笔法，特别是妻子仍然满怀着美好的希望在梦中与征人团聚，才使得诗意更为深挚，情景更为凄惨，也更具有震撼人心的悲剧力量。

293 何当共剪西窗烛，却话巴山夜雨时。

作者简介：

　　李商隐（约813年～约858年）字义山，号玉豀生，怀州河内（今河南省沁阳）人。唐代诗人。少年能文。19岁时得到当时牛党（牛僧孺）令狐楚的赏识，召聘入幕。25岁时考中进士，次年作了李党（李德裕）泾原节度使王茂元的女婿。牛党因此责他"背恩"。后来牛党执政，李商隐屡遭排挤，仕途坎坷，终生不得志。其诗题材广泛，内容丰富，警句频出，意境深远。所作《无题》诗20余首，寓意深婉，情思缠绵，向来脍炙人口。尤擅七言律、绝。想象丰富，构思精巧，语言优美，韵律和谐，对后世影响很大。与杜牧齐名，并称"小李杜"（有别于李白、杜甫）。《全唐诗》存其诗600余首，编为三卷。有《樊南文集》传世。

注释：

1. 选自唐代李商隐《夜雨寄北》诗："君问归期未有期，巴山夜雨涨秋池。何当共剪西窗烛，却话巴山夜雨时。"寄北：这是诗人在巴蜀寄给北方长安妻子的一首诗，长安在巴蜀的北方，所以说寄北。诗题一作《夜雨寄内》。
2. 何当：何时能够。　剪、烛：剪去烛心结成的灯花，使蜡烛的光焰更明亮。
3. 却话：回忆、追溯过去而谈。却：回溯。　巴山：今四川、陕西、湖北交界处的大巴山。这里泛指四川境内的山。

品鉴　　这是李商隐寄给妻子的一首诗，表达了对妻子深切怀念的一片痴情。文字浅显而意境深远，意象鲜明而感情含蓄，亲切有味，是一首千古流传而百读不厌的佳作。

"何当共剪西窗烛，却话巴山夜雨时"。大意是：不知什么时候我们才能重逢相聚，一同坐在西窗下，亲切地交谈，剪去灯上结成的烛花，来回忆今天这个巴山夜雨之时，我对你无限思念的心情。

诗人游宦巴蜀，寂寞凄苦，孤独郁闷，归期难料，却在憧憬着未来重逢的欢乐，盼望将来与妻子相聚的日子里，一同快乐地追忆这个令人乡思百结的巴山夜雨，委婉地表达了诗人羁旅的愁苦和思恋的真情。采用白描手法，语言朴实无华，感情真挚，含蓄细腻，想象新颖，语语动人，在李商隐的诗歌中别具一格。

清代姚培谦在《李义山诗集笺注》中评论说："'料得闺中夜深坐，多应说着远行人'，是魂飞到家去。此诗则又预飞到归家后也，奇绝！"

294 嫦娥应悔偷灵药，碧海青天夜夜心。

注释：

1. 选自唐代李商隐《嫦娥》诗："云母屏风烛影深，长河渐落晓星沉。嫦娥应悔偷灵药，碧海青天夜夜心。"
2. 嫦娥：神话中后羿的妻子。羿在西王母处求得不死之药，嫦娥偷吃了，飞升到月宫，成了月宫仙子。
3. 碧海：指夜晚的青天像碧绿的大海。

品鉴 这首诗题为《嫦娥》，实际上抒写的是处境孤寂的主人公对环境的感受和心灵的独白。

"嫦娥应悔偷灵药，碧海青天夜夜心"。大意是：想那月中美丽的仙子嫦娥，年年夜夜，独处广寒宫中，幽居无伴，每天晚上独自面对着广漠苍凉的碧海青天，寂寥冷清之情定难排遣，这个时候想必会后悔当初不该偷吃灵药，离开人间，以至于孤寂冷清，形影相伴，夜夜独处月宫了吧。

诗人孤寂凄冷，彻夜难眠，仰望天空的一轮明月，于是驰骋想象，认为月宫中的嫦娥此时一定和自己一样，有着寂寞孤独的思绪，而妻子那孤寂的情怀同自己一样难以排遣。所以，从这两句诗里我们可以感受到，诗句名义上是写嫦娥，实际上是诗人在表白自己的心境，寄寓着一种同病相怜、同心相应的惆怅悲凉的情绪，流露出一种浓重的伤感美。

295 春心莫共花争发，一寸相思一寸灰！

注释：
1. 选自唐代李商隐《无题四首》中的第二首："飒飒东风细雨来，芙蓉塘外有轻雷。金蟾啮锁烧香入，玉虎牵丝汲井回。贾氏窥帘韩掾少，宓妃留枕魏王才。春心莫共花争发，一寸相思一寸灰！"
2. 春心：指向往美好爱情的心愿，相爱的心意。

品鉴 这首无题诗表现了一位深锁幽闺的女子渴望爱情，追求爱情，以及爱情失败后的失望和痛苦心情，是一篇"刻意伤春"之作。

"春心莫共花争发，一寸相思一寸灰"！充分表现了女主人公内心的郁积与悲愤：女主人公有一颗向往美好爱情的心愿，然而相思越多，失望越多，痛苦也越多。如今爱情的理想破灭了，一颗深爱的心枯萎了，女主人公悲痛地感到，追求爱情的"春心"千万不要像春花那样竞相开放，因为每一寸相思都化成了灰烬！

诗人以自我劝阻的口吻，表达相思无望的悒郁和悲愤，反映了当时社会封建伦理对美好爱情的种种束缚与摧残，给青年男女的爱情造成了多么大的痛苦。然而，相思虽然令人苦恼，但少女们的"春心"却是无法抑止，也不会泯灭的。诗中主人公以无奈的口吻期望"春心莫共花争发"，正好从反面证明，一颗春心正与春花"争发"。自然地，姑娘内心的痛苦也一定在"争发"。

李商隐最擅长写失意的爱情，而且写得十分美丽、凄婉、动人。这是因为，他一生失意沉沦，饱尝失败的辛酸，因而对青年男女失意的爱情有特别深切的体验。而当他在诗歌中表达这种爱情时，很自然地就将自己遭遇挫折失意的体验和感触融进诗歌形象中，从而能够充分地表现美好事物的毁灭，这就使得他写的爱情具有一种动人心弦的悲剧美。

此外，诗人善于化抽象为具体的形象，将抽象的"相思"表现为燃尽的香灰，使人从香销成灰生出对失意爱情的诸多联想，创造出"一寸相思一寸灰"的奇丽诗句，既具体形象，又生动有味，也增强了诗歌打动人心的感人力量。

296 春蚕到死丝方尽，蜡炬成灰泪始干。

注释：

1. 选自唐代李商隐《无题》诗："相见时难别亦难，东风无力百花残。春蚕到死丝方尽，蜡炬成灰泪始干。晓镜但愁云鬓改，夜吟应觉月光寒。蓬山此去无多路，青鸟殷勤为探看。"
2. 丝：本指蚕丝，双关语，谐音"相思"之思。
3. 蜡炬：即蜡烛。 泪：蜡烛燃烧时流出的蜡油，称为烛泪。双关用法，实指相思之泪。

品鉴 这是一首表现离别相思之情的抒情诗。诗人通过分别后对情人的无尽怀念，倾吐了一种极为深切的情感，表达了一种缠绵悱恻的爱情。

"春蚕到死丝方尽，蜡炬成灰泪始干"两句，已成为千百年来表达爱情的最美妙最深情的语言了。大意是：我的相思，像那春蚕吐丝一样，无穷无尽，直到死去了，

才会停止；我的眼泪，像那自煎的蜡烛，直到燃烧完了，化成了灰烬，才停止流泪。

诗人以"春蚕""蜡炬"为喻，蚕不死，相思就不断，蜡烛不燃尽，泪流就不止，表现相爱甚深，追求执著，一死方休的决心。其情思之缠绵，精诚之感人，意象之生动，淋漓尽致地表达了一种生死不渝，无私奉献，死而后已的爱情。

现在，这两句诗除了表现坚贞不渝的爱情外，也常用来表达对事业

无限执着的追求，不达目的誓不罢休的精神。

297 身无彩凤双飞翼，
心有灵犀一点通。

注释：
1. 选自唐代李商隐《无题二首》中的第一首："昨夜星辰昨夜风，画楼西畔桂堂东。身无彩凤双飞翼，心有灵犀一点通。隔座送钩春酒暖，分曹射覆蜡灯红。嗟余听鼓应官去，走马兰台类转蓬。"
2. 彩凤：身上有彩色羽毛的凤。
3. 灵犀：即犀牛角。古人认为，犀牛是灵异之物。其角中央有一道贯穿上下的白线（实为角质），从角尖直通大脑，故称为灵犀。

品鉴 这首诗曲折有致地描写了主人公对意中人的深切怀念和复杂心理。

"身无彩凤双飞翼，心有灵犀一点通"两句，抒写爱情受到阻隔，以及由此引起的复杂微妙的心理。大意是：意中人不在自己身边，爱情受到阻隔，虽然身上没有彩凤那样的翅膀，能够飞越千山万壑，飞到你的身边（尽管我是多么想来到你的身边啊），与你在一起；然而我们相爱的两颗心，却是彼此心心相印，永远相知相爱的，像灵异的犀牛角一样，自有一线相通。

诗人以灵犀为喻，表现爱情虽然受到阻隔，非常痛苦，但相爱的双方彼此心灵契合，身不能接近而心气相通，并由此获得了精神上的慰藉，新颖而又贴切。很明显，诗人在这里所表现的是寂寞中的慰藉，痛苦中的喜悦，是矛盾情感中积极向上的情愫，尽管带有一点苦涩的味道，却因身受阻隔而显得弥足珍贵。

这两句诗形象地表达了对爱情追求的炽热感情，将相爱的两颗心灵表达得十分细腻真切，生动形象，历来为人喜爱，成为千古传诵的名句。

现在，"心有灵犀一点通"仍被用来表现相爱的双方彼此心领神会，心意相通。

298 历览前贤国与家，成由勤俭败由奢。

注释：

1. 选自唐代李商隐《咏史》诗："历览前贤国与家，成由勤俭败由奢。何须琥珀方为枕，岂得真珠始是车。运去不逢青海马，力穷难拔蜀山蛇。几人曾预南薰曲，终古苍梧哭翠华。"
2. 历览：纵观。　前贤：指前代君主。　国与家：即"国家"。
3. 败：一作"破"。

品鉴

古人说："俭，德之共也；侈，恶之大也。"（《左传·庄公二十四年》）指出人们应该充分重视和认识勤俭与奢侈的问题。因为是勤俭还是奢侈，不只关系道德品质的问题，更关系到国家兴衰成败的问题。李商隐写这首诗，就是针对中唐以后官僚腐败之风盛行，强调勤俭对于国家兴衰成败的重要性，以引起当政者和世人的重视，告诫人们千万不要忽视了勤俭是兴国之道的这一根本问题。

"历览前贤国与家，成由勤俭败由奢"。大意是：纵观古代前贤治国理家的经验教训，如果崇尚勤俭节约，国家就会蒸蒸日上，兴旺发达，如果腐败奢侈之风盛行，国家就会衰弱不振，走向灭亡。

诗人从剖析"前贤"治国理家的态度入手，概括地总结了历代兴亡盛衰的原因，针对性强，具有鲜明的讽谏意义。

诗意源于《韩非子·十过》中秦穆公与由余问答的一段话，秦穆公问由余："古之明主得国失国何常以？"由余回答说："常以俭得之，以奢失之。"诗人借用这一古论的观点，列举前代俭成奢败的历史经验加以论证，充分说明了欲图国家之兴旺发达，长盛不衰，就必须励精图治，去奢从俭。至理警言，不可不察。

299 桐花万里丹山路，雏凤清于老凤声。

注释：

1. 选自唐代李商隐《韩冬郎即席为诗，相送一座尽惊。他日余方追吟"连宵侍坐徘徊久"之句，有老成之风，因成二绝寄酬，兼呈畏之员外》诗二首中的第一首："十岁裁诗走马成，冷灰残烛动离情。桐花万里丹山路，雏凤清于老凤声。"韩冬郎：指晚唐诗人韩偓，小名冬郎。其父韩瞻，字畏之，是李商隐的故交和连襟。
2. 桐花：传说凤凰喜栖梧桐树。《庄子·秋水》："夫（凤凰）发于南海而飞于北海：非梧桐不止，非练食（竹米）不食。" 丹山：出产丹砂之山。传说凤凰亦产于丹山。《山海经·南次三经》："丹穴之山（即丹山）……有鸟焉。其状如鸡，五采而文，名曰凤皇（凰）。首文曰德，翼文曰义，背文曰礼，膺文曰仁，腹文曰信。是鸟也，饮食自然，自歌自舞，见（现）则天下安宁。"作者是以"桐花万里丹山路"比喻韩瞻父子所居之地。
3. 雏凤、老凤：比喻韩冬郎父子。 清：清亮，清脆嘹亮。

品鉴 大中五年（公元851年），李商隐离开长安，赴梓州（今四川省三台县）入东川节度使幕府工作，韩瞻为其饯别。时韩偓年仅10岁，在别宴上即席赋诗，词意俱佳，才华惊动一座。5年之后，李商隐回到长安，重吟韩偓所赠之诗，追忆往事，写了两首情意深长的诗酬答。这是其中的第一首。

"桐花万里丹山路，雏凤清于老凤声。"大意是：万里丹山道上，美丽的桐花一路开放，花丛中不时传来雏凤的鸣声，应和着老凤苍凉高亢的叫声，雏凤清脆圆润的声音比起老凤来更加悦耳动听。

李商隐在这首诗中，以"雏凤清于老凤声"作比，突出了少年诗人韩偓的风采，形象地揭示了后来者居上，年轻人必将胜过老年人这一历史社会进步的规律。显然，这是"青出于蓝而胜于蓝"思想的另一种表达方式。比喻新颖，经久不衰。

300　夕阳无限好，只是近黄昏。

注释：

1. 选自唐代李商隐《乐游原》诗："向晚意不适，驱车登古原。夕阳无限好，只是近黄昏。"乐游原：在长安城南，地势较高，四望宽敞。西汉宣帝曾在此建乐游庙，又名乐游阙，该处因称乐游原，一名乐游苑。在原上望长安城内，了如指掌。直到唐代，仍为游览胜地。唐代文人，多喜登临吟咏。
2. 只是：但是，只不过。

品鉴　唐代士大夫有登临乐游原，远眺长安内外风景，抒发心中感慨的风习。李商隐心情不畅，于是登临乐游原游览解闷。看到夕阳下的景色无限美好，可是却日薄西山，好景不长，触景生情写了这首小诗，表达一种无可奈何的惋惜之情和深深的慨叹。

"夕阳无限好，只是近黄昏"两句，写黄昏时登上乐游原骋目远望，眼前景色美好迷人。诗人于是借景言情，抒发心中的感慨。大意是：夕阳西下，红霞漫天，在夕照的辉映下，乐游原上的景色无限美好；只不过已近黄昏，景虽美，惜不久长，壮丽的景象就要在夜幕降临后迅速消失了。

诗人融情于景，情景结合，将心中不适之"情"与沉沉西落之"景"巧妙地交融在一起，既赞颂了古原夕照的美景，又见出诗人心中有无限多的思绪和感慨。诗人感慨什么呢？诗人一生遭遇坎坷，怀才不遇，从这快要落山的夕阳里，他似乎看到唐王朝的盛世已去，好景不长了。而自己虽有报国之心，济世之才，却生活在一个衰落的世道里，才不能有所为，志不能有所伸，因而流露出一种无可奈何的凄苦之情。

诗句用语精炼，含蕴丰富，韵味悠长，耐人寻味。现在，这两句诗已经成了表达好景不长的常用语了。

对于这两句诗的含义，人们还有另外一种理解："夕阳无限好，只是近黄昏"句中的"只是"一词，如果理解为"就是""正是"，而不作现代汉语中的"但是""只不过"解，那么，这两句诗还可以理解为：夕阳辉煌灿烂，江山如此壮丽，正是因为到了黄昏的时刻，才有如此令人叹为观止的景色。

今天，人们从这两句诗所塑造的意象中，还能得到一种哲理的启示：某些旧事物，表面看来似乎光鲜灿烂，令人羡慕，但它们毕竟已经衰朽、陈旧，毫无可取了。因此，对于这些旧事物，大可不必惋惜或留恋，而应该毫不可惜地摒弃之；放眼未来，更加信心百倍地去创造新的充满活力的事物。

301 两岸晓霞千里草，半帆斜日一江风。

注释：

1. 选自唐代李商隐《送杜秀才归桂林》诗："桂州南去与谁同，处处山连水自通。两岸晓霞千里草，半帆斜日一江风。瘴雨欲来枫树黑，火云初起荔枝红。愁君路远销年月，莫滞三湘五岭中。"杜秀才：不详。
2. 晓霞：即朝霞。
3. 斜日：早晨太阳初升，未到中天以前，阳光斜照在大地上。

品鉴 这是诗人送友人归广西桂林时写的一首赠别诗，诗中描述了诗人想象中的沿途风景，抒发了对朋友的惜别、怀念之情。

"两岸晓霞千里草，半帆斜日一江风"。大意是：漓江两岸，千里草地，在明媚的霞光映照下，绿茵茵地漫向天边；舟船挂起风帆，乘着江风在旭日柔和的光线里缓缓驶过水面，划碎了青山窈窕连绵的倒影。

诗人用"半帆"，"一江"写船帆在江面上鼓风滑行，活灵活现；红的朝霞，绿的青草，色彩明丽，把桂林山水相连，碧草丰美，江风帆影的特点历历在目地展现了出来。语言自然天成，毫无做作，读之宛如身临桂林山水之中，令人赏心悦目。

302 可怜夜半虚前席，不问苍生问鬼神。

注释：

1. 选自唐代李商隐《贾生》诗："宣室求贤访逐臣，贾生才调更无伦。可怜夜半虚前席，不问苍生问鬼神。"贾生：汉代贾谊。
2. 可怜：可惜，可叹。 虚前席：贾谊曾被贬为长沙王太傅，后来文帝又把他召回京城。当时文帝刚祭祀完毕，便在宣室向贾谊询问鬼神的事。直到夜半，文帝喜不自禁地向前移动坐处（古人坐在地上的席子上），靠近贾谊，故云。虚：徒然，空有。前：移坐向前。
3. 苍生：老百姓。

品鉴

这是一首著名的咏史诗。汉代贾谊的遭遇，是诗人们抒写怀才不遇情感的常用素材。贾谊很有才华，曾贬为长沙王太傅，后来汉文帝又把他召回京城。据《史记·屈贾列传》记载：汉文帝在宣室召见贾谊，询问鬼神的本原。谈到深夜，文帝钦佩贾谊博学多识，不禁移动自己的座位，凑近贾谊，细心倾听。然而，文帝感兴趣的只是鬼神之事，并不是真正重视贾谊，而启用他在政治上发挥作用，安邦治国。

"可怜夜半虚前席，不问苍生问鬼神"两句，写汉文帝与贾谊恳谈至半夜时分，听得入神，不禁向前挪动席位，靠近贾谊，细心询问。可惜他倾心关注的不是国计民生，安邦治国的大事，却是关于鬼神方面的虚无的问题。

诗句的讽刺意味极其深远，不仅揭露了汉文帝求贤而不用贤的本质，也在语意中对贾谊不得施展抱负深表惋惜。汉文帝在历史上被称为有道明君。有道明君尚且如此，那么晚唐皇帝崇佛媚道，服药求仙，不顾民生，不任贤才的现象，岂不是更加无道了吗！诗人以古讽今，表达了对当时腐败政治的讥讽和不满。同时，也寄寓了诗人对自己怀才不遇的深沉感慨。

诗人融议论于诗歌形象之中，而以慨叹出之，韵味深长，耐人寻绎。

303 庄生晓梦迷蝴蝶，望帝春心托杜鹃。

注释：

1. 选自唐代李商隐《锦瑟》诗："锦瑟无端五十弦，一弦一柱思华年。庄生晓梦迷蝴蝶，望帝春心托杜鹃。沧海月明珠有泪，蓝田日暖玉生烟。此情可待成追忆？只是当时已惘然。" 瑟：是古代一种弹奏的弦乐器。本有五十根弦，后多改为二十五弦。锦瑟：瑟的身上绘有美丽的花纹，犹如锦缎的光彩，故曰锦瑟。
2. 庄生：指战国时的哲学家庄周。 晓梦：梦醒后。 迷：迷茫、迷惑。
3. 望帝：周末蜀国之王，名叫杜宇。他将王位禅于开明，隐居深山，死后化为杜鹃，啼声哀切。 春心：伤春的情思。这里指伤悼年华已逝，抱负成空的心情。 托：寄托。
   杜鹃：又名子规鸟。鸣声凄楚动人。

品鉴　　这首诗的内容，据张采田《玉谿生年谱会笺》认为，大约是李商隐晚年自叙生平，自伤身世之感。

"庄生晓梦迷蝴蝶，望帝春心托杜鹃"。大意是：庄周梦见自己变成了蝴蝶，醒后感到迷惑，不知是自己梦中变为蝴蝶，还是蝴蝶梦中变为自己；蜀国的望帝死后化为杜鹃，在泣血的悲啼中，寄托着永不泯灭的春心春恨。

据《庄子·齐物论》载："昔者庄周梦为蝴蝶、栩栩然蝴蝶也。……俄然觉，则蘧蘧然周也？不知周之梦为蝴蝶与（同"欤"），蝴蝶之梦为周与？"这里，诗人是以庄生梦蝶的典故，说明自己的身世正如一场迷幻惝恍、令人迷惘的晓梦。诗人以此象征自己年华已逝，美好的理想抱负成为一片空虚，展现出来的是一幅充满哀怨凄迷气氛的图景。

诗人借用典故，说明自己往事如梦，壮志难成，坎坷人生犹如一场虚渺的梦境，寄托了诗人遭遇困顿，忧时伤世的感伤怨愤之情。

304 水晶帘动微风起，
满架蔷薇一院香。

作者简介：

　　高骈（公元821年～887年）字千里，幽州（今北京市）人。唐代诗人。少精武习文。曾任秦州刺史、剑南西川节度使，后封燕国公。黄巢起义时，拜诸道行营都统，镇守扬州。晚年好神仙之道。其后妄图拥兵自立，割据一方，为部将所杀。《唐诗纪事》说他"好为诗，雅有奇藻"。《全唐诗》录其诗50首，编为一卷。

注释：

1. 选自唐代高骈《山亭夏日》诗："绿树阴浓夏日长，楼台倒影入池塘。水晶帘动微风起，满架蔷薇一院香。"
2. 蔷薇：一种落叶灌木，茎有刺，夏季开花，花有各色。其中有黄蔷薇、香水蔷薇、粉团蔷薇等种类。

品鉴　　这是一首描写夏日风光的七言绝句，语言明丽，别有风味。"水晶帘动微风起，满架蔷薇一院香"两句，状写庭院里水动风起的动态景象，逼真传神。大意是：阳光照耀下的池水，晶莹透彻，犹如水晶帘子，微风吹来时，水面泛起涟漪，楼台的倒影在水波下随之晃动，美丽宜人；忽然飘来一阵蔷薇的花香，沁人心脾，令人精神为之一振，满院都充满了醉人的芬芳。

　　诗人观赏院子里的景色，先看见的是池水波动，接着由水波的微动，感觉到院子里吹来一丝轻柔和煦的凉风。体物精细入微，情感细腻真实。他用一支轻灵的画笔，绘出楼台的倒影，波光的摇动，以及满架蔷薇，一院的花香，构成一幅色彩鲜丽、情调清和、幽静怡人的图画，令人陶醉。

305 同来望月人何处？
风景依稀似去年。

作者简介：

　　赵嘏（生卒年不详），字承祐，山阳（今江苏省淮安）人。唐代诗人。会昌四年（公元844年）进士。曾任渭南县尉，世称赵渭南。与杜牧友善。诗作《长安晚秋》中"残星几点雁横塞，长笛一声人倚楼"二句深得杜牧称赏。诗人也因此被称为"赵倚楼"。其诗语言流利新颖，写景抒情交织在一起，警句横生，兴味浓郁。后人誉为"多兴味"。《全唐诗》存诗253首，编为两卷。

注释：

1. 选自唐代赵嘏《江楼感旧》诗："独上江楼思渺然，月光如水水如天。同来望月人何处？风景依稀似去年。"江楼：江边楼台。感旧：思念往事，怀念故人。
2. 望月：赏月。 人何处：指去年同他一起赏月的人不知今天在哪里。
3. 依稀：仿佛。

品鉴　　诗人秋夜登上江边楼台，远望天际，月明如镜，水天一色，楼阁冷落，风景依旧。不禁触景伤情，感怀旧事，遂写诗抒发自己的良多感慨，一畅情怀。

"同来望月人何处？风景依稀似去年"两句，描写诗人登上江楼，独自赏月，思念朋友的情形。大意是：去年一同赏月的人，如今身在何方呢？唯有眼前的风景还仿佛像过去一样，没有什么改变。

诗人寓情于景，自问自答，直抒情怀，抒发了怀念故人的惆怅之情。语言淡雅，情思隽永，自然流畅，感慨至深。

306　残星几点雁横塞，长笛一声人倚楼。

注释：

1. 选自唐代赵嘏《长安秋望》诗："云物凄清拂曙流，汉家宫阙动高秋。残星几点雁横塞，长笛一声人倚楼。紫艳半开篱菊静，红衣落尽渚莲愁。鲈鱼正美不归去，空戴南冠学楚囚。"《长安秋望》，一作《长安晚秋》。

2. 残星：稀疏的晨星。雁横塞：鸿雁从边塞上横空而来。 横：飞越。

3. 人倚楼：指人凭楼眺望时，忽闻笛声，更加引动思乡之情。

品鉴 这首诗是伤秋悲世之作。诗人通过望中的见闻，描写深秋拂晓的长安景色，表达了羁旅思归的心情。

"残星几点雁横塞，长笛一声人倚楼"。大意是：秋夜将晓的时候，晨曦初见，天空上残留的几颗晨星依然闪烁着微弱的光芒，此时天空中飞来一行雁阵，排着大大的人字，飞向南方越冬的地方；一声长笛悠然传来，循声望去，在那远处楼台上，正有人背倚栏杆，在吹奏乐曲，乐声是那样悠扬，那样哀婉，吹笛人是在喟叹人生如晨星之易逝呢，还是因见归雁而思念故乡、怀念远人呢？

这两句诗是赵嘏的名句。"残星几点""长笛一声"，营造出一种悲凉、冷落的气氛，在这样的气氛中，北雁南飞，游子"倚"楼，凝神沉思，倍增思乡情愫。环境描写典型自然，动静结合，情韵清远，颇见匠心。据南宋计有功《唐诗纪事》卷五十六记载，诗人杜牧对此赞叹不已。诗人也因这两句诗被人们称为"赵倚楼"。

307 芳草有情皆碍马，好云无处不遮楼。

作者简介：

罗隐（公元833年~910年）本名横，字昭谏，自号江东生，新城（今浙江省富阳市）人。唐代诗人。举进士不第。黄巢起义时，避归故里。镇海军节度使钱镠，爱其才华，表奏为钱塘令，迁著作郎。后历任节度判官、给事中、盐铁发运使等职。工诗善文，颇负盛名。杂文笔锋犀利，曾自编其文为《谗书》。皆"愤懑不平之言，不遇于当世而无所以泄其怒之所作"（元代方回《谗书跋》）。其诗同情人民疾苦，讥讽权贵，表现对现实的不满。《全唐诗》存其诗480首，编为十一卷。有诗集《甲乙集》传世。

注释：

1. 选自唐代罗隐《绵谷回寄蔡氏昆仲》诗："一年两度锦江游，前值东风后值秋。芳草有情皆碍马，好云无处不遮楼。山牵别恨和肠断，水带离声入梦流。今日因君试回首，淡烟乔木隔绵州。"诗题一作《魏城逢故人》。　绵谷：今四川省广元市。　蔡氏昆仲：是罗隐游锦江时认识的两兄弟。
2. 碍：妨碍，阻挡。

品鉴　　诗人因仕途升迁到过四川成都，一次游锦江时认识了蔡氏兄弟，交为朋友。诗人离开锦江回到绵谷（今四川省广元市）后，蔡氏兄弟还在成都，因此写了这首诗，抒发对友人的怀念之情。

"芳草有情皆碍马，好云无处不遮楼"两句，诗人以充满感情色彩之笔，描写锦江的美景，表达友情的深厚。大意是：春天，锦江之滨，绿茵茵的芳草连绵不尽，像友人一样依依多情，绊着我的马蹄，不让离去；秋天，锦江上空，美丽的云彩舒卷飘浮，舍不得我离去，为了挽留我，总是殷勤地把离别的层层楼台遮掩。

诗人因情取景，将自己对于大自然迷人景色的情愫，赋予碧草白云，反过来又以碧草、白云之景寄寓情思，表达对锦江风物人情的无限留恋。语言简练含蓄，"碍""遮"二字用笔迂回，情事交融，物我一体，很好地抒发了对挚友的深切怀念之情。

308　采得百花成蜜后，为谁辛苦为谁甜？

注释：

1. 选自唐代罗隐《蜂》诗："不论平地与山尖，无限风光尽被占。采得百花成蜜后，为谁辛苦为谁甜？"
2. 为：替。

品鉴　　蜜蜂为酿蜜从早到晚地忙碌着，一生勤劳，付出多多，而享受甚少。诗人以这灵性的小蜜蜂为题,赞美了蜜蜂不辞辛苦、辛勤劳作的一生,于平淡的语言中,寄寓了深厚的情感和丰富的思想内涵。

"采得百花成蜜后,为谁辛苦为谁甜"?大意是:蜜蜂每天早出晚归,忙忙碌碌,采集百花,自甘辛苦,酿成了甜美的蜂蜜;可是它们却不知道,自己这样东奔西走酿出的蜜糖,究竟被谁拿走,被谁享受,为谁换得了甘甜!

诗人借蜂事喻人事,唱叹有情。结尾反诘问询的语气,含义深蕴,令人感慨系之,生出丰富的联想和比譬,余韵袅袅。今天,这两句诗常用来表现劳动人民辛勤劳动的果实,养活了不劳而获的统治阶级,表达出对劳作者的深切理解和同情。

309 何如买取胡孙弄,一笑君王便著绯。

注释:

1. 选自唐代罗隐《感弄猴人赐朱绂》诗:"十二三年就试期,五湖烟月奈相违。何如买取胡孙弄,一笑君王便著绯。"弄猴人:驯养猴子的杂技艺人。 朱绂:红色的绂,为天子、诸侯及上卿穿戴的绂。 绂:古代贵族穿的一种礼服,形如围裙。
2. 著:穿上。 绯:红色。指红色的朱绂。

品鉴 这是一首具有黑色幽默风格的讽刺诗。据史料记载:黄巢攻占长安后,唐昭宗逃难,随驾的有一个弄猴人,能让猴子像文武大臣一样站班朝见皇帝。唐昭宗很欣赏,便赏赐弄猴人五品官职,赐以"朱绂",名曰孙供奉。而诗人十年寒窗苦读,跋山涉水赴京城应试,十试十不中,如今依然一介布衣。诗人感慨万端,写了这首诗,以自我解嘲的方式,发泄心中的愤懑之情。

"何如买取胡孙弄,一笑君王便著绯"两句,是诗人将自己的遭遇与孙供奉相比后发出的哀叹。意思说:根本不用寒窗苦读,学习治国安邦的韬略了,学了也没有人赏识,不能为国出力。还不如就学那个耍猴的人，不管有没有才学，只要能想出法子博得皇帝一笑，就可以升官晋爵，当上五品大官，穿上贵族的朱绂了。

昭宗在逃难途中，本应以国事为重，求天下贤才以保社稷。然而他非但不恤国事，招揽人才，反而变本加厉寻欢作乐，滑天下之大稽地赏赐孙供奉官职，确实昏庸荒唐至极，令天下才士心寒。诗人既痛自己不如一个耍猴的，也痛昏君不可救药，丧尽天下仁人志士之心，看来亡国之祸不远了。

诗人愤慨之余，将这一件辛酸的笑料，吟成诗篇，寄寓自己无限忧愤之情，具有严肃的主旨和社会讽刺意义。

310 他年我若为青帝，报与桃花一处开。

作者简介：

黄巢（？～884年）曹州冤句（今山东省菏泽市）人。唐末农民起义领袖。任侠善射。应进士试不第。乾符二年（公元875年），率众响应王仙芝起义。王战死后，被推为领袖。广明元年（公元880年），黄巢攻克长安，即皇帝位，国号大齐。后退出长安。中和四年（公元884年），兵败自杀于泰山狼虎谷。工诗。代表作《题菊花》和《不第后赋菊》（一作《菊花》）诗，托物言志，借菊花以抒豪迈情怀，质朴雄健，非同凡响。《全唐诗》存其诗3首。

注释：

1. 选自唐代黄巢《题菊花》诗："飒飒西风满院栽，蕊寒香冷蝶难来。他年我若为青帝，报与桃花一处开。"
2. 青帝：春天的神。

品鉴 黄巢这首菊花诗，境界宏大，构思新颖，一反菊花孤高傲世的精神形象，从一个崭新的视角，表现了农民起义军领袖的阔大胸襟和气魄。

"他年我若为青帝，报与桃花一处开"两句，描写菊花独处寒秋，蕊寒香冷，天公待她太不公平了，诗人为她们的命运鸣不平，决意颠倒乾坤，让她能得到一个公平的待遇。大意是：有朝一日我成了司春之神青帝（喻掌握了政权）的话，一定告诉菊花，要让她们同桃花一样享受春天的温暖，同桃花一起在春天里竞放。

诗人认为，自然界不平等的现象应该消除，菊花理应和桃花一样受到同等的待遇。而要改变这些不公平现象，只有等到自己当了青帝的时候。语言豪迈，寓意深刻，志气凌云，体现了农民起义军领袖欲夺取政权，改变社会现状的决心和愿望。

诗人运用比兴手法，托物言志，于豪放中见蕴藉，直白而不粗俗。如果将菊花视作劳动人民的话，诗句贴切地表达了一位农民领袖欲为劳苦百姓造福的宏伟抱负，具有浓烈的浪漫主义色彩。

311 天上碧桃和露种，日边红杏倚云栽。

作者简介：

　　高蟾（生卒年不详），渤海（今山东省北面）人。唐代诗人。十年累举不第。僖宗乾符三年（公元876年）进士，曾任御史中丞等官。为人豪放，重气节。工诗。长于绝句。与郑谷友善，常相互酬唱。风格豪放，气势雄壮。元代辛文房《唐才子传》评其诗说："诗体则气势雄伟，态度谐远，如狂风猛雨之来，物物竦动，深造理窟，亦一奇逢掖也。"《全唐诗》存其诗35首，编为一卷。

注释：

1. 选自唐代高蟾《下第后上永崇高侍郎》诗："天上碧桃和露种，日边红杏倚云栽。芙蓉生在秋江上，不向东风怨未开。"下第：犹落榜，此指应进士试未中。　永崇：唐时长安一坊名。　高侍郎：名不详。一说指高骈，唐末幽州渤海人，与高蟾同乡，僖宗时任淮南节度使，是中唐时重要的藩镇割据者之一。居于永崇坊。
2. 天上：比喻京城，皇帝所在处。　碧桃：一种重瓣的桃花，即千叶桃，花色鲜艳，人多喜爱。花有白色、粉红、深红、洒金等。

红杏：又名及第花、得意花。 碧桃、红杏，均比喻那些得到朝廷喜欢，中了进士而春风得意的人。

3. 日边：太阳旁边。指皇帝身边。 露、云：比喻皇帝的恩泽，大臣的赏识。

品鉴 唐乾符三年（公元876年），诗人第十次应进士试落第。诗人感叹自己科场失意，写了这首诗献给高侍郎。诗中通过形象化的比喻和拟人化的手法，反映了自己心中不怒之怒，不怨之怨的思想情绪。

"天上碧桃和露种，日边红杏倚云栽"。大意是：那些春风得意的新中进士，像天上碧桃一样，得到朝廷雨露滋润，枝叶繁茂；像日边红杏一样，有彩云为之拂衬，鲜花盛开，前程似锦，才显得异常美丽照人。

诗人十次应试，十次落第，对科举考试舞弊不公的现象深有体会，因此在诗句中对此给予一种委婉含蓄的讥讽。唐时科举，采用推荐与选拔相结合的方法取士，本意是不以考试成绩定终身，而遗漏了天下人才，其初衷是无可非议的。因此，士子应试前，都要想方设法先投门路，向达官贵人献诗，以求得到赏识，给以荐举，否则就难有录取的希望。这种取士方法演变到晚唐，成为科举考场一大弊端。诗人以"和露种""倚云栽"，比喻依傍权势，得到皇帝或朝廷大臣的赏识和荐举，因而能平步青云，发迹显耀。然而，要想得到"和露""倚云"之势，除了"碧桃""红杏"得天独厚，能够沾得"天恩雨露"外，一般寒门之士又怎么能够得到这样的雨露滋润呢！

诗句用词富丽堂皇，对仗整饬精工，讽刺委婉，蕴藉清新，颇受人们喜爱。

312 坑灰未冷山东乱，刘项原来不读书。

作者简介：

章碣（生卒年不详），原籍桐庐（今浙江省桐庐县）人，后迁居钱塘（今浙江省杭州市）。唐代诗人。僖宗乾符年间（公元875年～879年）进士。有诗名。与方干、罗隐等交往唱酬。擅长七律。自创变体。其诗构思新奇，语言幽默而有辣味，沉郁而含愤激。代表作《焚书坑》较为有名。《全唐诗》存其诗26首，编为一卷。

注释：

1. 选自唐代章碣《焚书坑》诗："竹帛烟销帝业虚，关河空锁祖龙居。坑灰未冷山东乱，刘项原来不读书。"焚书坑：今陕西省临潼区东南的骊山下有一个坑穴，传说是当年秦始皇焚书的地方。
2. 坑灰：言秦始皇焚书的土坑里的灰烬。山东：函谷关（今河南省崤山上）和华山（在今陕西省）以东地区。一说太行山以东地区，即战国末年秦以外六国的地盘。　山东乱：指农民起义风起云涌。
3. 刘项：刘邦和项羽。他们率众起义，是最后推翻秦王朝的人。刘邦出身下级小吏（亭长），长期在市井中厮混，项羽出身行伍，二人皆读书不多。

品鉴　章碣这首诗对秦始皇焚书坑儒的暴虐行径进行了辛辣的嘲讽。公元前213年，秦始皇采纳丞相李斯的奏议，下令在全国范围内搜集焚毁儒家《诗》《书》及百家之书，如有违令不烧者，则罚以筑城的苦役。诗人借题发挥，写了这首咏史诗，议论秦政之得失，对其"焚书"坑儒的愚民政策，加以深刻的讽刺和批判：秦始皇为巩固其万世基业，实行愚民政策，禁锢人们的思想，其结果不但没有达到目的，反而激化了秦王朝与广大人民的矛盾，引起强烈的反抗，秦王朝的统治也就在人民群众风起云涌的反秦斗争中迅速走向覆亡。

"坑灰未冷山东乱，刘项原来不读书"两句，写秦始皇妄图以焚书坑儒的手段来消除思想传播，阻止读书人作乱，巩固统治，其结果却适得其反。大意是：哪知道焚书的坑灰尚未冷却，华山以东地区人民便揭竿而起，爆发了大规模的农民起义活动；而率众作乱，推翻秦王朝统治的刘邦和项羽，却是根本就不读书的人。

不读书的刘、项灭亡了"焚书"的秦国，说明书未必就是祸乱的根源，焚书也并不能巩固"子孙帝王万世之业"（汉代贾谊《过秦论》）。诗人这样推论，置秦始皇于自相矛盾、自我否定的地位，具有强烈的讽刺意义。

诗句语意揶揄调侃，入木三分地讥刺了秦始皇焚书坑儒的乖谬和愚蠢。实际上，从焚书坑儒到陈胜、吴广在大泽乡揭竿起义，仅仅过了4年时间。

313 凭君莫话封侯事，一将功成万骨枯。

作者简介：

曹松（生卒年不详），字梦徵，舒州（今安徽省潜山县）人。唐代诗人。早年曾避居洪都西山。天复元年（公元901年），曹松、王希羽、刘象、柯崇、郑希颜五人同榜及第，年均70有余，各授校书郎。时号"五老榜"。工诗。常与许棠、陈陶、方干等交往酬唱。风格与贾岛相类，"为诗深入幽境，然无枯淡之僻"。《全唐诗》存其诗140首，编为两卷。

注释：

选自唐代曹松《己亥岁》二首中的第一首："泽国江山入战图，生民何计乐樵苏。凭君莫话封侯事，一将功成万骨枯。"诗题《己亥岁》下注："僖宗广明元年。"按"己亥"年为广明的前一年，此诗追忆去年时事，大约作于广明元年。

品鉴　唐朝末年，社会矛盾日趋尖锐，终于引发了大规模的农民起义。农民起义军领袖黄巢，曾一度攻入京城长安，建立了大齐政权。唐王朝倾其全力进行围剿、镇压。黄巢起义最终被镇压下去了，唐王朝也因此多了一批战功显赫的将军。据说诗人这首诗，讽刺的就是在镇压黄巢起义军过程中立了战功的镇海节度使高骈。

"凭君莫话封侯事，一将功成万骨枯"。乾符六年（即"己亥岁"），镇海节度使高骈因在淮南镇压黄巢起义军有功，受到封赏。诗人认为，将军们立的战功，无非是"功在杀人多"而已。因杀人多而立功，闻之令人发指，诉之令人不屑。所以诗人连连摇手说道，请不要再提封侯的事了，一个将军功成名就，封侯封爵，其成功却是由千千万万人的尸骨换来的。

"一将功成万骨枯"是全诗的灵魂。其词简约而其义丰富,一语破的,点明将军封侯是用"白骨萦蔓草"换来的,其背后是士兵们流血牺牲的高昂代价。

诗句中用"一"与"万","功"与"枯"对比,词意酸苦,字字千钧,形成了鲜明的对比,令人触目惊心。

314 任是深山更深处,也应无计避征徭。

作者简介:

杜荀鹤(公元846年~904年)字彦之,号九华山人。池州石埭(今安徽省石台县)人。早有诗名。屡试不第。46岁考中进士。任宣州节度使田頵幕僚。天复间受命出使大梁,与朱温密议兴兵讨杨行秘事。后梁开平元年(公元907年),授翰林学士,五日而卒。其诗继承张籍、白居易现实主义传统,较广泛、深刻地反映了唐末社会黑暗和人民的苦难。部分作品格调和境界不高。语言明白平易,浅近晓畅,不事雕琢,但给人以平淡无奇之感。《全唐诗》存其诗326首,编为三卷。有《唐风集》传世。

注释:

1. 选自唐代杜荀鹤《山中寡妇》诗:"夫因兵死守蓬茅,麻苎衣衫鬓发焦。桑柘废来犹纳税,田园荒后尚征苗。时挑野菜和根煮,旋斫生柴带叶烧。任是深山更深处,也应无计避征徭。"
2. 任是:即使。
3. 计:办法,主意。 征徭:赋税和劳役。征:赋税。徭:徭役,即服劳役。

品鉴

这首诗借一个寡妇遭遇的悲惨命运,展开了一幅幅人民悲惨生活的图景:深刻反映了黄巢起义失败以后,农村土地荒芜,农民大量逃亡,剥削更加严酷,人民生活困苦不堪的社会现状,具有深刻的现实意义。

"任是深山更深处,也应无计避征徭"两句,表现官家的租税如影随形,无处不在。大意是:丈夫已死,田园荒芜,寡妇生活困苦,无米下锅,不得已躲进了山中;可是任随你躲到深山中更深的什么地方,你也逃避不了官家的赋税和徭役。

诗人揭露了封建统治者对劳动人民的压榨和剥削无孔不入,无处不有,就连一个孤苦的寡妇躲进深山也不放过。语气平缓,言辞浅近,但却蕴含着强烈的义愤。杜荀鹤生长在唐末、五代时期,长期过着贫困的生活,所以能真切地观察社会,同情人民。他描写的这个寡妇,绝不是某一个人的遭遇,而是当时社会普遍存在的现象,深刻地反映了那个苦难时代的苦难生活。

杜荀鹤继承了杜甫和白居易创作新题乐府诗的精神,却不用古体,而是大胆采用律诗形式表现这类题材,描述社会生活。他不用典故,不堆砌词藻,在律诗的声律对偶中轻松自如地运用浅近通俗的语言,写得平易委婉,如话家常。这不仅在诗歌形式的运用上是一个新的突破,也是其诗歌的一个显著特点。

宋代蔡正孙在《诗林广记》中评价说:"此诗备言民生之憔悴,国政之烦苛,可谓曲尽其情矣。采民风者观之,其能动心乎?"

315 今来县宰加朱绂,便是生灵血染成。

注释:
1. 选自唐代杜荀鹤《再经胡城县》中的两句。全诗为:"去岁曾经此县城,县民无口不冤声。今来县宰加朱绂,便是生灵血染成。"胡城县:唐时县名,故址在今安徽省阜阳市西北。
2. 朱绂:红色官服。

品鉴 这首诗写两次经过胡城县的见闻,通过前后对比,对县宰加朱绂的嘉奖作出了石破天惊的判断,具有振聋发聩的力量。

"今来县宰加朱绂,便是生灵血染成"。大意是:今年我又来到哀鸿遍野,道有饿殍的胡城县,看见县太爷已经加官升迁,穿上新的红色官服了；但我感到，那官服的红色一定是用老百姓的鲜血染成的。

诗句中将县宰加"朱绂"和"生灵血"两种颜色相同而性质相反的事物结合在一起，造成一种对比，直接予以揭露与鞭挞，不留余地。它使人联想到，一个小小"父母官"县宰，靠压榨迫害百姓，用他们的鲜血和生命搭成了自己的晋身之阶，令人感到惊心动魄，不可思议。

人们完全有理由设想：县宰加朱绂之前，权势尚小，就敢恣意妄为，逼得"县民无口不冤声"；如今加了朱绂，权势更大，腰杆更硬，老百姓将要遭遇的压迫和苦难将会是怎样的呢？诗人戛然而止，没有明白写出，然而诗人的言外之意，弦外之音，不是已经很明白了吗！

316　时人不识凌云木，直待凌云始道高。

注释：

1. 选自唐代杜荀鹤《小松》诗："自小刺头深草里，而今渐觉出蓬蒿。时人不识凌云木，直待凌云始道高。"
2. 凌云木：指高大的松树。
3. 待：等到。　始道：才说。

品鉴　《小松》是一首借物寓意诗。托物讽时，在幽默而又严肃的议论当中，充满着耐人寻味的理趣。

"时人不识凌云木，直待凌云始道高"两句，体验深切，描写形象生动。诗人以小松喻人才，人才在未显露时，常常被人忽略，不被看重。大意是：高大凌云的松树，在其幼小时，长在茂密的草丛里，跟棘草和蓬蒿差不多，见识浅薄的人不认识它，因而也不看重它；等到它们长成参天大树，直插云霄后，才认识赞赏它们，称道它们是多么高大，多么伟岸不凡！

松树长大，已然"凌云"，这时候称赞它高，这是人人都能做到的事，见不出具有识材的眼光。关键是如何在松树尚小的时候，就能识别出它将来是"凌云"的松树，而加以细心呵护、培养，让其茁壮成长，那样才具有现实意义。

诗人借此说明了一个人生哲理：一个有潜力有才干的人，在其成长过程中，当才能还未显露出来时，往往不会为人赏识看重；待到取得成功，一鸣惊人了，人们才刮目相看，称赞不已。这里，诗人委婉地批评了一些目光短浅的人，缺乏识别人才、发现人才的眼力，因而导致多少人才像小松一样被埋没，被忽视，甚至被摧残！

317　风暖鸟声碎，日高花影重。

注释：

1. 选自唐代杜荀鹤《春宫怨》诗："早被婵娟误，欲妆临镜慵。承恩不在貌，教妾若为容。风暖鸟声碎，日高花影重。年年越溪女，相忆采芙蓉。"
2. 重：重叠。

品鉴　这首诗描写宫女被君王冷落，茕茕独立，过着孤寂苦闷的生活，百无聊赖地打发着没有生气的日子。每当对着铜镜，准备梳妆打扮一番的时候，又不得不停下来，不知道自己是想为谁而打扮。

"风暖鸟声碎，日高花影重"两句，诗人描写室外美好的春光，来烘托宫女内心复杂矛盾的心情。大意是：和煦的春风拂面吹来，鸟儿在树上呢喃细语，似在切切谈情；太阳升高了，温暖宜人，在阳光的照耀下，枝上的花影重重叠叠，散发出浓郁醉人的芬芳。

诗人着意描写自然界暖风吹拂，鸟声婉转，花影重叠的美好春光，与宫女的生活形成一种强烈的反差和对比，借此映衬宫女心中无春的寂寞和空虚。实际上，诗人在吟咏宫女的孤苦景况中，注入了自己不为人赏识的惆怅和怨苦情怀，所以诗人也借宫女来浇自己胸中的块垒，委婉曲折地表达了自己心中的怨苦。

318 苦恨年年压金线，为他人作嫁衣裳。

作者简介：

秦韬玉（生卒年不详），字中明，京兆（今陕西省西安市）人。唐代诗人。少年能文。曾任丞郎、判盐铁等职。后从僖宗入蜀，擢升为工部侍郎、神策军判官。中和二年（公元882年），赐进士出身。工诗。尤长七律。代表作《潇湘》诗中的"女娲罗裙长百尺，搭在湘江作山色"两句，清新秀丽，号为绝唱。《全唐诗》存其诗36首，编为一卷。明人辑有《秦韬玉诗集》。

注释：

1. 选自唐代秦韬玉《贫女》诗："蓬门未识绮罗香，拟托良媒益自伤。谁爱风流高格调，共怜时世俭梳妆。敢将十指夸针巧，不把双眉斗画长。苦恨年年压金线，为他人作嫁衣裳！"
2. 压金线：用金线刺绣。压：刺绣时要指头按住，刺绣的一种方法。这里泛指刺绣。
3. 为：替。

品鉴

这首诗以一个未嫁贫女的独白，倾诉她抑郁惆怅的心情。而字里行间所流露的，却是诗人自己怀才不遇、寄人篱下的感伤。

"苦恨年年压金线，为他人作嫁衣裳"！大意是：由于家里贫困，姑娘只能靠做刺绣的活挣钱糊口，她没有钱置备自己的嫁衣，因为家道贫寒，也没有人来提婚论嫁，然而她却日复一日、年复一年地压线刺绣，不停地为富家小姐缝制出嫁的衣裳。

这两句诗中贫女不嫁的怅恨，语意双关，既表达了对贫女的同情，也抒发了诗人怀才不遇，屈沉下僚的愤懑与不平。

"为他人作嫁衣裳"后来演变为成语，并缩减为"为人作嫁"四个字，比喻忙忙碌碌地做事，取得一定成效，却全是在为他人卖力，自己白辛苦一场。

319 桑柘影斜春社散，家家扶得醉人归。

作者简介：

　　王驾（生卒年不详），字大用。唐末诗人。河东（今山西省永济市）人。自称守素先生。唐昭宗大顺元年（公元890年）进士，官至礼部员外郎。他与司空图、郑谷交谊较深，互有唱和。其诗格调轻巧明快，写景自然。一些作品反映了下层人民的生活。《全唐诗》录存其诗6首。

注释：

1. 选自唐代王驾《社日》诗："鹅湖山下稻粱肥，豚栅鸡栖半掩扉。桑柘影斜春社散，家家扶得醉人归。"社日：古时春、秋两次祭祀土神的日子。一般在立春、立秋后第五个戊日，称为春社、秋社。届时，四邻聚集一起，先祭神，后饮酒。
2. 桑柘：桑，桑树；柘，黄桑，桑树的一种。桑和柘是古代家宅旁常栽的树木。

品鉴　　这首诗描写江南农村社日聚会的情景，充满山村节日的欢乐和丰收的喜悦，农民性格鲜明，具有浓郁的农村生活气息。

　　"桑柘影斜春社散，家家扶得醉人归"。大意是：傍晚时分，太阳落向西天，门前的桑树在落日斜晖的照射下，枝叶扶疏，长长的树影斜斜地躺在地面上；秋社刚刚散场，喝得醉醺醺的人们步履不稳，在亲人搀扶下，东倒西歪，一步一个踉跄地走回家去。

　　这两句诗既写出了社日的热烈景象，又刻画了庄稼人淳朴的形象。特别是动词"扶"字，活画出农民社日举杯痛饮，喝醉后步履蹒跚的神态。诗意烂漫，情趣盎然，生活气息浓郁，真切感人。

320 蛱蝶纷纷过墙去，
却疑春色在邻家。

注释：

1. 选自唐代王驾《雨晴》诗："雨前初见花间蕊，雨后全无叶底花。蛱蝶纷纷过墙去，却疑春色在邻家。"
2. 却疑：反倒令人怀疑。

品鉴　这首诗描写春日雨后天晴所见的景象，寄寓了诗人的所思所感，情景交融，饶有理致。

"蛱蝶纷纷过墙去，却疑春色在邻家"。大意是：一场风雨过后，天放晴了，百花已经凋残，只剩下了青青枝叶；蝴蝶们纷纷飞过墙垣，飞到邻家的院落里去了，倒令人疑心春光是不是只在邻居家去。

这两句诗富含理趣，发人联想，意味深长：雨打落了院子里的花，只是春天里的个别现象。花不能代表春天。花瓣掉落，对于春天来说，不过是一个假象而已。春天依然存在，这才是事物的本质。

如果不加以分别，透过假象把握事物的本质，以为花落了，春也就此完了，只看表面现象，一叶障目，不见泰山，就会得出错误的结论。当然，诗人只是"疑"，通过"疑"，艺术地表现这一自然现象，并非真的以为春色就在邻家了。

321 前村深雪里，
昨夜一枝开。

作者简介：

齐己（约860~约937）姓胡，名得生，潭州益阳（今湖南省益阳市）人。唐末五代诗僧。早年曾云游名山大川。居南岳，自号衡岳沙门。后梁龙德元年（公元921年）居江陵龙兴寺为僧正。性格放逸，喜爱山水。常与郑谷诗歌唱酬。其诗多登高临远、送别赠答、宣扬佛理之作，也有少量反映人民疾苦的作品。有《白莲集》及论诗著作《风骚旨格》传世。

注释：

选自唐代齐己《早梅》诗："万木冻欲折，孤根暖独回。前村深雪里，昨夜一枝开。风递幽香出，禽窥素艳来。明年如应律，先发望春台。"

品鉴　这是一首吟咏早梅的诗篇。诗人以清丽的语言，含蕴的笔触，刻画了梅花傲寒的品性和素艳的风韵，并以此寄托自己的志趣情操。

"前村深雪里，昨夜一枝开"两句，围绕"早"字下工夫，状物清润素雅，抒情含蓄隽永，情韵深长。大意是：山村野外皑皑积雪，白茫茫一片，百花寂寞，了无踪影；可是昨天夜里，一枝梅花已然绽开花蕾，独自开放，深红的花瓣在白雪的映衬下，分外妖娆，给冰封的大地送来了春天的信息。

"一枝"是诗中的警策，即我们常说的诗眼。因为诗人描写的是早梅，所以"一枝"先于众梅开放，以彰显其不同寻常之处。诗句用素描的手法，画龙点睛地描绘出一幅清丽鲜明的雪中早梅图，表现了诗人乍见梅花开放时亦惊亦喜的神情。

关于"一枝开"的修改，还引出了一段"一字师"的诗坛佳话。据《五代史补》记载：齐己擅长辞章，常和诗人郑谷吟咏酬唱。一次，齐己吟成《早梅》一诗，抄写好后，便持诗向郑谷请教。诗句原为"前村深雪里，昨夜数枝开。"郑谷反复吟诵，认为诗写得不错，但有一字尚可改易。他说：花开有序，只是人们不易觉察罢了。诗题既称《早梅》，"数枝开"已不为早，不如改为"一枝开"，更切题意。齐己听了，大为佩服，"不觉兼三衣叩地膜拜"，遂将"数枝"改为"一枝"，并称郑谷为自己的"一字之师"。

322　秋风万里芙蓉国，暮雨千家薜荔村。

作者简介：

谭用之（生卒年不详），字藏用。唐末五代诗人。生活于五代、北宋之交。仕途不达，四处流离。工诗。尤善写景状物。《塞上》《渭城春晚》《秋宿湘江遇雨》等篇较佳。《全唐诗》存其诗40首，编为一卷。

注释：

1. 选自唐代谭用之《秋宿湘江遇雨》诗："湘上阴云锁梦魂，江边深夜舞刘琨。秋风万里芙蓉国，暮雨千家薜荔村。乡思不堪悲橘柚，旅游谁肯重王孙。渔人相见不相问，长笛一声归岛门。"
2. 芙蓉：指木芙蓉。木芙蓉高者可达数丈，花繁盛，有白、黄、淡红数色。颇为淡雅素美。　芙蓉国：极言芙蓉之盛。
3. 薜荔：一种蔓生的常绿灌木，多生田野间。　薜荔村：极言薜荔之多。

品鉴　谭用之是一个颇有才气的诗人，平生抱负不凡。然而在唐末五代战乱不断、社会动荡的日子里，一生困踬，仕途不达，始终未有发挥才干的机会，这使他常常怀有才不为用的感叹。在这首描写湘江秋雨景色的诗中，诗人借机抒发了自己胸中的慷慨不平之气。

"秋风万里芙蓉国，暮雨千家薜荔村"两句，描写湘江秋雨景色，气象高远宏丽。大意是：湘江沿岸，到处生长着高大挺拔的芙蓉树，一层层一叠叠，漫无边际。树上一丛丛一簇簇的芙蓉花，在秋风的吹拂下，犹如五彩云霞铺在辽阔的万里大地上；原野上到处生长着薜荔，暮雨淅沥，千村万户笼罩在烟雨之中，薜荔的枝藤经秋雨一洗涤，越发苍翠可爱，摇曳多姿。

诗人为这美丽的景象所陶醉，油然而生喜悦、赞赏之情。大笔挥洒，运用夸张、烘托的艺术手法，描绘出一幅奇丽壮阔的秋天风雨图，兼以"万里""千家"渲染，更显横扫千军之势。诗句属对精工，意境开阔，气象远大，壮人心怀。

由于这两句诗充分展现了湖南千里河山之美，人们便美称湖南为"芙蓉国"。

323　多情只有春庭月，
　　　　犹为离人照落花。

作者简介：

　　张泌（生卒年不详），五代后蜀词人。一说即南唐的张泌（字子澄，淮南人，官至中书舍人，后随李煜降宋）。其词多写女人情态和相思之情，风格柔弱，而造语工巧。所作《浣溪沙》（马上凝情忆旧游），用笔轻灵，颇具深情。《花间集》称其为"张舍人"，录词27首。《全唐诗》录其诗20首。

注释：

1. 选自唐代张泌《寄人》诗："别梦依依到谢家，小廊回合曲阑斜。多情只有春庭月，犹为离人照落花。"
2. 犹：还，又。　离人：离别之人。

品鉴　　这是与恋人分别后，思念不已，遂写了这一首小诗，寄给情人，深切地表达了自己的怀念之情。

　　"多情只有春庭月，犹为离人照落花"。大意是：心爱的恋人离别了，如鱼沉雁杳，再也没有机会相见了，只有院子上空那朗朗明月，曾经见证过我们多次幽会的深情；花落了，然而那多情的月光依然多情地照在片片落花上，似乎还没有忘记当年我们在这里结下的海誓山盟，令人倍增相思情怀。诗人的言外之意，实际上还是希冀彼此互通音讯的。

　　诗人运用拟人的手法，通过典型景物的描写，来衬托自己深沉曲折的思想感情，含蓄深厚，动人心弦，十分成功。

324　山中无历日，
　　　　寒尽不知年。

作者简介：

　　太上隐者（生卒年不详）。据《千家诗》注：隐者居终南山（今陕西省西安市南面），自称太上隐者，不知姓氏年寿。

注释：
1. 选自唐末太上隐者《答人》诗："偶来松树下，高枕石头眠。山中无历日，寒尽不知年。"
2. 历日：指记载年、月、日和四季节令的历书。
3. 不知年：不知何年何月。

品鉴 这是唐代一位终南山隐者写的一首诗，表达的是隐逸生活的闲淡情趣。据《古今诗话》记载，这位隐者历来不为人知。曾有人在山中遇见他，当面打听他的姓名、地址，他不愿意说，只写了这首诗来作为回答。

"山中无历日，寒尽不知年"。大意是：长年居住在深山之中，由它日出日落，暑去寒来，一身轻松，从不为尘世的俗务所烦扰；寒冷的天气即将过去，却不知道是什么季节，也记不起今朝是何年何月了！

唐时流行道教，太上隐者大约是其皈依者。从诗句透露的信息来分析，他在空间上是独来独往的，在时间上也是无拘无碍的。是一个典型的隐者形象。

诗人采用白描手法，自然平淡，无人为用力痕迹。然而其含意却颇为丰富，反映了自然界的不断变化和天地间的无限宽广，饶有情趣，令人神远。

325 有花堪折直须折，莫待无花空折枝。

注释：
1. 选自唐代无名氏《金缕衣》诗："劝君莫惜金缕衣，劝君须惜少年时。有花堪折直须折，莫待无花空折枝。"
2. 花：诗中象征青春。　堪：可以。　折：折取花朵。诗中转义为珍惜青春。

品鉴 这首无名氏的诗劝勉人们要加倍珍惜青春年华，及时努力，早有作为，不要辜负了大好时光。

"有花堪折直须折，莫待无花空折枝"两句，采用比喻手法，用象征青春的花来比拟少年时光，用折花来比拟珍惜青春，创造出一个形象生动的意象世界。大意是：青春是美好的，青春是人生的黄金时候，然而青春又是短暂的，因此青少年时期应该及时偲俛，勤奋努力，倍加珍惜；不要等到青春流逝了，像没有花的空枝一样，才去珍惜，辜负了大好时光，到时后悔也来不及了。

　　诗句的主旨是珍惜青春，莫负好时光，前后两句表达的含义是一致的。意义重复而语句并不单调，有起伏，也有变化。前一句直奔主题，真率大胆，后一句从反面讲不珍惜青春将会后悔，实际上也是教人珍惜青春，只不过婉曲说出，没有正面用一个悔字。

　　特别值得一提的是，由于句中"花""折"两个字的重复使用，使得诗句有一种内在的韵律美，读起来回环往复，琅琅上口，语语可歌。它所形成的具有冲击力的旋律和惜春意识，能长久地在人们心中缭绕，引起共鸣，打动人心。

326　山僧不解数甲子，
　　　　一叶落知天下秋。

注释：

选自唐无名氏断句。语见宋代唐庚《文录》："唐人有诗云：'山僧不解数甲子，一叶落知天下秋。'"

品鉴　　这是从宋代唐庚《文录》中摘出的断句，描写了山中寺庙生活放任自适的清幽情趣。

　　"山僧不解数甲子，一叶落知天下秋"两句，传神地表现了山中僧人一切顺其自然，疏放自适，无所思虑的生活。大意是，山里的僧人长年与外界隔绝，不染尘世，不知道用甲子的方式计算时间，也无须管它是何年何月，是冬是春；一切听任自然，优哉游哉，恬然无虑，当看到一片树叶飘落下来的时候，便知道是又一个秋天降临了。

　　诗句"一叶落知天下秋"，最初是表现人们从物候的细微变化中，来推断季节的变化。后来逐渐演变为成语"一叶知秋"。今天，常用来比喻从某些细微的征兆中，推测出事物的变化和发展趋势；或是从某些表面现象中，推知事物的本质或全体。

诗歌

宋代

327 年年乞与人间巧，
不道人间巧已多。

作者简介：

　　杨朴（公元921年～1003年）字契元，号称东野逸民。宋代新郑（今河南省新郑市）人。他生活在五代军阀混战的时期，为躲避战乱，曾遁入嵩山深处，隐居数年。经常骑牛往来于山野村落间。入宋后，被朝廷重新召出。其诗内容以幽居闲情和日常生活琐事为主，笔法较轻巧。代表作有《归耕赋》等。

注释：

1. 选自北宋杨朴《七夕》诗："未会牵牛意若何，须邀织女弄金梭。年年乞与人间巧，不道人间巧已多。"七夕：节日名。农历七月初七日晚为七夕。传说织女为天帝孙女，长年织造云锦，天帝怜惜她长年独处，把她许配给河西牛郎。婚后，中断织造，天帝大怒，责令她回到河东，只许每年七夕与牛郎相会一次。每到七夕夜晚，乌鹊于天河之上为之搭桥，牛郎织女在天河相会，俗称"鹊桥相会"。
2. 乞：乞求，请求给予。
3. 巧已多：指机巧多。

品鉴　　唐末五代时期，军阀间你争我夺，战争连绵不断，田地荒芜，人民流离失所。诗人愤世嫉俗，借七夕有感而发，别出心裁地写了这首《七夕》诗。

　　"年年乞与人间巧，不道人间巧已多"。大意是：牛郎年年为人间求得穿金梭的智巧，却不知人世间尔诈我虞，投机取巧，比比皆是，已经有太多的机巧了！

　　诗人说的"巧"字，语意双关，借题发挥，用人们七夕之夜向牛郎乞求"智巧"的巧，隐喻"机巧"的巧，讥讽人世间的奸诈、欺骗、诡谋、心计太多，战乱不断，老百姓处在水深火热之中，深受其害。此句构思巧妙，含意深长。

328　疏影横斜水清浅，暗香浮动月黄昏。

作者简介：

　　林逋（公元967年~1029年）字君复，北宋诗人。宋代钱塘（今浙江省杭州）人。曾漫游江、淮间，后隐居在杭州西湖孤山，20多年不入城市。未曾婚配。每天以种梅养鹤为乐事，人称"梅妻鹤子"。与范仲淹、梅尧臣等有交往。死后谥"和靖先生"。能诗词，工书画。诗风受晚唐姚合、贾岛等人的影响，风格淡远，笔法细腻，清新悦目。诗多描写西湖自然山水景色，表现自己清淡幽静的隐居生活，很有特色。尤以咏梅著称。偶作小词，亦清新可喜。有《林和靖诗集》传世。

注释：

1. 选自北宋林逋《山园小梅》诗："众芳摇落独暄妍，占尽风情向小园。疏影横斜水清浅，暗香浮动月黄昏。霜禽欲下先偷眼，粉蝶如知合断魂。幸有微吟可相狎，不须檀板共金樽。"
2. 疏影：稀疏的花影。　横斜：横斜交叉的样子。
3. 暗香：淡淡的清香。　浮动：形容香气四处飘散。

品鉴　　这是一首咏梅诗中的绝唱。诗人以轻巧细腻的笔触，清新淡雅的色彩，形象地画出了一幅疏落俏丽的梅花图。

　　"疏影横斜水清浅，暗香浮动月黄昏"两句，描写梅花俊俏的姿态和清幽的香气。大意是：梅枝疏疏落落的影子，横斜交错，倒映在河边清浅的水中；清幽的香气，随着一阵微风，在月色朦胧的黄昏里四处飘动，时浓时淡。

　　前一句以一枝斜出水边的倒影衬托梅枝的疏秀清瘦，后一句以若明若暗的朦胧月色烘托梅花香气的清幽淡远。动与静、色与香巧妙地交融在一起，不但写出了梅花神清骨秀、幽独闲静、出尘不染的高洁神韵，而且意境幽美，深得梅花之魂。其诗味犹如一杯醇酒，满屋飘香，饮之入口，沁人心脾，成为咏梅的绝唱。从此"疏影""暗香"成了梅的代名词，著名词人姜夔甚至还以《暗香》《疏影》作为其咏梅自度曲的曲调名。南宋陈与义在《和张矩臣水墨梅》诗中写道:"晴窗画出横斜影,绝胜前村夜雪时。"认为林逋的诗压倒了唐齐己"前村深雪里,昨夜一枝开"之类的咏梅诗。后来诗家也高度评价说:"暗香和月入佳句,压尽今古无诗才。"

  这两句诗名传千古,却不完全是林逋的独创。据说林逋也是借用了江为的诗句改写而成。江为原诗句为:"竹影横斜水清浅,桂香浮动月黄昏。"诗写得较实,略无新意。林逋受其启发,将"竹"字换成"疏"字,"桂"字换成"暗"字,只改动了两个字,其境界便焕然一新:既曲尽了梅花绰约轻灵的体态,更赋予她孤芳高洁的品格,传达出常人可意会而不可言传的感受,表现出高超的艺术创造水平。

  这两句诗意味隽永,耐人寻味。在咏梅诗中,几无能出其右者。所以林逋仍然要居首功,而这两句诗也被誉为点铁成金的妙作。

329 浮萍破处见山影,小艇归时闻草声。

作者简介:

  张先(公元990年~1078年)字子野,乌程(今浙江湖州)人。北宋词人。天圣八年(公元1030年)进士。历任永兴军通判、都官郎中等。晚年来往于杭州、湖州间。与苏轼等人有交往。其词多写花香月色、离情别绪的生活情趣,反映了一定的都市生活。语言工巧,意境含蓄。曾有"云破月来花弄影""帘压卷花影""柳径无人,堕轻絮无影"及"不如桃杏,犹解嫁东风"等词句,被传为"三影郎中""桃杏嫁东风郎中"。张先自诩为"张三影"。作品多为小令,亦喜作长调,对词的形式发展起过一定作用。有《张子野词》传世。

注释:

1. 选自北宋张先《题西溪无相院》诗:"积水涵虚上下清,几家门静岸痕平。浮萍破处见山影,小艇归时闻草声。入郭僧寻尘里去,过桥人似鉴中行。已凭暂雨添秋色,莫放修芦碍月生。"诗题一作《华州西溪》。

2. 山影：指山在水中的倒影。

品鉴　皇祐二年（公元 1050 年），张先任永兴军通判时，到过长安。3 年后张先重游长安，其间到过华州。张先游历华州西溪无相院时，诗兴勃发，写了这首诗，抒写诗人对雨后秋溪的独特兴会及高妙情致。

"浮萍破处见山影，小艇归时闻草声"。大意是：溪潭的水流上长满了浮萍，一阵微风吹来，浮萍破开的地方，倒映着青青的山影；归家的小船从水面划过，驶向浮萍，不时能听到船底碰触水草的声音。

诗人观察仔细，描写精微：微风初起，吹破浮萍，见到了水中山的倒影，以一"破"字寓动于静；水底草声，不易察觉，为诗人听到了，则是以动衬静的手法。一静一动，体物入微，错落有致，使诗句横生妙趣，富有诗情画意。

张先素有"张三影"之称，这两句诗亦能见出他写影的本领，不仅表现了环境的清幽寂静，也使此诗增添了无限生机和情趣。

330 梨花院落溶溶月，柳絮池塘淡淡风。

作者简介：

晏殊（公元 991 年～1055 年）字同叔，抚州临川（今属江西）人。宋真宗景德二年（公元 1005 年）进士，历任翰林学士、集贤殿大学士、同中书门下平章事兼枢密使。卒谥元献。世称晏元献。重视奖掖后进。范仲淹、富弼、欧阳修、韩琦等人皆出其门下。其诗作超过南宋"六十年间万首诗"的陆游，但大多已散佚。诗风受唐代韦应物、李商隐的影响，自然流畅，活泼新巧。词继承五代余风，内容多为士大夫悠闲情致，伤离惜别，感伤时序等。尤擅长小令。语言婉丽，词意清越，善于把写景抒情糅合在一起。在宋人诗词中，亦不失为名家巨匠。有《珠玉词》传世。清人辑有《晏元献遗文》。

注释：

1. 选自北宋晏殊《寓意》诗："油壁香车不再逢，峡云无迹任西东。梨花院落溶溶月，柳絮池塘淡淡风。几日寂寥伤酒后，一番萧索禁烟中。鱼书欲寄何由达？水远山长处处同。"诗题一作《无题》。 寓意：通过诗歌寄托意思，而不明言。

2. 溶溶：形容月光如水。

3. 淡淡：形容春风轻柔。

品鉴

　　这首诗表现了青年恋人依依不舍地分离后，从此山阻水隔，一别成永诀，只留下无尽思念的痛苦和惆怅，反映了封建社会中婚姻不能自主的悲哀。

　　"梨花院落溶溶月，柳絮池塘淡淡风"两句，描绘出了一个幽静美丽的春宵月夜图：原来与意中人相会的院落里，空剩下满树梨花，沐浴在如水的月光之中，令人想起往日幽会的好时光；微微的春风，轻柔地吹拂着池塘边吐絮的杨柳，柳丝依旧，却系不住心中的恋人，使人倍觉惆怅。

　　诗人描写了六种景物：梨花、院落、明月、柳絮、池塘、清风。这六种景物有机地组成了一幅生动的画面，让人感到，往昔一对恋人就是在这样充满诗情画意的环境里谈说悄悄话的；如今景物依旧，人去院空，自然令主人公倍生相思怀念之情。诗句融情于景，景中含情，和谐自然，诗味浓郁。

　　晏殊这首诗，也有人认为寄寓了他政治抱负不能实现的苦闷惆怅，聊备一说，供阅读理解时参考。

331　无可奈何花落去，似曾相识燕归来。

注释：

1. 选自北宋晏殊《示张寺丞王校勘》诗："元巳清明假未开，小园幽径独徘徊。春寒不定斑斑雨，宿醉难禁滟滟杯。无可奈何花落去，似曾相识燕归来。游梁赋客多风味，莫惜青钱万选才。"寺丞：即太常寺丞。太常寺：掌宗庙祭祀之事。校勘：指崇文院校勘掌图书著作之事。

2. 无可奈何：花开自有花落，是自然界的必然。诗人以此比喻好事难长。

3. 似曾相识：燕子春来秋去。但今年来的，却不一定是去年离去的，所以好像认识，但又不完全认识。

品鉴　这是诗人在花园中赏玩之际，见眼前"花落""燕归"，不胜感慨，即景抒怀，写的一首娱宾遣兴之作，抒发了对春之将逝的惋惜和感伤。

"无可奈何花落去，似曾相识燕归来"两句，表现了诗人对物换星移，时光流转，兴衰代谢，无往不复的感叹。大意是：春天即将过去，花朵纷纷落去，百花凋残，落红无数，虽令人十分眷恋，但也无可奈何，因为花开花落自有其时节，实属必然，惋惜不得；岁月流逝，去年离开的燕子今年又飞来了，但今年来的却不一定是去年离去的，所以似乎认识，又不完全认识。

这两句乃是全诗的警句，不仅景中寓情，还寓情入理，达到了情景相融，情理兼美极致，恰切地表达了诗人对时光流逝，世事变迁的感慨。诗句属对工丽，自然天成，情致缠绵，音调谐婉，深寓人生理趣，耐人寻味。

由于诗人对此二句极为珍爱，因而又在《浣溪沙》（一曲新词酒一杯）词中予以重复使用，千百年来一直广为传诵。事见《四库全书总目提要》："《浣溪沙》春恨词'无可奈何花落去，似曾相识燕归来'二句，乃殊《示张寺丞王校勘》七言律中腹联。……今复填入词内，岂自爱其词语之工，故不嫌复用耶？"

另据传说，晏殊每得佳句，一时不能对上的，就书写到墙壁上。也有一年多没有对上的。当时有个叫王琪的书生，诗写得好，深得晏殊称赏。一日同游池上，见到晏殊惜春叹花诗"无可奈何花落去"一句，尚未有下句，王琪"应声曰：'似曾相识燕归来。'自此辟置馆职，遂跻侍从"（事见《复斋漫录》）。从此以后，晏殊对王琪格外赏识。这个传说未必属实，但却可以看出诗人写作认真，虚心求教，绝不草率的严谨态度。

332 要看银山拍天浪，开窗放入大江来。

作者简介：

曾公亮（公元998年~1078年）字明仲，泉州晋江（今福建省晋江市）人。北宋诗人。仁宗时进士。历任参知政事、枢密使、中书门下平章事，英宗时任中书侍郎兼礼部尚书、户部尚书，神宗时封鲁国公，卒赠太师、中书令，谥宣靖。为人方厚庄重，深沉周密。诗多散佚。

注释：

选自北宋曾公亮《宿甘露僧舍》诗。"枕中云气千峰近，床底松声万壑哀。要看银山拍天浪，开窗放入大江来。"甘露寺：故址在今江苏省镇江北固山上。寺始建于唐文宗大和年间，重建于北宋真宗大中祥符年间，北枕长江，风景绝佳。自古是著名游览胜地。

品鉴　诗人这首诗，境界宏大，是众多吟咏甘露寺诗篇中不可多得的精品。

"要看银山拍天浪，开窗放入大江来"两句，描写甘露寺中观看长江波浪滔天的壮观景象的情形。大意是：打开窗户，那一望无际浩浩荡荡的长江水仿佛迎面奔涌而来；风水相激，白浪翻滚，惊涛拍天，云气浩荡，就像是一座银山当头压下，令人目眩神摇。

诗人以甘露寺僧舍为立脚点，写出了自己开窗一瞬间所见的真切感受，设想新奇，构思别致，气势雄伟，虽没有直接描写甘露寺，但已令人感受到了甘露寺地势的险峻了。

333 近水楼台先得月，向阳花木早逢春。

作者简介：

苏麟，生卒年不详。

注释：

选自北宋苏麟《断句》诗："近水楼台先得月，向阳花木早逢春。"

品鉴　　这是苏麟在范仲淹帐下任职时，献给范仲淹的一首诗。据宋代俞文豹《清夜录》记载：范仲淹任杭州太守时，原先的部下多被提拔荐用。只有苏麟在外地任巡检，范仲淹一时疏忽，未予推荐提拔。后来苏麟被召入太守府，见众多同僚皆有升赏，心里感到委屈，又不便向范仲淹直接提说此事，便献诗一首，委婉地表达了在范仲淹身边工作的人，容易得到提拔任用。范仲淹见诗后，知其心意，遂向上推荐了苏麟。

　　"近水楼台先得月，向阳花木早逢春"。大意是：临水的楼台没有树木遮挡，空间开阔，最先得到天上的月光；向阳的花木因为阳光充足，生长条件好，春天里早早就得到发育，茁壮生长，很快便枝繁叶茂起来。

　　此诗后来散佚，只有这两句流传了下来，成为千古名句。今天，人们常用这两句诗说明客观条件对于事业成功的重要性。

　　成语"近水楼台"就是从这两句诗中演化来的。

334　人家在何许？云外一声鸡。

作者简介：

　　梅尧臣（公元1002年～1060年）字圣俞，宣州宣城（今安徽省宣城市）人。北宋诗人。宣城古名宛陵，故世称梅宛陵。梅一生穷困不得志。皇祐三年（公元1051年）50岁时赐进士出身，任国子监直讲，累迁尚书都官员外郎。与苏舜钦齐名，并称"苏梅"。反对西昆体脱离现实、讲究华丽词藻的浮靡文风。艺术上，追求形象鲜明，意境深远含蓄，主张"状难写之景，如在目前，含不尽之意，见于言外"（北宋欧阳修《六一诗话》）。其诗反映民生疾苦和社会矛盾，风格"工于平淡，自成一家。"（南宋胡仔《苕溪渔隐丛话》）诗歌有散文化、议论化的特点，人称"宛陵体"。深受欧阳修、陆游的推崇。有《宛陵先生文集》传世。

注释：

1. 选自北宋梅尧臣《鲁山山行》诗："适与野情惬，千山高复低。好峰随处改，幽径独行迷。霜落熊升树，林空鹿饮溪。人家在何许?云外一声鸡。"鲁山：一名露山，在今河南省鲁山县东北。山行：在山路上行走。

2. 何许：何处，哪里。

品鉴　这是梅尧臣一首著名的山行诗。他用朴质自然的语言，描写山行中清新自然，幽静萧瑟的秋景，表现了一种闲适恬淡的心情。

"人家在何许？云外一声鸡"。大意是：行走在群山万壑之中，人迹稀少，林子静极了，山里有没有人家呢？人家在什么地方呢？山深林密，什么也看不见。诗人正在疑惑时，忽然，在云迷雾绕之中，传来一声鸡鸣。虽然只有一声，却打破了山林的寂静，使人感到亲切，知道山林深处有人家了。

人家究竟在什么地方，诗人没有说，戛然而止。它留给了读者去思索，去想象，韵味悠然，余味无穷，耐人寻味。

335　春风疑不到天涯？
　　　二月山城未见花。

作者简介：

　　欧阳修（公元1007年～1072年）字永叔，自号醉翁，又号六一居士。吉州吉水（今江西省吉安市）人。天圣八年（公元1030年）进士。累官至枢密副使、参知政事。卒谥文忠。因支持范仲淹等革新派，多次被贬谪外放。晚年思想趋于保守，对王安石变法有所不满。是当时公认的文坛领袖，在散文、诗、词等方面都有显著的建树。重视培养、奖掖后进，曾巩、王安石、苏轼、苏辙等人都曾受其揄扬和提拔。为文主张明道、致用，反对宋初以来的浮靡文风，是诗文革新运动的关键人物。散文委曲婉转，说理透彻，一唱三叹，被誉为"唐宋八大家"之一。诗歌平易朴质，清新自然。但受韩愈影响，有散文化、议论化倾向。词风深婉清丽，受冯延巳影响较明显。部分即景抒怀，咏史之作，疏宕明快，直抒胸臆，对豪放词派有一定影响。有《欧阳文忠公文集》传世。

注释：

1. 选自北宋欧阳修《戏答元珍花时久雨之什》诗："春风疑不到

天涯?二月山城未见花。残雪压枝犹有橘,冻雷惊笋欲抽芽。夜闻归雁生乡思,病入新年感物华。曾是洛阳花下客,野芳虽晚不须嗟。"诗题一作《答丁元珍》。元珍:丁宝臣,字元珍,当时为湖北峡州判官。什:即篇。诗篇也称篇什。

2. 天涯:天边。这里指边远偏僻的夷陵。欧阳修《居士集·年谱》:"景祐三年(公元1036年)五月,降为峡州夷陵令。"夷陵在今湖北省的宜昌市,历来属于军事要地,但在北宋时候,已经是荒僻的山城了。此篇为欧阳修任夷陵县令时所写。

3. 山城:夷陵四周群山围绕,故称为山城。

品鉴 欧阳修因支持范仲淹的政治改革措施,被贬为峡州夷陵令,心情郁闷,写了这首《戏答元珍花时久雨之什》诗,抒发自己不愉快的感情。

"春风疑不到天涯?二月山城未见花"。大意是:早春二月,应该是桃红李白,蝶戏蜂舞的时节了,而夷陵小城,地处荒寒的鄂西山地,气候较冷,又值阴雨绵绵,以致春天到了,春花却没有开放,令诗人感到孤独寂寞,以至怀疑春风吹不到这个僻远的地方来。

诗人自问自答,揉咏物、写景和抒情于一体,抒发了自己山居的快怏心怀。诗意明快,叹而不哀。欧阳修自己对这两句诗也颇为得意。他在《笔说》中谈到:"春风疑不到天涯,若无下句,则上句何堪?既见下句,则上句颇工。文意难评,盖如此也。"元代方回也评论说:"此夷陵作。欧公自谓得意。盖'春风疑不到天涯'一句未见其妙,若可惊异,第二句云:'二月山城未见花。'即先问后答,明言其所谓也。以后句句有味。"

336 始知锁向金笼听,不及林间自在啼。

注释:

1. 选自北宋欧阳修《画眉鸟》诗:"百啭千声随意移,山花红紫树高低。始知锁向金笼听，不及林间自在啼。"

2. 始知：才知道。始：乃，才。　锁向：锁在。向：到，在。金笼：华贵的鸟笼。　听：一作"里"。

3. 不及：比不上，不如。　自在：自由自在，无拘无束。

品鉴　这首咏鸟诗作于宋仁宗庆历七年（公元1047年）。当时，欧阳修因同情政治革新人物范仲淹、富弼等人，贬为安徽滁州太守。诗人通过对画眉鸟不同处境的描写，表达自己在朝中为官和在地方为官的不同感受，抒发了向往自由生活的愿望。

"始知锁向金笼听，不及林间自在啼"。大意是：金笼华贵荣耀，不失为一种优越，但它的代价是丧失自由和天性。画眉鸟只有山林之间，才能顺乎天性地自由自在地歌唱。因此，将画眉鸟锁在金笼里听其鸣唱，其歌声远不及在林间那么美妙。

这两句诗是脍炙人口的言理名句。诗人因情言理，运用形象、对比手法，表达了作者要求打破束缚，追求自由的愿望。理趣盎然，能给人以丰富生动的启示。

337　红树青山日欲斜，
　　　长郊草色绿无涯。

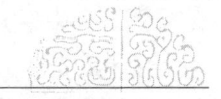

注释：

1. 选自北宋欧阳修《丰乐亭游春》诗三首之三："红树青山日欲斜，长郊草色绿无涯。游人不管春将老，来往亭前踏落花。"丰乐亭：欧阳修贬官到滁州任太守后，在滁州修了两个亭子。一个叫丰乐亭，一个叫醒心亭。并作了《丰乐亭记》和《丰乐亭游春》诗三首。这是其中一首。

2. 日欲斜：太阳西斜，天将傍晚。

3. 长郊：广阔的郊野。　无涯：没有边际。

品鉴　北宋庆历七年（公元1047年），也就是欧阳修贬官安徽任滁州太守的第二年,他在滁州修了两个亭子。其中一个名为丰乐亭。丰乐亭上依丰山,下临幽谷,周围种植四时花草,景色优雅宜人。欧阳修为此作了《丰乐亭记》和《丰乐亭游春》诗三首,描写丰乐亭春日的美景,表现了游人赏春的浓厚兴致。这是其中的一首。

"红树青山日欲斜,长郊草色绿无涯"两句,描写丰乐亭春色美丽宜人。大意是:春天里,青山铺翠,红花满树,太阳渐渐西沉;城外平野开阔,一望无际,绿茵茵的草色漫向远方,绿满天涯。

前一句写红树、青山、夕阳,有远景有近景,后一句写郊野广阔,一望无际,绿茵茵的草色延伸到了天边。色彩明丽,画面广远,意象鲜明,浓墨重彩地勾勒出一幅春色图,表现出一种生机勃勃,春色无涯的艳阳风光,具有一种内在的向上的精神力量。

338 屈平岂要江山助,却是江山遇屈平。

作者简介:

李觏(公元1009年~1059年)字泰伯,建昌军南城(今江西省南城县)人。北宋诗人,学者。善辩能文。初在乡里立学授徒。后经范仲淹推荐为太学助教。曾任海门主簿、太学说书。其诗反映民生疾苦,常涉及政治得失。受韩愈、皮日休、陆龟蒙等人影响,意境、词句多奇特。有《李直讲先生文集》传世。

注释:

1. 选自北宋李觏《遣兴》诗:"境入东南处处清,不因辞客不传名。屈平岂要江山助,却是江山遇屈平。"
2. 屈平:即屈原。

品鉴 这是诗人在诗中表达的关于诗歌创作的一种观点。

"屈平岂要江山助,却是江山遇屈平"。大意是:屈原成为一代伟大的诗人,不是借助于山川景色的壮丽雄奇;倒是山川的美景借助于屈原的诗笔才得以广为人知,犹如江、浙一带的秀美风光,若没有历代诗人给以艺术的表现和歌颂,也不会名传天下。

南朝梁刘勰在《文心雕龙·物色》中说:"屈平所以能洞鉴风骚之情者,抑亦江山之助乎!"认为屈原《离骚》这样伟大的作品,是因为其高尚的情操受到祖国壮美山川景物的触发才写出来的。强调做诗要有山川自然景物相助,有直接的生活感受和体验,积累丰富,才能创制出不朽的佳作。在文学史上,李白、杜甫、苏轼、陆游等大诗人都曾得助于江山胜景。所以陆游《偶读旧稿有感》也说:"挥毫当得江山助,不到潇湘岂有诗。"是强调诗人受山川景物的激发,才写出了流芳千古的不朽之作。

而李觏却从另一个角度提出了不同的看法,认为屈原的诗并非得助于江山胜景,相反,倒是江山胜景因屈原的诗作而增添光彩,显得更加美丽迷人,才得以名传天下。李觏与刘勰的观点看似矛盾,其实并不矛盾。出现不同的说法,是因为看问题的角度不同,究其本质,却是大体一致的。

应该说:李觏与刘勰的观点,二者是互相补充,相辅相成的关系:诗人借江山胜景激发诗情,江山胜景借诗人的歌咏而更增风采,名扬天下。

339 人言落日是天涯,望极天涯不见家。

注释:

1. 选自北宋李觏《乡思》诗:"人言落日是天涯,望极天涯不见家。已恨碧山相阻隔,碧山还被暮云遮。"
2. 天涯:天边。
3. 望极:望尽。

品鉴 这首诗表现了远在他乡的游子在落日黄昏的时刻,触景生情,顿生浓郁的乡情,归思难收的心情。

"人言落日是天涯,望极天涯不见家"。大意是:落日黄昏,百鸟归巢,群鸦返林,诗人触景生情,顿生思乡的念头。人们说,太阳落下的地方，就是天之涯了，可是极目天涯，落日可见，故乡却不可见，故乡更远在天涯之外。

这两句诗里，诗人描写了故乡更在天涯外的空间距离感受，似乎有悖常理。其实准确地讲，这应该是一种心理距离感受，所以细细品味，却在情理之中。天涯遥远，但是可见，是实际观察所得；故乡更在天涯外，是心理感受，是一种急切的思乡之情造成的虚拟距离，而这种虚拟距离是无法用尺子来衡量的。所以只有用超乎常人的思维才能表达得更为真切。

实际上，历代许多诗人都曾表达过这种特殊的感受。今人钱钟书《宋诗选注》引石延年《高楼》诗说："水尽天不尽，人在天尽头"；范仲淹《苏幕遮》："山映斜阳天接水，芳草无情，更在斜阳外"；欧阳修《踏莎行》："楼高莫近危栏倚，平芜尽处是春山，行人更在春山外"；《千秋岁·春恨》："夜长春梦短，人远天涯近"等等，其词意，其意境，与李觏这两句诗十分相近。

人同此身，情之所至，感受相同，所以不期然形成了巧合，诉诸笔端，实有异曲同工之妙。

340 高松漏疏月，落影如画地。

作者简介：

文同（公元 1018 年～1079 年）字与可，号笑笑先生，梓潼（今四川省梓潼县）人。北宋诗人、画家。皇祐元年（公元 1049 年）进士。曾任太常博士、集贤校理，知陵、洋州、邛州等知州。操行高洁，襟怀坦荡，为司马光、苏轼所敬重。能诗善画。常融诗画艺术于一体，颇有创造。诗风质朴、自然。有《丹渊集》传世。

注释：

1. 选自北宋文同《新晴山月》诗："高松漏疏月，落影如画地。徘徊爱其下，及久不能寐。怯风池荷卷，病雨山果坠。谁伴予苦吟？满林啼络纬。"
2. 疏：分散，稀疏。

品鉴 文同是北宋的画家兼诗人,他的画极受人们喜爱,诗也写得很好,颇受苏轼的赞赏。今人钱钟书在《宋诗选注》中称赞他擅长"在诗中描绘天然风景"。这首《新晴山月》就是他写的一首诗中有画的代表作。

"高松漏疏月,落影如画地"。大意是:松树的枝叶长得十分繁茂,大部分月光都被它遮住了,从枝叶空隙间漏出丝丝月光,稀稀疏疏地洒落下来;地面上斑斑驳驳的树影,勾画出水墨一样或浓或淡的画面。

诗人以画家的独特眼光,写高耸入云的青松,风中瑟瑟作响的针叶,闪烁的月光及摇曳朦胧的松影,构思精细,意境美妙,有很强的立体感。特别是"漏""疏""画"等字,用字准确,既写出了月光的形,也写出了月光的神,勾画出一幅充满诗情画意的月夜美景图,令人神往。

341 千门万户曈曈日,总把新桃换旧符。

作者简介:

王安石(公元1021年~1086年)字介甫,晚年号半山,临川(今江西省抚州市)人。北宋著名政治家、思想家、诗人。唐宋八大家之一。宋仁宗庆历二年(公元1042年)进士。历任地方知县、通判、知州等职。神宗继位,擢为参知政事,次年拜相。锐意改革,被誉为"中国十一世纪的改革家"。由于保守派的激烈反对,改革屡遭挫折,被迫两次罢相。晚年退居江宁(今江苏省南京市)。封荆国公,世称王荆公。卒谥文,又称王文公。主张文学应当"有补于世",重在"适用"。其诗文直接为政治服务,反映社会矛盾和民生疾苦,表现了"起民之病,治国之疵"的进步思想。诗歌长于说理,见解精辟,风格明朗刚劲。一些作品蕴藉含蓄不足,有散文化倾向。晚年所作小诗,意境清新冲淡,修辞工巧精美,人称"半山体"。有《临川集》传世。

注释:

1. 选自北宋王安石《元日》诗:"爆竹声中一岁除,春风送暖入屠苏。千门万户曈曈日，总把新桃换旧符。"元日：指农历的正月初一，为农历新年的第一天。这是王安石一首欢度春节的诗。

2. 曈曈：太阳刚升起来时光明灿烂的样子。此句即"曈曈日照千门万户"之意。谓变法革新取得了很大成就，全国形势大好，百姓皆大欢喜。

3. 总把：总是把，都把。总：都。 新桃换旧符：以新桃符换下旧桃符。桃符：用两块桃木板，分别画上神荼、郁垒二神像或咒符，谓之桃符。桃和"逃"同音，意思是妖魔鬼怪见了神像就慌忙逃走。

品鉴 　王安石是宋代有理想有抱负的著名政治家。政治上主张变革，推行新法。宋神宗熙宁二年（公元1069年），王安石升任参知政事。在神宗的支持下，满怀信心地推行政治改革，意欲革除弊政，富国强兵，以挽救北宋日渐衰落的局面。诗人认为自己多年来的政治抱负就要实现了，心中十分喜悦，对推行新法也充满了信心，因而写下了这首充满自信和喜悦的《元日》诗。

"千门万户曈曈日，总把新桃换旧符"两句，描写新春的一片崭新气象。大意是：初升的太阳红彤彤的，光芒万丈，神州大地千家万户都沐浴在它温暖而又灿烂的光辉里；人们喜气洋洋，在新春第一天，将新桃符挂在门上，以驱鬼避邪，祈求新的一年五谷丰登，平安幸福。

诗句"总把新桃换旧符"，笔意酣畅，意在言外，寄寓深刻，表明了诗人政治上除旧布新的意愿和决心，也道出了诗人当政初期变法得以实施，心无阻滞，信心十足的自得之情。

这两句诗也含有一定哲理：今天，人们常用它说明：社会文明革新前进，除旧迎新是不可抗拒的规律；也用它说明：新生的、前进的、进步的事物总要战胜陈腐的、倒退的、落后的事物。自然界是这样，人类社会也是这样。总之，革命的力量、新生的力量必然战胜反动的、腐朽的势力。这是一条颠扑不破的真理。

342　春风又绿江南岸，
　　　　明月何时照我还。

注释：

1. 选自北宋王安石《泊船瓜洲》诗："京口瓜洲一水间，钟山只隔数重山。春风又绿江南岸，明月何时照我还。"泊：停船靠岸。

瓜洲：镇名。又叫瓜步，形状像一个"瓜"字。在长江北岸，扬州市南面。

2. 绿：吹绿。形容词作动词，使……绿。
3. 还：回。指回到长江南岸的家里。

品鉴　　王安石于神宗熙宁八年（公元1075年）奉诏第二次北上入京任宰相，由钟山出发，乘船西上，路过与京口（今江苏省镇江市）隔江相望的瓜洲古渡时，泊船投宿。晚上，王安石伫立船头，极目远望，但见青山隐隐，江水滔滔，春风绿野，皓月当空，不禁顿生羁愁，怀念起故乡临安来。于是挥笔磨墨，写了这首抒情小诗，抒发自己思念家乡的情怀。

"春风又绿江南岸，明月何时照我还"两句，诗人描写眼前的春光美景，引发了思乡怀土的情怀。大意是：春风吹拂，吹绿了江南的花草树木，明月在天，月光如水，什么时候才能照着我回到景色优美的故乡呢。

诗人描写春到江南，生意满眼的美景，心中既有几分喜悦，也多了几分担忧。诗人第一次任宰相时，实行改革，遇到保守派的激烈反对，遭致失败。这次入京任宰相，不知新政最终能否顺利推行，说不定又会遭受挫折，自己不久后又将踏着清冷的月光离开京城回到家乡呢！所以诗句中流露出了对江南家乡恋恋不舍的心情。一句"明月何时照我还"，言有尽而意无穷，寄慨遥深，博得了古今多少宦游之人的共鸣和感慨啊！

其中，"春风又绿江南岸"中"绿"字，是诗人修辞炼字的著名例子。这个"绿"字把春风写活了，写出了江南生机蓬勃，春意盎然的动人景象。诗人将看不见的春风转换成醒目的视觉形象，赋予了春风神奇的力量，是它吹绿了整个江南。而这一片绿色，恰切地表达了诗人心中的思乡之情。所以这个"绿"字被誉为点睛之笔，一字千金，含蓄蕴藉，韵味无穷。

不过这个"绿"字并非一蹴而就，而是经过诗人反复推敲，反复修改，才提炼出来的。

据宋人洪迈《容斋续笔》卷八说：最初这一句诗为：春风又到江南岸。诗成后，诗人觉得"到"字太死，圈去，注曰：不好。改为"过"字。"过"比"到"生动些，写出了春风一掠而过的动态，但表达思乡的情感仍有不足，所以又改为"入"字。春风已入江南，是客子该返乡的时候了。因此"入"字比"过"好。但"入"字只起反衬作用，表达的感情仍不浓厚，因此又改为"满"字。春风已满江南，而客子还在江北，思乡之情倍切，按理可以定稿了。但诗人再一琢磨，发现能动乡思的景色并未形象地表达出来。"满"字缺乏色彩，意境太实，诗味不浓，不能给人以言外之意，于是又圈去。如此反复修改十多次，最后始选定了"绿"字。

一个"绿"字，意境全出，既表达了"满"的意思，绿满江南，又有鲜明的色彩。而且绿色，正是典型的江南春天的色彩。从此以后，"春风又绿江南岸"这一名句便与王安石精心锤炼，反复改诗的故事一同成为诗坛佳话。

343 不畏浮云遮望眼，只缘身在最高层。

注释：

1. 选自北宋王安石《登飞来峰》诗："飞来峰上千寻塔，闻说鸡鸣见日升。不畏浮云遮望眼，只缘身在最高层。"飞来峰：指宋代越州（今浙江省绍兴市）城外飞来山的山峰，传说该山是从琅玡（在今山东省诸城市境）飞来，故名。山上有应天寺，寺内有应天塔，颇高。
2. 不畏：不怕。　浮云：流动的云彩。比喻保守势力。　望眼：远望的视线。

3. 只缘：只因为。一作"自缘"。　最高层：顶端。比喻志向高远。

品鉴　　王安石这首诗是他离开浙江鄞州经过越州，游历应天寺时所写。诗人登高眺远，即兴赋诗，抒发了自己将受到朝廷重用，居高位，决心改革政治，推行新法的大无畏精神。

"不畏浮云遮望眼，只缘身在最高层"。大意是：因为我站在了飞来峰上的最高层，所以不怕山间的浮云遮住我远望的视线。

诗人借景抒情，发议论，阐述了登山的体会，同时融情于景，情中寓理，表达了"站得高，看得远"的生活哲理。这里，诗人把反对改革的保守势力比作"浮云"，把飞来峰最高层比作自己即将拜相，处于朝廷的高位，所以不怕保守势力的阻挠，有能力有决心将改革进行到底。

如果我们进一步用诗中飞来峰的"高"比喻掌握正确的立场、观点的话，那人们经过自己的努力，达到了这个"最高层"的"高"，就具有了高瞻远瞩的思想、眼光和胸襟，在观察社会、处理工作矛盾时，就能游刃有余地排除阻力，克服困难，信心百倍地把事业推向前进。

344　一水护田将绿绕，两山排闼送青来。

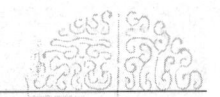

注释：

1. 选自北宋王安石《书湖阴先生壁》诗："茅檐长扫净无苔，花木成畦手自栽。一水护田将绿绕，两山排闼送青来。"湖阴先生：杨德逢，别号湖阴先生，是王安石在金陵（今南京市）紫金山下经常往来的邻居。
2. 将绿绕：一条溪流环绕着绿油油的稻田。
3. 排闼：推门。《汉书·樊哙传》："哙乃排闼直入。"闼，门。

品鉴　　这是诗人题写在友人杨德逢屋壁上的一首诗。诗中景物描写生动、形象，情融于景，充分展示了湖阴先生淡泊清雅的生活情趣。

"一水护田将绿绕，两山排闼送青来"两句，写友人的居处绿水环绕，门对青山，饶有情致。大意是：一条清清的溪流曲折有致，有意护田，环绕着绿油油的庄稼流过；一推开大门，门前的两座青山，扑入眼帘，送来了深翠欲滴的山色。

诗人用拟人化手法，将一水、两山转化为富于生命感情的亲切形象，有情义，有性灵，呵护着主人的茅屋。这里，"一水""两山"，形象鲜明，相映成趣。一"护"一"送"，情意盎然，意象生动。不仅写出了友人居处的景色优美，也象征着主人独处其间自得其乐的心境。

诗句属对工巧，造语新奇，清新隽永，韵味深长。同诗人的"春风又绿江南岸"一样，历来评价很高，成为千古传诵的名句。

345 青山缭绕疑无路，忽见千帆隐映来。

注释：

选自北宋王安石《江上》诗："江北秋阴一半开，晚云含雨却低徊。青山缭绕疑无路，忽见千帆隐映来。"

品鉴 这是王安石晚年居住在金陵钟山，心境宁静而写的一首小诗，表达了诗人萧疏恬淡的心绪。

"青山缭绕疑无路，忽见千帆隐映来"两句，写江边山行的特殊感受：江边青山连绵纠结，弯弯曲曲的羊肠小道盘山而上，突然被山势阻绝，像是要挡住诗人前进的去路；远远的水天相接之处，千帆移动，点点帆影在江面上忽隐忽现，隐隐约约，正慢慢驶来。

诗人写了回环曲折的青山，远处影影绰绰的风帆，构成一幅空明淡远的青山帆影图。不仅有景，而且景中有人，景中有意。诗人的高妙之处，在于于寻常景物之中，蕴有深邃的理趣，启人遐思：似乎告诉人们，前途遥远，道路无穷，正需要人们继续努力，可不能于中途废止，懈怠不前啊！

346 细数落花因坐久，
缓寻芳草得归迟。

注释：

1. 选自北宋王安石《北山》诗："北山输绿涨横陂，直堑回塘滟滟时。细数落花因坐久，缓寻芳草得归迟。"北山：钟山，也叫紫金山，在南京城东。当时王安石的别墅在此。
2. 细数：细细品玩。
3. 芳草：香草。

品鉴　　王安石晚年隐居金陵（今江苏省南京市）北山，筑室于钟山（今紫金山）的山腰中，因自号"半山"。日长无事，常到附近坐坐走走，心情闲适恬淡。这首诗就是他闲居北山写的，抒发了他悠闲恬适的心情。

　　"细数落花因坐久，缓寻芳草得归迟"。大意是：诗人心情悠闲，坐下来休息时，看见花枝上的残花一瓣两瓣飘落地上，便一二三四地细细计数着，看看这会儿功夫到底掉下来多少花瓣，不知不觉就坐得久了；待他感到坐倦了，站起身来，缓缓向家里走去时，一边走一边心情舒畅地观察着地上长的青草。与前些日子相比，草地蔓延宽了，草也长高了。这样走走停停，边走边看，优哉游哉，回家的路不知走了多长时间，到得家门时已经很晚了。

　　诗句中"细数落花""缓寻芳草"两句，文笔淡雅，诗味浓郁，达到了"其淡语皆有味，浅语皆有致"的艺术境界，受到后人称赏。南宋叶梦得在《石林诗话》中称赞说："王荆公晚年诗律尤精严，造语用字，间不容发。然意与言会，言随意遣，浑然天成，殆不见有牵率排比处。如：'细数落花因坐久，缓寻芳草得归迟。'但见舒闲容与之态耳。"《能改斋漫录》也有类似评价："盖本王摩诘（王维）：'兴阑啼鸟散，坐久落花多。'（《过杨氏别业》）而其辞意益工。"

347 自古驱民在信诚，
一言为重百金轻。

注释：

1. 选自北宋王安石《商鞅》诗："自古驱民在信诚，一言为重百金轻。今人未可非商鞅，商鞅能令政必行。"商鞅（公元前约390年~前338年）：原名卫鞅，出身卫国公族。先秦法家代表人物之一。少时学刑名之术，长大后成为魏国丞相公孙痤的家臣，遂又名公孙鞅。因未被重用，遂入秦，见秦孝公，提出变法主张，得到重视。乃辅佐秦孝公变法，提倡耕战，富国强兵，为秦的统一天下打下了基础。秦孝公死，被反对者车裂而亡。
2. 驱：驱使，指挥。此为管理。　信诚：诚信。
3. 百金：形容分量很重，非实指重量的多少。　金：古代货币计算单位。秦时以二十两铜为一金。

品鉴　这是王安石写的一首咏史诗，意在说明凡事要讲诚信：言必行，行必果，人民才会相信，才会拥护，才会予以支持。

"自古驱民在信诚，一言为重百金轻"。大意是：从古以来，管理国家很重要的一条就是取信于民，因此当政者一定要讲信用，对百姓做到诚实不欺；秦朝孝公时，商鞅为了取得人们的信任，以便推行新法，把守信用的一句话看得重逾千钧，一句诚实的话胜过几百两青铜的价值。

据《史记·商君列传》记载：商鞅刚开始推出新法时，没有人相信。为取信于民，他就在国都南门外立了一根三丈高的木柱，向众人宣布说，谁把它搬到北门，将赏给谁10金。人们不信，认为商鞅是说着玩儿的戏言。于是商鞅又宣布说，谁现在把它搬到北门，就赏谁50金。人们更不信了，都围着那木桩看热闹。忽然有一个青年站出来，将木桩搬到了指定地点，商鞅果然将50金如数赏给了他。于是人心大动，相信商鞅颁布的新法是算数的，新法很快得以推广开了。

诗人以历史的经验证明了取信于民的重要性，很有说服力。自古以来，人们始终将"一言九鼎"或"一诺千金"视作社会的美德，做人的美德，说明中国社会对诚信的品德从来就是十分看重的。

348　遥知不是雪，为有暗香来。

注释：

1. 选自北宋王安石《梅花》诗："墙角数枝梅，凌寒独自开。遥知不是雪，为有暗香来。"
2. 遥：远远，遥远。
3. 暗香：指梅花淡淡的幽香。

品鉴　王安石晚年罢相回到第二故乡江宁（今南京市），过起了与世无争的归隐生活。这一时期，诗人的心境特别闲适恬淡，因而写了不少描绘山水、咏叹花草的小诗。这首《梅花》诗便是其中的一首。

"遥知不是雪，为有暗香来"两句，大意是：虽然白梅花开得正盛，远远望去，和枝上的白雪差不多，但却知道那不是白雪，而是白梅花，因为随着微风吹过，有一阵淡淡的梅花的清香飘过来。

诗人这里既是在咏花，也是在以花自喻。白色的梅花像雪一般洁白，却比雪高洁；即使雪铺满梅枝，仍掩盖不了梅花暗香浮动。诗人志存高远，试图通过改革，振兴政治。然而结果却事与愿违，落得个罢官归隐的结局。就好比这几枝梅花，被冷落在远离政治的角落里。可是，梅花不畏严寒，犹自傲雪盛开，诗人也正像这梅花一样，虽然罢官返乡，却依然风骨犹存，不坠流俗，绝不向保守势力低头。

这两句诗也含有一定理趣：因果联系是客观事物本身固有的一种普遍联系。事物总是有因有果的。只要有一定原因出现，就不可避免的要产生一定结果。无因之果是不存在的。"遥知不是雪，为有暗香来"就存在着这种因果关系："果"是"遥知不是雪"，"因"是"为有暗香来"。

349 看似寻常最奇崛，成如容易却艰辛。

注释：

1. 选自北宋王安石《题张司业诗》："苏州司业诗名老，乐府皆言妙入神。看似寻常最奇崛，成如容易却艰辛。"张司业：唐代诗人张籍（约767年～约830年），官终国子司业，故称。与同时人王建齐名，并称"张王乐府"。
2. 奇崛：犹奇特，即不寻常，不一般。

品鉴

张籍擅长以乐府体诗歌的形式，反映社会生活，暴露社会黑暗，同情人民疾苦，风格平易朴实，活泼流转，很有民歌风味。易读易诵，浅显通俗。但这种诗歌创作起来并不容易。王安石这首诗，既对他的诗歌创作给予了高度评价，也概括了他诗歌创作的艰辛。

"看似寻常最奇崛，成如容易却艰辛"。大意是：张籍乐府诗的语言浅显通俗，平易流畅，表面看似乎很平常，实际上却非常奇特，不同一般；写成这样一首诗似乎很容易，实际上却是诗人呕心沥血、千锤百炼创造出来的艺术精品，得之非常艰辛。

诗人指出了成功与艰辛之间的辩证关系，蕴含人生哲理，颇有启示意义：任何事情的成功都不是轻而易举取得的，尤其是艺术创作，更需要付出辛勤的劳动和失败的代价。

350 春色恼人眠不得，月移花影上栏杆。

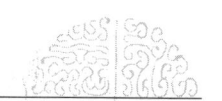

注释：

1. 选自北宋王安石《春夜》诗："金炉香烬漏声残，剪剪轻风阵阵寒。春色恼人眠不得，月移花影上栏杆。"诗题《春夜》，一作《夜直》。

2. 春色恼人：言春色撩人。

品鉴　这首诗写春夜的景色，借景抒情，表现了诗人面对着美好春色，引起内心无比激动和喜悦的心情。

"春色恼人眠不得，月移花影上栏杆"。大意是：在这新春的晚上，春色撩人，令诗人兴奋不已，睡意全消；诗人得到了神宗的重用，君臣际遇，终于有了千载难逢的施展抱负的机会，即将一展宏图，革除弊政，推行新法。无数过去、现在以及将来的国事、往事、高兴事、包括烦人的事，一齐涌上心头，萦绕脑际，难以入眠；躺在床上，眼睁睁看着月亮渐渐西斜，花影慢慢移动，从地面转到了栏杆上。夜，已经很深了。

王安石久蓄改革之志，曾向仁宗皇帝上《万言书》，倡言改革，未被采纳。神宗即位，使他获得了实现抱负的机会，又时值初春，所以他觉得"春色"特别美好。诗人把自己政治上的际遇与自然界的春色融为一体，表面上赞的是春色，实际上说的是政治，感情含而不露，意在言外，这对于表达诗人政坛得意的喜悦心情也是恰到好处，非常得体的。如果仅从字面上理解，就不能得其真意了。

351　岁老根弥壮，阳骄叶更阴。

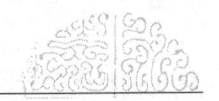

注释：

1. 选自北宋王安石《孤桐》诗："天质自森森，孤高几百寻。凌霄不屈己，得地本虚心。岁老根弥壮，阳骄叶更阴。明时思解愠，愿斫五弦琴。"孤桐：独立支撑的桐树。
2. 岁老：指生长时间很长，树龄大。　弥：更加，越是。
3. 阳骄：太阳很晒，炎热。　阴：同"荫"，枝叶繁茂。

品鉴　这是一首咏物诗。诗人以孤桐为喻，表达了自己坚定不移地推行变法革新的情怀。

"岁老根弥壮，阳骄叶更阴"。大意是：梧桐树年岁越大，根须越壮实，深入地下吸取营养，得到大地的哺育、滋润，具有强大的生命力；直干入云，枝柯纵横，太阳愈大，光线愈强烈，桐叶长得愈茂盛，绿叶森森，浓荫如盖，充满蓬勃的生机。

诗人托物言志，表现自己壮志未衰的思想感情，颇富人生哲理。今天，这两句诗常被老年人引用，作为激励自己坚持学习，勤奋工作，老当益壮，奋斗不息的座右铭。

352 东风忽起垂杨舞，更作荷心万点声。

作者简介：

刘攽（公元1023年~1089年）字贡父，世称公非先生。临江新喻（今江西省新余市）人。北宋诗人，史学家。仁宗庆历六年（公元1046年）进士。初任国子监直讲。因反对王安石变法，先后通判泰州，知曹、兖、襄、蔡等州，历仕州县二十多年。最后拜中书舍人。与其兄刘敞都是博学者，为北宋有名的史学家。曾帮助司马光修撰《资治通鉴》，专任汉史部分。诗风与欧阳修相近。有《彭城集》《公非先生集》传世。

注释：

1. 选自北宋刘攽《雨后池上》诗："一雨池塘水面平，淡磨明镜照檐楹。东风忽起垂杨舞，更作荷心万点声。"
2. 更：又，再。　荷心：花塘中心处。

品鉴　这首诗描写雨后池塘的风景，诗中有东风、垂杨、荷等美丽的意象，构成一幅雨后池塘春景图，给人以清新优美的艺术享受。

"东风忽起垂杨舞，更作荷心万点声"两句，由静而动，写出了雨后池上的动态美。大意是：大雨过后，池水涨满，水面平静。忽然东风乍起，吹得池边的柳枝在风中翩翩飞舞，飘洒出无数的水点，飞溅在池中舒展的荷叶上，化作万千雨滴之声，发出一阵劈劈啪啪清脆细密的声响。

诗人笔下荡漾的东风、婆娑起舞的垂杨、荷心的万点雨声，由静而动，由动而声，动感强烈，声形兼备，使诗意出现波澜，具有一种流动的韵致和盎然的生意，增强了画面的立体感和真实感，别具一番情趣。

然而，从整首诗的意境看，诗人欲表现、渲染的，是雨后池塘的平静和安宁。东风"忽起"，表明池面原来是安静的，垂杨"舞"之前，同样也是静静地垂挂着，而池面响起万千雨滴声之后，重归于平静，而且会比先前显得更静。所以，诗人不是为写动景而写动景，而是以动写静，以动衬静。诗人写动景是成功的，同样，诗人表达静谧和平的境界，也是完全可以从诗意中体会得到的。

诗人善于捕捉大自然中一瞬间的美的感受，并且用诗的语言把它艺术地再现出来，而且表现得如此具有诗情画意，显示出诗人细密的观察能力、宁静的心境及高超的运用语言艺术的才能。

353 不能手提天下往，何忍身去游其间！

作者简介：

王令（公元1032年~1059年）字逢原，广陵（今江苏省扬州市）人。北宋诗人。一生穷困，但志向远大，富有才华，深受王安石推重，认为是可以与自己"共功业于天下"的人。可惜才高命短，28岁早逝，没能施展才能。未入仕途，以教书为业。其诗反映自己的远大抱负，表达对现实的不满与悲愤，气势豪迈，蓄意深远，想象丰富，具有强烈的现实主义精神。著有《广陵先生文集》。

注释：

1. 选自北宋王令《暑旱苦热》诗："清风无力屠得热，落日着翅飞上山。人固已惧江海竭，天岂不惜河汉干？昆仑之高有积雪，蓬莱之远常遗寒。不能手提天下往，何忍身去游其间！"
2. 天下：指神州。
3. 何忍：不忍。　身去：只身独往。

品鉴　王令是一个襟怀高尚的青年诗人。他的诗关心民生疾苦，有丰富的社会思想内容和独特的艺术风格。在这首《暑旱苦热》诗里，诗人凭借出人意料的奇特想象，充分地表达了自己崇高的理想。

"不能手提天下往，何忍身去游其间"两句，体现了诗人与天下人共患难的情操。大意是：天下暑热难耐，但昆仑、蓬莱那里却是一片清凉世界，可以避暑消夏。不过诗人表明，如果不能拯救天下人共同前往清凉世界，脱离暑热的煎熬，自己也绝不愿意独游其间，一个人去消夏追凉。

诗人以浪漫主义的精神，夸张的手法，表达了"手提天下往"的气魄和兼济天下的博大胸怀。诗句想象奇特，气魄雄伟，创造出了一般诗人很难达到的思想境界。

古代儒家之士主张"穷则独善其身，达则兼济天下"，诗人王令的思想，实际上已经超越了这种普遍认同的社会责任范畴。当时诗人十分穷困，然而他的自觉的目标，没有止于儒家的"独善其身"，而是有了更高的要求：希望广大人民都能脱离苦难，否则自己是决不去独享其乐的。

这种"穷"也"兼济天下"的襟怀，使他面对一边是苦难的现实，一边是美丽的理想境界的时候，在去与留之间，最终选择了留：留下来与大家同甘共苦，而不愿独善其身。即他诗句中所表达的，如果不能"手提天下"到那理想的清凉世界去，解除所有人的暑热，那他也不愿独自一个人跑去享受清凉。这正是他高于一般人的理想和情操的地方。

354 子规夜半犹啼血，不信东风唤不回。

注释：

1. 选自北宋王令《送春》诗："三月残花落更开，小檐日日燕飞来。子规夜半犹啼血，不信东风唤不回。"
2. 子规：杜鹃。 啼血：一般指杜鹃悲鸣时出血。

品鉴

春去夏来，乃是自然界一种铁定的规律，人们大可不必为之悲秋伤春。诗人这首《送春》诗，就表达了一种送春归去的积极向上的精神。

"子规夜半犹啼血，不信东风唤不回"。大意是：春意将尽，百花凋残，落红无数，可是那留恋春光的杜鹃，却在为春意阑珊而悲啼着，希望唤回东风，一直啼到夜半三更，啼出了鲜血也不停止，因为它不相信东风唤不回来。

诗人相信，花落了还会重开，春去了还会再来。夏日到了，绿叶成阴子满枝，又是别样一种风情，别样一番生机，所以不必为春之将尽而烦恼！杜鹃不相信东风唤不回是对的，随着时光流转，美好的春天一定会再次到来。诗句反映了诗人顺应自然，尊重自然规律，始终向前看的乐观主义精神，能给人以鼓舞和启迪。

355 不识庐山真面目，只缘身在此山中。

作者简介：

苏轼（公元1037年～1101年）字子瞻，号东坡居士，眉州眉山（今四川省眉山市）人。宋仁宗嘉祐二年（公元1057年）进士，官至翰林学士、知制诰、礼部尚书。既主张政治改革，又有保守倾向。当王安石推行变法时，他反对新法，遭到贬斥，出任杭州、密州（今山东省诸城市）、徐州（今江苏省徐州市）等地方官。当保守派推翻新法时，又主张保留其行之有效的部分。苏轼因此受到新、旧两派的排斥。王安石罢相之后，因写诗讥刺新法，被诬陷入狱，史称"乌台诗案"。出狱后贬黄州、惠州、儋州等地。苏轼是当时文坛领袖，散文、诗、词、书、画均称大家，各有成就。其文宏肆雄放，自由驰骋，为"唐宋八大家"之一，与欧阳修并称"欧苏"。其词风格豪放，奔驰旷大，是豪放派的创始人之一，与辛弃疾并称"苏辛"。其诗清新豪健，想象丰富，比喻新颖，与黄庭坚并称"苏黄"。作品题材丰富，艺术手法多样，语言新颖俊美。形成自然清新，奔放灵动，逸趣横生，豪放不羁，卷舒自如的艺术特征。有《东坡全集》传世。

注释：

1. 选自北宋苏轼《题西林壁》诗："横看成岭侧成峰，远近高低各不同。不识庐山真面目，只缘身在此山中。"西林：庐山寺名，即西林寺。在庐山西北麓，距东林寺约一里。东晋太元二年（公元377年）为太府卿陶范为僧慧永修建，是庐山最古老的名刹之一。该诗题于西林寺墙壁上。
2. 庐山：又名匡山、匡庐，中国名山。
3. 缘：因为。

品鉴

宋神宗元丰七年（公元1084年）五月，苏轼自黄州赴汝州任刺史，途经庐山，上山游览十余日，写了这首描写庐山，流传不衰的著名诗篇《题西林壁》。

诗人描写庐山的形貌是：从横的方向看，看到的是一脉逶迤的山岭；从纵的方向看，看到的是一座座挺拔的山峰。但是，人们看到的，并不是庐山的全貌。

"不识庐山真面目，只缘身在此山中"。大意是：人们不能认识庐山的真实面目，是因为自己身处庐山之中，观赏受到局限，尽管从不同的角度观赏到的庐山呈不同的姿态和风貌，但毕竟只是庐山的一个部分，不全面。

诗人通过庐山形貌的不同变化，加以理性的思考，寓理趣于生动形象的描写之中，揭示了"当局者迷，旁观者清"的道理：人的认识有一定相对性，容易以偏概全，犯片面性的错误。而且立足点不同，看问题的角度不同，就会得出不同的看法和结论。因此，要认清事物的全貌，只有不拘于局部经验，不被片面的现象所迷惑，高屋建瓴，客观地、全面地观察和分析事物，才能得出正确的结论。

356 欲把西湖比西子，淡妆浓抹总相宜。

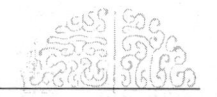

注释：

1. 选自北宋苏轼《饮湖上初晴后雨》诗："水光潋滟晴方好，山色空蒙雨亦奇。欲把西湖比西子，淡妆浓抹总相宜。"饮湖上：在西湖上饮酒。湖：杭州西湖。后雨：一作"夏雨"。

2. 西子：西施的昵称。春秋时越国著名美女。西施后来常被用作美女的代名词。西湖也因苏轼这首诗被人们称为西子湖。

3. 淡妆、浓抹：化妆时脂粉涂得少叫淡妆，涂得多叫浓妆，即浓抹。　总：都，都是。　宜：适宜，适合。此指好看，美丽动人。

品鉴　宋神宗熙宁六年（公元1073年），苏轼出任杭州通判，写下了许多描写西湖美景的诗篇。《饮湖上初晴后雨》共两首，这是其中一首。诗歌描画了晴天和雨天西湖的湖光山色，赞叹西湖天然之美，是历代吟咏西湖景致最好的一首。

"欲把西湖比西子，淡妆浓抹总相宜"。大意是：越国美女西施天生丽质，不论是淡扫蛾眉，还是浓施粉黛，都是那么楚楚动人，仪态万千；西湖的风光就像西施一样，无论是晴和的天气，水光潋滟，还是雨中的景色，山色空蒙，同样是千姿百态，美丽迷人，令人流连忘返。

诗人用拟人化的手法描写西湖景色的美丽动人，非常成功。西施是一位绝代佳人，以绝代佳人之美，比喻西湖随物赋形，气象万千之美，想象新颖奇特，别开生面。用美人西施比喻西湖，苏轼也是有史以来第一人。这种比拟，将西湖难摹之景，状于目前，形神兼备，妙绝古今，堪称千古神来之笔。不仅体现了西湖胜景的佳丽无双，而且利用西施之美来为湖山增色，异常奇妙、生动，也达到了增强诗的艺术表现力的效果。

而且，在美丽的诗意中，诗人将西湖之色、西施之容完全融于一体，已经分不清何谓西湖，何谓西施了。不知是美丽的西湖激发了诗人的灵感，还是西施的美丽使他想到了西湖的湖光山色。总之，这本来没有联系的两件事情，经诗人艺术地联系在一起，立即产生了奇妙的联想和想象，使人们对西湖的天然之美，有了更深的领悟。所以此诗一出，西湖远近闻名，西湖也因此获得了"西子湖"的美称。

除了艺术上的美妙之外，这两句诗还深蕴着一种美学认识的道理：美在自身，美在本质，美在天然。本质是起决定作用的。而外在的打扮是次要的。所以，本身美的东西，不打扮是美的，打扮出来更加美丽。犹如绝代佳人西施一样，"淡妆"也好，"浓妆"也好，都是好看的、美丽动人的。

宋代武衍在《正月二日泛舟湖上》一诗中写道："除却淡妆浓抹句，更将何语比西湖。"将苏轼的比喻赞誉为吟咏西湖的千古绝唱，并非过誉之辞。

357 人生到处知何似？应似飞鸿踏雪泥。

注释：

1. 选自北宋苏轼《和子由渑池怀旧》诗："人生到处知何似？应似飞鸿踏雪泥。泥上偶然留指爪，鸿飞那复计东西。老僧已死成新塔，坏壁无由见旧题。往日崎岖还记否，路长人困蹇驴嘶。"
2. 何似：指人生像什么。
3. 鸿：鸿雁，大雁。羽毛褐色，腹部白色，嘴扁平，群居在水边，飞行时排列成行。　雪泥：雪后的泥地。

品鉴　这是苏轼回赠弟弟苏辙诗《怀渑池寄子瞻兄》而写的一首诗。苏辙曾被委为渑池县主簿，未到任便中了进士，因此对渑池有一种特殊的感情。他在诗里说："曾为县吏民知否？旧宿僧房壁共题"。颇有怀旧的情怀。苏轼依照苏辙的原韵和了这首诗，全诗写对往事的一段回忆，并在开头四句发表了一段议论。

"人生到处知何似？应似飞鸿踏雪泥"。大意是：人生行踪不定，像什么呢？多像一只鸿雁啊！鸿雁冬天到南方越冬，夏天回到北方生养，飞来飞去，不断地迁徙着。人们或为了谋生，或为了读书、应举，或为了经商做生意，也在东奔西走，不停地流动着；即使偶然在某个地方栖息一下，像鸿雁一样，转眼间又飞走了。只有脚爪踏在雪泥上，无意中留下了一点痕迹，然而这点痕迹，也会很快在风雪中消逝的。

这两句诗不仅形象地说明了人生飘忽不定的暂时性和流动性，也反映了诗人行踪不定，东奔西忙的令人难忘的往事和回忆。寄意深沉，比喻新颖，含有人生理趣。因此，"雪泥鸿爪"的比喻很快便传扬开来。此后，逐渐演变成了人们惯用的成语。

358 黑云翻墨未遮山，
白雨跳珠乱入船。

注释：
1. 选自北宋苏轼《六月二十七日望湖楼醉书》五首中的第一首："黑云翻墨未遮山，白雨跳珠乱入船。卷地风来忽吹散，望湖楼下水如天。"六月二十七日：熙宁五年（公元1072年）的六月二十七日。 望湖楼：又名看经楼、先德楼。在今浙江省杭州市钱塘门外西湖边。 醉书：酒醉以后写的。
2. 翻墨：形容黑云像打翻了的墨汁。
3. 跳珠：形容白色的雨点溅在湖面上如同晶莹的珠玉在跳动。乱：纷乱。

品鉴 宋神宗熙宁五年（公元1072年）六月二十七日，苏轼时任杭州通判，乘船游览西湖，突然风雨大作，诗人见湖光山色神奇美妙，提笔写了这首描写西湖夏日急雨的名篇。

"黑云翻墨未遮山，白雨跳珠乱入船"两句，描写夏天西湖风雨变幻的奇妙景象，十分生动形象。大意是：坐船游览到望湖楼下时，暴雨将至，天色阴沉，只见天边一团团乌云翻滚着，如同泼翻的墨汁，向湖上奔涌而来，天空霎时昏暗一片，而远处的青山却依然映着日光，未被黑云遮住；湖面上，倾盆大雨骤然落下。白亮亮的雨点，像千万颗晶莹剔透的珍珠一齐撒下，狂乱地打在船板上，发出乒乒乓乓的声响，并在湖面上溅起无数的水花。

诗人用"墨"字形容乌云，极言其黑，用"翻"字描摹乌云滚滚、来势凶猛的情态，用"珠"字状写雨滴之明亮耀眼，用"跳"字表现雨点迸飞溅落之纷乱，准确传神，充满动感，将一场突如其来的暴雨描画得惟妙惟肖，神韵盎然，使人如亲历其境，亲见其状，也经历了一场暴风雨的洗礼一般。

这场暴风雨飘忽而来，倏忽而逝，转眼就收场了。墨云、白雨荡然无存。雨后的西湖，天朗朗，水清清，又恢复了清新、明净的美丽面容。

这是一首描摹自然，写景状物十分精彩的诗篇。

但是，有人从另外一个角度理解，认为它含蕴着诗人对人生世事的哲理认识，也有一定道理：诗人政治上反对王安石的变法，和保守派站在一起，被贬谪到地方为官。当王安石罢相，保守派得势时，诗人又主张保留变法中行之有效的部分，因而又遭到保守派的排斥，被贬到更僻远的地方为官。可以说诗人前前后后经历了无数次政治上的暴风骤雨。但诗人始终如一地坚持认为，无论是政治上的暴风雨，还是个人境遇的坎坷，都是暂时的，最后必然回复到澄清的本源上去。这就是诗人受自然现象的启发，在这首诗里所要传达的理趣了。

359 天外黑风吹海立，浙东飞雨过江来。

注释：

1. 选自北宋苏轼《有美堂暴雨》诗："游人脚底一声雷，满座顽云拨不开。天外黑风吹海立，浙东飞雨过江来。十分潋滟金尊凸，千杖敲铿羯鼓催。唤起谪仙泉洒面，倒倾鲛室泻琼瑰。"有美堂：故址在今浙江省杭州市西湖东南面的吴山上。为宋仁宗嘉祐年间杭州刺史梅挚所建。

2. 浙东：古代以钱塘江为界，将浙江分为浙东和浙西。钱塘江以东为浙东，以西为浙西。杭州在西岸，属浙西。

品鉴 这首诗是苏轼于熙宁六年（公元1073年）任杭州通判时写的。诗人一日游有美堂，忽遇暴雨，一时间天昏地暗，雷鸣电闪，风狂雨骤，于是捉笔记录下了这一自然界的壮观景象。

"天外黑风吹海立，浙东飞雨过江来"两句，描写暴雨突来，风起云涌，形象逼真。大意是：长风劲吹，天空中黑云翻滚，豆大的雨点，借着风势，从浙东横扫过来，其声势之大，仿佛海水被卷到天上，排空而下,一霎时天昏地暗,连风都变成黑色的了。

诗人饱蘸浓墨,以奇妙的想象,夸张的语言,连用"飞""过""来"三个动词,大笔勾勒浪浪天风,猛雨过江的景象,显现其倾天泼海之势,表现了大自然雄奇壮健的力和美,气势奔放,读之令人有目眩神摇之感。

360 竹外桃花三两枝,春江水暖鸭先知。

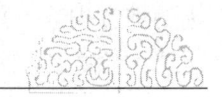

注释:

1. 选自北宋苏轼《惠崇〈春江晓景〉》诗:"竹外桃花三两枝,春江水暖鸭先知。蒌蒿满地芦芽短,正是河豚欲上时。"惠崇:宋初"九僧"之一,建阳(今福建省建阳市)人,能诗善画,尤工小景,善画鹅、鸭、鹭鸶等。《春江晓景》,又作《春江晚景》,共两幅,是惠崇有名的春光小景画。
2. 竹外:竹丛外。 外:旁边。 两三枝:是约数,形容不多,稀疏。
3. 鸭先知:鸭子常在水中生活,故能率先感知春天的信息——江水回暖。是一种物候现象。

品鉴　　这是苏轼为僧人惠崇《春江晓景》而作的一首题画诗。惠崇是当时著名画家,《春江晓景》是他的作品,共两幅。苏轼题画的这幅,又称《鸭戏图》。画没有流传下来,而苏轼的诗却流传万口,家喻户晓,比崇惠的画更加有名气。

"竹外桃花三两枝,春江水暖鸭先知"。大意是:一丛丛翠竹泛着春色,青绿如染,竹林之外,有两三枝桃花绽开了花蕾,灼灼桃花分外鲜艳,给人带来了早春的气息;春江之水潺潺流动,一群鸭子在水中嬉戏,自由自在地游来游去,江水开始变暖,戏水的鸭子最先感受到春天的气息。

苏轼这首题画诗,诗中有画,再现了惠崇的优美画面,是一篇诗与画浑然一体的佳作:前一句写背景景物,点出画面的诗意和静态美;后一句写前景景物,增强了画面诗意的效果和动态美。诗人忠实地摹写画面,但又不完全拘泥于画面。他十分注意用诗的语言去丰富画面的语言,用诗的意境去丰富画面的意境,充分体现了他一贯倡导的"画中有诗"、"诗中有画"的艺术创作特点。

诗人体物深刻,在景物描绘中注入自己理性的思考。因此,我们欣赏这两句诗时,还能从中得到一些哲理的启示:一,只有深入实际生活,获得第一手资料,才能准确认识和把握事物的变化和发展,作出正确的判断和决定。因为认识事物,总是要先经过实践以后,如"鸭"戏水一样,有了感性经验,即感性认识,才能由此及彼,由表及里,上升到理性认识。二,对事物应有敏锐的观察,要有先于他人的体验和发现,如"鸭先知"一样,才能及时地抓住先机,处于主动,走在事物和形势发展的前面。

361 人似秋鸿来有信,事如春梦了无痕。

注释:

1. 选自北宋苏轼《正月二十日与潘、郭二生出郊寻春,忽记去年是日同至女王城作诗,乃和前韵》诗:"东风未肯入东门,走马还寻去岁村。人似秋鸿来有信,事如春梦了无痕。江城白酒三杯酽,野老苍颜一笑温。已约年年为此会,故人不用赋《招魂》。"潘、郭:苏轼在黄州结交的朋友。　寻春:寻找春的踪迹,春游。和前韵:用去年写诗的诗韵写诗。
2. 秋鸿:鸿雁是候鸟,秋天自北飞南,故称秋鸿。它是按一定季节飞到南方的。

品鉴　宋神宗元丰三年(公元1080年)二月,苏轼贬官到黄州,一住5年,写了许多流传千古的名篇。政治上的失意,带来了创作上的丰收。这首诗就是苏轼在黄州,和他结识的新朋友潘大临、郭遘、古道耕等人到城外女王城踏春,写下的一首诗。

"人似秋鸿来有信,事如春梦了无痕"。大意是:今年的春天,我和朋友们像秋鸿每年南飞一样，又相约来到女王城春游；去年游历过的痕迹，今天还能留下什么呢？回首往事，缥缥缈缈，犹如一场春梦，梦醒了，梦中的一切也没了，连一丝痕迹也没有留下来。

一年一度的春游，在相同的日子游相同的地方，本是一件很平常的事情。但诗人却诗思丰富，高人一筹，善于通过巧妙的比喻，化平常为神奇，赋予其浓郁的抒情意味。鸿雁的来去漂泊，同时还寄寓了诗人的感慨，暗示了诗人频繁贬官迁谪的不幸遭遇。因此读这两句诗，从中能够体味到，诗人不仅在指说一件事，而是概括了他的许多往事、许多的坎坷和不幸。而且正是在这许多往事、许多坎坷和不幸的背景下，显示出了他旷达的情怀和傲岸不羁的品行。所以，这两句诗是诗中的警策。

诗句对偶工整，语言恰切。特别是比喻的运用，把抽象的事物塑造成了美妙的具体的形象，大大增强了艺术感染力。

362 寒心未肯随春态，酒晕无端上玉肌。

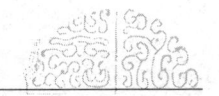

注释：

1. 选自北宋苏轼《红梅》诗："怕愁贪睡独开迟，自恐冰容不入时。故作小红桃杏色，尚余孤瘦雪霜姿。寒心未肯随春态，酒晕无端上玉肌。诗老不知梅格在，更看绿叶与青枝。"
2. 寒心：岁寒之心。借指人的操守。古人称松、竹、梅为"岁寒三友"。 随春态：指趋附时势，随着春天的到来而开放花朵。
3. 无端：无缘无故，没来由。玉肌：白玉般的肌肤。指白色的花瓣。

品鉴 这是诗人描写红梅的一首著名诗篇。梅花枝干瘦劲，花瓣娇美，灿然开放于冰雪严寒之中，象征着一种气节。而苏轼这首咏梅诗，就是借梅花的气节来展示自己清高而不孤介，高尚而又襟怀坦荡的品行和操守。

"寒心未肯随春态，酒晕无端上玉肌"。大意是：红梅具有一颗岁寒之心，众多植物在霜雪中枯萎凋残的时候，它仍在冰雪中傲寒开放，而春天到来，百花盛开的时候，它却特立独行，退居一旁，不愿与春花争妍斗艳；梅花本是白色的，现在成了红色，仿佛是微醉的少女，酒晕泛上了她的面容。

这两句诗，言外之意，味外之旨丰富，蕴有多层含义。因此，仅从字面上来理解是远远不够的。

首先，梅花的红色，并非梅花的本色，而是后来无端染上去的。但是，外表虽然染红了，艳如桃李，本性却仍然是梅，它的瘦劲的枝干，在冰天雪地里亭亭独立，显示出它孤傲的品格，冰清玉洁的姿容，和傲岸不屈的风姿。诗人因此告诉人们，认识红梅，不应该看其现象，而应该看其本质。

其次，红梅虽然内在的本性是梅，决定了它有骨气，有气节，然而它外表的形状颜色，却是非常的随和，与大众融为一片，不像白梅那样孤傲清奇。所以，它是那种外表随和而实际上意志刚强，能坚持操守和品性的一类人。

第三，红梅不肯跟随百花去凑春天的热闹，却自甘寂寞。从古代的道德标准衡量，就是"不汲汲于富贵，不戚戚于贫贱"，"达则兼济天下，穷则独善其身"的君子。

从以上分析可以看出，苏轼这首《红梅》诗，着力刻画的是梅花的精神，梅花的品性，诗中的梅花已经完全人格化了。梅花所展示的内心精神和品格，其实就是诗人自己的情怀和内心世界。

363 春宵一刻值千金，花有清香月有阴。

注释：

1. 选自北宋苏轼《春宵》诗："春宵一刻值千金，花有清香月有阴。歌管楼台声细细，秋千院落夜沉沉。"
2. 春宵：春夜。一刻：一忽儿。刻：古代计时单位，一昼夜为一百刻。
3. 阴：阴影。指清冷的月光。

品鉴　这是苏轼描写春夜景色的一首小诗,抒写诗人珍惜良宵美景的心情。

"春宵一刻值千金,花有清香月有阴"。大意是:春天的夜晚,花开了,花的清香在朦胧的月光中流散,随风扑面袭来,令人陶醉;美丽的月亮上面,有传说中嫦娥、桂树留下的阴影,这样的良宵美景让人十分珍惜,乐而忘返,真是一刻值千金啊!

优美的诗意,美感怡人,令人陶醉。这两句诗和诗人另一联名句"此生此夜不长好,明月明年何处看"一样,含蓄蕴藉,声调谐婉,有一种动人心神的艺术力量。

364　一年好景君须记,正是橙黄橘绿时。

注释:
1. 选自北宋苏轼《赠刘景文》诗:"荷尽已无擎雨盖,菊残犹有傲霜枝。一年好景君须记,正是橙黄橘绿时。"刘景文:即刘季孙,字景文。宋开封祥符(今河南省开封市)人,曾任两浙兵马都监,驻杭州。苏轼知杭州时,与他有诗文交往,交谊颇深,并称他为"慷慨奇士",将之比作孔融。
2. 橙、橘:即橙子和橘子。　黄、绿:指橙子、橘子快要成熟时黄绿相间的色彩。橙黄橘绿:比喻大好风光美景。

品鉴　这是一首吟咏初冬景物的小诗,作于元祐五年(公元1090年),苏轼知杭州时。

"一年好景君须记,正是橙黄橘绿时"。大意是:夏日的荷花开败了,秋天的菊花凋残了,这些都不要紧,它们毕竟都过时了,不得不让位了,初冬时节,橙黄橘绿,生机勃发,它所呈现出来的成熟和丰硕之美,才是一年之中最美好的风景!

初冬天气,能让人感到生机盎然的,当是"橙黄橘绿"了。橙橘在寒冬中生枝结子，是一种生命力的象征。橙橘那种"经冬犹绿林""自有岁寒心"的坚贞节操，可与松柏媲美，更是荷花、菊花比不上的了。

诗人赞美橙橘，实是借物喻人，赞颂刘景文的品格和节操，表达对他的仰慕和期望。而且诗人还独具只眼，把人们眼中最为萧条肃杀的冬天写得生意饱满，充满诗情画意，给人一种积极向上的精神力量。诗句融写景、咏物、赞人于一体，别开生面，言近旨远，含意丰富，品之如嚼橄榄，寻味无穷。

365 只恐夜深花睡去，故烧高烛照红妆。

注释：

1. 选自北宋苏轼《海棠》诗："东风袅袅泛崇光，香雾空蒙月转廊。只恐夜深花睡去，故烧高烛照红妆。"
2. 红妆：此指红色的海棠花。

品鉴　这首《海棠》诗，是苏轼元丰三年（公元1080年）贬谪到黄州后写的。当时，他住的院子里有一株海棠，幽居独处，被诗人目为知己，数次为之赋诗。这是其中的一首。

"只恐夜深花睡去，故烧高烛照红妆"两句，用拟人化的手法，夸张的描写，形象化的动作，开拓出了一种优美动人的艺术境界。大意是：担心面前的这株海棠会像人一样，因夜深而睡去，所以，特意点燃高大的蜡烛，照亮她艳丽的红妆，帮她打起精神来，不致像贵妃一样睡着了。

据《明皇杂录》记载：一天，唐明皇来到沉香亭，要召见杨贵妃，哪知她昨晚多喝了几杯，不胜酒力，一宿未醒。等到高力士和侍女们把她扶来拜见时，犹自醉颜残妆，鬓乱钗横，站立不稳。唐明皇爱怜地笑道："岂是妃子醉耶？此海棠睡未足耳。"

诗人借用了这一段贵妃醉酒的故事，以花喻人，形容海棠花有像杨贵妃一样娇艳华贵的素质，美丽动人，惹人爱怜。这里，"人"和"花"，情和景融为一体，情融于景，寄托了诗人深切的惜春爱花之情。

这两句诗，造语工巧，想象奇妙，感情真诚，构思别致，历来脍炙人口。

366 此生此夜不长好，明月明年何处看！

注释：

选自北宋苏轼《阳关》三首之一："暮云收尽溢清寒，银汉无声转玉盘。此生此夜不长好，明月明年何处看！"

品鉴 北宋熙宁十年（公元1077年）中秋节，苏轼时任徐州知州，赏月时，想到18年前的中秋月圆之时，与弟弟苏辙一起团聚赏月，写了三首《彭城观月诗》，并在诗下自述说："余十八年前中秋与子由观月彭城作此诗，以阳关歌之。"这是其中一首。

"此生此夜不长好，明月明年何处看"两句，诗人感叹贬谪不断，宦游四方，与弟弟苏辙（子由）中秋团聚赏月，饮酒吟诗的机会太少了。大意是：我一生当中，与弟弟中秋相聚，赏月赋诗，在一起度过这样一个快乐夜晚的机会不是常有的；我仕途奔波，东奔西走，明年中秋的月亮，还不知道又将在什么地方观赏呢！

中秋月圆，年年如斯，但赏月的地点却年年不同。诗人由此感慨万端，对未来的命运心存疑虑，不知此生最终将走向何方。他所能做的，唯有一声沉重的叹息。

诗句言外有意，诗外有味，韵味无穷。诗人梅尧臣主张写诗应该"含不尽之意见于言外"，苏轼这两句诗正符合这样的要求。

367 有情芍药含春泪，无力蔷薇卧晓枝。

作者简介：

秦观（公元1049年~1100年）字少游，一字太虚，号淮海居士，高邮（今江苏省高邮市）人。北宋词人。神宗元丰八年（公元1085年）进士。曾任太学博士、秘书省正字、国史院编修等职。绍圣元年（公元1094年）因受党争牵连，先后贬郴州、横州、雷州等地。文辞为苏轼所赏识，是"苏门四学士"之一。其词音律谐美，意蕴含蓄，情韵兼胜，格调和雅。前期词作以追怀个人旖旎生活和抒写离愁别恨为主，风格近似柳永。贬官后的词作，抒写政治上遭遇挫折后的痛苦心情，情调感伤，风格接近李煜。是婉约派的重要词人之一。亦写诗，但没有词的成就高。有《淮海集》传世。

注释：
1. 选自北宋秦观《春日》诗："一夕轻雷落万丝，霁光浮瓦碧参差。有情芍药含春泪，无力蔷薇卧晓枝。"
2. 芍药：草本植物。花大而美丽，有紫红、粉红、白等颜色。供观赏。根可入药。
   春泪：指花上未干的雨珠。
3. 蔷薇：灌木，枝条上密生小刺，花白色或淡红色，有芳香。

品鉴 这首诗细腻传神地描摹了庭园一角千娇百媚的芍药和蔷薇，清新婉丽，轻柔迷人，十分受人喜爱。

"有情芍药含春泪，无力蔷薇卧晓枝"。大意是：那一株株芍药花，灿然盛开，花苞上滚动着晶莹的雨珠，好像多情人眼里含着的泪珠，凄艳欲绝；柔美的蔷薇花攀枝蔓延，有如娇弱无力的美人一样，依偎在晨曦初照的花枝上，百媚丛生。

诗人用拟人的手法，赋予芍药和蔷薇人的情态，收到情景相生的艺术效果。用字精巧，形象生动。如"春""晓"二字，渲染出一种宁静的气氛，烘托了景物，使全诗富有浓郁的诗情画意。又如"含""卧"二字，不仅刻画了芍药、蔷薇雨后的娇弱状态，也传达出了它们淡淡的愁绪。由于诗人把握住了事物的内在精神，状写花草情态，能够准确地传达出它们的神韵来。

金代元好问的《论诗绝句》以此诗为秦观诗风的代表，并将它与唐代韩愈的《山石》诗相比，评论道："'有情芍药含春泪，无力蔷薇卧晓枝'，拈出退之山石句，始知渠是女郎诗。"认为秦观这首诗颇有女孩儿情态。

368 林梢一抹青如画，
应是淮流转处山。

注释：

1. 选自北宋秦观《泗州东城晚望》诗："渺渺孤城白水环，舳舻人语夕霏间。林梢一抹青如画，应是淮流转处山。"泗州：今安徽省泗县。
2. 林梢：树林的顶端。
3. 淮流：淮河流水。

品鉴 这是一首写景诗。诗人以绘画的笔法入诗，写得诗中有画，画中有诗，构思巧妙，意境优美。

"林梢一抹青如画，应是淮流转处山"。大意是：站在泗州城楼上，极目远眺，烟霭中淮河像一条蜿蜒的白带，静静地流向远方；远处是一片丛林，丛林的尽头一抹淡淡的青色，像用彩笔画出来的一样，那里就是淮水转弯处的山边吧。

诗人以树林作陪衬，写出林后天际的一抹青色，暗示了远处青山的存在，并通过"应是淮流转处山"一句，让人想象到渺渺淮水转过青山流向远方的画面，不仅画意十足，而且婉曲回环，意于画外，令人神驰遐想。

369 桃李春风一杯酒，
江湖夜雨十年灯。

作者简介：

黄庭坚（公元1045年～1105年）字鲁直，号山谷道人，又号涪翁。洪州分宁（今江西省修水县）人。宋英宗治平四年（公元1067年）进士。曾任叶县（今河南省）尉、秘书丞、国史编修等职。新党执政贬为涪州（今重庆市涪陵区）别驾。复职不久，又以"不实"之罪贬往宜州（今属广西宜州）。与秦观、张耒、晁补之合称"苏门四学士"。其诗与苏轼齐名，并称"苏黄"。在诗歌理论上，反对西昆体，提倡学习杜甫、白居易、韩愈。因过分强调书本知识和形式技巧，给人以华而不实、文浮于意的感觉。讲究炼字造句，主张字字有来历，提倡"夺胎换骨""点铁成金"等创作手法，后来成为江西诗派的创作纲领。诗风生新瘦硬。亦工词，词风豪放疏宕，接近苏轼。书法与苏轼、米芾、蔡襄并列为北宋四大家。有《山谷集》《松风阁诗》及词集《山谷琴趣外篇》传世。

注释：

1. 选自北宋黄庭坚《寄黄几复》诗："我居北海君南海，寄雁传书谢不能。桃李春风一杯酒，江湖夜雨十年灯。持家但有四立壁，治病不蕲三折肱。想得读书头已白，隔溪猿哭瘴溪藤。"黄几复：名介，江西人，黄庭坚的同乡，他们在少年时就有了交谊。
2. 江湖夜雨：黄庭坚在山东德平，地近黄海，黄几复在广州四会，地近南海，所以有"江湖夜雨"之说。
3. 十年：黄庭坚与黄几复于熙宁九年（公元1076年）同科进士。京城欢聚之后，一别就是十年。

品鉴　　这是黄庭坚写的一篇怀念友人黄几复的诗。宋神宗元丰八年（公元1085年），黄几复在广州四会县做县令，黄庭坚在山东德州德平镇做官。地阔天长，二人好久不通音讯了，诗人于是写了这首诗，表达对朋友的深切怀念，是诗人有名的诗篇之一。

"桃李春风一杯酒，江湖夜雨十年灯"两句，写朋友之间欢聚的时间短，离别的时间长。大意是：记得那年春天，桃李在春风中盛开，春光是那样美好，我们一同看花饮酒，意气风发，多么快乐！不过我们欢聚的时间太短暂了；分别以后，天各一方，再没有机会见面，十多年来，多少个江湖风雨之夜，我对着一盏孤灯，思念朋友，辗转难眠啊！

前一句回溯过去聚会一起的欢乐时光，后一句形容别后漂泊的生活，聚短别长，形成鲜明的对比，引发深切的思念之情。诗句中，六个名词，六个意象：桃李、春风、一杯酒、江湖、夜雨、十年灯，无一个动词。这六个意象相互对照、融合、营造出特定的景象和诗的意境,具有很强的艺术感染力。

这两句诗内容丰富,形象鲜明,语言简练,健劲有力,是诗人千古传诵的名句。

370 落木千山天远大,
澄江一道月分明。

注释:

1. 选自北宋黄庭坚《登快阁》诗:"痴儿了却公家事,快阁东西倚晚晴。落木千山天远大,澄江一道月分明。朱弦已为佳人绝,青眼聊因美酒横。万里归船弄长笛,此心吾与白鸥盟。"
2. 快阁:在江西省太和县(今改名泰和县)。据《清一统志·吉安府二》载:快阁"在太和县治东澄江(即赣江)之上,以江山广远、景物清华得名。"
3. 澄江:双关语。它是水名,快阁即在其上;也是清澈平静的江。

品鉴

宋神宗元丰五年(公元1082年),黄庭坚任吉州太和县令时,常于黄昏时登上快阁亭赏景。这首诗就是诗人于清秋之际,登临快阁游览,徘徊瞻眺写的一首诗。

"落木千山天远大,澄江一道月分明"两句,描绘了江山壮美的景色和诗人自甘寂寞的心情。大意是:一个清秋的黄昏,诗人登高远望,树木的叶子已经脱落,天高地远,山势连绵,一直伸到天地的尽头;天上一轮皎洁的秋月,静静地照在水里,水波微动,发出银白色的光波,格外澄澈秀美。

这两句诗描写晚晴的景色,境界远大,意象优美,犹如在我们面前展开了一幅境界辽阔的水墨画。诗人用字洗练,意态闲淡,显示出诗人登临时百虑尽消,旷达自适的胸怀。

371 四顾山光接水光，
凭栏十里芰荷香。

注释：

1. 选自北宋黄庭坚《鄂州南楼书事》四首中的第一首："四顾山光接水光，凭栏十里芰荷香。清风明月无人管，并作南来一楼凉。"鄂州：今湖北省鄂州市。　南楼：东晋征西将军庾亮镇守鄂州时，曾登城南楼观赏风光。后人于鄂州复建一南楼纪念庾亮。
2. 凭栏：凭倚着栏杆，此指凭栏远眺。
3. 芰：菱角。荷：荷花。菱花常与荷花间杂开在水面，菱花亦有清香。

品鉴　　黄庭坚贬官江陵，寓居鄂州后，曾登南楼观赏风景，写下了一组诗，这是其中第一首。

"四顾山光接水光，凭栏十里芰荷香"两句，写大自然的美景，境界壮阔，气象不凡。大意是：登上南楼，凭栏眺望，皓月当空，朗照千里，山川相缪，山光与水光相接；朦胧月光之下，十里风荷，清香四溢，一派美好风光。

鄂州的夜晚，有山水之光，有芳香之味，风神摇曳，韵味悠远，充满诗情画意，传达出了月下景物的特殊魅力。

372 晴天摇动清江底，
晚日浮沉急浪中。

作者简介：

陈师道（公元1053年～1102年）字履常，一字无己，号后山居士，彭城（今江苏省徐州市）人。北宋诗人。先后任太学博士、秘书省正字等职。一生政治失意，生活贫困潦倒。诗学黄庭坚，后致力于学杜甫，是江西派重要诗人之一。其诗反映社会生活不够深广，喜欢苦吟，有"闭门觅句陈无己"之称。一些描写夫妻、父子之情的作品，语言自然，感情真切，文风朴实，如《别三子》《示三子》等，颇似杜甫。亦能词。存词近50首，多写男女之情、咏物之作，很少用典。有《后山居士文集》。

注释：

选自北宋陈师道《十七日观潮》诗三首中的第三首："漫漫平沙走白虹，瑶台失手玉杯空。晴天摇动清江底，晚日浮沉急浪中。"十七日：农历八月十七日。　观潮：钱塘江潮八月最大。

品鉴　这首诗形象地描绘了钱塘江八月大潮的壮观景象。钱塘江潮，农历八月最为壮观。由于其景象雄浑，气势磅礴，古往今来引来了众多文人墨客的观赏和赞美，留下了许多脍炙人口的诗章。

"晴天摇动清江底，晚日浮沉急浪中"。大意是：大潮层层叠叠地奔涌来了，江面广阔浩渺，水天相接，偌大的天宇在江底摇动；红红的太阳在水中浮沉，时时出没于湍急的波涛之中。

诗人采用夸张的手法，描写晴天落入江底，夕阳在水中浮沉的壮观景象，不直接说潮水的奔腾之势而奔腾之势自现，不直接说江面宽广而江面宽广自明。境界开阔，描写真实，再现了钱塘大潮的磅礴气势，令人有身在其间的感觉。

373　满城风雨近重阳，
　　　无奈黄花恼意香。

作者简介：

　　谢逸（？～1113年）字无逸，号溪堂，临川（今江西省抚州市）人。北宋诗人。屡试不第，终身为布衣。以诗文自娱，名列江西诗派中。其诗轻快活泼，为黄庭坚所称赏。曾作蝴蝶诗300多首，颇多佳句，人称"谢蝴蝶"。亦工词，多为写景抒情之作，风格清丽。存词60余首。有《溪堂集》《溪堂词》传世。

注释：

1. 选自北宋诗人谢逸《悼念亡友》诗："满城风雨近重阳，无奈黄花恼意香。雪浪翻天迷赤壁，令人西望忆潘郎。"

2. 满城风雨近重阳：诗人潘大临的诗句，系作者原句引用。重阳：中国旧历的九月九日。这一天，古人有登高，佩戴茱萸，以祛邪避恶的风俗。

品鉴　　这是谢逸为悼念亡友潘大临而写的一首诗，第一句引用了潘大临的名句"满城风雨近重阳"原句，表达对朋友的深切怀念之情。

"满城风雨近重阳，无奈黄花恼意香"。大意是：重阳节临近了，又到了登高游览，佩戴茱萸的时候，可是秋风夹着细雨，整个城市湿漉漉的，笼罩在风雨之中；而菊花迎着风雨盛开，飘来一阵阵清幽的香气，让人感到一种无可奈何的烦恼。

据记载：谢逸与诗人潘大临友善，二人常有诗歌唱和。潘大临善于写诗，佳句也比较多。一日，谢逸致信问候潘大临："近日曾作诗否？"潘大临遂告之曰："金秋三月，天高地迥，山紫水清，处处都能动人诗情。昨日闻风雨之声，捉笔得'满城风雨近重阳'之句，不料催租人骤至，令人意败，无法续写，故仅以一句奉寄。"

谢逸收到回函后，反复吟诵这一句诗"满城风雨近重阳"，连声叫好。著名诗人吕居仁见了，亦称赞不已。不久，潘大临病逝，谢逸遂以此一句诗开头，写了这首诗，以表达对亡友的深切怀念。

374　蝶衣晒粉花枝舞，
　　　蛛网添丝屋角晴。

作者简介：

张耒（公元1054年～1114年）字文潜，号柯山，楚州淮阴（今属江苏）人。北宋诗人。13岁能文，为"苏门四学士"之一。熙宁进士。曾任起居舍人、太常少卿等职。居官清廉。因与苏轼关系密切，屡遭贬谪。诗受白居易、张籍等人影响，反对雕琢，崇尚自然。其诗较多地反映了人民生活，对社会矛盾的揭露也比较深刻，如《和晁应之〈悯农〉》诗反映了北宋末年官逼民反的社会现实。《劳歌》《大雪歌》等，表现了对劳动人民的深切同情。语言朴实平易，自然舒坦。有《张右史文集》（又名《柯山集》）

传世。

注释：

1. 选自北宋张耒《夏日》三首中的第一首："长夏江村风日清，檐牙燕雀已生成。蝶衣晒粉花枝舞，蛛网添丝屋角晴。落落疏帘邀月影，嘈嘈虚枕纳溪声。久斑两鬓如霜雪，直欲樵渔过此生。"
2. 蝶衣：蝴蝶的翅膀。 粉：指蝴蝶翅上的粉状物质。
3. 蛛网添丝：蜘蛛在添丝补网。

品鉴

这首诗是诗人罢官闲居乡里之作，细腻地描写了江村夏日静谧恬淡的感受，表明了诗人对田园生活的向往。

"蝶衣晒粉花枝舞，蛛网添丝屋角晴"两句，写诗人在江村白天看到的景象。大意是：江村天气晴和，蝴蝶停在花枝上，悠闲地展开翅膀，在阳光下晒一晒自己身上的蝶粉；蜘蛛躲在屋子幽暗的角落里，在那儿静悄悄地忙碌着，不停地添丝补网。

粉蝶晒衣，蜘蛛补网，一静一动，有色有景，都落在了一个"静"字上。这种静极之状，又自然而然反映了诗人心境的宁静平和。诗人离开官场，深感江村清静环境的可爱宜人，所以诗的最后一句很自然地表达了向往渔樵归隐生活的念头。

这两句诗取材于江村自然景物，意到诗成，蕴藉闲远，细腻清新，别有神韵。诗风自然天成，所以北宋诗人晁补之评价说："君诗容易不著意，忽似春风开百花。"

375 隔水飞来鸿阵阔，
   趁潮归去橹声忙。

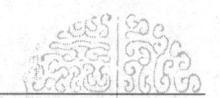

注释：

选自北宋张耒《秋日登海州乘槎亭》诗："海上西风八月凉，乘槎亭外水茫茫。人家日暖樵渔乐，山路秋晴松柏香。隔水飞来鸿阵阔，趁潮归去橹声忙。蓬莱方丈知何处？烟浪参差在夕阳。"海州：旧治在今江苏省北部灌云县境内。 乘槎亭：得名于八月海客乘槎的古代传说（见张华《博物志》）。

品鉴　这是一首登山观海的诗篇。宋哲宗绍圣（公元1094年～1098年）初年，张耒知润州（今江苏省镇江市），秋天，登海州乘槎亭游览。海州濒临黄海，诗人登高览胜，乘槎亭外，海天广阔，雁阵飞来，波涛万顷，诗兴勃发，写了这首著名的登临诗。

"隔水飞来鸿阵阔，趁潮归去橹声忙"两句，大笔描写远天的雁群和近海的舟船，境界壮阔。大意是：隔水飞来的"鸿阵"，在广阔的长空中慢慢移动，不断变换队形，愈来愈近；趁潮归去的船儿，忙着摇动橹桨，在风波浪中前行，一阵阵急促的摇橹声，见出船工们正在信心十足地与风浪进行搏斗。

诗人立足亭中，放眼海上，寥廓的长空，飞动的鸿阵，泛着白浪的海潮，舟工急促的橹声，构成了一幅水天相接，渔舟唱晚的水彩画，气象伟丽，引人入胜。

376　新月已生飞鸟外，落霞更在夕阳西。

注释：
选自北宋张耒《和周廉彦》诗："天光不动晚云垂，芳草初长衬马蹄。新月已生飞鸟外，落霞更在夕阳西。花开有客时携酒，门冷无车出畏泥。修禊洛滨期一醉，天津春浪绿浮堤。"

品鉴　这是一首和诗，描摹洛阳洛滨一带优美的暮色风光，抒写了诗人踏春赏玩自然景色的快乐心情。

"新月已生飞鸟外，落霞更在夕阳西"。大意是：夜幕开始徐徐降落下来，鸟儿在天空盘旋，飞鸟更远的天边，一弯新月已经升起来了；夕阳西下，金光四射，玫瑰色的落霞染红了西边的天际，像披上了五彩缤纷的锦绣彩绸，绚丽夺目，簇拥着血色的太阳，慢慢沉下西山。

这两句诗在景物描写上，将新月、落霞、夕阳、飞鸟四美俱陈，汇成一幅瑰丽美妙的黄昏景象。诗人采用了以小衬大的笔法,例如以飞鸟衬"新月",以夕阳衬"落霞",明快地传达出了自己对生活的美感体验。为避免单调、孤立的静态描写,大小景物均在动态中浮沉变幻,色相无穷,取得了特殊的艺术效果。

诗句笔意流动,景色绚烂,《童蒙诗训·张文潜诗》誉之为"自然奇逸,非他人所及",是当之无愧的。

377　学诗浑似学参禅。

作者简介:

　　吴可（生卒年不详）字思道,祖籍瓯宁（今福建省建瓯市）,生于金陵（今江苏省南京市）。北宋诗人。有诗名,曾受到苏轼等人赏识。大观三年（公元1109年）进士。宣和末年官至团练使。后乞闲散居,游于楚、豫之间,不知所终。论诗强调意、辞兼顾,提出"以意为主,辅之以华丽"的主张。批评晚唐诗"失之太巧,只务外华,而气弱格卑"。提倡学诗"以杜甫为体,以苏,黄为用"（以上引自吴可《藏海诗话》）。主张以禅喻诗,反对因袭模拟,蹈袭前人窠臼。有《藏海居士集》《藏海诗话》传世。

注释:

1. 选自北宋吴可《学诗》诗三首中的第一首:"学诗浑似学参禅,竹榻蒲团不计年。直待自家都了得,等闲拈出便超然。"此诗题共三首,第二首是:"学诗浑似学参禅,头上安头不足传。跳出少陵窠臼外,丈夫志气本冲天。"提倡创新,反对因袭模拟。"头上安头",指重复前人,因袭旧例,即使对杜诗,也要摆脱其局限。第三首是:"学诗浑似学参禅,自古圆成有几联？春草池塘一句子,惊天动地至今传。"标举"圆成",即功德圆满,要求达到晋代谢灵运《登池上楼》诗"池塘生春草,园柳变鸣禽"那样,清新自然,千古流传。
2. 浑似:十分相似,简直就是。　参禅:佛教禅宗修行方法,即依教坐禅,以求开悟。

品鉴　宋代佛学盛行,文人学士谈禅成风,影响到诗坛上,以禅语入诗和以禅喻诗成为做诗论诗的风尚。北宋著名诗人苏轼、黄庭坚都精通禅学。他们不仅在诗歌中突出地表现了禅语、禅趣的特色，而且在诗歌理论上也以禅喻诗。苏轼在《夜直玉堂携李之仪端叔诗百余首读至夜半书其后》诗云："暂借好诗消永夜，每逢佳处辄参禅。"又《赠参寥师》诗云："欲令诗语妙，无厌空且静。静故了群动，空故纳万境。"可见他对做诗赏诗，都是主张参悟的。黄庭坚《奉答谢公定与荣子邕论狄元规孙少述诗长韵》亦云："无人知句法，秋月自澄江。"也是表现禅趣的显著例子。但苏偏重禅悟，黄偏重律法，路径稍有不同。

吴可论诗上承苏轼，下启严羽，提倡以禅喻诗。他所著《藏海诗话》往往阐发苏轼的诗禅论，揭示了"凡作诗如参禅，须有悟门"的宗旨，将做诗和参禅的悟入进一步联系起来。

"学诗浑似学参禅"。大意是：学诗要像佛教徒参禅那样，经过长期修炼，功夫用到家，有了深切的心得体会，掌握了做诗的要领，即达到顿悟的境界，才能具备自家面目，信手写出，便成一首好诗。

吴可以禅论诗，要求脱出前人窠臼，具有自家面目，反对头上安头，陈陈相因的观点，影响很大，在当时就受到人们的广泛重视。很多人和他的《学诗》诗。江西派诗人曾几《读吕居仁旧诗有怀》云："学诗如参禅。"南宋诗人杨万里往往在七绝中以禅喻诗。葛天民《寄杨诚斋》诗云："参禅学诗无两法。"南宋诗人戴复古《论诗七绝》亦说："欲参诗律似参禅，妙趣不由文字传。"

南宋严羽《沧浪诗话》进一步提出"论诗如论禅"的主张，将"须有悟门"的观点再推进一步，从而提出了"妙悟"论。他的《沧浪诗话》就是一部以禅趣、禅理、禅语论述诗歌和品评诗人的著作。如"大抵禅道惟在妙悟，诗道亦在妙悟。""盛唐诸人惟在兴趣，羚羊挂角，无迹可求。故其妙处透彻玲珑，不可凑泊，如空中之音，相中之色，水中之月，镜中之像，言有尽而意无穷。"这里"镜中之像""水中之月"，都是从佛家《涅槃经》《大庄严经》《月上女经》里借用来的，用以说明诗中佳作并非刻意求工，斧凿而成，而是不粘不脱，若即若离，自然天成，如有神助。

以禅喻诗的方法经严羽提炼、升华，成为较全面的方法论。它强调诗要有意境，做到言有尽而意无穷，对于纠正理学家强调以诗表现义理心性，纠正江西诗派雕琢字句、逞才用事和大发议论等方面，起了积极作用。但它过分强调诗人从主观上找"悟门"，求"诗悟"，忽视诗人深入生活，观察生活的重要性，亦有其不足处。

以禅喻诗不同于以禅入诗，以禅入诗是直接以诗宣扬禅理，并无譬喻可言。

378 清溪流过碧山头，空水澄鲜一色秋。

作者简介：

程颢（公元1032年～1085年）字伯淳，学者称其为明道先生，洛阳（今河南省洛阳市）人。他与其弟程颐一起就学于周敦颐，为北宋理学的奠基者，世称"二程"。宋神宗时为太子中允、监察御史里行。因反对王安石变法，出京为镇宁军判官。他在洛阳讲学十多年，门庭若市，弟子众多。其学说后来为朱熹继承发展，后世称为"程朱学派"。著有《定性书》《识仁篇》，后人辑为《遗书》《文集》《经说》等。程颢诗作大都申述理学宗旨和描写山水闲居生活。

注释：

1. 选自北宋程颢《秋月》诗："清溪流过碧山头，空水澄鲜一色秋。隔断红尘三十里，白云红叶两悠悠。"
2. 碧山头：指山上树木葱茏、苍翠碧绿。
3. 空水：天空和溪中流水。 澄鲜：清澈明净。 一色秋：秋天里长空和流水同时清澈明净，一样颜色。这句意同唐代王勃《滕王阁序》："秋水共长天一色。"

品鉴 这首诗题作《秋月》，其实是写秋月照耀下的山中溪流。诗人以清丽细腻的笔触，描摹出溶溶的月光，碧蓝的山色，清澈的溪流，画出了一幅静悄悄、清幽幽的秋天夜景图。

"清溪流过碧山头，空水澄鲜一色秋"。大意是：一条弯弯曲曲的小溪流，从眼前流过，绕过林木茂盛的山头，流向邈远的地方；水流清澈见底，水草在溪流中摆动，像在洁净透明的空中飘浮一样，天空和溪流都是一色的清澈明净，构成清秋美丽爽心的色彩。

程颢虽是北宋著名的理学家,但这两句诗却写得贴近自然,清新宜人,细腻逼真,传达出了诗人对大自然的独特感受和体验,能激发人美的艺术想象。

379 春雨断桥人不度,小舟撑出柳阴来。

作者简介:

徐俯(生卒年不详),黄庭坚的外甥,早年做诗受黄庭坚影响,被吕本中列入《江西诗派宗社图》。晚年极力摆脱江西诗派艰深雕琢的藩篱,追求平易自然的诗风,写出了一些美妙动人的写景抒情小诗。

注释:

1. 选自北宋徐俯《春游湖》诗:"双飞燕子几时回?夹岸桃花蘸水开。春雨断桥人不度,小舟撑出柳阴来。"
2. 断桥:雨后河水上涨,把桥淹没了。 度:走过。

品鉴

这是一首描写春湖风景的清新朴实的小诗,写早春游湖的景象,目之所及,自成佳境,充分体现了诗人晚年的诗风。

"春雨断桥人不度,小舟撑出柳阴来"两句,写游湖遇雨水涨,路桥被淹没了的情景。大意是:雨后的春水漫过了桥头,桥被淹没了,不能通过,游览的路线被隔断了;此时,一叶小舟,正一篙撑出柳阴丛中,从空旷宁静的水面悠然驶来,接送游人。

诗人描写春雨断桥,使人想见水位上涨,湖上波平水满的情状;描写小舟撑出,使人感受到春水泛波,垂柳拂水的清幽情趣。诗句中无一字刻画湖光水色,却将满湖春色十二分地烘托了出来。

诗人赵鼎臣在《和默庵喜雨述怀》中曾评论这二句诗说:"解道春江断桥句,旧时闻说徐师川。"可见此二句在当时曾传诵一时。后来南宋词人张炎描写春水的《南浦》词,其中有"荒桥断浦,柳阴撑出扁舟小"的意境,明显是受徐俯这两句诗的影响,加以点化而来。只不过张炎更突出了以小衬大的手法,更强调了断桥的"荒"和扁舟的"小",与徐俯这两句诗一样,同样成了不朽的名句。

380 空嗟覆鼎误前朝,骨朽人间骂未销。

作者简介:

刘子翚(公元1101年~1147年)字彦冲,号病翁,崇安(今福建省武夷山市)人。宋代理学家,诗人。北宋末授承务郎,南宋初任兴化军通判。后因体弱多病归隐故乡屏山,讲学授徒,世称"屏山先生"。著名理学家朱熹为其学生。擅长散文,诗歌风格明朗豪爽,道学味不浓。所著《汴京记事》20首,追忆金兵入侵,中原沦陷,权奸误国,北宋灭亡的时事,充满忧愤之情。有《屏山集》传世。

注释:

1. 选自南宋刘子翚《汴京记事》诗:"空嗟覆鼎误前朝,骨朽人间骂未销。夜月池台王傅宅,春风杨柳太师桥。"汴京:北宋都城。又称东都。即今河南省开封市。
2. 空嗟:白白地叹息。 覆鼎:打翻宝鼎。这里指败坏国家大事的大臣(指太傅楚国公王黼和太师鲁国公蔡京等人)。 误:妨碍,使受……害。 前朝:指北宋王朝。
3. 骨朽:尸骨已经腐烂。 未销:没有消失。

品鉴 诗人深恶北宋末期奸臣当道,胡作非为,图谋私利,贻害国家。这些人始而丧权辱国,终而失土亡国,导致北宋灭亡。诗人于是将满腔愤怒集于笔端,写下了这首诗,鞭挞权奸们祸国殃民的罪行,以泄胸中的愤恨不平之气。

"空嗟覆鼎误前朝,骨朽人间骂未销"。大意是:前朝奸臣误国,葬送了北宋王朝,国家政权覆亡了,然而,往事已矣,诗人无力回天,只能空自叹息;到如今,那些奸臣们虽然早已埋骨荒冢,尸骨已经朽烂了,却仍然遭到人们不停的唾骂。

诗人饱含憎恶之情,揭示了奸臣们弄权误国的应得下场:"骂未销"

既见出人民对他们仇恨之深，又证实了他们罪孽之大，不可饶恕，注定了将遗臭万年。

今天，"骨朽人间骂未销"一句，常被用来诅咒一切破坏国家、残害人民的死有余辜的反动势力。

381 桃花嫣然出篱笑，似开未开最有情。

作者简介：

汪藻（公元1079年~1154年）字彦章，饶州德兴（今江西省境内）人。宋代诗人。徽宗崇宁五年（公元1106年）进士，因与宰相王黼不合，被闲置不用。南宋时期，历任中书舍人、兵部侍郎兼侍讲，出知湖州、徽州、宣州。因其曾为蔡京、王黼之客，被贬居永州。早年与胡伸齐名，人称"江左二宝，胡伸汪藻"。其诗初学江西派，后学苏轼，风格清新自然。靖康之难后，一些伤时忧世的诗作感情较为真挚。有《浮溪集》传世。

注释：

1. 选自南宋汪藻《春日》诗："一春略无十日晴，处处浮云将雨行。野田春水碧于镜，人影渡傍鸥不惊。桃花嫣然出篱笑，似开未开最有情。茅茨烟暝客衣湿，破梦午鸡啼一声。"
2. 嫣然：美好动人的样子。 篱：篱笆。

品鉴 这是一首描写春日出游见闻的写景抒情诗，诗人以心中的情意活动为线索，依次写出几个富于诗情的画面，构成一幅迤逦的春游长卷，让读者阅读之中，自然而然地便陶醉于这引人入胜盎然春意中。

"桃花嫣然出篱笑，似开未开最有情"。大意是：一树桃花，红艳艳地开着，从篱笆围墙里探出头来，嫣然含笑；那种似开未开，临风含羞的样子，似有一汪深情，令人心旌摇动，倍增爱怜之情。

诗人以夭桃含笑的美丽情态，表现春天光景的明媚亮丽，画面动人，意境优美。而诗人欣悦的心情，新鲜的感受，也在这些清词丽句构成的意境中得到了充分的表达。

382 李杜文章万丈高，就中诗律杜陵豪。

作者简介：

周紫芝（公元1082年~?）字少隐，号竹坡居士，宣城（今安徽省宣城市）人。宋代词人。宋高宗绍兴十七年（公元1147年）进士。历任枢密院编修官、右司员外郎、知兴国军等。为政简而不扰。少年时酷爱晏几道的词，所以他的词与晏几道的词在体制上多有相似的地方。风格清丽婉曲，含蓄自然。亦写诗。曾向张耒、李之仪请教做诗之法。受江西诗派影响较小，较少在诗中堆砌典故，卖弄学问。有《太仓稊米集》传世，存词150余首。又著《竹坡诗话》，流传颇广。

注释：

1. 选自南宋周紫芝《次韵庭藻读少陵集》诗三首选一首："李杜文章万丈高，就中诗律杜陵豪。风流自是渠家事，奴仆从来可命骚。"
2. 李杜：李白和杜甫。　文章：指诗歌。唐代韩愈《调张籍》诗有："李杜文章在，光焰万丈长。"
3. 就中：其中。　诗律：指诗的格律美和音韵美。意谓两人之中杜甫对于诗律的研究尤其突出。

品鉴　这是诗人周紫芝对唐代诗人李白、杜甫诗歌优劣的一种评价。

"李杜文章万丈高，就中诗律杜陵豪"。大意是：关于李、杜诗歌优劣的比较是从唐代诗人元稹开始的。元稹认为，李白不能窥杜甫之藩篱，不如杜甫。韩愈不同意这一看法，在《调张籍》中加以反驳说："李杜文章在，光焰万丈长。不知群儿愚，那用故谤伤。"此后扬杜抑李之论稍微平息了下来。

到了宋代，对杜甫的推崇仍然超过了李白。除了标榜以杜甫为祖的江西派诗人外，王安石、苏辙、李纲等诗人也都推尊杜甫为"百代诗人之冠"，其他诗人均出其下。直到南宋严羽《沧浪诗话》出来，才对李、杜作了比较全面、公允的评价。

严羽认为："李杜二公，正不当优劣。李白有一二妙处，子美不能道，子美有一二妙处，太白不能作。子美不能为太白之飘逸，太白不能为子美之沉郁。"周紫芝赞同韩愈、严羽的观点，同时指出杜诗的特点是诗律精深，声韵妥帖和谐。他的诗对仗工稳，用字精当，韵律谐美。但杜甫之长，未必是李白之短。李白豪放不羁，很少作格律精严的律诗。即使偶有所作，也往往不喜剪裁以就声律。所以"李杜文章万丈高"，是难分优劣高下的。

383 生当作人杰，死亦为鬼雄。

作者简介：

李清照（公元1084年～约1151年）号易安居士，济南（今山东省济南市）人。宋代女词人。自幼聪颖，博学多才。丈夫赵明诚（金石学家）历任莱州、淄州等地太守。南渡前家庭生活平静美满，与其夫志趣相投，时相酬唱。宋钦宗靖康元年（公元1126年），金兵入侵中原时，丈夫病死，李清照渡淮南奔，只身漂泊，过着难民的生活。晚年流落江南，境况十分凄凉。其词卓然一家，是婉约派著名词人之一。又为"词家三李"（李白、李煜、李清照）之一。早年创作多欢愉之词。后期作品悲叹身世，抒发思乡怀旧之情，流露出强烈的爱国情感。长于白描，不假雕饰，婉约俊秀，清新含蓄，自成一格，有很高的艺术成就。诗作不多，但感时咏史，词情慷慨，亦为人所称。有《漱玉词》《李清照集校注》传世。

注释：

1. 选自南宋李清照《乌江》诗："生当作人杰，死亦为鬼雄。至今思项羽，不肯过江东。"诗题又作《夏日绝句》。
2. 人杰：杰出的人物，人中的俊杰。
3. 鬼雄：鬼中的强者。

品鉴

这一首赞颂项羽的咏史小诗，是李清照经历了亡国之难后写的。秦灭亡以后，项羽与刘邦争夺天下。项羽兵败，自刎垓下，不肯过江，表现出了一种悲壮的英雄气概。

"生当作人杰，死亦为鬼雄"。大意是：人活着的时候，应该像项羽一样，立大志，树大业，努力拼搏，活得轰轰烈烈，超群拔俗，有意义，有追求，做人中的豪杰；即使为此而牺牲了，也要死得悲歌慷慨，壮怀激烈，成了鬼，也要做鬼中的英雄。

这里，李清照并非单纯地在咏史，而是借古讽今，感慨时局的恶化，对统治者进行了毫不掩饰的批评。靖康元年（公元1126年），金兵渡过黄河，围攻北宋的都城开封。赵宋王朝向金兵送了大量的金银财宝，才解了开封之围。可是不到半年，即靖康二年（公元1127年），金兵又再度围攻开封，攻破城池，掠走宋徽宗赵佶父子，北宋宣告灭亡。赵佶的另一个儿子于河南商丘称帝，建立南宋王朝，史称宋高宗。宋高宗向金国称臣纳贡，把淮河以北的广大国土和人民割让给金国，甘愿做一个苟且偷生的儿皇帝，令国人痛心。

所以，李清照赞扬项羽生做人杰、死为鬼雄的英雄气概，实际上就是讽刺南宋偏安小朝廷，生不是人杰，死亦非鬼雄的卑劣渺小人格。同时，通过歌颂古代英雄，表达了对光复中原的南宋爱国将士的崇敬之情，也抒发了诗人的一片爱国之心。

384 欲将血泪寄山河，去洒东山一抔土。

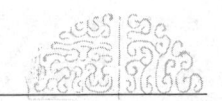

注释：

1. 选自南宋李清照《上枢密韩公、工部尚书胡公》诗（节录）："嫠家父祖生齐鲁，位下名高人比数。当时稷下纵谈时，犹记人挥汗成雨。子孙南渡今几年，飘流遂与流人伍。欲将血泪寄山河，去洒东山一抔土。"枢密：枢密院。　韩公：韩肖胄，时任枢密院事、吏部侍郎。　胡公：胡松年。
2. 一抔土：手捧的一点土。比喻很少。

品鉴　这是李清照写的一首政治抒情诗。宋高宗绍兴三年（公元

1133年）五月，韩肖胄与胡松年受命为通问使正、副使节，前往金国议和，并探望被囚禁在北国的徽、钦二帝。李清照当时正在病中，写了这首古体诗呈送给韩肖胄，表达了自己对国事的关心及怀念中原故土的深情。

"欲将血泪寄山河，去洒东山一抔土"。诗人经历了国破家亡的巨大苦难和悲痛，个人家世发生了很大的变化。国家之悲，家事之痛时刻萦绕心头，随时想到收复失地，重整河山。甚至想像花木兰一样驰骋疆场，杀敌立功，以自己的血泪去洒遍故国的山河，保卫国家，直到流尽最后一滴血。

诗句热情奔放，字字掷地作金石声。当时李清照已年届五十，其精神斗志有如铁血男儿一般，老当益壮，欲挽国家于危亡之际。情意真切，气象阔大，表现了强烈的爱国情感，唱出了广大人民盼望收复失地、重整山河的心声。对于一味求和苟安的宋高宗及朝中投降派来说，无疑如暮鼓晨钟，具有振聋发聩的作用。

385 客子光阴诗卷里，杏花消息雨声中。

作者简介：

陈与义（公元1090年～1139年）字去非，号简斋，洛阳（今河南省洛阳市）人。宋代诗人。宋徽宗政和三年（公元1113年）上舍及第。曾为太学博士，官至参知政事。南北宋之间杰出诗人。早年受苏轼、黄庭坚、陈师道影响，靖康之难后身经乱离，目睹国破家亡的悲惨现实，写了不少感慨时事，寄托忧国情思的诗歌。风格苍凉悲壮，接近杜甫。有《简斋集》传世，存诗626首。又能词，有《无住词》传世，存词18首。

注释：

选自南宋陈与义《怀天经、智老，因访之》诗："今年二月冻初融，睡起苕溪绿向东。客子光阴诗卷里，杏花消息雨声中。西庵禅伯方多病，北栅儒先只固穷。忽忆轻舟寻二子，纶巾鹤氅试春风。"天经：姓叶，名懋。　智老：即大圆洪智，是一位和尚。两人都住在乌镇（今浙江省湖州），与陈与义居住的青镇隔苕溪相对。

品鉴 这是诗人因病辞官，寓居青镇（今浙江省桐乡）一年后写的一首怀念朋友的诗，作于绍兴六年（公元1136年）二月。

"客子光阴诗卷里，杏花消息雨声中"。二月一到，苕溪冰雪开始融化，绿水满溪，诗人面对这万象更新的景象，不由感叹自己的客居生活，并思念起友人来。大意是：自己客居在外的日子，没有庶务缠身，每天都埋在书卷里，读书吟诗，打发日子；江南下起了杏花雨，烟雨蒙蒙，杏花的开放，预示春天美好的景色将要来临了。

在这两句诗里，诗人描述自己的客居生活，平静自然，几乎不带感情色彩。然而诗句的言外之意，诗人心境的苦与乐，却给读者留下了丰富的想象。当时，这两句诗曾广为传诵，得到不少人的赞赏。范大士《历代诗发》曾夸它说："清思秀句，出于自然。"南宋魏庆之《诗人玉屑》还把它列入了"宋朝警句"之中。

386 登临自有江山助，岂是胸中不得平。

作者简介：

洪适（公元1117年~1184年）字景伯，晚年自称盘洲老人，鄱阳（今江西鄱阳）人。南宋词人。高宗绍兴十二年（公元1142年），与弟洪遵一同考中博学宏词科。历任敕令所删定官、司农少卿、参知政事等，官至尚书右仆射，同中书门下平章事兼枢密使。后罢官奉祠，家居16年，以著述吟咏自乐。词多应酬唱和之作，亦有描绘地方风物，反映渔家生活的作品，写得较有特色。有《盘洲集》传世，存词130余首。

注释：

选自南宋洪适《次韵蔡瞻明登巾山》诗："好句联翩见未曾，品题今日欠钟嵘。登临自有江山助，岂是胸中不得平。"

品鉴 长期以来，诗坛上盛行"诗穷而后工"的论诗观点，洪适不同意这种观点，提出了自己相反的论诗意见，打破了"欢愉之词难工"的传统看法。

汉代司马迁根据自己的切身体验，提出"发愤著书"说，指出《诗三百篇》、屈原的《离骚》等大抵是古人"发愤之所为作"，"皆意有所郁结，不得通其道也，故述往事、思来者"（《史记·太史公自序》）。继之韩愈引申为"不平则鸣"说，并加以阐发："大凡物不得其平则鸣，……人之于言也亦然，有不得已者而后言，其歌也有思，其哭也有怀"（《送孟东野序》）。又谓"和平之音淡薄，而愁思之声要妙，欢愉之辞难工，而穷苦之言易好也"（《荆潭唱和诗序》）。认为仕途坎坷、穷愁潦倒之人，不得已而后言，才能写出好作品。到宋代，欧阳修进一步发挥了韩愈的观点，提出"诗穷而后工"说，认为"盖世所传诗者，多出于古穷人之辞也""非诗之能穷人，殆穷者而后工"（《梅圣俞诗集序》）。意思说，诗人仕途失意，生活坎坷，抱负不得施展，郁塞满腔不平之气，借景抒情，因物喻志，才能写出优秀的作品来。

洪适针对这个传统论诗观点，提出不仅诗穷而后可工，欢愉之词也一样可以写出优秀的诗章。

"登临自有江山助，岂是胸中不得平"。大意是：当诗人精神处于积极向上或正在热烈追求某一理想时，登临江山，会为壮丽的景色所激发，开阔胸襟，壮溢豪情，产生抑制不住的创作激情，同样也可以写出流传千古的好诗来，这哪里是只有抑郁不平的人才能写出来的呢！

这样的事例文学史上很多，如曹操北征乌桓，东临碣石，写下了著名的《观沧海》诗；杜甫骏游山东远望泰山写下了"会当凌绝顶，一览众山小"（《望岳》）的雄放诗句；王安石登杭州灵隐山的飞来峰，吟咏出"不畏浮云遮望眼，只缘身在最高层"（《登飞来峰》）的昂扬曲调，都在说明，无论喜、怒、哀、乐，都能借景抒情，因物喻志，写出不朽的篇章。

洪适"登临自有江山助"的观点，认为登高赋诗自有胜景相助，并非胸次不平才能写出好诗，破除了"欢愉之词难工"的传统论点，是很有见地的。

387　绿阴不减来时路，
　　　添得黄鹂四五声。

作者简介：

　　曾几（公元1084年~1166年）字吉甫，号茶山居士。江西赣州（今江西省赣州市）人，后徙居河南洛阳。宋代诗人。南渡前曾任校书郎、应天府少尹。高宗时历任江西、浙西提刑。因支持哥哥曾开反对议和投降，遭秦桧嫉恨，闲居上饶茶山七年。桧死复出，官至礼部侍郎、敷文阁待制。为人刚毅清廉，主张卧薪尝胆，收复中原。诗以杜甫、黄庭坚为宗，与江西派诗人韩驹、徐俯、吕本中有交往，故被后人列入江西诗派中。但与江西派诗又有不同。他的一部分诗歌作品抒发忧国忧民的思想感情。景物诗质朴自然，文笔活泼轻快，风格清俊。是著名爱国诗人陆游的老师，在品格和诗歌创作方面曾给陆游较大影响。有《茶山集》传世。

注释：

1. 选自南宋曾几《三衢道中》诗："梅子黄时日日晴，小溪泛尽却山行。绿阴不减来时路，添得黄鹂四五声。"三衢：即衢州（今浙江省衢州市）境内，该州因三衢山而得名。
2. 不减：没有减少，即和先前差不多。
3. 黄鹂：黄莺。

品鉴

　　这首描写初夏山行的小诗，表现了诗人对旅途的新鲜感受和愉快的心情。古语说："诗为心声"。诗人写这首诗时，正值农历五月的黄梅季节。在三衢山中遇到这样的天气，一般人很容易写出格调低沉的诗篇。但这首诗却以轻巧的笔触来叙写，给诗中景物抹上了一层淡淡的喜悦之情，反映了诗人轻松闲适的心境。

　　"绿阴不减来时路，添得黄鹂四五声"。大意是：沿着山路行进，绿阴夹道，和不久前来这里时一样浓郁，没有什么两样；但绿阴丛中不时传来的几声黄鹂的婉转，却是来时路上没有的，让人感到已经是初夏天气了。

诗人以清幽淡雅的色彩，赏心悦目的笔调，画出了归途中初夏山林间的一幅美景，不着痕迹地表现了季节的推移变化。他这种淡雅轻巧的诗风，为人们所喜爱，并给予高度评价："清于月白初三夜，淡似汤烹第一泉。"

388 不愁屋漏床床湿，且喜溪流岸岸深。

注释：

选自南宋曾几《苏秀道中，自七月二十五日夜大雨三日，秋苗以苏，喜而有作》诗："一夕骄阳转作霖，梦回凉冷润衣襟。不愁屋漏床床湿，且喜溪流岸岸深。千里稻花应秀色，五更桐叶最佳音。无田似我犹欣舞，何况田间望岁心！"苏秀道中：指从苏州到秀州（今浙江省嘉兴市）的路上。

品鉴 这是一首充满轻快旋律和美好情致的喜雨诗。这年夏秋间，久旱不雨，田地龟裂，禾苗枯萎，但到七月二十五日止，下了三天大雨，禾苗返青，庄稼缓过劲来。诗人当时正在浙西提刑任上，为此欢欣鼓舞，写了这首诗抒发自己的畅快心情。

"不愁屋漏床床湿，且喜溪流岸岸深"。大意是：大雨连绵，接连下了三天，尽管自己的屋子漏雨，一张张床被都被雨水淋湿了，但却一点都不发愁，反而喜出望外；因为条条溪沟都涨满了水，救命的活水流进田里，庄稼得救了，禾苗又绿茵茵地长起来了。

这两句诗的诗意本于杜甫的"床头屋漏无干处"（《茅屋为秋风所破歌》），但切入的角度不同，表达的心情有异，诗意新鲜，自然贴切，如从己出。曾几作为江西派诗人，学习杜诗，重在学习杜甫体农恤民、关怀民生疾苦的精神，而不是单袭其形貌，所以能在诗中生动地刻画自己同情人民的内心世界。

南宋魏庆之在《诗人玉屑》中说："唐人诗喜以两句道一事，茶山（曾几）诗中多用此体。"这两句诗用的正是两句道一事的流水对，"不愁""且喜"，一反一正，开合相应；"床床"、"岸岸"，叠字巧对，自然贴切地表现了诗人轻松喜悦的感情。

389 小荷才露尖尖角，早有蜻蜓立上头。

作者简介：

杨万里（公元1127年～1206年）字廷秀，号诚斋，吉州吉水（今江西省吉水县）人。南宋诗人。宋高宗绍兴二十四年（公元1154年）进士。曾任太常博士、出知漳州、常州及江东转运副使等职，官至宝谟阁学士。为人志节坚定，不苟合求容。力主抗金，关心民生疾苦，后因上疏批评朝政，被迫返家15年不出，忧愤而死。与陆游、范成大、尤袤三位诗人齐名，时称"中兴四大家"。其诗初学江西派，后自成一家，称为"杨诚斋体"。诗多描写自然景物，因物感兴，信手发挥，抒发生活感受。善于选择提炼俚语谣谚入诗。语言平易浅近，生动活泼，想象丰富，妙趣横生，表现出独特的艺术风格。其不足是，轻俊平易有余，深沉不足。有《诚斋集》传世，存诗4200余首。

注释：

1. 选自南宋杨万里《小池》诗："泉眼无声惜细流，树阴照水爱晴柔。小荷才露尖尖角。早有蜻蜓立上头。"
2. 尖尖角：指刚长出水面、还没有完全张开的嫩小荷叶的尖端。
3. 早：言蜻蜓比自己先发现小荷的"尖尖角"。

品鉴　　这是诗人离官归家后，在一个初夏时节写的一首风景小诗。诗人淡淡几笔，信手拈来，勾画出一幅优美可爱、清新淡雅、充满勃勃生机的风光图。

"小荷才露尖尖角，早有蜻蜓立上头"两句，描写池中的荷叶和停于荷叶上的蜻蜓，细腻逼真。大意是：初夏时节，小池中水面平静，一支荷叶尖尖的小芽刚刚冒出池水，就有一只敏感的蜻蜓飞来了，静静地站立在它的小叶尖上。

诗人写了"小池"里小而尖的荷叶、夏日里的蜻蜓，颇为传神写照，使人仿佛亲见了蜻蜓立在荷叶尖上翩翩的样子，嗅到了小池中淡淡飘来的清香，给人以恬淡清幽的感觉。

今天，人们常用这两句诗来表达一种新的人才观：对待新生事物，新生力量，应该具有敏感性，善于及时发现，并给予热情的关心、培养和爱护。

390　接天莲叶无穷碧，
　　　映日荷花别样红。

注释：

1. 选自南宋杨万里《晓出净慈寺送林子方》诗："毕竟西湖六月中，风光不与四时同。接天莲叶无穷碧，映日荷花别样红。"晓出：早晨走出。　净慈寺：杭州西湖边上的一座古寺，位于西湖南岸，现今犹在。与灵隐寺同为杭州西湖边的著名佛寺。　林子方：诗人的朋友，曾做过直阁秘书的官。
2. 接天：连到天边。形容一望无际。　莲：又名荷。地下茎有节，称为"藕"，种子称为莲子，均可食。　穷：尽。
3. 别样：特别，别是一样。指六月西湖的荷花不同一般的红艳。

品鉴　这是诗人一首著名的送别诗。在一个晴明安详的早晨，诗人送友人林子方来到西湖边，看到满湖莲叶风光奇丽，触景生情，情融于景，写下了这首脍炙人口的小诗，以表达对朋友的殷殷祝福和勉励。

"接天莲叶无穷碧，映日荷花别样红"。大意是：浩荡无边的西湖中，碧绿的荷叶无穷无尽，一直连接到天边；荷花在晨光的映照下，红得是如此的绚丽多姿，生气勃勃，娇艳美丽，令人陶醉。

诗人集中选择荷叶荷花入诗，写"莲叶"绿满西湖，用"无穷碧"描摹之，写"荷花"映日光彩，用"别样红"形容之，色彩绚丽，形象鲜明，写出了六月西湖的特点，十分耀目动人。这里，天光、水色、荷叶连成一片，阳光、红花互相映照，诗中有画，画中有景，别是一番美丽。而且，诗句中对偶的巧妙排列，读起来音节和谐协调，诗味浓郁，因而更增添了诗意的美感。

　　林子方当时正值少壮之年,诗人极力赞美西湖莲叶、荷花的美景,其中蕴含着对林子方风度、气概的称许,也蕴含有对林子方前程似锦的祝愿。你看,那无穷的"碧",不是可以使人神清目爽、心志更高么!那别样的"红",不是更能激发人的青春活力么!作为一首送别诗,写得这样富有情趣,别出心裁,也是不可多见的了。

391　个个诗家各筑坛,
　　　　一家横割一江山。

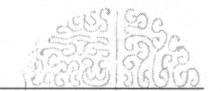

注释:

1. 选自南宋杨万里《和段季承左藏惠四绝句》之一:"个个诗家各筑坛,一家横割一江山。只知轻薄唐将晚,更解攀翻晋以还。"段季承:杨万里《诚斋集》卷八二《龙湖遗稿序》:"吾友衡阳段昌健,字季成。……予尝与季成同朝且同官,又尝唱和诗卷,其诗清婉,而其文清润。"段季成疑即段季承。　左藏:国库名。宋有左藏、内藏。左藏掌钱帛、杂采、天下赋调,设有库使等官职。这里是官名的省称。惠:赐。

2. 江山:这里用来比喻诗歌领域。

品鉴　这是一首评论当时诗坛创作,主张百花齐放,风格多样,反对独尊一体的论诗绝句。

　　"个个诗家各筑坛,一家横割一江山"。大意是:当时江西诗派的诗人们,肆意讥讽晚唐诗人,而反对江西诗派的诗人们,则主张诗歌创作应从学习晚唐诗人入手,诗人们各自尊奉一个盟主,分割一片疆域,门户森严,互立壁垒,因而诗坛上形成了江西诗派与晚唐诗派的相互对垒的局面。

　　宋代江西诗派鄙薄晚唐诗人,弃之如敝屣。客观地讲,晚唐诗确有气格纤柔的弱点,但是晚唐诗并非一无是处,也有它的长处,如在艺术上,晚唐诗笔触细腻,形象鲜明,语言清丽,温润含蓄等。而晚唐诗的长处,正是江西诗派的短处。当时江西派诗人宗法杜甫,提倡学习杜诗,但却过分强调"无一字无来处",走上了堆垛典故,卖弄学问,追求奇僻的形式主义道路。如何矫正这种雕琢之风呢,杨万里认为:一靠真学杜甫,学习杜诗的精神气骨,如陆游、陈与义等;二靠向晚唐诗人学习。晚唐诗歌之长,实可救江西诗派之短。因此,杨万里对"轻薄晚唐"的倾向是不满的。他不仅强调学习晚唐,并且认为六朝以来各家的长处都值得学习。

杨万里在《诚斋荆溪集序》中承认,他自己就是始学江西诗派,尔后转学王安石、晚唐诗人,"忽若有悟,于是辞谢唐人及王、陈、江西诸君子,皆不敢学,而后欣如也"。并不一律排斥学习前人。他只是反对独尊一体,拘守一格的狭隘诗风,而提倡广泛汲取前人之长,独辟蹊径,自成一家的创作道路。

392 山重水复疑无路,柳暗花明又一村。

作者简介:

陆游(公元1125年~1210年)字务观,号放翁,越州山阴(今浙江省绍兴市)人。南宋爱国诗人。从小立志抗金救国。高宗绍兴年间,29岁的陆游赴临安应试,因主张御侮救国,恢复中原,与朝廷妥协的方针相左,未能考中进士。孝宗继位,陆游被启用,赐进士出身。曾任枢密院编修、礼部郎中及镇江、夔州通判等地方小官。因支持张浚北伐,被罢官返乡。与杨万里、范成大、尤袤齐名,号称"中兴四大家"。其中陆游成就最高。其诗题材多样,内容丰富,名篇佳作层出不穷。内容大多表现爱国主题,感情真挚,气势磅礴,艺术感染力很强。风格宏丽奔放。晚年写了一些闲适细腻之作,风格趋于清新自然,平淡朴质。存诗9300余首。其词"扫尽纤艳,超然拔俗",自成一家。有《剑南诗稿》《渭南文集》《放翁词》传世。

注释:

1. 选自南宋陆游《游山西村》诗:"莫笑农家腊酒浑,丰年留客足鸡豚。山重水复疑无路,柳暗花明又一村。箫鼓追随春社近,衣冠简朴古风存。从今若许闲乘月,拄杖无时夜叩门。"

2. 重：重重叠叠。　复：回环曲折。
3. 暗：指树木茂盛。

品鉴　宋孝宗乾道三年（公元1167年）初春，诗人因力说张浚用兵北伐，被罢职回到山阴县三山乡下居住。诗人在农村与家乡父老交往密切，关心农民的生活和疾苦。这首以农村生活为题材的诗，描写乡土风光和淳朴的民风，清新隽永，意趣盎然，表达了诗人对家乡的无比热爱之情。

"山重水复疑无路，柳暗花明又一村"。大意是：江南秀丽的丘陵地带，一道道山岭重复迂回，一条条溪涧曲折往复，看前面，似乎走到尽头，无路可行了；可是转过一个山坳，视野豁然开朗，一片田畴呈现在眼前，红灼灼的桃花在竹篱旁燃烧，疏疏落落的茅舍掩映在茂密的柳阴丛中，又一个村庄出现了。

诗句写出了诗人路过山村的新鲜见闻和感受。叙述曲折，层次分明，色彩明丽，句法流走生动。诗人将"山重水复""柳暗花明"的客观景物，与"疑无路""又一村"的主观感受融合起来，构成一幅移步换景、遇塞而通、色彩鲜明、富有三维立体感的画面，描写江南农村景色达到了出神入化的地步。

数百年来，人们对这两句诗所表现出来的艺术美感赞不绝口，从中受到陶冶，性格品行得到升华。人们还由此产生丰富的联想，赋予它以哲学的意义：昭示、鼓舞人们探索前进。当人们在工作和学习中遇到困难时，心情沉重，焦虑不安，但是经过不断努力，进入新的境界时，就会产生一种"山重水复疑无路，柳暗花明又一村"的崭新感觉。

393　天机云锦用在我，剪裁妙处非刀尺。

注释：

1. 选自南宋陆游《九月一日夜读诗稿有感走笔作歌》诗（节录）："诗家三昧忽见前，屈贾在眼元历历。天机云锦用在我，剪裁妙处非刀尺。"

2. 天机：指天上织女的织布机。　云锦：织女织出的像彩云般的锦绣。这里指好的诗句。

3. 非刀尺：妙手天成，不是凭借剪刀和尺子所能办得到的。

品鉴　这首诗写于绍熙三年（公元1192年），陆游68岁，家居山阴时，是陆游后期的作品。在诗中，他对自己中期诗歌的创作发展进行了回顾和总结。

"天机云锦用在我，剪裁妙处非刀尺"。大意是：我对诗歌创作的技巧手法运用自如，就像织女能够随心所欲地织出彩云般的锦绣一样；我精心提炼素材，熔铸诗歌意境，妙手天成，其美妙之处，不是用一般的刀尺剪裁所能办到的。

在这首诗中，诗人描写了军中壮丽沸腾的生活，认为这样活生生的实践可以使诗人增加生活积累，丰富生活体验，这样创作时就可以受到触发，左右逢源，从而掌握诗家三昧（要领、诀窍），像传说中的织女一样，得心应手地剪裁云霞锦绣，写出优美动人的诗歌来。

今天，这两句诗常被用来比喻一些优秀作家在写作技巧上达到了炉火纯青、运用自如的程度。

394　楼船夜雪瓜洲渡，铁马秋风大散关。

注释：

1. 选自南宋陆游《书愤》诗："早岁那知世事艰？中原北望气如山。楼船夜雪瓜洲渡，铁马秋风大散关。塞上长城空自许，镜中衰鬓已先斑。出师一表真名世，千载谁堪伯仲间！"

2. 楼船：高大的战船。《史记·平准书》记汉武帝为了征伐南越（今岭南一带）"大修昆明池，治楼船，高十余丈，旗帜加其上，甚壮"。　瓜洲：古渡口。在镇江对岸，是扬州南运河入江的地方，战略要地。

3. 铁马：披着铁甲的战马。指强悍的军队。　大散关：又称散关。在今陕西省宝鸡市西南大散岭上。当时宋金西部以此为界，是南宋的抗金重镇。

品鉴 这首诗是淳熙十三年（公元1186年）诗人62岁，闲居故乡山阴农村时的作品。诗人追述壮年在抗金前线军中的生活，豪情不减，但感到朝廷投降派当权，恢复河山统一的愿望无法实现，又表现出了壮志难酬的无奈和感慨。

"楼船夜雪瓜洲渡，铁马秋风大散关"两句，回忆自己壮年豪情满怀，献身北伐事业的战斗经历。当时宋、金以淮河为界。宋朝东部边防线上的镇江和西部边防线上的大散关，是抵抗金兵入侵的前哨阵地，也是诗人早年战斗经历过的地方。宋孝宗隆兴二年（公元1164年），诗人任镇江通判时，张浚正在这一带江防上督练兵马，营缮城堡，增置战舰。陆游曾夜晚踏雪金山，隔江遥望瓜洲渡口，但见战舰云集，军旗猎猎，场景颇为威武壮观；后来诗人于乾道八年（公元1172年），从戎南郑军营，在四川宣抚使王炎幕中，策划进军关中恢复中原的军事部署，曾多次前往大散关视察敌情，参加过这一带的军事行动。当时北望中原，誓死收复失地，壮志凌云，浩气如山。

这两句充满自豪的回忆当年英雄壮举的诗句，依然流露出飒爽豪情，英发雄姿。诗句采用对仗工稳的句式，全用实词，字字铿锵有力，贴切地表现出了雄壮的气氛和壮阔的境界。笔力遒劲，气势飞动，豪情四溢，抒情主人公的英雄形象活灵活现地跃然纸上。

395 小楼一夜听春雨，深巷明朝卖杏花。

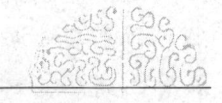

注释：

1. 选自南宋陆游《临安春雨初霁》："世味年来薄似纱，谁令骑马客京华。小楼一夜听春雨，深巷明朝卖杏花。矮纸斜行闲作草，晴窗细乳戏分茶。素衣莫起风尘叹，犹及清明可到家。"临安：即杭州。南宋时杭州称临安。　霁：雨雪初晴。

2. 深巷：当时作者因奉召入朝，暂寓临安砖街巷（今杭州市孩儿巷）客舍。

品鉴　宋孝宗淳熙十三年（公元1186年）春，诗人奉诏到临安，住在砖街巷里，时遇一夜春雨，联想到花开柳绿，春光无限，遂写了这首抒情味十分浓郁的诗篇。

"小楼一夜听春雨，深巷明朝卖杏花"两句，刻画南方小城春雨初霁的美景，韵调优美宜人。大意是：在小楼上听了一夜的春雨；早上雨霁天晴，晨光熹微，从小巷深处传来姑娘一声声叫卖杏花的声音，给人们带来了春的信息。

诗句对偶工稳，意境清新。"小楼""深巷"，点出了江南城市的特色，诗情画意浓郁。今夜听雨，明朝卖花，令人联想到杏花沾着春雨开了，娇艳美丽，生趣盎然，仿佛在读者面前展开了一幅烂漫春光的画卷。在这幅画中，有明丽的色彩，也有姑娘甜美的声音。那一夜淅淅沥沥的春雨，通过诗人的想象，化成了一片清脆悦耳的卖花声，情韵悠长，流转自如，令人回味无穷。

这两句诗意象优美，生动有致，富于韵味，成为历来被人称道的名句。描写杏花的诗句，陆游的前辈诗人陈与义有："杏花消息雨声中"（《怀天经、智老，因以访之》），写听到春雨声，联想到杏花的开放，感到春天在一步步地临近了。不过比较起来，陆游的杏花更含蓄，更鲜明，所刻画的意境也更幽美深远。他不是平铺直叙地写夜雨，而是写在小楼上听夜雨的淅沥之声；也不是具体地写杏花的开放，而是让它从小巷的卖花声中反映出来。这就更好地表达出了春光浓郁的气氛，而且也更富有诗的韵味，所以深为人们所喜爱。

396　伤心桥下春波绿，
　　　　曾是惊鸿照影来。

注释：

1. 选自南宋陆游《沈园》二首中的第一首："城上斜阳画角哀，

沈园非复旧池台。伤心桥下春波绿,曾是惊鸿照影来。"沈园:原属沈氏,后归许氏,再改属汪氏,陆游重游沈园时,小园已三易其主。

2. 惊鸿:源自曹植《洛神赋》:"翩若惊鸿。"原指女子体态轻盈,这里用来称代唐琬。

品鉴 陆游 20 岁时,与年轻貌美、温柔多情的表妹唐琬结成伉俪。夫妻恩爱,相敬如宾。因唐琬婚后未能生子,陆母强迫儿子休妻。陆游万般无奈之下,只得和唐琬分手。尔后,陆游再娶,唐琬另嫁,一对恩爱夫妻就这样被生生拆散了。宋高宗绍兴二十五年(公元 1155 年),陆游独自游山阴(今浙江省绍兴)沈园,与唐琬不期而遇。二人勾起旧情,千言万语,不知从何说起。还是唐琬能够自持,首先平静下来,引自己的丈夫赵士程与陆游相见。赵置酒相待,唐琬殷勤相劝,满面忧戚之色。陆游和泪咽酒,一腔心事无处表白,遂在粉墙上题词一首,词牌名叫《钗头凤》。

唐琬读了陆游的词,暗暗落泪,亦悄悄和了一首。这次相会后,两颗深深相爱的心,更感到难分难舍。相思日促,忧伤日促。沈园分别后,唐琬郁郁寡欢,不久就病逝了。

45 年过去了。75 岁的陆游重游沈园,旧情依旧,风光不再,平添了许多哀愁。因此,在他写的这首思念唐琬的《沈园》诗中,也涂抹上了一层凄婉悲凉的色彩。

"伤心桥下春波绿,曾是惊鸿照影来"两句,描写物是人非,诗人情思触动,思念唐琬的真切情感。大意是:当初那会面的小桥,如今成了令人伤心的桥,桥下那一溪春水,曾经映照过心爱人那美丽轻盈的身影,如今依然那么绿,依然那么清澈,却像一溪流不尽的相思与哀愁。

诗人睹物思人,仿佛又从那一溪春波中,看见了心爱人那楚楚动人的音容笑貌,然而景物依旧,人已逝去,在痛彻心扉的回忆思念中,诗人能不倍感伤心和凄凉么!

397 夜阑卧听风吹雨，铁马冰河入梦来。

注释：

1. 选自南宋陆游《十一月四日风雨大作》二首中的第二首："僵卧孤村不自哀，尚思为国戍轮台。夜阑卧听风吹雨，铁马冰河入梦来。"
2. 夜阑：夜将尽。 铁马：披着铁甲的战马。
3. 冰河：北方冰冻的河流。

品鉴　　这首诗写于南宋光宗绍熙三年（公元1192年）。在此之前二年，诗人遭到投降派的排挤，罢官回乡闲居于山阴故里。然而诗人在闲居的日子里，未尝一日忘国，未尝一日忘了北伐收复中原。这一年十一月四日，一场骤起的暴风雨，再一次震动了年届68岁的诗人的心弦，于是写下了这首名作。

"夜阑卧听风吹雨，铁马冰河入梦来"。大意是：在一个风雨大作的夜晚，陆游躺在床上，独自倾听着窗外呼啸的风声和哗哗的雨声，不禁浮想联翩，心潮起伏，往事从记忆深处纷至沓来，那雄浑的风雨声伴随他渐渐沉入梦乡；在梦中，他正跃马横刀，挥师北进，驰过了北国冰封的河流，奋勇追杀敌人。

诗人由风雨大作的气势，联想到官军杀敌的神威，表现了抗金义士的坚强勇武及收复失地的斗志。尽管朝廷的衮衮诸公正在断送恢复的大业，然而诗人并不悲观，北伐统一的志向矢志不渝。因此即使在睡梦之中，仍然念念不忘报国杀敌。但是，这段诗意也说明了，诗人"铁马冰河"的志向，只能在梦中实现，这又不能不使人想到，诗人一生不可避免的悲剧色彩。

398 纸上得来终觉浅，绝知此事要躬行。

注释：

1. 选自南宋陆游《冬夜读书示子聿》诗："古人学问无遗力，少壮工夫老始成。纸上得来终觉浅，绝知此事要躬行。"子聿：陆游最小的儿子。
2. 终：毕竟。 浅：肤浅，浅薄。
3. 绝：极，非常。 此事：指治学，学习。 躬行：亲自实践。躬：亲自（实践）。

品鉴　陆游这首绝句，宗旨是向晚辈学诗者阐明，如何学习，如何实践，如何去取得成功的道理。

"纸上得来终觉浅，绝知此事要躬行"。大意是：从书本得来的知识毕竟是有限的，浅薄的，要真正地理解它、掌握它，就必须亲自深入生活，参加实践。

诗句明白如话，浅中有深，平中有奇，深含哲理：人的认识（包括知识、才能）来源于实践。但一个人不可能事事实践，所以还需要读书，吸取别人实践中取得的知识和经验（间接经验）。个人的知识是由直接经验和间接经验两部分组成的。读书取得间接经验，实践取得直接经验。所以不读书不行，但只读书不实践也不行。要想知道梨子的滋味，就得亲口尝一尝。"纸上得来终觉浅"，所以陆游强调既要刻苦读书，从书本中吸取知识营养，更强调要亲自实践，在实践中求得真知。

399 琢雕自是文章病，奇险尤伤气骨多。

注释：

1. 选自南宋陆游《读近人诗》："琢雕自是文章病，奇险尤伤气骨多。君看大羹玄酒味,蟹螯蛤柱岂同科。"近人:指江西诗派诗人。
2. 文章:指诗歌。
3. 气骨:气,指气势,精神。骨,指作品的思理,笔力。合在一起,指诗歌的内容和精神。

品鉴　　这首诗针对江西诗派因袭模拟、雕琢字句、逞才用事的流弊,提出尖锐的批评,对诗歌的发展有积极的指导意义。

"琢雕自是文章病,奇险尤伤气骨多"。大意是:诗歌创作中,滥用典故,刻意雕琢是一大弊病,而追求字句的奇险更会损害诗歌的气骨,是诗歌创作的大忌。

陆游主张做诗要朴质、自然,强调"好诗如灵丹,不杂膻荤肠","小诗闲淡如秋水","诗到无人爱处工"。认为刻意经营,雕琢太甚,追求奇险是诗歌创作的大忌,会损害作品的思想内容。反对用典使事,求深务奇。他说:"诗欲工,而工亦非诗之极也。锻炼之久,乃失本旨。斫削之甚,反伤正气。"

陆游这些论诗主张对于当时江西诗派以使用僻典、奇事为新,以写拗句,押险韵为异的弊病,是一种有力的针砭。

400　君诗妙处吾能识,尽在山程水驿中。

注释:
1. 选自南宋陆游《题庐陵萧彦毓秀才诗卷后》二首中的第二首:"法不孤生自古同,痴人乃欲镂虚空。君诗妙处吾能识,尽在山程水驿中。"萧彦毓:字虞卿,庐陵人,与作者友好。有《梅坡诗集》,已佚。
2. 妙处:精彩,美妙的地方。　识:知。
3. 山程水驿:泛指现实生活,人生旅途。程:路,途。驿:驿站。

品鉴 这是陆游晚年谈论诗歌创作体会时写的一首小诗,体现了以禅论诗的特点。他用禅宗佛语来谈论诗歌写作过程中主观与客观的关系,实际上是论说诗歌(文学)创作与现实生活的关系。

"君诗妙处吾能识,尽在山程水驿中"。大意是:你的诗写得好,很精彩,其中的精妙之处,我完全能够理解,也非常赞赏;你之所以能达到这种高妙的境界,全在你走过的地方多,见闻广博,对自然景物和社会生活有深刻的理解和感受。

陆游认为,诗人的艺术构思是客观生活和事物激发出来的,因此主张诗人要走出书斋,投身到大自然和生活中去,增加社会生活阅历,在实实在在的社会矛盾和人生经历中去观察生活,体验生活,反映生活。反对关在书斋里"镂虚空","闭门造车",瞎编胡造。同时赞扬萧彦毓诗歌的妙处,正在于成功地描写了生活,描写了旅途的山山水水,有丰富的人生感受和体验。

陆游在《九月一日夜读诗稿有感走笔作歌》和《冬夜读书示子聿》诗中,表述过同样的诗论观点。认为只有广泛接触现实生活,有丰富深刻的生活体验,积累丰富,才能写出好作品来。

401 遗民泪尽胡尘里,
   南望王师又一年。

注释:
1. 选自南宋陆游《秋夜将晓出篱门迎凉有感》:"三万里河东入海,五千仞岳上摩天。遗民泪尽胡尘里,南望王师又一年。"将晓:天快要亮了。 迎凉:乘凉。
2. 遗民:指金人占领区的人民。 泪尽:形容沦陷区人民的痛苦呻吟。 胡尘:金兵骑兵所扬起的尘土。勾画出占领者飞扬跋扈的横蛮形象。胡:古代对北方民族的称呼。
3. 王师:朝廷的军队。

品鉴 这是一首以金人占领区人民的视角写的抒情诗,叙说北方大好河山沦于敌手，北方人民渴望统一，收复失地，可是一次又一次地失望了。诗人以此谴责南宋统治者偏安一隅，屈辱求和，置北方人民于水深火热中而不顾的罪行。

"遗民泪尽胡尘里，南望王师又一年"两句，悲痛沉郁地表现了北方人民渴望早日统一的迫切愿望。大意是：生活在水深火热中的北方人民，一直没有绝望，千百万父老乡亲伫立于浸透血泪的土地上，望眼欲穿，等待南宋大军的到来，收复失地；可是百姓们年复一年地翘首南望，流干了眼泪，却年复一年地失望了。

南宋朝廷腐败，国难深重。诗人用血泪写成的这两句诗，使人有如身临其境，亲眼看到沦陷区人民盼望恢复的动人景象。虽然百姓们一年年地盼恢复，年年都希望落空，而人民仍然在年年地殷切企盼、等待。这太多的忧愁、悲哀，太多的怨愤、希望，诗人通过一个"又"字把它深切地表现了出来，读之感人肺腑，令人悲慨不已。

这两句诗，描写的形象很典型，表现的情感也很典型，充分地表达了诗人盼望收复北方沦陷土地的迫切愿望和壮志未酬的愤慨。

402 解箨时闻声簌簌，
放梢初见叶离离。

注释：

1. 选自南宋陆游《东湖新竹》诗："插棘编篱谨护持，养成寒碧映涟漪。清风掠地秋先到，赤日行天午不知。解箨时闻声簌簌，放梢初见叶离离。官闲我欲频来此，枕簟仍教到处随。"东湖：在今浙江省绍兴市城郊。
2. 箨：竹类躯干上生出的叶，俗称"笋壳"。在竹子生长过程中，箨逐步脱落下来，称为"解箨"。 簌簌：象声词。此处形容笋壳脱落时的声音。
3. 放梢：竹梢生长伸展。梢：枝头末端。 离离：茂盛的样子。此指竹子枝叶繁茂。

品鉴 陆游这首咏竹诗，从不同侧面对竹的形象进行描写，描摹物态,细腻传神,赋予了"东湖新竹"以新鲜活泼的生命力。

"解箨时闻声簌簌,放梢初见叶离离"。大意是:竹子长大长高了,笋壳从竹的枝干上逐步脱落下来,时不时发出一阵簌簌的响声;新竹生长迅速,竹梢头冒出来不久,就直直地冲天而去,枝叶茂密旺盛,凤尾森森,随风摇曳。

诗人以"声簌簌"摹写声音,细腻传神,"叶离离"状写物态,逼真形象。一为动景,一为静景,清新隽永,将新竹生长过程中的特点惟妙惟肖地再现了出来,令人有如亲见亲闻。

这首诗从咏一株静止的竹来看,比较平常。其不寻常处在于诗人通过艺术的语言,表现物态不同的侧面,把静止的东西写活,使"静止"的竹变得栩栩如生起来。这就是有才华的诗人高出常人的地方。

403 何方可化身千亿,一树梅前一放翁。

注释:

选自南宋陆游《梅花绝句》诗:"闻道梅花坼晓风,雪堆遍满四山中。何方可化身千亿,一树梅前一放翁。"

品鉴 此诗表达了诗人深切的爱梅情感。作于宋宁宗嘉泰二年(公元1202年),时年陆游78岁,闲居故乡山阴。

"何方可化身千亿,一树梅前一放翁"两句,诗人用了一个奇特的设想,极表其爱梅之心:有什么办法可以使自己变成千千万万个身子,这样就可以在每一树梅花前面,都有一个陆放翁在那里伫立欣赏,陶醉于梅花的高标逸韵之中。

古人爱梅者,或爱其韵胜,或爱其格高。诗人林逋一生爱梅,重在其韵;陆游一生爱梅,则重在其格。梅花遇寒而放,冰清玉洁,不同流俗的品格,被陆游视为知己,引为同调。人与花心意相通,故陆游常借梅花之品格来抒写自己高标绝俗的清亮风骨和品格。

这两句诗的奇特想象,显然受到唐代柳宗元"若为化得身千亿,散上峰头望故乡"(《与浩初上人同看山寄京华亲故》)诗的启发。但陆游写得情真意切,逸兴遄飞,其爱梅的狂态,赏梅的痴情,在诗句中得到了淋漓尽致的表现。

404 砧杵敲残深巷月,井梧摇落故园秋。

注释:

1. 选自南宋陆游《秋思》诗:"利欲驱人万火牛,江湖浪迹一沙鸥。日长似岁闲方觉,事大如天醉亦休。砧杵敲残深巷月,井梧摇落故园秋。欲舒老眼无高处,安得元龙百尺楼。"
2. 砧杵:捣衣的槌棒。
3. 井梧:井边的梧桐。 故园:家乡。

品鉴　陆游主张抗金,收复失地的理想一再落空,政治上郁郁不得志,思想上苦闷彷徨,对那些热衷名利的官吏极度反感。这种心境,在他的诗中时有反映。这首诗就是这种心情的自然流露。

"砧杵敲残深巷月,井梧摇落故园秋"两句,描画了一幅冷寞凄凉的秋夜图。大意是:清晨的月光下,单调的捣衣之声阵阵传来,打破了小巷的寂静;故乡的井栏边,梧桐在秋风中摇动,树叶一片片掉落下来,显露出了萧瑟的景象。

诗人用残月、井梧、秋声几种意象,加上单调沉闷的捣衣声,营造出一种寂寞凄楚的氛围,使诗人心里撩拨起一股淡淡的愁绪,表达了一种秋思的孤独和寂寞。

诗句景中有情,虽然没有直接明白地抒写愁绪,但却让人感受到了一种浓浓的愁情弥漫在句子当中,耐人寻味。

405 汝果欲学诗，工夫在诗外。

注释：

1. 选自南宋陆游《示子遹》诗："我初学诗日，但欲工藻绘。中年始少悟，渐若窥宏大。怪奇亦间出，如石漱湍濑。数仞李杜墙，常恨欠领会。元白才倚门，温李真自郐。正令笔扛鼎，亦未造三昧。诗为六艺一，岂用资狡狯。汝果欲学诗，工夫在诗外。"示子遹：子，一作"子聿"，陆游的幼子陆子聿。
2. 果：真，真的。　学诗：学习诗歌创作。
3. 诗外：诗以外的功夫。指社会生活，人的一切生活实践。陆游还说过："莫道终身作鱼蠹，尔来书外有功夫。"（《解嘲》）

品鉴　这是陆游写给他最小一个儿子的诗篇。陆游非常爱他的这个幺儿，曾作了《冬夜读书示子聿》一诗，教他治学必须联系实际的读书之道。后来又作了这首《示子遹》诗，教他学诗写诗之法。

"汝果欲学诗，工夫在诗外"两句，阐明了诗人重视实际生活体验的创作态度，也是文艺理论上的一个重要论点。大意是：学诗不能就诗论诗，只讲做诗的技巧和方法，或单纯追求辞藻的华丽。做诗的真正功夫在生活实践之中，在对生活深切地体验和把握之中。因此，如果你真正想学习写作诗歌，你就必须重视实际，深入生活，增加阅历，积累素材，体验复杂的思想矛盾和情感，才能创作出真正优秀的诗歌来。

陆游用"工夫在诗外"阐明诗歌创作的道理，是其创作经验的总结和升华，深得诗中三昧，非常深刻，对文学创作亦非常有教益和启发。今天，它仍然是十分中肯的至理名言。而且常常被人们引用来说明实践的重要性：只有到生活实践中去观察、体验、分析、总结，才能获得正确的认识，掌握事物的规律，从必然王国走向自由王国。因为一切真知都是来源于生活，来源于实践的。

406　位卑未敢忘忧国，
　　　事定犹须待阖棺。

注释：

1. 选自南宋陆游《病起书怀》诗："病骨支离纱帽宽，孤臣万里客江干。位卑未敢忘忧国，事定犹须待阖棺。天地神灵扶庙社，京华父老望和銮。出师一表通今古，夜半挑灯更细看。"
2. 阖棺：盖棺才能论定的意思。阖：关，闭。

品鉴　这首诗写于宋孝宗淳熙三年（公元1176年）夏天，诗人刚刚病愈，便起床挥笔赋诗抒怀。当时陆游在成都，由于壮志未酬，常常借酒浇愁，因而被人讥为"燕饮颓放"，并受到免职处分。但诗人忧国忧民之情，一如既往，丝毫没有改变。

"位卑未敢忘忧国，事定犹须待阖棺"。大意是：一个人能否为国家建功立业，不取决于地位的高低和荣辱。我虽然地位卑微，但是我从来不敢忘了国家的苦难，随时准备以身报国；大丈夫志在四方，眼前的升沉得失算不了什么，真正要论定一个人的功过得失，只有他死后阖上了棺材，才能下结论。

这两句诗充分反映了陆游坚贞的爱国情操和崇高的精神境界。

407　王师北定中原日，
　　　家祭无忘告乃翁。

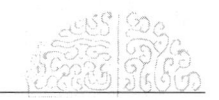

注释：

1. 选自南宋陆游《示儿》诗："死去元知万事空，但悲不见九州同。王师北定中原日，家祭无忘告乃翁。"示儿：给儿子看。示：给……看。
2. 王师：朝廷的军队。　定：平定。　中原：黄河下游一带。
3. 家祭：在家里祭祀祖先和前辈。　乃翁：你的父亲。这里是陆游自称。

品鉴　公元1210年春天，陆游走完了他的人生道路，与世辞别了。这首《示儿》诗，是他生前写的最后一首诗。陆游的一生，是在民族矛盾异常尖锐的南宋时代度过的。当时北方人民生活在金人的统治之下，而南宋小朝廷却偏安江南，过着屈辱而又骄奢淫逸的生活。陆游一生力主抗金，因此在他病重行将去世的时候，仍然念念不忘北伐，收复北方失地，恢复祖国的统一。这首《示儿》诗悲痛地表达了他收复中原的坚定信心。

"王师北定中原日，家祭无忘告乃翁"两句，是诗人临终前，对儿子的殷殷嘱托：到了南宋大军北伐，赶走金人入侵者，收复中原的那一天，你们在家里举行家祭的时候，千万别忘了把这胜利的消息告诉我啊！

诗人告诉儿子，自己一生的愿望，就是希望亲眼见到祖国的统一，南北人民团聚，然而这在他生前不能实现了。因此死后也牵挂着这件事，希望有一天在九泉之下能得到祖国统一的喜讯。从这里可以看出："北定中原"、祖国统一在诗人的心目中具有多么沉的分量！

诗句语言明朗流丽，情感真诚深挚，充分表现了诗人至死不衰的爱国情结。这种精神，千百年来，激励和感召着一代又一代的仁人志士和爱国者，前赴后继，奋勇抗争，为祖国的荣誉和统一而战。

408　洛阳三月花如锦，多少功夫织得成！

作者简介：

刘克庄（公元1187年~1269年）字潜夫，号后村居士，莆田（今福建省莆田市）人。宋淳祐间赐进士出身。官至工部尚书兼侍读。渴望恢复北方领土，反对南宋小朝廷苟且偷安的生活，有不少诗作抒写这种爱国情思，反映民生疾苦。是江湖诗派中成就最高的诗人。初受"永嘉四灵"的影响，后来模仿晚唐诗品，推崇张籍、姚合、贾岛等，其后以陆游为师，学习其"奇对"和"好对偶"的笔法。喜用典故成语。词也很有名，多感慨时事之作。

散文化、议论化的倾向较明显，是南宋后期重要的辛派词人。有《后村先生大全集》《后村长短句》《后村诗话》传世。

注释：

1. 选自南宋刘克庄《莺梭》诗："掷柳迁乔太有情，交交时作弄机声。洛阳三月花如锦，多少功夫织得成！"莺梭：形容黄莺飞来飞去，像布机上的梭子一样来往不停。
2. 花如锦：鲜花绚丽，像锦缎一样鲜艳照人。

品鉴　这是一首咏物诗。诗人借助想象或联想，由此及彼，托物抒怀，描绘出一幅美妙的诗境，蕴含着诗人强烈的感情色彩。

"洛阳三月花如锦，多少功夫织得成"！大意是：阳春三月，洛阳城内外鲜花开放，争妍斗艳，万紫千红一片，像锦绣一样美丽；这样美丽的春光，不知莺梭要花费多少功夫才能织得成啊！

诗人将黄莺比作织布的梭子，在树林中飞来飞去，为人间织造锦缎。而把百花盛开，美好的三月春光比作织成的锦绣，既是写景，又在寓情，反映了诗人对洛阳春光的赞叹和怜惜之情。

诗句想象丰富，构思奇妙，情趣横生，含不尽之意于言外，值得玩味。

409　但得众生皆得饱，不辞羸病卧残阳。

作者简介：

李纲（公元1083年～1140年）字伯纪，邵武（今福建省邵武市）人。南宋政治家、词人。宋徽宗政和二年（公元1112年）进士。宣和七年（公元1125年）冬，金兵南侵，力主守土自卫，反对逃跑投降。次年春，金兵围困开封，李纲任尚书右丞兼亲征行营使，亲自登城督战，迫使金兵撤退。后来，被主和派耿南仲等排斥，落职贬官。高宗即位之初，曾任宰相两个月，因坚持抗战旋被罢免。出任湖广宣抚使，江西安抚制置大使等地方官，多次上书朝廷，陈说抗金大计，均未被采纳。著述丰富。其诗以直吐胸臆、抒发爱国情思之作较为感人。有诗集《梁溪集》传世,亦能词,存词 50 余首。

注释:

1. 选自南宋李纲《病牛》诗:"耕犁千亩实千箱,力尽筋疲谁复伤?但得众生皆得饱,不辞羸病卧残阳。"
2. 辞:推辞、推托。 羸病:瘦弱有病。

品鉴 李纲是一位坚持抗金的民族英雄,南宋初年曾出任宰相,力主抗金,反对媾和,受到主和派的陷害排挤,只当了 77 天宰相就被罢免了,并流放到武昌。诗人内心郁悒不平,写了这首《病牛》诗,以抒写自己的情怀。

"但得众生皆得饱,不辞羸病卧残阳"两句,把牛人格化并以牛的口气作答:只要能使老百姓吃得饱,穿得暖,过上平静安稳的日子;我绝不推辞耕田犁地的辛劳,即使筋疲力尽病倒在残阳之下,也心甘情愿,绝不怨悔。

显然,《病牛》并非写牛,而是诗人托物寄志,自喻坎坷与辛酸。牛是诗人的化身。尽管年复一年,一亩复一亩地耕地,最后气力衰竭,躺在夕阳之下,气息奄奄,结局悲惨。然而诗人的语气却是平和的,"不辞"的自我牺牲品格,使诗的意境由悲凉变为慷慨,更衬托出"病牛"先人后己,不计报酬得失的无私奉献精神。

这种思想境界,与杜甫"安得广厦千万间,大庇天下寒士俱欢颜"的忧国忧民思想极为相似,与范仲淹"先天下之忧而忧,后天下之乐而乐"的襟抱也是相一致的。

诗句语言通俗,形象生动,意境高远。从字面上看,似一首咏物诗,其实是一首感人肺腑的言志诗。

410 昼出耘田夜绩麻,
村庄儿女各当家。

作者简介:

范成大(公元 1126 年~1193 年)字致能,号石湖居士,苏州吴县（今江苏省苏州市）人。南宋诗人。宋高宗绍兴二十四年（公元1154年）进士。历任礼部员外郎、秘书省正字、静江知府兼广南西道安抚使，成都知府兼四川制置使等，官至参知政事。关心人民耕作，注意兴修水利和减轻赋税。宋孝宗乾道六年（公元1170年），奉命出使金国，不惧威胁，坚持民族气节，受到朝野称赞。晚年退居苏州石湖。与陆游、杨万里、尤袤齐名，是"中兴四大家"。其诗以抒发爱国情思和反映农村生活的作品成就最高，是田园诗的集大成者。语言亲切动人，通俗易懂。诗风华美流畅，清新自然，富有韵味。亦能词。有《石湖居士诗集》《石湖词》传世。

注释：
1. 选自南宋范成大《四时田园杂兴》六十首中的第三十一首《田家》："昼出耘田夜绩麻，村庄儿女各当家。童孙未解供耕织，也傍桑阴学种瓜。"
2. 耘田：除去田间杂草。　绩麻：把麻搓成线。
3. 各当家：各人都担当一定的农家事务。

品鉴　　这首诗描写农民辛勤劳动的境况，表达了诗人对农民的关爱和同情。

"昼出耘田夜绩麻，村庄儿女各当家"。大意是：农民们白天在烈日下耕田锄草，晚上还要赶着搓麻织布，昼夜都在忙碌着，不得其闲；村子里的年轻人也没闲着，都各自担当了一定的农活或家务。

诗人通过对农家儿女劳动形象的刻画，层层推开，从白天"耘田"到夜里"绩麻"，描写了农村昼夜忙碌的景象，突出农民的勤劳和辛苦。同时用一个"各"字，强调乡村里每一个人都是这样，没有一个游手好闲的人。诗人未作任何评述，只是如实地记录了农家的生活，但诗人对农民劳动的赞美和同情却从字里行间表露了出来。

411 等闲识得东风面，万紫千红总是春。

作者简介：

公元1130年~1200年）字元晦，一字仲晦，号晦庵，别号紫阳，人称"紫阳先生"。徽州婺源（今江西省婺源县）人。南宋理学家，诗人。绍兴十八年（公元1148年）进士。历仕高宗、孝宗、光宗、宁宗四朝，官至宝文阁待制。对经学、史学、文学、乐律以至自然科学都有不同程度的贡献，是宋代理学家的集大成者。与周敦颐、程颢、程颐、张载并称"宋五子"。重道轻文。反对唐、宋古文家"文以明道"，"文以贯道"的主张。论诗文强调"义理""德性"，认为诗无工拙，只有志分高下。"志"被解释为德行修养。否定诗歌艺术形式的重要性。反对无病呻吟。提倡平淡自然，浑成蕴藉的风格，有一定的艺术见地。有《四书章句集注》《诗集传》《楚辞集注》《晦庵先生朱文公文集》传世。

注释：

1. 选自南宋朱熹《春日》诗："胜日寻芳泗水滨，无边光景一时新。等闲识得东风面，万紫千红总是春。"
2. 等闲：寻常，随便，不知不觉。 识得：领略到，知道，感觉到。 东风面：春风拂面。
3. 万紫千红：形容百花竞艳、姹紫嫣红的景象。 总是春：都是由于春的赐予。总是：都是，尽是。

品鉴

这首诗描绘春天绚丽景色，写景描物，一气呵成，随手拈来，浑然一体，可以说是一首"天成自然"的诗篇。

"等闲识得东风面，万紫千红总是春"两句，通过诗人的自我感受和由衷赞美，描绘出了欣欣向荣的大好春光。大意是：东风拂面，春花烂漫，大自然万象更新，色彩缤纷，到处都是万紫千红的美好春光。

诗人把赞美春天、热爱春天的情感寓于议论之中，富有哲理情趣。特别是"万紫千红总是春"一句，更是气象博大，绚丽多彩，给人留下充分的想象余地。诗句自然流畅，诗意盎然，读来琅琅上口，给人以明快、清新之感，不失为千古流传的名句。

今天，人们常用这两句诗来说明这样一个道理：人们一旦领受了崇高思想的熏陶，就能潜移默化，提高修养，使精神面貌发生深刻变化，迈向一个新的境界。同时，人们也用它来形容形势大好，新生事物如百花齐放，一片繁荣景象。

412 问渠哪得清如许？为有源头活水来。

注释：

1. 选自南宋朱熹《观书有感》诗："半亩方塘一鉴开，天光云影共徘徊。问渠哪得清如许？为有源头活水来。"
2. 渠：代词，相当于"他"，这里指塘水。比喻作者的"心"。
清如许：这样地清。如许：像这样，这般地。
3. 活水：流动的水。比喻学到的新知识、新道理。

品鉴

朱熹是理学家中的著名诗人，他这首谈读书体会的七绝脍炙人口，蕴含哲理思考，形象鲜明，耐人寻味，历来受到人们的称赏。

"问渠哪得清如许？为有源头活水来"两句，是以理语为诗的佳句。大意是：问它为什么会这样地清澈明净，是因为它清澈的源头上有活水源源不断地流来。

诗人用暗喻的手法，将书中的思想内容比喻为清纯的塘水。思想内容之所以清澈如许，是因为有丰富的生活体验，犹如方塘有活的源泉一样。形象自然，富于理趣。它启示人们：书中丰富的知识源于作者丰富的生活。人们欲在创作上不断长进，只有不断深入生活，汲取知识营养，才能达到彻悟的境地，常写常新。

今天，人们对这两句诗又赋予了新的哲理含义：事物只有处于不断的运动中，才能永远保持新鲜和活力，也就是俗话说的"流水不腐，户枢不蠹"的道理。人的认识和思想也是这样，要想避免停滞和僵化，只有不断地了解新情况，吸收新信息，更新知识结构，从实践中不断地总结经验，才能保持思想活跃，使自己的思想认识不断地有所发展和提高。

413　向来枉费推移力，
　　　　此日中流自在行。

注释：

1. 选自南宋朱熹《泛舟》诗："昨夜江边春水生，艨艟巨舰一毛轻。向来枉费推移力，此日中流自在行。"泛舟：船在江中行驶。泛：漂浮。
2. 向来：原来，一向，过去。指水浅时。　推移力：牵拉移动的力量。指未读书或未读懂以前，想治学问，完全是白费力气。
3. 中流：水流之中。　自在：自由。

品鉴　这首诗通过生动的比喻，寓说理于形象之中，阐发诗人的读书心得体会，诗意清新而富有哲理趣味。

"向来枉费推移力，此日中流自在行"两句，以行船为喻，阐说诗人治学的心得体会。大意是：江上行船，平时江水浅，浮力小，大船在水中搁浅，不管多少人奋力推拉，也不见什么成效，白费了许多牵拉推动之力；然而"春水生"后，江水深了，浮力增大了，此时大船便如鸿毛一般轻巧，可以在江中自由自在地行驶。

诗人以春水涨前涨后行舟用力的不同，比喻读书的道理，形象地说明了一定条件的重要性。未读书或书未读懂时，做事很费力气，甚至是枉费力气。然而书读多了，功力深了，掌握了知识和技能，不管治学也好，干别的工作也好，自然心明神通，驾驭自如，收到事半功倍的效果。

推而广之，不管做任何工作，都需要一定的条件支持，才能成功，如大船在水上航行需要一江春水一样；否则，离开了必要的条件，光凭理想和热情，犹如在河滩上推船拉船，即使干劲冲天，最终必然是白费力气，一事无成。

同时，诗句还表明了一种因果关系：正是因为"江边春水生"，所以才能够"中流自在行"。不过，作者这里讲的因果，是指人生修养达到一定的程度，自然水到渠成，进入怡然自得的境界。

414 乡村四月闲人少，才了蚕桑又插田。

作者简介：

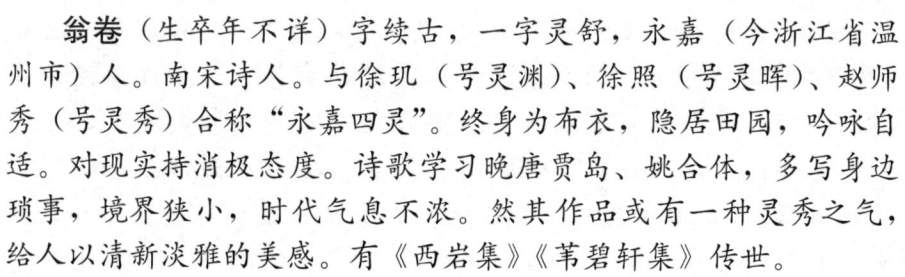

　　翁卷（生卒年不详）字续古，一字灵舒，永嘉（今浙江省温州市）人。南宋诗人。与徐玑（号灵渊）、徐照（号灵晖）、赵师秀（号灵秀）合称"永嘉四灵"。终身为布衣，隐居田园，吟咏自适。对现实持消极态度。诗歌学习晚唐贾岛、姚合体，多写身边琐事，境界狭小，时代气息不浓。然其作品或有一种灵秀之气，给人以清新淡雅的美感。有《西岩集》《苇碧轩集》传世。

注释：

1. 选自南宋翁卷《乡村四月》诗："绿遍山原白满川，子规声里雨如烟。乡村四月闲人少，才了蚕桑又插田。"
2. 闲人：没有干农活的人。
3. 蚕桑：采桑养蚕。

品鉴　　这是一首描写江南农村初夏风光的诗，表现了农村生产时节的繁忙景象。

　　"乡村四月闲人少，才了蚕桑又插田"。大意是：农村四月正是大忙时节，人人都忙着干活，很少有闲着的人；因为蚕桑的事情刚刚收场，大片大片的稻田又等着要插秧了。

　　诗句纯用口语，一气写来，语语入神。语言颇似民歌，却又比民歌深沉。前一句仅七个字便把夏季农忙的情况及紧张程度写出来了，后一句进一步写出了忙的原因，前呼后应，诗味深长，表现了诗人对乡村生活的热爱之情。

415 黄梅时节家家雨，
青草池塘处处蛙。

作者简介：

  赵师秀（公元1170年~1219年）字紫芝，号灵秀。原籍开封，后徙居永嘉（今浙江省温州市）人。与徐玑（号灵渊）、徐照（号灵晖）、翁卷（号灵舒）合称"永嘉四灵"。绍熙元年（公元1190年）进士。曾任上元县主簿、高安推官等。长期过着清闲安贫的生活。诗歌学习晚唐贾岛、姚合体，思想内容欠充实，但艺术上有特色，是"四灵"中成就最高者。反对江西诗派一味运用典故成语，"资书以为诗"的作风。笔法轻巧流利，写景自然，颇有"灵秀"之气。自成一体，开创了南宋"江湖派"的风格，有《清苑斋集》传世。

注释：

1. 选自南宋赵师秀《有约》诗："黄梅时节家家雨，青草池塘处处蛙。有约不来过夜半，闲敲棋子落灯花。"《有约》：一作《约客》，即邀约客人。
2. 家家雨：极言黄梅时节雨水多，家家都为梅雨所封阻。

品鉴 这是一首清秀的小诗，表现诗人与人约会而久候不至的情韵，精致秀美，余味曲包。

  "黄梅时节家家雨，青草池塘处处蛙"两句，描写主人居处景色，细腻动人，充满诗情画意。大意是：正是江南的梅雨季节，屋外雨声潇潇，一直下个不停，家家都因雨困在家中；天黑了，气候沉闷，长满青草的池塘里传来蛙声，此起彼伏，响成一片。

  诗人描绘江南一个沉闷的夏夜，雨中蛙声此起彼伏，不绝于耳，衬托出一种幽寂凄清的环境，而在这个环境中的主人却让人感到心情闲适平淡，悠闲自得。这是因为诗人在孤寂地等待客人的到来，细心聆听门外可能传来的敲门声。注意力一集中，屋外潇潇的雨声、蛙声全都进入耳鼓，听得清清楚楚，真真切切。夜越深，闹声就越大，而主人公闹中求静，闲中等人的形象越显得气定神闲。

诗句语言平淡，诗意清新，深蕴含蓄，饶有韵致。

416 流出西湖载歌舞，回头不似在山时。

作者简介：

林稹，字丹山，南宋人，生平事迹不详。

注释：

1. 选自南宋林稹《冷泉亭》诗："一泓清可沁诗脾，冷暖年来只自知。流出西湖载歌舞，回头不似在山时。"冷泉亭：在今浙江省杭州市西湖灵隐寺前飞来峰下。亭下有涧水，称为冷泉。
2. 载歌舞：指水面上载着歌舞游船。
3. 回头：转过头来，回到原处。

品鉴　这是一首写景诗，但诗人却于写景之中，隐含褒贬时世之意，别具一格。

"流出西湖载歌舞，回头不似在山时"。大意是：飞来峰下清澈的涧水流到西湖以后，每天承载着灯红酒绿的游船，日以继夜地以声色歌舞为乐；这时回头看它的来处，已不像在山涧那样的清澈明净了。

诗人从一泓清泉流出西湖的变化，借题发挥，讥讽南宋小朝廷偏安杭州，过着灯红酒绿，花天酒地的生活，丧失了北伐抗金，收复失地的意志和信念。

今天，我们也可以从中领会到一定的理趣：原本朴质美好的东西，经过一定社会风尚的濡染影响后，性质发生变化，就不再像以前那样质朴纯美了。寓意深刻，能给人以哲理的启示。

417 牧童归去横牛背，短笛无腔信口吹。

作者简介：

雷震，宋人，籍贯生平不详。

注释：

1. 选自宋人雷震《村晚》诗："草满池塘水满陂，山衔落日浸寒漪。牧童归去横牛背，短笛无腔信口吹。"
2. 横：横坐在牛背上。
3. 无腔：没有曲调。　信口：随口。

品鉴　诗人用白描写法，描写乡村傍晚收工时的景象，勾勒出一幅画面生动、意境清新的落日归牧图。

"牧童归去横牛背，短笛无腔信口吹"二句，捕捉傍晚时分，农民们陆续收工回家时的一个特写镜头。大意是：太阳快要落山了，池塘边，一个牧童横骑在牛背上，趁着落日的余晖，往家里走去；一边走，一边手握短笛，信口吹着不成腔调的曲调。

诗人以天然灵动的笔法，绘声绘色地刻画出一个天真活泼、无忧无虑的牧童形象，观察细腻，描写真实，富有生活情趣。

418　便觉眼前生意满，东风吹水绿参差。

作者简介：

张栻（公元1133年～1180年）字敬夫，又字乐斋，号南轩，南宋抗金名将张浚之子。汉州绵竹（今四川省绵竹市）人。做过右文殿修撰等官。学术上主张"明理居敬"，宣称所谓的"礼者天之理"，强调维护封建社会秩序。与朱熹、吕祖谦齐名，世称"东南三贤"。有《南轩集》传世。

注释：

1. 选自南宋张栻《立春偶成》诗："律回岁晚冰霜少，春到人间草木知。便觉眼前生意满，东风吹水绿参差。"立春：二十四节气之一。在每年2月3日、4日或5日。立春是新的一年开始，旧的一年终了，故又称"岁晚"。
2. 便：就。　生意：生机，活力。　满：遍布。　生意满：生机盎然之意。

3. 参差：长短、高低不齐的样子。《诗·周南·关雎》："参差荇菜，左右流之。"

品鉴 立春是一年的开始，立春意味着冬去春来，天气渐渐转暖，生意盎然。诗人就是抓住了天气转暖带来的细微变化和特点，形象地描画了春到人间的美景。

"便觉眼前生意满，东风吹水绿参差"。大意是：春天到了，草木在和煦的阳光下发芽生长，眼前是一派生机盎然的景象；东风送暖，温柔地吹动了一湾春水，平静的水面泛起绿色的细浪，显示出春天蓬勃向上的生气和活力。

诗人感情丰富，比喻形象，流露出积极乐观的情绪，给人以奋发向上的精神力量。

419 山外青山楼外楼，西湖歌舞几时休。

作者简介：

林升（生卒年不详）字梦屏，平阳（今浙江省平阳县）人。约生活于宋高宗绍兴年间至孝宗淳熙年间（公元1131年～1189年）。南宋诗人。家境贫寒。少年好学。工诗文。与诗人叶适有交往。其作品大多散佚。其存诗仅《题临安邸》一首。该诗谴责南宋统治集团醉生梦死，苟且偷安，沉溺声色，不图恢复的罪行，尖锐深刻，切中时弊，在当时广为传诵，作者也由此而知名。

注释：

1. 选自南宋林升《题临安邸》诗："山外青山楼外楼，西湖歌舞几时休。暖风熏得游人醉，直把杭州作汴州。"临安：今浙江省杭州市。南宋的都城。宋初称杭州为余杭郡，宋高宗南渡后建都于此，升为临安府。　邸：旅舍。
2. 山外青山：青山之外尚有青山。西湖的南、西、北三面临山，重峦叠岭，奇峰林立，与湖水掩映，景致甚美。　楼外楼：高楼之外还有高楼。因杭州是南宋首都，达官贵人的公馆、别墅密布湖畔，重重叠叠。

3. 几时休：言达官贵人天天饮宴作乐，歌舞不止。休：停止，罢休。

品鉴　这是一首宋孝宗时期诗人题写在临安一家旅舍墙壁上的诗篇。从宋高宗赵构起，南宋代代皇帝苟且偷安，醉生梦死，甘当儿皇帝。这首《题临安邸》诗辛辣而深刻地讽刺了南宋统治者从皇帝到主和派朝臣们安于偏安生活，而置北方人民于不顾的罪行。

"山外青山楼外楼，西湖歌舞几时休"两句，描写西子湖优美的风景和醉生梦死的生活景象。大意是：湖畔青山连绵，山外有山，达官贵人的公馆、别墅就坐落在湖畔、山腰之间，楼外有楼，重重叠叠，一座挨着一座；岸边酒楼，湖上画舫，轻歌曼舞日夜不停，人们忙着寻欢作乐，全然不顾国家的安危，民族的存亡，这样生而忘忧、醉生梦死的歌舞什么时候才能停止呢？

诗人活画出一幅南宋小朝廷偏安江南，不思抗金北伐的行乐图，并以抑制不住的愤慨心情，向忘掉国难，过着纸醉金迷生活的南宋小朝廷发出了责问和痛斥，表达了诗人的义愤之情和对国事的焦虑。

这两句诗虽不言理，却含有一定理趣。今天，人们常借"山外青山楼外楼"一句，说明好的以外还有好的，先进之上还有先进；或表示业无止境，技无止境，学无止境。也就是人们常说的："天外有天，人外有人"，"强中更有强中手"的意思。因此，做人应该谦虚谨慎，多看别人的长处和优点，切不可成为坎井之蛙，自视过高，故步自封，目中无人，贻笑大方。

420　春色满园关不住，
　　　一枝红杏出墙来。

作者简介：

叶绍翁（生卒年不详）字嗣宗，号靖逸。建安（今福建省建瓯县）人。本姓李，后嗣于龙泉（今浙江省龙泉）叶氏，改姓叶。南宋诗人。长期隐居于钱塘西湖之滨。善于描写山水景物，风格清新隽永，诗意含蓄轻巧。尤长于七言绝句。是江湖派重要诗人之一。有《靖逸小集》《四朝闻见录》传世。

注释：

选自南宋叶绍翁《游园不值》诗："应怜屐齿印苍苔，小扣柴扉久不开。春色满园关不住，一枝红杏出墙来。"园：庭院。　不值：不遇，不逢。指没有遇到要访的人，因此未能进入园中游赏。

品鉴　　这首游园诗立意新颖，构思巧妙，诗味浓郁。诗人游园未遇到主人，似乎是一件令人沮丧的事情，但是诗人却从墙上的一枝红杏感受到了满园春光，不但未败游兴，还写了这首耐人咀嚼的好诗，表达了一个朴素而又深刻的思想，韵味无穷。

"春色满园关不住，一枝红杏出墙来"两句，表现大自然蓬勃向上的春光终究是关禁不住的。大意是：园子的门紧锁着，里面静悄悄的，墙头上一枝杏花红灼灼地探出头来，让人感到满园盎然春色关禁不住，从围墙里溢了出来。

诗人以一句"一枝红杏出墙来"，生动形象地表现了园中春色"满"的程度，浓的程度；充分显示了园中春色的绚丽多姿和"一枝红杏"的勃勃生机。特别是"关不住"三字，写得清新活泼，自然生动，极富神韵，很有理趣。

早在唐代，就有描写春意出墙的诗句，如"一枝红杏出墙头，墙外行人正独愁""却是梅花无世态，隔墙分送一枝春"。南宋诗人陆游《马上作》也有红杏出墙的诗句："杨柳不遮春色断，一枝红杏出墙头。"另一位宋人张良臣（约公元1174年前后在世）《偶题》诗亦云："一段好春藏不尽，粉墙斜露杏花梢。"因此叶绍翁这两句诗算不得首创，而是点化前人的诗句写成。

但是妙就妙在经叶绍翁这么一点化，便更见化工，更显朝气，更有情趣，这也就是诗人的高妙之处。

这两句诗所蕴含的生活哲理，也是显而易见的：一切蓬勃向上的美好事物、新生事物都具有强大的生命力，尽管一时受到阻碍或禁抑，但终究是禁抑不住的，它们终能冲破藩篱，突破旧框框的束缚，茁壮成长，向人们展示其全新的美的魅力和力量。

同时，这两句诗也常被人们用来比喻形势大好喜人，犹如这满园关不住的春光。

421 雕镂太过伤于巧，
朴拙惟宜怕近村。

作者简介：

戴复古（公元1167年~?）字式之，号石屏，黄岩（今浙江省）人。南宋诗人。长期浪游江湖，专事诗词创作。是江湖诗派中成就较高的诗人。推崇杜甫。曾向陆游学诗。反对雕琢模拟，认为"锦囊言语虽奇绝，不是人间有用诗"（《论诗十绝》）。作品内容多指斥时弊，反映民生疾苦，抒发爱国感情。风格质朴自然。亦能词。有《石屏诗集》《石屏词》传世。

注释：

1. 选自南宋戴复古《论诗十绝》："曾向吟边问古人，诗家气象贵雄浑。雕镂太过伤于巧，朴拙惟宜怕近村。"
2. 雕镂：雕琢刻镂。南宋诗人陆游《读近人诗》："琢雕自是文章病"，《杂兴》诗："诗人肺肝困雕镌"，说明陆游是反对过分雕琢的。
3. 村：村俗。戴复古《望江南》词："贾岛形模元自瘦，杜陵言语不妨村。"

品鉴

这首论诗绝句，所表达的创作观点，实际上就是诗人陆游关于诗歌创作的观点。陆游不仅追求雄浑的诗的境界，还主张做诗要有真情实感，提倡自然、朴质，反对过多雕琢字句、缺乏生活内容和个性特点的形式主义诗风。

"雕镂太过伤于巧，朴拙惟宜怕近村"。大意是：如果做诗过多地雕琢字句，玩弄文字游戏，追求工巧，就会失之于人工斧凿的痕迹；诗歌创作应该讲究质朴自然，但质朴也要适当，把握一定的度，如果过头了便会趋向村俗鄙野，这是诗歌创作中最应该避免的。

戴复古曾向陆游学习诗歌创作。关于朴拙而避村俗的观点，陆游在《醉中歌》中曾经说过"低头就俗我却疑"的话。实际上，陆游所讲的避村俗,指的是不能把创作的素材直接搬到诗中,而应该经过艺术的加工、锤炼,精心构思,返璞归真,最后达到"工夫深处却平夷"的境界(《追赠曾文清公》)。这样,既能做到艺术上的朴拙自然,又不致流于鄙俗。

这两句诗所要表达的意思,就是在提倡"雄浑"风格的同时,更要在艺术表现上避免雕琢,避免村俗鄙野,要求达到外在形式的壮丽与内在精神的质朴完美结合,不偏不倚,恰到好处。

422 须教自我胸中出,切忌随人脚后行。

注释:

1. 选自南宋戴复古《论诗十绝》诗:"意匠如神变化生,笔端有力任纵横。须教自我胸中出,切忌随人脚后行。"
2. 须教:必须使,必须让。
3. 切忌:务必避免或防止。 脚后:跟在别人后面。

品鉴

这是诗人戴复古针对江西诗派逞才使气,蹈袭模拟之风提出的论诗主张,旨在提倡创新精神,反对缺乏真情实感,千人一面,千部一腔的形式主义作品。

"须教自我胸中出,切忌随人脚后行"两句,强调诗歌创作贵在创新,贵有诗人自己的特点,反对蹈袭前人,认为诗是真情实感的自然流露,是诗人性格的鲜明表现。大意是:诗歌创作须从自己胸臆中流出,自出机杼,词随意生,笔随神到,不受前人拘束,有自己独特的个性和表达方式;千万不能邯郸学步,随人脚后行,因袭前人的创作和手法。

晋代陆机在《文赋》中曾说,"意司契而为匠",意思说文艺创作要以意为主,以意来权衡对素材的取舍;南朝梁刘勰在《文心雕龙·神思》中亦指出,"独照之匠,阙意承而运斤",意思说只有有了卓越的艺术构思,才能根据意象来进行剪裁熔炼。陆机和刘勰都强调以自己的真实体会做诗,发挥艺术创作的独创性,避免人云亦云,蹈袭前人。

戴复古在这两句诗中表达的创作观点,实际上就是陆机和刘勰曾经表达过的观点，只不过他提得更明确更通俗，也更有针对性罢了。

423 锦囊言语虽奇绝，不是人间有用诗。

注释：
1. 选自南宋戴复古《论诗十绝》诗："陶写性情为我事，留连光景等儿嬉。锦囊言语虽奇绝，不是人间有用诗。"
2. 锦囊言语：指华丽雕琢的字句。
3. 奇绝：极其奇妙。

品鉴 这首诗旨在提倡表现自我，推重个性，反对江西诗派因袭陈言，堆垛学问的创作之风。

"锦囊言语虽奇绝，不是人间有用诗"。大意是：诗以言志抒情为主，重在表现个性，有真情实感，写出自己独特的生活感受和体验，道前人之所未道；而堆砌典故，缺乏创新，使用前人用过的语言，虽然言辞奇妙，外表华美，但却不是人间有用的诗歌，不能于社会于人生有所补益。

诗人论诗重"性情"和社会"功用"，将性情、个性及社会功用视作诗的价值和生命，鄙视堆垛学问，逞才使气，只重形式而无真情实感的作品。这种创作思想，有异于江西诗派的创作观点，是对江西诗派形式主义诗风的不满和指斥。

424 寻常一样窗前月，才有梅花便不同。

作者简介：

杜耒（？～1225年）字子野，号小山，南城（今江西省临川市）人。南宋诗人。曾为淮东安抚制置使许国的幕客，宝庆元年（公元1225年），许国为忠义军首领李全杀害，杜耒亦死于乱军之中。

注释：

1. 选自南宋杜耒《寒夜》诗："寒夜客来茶当酒，竹炉汤沸火初红。寻常一样窗前月，才有梅花便不同。"寒夜：天冷的晚上。
2. 寻常一样：同平常一样的。寻常：平常。
3. 才：因为。

品鉴　　这是诗人一首广为流传的抒情诗，表达诗人自己和友人情志相投，甘愿一起远离尘世，过一种淡泊清新生活的隐逸思想。

"寻常一样窗前月，才有梅花便不同"。大意是：明月照在窗前，和平常一样，清冷明亮，没有什么两样；但今晚开出了几朵梅花，清瘦秀逸的梅枝映着清幽的月光，散发出缕缕淡淡的清香，平添了几分逗人喜爱的生趣，便与众不同，更胜于往日的妩媚美丽。

很显然，诗人是以"梅"比人。如今朋友来了，煨炉烧茶，室内顿觉温暖，主人也不再寂寞，犹如月夜中增添了梅花一样，多了几分清幽的香味，自然有一种不同"寻常"的韵味。

这两句诗成功地描述了美感心理的转变。同时也能给人以哲理的启示：它表明了一种共性与个性的关系。窗前月下，清辉满地，是共性。这样的月色经常有，不足为奇。但同样是这样的窗前明月，一旦有了梅花清瘦的身姿和幽香，便有了特别的韵味，便和平常的窗前明月大不一样了。这就具有鲜明的个性了。这里，梅花所起的作用，是使得寻常的窗前明月有了自己的个性，即特殊性，它带给人们的，也是不同寻常的美感印象。

425 林莺啼到无声处，青草池塘独听蛙。

作者简介：

　　曹豳（生卒年不详）字西士，号东畎。温州瑞安（今浙江省瑞安）人。南宋宁宗嘉泰二年（公元1202年）进士。历任秘书丞、仓部郎官、左司谏等职。当时与王万、郭磊卿、徐清叟俱直言敢谏，时称"嘉熙四谏"。后知福州，官至宝章阁待制。谥文恭。能诗文。其诗以轻巧明快著称。

注释：

1. 选自南宋曹豳《暮春》诗："门外无人问落花，绿阴冉冉遍天涯。林莺啼到无声处，青草池塘独听蛙。"
2. 林莺：树林中的黄莺。　无声处：没有声音的时候。指暮春时节，黄莺已老而不再啼叫。
3. 独听蛙：只听到青蛙的叫声。　独：只。

品鉴　这是一首吟咏暮春景物的诗。诗人以落花、绿阴、蛙声入诗，写出暮春景象，色彩鲜明，情调开朗，避免了一般描写暮春容易流于惜春、伤春的老调，给人以清新明快、生意饱满的感觉。

"林莺啼到无声处，青草池塘独听蛙"。大意是：暮春时节，林木葱茏，林中的黄莺已老而不再啼叫；然而，虽然没有了林莺的婉转，青草池塘边却传来了蛙声一片，依然美妙动听。

林莺停歇，蛙声传来，诗中动静交错，有声有景。其中"独听蛙"三字尤为传神，给人带来精神上的欢快和活力。人们因此而不必为莺声停歇了而伤感惋惜。诗句将暮春傍晚郊野的情景活灵活现地勾画了出来，情调十分开朗，能开阔人的心怀，给人以美的享受。

426　花开红树乱莺啼，草长平湖白鹭飞。

作者简介：

徐元杰（公元1196年～1245年）字仁伯，上饶（今江西省上饶市）人。南宋诗人。宋理宗绍定五年（公元1232年）进士。曾任太常寺少卿、工部侍郎等职。敢于直言谏争，有政声。其诗清新流畅，写景自然，于平淡之中见情趣。

注释：

1. 选自南宋徐元杰《湖上》诗："花开红树乱莺啼，草长平湖白鹭飞。风日晴和人意好，夕阳箫鼓几船归。"湖：指杭州西湖。
2. 红树：开满了红花的树。
3. 平湖：风平浪静的湖面。

品鉴 这是诗人春天泛舟游西湖写的一首描写西湖美景的诗。

"花开红树乱莺啼，草长平湖白鹭飞"两句，用动静结合的笔法，极力描写西湖风光景色的美好。大意是：春天的西湖边上，树上的红花绽开了，分外娇艳，花丛中传来黄莺歌声的婉转；湖水风平浪静，波光潋滟，水草长出了水面，茵茵如染，几只白鹭从水草处展翅飞起来，翩翩掠过平静的湖面。

诗句中写了红花、绿草、黄莺、白鹭，色彩鲜艳，有声有色，有动有静，描写细腻，意境优美。特别是"乱"与"飞"两个动词，为绚丽的西湖景色平添了许多勃勃生气，情调欢快，传神地勾画出了西湖春天美好迷人的风光。

427 人生自古谁无死，留取丹心照汗青。

作者简介：

　　文天祥（公元 1236 年～1283 年）字宋瑞，号文山，吉州吉水（今江西吉水）人。南宋诗人。宋理宗宝祐四年（公元 1256 年）进士。任过地方行政长官，官至丞相，封信国公。临安危急时，奉命出使元营议和，因坚决抗争被扣留。后冒险逃到温州，拥立益王抵抗元兵，转战于赣、闽、岭南一带，兵败被俘。虽经百般折磨、诱降，始终不为所动，最后被杀害。文天祥的诗歌创作以临安（今浙江省杭州市）陷落为界，分为前、后两个时期。后期诗歌表现坚贞不屈的民族气节，昂扬的斗志与必胜的信念，风格慷慨激昂，悲凉沉痛。有《文山先生全集》传世。

注释：

1. 选自南宋文天祥《过零丁洋》诗："辛苦遭逢起一经，干戈寥落四周星。山河破碎风飘絮，身世浮沉雨打萍。惶恐滩头说惶恐，零丁洋里叹零丁。人生自古谁无死，留取丹心照汗青。"零丁洋：今广东省中山市南面。南宋祥兴二年（公元 1279 年），元军都元帅张弘范挟持文天祥进攻南宋最后一个据点崖山（今广东省新会南大海中),张一再逼迫文天祥招降坚守在崖山的张世杰,文天祥便写了这首诗给他,加以拒绝。

2. 留取:留得。 丹心:红心。 汗青:古人无纸,记事用竹简。制作时,采用青竹,用火烤,使其出汗(出水),便于书写,避免虫蛀,因称汗青。此指史册。

品鉴 宋恭帝德祐元年(公元1275年),元军攻宋,南渡长江,文天祥奉诏募兵万人,保卫都城临安。后任右丞相,出使元军被拘,脱险后逃至福建,继续募集将士,奋勇抵抗元军。祥兴元年(公元1278年)冬,文天祥兵败被俘。翌年正月,元军都元帅张弘范将他囚禁船上,去追击逃往崖山的南宋最后一个皇帝。元将张宏范一再逼迫文天祥致书劝降宋军统帅张世杰。文天祥严词拒绝,说:"吾自救父母不得,乃教人背父母,可乎!"并赋此诗,以明心志。全诗苍凉悲壮,沉痛地回顾了国家和个人的苦难命运,慷慨地表示了以身殉国的决心。

"人生自古谁无死,留取丹心照汗青"。大意是:人总是要死的,自古以来,有谁能不死呢;但死有重于泰山,轻于鸿毛之别,我愿意以身殉国,为国家民族而死,留下英雄忠贞的事迹,照耀史册。

诗人词意沉挚,大义凛然,视死如归,气壮山河,迸射出浓烈的爱国主义情感,几百年来一直激励、鼓舞着中华民族,舍生忘死地抗击入侵的列强和压迫,为正义的事业而英勇抗争,直到流尽最后一滴血。

428 淡淡著烟浓著月,
深深笼水浅笼沙。

作者简介:

白玉蟾(公元1194年~1229年)原名葛长庚,字如晦,号海琼子,福建闽清(今福建省闽清县)人。因过继给雷州姓白的人家,故改名白玉蟾。后来在武夷山隐居,成为道教南派的第五祖。学识渊博,擅长书画,亦善诗。

注释:

1. 选自南宋白玉蟾《早春》诗:"南枝才放两三花,雪里吟香弄粉些。淡淡著烟浓著月，深深笼水浅笼沙。"
2. 著：抹上，涂上。
3. 笼：笼罩，此处指映照。

品鉴

诗题《早春》，实际上写的是早梅。诗人善于抓住雪地里、月光下梅花特有的颜色着意描写，画出了梅花特有的神采和风姿。

"淡淡著烟浓著月，深深笼水浅笼沙"两句，描写在朦胧月光映照下，雪地上几枝梅花开放了的印象。大意是：夜色中，几枝早开的梅花在烟雾中看起来颜色淡淡的，在月光的照射下又显得颜色较浓；映照到水里，颜色看起来很深，照到沙地上颜色又显得很浅。

唐朝诗人杜牧《泊秦淮》中有"烟笼寒水月笼沙"的名句，很显然，白玉蟾从中受到了启发，模仿其语意，写出了"淡淡著烟浓著月，深深笼水浅笼沙"的诗句。但是，虽是模仿，却未完全照搬，其中还是有诗人自己的体验、情感，因此颇为贴切，而且别开一种诗境，给人以美的享受。

429 宁可枝头抱香死，何曾吹落北风中。

作者简介：

郑思肖（公元1241年～1318年）字忆翁，号所南，又号三外野人。福州连江（今福建省连江县）人。宋末诗人，画家。曾以太学生应试博学鸿词科。元兵南下，叩阙上书，情辞切直。南宋亡后隐居苏州，时时不忘故国，坐卧必南向，自号"所南"。画墨兰不画根土，以示国土沦亡之意。他的诗与画一样，托物言志，表达了深沉的亡国之痛和故国之思。有《郑所南先生文集》《一百二十图诗集》传世。

注释：

1. 选自南宋郑思肖《画菊》诗："花开不并百花丛，独立疏篱趣未穷。宁可枝头抱香死，何曾吹落北风中。"
2. 抱香死：虽枯死而香气犹存。
3. 何曾：不曾，从未有过。

品鉴 这是诗人为自画菊花题写的一首诗。诗中句句都在赞美菊花，但诗人却不描写菊花的外表，而专注于菊花的情趣和精神，目的在于寄托自己的志向和情感。

"宁可枝头抱香死，何曾吹落北风中"。大意是：秋末冬初，天气转冷，北风阵阵袭来，可是菊花宁愿带着满身清香，枯死在枝头，也决不愿在北风中吹落，掉在泥埃上。

诗人用拟人化手法，充分表现了菊花不屈的精神。但它绝不是一首单纯的咏物诗，而是诗人寄寓情志的一个载体。郑思肖是一个有着强烈民族意识的诗人。南宋亡后，诗人隐居苏州城南报国寺。坐卧一定向南（意思是宋在南方），堂上一横匾曰："本穴世界"，又著《大无工十空经》，皆寓不忘"大宋"之意。墨兰画得好，但他画兰不著泥土，画外之意是国土已被敌人夺去了。

所以，诗人笔下的菊花，实际上是他自己精神的化身。诗人托物咏怀，以北风喻元朝，以菊花自比，表示自己坚守节操，绝不与元朝合作，决不向元朝统治者屈服的至死不变的民族气节。

430 梅须逊雪三分白，雪却输梅一段香。

作者简介：

卢梅坡，南宋诗人，生卒年及生平事迹不详。

注释：

1. 选自南宋卢梅坡《雪梅》二首中的第一首："梅雪争春未肯降，骚人搁笔费评章。梅须逊雪三分白，雪却输梅一段香。"雪梅：一作南宋诗人方岳诗。

逊：退让，差，不及。

输：不及。与"逊"互文见义。 一段香：即一份香，一成香的意思。以长度形容香味，造语新奇，形象生动。

品鉴 卢梅坡在这首描写雪梅的诗中，以拟人化的笔法赋予了飞雪和梅花以新的形象和生命。冬末春初，大雪过后，阳气回升，便开始迎来初春的景象。而梅花绽蕊吐艳，更给人们带来了早春的信息。

"梅须逊雪三分白，雪却输梅一段香"两句，从"雪白""梅香"的角度，评判出梅雪各有千秋。大意是：梅花虽白，但与洁白的雪比，却要略逊三分；雪虽然在洁白上胜过了梅花，却没有梅花那样一种袭人的清香。

诗人对雪、梅的这个评判，暗喻了一个人生哲理：世间的事物总是各有所长，各有所短的。正如《楚辞·卜居》中所说的一样："夫尺有所短，寸有所长；物有所不足，智有所不明。"所以，人们在评判一个人的价值时，绝不能以己之长，度人之短，只看别人的缺点，不看别人的优点，一味标榜自己处处正确，了不起。而是应该互相学习，取长补短。对待别人，更应该多看他的优点，发挥他的长处，以他人之长，弥补自己的不足。

431　日暮诗成天又雪，
　　　　与梅并作十分春。

注释：

1. 选自南宋卢梅坡《雪梅》二首中的第二首："有梅无雪不精神，有雪无诗俗了人。日暮诗成天又雪，与梅并作十分春。"
2. 日暮：傍晚时分。
3. 十分春：完美的春色。春：春色。

品鉴　　这首诗评论梅花、雪、诗歌三者之间的关系。诗是人写的，所以实际上，诗人自己也参加到梅雪争春的行列中去了。

诗人认为，在白雪的衬托下，梅花显得更加高洁神采；然而有雪有梅，如果没有诗人吟咏雪、梅的优美诗章，仍然免不了显得俗气不雅。

"日暮诗成天又雪，与梅并作十分春"二句，表达了诗人对梅、雪、诗歌三者融合一起，相互映衬才能具有完美春色的观点。大意是：傍晚时分，天空纷纷扬扬下起了鹅毛大雪，诗人吟咏白雪和梅花的诗歌写出来了，梅花和白雪相互映衬，有香有色，加上优美诗歌的吟诵渲染，相映生辉，才创造出了十分完美的春色来。

　　这两句诗对"完美"的追求，颇有理趣，能给人以丰富的启示：自然界的事物是互相依存，互相联系，互相烘托的，没有绝对孤立存在的景物。即使有这样的景物，它的美也是很不完美的。譬如梅、雪相映，风景如画，但是这种独立存在的静态的景物，如果没有人去赏识鉴别它，是没有任何意义的。只有当人以审美的眼光去审视它、鉴赏它、赞美它，它才有了生气、活力和价值。

432　沾衣欲湿杏花雨，吹面不寒杨柳风。

作者简介：

　　僧志南　生卒年及生平事迹不详，南宋和尚，有诗才。

注释：

1. 选自南宋僧志南《绝句》诗："古木阴中系短篷，杖藜扶我过桥东。沾衣欲湿杏花雨，吹面不寒杨柳风。"
2. 杏花雨：清明时节杏花开时下的雨。
3. 杨柳风：春风。杨柳发绿时，春风吹拂，使人感到丝丝柔和的春意。

品鉴　这首小诗描写了诗人出游赏春的情景，表现了江南春天特有的风光和气息。

　　"沾衣欲湿杏花雨，吹面不寒杨柳风"。大意是：江南的春天杏花开的时节，毛毛细雨飘飘落落地下起来，轻轻沾在衣裳上，润润的，一时半刻不会湿透，舒适自怡；一阵风吹拂过来，吹动了杨柳丝，吹到人们脸上，柔和而不觉得寒冷。

　　诗人用"杏花雨""杨柳风"这些极富诗意的字眼，描写春天江南的景色，渲染出一股浓郁隽永的诗意。画面色彩明丽，语言自然流畅，令人倍感亲切。

诗歌

金代

433　信手拈来世已惊，
　　　　三江衮衮笔头倾。

作者简介：

　　王若虚（公元1174年～1243年）字从之，号慵夫，又号滹南遗老。藁城（今河北省境内）人。金代文学批评家，诗人。金章宗承安二年（公元1197年）进士。历任县令、刺史、著作郎，官至翰林应奉转直学士等。博学而有创见，为当时文坛领袖。曾出使于夏。金亡不仕。北归隐居镇阳，潜心著述。其论诗主旨在于"真"，在于"自得"，反对模拟雕琢，"经营过深"。推崇白居易、苏轼，对黄庭坚及江西诗派表示不满。其诗清新自然，多写个人感慨。有《滹南遗老集》传世。

注释：

1. 选自金代王若虚《山谷于诗每与东坡相抗，门人亲党遂谓过之，而今之作者亦多以为然。予尝戏作四绝云》中的第二首："信手拈来世已惊，三江衮衮笔头倾。莫将险语夸勍敌，公自无劳与若争。"
2. 信手拈来：随手写来。北宋苏轼《次韵孔毅父集古人句见赠》诗："前生子美只君是，信手拈得俱天成。"南宋陆游《秋风亭拜寇莱公遗像》诗："巴东诗句澶州策，信手拈来尽可惊。"是此诗所本。
3. 三江衮衮：形容苏轼诗才敏捷，若江水滔滔不绝。苏轼《文说》："吾文如万斛泉源，不择地而出，在平地滔滔汩汩，虽一日千里无难。"北宋黄庭坚《子瞻（苏轼）诗句妙一世，乃云效庭坚体，盖退之戏效孟郊》诗："我诗如曹郐，浅陋不成邦。公如大国楚，吞五湖三江。"　三江：三条江水的汇合处。一指吴之三江，即松江、娄江、东江。一指蜀之三江，即岷江、涪江、沱江。衮衮：即滚滚，大水奔流的样子。唐代杜甫《登高》诗："无边落木萧萧下，不尽长江滚滚来。"

品鉴　这首诗是金代文学评论家王若虚对宋代诗人苏轼、黄庭坚的评价。

"信手拈来世已惊,三江衮衮笔头倾"两句,形容苏轼做诗才思敏捷,顺手拈来便成妙文,毫不费力,笔下走珠泻玉如滔滔不绝的三江之水。

苏轼、黄庭坚都是开宋朝一代诗风的人,在中国诗歌史上都有很高的地位。但王若虚认为,苏轼诗歌随笔点染,任意挥洒,强调"辞达而已"。创作中,要求对描写对象不仅做到"了然于心",还要做到"了然于口与手"(《答王庠书》),写出真性情、真怀抱。所以王若虚给予崇高评价,说苏轼诗不假雕琢,自然惊人,如"三江衮衮",热情奔放,不可阻遏。而对黄庭坚在诗歌创作上"经营过深""雕琢太甚",矜奇斗险的做法,则提出批评,认为"山谷之诗,有奇而无妙,有斩绝而无横放,铺张学问以为富,点化陈腐以为新,而浑然天成,如肺肝中流出者不足也,此所以力追东坡而不及欤"(《滹南诗话》)。

这首诗在品评苏、黄二人诗歌创作的优劣时,表达了作者重视诗人才气的论诗主张,提倡信手拈来的自然之趣,批评了人为刻意雕琢、追逐奇险的诗风,对诗歌创作具有普遍的积极的意义。

434 论功若准平吴例,合著黄金铸子昂。

作者简介:

元好问(公元1190年~1257年)字裕之,号遗山,太原秀容(今山西省忻州市)人。金代鲜卑族诗人。金宣宗兴定五年(公元1221年)进士。曾任镇平、内乡、南阳等县县令。后入朝为左司都事,转行尚书左司员外郎。金亡后隐居乡里,搜集史料,编成金代诗歌总集《中州集》和《壬辰杂编》等书。其诗内容丰富充实,风格慷慨苍凉,较为深刻地反映了金、元之际动乱的社会现实和北方人民的深重灾难,称为金末诗史。亦工乐府,词风逼近苏辛。主张诗歌应具有刚健雄浑的意象和真实淳朴的感情,反对脱离生活、闭门苦吟、雕琢浮靡的习气,在文学批评史上有一定影响。其《论诗三十首》对历代诗人、作品和诗歌流派进行了广泛的评论和比较,有许多精辟、独到的见解。有《遗山集》传世。

注释:

1. 选自金代元好问《论诗三十首》中的第八首:"沈宋横驰翰墨场,风流初不废齐梁。论功若准平吴例,合著黄金铸子昂。"
2. 准:按照,仿效。 平吴例:指春秋战国时,范蠡协助越王勾践灭吴后,辞官归隐。越王以良金铸范蠡之像,置于座侧,加以礼拜。
3. 合著:应该用,应当拿着。 子昂:陈子昂(公元659年~700年)字伯玉,初唐诗人。有《陈伯玉集》传世。关于诗歌创作,他是唐代第一个从理论上提出崇尚汉魏风骨,鄙弃齐梁绮靡诗风的人。

品鉴 这首诗对初唐诗人陈子昂在诗坛上的地位和作用给予了高度评价。

"论功若准平吴例,合著黄金铸子昂"两句,元好问高度肯定、评价初唐诗人陈子昂在扫除六朝以来绮靡浮艳的形式主义诗风,开创反映现实的新诗风方面做出的不朽贡献。大意是:陈子昂在诗坛上建立的丰功伟绩,可以和范蠡帮助越王勾践平定吴国相比,因此应该像越王勾践那样,用黄金为陈子昂塑像,以表彰他对诗歌创作的贡献。

诗歌自晋代以来,走上了形式主义和唯美主义道路。"文章竞为浮华,遂以成俗"(《北史·苏绰传》)。诗人们把注意力放在"俪采百字之偶,争价一韵之奇"(刘勰《文心雕龙·明诗》)上,雕琢字句,铺陈典故,追求绮丽,竞尚浮华,使建安时期开创的反映世积乱离,慷慨多气的风骨丧失殆尽。当时一些有远见的诗人,如颜延之、苏绰、李谔、王通等,都主张诗歌要有充实的内容,反对浮艳不实的诗风。

然而,初唐诗歌创作,承袭六朝余风,继续沿着唯美的和浮靡的路子走下去。尽管初唐四杰(王勃、杨炯、卢照邻、骆宾王)曾力图摆脱齐梁诗风影响,注意面向广阔的社会生活,积极开拓诗歌的思想题材,抒发自己的愤世嫉俗之情,开始吐露出一种刚劲、清新的气息。但是,由于六朝积习太深,统治初唐诗坛的,仍然是浮艳不实的诗风。

直到陈子昂出来,才自觉地从理论上高举革新复古的旗帜,力振淫靡衰颓的诗风。他强调诗歌要有"兴寄""风骨",要"清新""自然",反对"采丽竞繁",斗靡夸多,华而不实的诗风。他说:"文章道弊五百年矣。汉魏风骨,晋宋莫传,然而文献有可征者。仆尝暇时观齐、梁间诗,采丽竞繁,而兴寄都绝,每以永叹。思古人常恐逶迤颓靡,风雅不作,以耿耿也。"(《与东方左史虬修竹篇序》)他的诗内容充实,风骨刚健,不尚藻饰,不涉艳情,一扫六朝绮靡纤弱之习,开辟了唐诗创作的新天地,因而受到高度赞扬。唐代卢藏用《陈氏别传》说他:"卓立千古,横制颓波,天下翕然,文质一变。"《新唐书·陈子昂传》也说:"唐兴,文章承徐、庾余风,天下祖尚,子昂始变雅正。"

元好问充分认识到陈子昂在诗歌革新方面的历史功绩,认为其功劳可与范蠡帮助越王勾践平定吴国相比,因此,给予了高度而又中肯的评价。

435 眼处心生句自神,暗中摸索总非真。

注释:

1. 选自金代元好问《论诗三十首》中的第十一首:"眼处心生句自神,暗中摸索总非真。画图临出秦川景,亲到长安有几人?"
2. 眼处:指眼睛看到的实境。《大毗婆沙论》:"问:眼处云何?答:诸眼于色,已正当见;及彼同分,是名眼处。" 心生:从内心激发出诗情。
3. 暗中摸索:指凭空想像,暗中虚拟。

品鉴 这首论诗绝句着重表明,杜甫有真实的生活经历,因而能够写出反映社会生活,抒发自己情感的优秀诗歌作品来。

"眼处心生句自神,暗中摸索总非真"。大意是:诗人只要亲眼看到了实际的美景,激发起诗人内心的激情,自然能够写出超妙入神的诗歌来;而凭空想像,暗自虚拟,脱离活生生的现实,缺乏对生活的实感和了解,就写不出具有真情实感的好作品来。

元好问论诗,继承和发挥了古代诗论的物感说,强调对客观事物和社会生活要直接观察，亲身体验，做到对所表现的事物有切身感受，有真情实感，突出和强调了客观事物对诗歌创作的决定性作用。反对凭空臆造虚拟，脱离生活，闭门造车。他的这些创作主张，符合文学创作的基本规律，对于推动诗歌创作健康发展，消除江西诗派闭门造车、雕琢字句的错误倾向具有积极意义。

436　心画心声总失真，文章宁复见为人。

注释：

1. 选自金代元好问《论诗三十首》中的第六首："心画心声总失真，文章宁复见为人。高情千古闲居赋，争信安仁拜路尘。"
2. 心画心声：扬雄《法言·问神》中说："故言，心声也；书，心画也。心画形，而君子小人见矣。"扬雄认为，语言是人们的心声；而写成书面的文字，就是人们思想感情的具体表现。所以从"言""书"中可以看出人们的内心世界和精神面貌。
3. 宁复：岂能再。

品鉴　这首诗通过对潘岳思想品行与作品内容相背离现象的分析，提出评论一个人的作品不能只看其文章是怎么说的，还要看他在生活中的操守品行，处事为人，是不是言行一致，表里如一。

汉代扬雄在《法言·问神》中说过："故言，心声也；书，心画也。心画形，而君子小人见矣。"意思说，从一个人的言语和写成的诗文中可以看出他的内心世界和精神面貌。但元好问认为扬雄的话并不完全对，因为有些人说的是一套，做的又是一套，不一致的现象是经常存在的。

"心画心声总失真，文章宁复见为人"两句，大意是：言语和诗文往往失真，和一个人的思想行为发生背离，因此，仅从诗文表面是不能见出一个人真正的思想和品行的。

元好问一反"文如其人"的传统观点，提出文学作品未必能真实地反映一个人的思想品德。这个观点对于评论诗歌创作是很有实际意义的。

孔子说过:"有德者必有言,有言者不必有德。"(《论语·宪问》)老子也说过:"信言不美,美言不信。"(《老子》)所以,如果仅凭一个人的言语表态来看他的人品,决定取舍,往往会出现差错。例如西晋诗人潘岳,名重一时,他在《闲居赋》中把自己描绘成一个淡于利禄、与世无争的名士,几乎可以称得上是"高情千古"了。可实际上呢,他却谄事权贵贾谧,当贾谧的车从街上走过时,他会望着扬起的尘土行拜见礼。其行为表现却是如此的趋炎附势,热衷名利,人格卑下。所以元好问认为扬雄提出的"心声""心画"之说,是不可靠的,文不完全如人。世间也确乎有那么一些言行相悖、表里不一的骚人墨客存在,因此,要正确地理解和评价诗歌,"知人论世"当是必不可少的条件。

437 文章得失寸心知,千古朱弦属子期。

注释:

1. 选自金代元好问《自题〈中州集〉后五首》中的第四首:"文章得失寸心知,千古朱弦属子期。恨杀溪南辛老子,相从何止十年迟。"
2. 文章得失:诗文的得失,好坏,自己内心是知道的。唐代杜甫《偶题》:"文章千古事,得失寸心知。"
3. 子期:钟子期,春秋时楚国人,善于欣赏音乐,而俞伯牙善于弹琴。二人是要好的朋友。钟子期能从伯牙的琴声中听出他的心音。后人遂以钟子期为知音者。见《吕氏春秋·本味》《列子·汤问》。

品鉴 这首诗,表现了元好问对于知音难遇的感慨。

"文章得失寸心知,千古朱弦属子期"两句,大意是:对于诗文的内容和质量好坏,历来人们的诠释和评价相差很大,各说不一。实际上,诗文的优劣得失,只有作者自己心里最明白;千百年来,能与诗人心意相通的知音实在太少了。你看,真正能听懂伯牙琴声"志在高山,志在流水"的人不也就钟子期一人么。

春秋时期,俞伯牙善于弹琴,技艺高妙。而钟子期善于听琴,能从伯牙的琴声中听出他的心音。伯牙表现志在高山时,钟子期就说:"峨峨然太山。"伯牙表现志在流水时,钟子期就说:"洋洋然若江河。"钟子期去世以后,伯牙沉痛地感到世上再也没有知音了,就毁了琴弦,终身不再弹琴。后人遂以钟子期为知音者。

唐代诗人杜甫在《偶题》诗中曾经感叹说:"文章千古事,得失寸心知。"元好问同意杜甫的观点,感叹知音难遇。元好问认为,诗文的得失,作者自己心里最清楚。要想得到公正合理的评价,只有真正的知音才能做得到。诗人认为,辛愿就是这样的知音。辛愿对别人的诗作"必为之探原委,发凡例,解脉络,审音节,辨清浊,权轻重,片善不掩,微颣必指",十分难能可贵。元好问敬重辛愿的卓识,对他的诗歌也是颇为赞赏的。

438　一语天然万古新,豪华落尽见真淳。

注释:

1. 选自金代元好问《论诗三十首》中的第四首:"一语天然万古新,豪华落尽见真淳。南窗白日羲皇上,未害渊明是晋人。"

2. 一语天然:诗歌语言朴素自然,未加雕饰。南宋朱熹《朱子语类》云:"渊明诗平淡出于自然。"南宋严羽《沧浪诗话》云:"渊明之诗质而自然。"元好问《继愚轩和党承旨雪诗》:"愚轩具诗眼,论文贵天然。颇怪今时人,雕镌穷岁年。君看陶集中,饮酒与归田。此翁岂作诗,真写胸中天。天然对雕饰,真赝殊相悬。乃知时世妆,粉绿徒争怜。枯淡足自乐,勿为虚名牵。"可以作为这个名词的注脚。

3. 豪华落尽:豪华,指雕饰的词句。落尽:去掉。南宋葛立方《韵语阳秋》云:"欲造平淡,从组丽中来,落其纷华,然后可造平淡之境。"南宋胡仔《苕溪渔隐丛话》载:"《正法眼藏》云:

'石头一日问药山曰：子近日作么生？山曰：皮肤脱落尽，惟有真实在。'鲁直《别杨明叔》诗云：'皮毛剥落尽，惟有真实在。'全用药山禅师语也。"

品鉴

这是元好问对东晋大诗人陶渊明诗歌的评价。

"一语天然万古新，豪华落尽见真淳"。大意是：陶渊明的诗歌具有真情实感，是从自己胸中自然流出，天然去雕饰，意境优美，含义丰富，而语言平淡自然，去除了雕琢浮华的辞藻，具有天然淳朴的风格，所以万古常新，受到历代诗家的高度评价。

陶渊明的诗在南北朝以前没有得到足够的重视，南朝梁沈约在《宋书》中把他列入《隐逸传》，忽视了他的文学成就。钟嵘在《诗品》中把他列为"中品"，放在雕章琢句的诗人之下。到了唐代，陶渊明的诗歌才开始受到人们普遍赞誉。从李白、杜甫、白居易以来的大诗人，几乎都深受陶诗的影响。宋代以来，人们评论诗歌，提倡自然、朴素的诗风，反对雕琢字句、追求险怪的风尚，常常以陶诗为榜样。从此以后，陶诗在诗歌发展史上的重要地位才得以确认下来。

元好问认为，晋代诗歌虽有建安遗风，但儿女情多，风云气少，且讲究词藻的华美，对偶的工整，有明显的形式主义倾向。陶渊明虽是晋人，却与晋时雕琢绮丽的诗风迥然不同。他的诗随手拈来，毫不费力，落尽豪华，质朴清新，既富有真情实感，又具有平淡自然的风格，和谐优美的意境，艺术感染力很强。所以元好问在《继愚轩和党承旨雪诗》中说："愚轩具诗眼，论文贵天然。颇怪今时人，雕镌穷岁年。君看陶集中，饮酒与归田。此翁岂作诗，真写胸中天。天然对雕饰，真赝殊相悬。乃知时世妆，粉绿徒争怜。枯淡足自乐，勿为虚名牵。"

元好问论诗，反对宋代西昆体、江西诗派诗风，内容上推崇"壮怀""风云"，反映社会生活，形式上崇尚"天然""真淳"，鄙弃雕章琢句，这对于清除西昆体、江西诗派的不良影响，具有一定的积极意义。

439 鸳鸯绣了从教看,莫把金针度与人。

注释:

1. 选自金代元好问《论诗三十首》中的第二首:"晕碧裁红点缀匀,一回拈出一回新。鸳鸯绣了从教看,莫把金针度与人。"
2. 从教看:任意让人看,随便教人看。
3. 金针度与人:冯翊子(一说为五代时的严子休)《桂苑丛谈》:"郑侃女采娘,七夕陈香筵,祈于织女曰:'愿乞巧。'织女乃遗一金针,长七寸,缀于纸上,置裙带中,令'三日勿语,汝当奇巧。'"后以"金针度人"比喻向人传授秘要和诀窍。

品鉴

这首诗以绘画、绣花为喻,阐述了元好问的论诗观点。

"鸳鸯绣了从教看,莫把金针度与人"。大意是:创作诗歌像绣花一样,姑娘们精心绣出的鸳鸯栩栩如生,优美动人,可以任意让别人观赏,但绣鸳鸯的诀窍、秘要却不能传授给别人。

绣花,得先绘制花样,什么地方绣什么颜色,要裁处,点缀均匀,布置妥帖。写诗也是这样,要谋篇布局,遣词造句,表情达意,出语天然,这些均需要去仔细琢磨,反复推敲,并运用艺术构思加以组织和结句。这样创作出来的诗歌才会自然清新,情景交融,有声有色,可以任意给别人阅读、欣赏,但做诗的"秘要""诀窍"却无法传授别人。元好问所谓的"秘要""诀窍"主要指站得高,望得远,生活阅历丰富,在学问、艺术方面都有很高的修养,这样创作时,就可以独具只眼,构思新巧,得心应手,左右逢源,道前人之所未道,达到"一回拈出一回新"的境界。

元好问讲的"莫把金针度与人",显然不是不向别人传授写诗的技巧方法,而是指做诗的心得、体会,即所谓的"秘要""诀窍",主要靠自己亲身体会、领悟,是很难通过语言或文字表述将之传授于人的。

诗歌

元代

440 不要人夸好颜色，只留清气满乾坤。

作者简介：

王冕（公元 1287 年～1359 年）字元章，号煮石山农、饭牛翁、梅花屋主等，诸暨（今浙江省诸暨市）人。元末画家、诗人。出身农家。小时候为别人牧牛，由于努力自学，终于成为有学问的人。至正十八年（公元 1358 年），朱元璋进兵浙东。次年，王冕投奔朱元璋，任咨议参军。王冕绘画以梅、竹著称。有《墨梅图》《墨竹图》传世。

注释：

1. 选自元代王冕《墨梅》诗："我家洗砚池头树，朵朵花开淡墨痕。不要人夸好颜色，只留清气满乾坤。"墨梅：用墨画成的梅花。这是一首题画诗。
2. 夸：夸奖。 好颜色：鲜艳美丽的颜色。
3. 清气：清香的气息。乾坤：原是《易》的两个卦名，后指天地、宇宙。

品鉴

王冕既是画家，又是诗人。他一生绝意仕途，长年隐居在浙江九里山中。策士的济世之志，豪侠的慷慨激昂，魏晋文人的放诞不经，构成了诗人独特的性格和诗风。他特别喜爱画梅花，自号"梅花屋主"，也写过不少吟咏梅花的诗篇，其中不少都借咏梅表白自己的志趣。这首题画诗，就是诗人这种性格的自我写照。

"不要人夸好颜色，只留清气满乾坤"。大意是：画几枝墨梅在池畔傲霜怒放，梅花泛着淡淡的墨色，既不像白梅那般雪白可爱，也不同于红梅的鲜丽照人，她志趣高洁，不需要取悦于人，更不要人们夸赞它的颜色多么艳丽；她只希望能够使自己清幽的香气，充满整个天地人间。

诗人通过吟咏自己画的墨梅，借景抒情，托物言志，表明自己孤高傲世的性格操守和蔑视功名利禄的高洁情怀。显然地，在诗人眼里，画上的墨梅已经人格化了，诗人使之有了人的情感、思想和志趣。她之所以不愿以娇艳的颜色取悦于人，就是因为她要让正直清廉的浩然之气充满整个人间。

441 湖上画船归欲尽，孤峰犹带夕阳红。

作者简介：

　　尹廷高（生卒年不详）字仲明，号六峰。元代诗人。遂昌（今浙江省遂昌县）人。元世祖至元二十七年（公元1290年）前后在世。元成宗大德年间（公元1297年~1307年）曾任处州路儒学教授，又尝掌教永嘉。后谢病归家。诗文为虞集所看重。《四库全书总目》评其诗："气格不高，而神思清隽。尚能不染俗氛。"有《玉井樵唱》传世。

注释：

1. 选自元代尹廷高《雷峰夕照》诗："烟光山色淡溟蒙，千尺浮图兀倚空。湖上画船归欲尽，孤峰犹带夕阳红。"雷峰夕照：西湖十景之一。雷峰塔在西湖旁（1924年4月24日倒塌）。
2. 孤峰：指雷峰塔。

品鉴　　这是一首描写雷峰塔美丽夕照的诗篇。

　　"湖上画船归欲尽，孤峰犹带夕阳红"两句，一边写湖中景色，一边写岸边的孤峰和夕阳，着力表现夕阳照耀下的湖光山色之美。大意是：傍晚时分，游人稀少，游船画舫纷纷划向归家的路程，湖面上已经没有什么船只了；岸边高高的雷峰塔孤独地屹立在那里，浑身沐浴在飞红流彩的残照里，守望着血红的太阳一点点坠入西山。

　　诗人写归船，写夕阳，写孤峰特立的雷峰塔，字字紧扣"夕"字，构成一幅浑然一体的画卷，表现出西湖傍晚独特美妙的景色，富有浓浓的诗情画意。

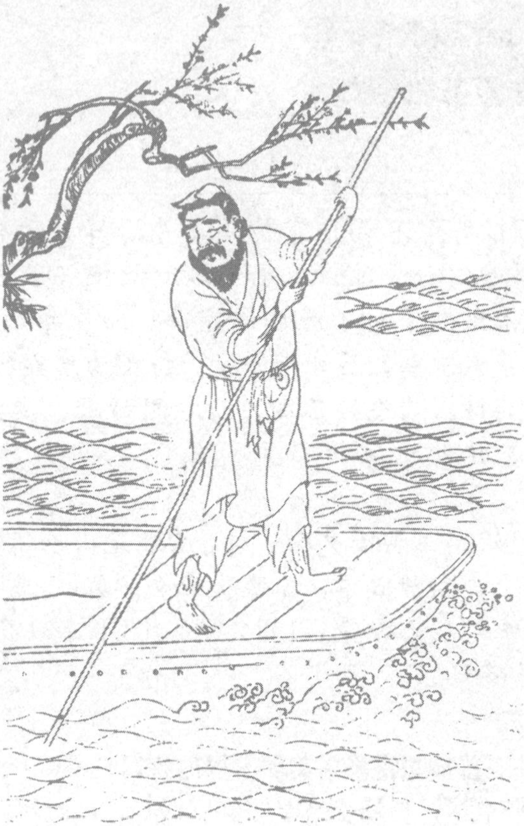

诗歌

明代

442　徐行不记山深浅，
　　　一路莺啼送到家。

作者简介：

　　杨基（公元1326年～1378年）字孟载，号眉庵。嘉定州（今四川省乐山市）人，因祖父官于吴中（今江苏省苏州市），乃迁居吴地。明初诗人。9岁能背诵《六经》。元末隐于吴地赤山。后入张士诚幕府任记室，不久辞归。明代初期，起用为荥阳知县，不久贬官。明洪武六年（公元1373年）复职，奉使湖广，官至山西按察使。能诗文，善书画。少时曾以《铁笛》一诗为杨维桢所称赏。与高启、张羽、徐贲并称"吴中四杰"。其抒情咏物诗清润峭拔，神致俊爽。有《眉庵集》传世。

注释：

1. 选自明代杨基《天平山中》诗："细雨茸茸湿楝花，南风树树熟枇杷。徐行不记山深浅，一路莺啼送到家。"天平山：在苏州西，花岗岩山丘，多裂隙怪石，称"万笏朝天"。为旅游胜地。
2. 徐行：缓慢行走。　山深浅：山路远近。

品鉴　这首诗表现诗人在天平山中游览，贪恋美景，流连忘返的情景。

　　"徐行不记山深浅，一路莺啼送到家"。大意是：初夏时节，天平山风光美丽，令人流连忘返，诗人一边走一边欣赏，不时停下脚步，赏野花，观奇石，淌小溪，记不清翻过了几重山，走过了几道梁；一路之上，黄莺的歌声清亮婉转，悠然不绝，一直伴送我回到自己的家门。

　　诗句语言朴素自然，意境清新，韵味悠长，恰切地表现出诗人心无庶务，轻松快活，悠游自在的心情。

443　粉骨碎身全不怕，
　　　要留清白在人间。

作者简介：

　　于谦（公元1398年～1457年）字廷益，号节庵，钱塘（今浙江省杭州市）人。永乐十九年（公元1421年）进士。历任监察御史、江西巡按、兵部尚书等职。曾当面斥责汉王朱高煦叛乱之罪，义正词严。巡抚河南、山西时，清廉刚直，不畏强暴，平反冤狱，赈济灾荒，兴修水利，深得民心。明英宗正统十四年（公元1449年），明军在土木堡战败，英宗被俘，蒙古军进逼北京。于谦力阻朝廷南迁，坚决主张抗战，并拥立景帝，调集重兵，组织军民保卫北京，击败蒙古军。升任兵部尚书，加少保，总督军务。英宗还朝复位后，于谦被诬以"大逆不道"之罪处死。其诗忧国忧民，感情真挚。风格朴质刚劲，雄浑苍凉。有《于忠肃集》传世。

注释：
1. 选自明代于谦《石灰吟》诗："千锤万击出深山，烈火焚烧若等闲。粉骨碎身全不怕，要留清白在人间。"诗题一作《咏石灰》。写作此诗时，诗人年仅19岁。
2. 千锤万击：一作"千锤万凿"。
3. 全：一作"浑"，即"全"的意思。

品鉴　　这是一首著名的咏物诗。诗人托物言志，使石灰的特性和人的精神形象浑然一体，产生了很强的艺术感染力。

"粉骨碎身全不怕，要留清白在人间"两句，诗人借赞美石灰的洁白品行，抒写自己的心志。大意是：石灰石从深山中开采出来，运出山外，再放进石灰窑焚烧，这中间要历经千般磨难，最后粉身碎骨，变成石灰，成为人们修房建屋的材料，为人类奉献自己，做到了完全彻底，之所以愿意承受如此巨大的磨难和牺牲，无丝毫胆怯之心，是因为抱负远大，要让清白长留人间。

诗句朴实无华，比喻自然贴切，表达了诗人为国利民不畏艰险，勇于自我牺牲的坚定信念，成为后世人们自勉自励的人生座右铭。这两句诗在社会上广为流传，曾鼓舞过许多讲风骨、重气节的仁人志士前赴后继，为自由和理想而战。革命烈士王若飞同志20世纪30年代在国民党的监狱中，也曾引用此诗批判叛徒，激励同志们坚守革命气节。

444 清风两袖朝天去，免得闾阎话短长。

注释：

1. 选自明代于谦《入京》诗："手帕蘑菇及线香，本资民用反为殃。清风两袖朝天去，免得闾阎话短长。"原作无题。题目是后来加的，一作"两袖清风"。
2. 清风：指于谦只带两袖清风去朝见皇上，免得人民议论长短。
3. 闾阎：街坊，乡里。

品鉴　这是诗人被召入京，离开地方任所时写的一首表达自己为官志向的诗，反映了于谦为官清廉、正直的品行。于谦原任河南、山西巡抚等地方官，后调任兵部进京赴任。当时宦官专权，政治腐败，地方官员进京，都要准备礼品，或献纳金银。于谦左右劝他带些当地土特产进京，送给宦官和朝中大臣，于谦举起两袖，笑说道："我带有两袖清风"，并作此诗。

"清风两袖朝天去，免得闾阎话短长"。大意是：离开地方进京任职时，什么礼品也不带，就带两袖清风去朝见皇上及大臣们，免得街坊乡里议论纷纷，说短道长。

于谦为官清廉，深得民心。不仅是著名的民族英雄，也是一位体恤民情的好官。据叶盛《水东日记》记载："于节庵以兵部侍郎巡抚河南、山西，迁大理少卿。前后凡二十年矣。其入京议事独不持土物贿当路，汴人尝诵其诗。"

445 但愿苍生俱饱暖，不辞辛苦出山林。

注释：

1. 选自明代于谦《咏煤炭》诗："凿开混沌得乌金，藏蓄阳和意最深。爝火燃回春浩浩，洪炉照破夜沉沉。鼎彝元赖生成力，铁石犹存死后心。但愿苍生俱饱暖，不辞辛苦出山林。"

2. 苍生：百姓。

品鉴 这首诗借咏煤炭的品质和功用，抒发了诗人勇于献身国家、人民的胸怀。

"但愿苍生俱饱暖，不辞辛苦出山林"两句，诗人以第一人称手法，借物寓志，将煤炭人格化了。大意是：为了让天下百姓都能得到温饱，我愿意不辞千辛万苦，走出深山老林，燃烧自己，换来人间的一片温暖。

诗人情感真挚，胸怀宽广，借煤炭之口，表达了自己愿意为国为民不辞辛劳的崇高的思想境界。与唐代杜甫"安得广厦千万间，大庇天下寒士俱欢颜"，范仲淹"先天下之忧而忧，后天下之乐而乐"相比，诗人的思想更大大前进了一步。他不只是停留在希望、祝福的分上，而是以牺牲自己，或以自己的辛劳，换来天下百姓的安乐和温饱，表现了一种纯粹的利他主义思想和自我牺牲精神。

446 夜船歌舞处，人在镜中行。

作者简介：

张宁（生卒年不详）字静之，号方洲，海宁（今浙江省海宁）人。明景帝景泰、英宗天顺年间任给事中。因触犯权贵，贬为汀州知府。不久，以病辞官回乡。爱好山水。回乡后每年到杭州游览，写了不少吟咏西湖的诗篇。

注释：
选自明代张宁《三潭印月》诗："片月生沧海，三潭处处明。夜船歌舞处，人在镜中行。"三潭印月：西湖十景之一。在西湖外湖中。

品鉴 这首诗描写了月夜西湖三潭秀美娴静的景色。在众多描写西湖的诗歌中，这首诗观察仔细，形容逼真，写景状物，有一定的特色。

"夜船歌舞处，人在镜中行"。大意是：月夜下的西湖，沉静无波，人们在湖上泛舟游览，一声声曼妙的歌舞声传向四面八方；湖面映着明朗的月光，如同一面反射着光影的镜子，人和游船就在这镜子上轻轻滑行。

北宋词人欧阳修《采桑子》（轻舟短棹西湖好）曾形容西湖是"无风水面琉璃滑，不觉船移，微动涟漪，惊起沙禽掠岸飞。"张宁将月光下的湖面比作镜面，人与游船犹如在镜中行走一般，与欧阳修十分相似。二者以玻璃、镜面状写西湖平静无风的水面，贴切生动，较好地表现了西湖宁静、美妙、轻灵的静态美。

447 平沙浅草连天远，落日孤城隔水看。

作者简介：

　　李东阳（公元1447年～1516年）字宾之，号西涯，茶陵（今湖南省茶陵县）人。明代诗人。英宗天顺八年（公元1464年）进士。曾任户部尚书、太子太师、吏部尚书、华盖殿大学士等职，为内阁首辅大臣。能诗。其诗多为应酬赠答或咏史之作，内容较贫乏，形式上追求典雅工丽。曾以台阁重臣的身份主持诗坛，很多文人学士都出自他的门下，最后形成了以他为首的"茶陵诗派"。有《怀麓堂集》《怀麓堂诗话》传世。

注释：

1. 选自明代李东阳《游岳麓寺》诗："危峰高瞰楚江干，路在羊肠第几盘？万树松杉双径合，四面风雨一僧寒。平沙浅草连天远，落日孤城隔水看。蓟北湘南俱入眼，鹧鸪声里独凭栏。"岳麓寺：在今湖南省长沙市西南岳麓山上。
2. 平沙：指河边沙滩。
3. 孤城：指长沙城。　水：指湘水。　隔水看：湘江在岳麓山与长沙城之间，所以须隔水相望。

品鉴　这首诗描写岳麓山上远眺的景色，视线由近及远，境界十分开阔。

"平沙浅草连天远，落日孤城隔水看"两句，描写从岳麓山上远眺看到的天地广远，山川壮美的景象。大意是：江岸沙滩上小草刚刚长出嫩叶来，绿茵茵地铺向天边；湘江的对面，长沙城沐浴在落日的余晖里，呈现出一片灿烂的金黄色。

诗人用"连天远"描写沙滩野草的辽远无际，用"隔水看"描写一水相隔的长沙城，构成一幅平沙无垠，草色连天，落日彩霞，孤城残照的画图。色彩缤纷明艳，意境旷远静穆。而且在浅草和远天的陪衬下，岳麓山更能显出一种山势高耸，凌空突兀的壮美气势来。

448 平生不敢轻言语，一叫千门万户开。

作者简介：

唐寅（公元1470年~1524年）字伯虎，一字子畏。江苏吴县（今江苏省苏州市）人。孝宗弘治十一年（公元1498年）举乡试第一。因涉科场舞弊案，被捕入狱，不久放归还乡。一生狂放不羁，玩世出奇的故事广为流传。其诗与祝允明、文征明、徐祯卿齐名，号称"吴中四才子"。做诗不拘成法，多用口语，大胆表达真情实感，兴寄高远。擅画山水，景物清丽，笔墨灵秀，颇富韵致。仕女人物画笔势流转，生动妩媚。偶画水墨花鸟，亦清隽俊俏。其画列沈周、祝允明、仇英等"明四家"之首。晚年自号六如，有《六如居士集》传世。

注释：

1. 选自明代唐寅题《画鸡》诗："头上红冠不用裁，满身雪白走将来。平生不敢轻言语，一叫千门万户开。"
2. 千门万户：指众多人家。卢道悦《迎春诗》："不须迎向东郊去，春在千门万户中。"

品鉴 这是一首题画诗，描绘了雄鸡优美高洁的形象，及其一唱天下白的声势。

"平生不敢轻言语，一叫千门万户开"。大意是：雄鸡有一唱天下白的本事，所以不敢轻易地啼唱；雄鸡一啼唱，城市苏醒了，千家万户房门打开，人们辛勤劳作的一天便又开始了。

诗人赞颂了雄鸡轻易不鸣，鸣则惊动天下的力量和品格。这两句诗表面上是咏雄鸡，实际上内含隐喻：如果一个人有高尚的思想情怀，伟大的人格魅力和崇高的精神风貌，那么他的一言一行都会在社会上产生很大的影响。

语言通俗明白，近似民谣，富于理趣，能给人以生活的启迪。

449 地敞中原秋色尽，天开万里夕阳空。

作者简介：

李攀龙（公元1514年~1570年）字于鳞，一作子鳞，号沧溟，历城（今山东省济南市）人。明代文学家、诗人。嘉靖二十三年（公元1544年）进士。授刑部主事。官至河南按察使。与李先芳、吴维岳、王世贞、宗臣、梁有誉、吴国伦等人号称"后七子"，并为"后七子"领袖之一。提倡诗文复古运动，谓"文自西京，诗自天宝而下，俱无足观。"其诗、乐府模拟汉魏，生吞活剥，未得其精奥；七言近体专学盛唐，但主要从格调韵味上着眼，题材狭隘。有《沧溟集》传世。

注释：

1. 选自明代李攀龙《杪秋登太华山绝顶》诗："缥缈直探白帝宫，三峰此日为谁雄？苍龙半挂秦川雨，石马长嘶汉苑风。地敞中原秋色尽，天开万里夕阳空。平生突兀看人意，容尔深知造化功。" 杪秋：深秋。杪：末端之意。 太华山：华山主峰。华山古称西岳，为五岳之一。在今陕西省华阴县南。山上风景优美，名胜古迹多，是古今游览胜地。
2. 地敞：地势开阔。 中原：指华山所在的关中平原。
3. 天开：天气晴朗。

品鉴

这首诗描写登临华山，极目远眺，天高地迥，景色奇绝，不禁由衷地赞美大自然界的造化神功和伟大的力量。

"地敞中原秋色尽，天开万里夕阳空"。大意是：关中平原，八百里秦川土地肥沃，地势平旷，秋色一望无余；云开雾散，晴空万里，一碧如洗的天幕上，一轮红日冉冉西沉，悬挂在西山之巅。

诗人是后七子的领袖人物，提倡复古拟古，因而诗作成就不高，多受后人贬抑。但也有少数近体诗才力富健，清亮可诵。这首诗就是这样的作品。所选的两句诗，自然新颖，气势雄阔，当是诗人写景抒情诗中的优秀之作。

450　一年三百六十日，多是横戈马上行。

作者简介：

戚继光（公元1528年～1587年）字元敬，登州（今山东省蓬莱县）人。明代抗倭名将，爱国诗人。出身将门。在抗倭战争和巩固边防的战斗中功绩卓著，深受人民爱戴。隆庆元年（1567年）调往北方，都督蓟门，节制4镇，凡16年。当时朝廷由严嵩父子掌权，政治腐败，戚多次遭受诬陷，受到停俸去职处分。但他始终如一地投入保国卫民的斗争中，是历史上一位杰出的民族英雄。其诗抒发爱国主义激情，记述抗倭斗争实况，气势鹰扬，文采熠熠。有《止止堂集》传世，存诗200余首。

注释：

1. 选自明代戚继光《马上作》诗："南北驱驰报主情，江花边月笑平生。一年三百六十日，多是横戈马上行。"
2. 横戈马上：指骑马打仗的军事生活。横戈：手里拿着武器。戈：古代一种兵器。

品鉴　戚继光是著名的民族英雄，这首作于马上的诗，概括地抒写了诗人军旅生活的一生，表现了他长期征战操劳，保卫国家的壮志豪情。

"一年三百六十日，多是横戈马上行"两句，描写诗人为报效国家，使百姓安居乐业，今天在南方打击侵犯的倭寇，明天又去镇守北方边陲，防止敌人入侵，操劳一生。大意是：我一生当中，横戈跃马，驰骋疆场，南征北战，与敌人殊死拼杀，1 年 365 天，差不多都是在马背上度过的，很少有与家人在一起过几天宁静日子的时候。

诗句通俗浅近，平白易懂，充分表现了诗人戎马生涯，不辞辛苦，为国操劳的高尚情操。

451 消得春风多少力，带将儿辈上青天。

作者简介：

徐渭（公元 1521 年~1593 年）字文长，号天池。浙江山阴（今浙江省绍兴市）人。才情卓绝，诗文、戏曲、书、画皆工，但科场不利，屡试不中。曾任浙江总督胡宗宪掌书记，参与平倭卫国的战争。一生坎坷，穷愁潦倒终生。晚年靠卖书画糊口，但蔑视权贵，达官贵人求一字而不可得。是封建礼教的叛逆者，晚明思想解放运动的开启者，反复古文学派别的先驱者。文学上主张抒写真情实感，反对拟古复古。著述有《徐文长集》《南词叙录》《四声猿》等。其杂剧表现出来的叛逆思想和浪漫主义精神，对戏曲家汤显祖深有影响。

注释：

1. 选自明代徐渭《风鸢图诗》三十七首中的第一首："柳条搓线絮搓棉，搓够千寻放纸鸢。消得春风多少力，带将儿辈上青天。"
2. 春风：比喻父辈的教育扶持。
3. 儿辈：比喻风筝。

品鉴 徐渭晚年喜欢画风鸢，并将风鸢比作儿孙晚辈，隐含了把未来的希望寄托在儿孙晚辈身上的意思。

"消得春风多少力，带将儿辈上青天"。大意是：纸糊的风筝自己是飞不起来的，它需要凭借春风的力量，"好风凭借力，送我上青云"，可是要将一只只风筝送上万里蓝天，翩翩凌空飞翔，不知要消耗春风多少力量啊！

诗人以风筝喻人，说明了培育人才不容易：长辈对子孙后代的培养，是无私奉献，不辞辛苦，也不图回报的。而一个人的成长，总是离不开长辈的关心教育和培养扶持。所以诗句中还含有告诫的意思：青年一代长大成人了，或者有了些许成就，不可忘了前辈呕心沥血的哺育培养之恩。

452 我生待明日，万事成蹉跎。

作者简介：

文嘉（公元 1501 年～1583 年）字休承，号文水。明代画家。长洲（今属江苏）人。自幼师承其父文征明学画，衣钵相传，擅长山水、花鸟画，笔墨秀润，具有独特的艺术风格。亦工诗，多为题画及劝世之作。有《钤山堂书画记》传世。

注释：

1. 选自明代文嘉《明日歌》："明日复明日，明日何其多。我生待明日，万事成蹉跎。世人苦被明日累，春去秋来老将至。朝看东流水，暮看日西坠。百年明日能几何，请君听我明日歌。"
2. 待：等待。
3. 万事：许多事。　蹉跎：拖延时间，虚度光阴。南朝乐府《子夜吴歌》："年少当及时，蹉跎日就老。"

品鉴　这是一首通俗的劝诫诗歌，历来为人们所喜爱。之所以流传至今，就在于它充溢了一种对人生哲理的深刻思考。

"我生待明日，万事成蹉跎"。大意是：人生有限，光阴易逝，为人在世，千万不要虚掷年华。不论学习、工作，都不能等待明天，而荒废了宝贵的今天。也不应该把今天该完成的工作推到明天去做，因为明天又有明天，"明日复明日，明日何其多"，如此推下去，日复一日，年复一年，结果虚度时日，最终必然一事无成。

诗人勉励青年人应该珍惜光阴，及时努力，勤奋向上，争取在有限的人生中，做出一番于国于民有益的事业来，言辞恳切，令人深思，给人教诲。

453　当知雨亦愁抽税，笑语江南申渐高。

作者简介：

汤显祖（公元 1550 年~1616 年）字义仍，号若士。临川（今江西临川）人。居所叫玉茗堂。明代戏曲家。出身"诗礼之家"。万历十一年（公元 1583 年）进士。任南京礼部主事，因上疏非议朝政，贬为浙江遂昌知县。因不满官场生活，遂弃官归隐故乡。文学上主张真性情，反对假道学，认为"情有者理必无，理有者情必无"。坚持创作，著作丰富，而以戏曲创作成就最高。作品内容丰富，以文采著称。有《紫箫记》《紫钗记》《还魂记》（《牡丹亭》）、《南柯记》《邯郸记》五种。后四种合称"临川四梦"或"玉茗堂四梦"。形成了玉茗堂派，又称临川派。清朝的李渔、洪升均受其影响。诗文也是大家，提倡抒写性灵，反对模拟。诗文典雅中见功力，有不少清新可诵的作品。有《汤显祖集》传世。

注释：

1. 选自明代汤显祖《闻都城渴雨，时苦摊税》诗："五风十雨亦为褒，薄夜焚香沾御袍。当知雨亦愁抽税，笑语江南申渐高。"
2. 申渐高：五代时吴国的乐工。

品鉴　这是一首讽刺诗，矛头指向了封建最高统治者。写于万历二十六年（公元 1598 年）夏天，诗人当时已弃官回到家乡居住。

"当知雨亦愁抽税，笑语江南申渐高"。大意是：大家还记得当年江南人申渐高说过的一句话吗，天上的雨也担忧城里的苛税太重，所以不敢到京城里来啊！

申渐高是五代时吴国的乐工。据记载，吴国的官税很重，在这里做生意的商人们叫苦不迭，怨声载道。时遇大旱，京城里很久没有下雨了。中书令徐知诰也在犯愁，向左右询问道："近郊颇得雨，都城不雨何也？"申渐高于是委婉谐趣地回答说："雨畏抽税，不敢入京耳！"

诗人语含讽刺，用典贴切，巧妙地抨击了统治者严酷剥削人民的罪行。像这样尖锐、大胆的诗歌创作，在古代诗歌作品中尚不多见。

454　裹尸马革英雄事，纵死终令汗竹香。

作者简介：

　　张家玉（生卒年不详），明末民族英雄。广东省东莞人。明亡后在江西、广东等地率兵抗清，一度声势很大。他抗清时，祖坟被掘，宗族尽灭，几代人殉国。后来在攻广东增城时战败牺牲。

注释：

1. 选自明代张家玉《军中夜感》诗："惨淡天昏与地荒，西风残月冷沙场。裹尸马革英雄事，纵死终令汗竹香。"
2. 裹尸马革：东汉马援曾说大丈夫应战死在边疆上，用马革裹尸。
3. 汗竹香：比喻将功绩记载在史册上，青史留名。汗竹：古人无纸，记事用竹简。制作时先将竹片烤去水分，犹如出汗，故称汗竹。

品鉴　　这是一首抒发爱国情志的诗篇，表达了诗人坚决抗清，慷慨激昂，置个人生死于不顾的高尚情操。

　　"裹尸马革英雄事，纵死终令汗竹香"。大意是：为保卫国家，浴血沙场，战死了用马革裹尸埋葬，乃是一项英雄的事情；纵然在战斗中牺牲了，也将留下千秋英名，光耀史册，万人景仰。

　　诗人从战场形势恶化上，已经预感到抗清失败不可避免，决心马革裹尸，为国捐躯。诗句铿锵有力，表达了诗人为国为民勇于牺牲，视死如归的英雄气概。

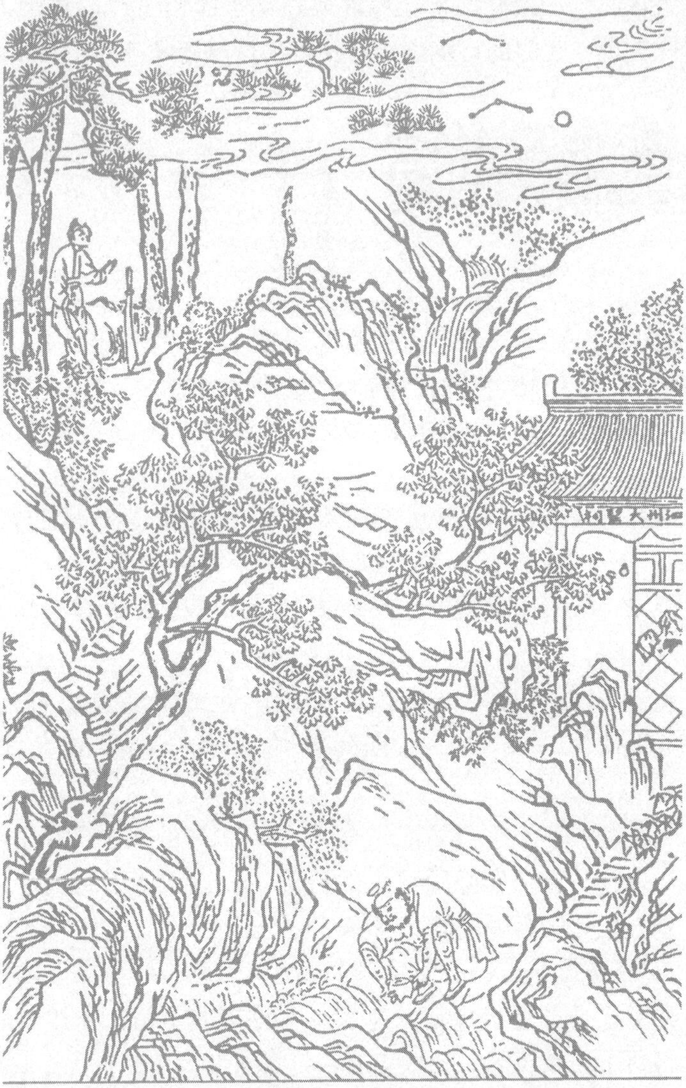

诗歌

清代

455 柳叶乱飘千尺雨，桃花斜带一溪烟。

作者简介：

吴伟业（公元1609年～1671年）字骏公，号梅村。太仓（今江苏省太仓市）人。清初诗人。明崇祯四年（公元1631年）进士，授翰林院编修，官至左庶子。为复社文人。反对阉党余孽。明亡后，曾一度参与南明弘光小朝廷，授少詹事，后弃官归里。清顺治九年（公元1652年），受人荐举，被迫入京，授秘书院侍讲，后迁国子监祭酒。不久以母亲病重为由，乞归乡里。其诗深受元稹、白居易影响，尤善七言歌行。才华艳发，藻思清丽。内容或寓身世之感，或反映现实生活，反映了一定的社会现实状况，艺术造诣较高。诗风沉郁苍凉。所作《圆圆曲》曾传诵一时。有《梅村集》传世。

注释：

选自清代吴伟业《鸳湖曲》诗（节录）："鸳鸯湖畔草粘天，二月春深好放船。柳叶乱飘千尺雨，桃花斜带一溪烟。"鸳湖：即鸳鸯湖。在今浙江嘉兴市城南，亦名南湖。

品鉴

吴昌时是明末嘉兴人。明末崇祯时，得到宰相周延儒的帮助，提升为吏部文选郎。他结交宦官，把持朝政，显赫骄横，不可一世。不久，周延儒罢官自杀，吴昌时也被处以斩刑。鸳鸯湖畔，有吴昌时建设的豪宅，他生前在这里纵情声色，过着锦衣玉食的生活。而今，风景依旧，而当年权倾一时的主人公却早已灰飞烟灭了。诗人由此发出人生变化无常，富贵如过眼云烟，转眼成空的感叹。

这里选的是诗的首二句，描写鸳鸯湖畔春天的景象，给人以身临其境之感。

"柳叶乱飘千尺雨，桃花斜带一溪烟"。大意是：初春的鸳鸯湖畔，翠绿的柳叶在连天的细雨中飘荡，桃花灼灼，笼罩着一层淡淡的朦胧的烟雾，艳丽地开放在小溪边上。

诗人观察细致，写景状物逼真，词句对仗工整，清丽流畅，活画出鸳鸯湖畔烟雨迷离的景色，如诗如画，令人向往。

456　恸哭六军俱缟素，
　　　　冲冠一怒为红颜。

注释：
1. 选自清代吴伟业《圆圆曲》诗（节录）："鼎湖当日弃人间，破敌收京下玉关。恸哭六军俱缟素，冲冠一怒为红颜。"
2. 六军：指吴三桂的军队。　缟素：吴三桂军队为明思宗服丧。
3. 冲冠：即发怒。语出《史记·蔺相如列传》："怒发上冲冠。"冠：帽子。这里指吴三桂为陈圆圆而发怒。

品鉴　这首著名的七言歌行讽刺吴三桂为了陈圆圆而引清兵入关的卖国行径，抒发了诗人的政治感慨，反映了明末清初这一重大的历史事件。

明朝末年，李自成大军攻克北京城，崇祯帝眼见大势已去，逃到景山上自缢身亡，而京都名妓陈圆圆则为起义军将领刘宗敏所得。

"恸哭六军俱缟素，冲冠一怒为红颜"。大意是：崇祯帝死后，吴三桂的军队为之素衣白帽，服丧恸哭；而吴三桂本人则为了陈圆圆而"冲冠一怒"，引清兵入关，击败起义军，重新夺回了陈圆圆。

诗人使用对比手法，表现吴三桂不顾民族大义，为泄私愤而引清兵入关的罪行：一边是六军将士身服缟素，恸哭崇祯帝之死；一边是吴三桂为一"红颜"怒发冲冠。两相对比，一公一私，委婉含蓄地讽刺了吴三桂的卖国行径，批驳了其为"报君父之仇"而举兵南下入京的谎言。

吴三桂引清兵入关，致使山河变色，朝廷易主，不论是为了陈圆圆，抑或是为了"报君父之仇"，在当时看来，都不啻为引狼入室，一直为后世所不容。所以，"卖国贼"的帽子也一直紧紧地扣在他的头上，而且看来会一直地戴下去了。

457 死犹未肯输心去，
贫亦其能奈我何。

作者简介：

黄宗羲（1610年~1695年）字太冲，号南雷。余姚（今浙江省余姚市）人。清初诗人。父亲是明朝东林党人，因反对魏忠贤，死于狱中。明末崇祯时，曾进京为父讼冤。清兵入关后，曾招募义兵抗清。晚年著书讲学，隐居不仕。治学缜密，学识渊博，与孙奇逢、李颙并称"三大儒"。黄宗羲是明末清初杰出的思想家，民主主义启蒙者和史学家。论诗主张反映现实，内容多表现故国之悲和怀旧之感。风格朴实深沉，不事雕琢，富有爱国主义精神。有《南雷文定》《明夷待访录》传世。

注释：

1. 选自清代黄宗羲《山居杂咏》诗："锋镝牢囚取次过，依然不废我弦歌。死犹未肯输心去，贫亦其能奈我何。廿两棉花装破被，三根松木煮空锅。一冬也是堂堂地，岂信人间胜著多。"
2. 输心：心服。此处犹言出卖灵魂。

品鉴 这是一首言志诗。描写了诗人宁死不屈，贫不辱志的高尚品格。

"死犹未肯输心去，贫亦其能奈我何"。大意是：即使要我死，也不能使我屈服，出卖自己的灵魂；既然死都不怕，一时的贫穷困厄又能把我怎么样呢！

清兵入关南下时，诗人曾招募义兵，起兵抵抗，坚持抗清斗争。明亡以后，又隐居不仕，潜心著述。清代朝廷曾荐举他为"博学鸿词"，负责纂修《明史》，诗人力辞不就。这两句诗充分表现了诗人威武不能屈，贫贱不能移的高风亮节。

458 不信江南百万户，锄耰只向陇头耕。

作者简介：

归庄（公元1613年～1673年）一名祚明，字玄恭，号恒轩，昆山（今江苏省昆山市）人。清初文学家、诗人。明末著名散文家归有光的曾孙。自幼与顾炎武友善，关心国事民情。二人恃才傲物，豪放不羁，有"归奇顾怪"之称。清兵南下江南，他和顾炎武起兵抗清，父兄多人殉难。从此怀着国难家仇，奔走四方，多次与顾炎武商讨复明大计。失败后曾一度亡命为僧。后应万寿祺之聘，在淮阴教书。晚年以鬻文卖画为生，坚持气节操守，终不仕清。工诗文，善书画，尤长于草书和墨竹。其诗多写家国之难，辞意酸辛，其中也不乏工丽飞腾之作。所著《恒轩诗集》《悬弓集》皆散佚。后人辑有《归玄恭遗著》《归玄恭文续钞》等。

注释：

1. 选自清代归庄《己丑元日》诗："四年绝域度新正，此夕空将两目瞠。天下兴亡凭掷策，一身进退类悬旌。商君法令牛毛细，王莽征徭鱼尾。不信江南百万户，锄耰只向陇头耕。"己丑：清顺治六年（公元1649年），这时，南明桂王尚在西南。
2. 元日：元旦。
3. 耰：古代平土农具。诗中指拿它作武器。陇头：指田间。陇：田埂。

品鉴　这首诗表现诗人坚信江南人民必然会起来反抗清廷统治的信心，表达了诗人内心深处始终潜藏着反清复明的思想和信念。

"不信江南百万户，锄耰只向陇头耕"。大意是：我不相信富有反抗传统的百万江南人民，只会使用锄头犁耙，埋头耕种，屈从于清朝的统治，而不拿起武器来，揭竿而起，掀起轰轰烈烈的抗清斗争。

这首诗写于清顺治六年（公元1649年），诗人参加抗清斗争已经失败多年了，但南明的桂王仍在云南一带坚持抵抗，所以诗人仍然抱着反清复明的一丝企盼，寄希望于广大人民的起义斗争，表现了诗人坚定不移的抗清信念和对江南人民的热切期望。

459 五载输粮女真国，天全我志独无田。

注释：

1. 选自清代归庄《观田家收获》诗："稻香秫熟暮秋天，阡陌纵横万亩连。五载输粮女真国，天全我志独无田。"
2. 五载：从清顺治二年（公元1645年）清兵占领江南到顺治六年（公元1649年）是五个年头。 输粮：指缴纳田赋。 女真国：指清朝。

品鉴

清顺治六年（公元1649年），除云南等少数几个地方尚有南明的部队坚持抵抗外，清王朝已在全国建立了政权，并且逐步巩固了政权。这首诗就写于这个时候，抒写了诗人不愿臣服清朝的心情。

"五载输粮女真国，天全我志独无田"。大意是：清兵攻占江南，建立政权已经五个多年头了，农民向清朝缴纳田粮，也已经有五个年头了；然而，老天爷成全我不屈服清廷的志气，使我没有田地，因而我也不用向清朝缴纳田粮。

这两句诗充分表现了诗人独立不羁，坚持操守，不愿屈服，终身不与清朝合作的民族气节。

460 老柏摇新翠，幽花茁晚香。

作者简介：

顾炎武（公元1613年～1682年）字宁人，号亭林，昆山（今江苏省昆山市）人。明末清初思想家、文学家、诗人。清兵南下，曾参加昆山、嘉定一带抗清起义斗争。失败后，流离转徙于江浙、华北各地，坚持抗清活动。提出"天下兴亡，匹夫有责"的口号。

康熙十七年（公元1678年）诏举博学鸿词，修撰《明史》，顾力辞不就。顾炎武学识渊博，注重经世致用。强调文学的社会教育作用，反对模拟。其诗反映民生疾苦，具有强烈的爱国精神。诗风苍凉沉郁，悲壮激昂，接近杜甫。清沈德潜评其诗说："词必己出，风霜之气，松柏之质，两者兼有。就诗品论，亦不肯作第二流人。"（《明诗别裁》）有《亭林诗文集》《日知录》传世。

注释：

1. 选自清代顾炎武《嵩山》诗："位宅中央正，高疑上界邻。石开曾出启，岳降再生申。老柏摇新翠，幽花茁晚香。岂知巢许窟，多有济时人。"嵩山：古称中岳，为五岳之一。在今河南省登封县北。主峰在少室山，下有少林寺等名胜。
2. 老柏：千年古柏。　摇：摇曳、招展。　新翠：新出的绿叶。
3. 幽花：生长在幽静山谷中的花草。　茁：茁壮生发。　晚香：山里季节来得迟一些，外面花开始谢了，山里的花却还在开放，发出浓郁的香气。

品鉴　　这首诗描绘中岳嵩山古老神奇的风貌，渲染神话传说，表达了诗人的志向和理想。

"老柏摇新翠，幽花茁晚香"。大意是：古老的柏树苍郁盘结，虬枝横空，在风中摇动着新生的绿叶；深幽的山谷之中，花草茁壮生长，绽蕾开放，散发出一阵阵浓郁的芬芳。

诗人描写自然界的老柏、幽花，生动新颖，形象传神，但是更有意义的是，诗人托物抒怀，借古柏、幽花之精神气格，抒写了对具有匡时济世之才的隐逸者的赞美，赋予老柏、幽花一定的象征意义：老柏虽然历经千年风雨，年代久远，却老而益壮，充满勃勃的生机；花草虽然长在深山幽谷，无人知晓，却依然茁壮生长，从不担心会埋没了自己的清香，也不会因无人欣赏而自暴自弃。老柏、幽花的这种品格，不正是那些隐居者人格精神的生动写照么！而且，诗人入清以后，坚持不仕，不与清廷合作，不也正是这样一种人格品性的宣示么！

461　走出门前炎日里，
　　　　偷闲一刻是乘凉。

作者简介：

吴嘉纪（公元1618年~1684年）字宾贤，号野人，泰州（今江苏省东台市）人。清初诗人。从事过煮盐劳动。曾漫游各地，参加过抗清斗争。入清后，隐居东淘，布衣终身。自名居处为"陋轩"。晚年贫病交加，穷饿以死。其诗风格苍劲，清新质朴，多严冷危苦之词，再现了清初的社会矛盾和动乱现象，表现了强烈的民族感情。清沈德潜评其诗说："陋轩诗以性情胜而胸无渣滓，故词语真朴而越见空灵。"有《陋轩诗集》传世。

注释：

选自清代吴嘉纪《绝句》诗："白头灶户低草房，六月煎盐烈火旁。走出门前炎日里，偷闲一刻是乘凉。"

品鉴　这首诗写出了盐场环境的恶劣和辛苦，充分表现了滨海烧盐工人艰苦的劳动生活，表达了诗人强烈的同情心，具有一定社会批判意义。

"走出门前炎日里，偷闲一刻是乘凉"。大意是：白发老盐工在烈火熊熊的灶旁煎烧盐卤，热得浑身大汗淋漓，偶尔走出低矮的工棚，来到炎热的太阳下喘一口气，稍息片刻，就算是"偷闲"乘凉了。

诗人巧妙地使用对比手法，突出了酷暑天气下烧盐工室闷熏烤、热上加热的苦况，同时也隐含了诗人对下层劳动人民深切的同情。由于诗人青年时候曾经当过烧盐工，亲身体会了烧盐工的艰辛和劳累，所以能将烧盐工的苦难生活描绘得历历如在眼前。这首诗取材现实，富有典型意义，语言清新质朴，浅近易懂，近似歌谣。

462　大江流汉水，
　　　　孤艇接残春。

作者简介：

费密（公元1625年~1701年）字此度，号燕峰，又号卷隐，新繁（今四川省新都区）人。清初诗人。少年时期，恰值明末农民大起义，社会动荡不安，看破红尘，遂弃家做了道士。后流寓江苏泰州。晚年以授徒教书为业，生活十分清苦。工诗文。曾写《荒书》一卷，记明末农民起义军抗击清军之事，比较翔实。其诗以汉魏为宗，多有寄托，不少作品反映了清初百姓的苦难生活。有《燕峰诗钞》传世。

注释：

1. 选自清代费密《朝天峡》诗："一过朝天峡，巴山断入秦。大江流汉水，孤艇接残春。暮色愁过客，风光惑榜人。明年在何处？杯酒慰艰辛。"朝天峡：在今四川省广元市北面。
2. 孤艇：一只小船，单只小船。艇：比较轻便的小船。　残春：暮春，春天快完的时节。

品鉴　　诗人自家乡四川出发，乘一叶小舟循嘉陵江北上，前往陕西。有感于沿途风光的奇险秀美及旅途的劳顿艰辛，写了这首诗来表达自己的羁旅之愁和感慨。

"大江流汉水，孤艇接残春"。大意是：诗人的一叶小舟沿嘉陵江逆水而上，路过奇险的朝天峡后，就转入了汉水水面，继续向陕西航行，这时已是暮春时节了。

诗人构思细密，诗思连属不断，不仅形象地描绘了孤舟北上的情景，而且还巧妙地叙述了行旅的季节和路线，给人以移步换形的丰富想象。据说这两句诗颇受清代诗人王士禛赞赏，因而传诵一时。

463　他日差池春燕影，只今憔悴晚烟痕。

作者简介：

王士禛（公元1631年～1711年）字子真，号阮亭，又号渔洋山人，新城（今山东省桓台县）人。清代诗人。顺治十五年（公元1658年）进士，授扬州府推官。曾平反许多民间冤案，颇有政声。官至刑部尚书。是继吴伟业、钱谦益之后的诗坛盟主。其诗与朱彝尊并称"朱王",影响很大。独创"神韵说",强调"兴会神到",追求"得意忘言"。认为诗歌境界以清新淡远为高,语言以含蓄精练为佳,在诗歌意境的探索上有一定贡献。诗歌创作以抒情写景的短篇见长,清秀圆润,蕴藉委婉,意境淡远,语言典丽,艺术造诣较高。亦工词,尤擅长小令。词风婉丽隽永,以情韵取胜。有《带经堂集》《渔洋山人精华录》传世。

注释:
1. 选自清代王士禛《秋柳》诗:"秋来何处最销魂?残照西风白下门。他日差池春燕影,只今憔悴晚烟痕。愁生陌上黄骢曲,梦远江南乌夜村。莫听临风三弄笛,玉关哀怨总难论。"
2. 差池:参差不齐。《诗经·邶风·燕燕》:"燕燕于飞,差池其羽。"

品鉴　这首诗借秋柳寄兴,婉转含蓄,传诵一时,和者甚众。

"他日差池春燕影,只今憔悴晚烟痕"。大意是:春天里,柳条缀着新绿,在阳光下泛着生命的光彩,燕子在柳丝间穿梭飞翔;如今秋天来了,柳枝枯瘦的身姿笼罩着一层淡淡的烟霭,在萧瑟的西风残照里轻轻摇曳。

诗人描绘了一幅春天欢乐的景象,又描绘了一幅秋日的萧瑟、落寞和凄凉,对比鲜明,情思隽永,流露出一种逝者如斯,风光不再的淡淡伤感,耐人寻味。

464　十日雨丝风片里,浓春烟景似残秋。

注释:
1. 选自清代王士禛《秦淮杂诗》十四首中的第一首:"年来肠断金陵舟,梦绕秦淮水上楼。十日雨丝风片里,浓春烟景似残秋。"秦淮:秦淮河。从江苏省溧水县东北流来,经金陵(今南京市)汇入长江。这条河为秦时所开,目的是凿开钟山,疏通淮水,故名秦淮。自六朝以来，这里就是灯红酒绿、游宴娱乐的繁华之地。
2. 浓春：春意正浓的时节。　残秋：秋末，秋天快完的时节。

品鉴　这是一首感伤秦淮往事的诗。诗人将往日秦淮河的繁华和今日荒凉的景象对比描写，寄托了盛衰兴亡的感慨。

"十日雨丝风片里，浓春烟景似残秋"。大意是：今年江南的春天，霏霏细雨一直下个不停，一连十天，秦淮河笼罩在似烟如雾的雨丝风片之中；陆上道路泥泞，水面游船稀少，江南春深时节的景象，倒好似万物凋零的残秋一样。

诗人着力描绘秦淮河风雨中冷清萧条的景象，营造出一种凄清的氛围。诗意清新委婉，意象生动含蓄，而诗人的一片伤春之情，就从这诗意之中不露痕迹地流露了出来。

465　好是日斜风定后，半江红树卖鲈鱼。

注释：

1. 选自清代王士禛《真州绝句》五首中的第四首："江干多是钓人居，柳陌菱塘一带疏。好是日斜风定后，半江红树卖鲈鱼。"真州：即今江苏省仪征市，位于长江北岸，扬州西南。明清之际，为扬州去金陵（今南京市）的交通要道。此诗作于清圣祖康熙元年（公元1662年）。
2. 红树：岸边柳树为斜日所照，呈红色。
3. 鲈鱼：鱼的一种，体长而侧扁，味鲜美。

品鉴　这是一首描写真州地方风物的小诗。真州位于长江北岸，扬州南边。沿江一带，过往船只一只紧挨一只泊在岸边，商贸发达，风景优美。诗人当时任扬州推官，见风光优美如画，引发诗兴，抒写了自己畅达的情怀。

"好是日斜风定后，半江红树卖鲈鱼"。大意是：风停了，太阳西斜，江面温暖宁静，渔舟泊在岸边，夕照满天，映红了半个江面，岸边的树木景色也都染上了一层暖暖的阳光的色彩。渔民们提着刚刚捕获的新鲜鲈鱼，散落在江边树下，不断地向过路的行人叫卖。

诗句清新明丽，意象生动，情意闲适，描绘出一幅充满诗情画意的渔乡景象，被誉为王士禛七言绝句的代表作之一。后来，江淮人士还将这两句诗写成了图画（见《渔洋诗话》）。

鲈鱼这个意象，在古代诗歌中具有特定的含意。《晋书·张翰传》记载，张翰在洛阳，见秋风起，"乃思吴中菰菜、莼羹、鲈鱼脍，曰：'人生贵得适意尔，何能羁宦数千里以要名爵！'遂命驾而归。"所以，诗句中渔民们叫卖鲈鱼的意象，不露痕迹地流露出作者对和谐、安宁生活的向往之情。

466　晚趁寒潮渡江去，满林黄叶雁声多。

注释：

选自清代王士禛《江上》诗："吴头楚尾路如何？烟雨秋深暗白波。晚趁寒潮渡江去，满林黄叶雁声多。"

品鉴　这首诗鲜明形象地描绘出了深秋江南的萧瑟景象。

"晚趁寒潮渡江去，满林黄叶雁声多"。大意是：深秋时节，傍晚时分，寒潮涌起来了，人们正好趁这个时候渡过江去；举目望去，岸边林地落叶飘零，天空中大雁翩翩南归，鸣声此起彼伏，一片深秋萧索荒凉的景象。

诗人入清以后，对仕途政治一直持冷漠态度，时有归隐山林之志，所以诗中表现出了一种宁静清远的意境。诗句情景交融，音节和谐，而诗人向往田园生活的隐逸情趣也自然从诗境中浸润透出。

467 吴楚青苍分极浦，
江山平远入新秋。

注释：

1. 选自清代王士祯《晓雨后登燕子矶绝顶作》诗："岷涛万里望中收，振策危矶最上头。吴楚青苍分极浦，江山平远入新秋。永嘉南渡人皆尽，建业西风水自流。洒泪重悲天堑险，浴凫飞燕满汀洲。"燕子矶：在今南京市北观音山上，俯临大江，形如燕子。
2. 吴楚：战国时吴国和楚国的地界。在今湖北、湖南、江西、安徽、江苏、浙江一带地方。楚大致在洞庭湖之西，吴大致在洞庭湖之东。　青苍：青绿色和苍白色。

品鉴　这首诗作于顺治十七年（公元1660年）。诗人在一个雨后的早晨登上燕子矶远眺，见江天秋景妩媚，引动诗情，写了这首描写长江秋景的小诗。

"吴楚青苍分极浦，江山平远入新秋"。大意是：登高远望，江水浩浩荡荡地流向远方，水天的尽头，一边呈现出青绿色，一边呈现出灰白色，把吴楚两地分得清清楚楚；一场秋雨下过之后，江南就开始进入秋天了。

王士祯论诗，提倡"神韵"说，强调写作时应达到"兴会神到"的激情状态，对于前辈诗人，只推重王维、孟浩然、韦应物、柳宗元一派。他的诗歌理想，是追求一种"不著一字，尽得风流"，无工可言，无法可言，浑然天成，无迹可求的境界。他的这两句诗写得颇有神采风韵，富于诗情画意，风格非常接近王维、孟浩然。他自己认为，这两句诗最能体现他诗歌创作的风格特点。

468　风收云散波乍平，
倒转青天作湖底。

作者简介：

查慎行（公元1650年~1727年）字悔余，号初白，又号查田，海宁（今浙江省海宁市）人。清代诗人。通经史，工诗词。科举不得志。康熙四十一年（公元1702年），康熙帝东巡，被召赋诗，受到赞赏。翌年，赐进士出身，授编修。因弟弟文字狱案牵连下狱，经皇帝特许释放，不久病逝。早年从军西南，中年遍游中原，后又屡随康熙北巡，足迹遍及半个天下。其诗宗法宋人，古体学苏轼，近体似陆游，长于白描，意境清远，为清代诗坛大家。内容多写行旅之情与山河景色，也有一些作品反映民间疾苦。有《敬业堂集》《苏诗补注》传世。

注释：

1. 选自清代查慎行《中秋夜洞庭湖对月歌》诗（节录）："长风霾云莽千里，云气蓬蓬天冒水。风收云散波乍平，倒转青天作湖底。"
2. 乍：忽然，突然。

品鉴　　查慎行的诗歌创作，主要学习宋诗，对苏轼很有研究。他的五、七言诗辞意婉转畅达，受苏轼的影响很深。而近体诗则学习陆游，运思灵活，属对自然。是清初宋诗派中，学得了"宋人之长而不染其弊"的成就较高的一位诗人。此诗作于康熙二十一年（公元1682年），描写诗人返家途中，于洞庭湖中秋之夜赏月的情景，较为清朗自然。

"风收云散波乍平，倒转青天作湖底"。大意是：洞庭湖上，天气忽然转晴，风停了，阴云散尽，湖面波平浪静；长天一色，湛蓝的天空倒映在水中，好像万里蓝天变成了湖底，盛载着这一望无际的浩渺湖水。

诗人描写动中有静，静中有动的洞庭湖水，刻画工细，意境开阔。诗句勾画出来的烟波浩渺，天水一色的景象，颇为壮观。

469　丝缫细雨沾衣润，刀剪良苗出水齐。

注释：

1. 选自清代查慎行《自湘东驿遵陆至芦溪》诗："黄花古渡接芦

溪，行过萍乡路渐低。吠犬鸣鸡村远近，乳鹅新鸭岸东西。丝缲细雨沾衣润，刀剪良苗出水齐。犹与湖南风土近，春深无处不耕犁。"

2. 缲：把蚕茧浸在热水里抽丝。

3. 良苗：刚长出来的秧苗。

品鉴　这首诗描写江西西部春日中的景物和感受，勾画出了春末农村欣欣向荣、充满生机的安乐景象。

"丝缲细雨沾衣润，刀剪良苗出水齐"。大意是：天空飘起了毛毛雨，那雨丝似有若无，细得像从蚕茧里抽出的丝一样，沾在人的衣服上，有一点湿润的感觉；农田中刚冒出水面的新苗，齐刷刷的一片绿茵，整齐得就像有人用剪刀裁剪过一般。

诗人用"润"字形容细雨沾衣的情况，着重表现一种感觉，用"良"字描绘禾苗出水的景象，展现的是一种视觉形象。这两个字颇能传达雨丝和新苗的神韵，而且字里行间充溢着一种农村特有的浓郁的田园泥土气息。唐代诗人杜甫有"随风潜入夜，润物细无声"（《春夜喜雨》）的名句，贺知章有"不知细叶谁裁出，二月春风似剪刀"（《咏柳》）的名句，诗人的这两句诗，意境清新优美，比喻贴切自然，形象生动，从中可以感受到杜甫、贺知章的诗意来。诗人熔铸了两位前辈诗人的意境，加以自己的体会、发挥，描绘出一幅清新悦目的春雨新苗图，充分表现了诗人对田园生活的热爱之情。

470　世间何物催人老，半是鸡声半马蹄。

作者简介：

　　王九龄，生卒年不详。

注释：

1. 选自清代王九龄《题旅店》诗："晓觉茅檐片月低，依稀乡国梦中迷。世间何物催人老，半是鸡声半马蹄。"

2. 世间：人世间。　催：催促。

品鉴　诗人在这首诗里，感叹人生为功名利禄所累，整日东奔西跑，忙忙碌碌。人最宝贵的生命也就在这样的奔忙之中渐渐消磨掉了。

"世间何物催人老，半是鸡声半马蹄"。大意是：为了求取功名利禄，我不得不背着书囊，离开家乡亲人，游历四方。每天鸡鸣而起，日落而息，奔波于黄尘弥漫的道路之上。如果要问人世间什么东西最易催人衰老，我感到一半是早晨催人赶路的鸡鸣，一半是骑在马背上奔跑的蹄声，人的青春年华都在这鸡鸣马蹄声中渐渐消磨掉了。

诗人语意凄楚，感慨良多。王文濡评论这两句诗说："人生事业，都从鸡声马蹄中得来，唤醒名利中人不少。"其实唤醒的何止是名利客，诗人自己就已经开始有所醒悟了。

471　马后桃花马前雪，出关争得不回头？

作者简介：

徐兰（约公元1660年～约1730年）字芝仙，江苏省常熟市人。康熙二十年（公元1681年）入京为国子监生。后来又作了清宗室安郡王的幕僚。康熙三十五年（公元1696年）随安郡王出塞，由居庸关到了归化城。雍正初，又随年羹尧征青海。熟悉塞外生活。代表作有《出塞诗》等。

注释：

1. 选自清代徐兰《出关》诗："凭山俯海古边州，旆影风翻见戍楼。马后桃花马前雪，出关争得不回头？"诗题一作《出居庸关》。首二句一作"将军此去必封侯，士卒何心肯逗留？"
2. 争：同"怎"。

品鉴　徐兰这首出塞诗，其诗意在中国古代的边塞诗中，是有所创新的。边塞诗兴起于唐代，以描写边塞生活为主要内容，其代表人物是岑参、高适、王昌龄、王之涣、王翰等边塞诗人。他们的诗歌奔放壮伟，气象雄浑，民族意识高扬，善于描写边塞风光和战争生活，其基调是积极向上的、乐观的,充满了保卫祖国的爱国情感和建功立业的进取精神。而徐兰这首出塞诗却不是这样,虽然同样是描写边塞生活,但从精神格调上看,从切入的角度与所表达的情感来看,与传统的边塞诗都有着明显的差别。

"马后桃花马前雪,出关争得不回头"两句,成功地描写出了将士们在出关前留恋徘徊的矛盾心情。大意是:骑马出征,就要出关了,马后面桃花盛开,灼灼如火,如笑春风,令人联想到"人面桃花相映红"的美好景象;马前面是关外黄沙,白雪茫茫,朔风凛冽,春风不度,一片荒寒,即将出关戍守征战的人们,怎能不徘徊踟蹰,频频回首关内呢!

诗人描写关前关内寒暖两重天的景象,以对照鲜明的典型环境,衬托出征将士留恋内地,依依不舍的心情,使诗意涂上了一层难于割舍的离别情感,读来令人酸心。清沈德潜评论这两句诗说:"眼前语便是奇绝语,几乎万口流传,此唐人边塞诗未曾写到者。"

诗人从一个新的角度,表现出征将士在关前徘徊思乡的情怀,的确有一定新意。

472 千磨万击还坚劲,任尔东西南北风。

作者简介:

郑燮(公元1693年~1765年)字克柔,号板桥居士,又号板桥道人,世称郑板桥,兴化(今江苏省兴化市)人。清代书画家、诗人。早年家贫。乾隆元年(公元1736年)进士。曾任山东范县、潍县县令。为官清廉,不畏权势,替百姓做过许多好事。乾隆十八年(公元1753年)因擅自开仓赈灾,罢官回乡。晚年寓居扬州,靠卖书画度日。善画兰竹,落笔劲健纵横,为"扬州八怪"之一。长于书法,以真、草、隶、篆四体相参,自成一格,号"六分半书"。画、诗、书三者皆负盛名,时称"板桥三绝"。论诗反对模拟,主张直抒胸臆。其诗抨击苛政时弊,表现对民间疾苦的深切同情,言之有物。诗风清新流畅,近似白居易和陆游。有《郑板桥集》传世。

注释：

1. 选自清代郑燮《竹石》诗："咬定青山不放松，立根原在破岩中。千磨万击还坚劲，任尔东西南北风。"
2. 坚劲：坚强，刚劲。
3. 任：任凭。 尔：你。

品鉴

这是一首题画诗。画上是竹石，所以吟咏的对象也是竹石。郑板桥擅长画竹，又精通书法。他笔下的竹高雅挺秀，从精神到气质都人格化了。字由隶书和行楷巧妙结合，与画面和谐统一，古朴典雅。诗意与画意相互映衬，具有独特的艺术魅力。

"千磨万击还坚劲，任尔东西南北风"。大意是：竹子立根岩石当中，挺拔劲健，历经了一个又一个的打击和磨难，反而使他锻炼得更加坚韧、刚强；任随东西南北风无情摧残，始终傲然挺立，不怕风吹雨打。

诗人托物言志，抒写情怀，气势不凡。表面是在赞颂竹子，实际上语意双关，以竹自喻，体现了诗人坚强不屈、百折不挠的精神和情操。在诗人眼中，那些"千磨万击"的磨难，那些"东西南北风"的摧残，都无足轻重，视若等闲，宣示了自己人生理想、人生态度永不改变的坚定信念。

同时，这两句诗也蕴含了人的主观意志起决定作用的理趣：为人只要操守坚贞，就不怕任何折磨，而且愈受磨难，立场愈坚定，能力愈强，具有一定的启示教育作用。

473 冗繁削尽留清瘦，画到生时是熟时。

注释：

1. 选自清代郑燮《题竹》诗："四十年来画竹枝，日间挥写夜间思。冗繁削尽留青瘦，画到生时是熟时。"
2. 冗繁：多余繁杂。 清瘦：清逸简劲。
3. 生时：生疏。 熟时：熟练。

品鉴　这首题画诗多为人称道,它充满绘画艺术的辩证思想,既是绘画艺术的心得体会,也是绘画创作的经验总结。

"冗繁削尽留清瘦,画到生时是熟时"两句,大意是:要画好竹子,只有削去那些繁杂的枝叶,才能表现出竹子清瘦雅健的风骨和品格;每天绘画,当越来越感到生疏的时候,也就是绘画技艺日臻成熟,快要达到完美境地的时候。

诗人以40年画竹的经验为喻,阐释了艺术创作中"生"与"熟"的辩证关系。揭示了艺术创作中由"生"到"熟",由"熟"到"生",不断提高,最终达到更加完美的艺术创作规律。也就是说,作画者即使技法已经十分纯熟了,也不能信手涂抹,而要经过深思熟虑,精心构思,反复推敲,做到意在笔先,才能下笔。即使要表现古朴、生拙的意境,也是在随心所欲的艺术技巧上,"熟中求生",只有这样,才能不断攀登新的艺术境界。

此外,这两句诗在生活上,也能给我们以哲理的启示:不论读书写字,音乐绘画,也不论干什么事业,都需要不断积累经验,提高认识和熟练水平。如果功夫到家了,做到既了然于心,也达之于手,自然能够进入左右逢源、运用自如的化境。强调了实践对于提高技艺水平的重要性。

474　新竹高于旧竹枝,全凭老干为扶持。

注释:

1. 选自清代郑燮《新竹》诗:"新竹高于旧竹枝,全凭老干为扶持。明年再有新生者,十丈龙孙绕凤池。"
2. 凭:凭借,依靠。

品鉴　这首题画诗借新竹生长为喻,表达了自然界和人类社会中新旧相依,新陈代谢的一种普遍的规律。

"新竹高于旧竹枝,全凭老干为扶持"两句,以竹喻人,以新竹超过旧竹,寓意年轻人胜过老年人,后来者居上,青出于蓝而胜于蓝的客观规律。大意是:新竹生长发育特别快,刚长出来的枝叶很快就超过了老竹竿;但它的成长却离不开老竹竿,它只有在老竹的全力扶持下才能顺利长成材。

诗人表达了与唐朝诗人刘禹锡"芳林新叶催陈叶,流水前波让后波"相类似的辩证的思想。在人类社会的发展进程中,如果新一代不能超过老一辈,后来者不能居上,那人类社会就会停滞不前,甚至倒退落后。只有一辈超过一辈,青出于蓝而胜于蓝,人类社会才能不断地发展进步。但是,新一代的成长又离不开老一代的扶持。新老共同努力,团结协作,才能把我们的事业不断推向前进。

475 衙斋卧听萧萧竹,疑是民间疾苦声。

注释:

1. 选自清代郑燮《潍县署中画竹呈年伯包大中丞括》诗:"衙斋卧听萧萧竹,疑是民间疾苦声。些小吾曹州县吏,一枝一叶总关情。"潍县:今山东省潍县。 括:即包括,钱塘人,曾任山东布政使,署理巡抚。
2. 衙斋:官署中的书房。 萧萧:竹子摇动发出的声音。
3. 疑:怀疑,疑心。

品鉴 这是诗人任潍县县令时写的一首诗,表明诗人心系百姓,关心民生疾苦,愿意为民谋事解忧的思想情怀。

"衙斋卧听萧萧竹,疑是民间疾苦声"。大意是:诗人衙门里种满了竹,晚上在衙门内的书房中看书时,风吹竹动,发出萧萧的声音,听起来总疑心那是老百姓生活困苦而发出的呻吟声。

诗句比喻形象,联想奇妙,内容深刻,刻画出了一个心里时刻装着百姓,具有强烈同情心和平民意识,关心民生疾苦的主人公形象。

476 写取一枝清瘦竹，
　　　秋风江上作渔竿。

注释：

1. 选自清代郑燮《予告归里，画竹别潍县绅士民》诗："乌纱掷去不为官，囊橐萧萧两袖寒。写取一枝清瘦竹，秋风江上作渔竿。"
2. 写：画。取：语助词，表示动作进行。

品鉴　　乾隆十八年（公元1753年），山东大旱，很多农家颗粒无收。年过60岁的潍县令郑板桥为民请命，请求赈荒，得罪了上司，遂弃官归里，并画竹告别潍县的父老百姓。这首题画诗就是诗人告别潍县的百姓时写的。

"写取一枝清瘦竹，秋风江上作渔竿"两句，表明了诗人弃官后，决心归隐乡间，过一种新的隐逸生活的志趣。大意是：弃官归乡后，我做什么事呢？我已经厌弃了官场的生活，决定去寻求一种与世无争的隐逸的闲情逸致。所以临别潍县时，我画了一枝清瘦劲节的竹子，作为我回到家乡在秋江上垂钓的鱼竿。

这是诗人辞去县令，告别百姓时题写的一首小诗，表明自己与官场决绝的心志。画中那一枝清瘦的竹子，正是诗人清高自傲，不与朝廷苟合的节操的象征；而秋江垂钓，则表明诗人回乡归隐，仍要独善其身，保持自己的品行和志向，绝不与当朝权贵们同流合污。

477 不依古法但横行，
　　　自有云雷绕膝生。

作者简介：

袁枚（公元1716年～1797年）字子才，号简斋，又号随园老人，钱塘（今浙江省杭州市）人。清代文学家、诗人。自幼聪颖。乾隆四年（公元1739年）进士。历任江南溧水、江浦、沭阳、江宁知县。为官清正，不畏权势，有政绩。后辞官寓居江宁，筑随园隐居其中，赋诗作文40余年。论诗主"性灵说"，提倡写真性情、真感情，反对模拟唐、宋。强调做诗不可以无"我"，追求个性自由，具有反封建束缚的进步思想。与蒋士铨、赵翼并称"江右三大家"。其诗明白晓畅，空灵新巧，艺术造诣较高。但内容狭小，多描写个人的性情遭际，缺乏深刻的社会内容。有《小仓山房诗文集》《随园诗话》传世。

注释：
选自清代袁枚《咏岳飞》诗："不依古法但横行，自有云雷绕膝生。我论文章公论战，千秋一样斗心兵。"

品鉴

袁枚这首《咏岳飞》的诗，巧妙地以岳飞论战与诗人论诗相比较，表达了诗人"性灵说"的论诗观点。诗人认为，自己论诗与岳飞论战，其共同性是"斗心兵"，即诗歌创作和战阵斗法一样，都是"沛然自胸中自然流出"，"发乎自然，自道所欲言"，所以要求诗歌创作要直抒"性情"，表现作者自己的生活感受。

"不依古法但横行，自有云雷绕膝生"两句，表达了诗人的论诗观点。诗人认为，诗歌内容应该像生活本身一样丰富，只要感受真实，夕阳芳草寻常物，皆可入诗，反对模唐仿宋的拟古主义诗风，反对一切叠韵、和韵、用僻韵、用古人韵等束缚性灵的所谓诗法。大意是：诗歌创作不能袭古，不能泥古，不能为古法所拘，只要照自己的生活体会和亲身感受去写，就一定能够自由纵横，写出优秀的诗篇来。

袁枚论诗，标举性灵。强调诗中有我，反对拘守古法。他认为，诗歌的本质是人的感情的自然流露，因此诗歌创作要发自胸臆，见出诗人的真性情，将诗人的心灵、情感，自然新鲜地表现出来，不必拘泥于境界的大小，格调的高下。他说，"诗者，人之性情也"，"作诗不可以无我"（《随园诗话》），要求诗歌自由地表现个性，真实地反映自己的欲望感情。在袁枚看来，有无"性情"关系诗的根本。一切题材内容、音韵格律、语言风格等等，都应该为表现诗人的真性情服务。

就艺术表现而言，袁枚提倡自然清新、平易流畅之美，反对雕章琢句、堆砌典故，反对以学问为诗。主张风格多样化，认为人的个性不同，情感性质各异，"凡作诗者，各有身份，亦各有心胸"，因而表现的方式就不会一样。例如温柔敦厚，含蓄不尽，流虹掣电，发泄无余等风格，会因人、因事、因时的不同，而言各有宜，表现出不同的特点，不可强调某一种风格而排斥另一种风格。

性灵说不仅重视性情，同时十分强调艺术上的灵感作用。袁枚认为，只有有了灵感作用，才能各抒襟抱，见出性情之真，才能花样翻新，显示出层出不穷的创造力。而将真实的感情生动活泼地表现出来，正是性灵说的真谛所在。

478 爱好由来落笔难，一诗千改始心安。

注释：

选自清代袁枚《遣兴》诗二十四首中的第五首："爱好由来落笔难，一诗千改始心安。阿婆还是初笄女，头未梳成不许看。"

品鉴 这首诗表明了诗人一丝不苟，严肃认真，"一诗千改"的创作精神。

"爱好由来落笔难，一诗千改始心安"。大意是：由于自己十分爱好诗歌，所以总想写出高质量的作品来，越是这样严格要求自己，越感到下笔很难，深感做诗从来都不是一件容易的事情；往往一首诗的初稿出来后，还要反复推敲，字斟句酌地修改几百遍，上千遍，这样写成的诗篇拿来给人看，心里才觉得踏实安稳，不致贻笑大方。

一个有社会责任感的负责的诗人，总是会严肃认真地对待自己的作品的。这方面从古至今，留下了许多佳话。唐代卢廷让有"吟安一个字，拈断数茎须"的说法，贾岛有"推敲"的美谈，杜甫有"为人性爱耽佳句，语不惊人死不休"的严格要求。宋代王安石也有"春风又绿江南岸"反复修改的趣闻。袁枚在这两句诗里表达了同样的创作思想。诗句不仅真实地反映了诗歌创作的甘苦，而且也形象地表达了诗人一丝不苟、精益求精的创作态度。

479 寒衣针线密，
家信墨痕新。

作者简介：

蒋士铨（公元1725年～1785年）字心余，一字苕生，号清容，铅山（今江西省铅山县）人。清代戏曲家、诗人。幼时从母学书。乾隆二十二年（公元1757年）进士，授翰林院编修，充顺天乡试同考官。以母老乞归。历任蕺山、崇文、安定书院山长。清高宗称他与彭元瑞为"江右两名士"。乾隆四十三年（公元1778年）补国史馆纂修官，改御史，后乞病归里。创作杂剧、传奇16种。诗、词、文皆负盛名。论诗主张唐、宋并师，反对片面追求格调与辞藻。其诗受黄庭坚影响较大，气体雄杰，形象生动。与袁枚、赵翼齐名，并称"江右三大家"。有《忠雅堂诗文集》《铜弦词》传世。

注释：

1. 选自清代蒋士铨《岁暮到家》诗："爱子心无尽，归家喜及辰。寒衣针线密，家信墨痕新。见面怜清瘦，呼儿问苦辛。低徊愧人子，不敢叹风尘。"
2. 寒衣：指游子穿的衣服。唐代孟郊《游子吟》："慈母手中线，游子身上衣。临行密密缝，意恐迟迟归。谁言寸草心，报得三春晖？"

品鉴

乾隆十一年（公元1746年）诗人久别归家，见到牵挂关心自己的慈母，感慨万端，心情激动而写了这一首诗，描写了母子相见时的动人情景。

"寒衣针线密，家信墨痕新"。大意是：儿子即将出远门，母亲为儿子缝制的棉衣，针线特别细密，免得破了不能御风寒；儿子怀念自己的母亲，经常给家里写信，母亲手里的一叠家信，墨迹还都是新鲜的。

诗人有两个形容词用得巧妙，一个是"密"字，一个是"新"字。"密"字表达了母亲对儿子的千般情爱，万般关怀，"新"字表达了儿子对母亲的万般牵挂，千般思念。这两个字从母子情感的互动关联中，将母子间的深厚情谊感人至深地描绘了出来。

480 满眼生机转化钧，天工人巧日争新。

作者简介：

赵翼（公元1727年~1814年）字云崧，一字耘松，号瓯北。江苏阳湖（今江苏武进）人。清代学者、诗人。乾隆二十六年（公元1761年）进士。官至贵西兵备道。晚年辞官，主讲安定书院，专心著述。与袁枚、蒋士铨并称"江右三大家"或"乾嘉三家"。论诗主张推陈出新，抒写性情。对明代前、后七子评价不高，对公安、竟陵诗派多有贬词，认为他们"一字一句，标举冷僻，以为得味外味，则幽独君之鬼语矣"。而对王士禛的神韵说，亦持异义。其论诗观点，如"是知兴会超，亦贵肌理亲"（《论诗》），与清代翁方纲的肌理说较为接近。有《瓯北诗集》《瓯北诗话》传世。

注释：

1. 选自清代赵翼《论诗五绝》中的第一首："满眼生机转化钧，天工人巧日争新。预支五百年新意，到了千年又觉陈。"
2. 转化钧：谓大自然的创造、化育如转轮，变化无穷。化：造化，指大自然。钧：陶工用的转轮。本是陶工制造陶器的工具，这里比喻造就、创建。
3. 天工：指大自然所创造出来的。　人巧：人工巧制，指凭借人的智慧所创造出来的。　日争新：天天都有新的东西产生。一作"日日新"。《礼记·大学》："苟日新，日日新，又日新。"即成语"日新月异"之意。

品鉴　这首诗表现赵翼反对盲目崇古、拟古，主张独创、创新的诗学观点。他认为"诗文随世运，无日不趋新"（《论诗》），"诗从触处生，新者辄成故"（《佳句》），强调创新，反对"荣古虐今"，要求诗歌写出"意未经人说过""书未经人用过"（《瓯北诗话》）的新思想、新意境来。

赵翼强调"争新""独创"的观点，在清中叶沈德潜张扬明代七子复古余风时，是有其重要的时代意义的。

"满眼生机转化钧，天工人巧日争新"。大意是：自然界和人类社会日新月异，不断地孕育着，生长着，发展着；大自然的创造和人工巧妙的制品每天都在涌现出来，生气蓬勃的新鲜事物层出不穷。

诗人论诗反对模拟，主张创新。他认为，事物的发展日新月异，新生事物不断涌现，人们只有用发展的眼光去观察事物，才能使自己的思想跟上形势，符合客观实际，从而使反映社会生活的诗歌创作能够日日争新，写出有时代气息有新意的好诗来。这也是诗人在其他诗文，如"诗文随世运，无日不趋新"（《论诗》）、"诗文无尽境，新者辄成旧"（《删改旧诗作》）中反复强调的意思。

481 江山代有才人出，各领风骚数百年。

注释：

1. 选自清代赵翼《论诗五绝》中的第二首："李杜诗篇万口传，至今已觉不新鲜。江山代有才人出，各领风骚数百年。"
2. 江山：犹言天地之间。 代：代代，每一个时代。 才人：杰出的人。此指杰出的诗人。
3. 领风骚：指领导诗坛，开一代风气。风骚：《诗经》中的《国风》和屈原《离骚》的并称。泛指具有时代特色而影响深远的诗篇。

品鉴 赵翼论诗，强调发展、进化的观点，认为李白、杜甫崛起于"举世炫丽藻"的六朝之后，把诗歌创作推向一个新的高峰，成为诗坛的领袖，影响深远。但是，即使是李、杜那样伟大的诗篇，也只是他们那个时代生活的反映，随着时代的前进，他们反映的内容，歌唱的调子，已经失去了新鲜感。因此，不能盲目地崇拜前人、古人。

"江山代有才人出，各领风骚数百年"。大意是：天地之间，人才辈出,每个时代都会有自己伟大的诗人,如唐、宋、元、明各代,都在当时的社会历史条件下产生了自己的诗坛领袖,开创一代诗风,写出了属于他们那个时代的伟大的诗歌作品,他们都在诗坛上产生了数百年的影响。

诗人是用发展的眼光评论诗人及其作品,他认为后来的诗歌总比前代的新,诗歌创作传统、技巧虽然先后有传承,各有"真本领",但诗歌创作必须紧扣时代的脉搏,反映时代的生活和精神,随着时代的发展而发展,不断革新求变,开创新的诗风,却是始终一致的。

482 矮人看戏何曾见,都是随人说短长。

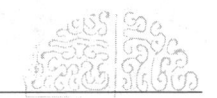

注释:

1. 选自清代赵翼《论诗五绝》中的第三首:"只眼须凭自主张,纷纷艺苑谩雌黄。矮人看戏何曾见,都是随人说短长。"
2. 随人:跟随别人。 短长:指品评诗歌优劣,说短道长。

品鉴　　赵翼主张品评诗歌要有自己独到的见解,反对人云亦云,人否亦否,缺乏真知灼见,随意下判断的作风和倾向。

"矮人看戏何曾见,都是随人说短长"。大意是:矮人在人丛中看戏,目光被人遮住,什么也没有看到;他的议论都是随声附和的,别人怎么说,他怎么说,别人道好,他也道好,没有自己的见解和观点。

清代的诗坛,开始有以吴伟业、屈大均为代表的尊唐派,继而有以查慎行、厉鹗为代表的宗宋派。两大派别各立门户,互相讥弹,各执一词,互不相让。正如清代诗人纳兰性德在《原诗》中所批评的那样:"十年前之诗人皆唐之诗人也,必嗤点夫宋;近年来之诗人皆宋之诗人也,必嗤点夫唐。"今天,这两派的追随者仍然在人云亦云,说长道短,其实他们并不真正了解唐诗和宋诗的得失。

赵翼既反对尊唐,又反对宗宋,提倡品评诗文艺术,要自己看,自己想,自己认识深刻了,才能有自己的主张,说出自己独到的见解和意见。他将尊唐派和宗宋者们的言论比作是"矮人看戏",人云亦云,随人俯仰,盲目附和。

南宋朱熹在他所著的《朱子语类》中也评论过这种现象,他说:"如矮子看戏相似,见人道好,他也道好。"赵翼借"矮子看戏"为喻,阐明自己的论诗观点。比喻生动形象,阐明道理深刻,耐人寻味。

483 日暮平原风过处,菜花香杂豆花香。

作者简介:

  王文治(公元1730年~1802年)字禹卿,号梦楼,江苏丹徒(今江苏省镇江市)人。青年时有文坛国士之称。乾隆二十五年(公元1760年)进士。授翰林院编修,历充会试同考官。又出为云南临安(今云南省建水县)知府。后因事免官,还归乡里。为文尚瑰丽,晚年趋于平淡。诗风雄杰宏亮,不愧唐音。书法秀逸,高宗南巡时,见所书钱塘僧寺碑,非常喜爱。归乡后潜心音律,每作乐后,便默然禅定。后趺坐室内辞世。有《梦楼诗集》传世。

注释:

选自清代王文治《安宁道中即事》诗:"夜来春雨润垂杨,春水新生不满塘。日暮平原风过处,菜花香杂豆花香。"

品鉴 这是诗人旅行途中,见春天原野景色如画,有感而写的一首小诗。

  "日暮平原风过处,菜花香杂豆花香"。大意是:日暮时分,乡村的原野平畴千里,菜花盛开,一片金黄,在晚霞的映照下,大地流光溢彩,绚烂迷人,一阵春风吹过,菜花的香气掺和着豆花的香味,在平野上空向四面八方弥漫开来,沁人心脾。

  诗人生动形象地描绘了春天原野诱人的风光,生活气息浓郁,向人们展示了一幅田园宁静的牧歌式的景象,给人以身临其境的美感。

484 全家都在风声里，
九月衣裳未剪裁。

作者简介：

黄景仁（公元1749年～1783年）字汉镛，一字仲则，晚号鹿菲子。武进（今江苏省常州市）人。清代文学家、诗人。自称黄庭坚后裔。浪游四方，做过安徽督学朱筠的幕宾。乾隆四十二年（公元1777年）春，赴天津应东巡召试，取二等，充武英殿签书官。后为生活所累，抱病出游，客死于解州，年仅35岁。平生才气横溢，性情高傲。工诗词，善书画。其诗有李白遗风，自成面目，在当时颇负盛名。与洪亮吉并称"洪黄"。内容多写个人遭际，嗟贫叹苦，哀怨婉丽，有真情实感，但感伤情调较浓。有《两当轩全集》《竹眠词》传世。

注释：

1. 选自清代黄景仁《都门秋思》四首中的第三首："五剧车声隐若雷，北邙惟见冢千堆。夕阳劝客登楼去，山色将秋绕郭来。寒甚更无修竹倚，愁多思买白杨栽。全家都在风声里，九月衣裳未剪裁。"都门：指北京。
2. 九月衣裳：指御寒的冬衣。化用《诗经·豳风·七月》中的诗句："七月流火，九月授衣。"

品鉴 这首诗是诗人家属迁到北京，寓居繁华的京城时写的，作于乾隆四十二年（公元1777年），真实地反映了一家人饥寒交迫，衣食无着的困苦情状。

北京的冬天来得早，到九月的时节，家家户户就开始准备御寒的冬衣了，可是诗人因为贫困无依，那就是另一种境况了。

"全家都在风声里，九月衣裳未剪裁"两句，描写诗人困穷的情状，真实感人。大意是：天气骤然冷了起来，一家大小都在秋风中冷得瑟瑟发抖，到了九月，该是准备冬衣的时节了，可是家里没有钱买棉买布，御寒的衣服至今没有剪裁缝制。

诗人形象地描绘了自己家的贫寒境况，真实地再现了一个怀才不遇的知识分子的贫困、孤寂和无助的愁苦。

485　惨惨柴门风雪夜，此时有子不如无。

注释：

1. 选自清代黄景仁《别老母》诗："搴帏拜母河梁去，白发愁看泪眼枯。惨惨柴门风雪夜，此时有子不如无。"
2. 惨惨：十分悲惨的样子。

品鉴　乾隆三十六年（公元1771年）初春，诗人为觅升斗之粮，奉养老母，即将远离家门，到安徽督学朱筠处作一个幕僚，这首诗饱含凄楚与无奈，表达了与母亲告别时欲哭无泪，痛彻心脾的沉痛心情。

"惨惨柴门风雪夜，此时有子不如无"。大意是：风雪之夜，我与老母在破败的柴门前凄惨地告别，依依不忍离去，想到老母在堂上无人照看，自己为谋生计不得不远离家门，因此痛彻地感到：可怜的母亲呵，您此时虽然有我这个儿子，可是儿子不肖，儿子无能，真还不如没有儿子的好啊！

诗人直抒胸中愁苦，感情真挚，发自肺腑，撼人心魄。中国早期无产阶级革命家瞿秋白烈士在《俄乡纪程》中曾引用这两句诗说："想起我与父亲的远别，重逢时节也不知在何年何月，家道又如此，真正叫人想起我们常州诗人黄仲则的名句来：'惨惨柴门风雪夜，此时有子不如无'。"说明这两句诗是很有艺术感染力的。

486　悄立市桥人不识，一星如月看多时。

注释：

1. 选自清代黄景仁《癸巳除夕偶成》二首中的第一首："千家笑

语漏迟迟,忧患潜从物外知。悄立市桥人不识,一星如月看多时。"

2. 悄立:悄悄地站在那里。
3. 一星:一颗星星。 如月:像月亮那样明亮。

品鉴 乾隆三十八年(公元1773年),诗人从安徽回归故里,除夕之夜,家无隔夜之粮,独自出门散心,写了这首表现寂寞、抑郁心情的小诗。

大年三十之夜,人们忙着团年过节,守岁迎新,家家欢歌,户户笑语,可是在这万家欢乐的节日里,诗人却家无隔夜之粮,身无御寒之衣,他不忍见家人饿着肚子发愁,只好从家里溜出来排遣郁闷的心情,躲避家人乞望哀怨的眼神。

"悄立市桥人不识,一星如月看多时"。大意是:我一个人悄悄躲在市桥附近,在行人稀少的地方,避过熟人的眼光,独自无言地望着晴朗的夜空,将一颗如月的巨星看了很久很久。

诗人寓情于景,活现出自己茕茕孑立,形影相吊的孤独形象,情感真实,虽未直接诉说家中的凄惨景象,而诗人家中的情形已宛然如在目前,诗人愁苦、抑郁的心情也溢于言表,读之令人心酸。

487 深处种菱浅种稻,不深不浅种荷花。

作者简介:

阮元(公元1764年~1849年)字伯元,号芸台,仪征(今江苏省仪征市)人。清代学者、诗人。乾隆五十四年(公元1789年)进士。历任山东学政、浙江巡抚,湖广、两广、云贵总督。道光十五年(公元1835年)任体仁阁大学士。3年后以老病辞归乡里。学识渊博。政务之暇,提倡治学。在史馆倡修《儒林传》,在广州设立学海堂,在浙江创办诂经精舍,并罗致学者从事编书刻印工作。曾校刊《三经注疏》。亦能诗。其诗善写景物,风格清新。有《揅经室集》传世。

注释：

1. 选自清代阮元《吴兴杂诗》："交流四水抱城斜，散作千溪遍万家。深处种菱浅种稻，不深不浅种荷花。"吴兴：今浙江省湖州市，地处江南水乡。
2. 菱：俗称菱角，一种一年生水生草本植物，叶略呈三角形，果实可食。

品鉴　　这首诗描写江南吴兴地区田园风光的优美，生动形象地表现了江南水乡的富庶景象。

"深处种菱浅种稻，不深不浅种荷花"。大意是：江南一带，水田塘湾处处可见，人们在水深的地方种上菱角，在水浅的地方栽种稻禾，而不深不浅的地方适合荷花生长，就种上了大片大片的荷花。

语言通俗流畅，写出了江南水乡的特色，也表现出了诗人善于观察，善于思考的理趣构思。今天，仍能给人以哲理的思考：人们做任何事情都应该从实际出发，因地制宜，按自然的客观规律办事，而不能形而上学地搞"一刀切"，强求一律，绝对化。凡是不按客观规律办事，搞一刀切、绝对化的人，最终都是要付出沉痛代价的。

488　敢为常语谈何易，百炼工纯始自然。

作者简介：

　　张问陶（公元 1764 年～1814 年）字仲冶，号船山，祖籍遂宁（今四川省遂宁市）人。清代诗人。出生山东馆陶县，故名"问陶"。幼年聪慧，读书过目成诵。乾隆五十五年（公元 1790 年）进士。历任御史、吏部郎中、会试同考官，官至莱州知府。后来以疾病辞官，流寓苏州一带。工诗文，擅书画。其书近米芾，画近徐渭，皆负盛名。论诗主张抒写性情，反对模拟，与袁枚"性灵说"相近。其诗内容多写日常生活，也有部分揭露社会黑暗、表现民生疾苦的作品。其山水诗、题画诗意境深远，清新空灵，善言情理，最为著名。近代孙桐生《国朝全蜀诗钞》评其诗说：

"近体超妙清新,雅近义山(李商隐),古体奔放奇横,颇近太白(李白)。"有《船山诗文集》传世。

注释:
1. 选自清代张问陶《论诗十二绝句》中的第三首:"跃跃诗情在眼前,聚如风雨散如烟。敢为常语谈何易,百炼工纯始自然。"
2. 常语:日常生活中的语言,最平常最普通的语言。北宋王安石《题张司业诗集》:"看似寻常最奇崛,成如容易却艰辛。"可为此句注脚。
3. 百炼:千锤百炼的功夫。指诗要写得自然天成,必须反复锤炼。

自然:即自然天成,不着人工痕迹。

品鉴　　这首论诗诗达了张问陶关于诗歌创作的见解。张问陶生平仰慕陶渊明、白居易及陆龟蒙,提倡诗歌创作应抒写性情,表现自我真实感情,反对模拟,其论诗主张与袁枚的性灵说十分相近。

"敢为常语谈何易,百炼工纯始自然"两句,针对当时诗坛上"宗唐""宗宋"的模拟之风盛行,门户之见很深,诗人表达了自己的论诗主张。大意是:诗人敢于用日常生活中通俗常用的语言做诗不容易,而能用日常通俗的语言写出优秀的诗章更不容易;只有经过千锤百炼,善于用纯真的语言表现生活中的喜怒哀乐,诗中有我,功夫到家,写出来的作品才有自然天成的艺术效果。

张问陶认为,自然天成是最高的艺术境界,但这种艺术境界是不容易达到的,必须经过千锤百炼的功夫,才能获得。张问陶这个论诗观点,不少诗人、诗论家都曾反复强调过,表达了类似的见解。清代许印芳在《与李生论诗书》中说:"人但见其澄淡精致,而不知其几经淘洗而后得澄淡,几经熔炼而后得精致。"清潘德舆在《养一斋诗话》中说:"一唱三叹,由于千锤百炼,今人都以平淡为易之,知其未吃甘苦来也。"清代袁枚在《随园诗话》中亦谓:"诗宜朴不宜巧,然必须大巧之朴;诗宜淡不宜浓,然必须浓后之淡。"清刘熙载在(《艺概·诗概》)中更举陆游的作品为例说:"放翁诗明白如话,然浅中有深,平中有奇,故足令人咀味。"袁枚、刘熙载所谓"大巧之朴""浓后之淡""浅中有深,平中有奇",都是指经过千锤百炼后达到的艺术境界,是诗歌创作规律的总结,具有普遍的指导意义。

　　这两句诗充分表现了诗人不袭古人，自然俊逸的艺术追求。当然，仅有这种追求是不够的，还须在创作实践中反复锤炼、修改，赋予内容以尽可能完美的形式，使内容与形式达到高度和谐统一，艺术技巧达到炉火纯青的境地，才能创作出"大巧之朴""浓后之淡""浅中有深，平中有奇"的伟大诗章来。

489　天籁自鸣天趣足，好诗不过近人情。

注释：
1. 选自清代张问陶《论诗十二绝句》中的一首："名心退尽道心生，如梦如幻句偶成。天籁自鸣天趣足，好诗不过近人情。"
2. 天籁自鸣：大自然中自然发出的声音。宋代包恢《答曾子华论诗书》云："盖天机自动，天籁自鸣，鼓以雷霆，豫顺以动，发自中节，声自成文，此诗之至也。"清代袁枚《答沈大宗伯论诗书》亦谓："天籁一日不断，则人籁一日不绝。"　天趣：自然情趣。
3. 好诗：优秀的诗歌作品。　近人情：指了解人民群众的愿望，反映人民群众的感情。

品鉴　这首论诗诗表达了张问陶的论诗主张。诗人指出，要写出好诗，必须消除追名逐利之心，了解普通百姓的愿望，熟悉普通百姓的思想情感，反映普通百姓的生活疾苦，强调了诗歌创作应该充分表现自己的生活阅历和感受，最好的诗歌就是最能表现真情实感的诗歌。

　　"天籁自鸣天趣足，好诗不过近人情"。大意是：诗歌创作应该追求天然情趣，如自然界发出的声音，顺其自然，天然无痕；优秀诗歌不外乎表现了人的真实感情而已，当诗人心中有了真性情，真怀抱，到了不吐不快，一吐为快的时候，写出来自然便是好诗。

　　张问陶论诗崇尚自然，反对矫揉造作，为文造情，主张诗歌创作要写真性情、真怀抱，有自然情趣，有真情实感，合乎逻辑地表达诗人的思想意志。方薰在《山静居诗话》中指出:"诗发乎情,故能感人之情。欢娱疾苦之词,皆情之所不可假者。"也就是说,只有从活生生的社会生活中,从普通百姓的欢娱疾苦中去发掘,去提炼诗思、诗情,才能写出合乎"天籁""天趣","近乎人情"的好诗。

张问陶的观点,剥去了诗歌创作中的神秘外衣,揭示出了一条合乎艺术创作实际的基本规律,给当时模拟盛行、雕章琢句的诗坛带来一股清新的创作思想。

490 百分桃花千分柳,冶红妖翠画江南。

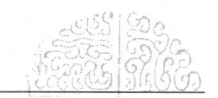

注释:

1. 选自清代张问陶《阳湖道中》诗:"风回五两月逢三,双桨平拖水蔚蓝。百分桃花千分柳,冶红妖翠画江南。"
2. 冶:形容女子美丽或装饰艳丽。 妖:艳丽,妩媚。 画:绘画。

品鉴 这是诗人自镇江回苏州途中,路过常州阳澄湖,见山明水秀,风光宜人而写的一首山水小诗。

"百分桃花千分柳,冶红妖翠画江南"。大意是:阳澄湖畔,翠柳遍地,迎风弄舞,桃花灼灼,红映湖面,阳春三月的江南,处处是鲜艳的红,妩媚醉人的绿,画出一幅江南色彩明丽、风光旖旎的诱人图画。

诗人观察细致,比喻贴切,形象鲜明地展现了江南水乡迷人的景色,令人神往。

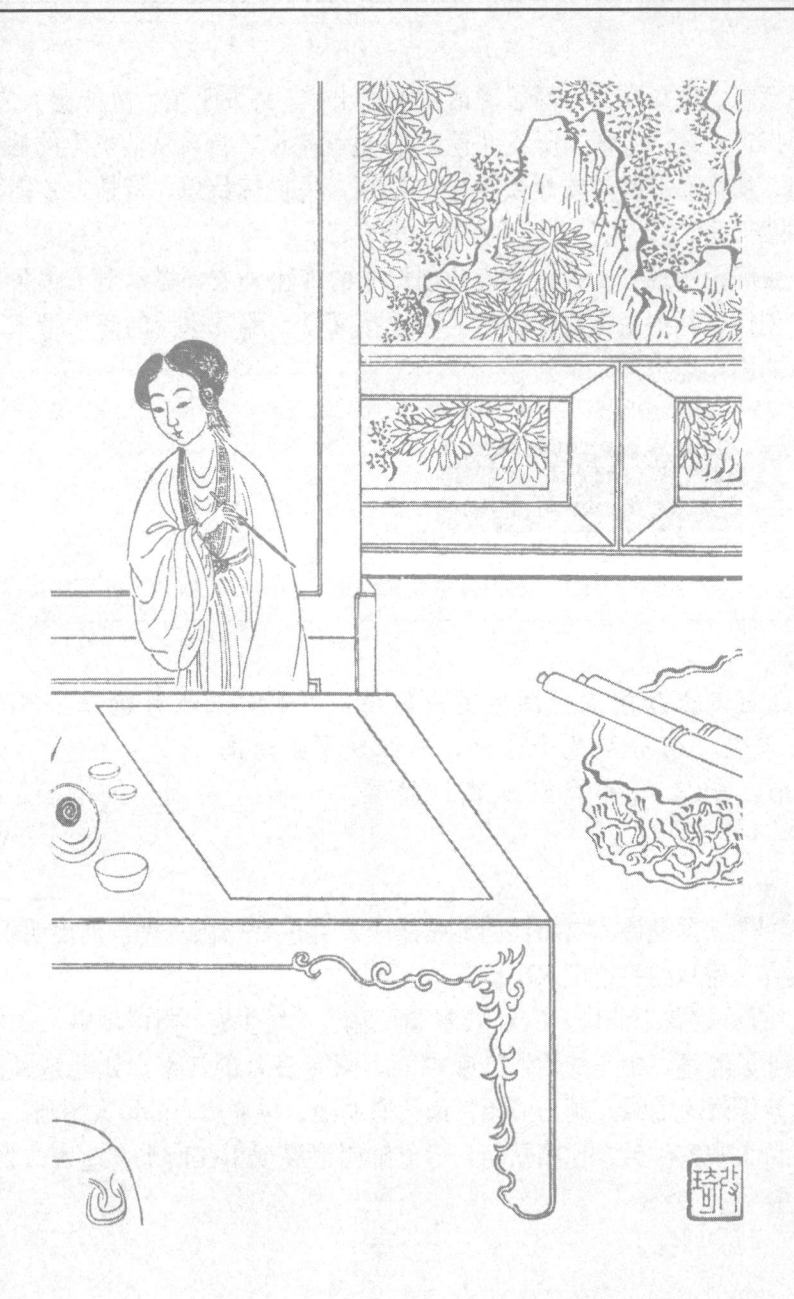

诗歌

近代

491　苟利国家生死以，岂因祸福避趋之。

作者简介：

林则徐（公元1785年~1860年）字元抚，一字少穆。侯官（今福建省福州市）人。近代政治家、诗人。嘉庆十六年（公元1811年）进士。历任监察御史、按察使、布政使、巡抚和总督。道光十八年（公元1838年）任钦差大臣，赴广州查禁鸦片，严令英美烟贩缴出鸦片二万余箱，在虎门当众销毁。英国发动鸦片战争，林则徐严阵以待，予以迎头痛击。终因清王朝的腐败而被革职，遣戍新疆伊犁。3年后获释入关，任陕西巡抚、云贵总督。道光三十年（公元1850年）任钦差大臣，赴广西镇压太平天国起义，途中病逝。林则徐政务之余做诗，写出了不少优秀诗篇，真实地反映了鸦片战争前后的历史面貌。其诗幽深含蓄，苍凉沉婉，具有强烈的爱国主义精神。有《云左山房诗钞》传世。

注释：

1. 选自近代林则徐《赴戍登程口占示家人》二首中的第二首："力微任重久神疲，再竭衰庸定不支。苟利国家生死以，岂因祸福避趋之。谪居正是君恩厚，养拙刚于戍卒宜。戏与山妻谈故事，试吟断送老头皮。"赴戍：到充军地去。口占：不起草稿，随口吟诵成诗，称为"口占"。
2. 苟利：假若有利。苟：如果，假如。　生死以：指把生死都交付给国家。春秋时郑国子产受到诽谤，他说："苟利社稷，死生以之。"以：给付的意思。
3. 趋：奔赴，前去迎受。

品鉴　道光二十二年（公元1842年）八月，诗人因查禁鸦片，抵抗英军侵犯而被腐败无能的清廷革职充军，在由西安启程前往新疆伊犁时，口占了两首诗，留别家人。这是其中的一首。诗中抒写了自己即使流放边疆，仍然时刻坚持以国家利益为重，绝不计较个人得失的高尚情怀。

"苟利国家生死以，岂因祸福避趋之"。大意是：只要对国家有利的事情,无论个人荣辱得失如何,即使需要交出生命,我都会不惜一切地去做;怎么能为了避祸就躲得远远的,有福就拼命地趋利迎受呢!

诗句表明林则徐在禁烟抗英问题上,不顾个人安危,坚持维护国家利益,虽遭革职充军也绝无悔意的坚定立场。诗人生前,对这两句诗最为喜爱,常常吟诵,充分表现了诗人为国为民置生死于度外的爱国主义精神和高尚情操。

492 千红万紫安排着,只待新雷第一声。

作者简介:

张维屏(公元1780年~1859年)字子树,号南山,番禺(今广东省番禺)人。近代诗人。道光二年(公元1822年)进士。曾任黄梅、松滋、广济知县,官至南康知府。所到之处,皆有政绩。道光十六年(公元1836年)辞官归里,专事著述。自号"珠海老渔"。爱松成僻,自称"松心子"。与黄芳、谭敬昭并称"粤东三子"。道光十年(公元1830年)曾与林则徐、龚自珍、魏源共结"宣南诗社"。晚年写有《三元里》《三将军歌》等气势磅礴、激昂悲愤的爱国诗篇,真实地反映了鸦片战争的历史面貌。有《松心诗集》传世。

注释:

1. 选自近代张维屏《新雷》诗:"造物无言却有情,每于寒尽觉春生。千红万紫安排着,只待新雷第一声。"
2. 千红万紫:指各种花,犹言百花。
3. 新雷:春天的第一个雷声,象征春天的莅临。

品鉴 这是一首咏物诗,吟咏的物是新雷。古人认为,雷是启生万物的东西。《周易·说卦》:"雷以动之,风以散之,雨以润之。"《尔雅义疏·释天》:"《说文》云:雷,阴阳薄动,雷雨生物者也。"这首诗所取的就是雷生万物的意思。

"千红万紫安排着,只待新雷第一声"。大意是:造物早已安排好万紫千红的一切,只等东风送暖,春雷一响,百花就将姹紫嫣红,竞相开放。

诗人写阳春孕育生机,新雷将带来崭新的变化,字里行间流露出一种春天即将来临的喜悦之情。然而诗人意不止此,他不是简单地描写自然现象,而是以自然暗喻人事,表达了渴望社会变革的新雷早日到来的心情。

从诗句所蕴含的理趣讲,这两句诗也颇有哲理的启示:

天地间的一切事物,都在按照自然的规律运动着,发展变化着,虽然这规律是看不见摸不着的,但通过冬去春来,花开花落等自然现象是可以感知到的。

事物具备了变化的内在根据(内因),如"千红万紫安排着",但没有一定的外部条件"新雷"(外因),这种变化也是不可能实现的。正如成语所言:"万事俱备,只欠东风。"

493 我劝天公重抖擞,不拘一格降人才。

作者简介:

龚自珍(公元 1792 年~1841 年)字瑟人,号定庵,仁和(今浙江省杭州市)人。近代思想家、诗人。学识渊博,兴趣广泛,青年时期即有经世之志。道光九年(公元 1829 年)进士。殿试时,因提出革新主张,震动朝廷,以"楷法不中程",未列优等。官至礼部主事。道光十九年(公元 1839 年),辞官归里,主讲江苏丹阳云阳、杭州紫阳书院,直至去世。主张改革内政,抵抗外敌。是一位著名的资产阶级改良主义思想家和先驱,也是一位开风气之先的文学家。诗、词、文兼长,以诗文成就最高。其诗抨击黑暗,歌咏光明,表达了不满现实,渴望变革的理想。风格瑰丽恣肆,气势磅礴,充溢着爱国热情,富有艺术感染力。有《龚自珍全集》。

注释:

1. 选自近代龚自珍《己亥杂诗》第一百二十五首:"九州生气恃

风雷，万马齐喑究可哀！我劝天公重抖擞，不拘一格降人才。"己亥杂诗：写于公元1839年（清道光十九年，己亥），诗人48岁时。这年四月，他因受保守腐朽势力排挤，辞官南归，离开北京，回到故乡杭州。旋又北上河北固安县接亲眷，岁末返回。南北往返途中，诗人写下了这组诗篇，共315首，均为绝句。反映途中的生活、见闻、感想乃至对生平经历、往事的回忆等等。内容十分丰富，不仅生动地反映了封建社会的逐渐衰败，从中也可以看到诗人的思想发展过程，是龚自珍诗作中的一部分珍品。

2. 劝：希望。 天公：老天爷，天上的玉皇，即传说中主宰一切的上帝。这里暗指当时的最高统治者。 抖擞：奋发，振奋精神。

3. 不拘一格：打破常规，多种多样，不限于一种固定的格式和方法。 降：降生。这里是产生、选用的意思。

品鉴　　这是诗人辞官南归，路过镇江，祠庙里正在举办赛神会，乞求天神为人间降雨。诗人受道士之托，写了这首祷神词。当时正是鸦片战争前夕，清王朝因循守旧，不图变法维新，朝廷腐败，社会黑暗，整个中国政治社会一潭死水，人民生活在水深火热之中。这首《己亥杂诗》表达了诗人对当时死气沉沉政治局面的担忧和对改革的热切呼唤。

"我劝天公重抖擞，不拘一格降人才"。大意是：老天爷啊，希望你重新振作精神，不要拘限一定的规格，把各种各样勇于革新进取的人才降生到人世间，让他们来改变中国的面貌吧！

诗人殷切希望中华民族的民族精神重新抖擞起来。这里，"重抖擞"说明过去曾经"抖擞"过，只是后来萎靡不振了。清统治者入关以后，为了维护自己的统治，一方面通过八股文选择人才，压抑排斥创新思想，一方面大兴文字狱，迫害有反清思想的知识分子。结果整个民族革新、进取的精神遭到扼杀，有新思想的人材难于生长出来，人们安于现状以求自保，以至于出现了万马齐喑的可悲局面。

诗人呼唤"不拘一格降人才"，实际上是希望朝廷打破限制、埋没和毁灭人才的清规戒律，通过多种渠道选拔、任用有革新精神的人才，积极推动社会变革，使国家早日恢复生气和活力。诗人比喻生动，情感热烈，气势豪放，表达了革新图强的政治理想和改革的强烈愿望。

494 落红不是无情物，
化作春泥更护花。

注释：

1. 选自近代龚自珍《己亥杂诗》中的第五首："浩荡离愁白日斜，吟鞭东指即天涯。落红不是无情物，化作春泥更护花。"
2. 落红：落花。诗人自比。龚自珍因被迫辞官回乡，所以自比为落花。
3. 花：双关语。字面上言草木之花，实际上比喻清王朝、朝廷。今天，则多从文本意义上理解，用"花"指来年新开的花，喻一代新人。

品鉴　　这是诗人辞官南归，离开北京时写的一首诗。龚自珍一家三代在京城做官，现在诗人辞官出京，内心自然不会平静。这首诗一方面抒发了远去天涯的忧愁，另一方面也表达了诗人坚持自己的政治理想，拳拳为国的热情至死不变的决心。

"落红不是无情物，化作春泥更护花"。大意是：落花是有情之物，落花即使落入了土地，化作春天的泥土，也要为养护来年新开的花朵尽一份力量。

诗人融情入景，以落花比喻自己辞官离京的身世，以新花比喻革新的政治理想和新人，其言外之意是：自己虽遭迫害，牺牲了自己，仍然要为理想中的一代新人贡献力量，表达了诗人坚持革新政治理想的执著态度和高尚情操。

如果我们深入理解这两句诗的哲理含义，还可以从中得到下面两点启迪：

一，具有高尚品德和情操的人，甘愿无私地奉献自己的一切，即使牺牲自己，也要留下美好的精神来影响后人；

二，事物都是一分为二的，譬如"落红"，从一个方面看，似乎已成无用之物，但从另一个方面看，"化作春泥更护花"，仍有其价值和意义。有用和无用都不是绝对的，在一定条件下它们是可以相互转化的。所以，这两句诗的哲学意义在于：在一定条件下，一种物质形态可以转化为另一种物质形态。

495　新蒲新柳三年大，便与儿孙作屋梁。

注释：

1. 选自近代龚自珍《己亥杂诗》中的第二十四首："谁肯栽培木一章？黄泥亭子白茅堂。新蒲新柳三年大，便与儿孙作屋梁。"
2. 蒲：柳树的一种，即蒲柳，又叫水杨。与一般柳树一样，是速生树木，但木质脆弱，不能用为栋梁之材。　三年：指蒲柳才长三年。暗喻封建社会三年一考的科举制度。

品鉴　这首诗原意是讽刺和批判封建社会三年一考的科举制度，认为这样选录的人，就如"新蒲新柳"一样，不能成为国家的栋梁之材。

"新蒲新柳三年大，便与儿孙作屋梁"两句，大意是：新栽种的蒲树柳树，才长了三年，就砍伐下来，用来给自己的儿孙做盖房的屋梁了。

言外之意，这样的屋梁是不能持久的。诗人以此为喻，说明培养人才应该有长远的眼光和目标，如果只顾眼前利益，不肯花大气力培养人才，只求速成，犹如蒲柳尚未成材就用来建房一样，实际上是摧残了人才，埋没和浪费了人才。

496　国赋三升民一斗，屠牛那不胜栽禾。

注释：

1. 选自近代龚自珍《己亥杂诗》中的第一百二十三首："不论盐铁不筹河，独倚东南涕泪多。国赋三升民一斗，屠牛那不胜栽禾。"

2. 屠牛：宰杀耕牛。

品鉴　19世纪中期，由于农田水利失修，黄河多次决口泛滥，使下游各省良田被淹，农业生产遭到了严重的破坏。但封建统治者不但不顾民生死活，反而层层加重农民的赋税负担，以维持自己腐化享乐的生活，致使许多农民破产。中国封建的农业经济从此开始走下坡路，逐渐衰落下来。

"国赋三升民一斗，屠牛那不胜栽禾"。大意是：根据国家的规定，每亩只需缴纳赋税三升就行了，但是地方官吏却强迫农民每亩缴纳一斗粮食；照此下去，农民还不如杀掉耕牛，另谋出路，反倒比种田更胜一筹。

这是诗人对清朝统治者不关心国计民生，一味加重剥削的沉痛控诉。诗句语言明快、尖锐、泼辣，形象生动地反映了中国农村的黑暗社会现实。

497　避席畏闻文字狱，著书都为稻粱谋。

注释：

1. 选自近代龚自珍《咏史》诗："金粉东南十五州，万重恩怨属名流。牢盆狎客操全算，团扇才人聚上游。避席畏闻文字狱，著书都为稻粱谋。田横五百人安在，难道归来尽列侯？"
2. 避席：古人席地而坐，有所敬则离席而起，避开原位，称作避席。　文字狱：封建统治者为了镇压具有反抗倾向或触犯其忌讳的文人，常从作品中寻章摘句罗织罪名，构成冤狱，或关押，或杀头，加以种种迫害，这样的罪案称作文字狱。
3. 稻粱谋：本指禽鸟寻觅食物。这里比喻人谋求衣食。

品鉴　这首诗吟咏历史人物和事件，但吟咏历史并不是龚自珍的本意。他其实是针对当时黑暗的社会现实，有所感而发的。诗人深刻揭露和讽刺了统治集团上层人物趋炎附势、阿谀奉承的丑态，无情地鞭挞了文士阶层埋头著书，只求一饱的庸俗状况，并借田横抗汉的历史事件，委婉地提醒文士们不要为了追求功名利禄而对统治集团抱有过高的幻想。

"避席畏闻文字狱，著书都为稻粱谋"。大意是：一般士大夫、知识分子只要听到文字狱的事情，便心怀畏惧，噤若寒蝉，纷纷离席，唯恐避之不及；他们有知识，有学问，都在著书立说写文章，但著书写文章的目的仅仅是为了混口饭吃，因此不敢触及政治社会现实。这样的诗歌文章对社会政治没有丝毫补益，一钱不值。

诗人慨叹士大夫们逃避政治，只为个人安身立命着想，不为民族和国家前途着想的庸俗和卑怯，也揭露了文化专制严酷的黑暗现实，表现了诗人的斗争精神。

498　四海变秋气，
　　　　一室难为春。

注释：

1. 选自近代龚自珍《自春徂秋，偶有所触，拉杂书之，漫不铨次，得十五首》中的第二首："黔首本骨肉，天地本比邻。一发不可牵，牵之动全身。圣者胞与言，夫岂夸大陈。四海变秋气，一室难为春。宗周若蠢蠢，嫠纬烧成尘。所以慷慨士，不得不悲辛。"
2. 四海：指整个天下。　秋气：衰杀之气。
3. 一室：一间屋子。暗指清王朝。

品鉴　这首诗批评清王朝不断加重对百姓的压迫和剥削，以致民不聊生，怨声载道，从而使国家社会渐渐变成了一个衰微的世道。

"四海变秋气，一室难为春"。大意是：如果整个神州都进入秋天，气候转凉，那一间小小的屋子又怎么能保持住春天的温暖呢！

换句话说就是：如果整个中国都衰微了，那清室一家还能繁盛和兴旺下去吗？表达了诗人强烈的爱国热忱。

这两句诗表达了整体与局部、局部与整体的辩证关系，极富哲理。整体与局部是相互联系，互相影响，密不可分的。局部的变动，会直接或间接地影响整体；但整体的变动，则会对局部造成根本性的影响和变化。

诗人为此引用《左传·昭公二十四年》中的一段故事来说明这个道理：鲁国的一个寡妇不担心织布机上的纬线不够用，却担心周王朝的覆亡。因为如果国家灭亡了，自己的家庭财产也就随之毁灭了。本诗启迪人们看问题要以大局为重，只有国家富强了，个人小家才能富裕。如果国家十分贫穷落后，那个人和家庭还能富得起来吗？

499 我自横刀向天笑，去留肝胆两昆仑。

作者简介：

　　谭嗣同（公元1865年~1898年）字复生，号壮飞。浏阳（今湖南省浏阳市）人。近代政治家、文学家、诗人。少年时曾随父往来于河北、新疆、湖南、江苏、浙江、台湾各省，形成了慷慨任侠的性格。甲午战争后，深感丧权辱国之痛，积极参加康有为、梁启超领导的资产阶级改良运动。创办《南学会》，宣传变法维新思想，成为改良运动激进派领袖。光绪二十四年（公元1898年）奉诏进京，参与变法。变法失败后，被捕入狱，慷慨就义，为"戊戌六君子"之一。其诗往往将咏物、言志融为一体，情辞激越，内容充实，充满对祖国命运的关切之情。风格恢弘豪迈，富有积极进取精神。有《莽苍苍斋诗》、《谭嗣同集》传世。

注释：

1. 选自近代谭嗣同《狱中题壁》诗："望门投宿思张俭，忍死须臾待杜根。我自横刀向天笑，去留肝胆两昆仑。"
2. 横刀：指刽子手将刀横架在脖子上。　向天笑：表示一种视死如归的气概。
3. 去：死去，离开人世。指自己决心就义牺牲。　留：指康有为等逃亡在外，保住生命继续斗争。　昆仑：昆仑山。比喻去留两者都是顶天立地的人物。

品鉴　1898年戊戌变法失败后，谭嗣同拒绝亲友劝告，不愿逃亡。他说："各国变法无不流血而成功，中国变法而流血，请自嗣同始！"结果被捕。这首诗是他题在狱中壁上的一首就义诗。

"我自横刀向天笑，去留肝胆两昆仑"。大意是：我决心以身殉国，坦然面对死亡，视死如归；这与逃脱追捕，保住生命，继续斗争的康有为一样，都是顶天立地的肝胆义士，都像昆仑山那样巍峨高大。

诗句格调高亢，悲壮慷慨，动人心魄。表明诗人决心选择牺牲，誓用鲜血为后继者开路的壮烈情怀。

500　河流大野犹嫌束，
　　　山入潼关不解平。

注释：

1. 选自近代谭嗣同《潼关》诗："终古高云簇此城，秋风吹散马蹄声。河流大野犹嫌束，山入潼关不解平。"潼关：关名。在今陕西省潼关县境内。古为桃林塞，东汉时设潼关，关城雄踞山腰，下临黄河，为古代东西往来的要隘。
2. 河：黄河。
3. 不解平：不知道什么是平坦。

品鉴　这是诗人早年从湖南赴兰州父亲任所途中，有感于潼关的雄伟壮丽而写的一首山水诗。

"河流大野犹嫌束，山入潼关不解平"两句，描写奔腾的黄河和连绵起伏的大山，风格雄健豪迈，气势磅礴，笔力遒劲。大意是：黄河滔滔滚滚，奔流在广阔的原野上一泻千里，还嫌受到了束缚；潼关一带地势险要，进入潼关往西走，山势重叠连绵，更加高峻，简直不知道什么叫做平坦了。

诗人描写潼关壮丽的景色，景中寓情，景中寄志。我们从不羁的黄河，高峻奔走的山势中，看到了诗人远大的志向，表现了改良派领袖人物革新图强的精神风采和博大的胸怀。

501 临命须掺手，
乾坤只两头。

作者简介：

　　章炳麟（公元1868年~1936年）原名绛，字枚叔，号太炎。余杭（今浙江省余杭）人。近代革命家、文学家、学者。自幼痛恨满清统治，不应科举。中日甲午战争后，接受康有为、梁启超的资产阶级改良思想。戊戌变法失败以后，加入孙中山领导的革命运动，与改良派决裂。先后发表《驳康有为论革命书》和《革命军序》等战斗檄文，鼓吹革命，宣传民主思想。辛亥革命时，参加孙中山的军政府。反对袁世凯复辟帝制，先后三次入狱。"五四"以后思想趋于保守，脱离革命活动。"九·一八"事件后坚决主张抗日，反对蒋介石的反动政策。其文学成就，主要在论文和散文方面。散文感情炽烈，气势磅礴，充满撼人心魄的革命精神。其诗宗法魏晋，富于革命激情。有《章太炎文录》传世。

注释：

1. 选自近代章炳麟《狱中赠邹容》诗："邹容吾小弟，披发下瀛洲。快剪刀除辫，干牛肉作餱。英雄一入狱，天地亦悲秋。临命须掺手，乾坤只两头。"邹容：旧民主主义革命时期的青年革命家。曾于1903年发表《革命军》一书，提出打倒君主专制的口号。章太炎为该书作序，并在《苏报》上加以推荐，被清政府逮捕入狱。邹容不忍让太炎一人受害，自动投案。结果章太炎判刑三年，邹容二年。邹容受尽折磨，于1905年病死狱中，年仅21岁。

2. 临命：临死。　掺：同挽。这句说临刑时我俩要手挽手去刑场就义。

3. 头：指头颅。

品鉴　　1903年7月22日，章炳麟因发表批判康有为的文章，为邹容的《革命军》作序,并骂光绪皇帝是"小丑",在上海被捕,与邹容同囚一处。这首诗是章炳麟在狱中为勉励战友邹容写的一首赠诗。诗中充满了对青年革命家邹容的热情赞扬,表达了两人决心为革命献身的豪情壮志。

"临命须掺手,乾坤只两头"。大意是:临死的时候,我们要手挽着手一同去赴刑场;当我们二人为革命牺牲了,天地之间只有你我两颗英雄的头颅。

诗人临危不惧,大义凛然,视死如归,表现了决心为正义事业而牺牲的英雄气概,也显示了这一对革命战友生死与共的战斗情谊。

502　诗界千年靡靡风,兵魂销尽国魂空。

作者简介:

梁启超(公元1873年~1929年)字卓如,号任公,别号饮冰室主人,新会(今广东新会)人。近代政治家、文学家、诗人。17岁拜康有为为师,参与发起"公车上书",宣传资产阶级改良主义思想。戊戌维新变法时,是领导人和康有为的助手之一。变法失败后逃往日本,和康有为组织保皇会。辛亥革命后回国。反对袁世凯称帝。出任北洋政府财政总长。辞官后潜心学术著作。晚年鼓吹尊孔读经,反对新民主主义革命运动。是一位才华横溢、学识渊博、成就卓著的文学家。提倡诗界革命、小说界革命和文体改革。其诗词气势宏伟,慷慨激昂,多反映日益深重的民族危机,洋溢着饱满的爱国主义热情。创造了"新民体"散文,通俗易懂,产生广泛影响,为晚清文体解放和"五四"白话运动开辟了道路。有《饮冰室合集》《饮冰室文集》传世。

注释:

1. 选自近代梁启超《读陆放翁集》诗四首中的第一首:"诗界千年靡靡风,兵魂销尽国魂空。集中十九从军乐,亘古男儿一放翁。"读陆放翁集:诗人自注云:"中国诗家无不言从军苦者,惟放翁(南宋爱国诗人陆游)则慕为国殇(为国牺牲的人),至老不衰。"
2. 靡靡：柔弱、萎靡，不振作的样子。如"靡靡之音"。
3. 兵魂：指战斗精神。　国魂：指一个国家奋发图强的精神。

品鉴　这是梁启超变法失败后逃到日本，读了陆游诗集以后有感而作的一首诗。当时许多上层人士萎靡不振，梁启超读了陆游慷慨激昂的诗作后感触颇深，写了这组诗歌颂陆游，激励国人。

"诗界千年靡靡风，兵魂销尽国魂空"。大意是：一千年来，中国诗坛上始终弥漫着一种萎靡不振的风气，这种柔弱的风气消磨人的意志，使人们满足于现状，追求享乐，不思进取，到现在，整个民族的战斗精神和国家的活力都不存在了。

诗人感慨陆游诗篇的爱国主义精神，批评了文坛上吟风弄月、脱离现实的浮靡风气，提倡诗人像陆游一样以笔作刀枪，歌颂抗敌御侮的热情，激励国人，发扬爱国主义精神和民族自强精神，具有一定现实意义。

503　谁怜爱国千行泪，说到胡尘意不平。

注释：
1. 选自近代梁启超《读陆放翁集》诗中第二首："辜负胸中十万兵，百无聊赖以诗鸣。谁怜爱国千行泪，说到胡尘意不平。"
2. 怜：爱，爱惜。　胡尘：指南宋时期金兵入侵。胡：古时对北方少数民族的统称。

品鉴　梁启超生活在深受帝国主义列强入侵之苦的清朝末年，与陆游所处的南宋时期有某些相似之处。

陆游一生坚持抗金北伐主张，老而弥坚。他在诗篇中有几十处提到"胡尘"，念念不忘收复北方沦陷的领土，恢复祖国的统一。每当说起金兵侵占中原，国家处于危难之时，就悲痛万分，愤愤不平。然而清朝末年，帝国主义列强入侵，国难当头，一些人却意志消沉，对陆游坚持抗金，驱逐胡尘，收复失地的精神不感兴趣，丧失了激情。

"谁怜爱国千行泪，说到胡尘意不平"。大意是：今天，对陆游这种忧国忧民，壮怀激烈的爱国主义精神，谁还在喜爱和欣赏呢？

诗人赞扬陆游的爱国精神，对一些人丧失爱国热情深感痛惜。希望自己的诗篇能够激励国人振作精神，奋发图强。

504　拼将十万头颅血，须把乾坤力挽回。

作者简介：

　　秋瑾（公元 1875 年～1907 年）原名闺瑾，字璿卿，又字竞雄，别号鉴湖女侠，会稽（今浙江省绍兴市）人。近代女革命家、诗人。从小爱好诗词。18 岁结婚后，随丈夫移居北京，接触到新思想。光绪三十年（公元 1904 年），东渡日本留学，加入反清革命团体光复会、同盟会，为同盟会浙江省主盟人。回国后，在上海创办《中国女报》，宣传妇女解放思想。光绪三十三年（公元 1907 年）春，回绍兴主持大通学堂，秘密组织光复军，准备武装起义。失败后英勇就义，年仅 31 岁。其诗词充满强烈的反帝反封建思想。艺术形式上，不拘格律音韵，语言朴素自然，风格雄健豪迈。有《秋瑾集》传世。

注释：

1. 选自近代秋瑾《黄海舟中日人索句并见日俄战争地图》诗："万里乘风去复来，只身东海挟春雷。忍看图画移颜色，肯使江山付劫灰。浊酒不销忧国泪，救时应仗出群才。拼将十万头颅血，须把乾坤力挽回。"日人索句：一个日本人向诗人索要诗作。　日俄战争地图：即中国东北地图。
2. 拼将：拼命拿…，豁出…。
3. 须：必须，须要。

品鉴　　这首诗作于 1905 年。1904 年，日、俄两国为争夺中国东北地区，在中国领土上开战。清朝政府竟然丧权辱国，恬不知耻地宣布"中立"。诗人面对帝国主义的侵略和清王朝的腐败，担心国家的命运前途，并对日、俄帝国主义侵占我东北地区表示强烈的愤慨。

"拼将十万头颅血，须把乾坤力挽回"。大意是：为了唤起民众的觉醒，反对腐败的封建统治和帝国主义的侵略，革命者决心抛头颅，洒热血，前赴后继，不怕牺牲，哪怕洒尽十万人的鲜血，也要力挽狂澜，把自己亲爱的祖国从危难之中拯救出来。

诗人悲歌慷慨，唱出了革命者高昂的爱国主义豪情，表达了诗人为救国救民，决心与封建王朝和帝国主义侵略者血战到底的战斗意志。

505 一腔热血勤珍重，洒去犹能化碧涛。

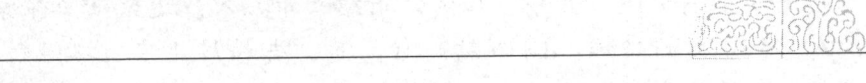

注释：

1. 选自近代秋瑾《对酒》诗："不惜千金买宝刀，貂裘换酒也堪豪。一腔热血勤珍重，洒去犹能化碧涛。"
2. 勤：经常。 珍重：爱惜，保重。
3. 碧涛：即碧血。《庄子·外物》："苌弘死于蜀，藏其血，三年而化为碧。"后来用碧血指为正义死难而流的血。

品鉴 这首诗表现了诗人准备武装起义，革命救国，不怕牺牲的豪情壮志和英勇战斗的大无畏精神。

"一腔热血勤珍重，洒去犹能化碧涛"。大意是：我要珍惜自己的革命精神，保持高昂的革命斗志，勇敢地投入反清救国斗争中去，即使为国捐躯了，为正义的事业洒尽鲜血也是值得的。

1907年，诗人回到浙江绍兴主持大通学堂工作，联络金华、南溪等地同盟会会员，秘密组织光复军，为配合徐锡麟安徽起义，准备同时在浙江起事。当年7月，徐锡麟在安庆起义，刺杀恩铭，失败被害。清政府发现了皖、浙两省的联系，派军队包围了大通学堂，秋瑾被捕，宁死不屈，7月15日英勇就义于绍兴轩亭口，死时年仅31岁，实践了她生前"洒去犹能化碧涛"的壮丽誓言。

诗人感情激昂慷慨，词意动人，掷地有金石之声，充分表达了诗人为国为民，甘洒热血写青春的崇高思想和爱国热情。

词

唐代

001 西塞山前白鹭飞，桃花流水鳜鱼肥。

作者简介：

张志和（约公元730年～约810年），初名龟龄，字子同，自号玄真子。金华（今属浙江省）人。唐代著名词人。16岁举明经。因向唐肃宗献策，颇得赏识，命待诏翰林，不久授左金吾卫录事参军，并赐名志和。后坐事被贬为南浦尉，遇赦后即隐居，放浪江湖间，每以垂钓自娱，因自称烟波钓徒。擅长音乐、书画，工诗词。所作多散佚，今存《渔父》（一名《渔歌子》）词5首。

注释：

①选自唐代张志和《渔歌子》："西塞山前白鹭飞，桃花流水鳜鱼肥。青箬笠，绿蓑衣，斜风细雨不须归。"
②西塞山：在今浙江省湖州市西南，风光秀丽。
③桃花流水：桃花盛开时节春水上涨，俗称桃花汛，也叫桃花水。鳜（guì）鱼：一种形体扁平、口大、鳞细、皮呈黄绿色的鱼，俗称桂鱼，肉味鲜美，为江南名产之一。

品鉴　这首小词通过描写渔家生活，充分表现了词人隐居江湖的快活心情。

"西塞山前白鹭飞，桃花流水鳜鱼肥"。两句，词人巧妙地选取了江南水乡春汛时节的几种有代表性的景物，略加点染，就构成一幅淡美的山水画。你看，这里青山绿水，碧波荡漾，山前白鹭翩翩，山间桃花灼灼，水中鳜鱼出没，充满一种自然、和谐的美感和盎然生趣，读起来使人有一种身临其境、心向往之的感觉。

艺术上，这两句词采用了动静结合，动中有静的手法：首先，词人描写西塞山、桃花，构成一种静态的美，而白鹭从碧水上空飞过，鳜鱼在映着桃花的清波间游弋，又给人以动中有静的美感。其次，词人以青山衬白鹭，绿水显桃花，造成强烈的色彩对比，犹如画师挥动彩笔，绘出了一幅美丽可人的山水画。前人评唐代王维的诗是"诗中有画"（苏轼《东坡志林》），而张志和的这两句词又何尝不是"词中有画"呢！

002　日出江花红胜火，春来江水绿如蓝。

作者简介：

　　白居易，见唐代诗句部分。

注释：

①选自唐代白居易《忆江南》三首之一："江南好，风景旧曾谙。日出江花红胜火，春来江水绿如蓝。能不忆江南？"
②日出、春来：点明时间、季节，指春天里阳光灿烂的日子。
③江花：泛指江边的各种野花。

品鉴　　这首词描写江南美丽动人的春色，表达了词人深切的怀念之情。

　　"日出江花红胜火，春来江水绿如蓝"。江南地区，在春天灿烂阳光的照耀下，江边的花朵比火还要红，江水则绿得如同蓝靛，酽酽的，看了让人心醉。

　　这两句词善于设色，写得极为艳丽鲜明。前一句写春花，春花本已十分红艳，而如此红艳的花朵映照在红日的光辉之下，就显得更加鲜丽耀眼了。这里，词人用了同色烘染的手法，加大了色彩的明亮度。后一句写江水，也用了同样的手法。春天的江水本已碧绿可爱，而词人再把它比作蓝靛色，就使得江水愈显其绿得可爱。而"红胜火"的"江花""绿如蓝"的"江水"，红绿映衬，相互衬托，显出红花更红，绿水更绿，从而描绘出一幅明艳动人、令人陶醉的江南春景图，情趣生动，令人回味无穷。

003　山月不知心里事，水风空落眼前花。

作者简介：

　　温庭筠，见唐代诗句部分。

注释：

①选自唐代温庭筠《梦江南》："千万恨，恨极在天涯。山月不知

心里事,水风空落眼前花。摇曳碧云斜。"

②山月:山中的月亮。

③水风:在水面上吹拂的风。空落:白白地吹落。

品鉴　　这是一首用代拟手法写的闺怨词。词的主人公当是一个独守空闺的思妇。丈夫远游在外,久久不归,妻子千盼万盼,盼不来自己日思夜想的丈夫,因而由爱生恨,恨爱交加,从而表达了妻子对游子深切思念的复杂情愫。

"山月不知心里事,水风空落眼前花"两句,大意是:思妇独守空房,茕茕孑立,形影相吊,倍加思念丈夫,希望他早日归来,长相厮守。可是,丈夫音讯渺茫,不由心中生起了"千万恨","恨"丈夫远在"天涯",不回来陪伴自己,真是可"恨"极了。另一方面,心中又不免担心,担心丈夫在外身体好不好?盘缠够不够?是不是有了新欢?……而这些"心里事",山月是不知道的,所以没法向它倾诉,它也不能安慰自己。唯一可以暂时排遣愁绪,忘掉烦忧的,是一个人独坐溪边,赏玩那清新娇艳的山花。可是,令人伤感的是,水面上突然吹过来一阵风,竟把眼前聊以解忧的花儿给吹落了,花瓣随着湍急的溪流消失在远方,反而平添了几许烦恼。逝者如斯,反观自己,不就像这落花,随着流逝的溪水,一天天地变得憔悴、衰败了。

词中主人公观花、惜花,其实是在惜人、惜己。这两句词将《诗经·小雅·小弁》中"维忧用老"、《古诗十九首》中"思君令人老"的直白诗句形象化了,令人真切地感到时间的流逝,正在思妇的脸上刻下了缕缕岁月的皱纹。词句浅显却含蓄蕴藉,笔调轻快却寄意深远,表现了词人高妙的艺术手法,不愧是唐词中的大手笔。

004　过尽千帆皆不是,斜晖脉脉水悠悠。

注释:

①选自唐代温庭筠《望江南》:"梳洗罢,独倚望江楼。过尽千帆

皆不是，斜晖脉脉水悠悠。肠断白蘋洲。"

②千帆：形容船只很多。帆，代指船。刘禹锡《酬乐天扬州初逢席上见赠》诗："沉舟侧畔千帆过，病树前头万木春。"

③斜晖：夕阳的光辉。斜，指偏西的太阳。脉脉（mòmò）：默默地用眼神或动作表达情意。《古诗十九首》："盈盈一水间，脉脉不得语。"辛弃疾《摸鱼儿》词："千金纵买相如赋，脉脉此情谁诉！"温词是用拟人手法写"斜晖"。

品鉴

这是一首闺怨词。它含蓄地表达了痴心女子殷殷期盼情人的到来，情人却始终没有到来的失望和惆怅情怀。

"过尽千帆皆不是，斜晖脉脉水悠悠"两句，大意是：我（美丽的少妇）一早醒来，梳洗完毕，就倚靠在江边小楼的窗前，默默地眺望江流，满心希望远方的归帆上载回自己心爱的人儿。哪知望眼欲穿，眼看着千百只船帆都从窗前驶过去了，独不见自己的情人归来。焦心等待的一天又过去了，希望再一次破灭，而江边那夕照的斜晖、悠悠的碧水，却不知少妇落寞孤寂的情怀，正脉脉含情地陪着自己，更增添了一层莫名的哀怨和惆怅。

词人运用拟人手法，即景抒情，以景传情，写出了少妇心中涌动的千种风情，万般无奈，含蓄隽永，韵味无穷。后来，常被用来形容有情人痴心等待意中人，却始终等不来的惆怅、无奈与哀怨的心情。

005 当年还自惜，往事那堪忆？

注释：

①选自唐代温庭筠《菩萨蛮》："夜来皓月才当午，重帘悄悄无人语。深处麝烟长，卧时留薄妆。当年还自惜，往事那堪忆？花落月明残，锦衾知晓寒。"

②自惜：自己爱惜自己。

③那堪：哪里，怎么。表达的意思是：怎么禁受得住。

品鉴 这是一首写闺情闺怨的词，表现了女主人公追怀往事的惆怅心情，及深闺独守、自怜自顾的落寞情怀。

"当年还自惜，往事那堪忆"两句，恰如其分地描写了女主人公内心活动。大意是：已是月临中天，更深人静之时，女主人公独处深闺，心中悒悒，辗转难眠。想到自己当年花容月貌，青春美丽，感到了一丝丝安慰；但如今自己徐娘半老，不再有人爱了，往昔甜蜜的爱情已然逝去，不复存在，令人倍感伤怀、痛苦，不堪回首。

仔细玩味这两句词的意蕴，女主人公可能是一个妓女，当其青春妙龄之时，"今年欢笑复明年，秋月春风等闲度"。一旦年长色衰，无人顾看，"门前冷落鞍马稀"，不免悲哀起来，叹惋已往，蹉跎了岁月，贻误了青春，追悔莫及。

在写法上，"还自""那堪"两个虚词用得好，起到了化质实为流畅，化浓艳为清丽的神奇作用，读起来音韵流畅，自然真切，好似让人听到了女主人公一声轻轻的叹息。

后来，这两句词常借用来表达年轻人虚度青春年华的追悔心情。

006 江上柳如烟，雁飞残月天。

注释：

①选自唐代温庭筠《菩萨蛮》词："水精帘里颇黎枕，暖香惹梦鸳鸯锦。江上柳如烟，雁飞残月天。藕丝秋色浅，人胜参差剪。双鬓隔香红，玉钗头上风。"

②柳如烟：形容月光笼罩下的柳树朦朦胧胧，像烟霭一般。

③残月：指即将隐没的月亮。

品鉴 温庭筠的词多写妇女，尤其多写思妇怨女的离情别绪。但这首《菩萨蛮》却是个例外。它写了一个年轻女子美好甜蜜的恋情生活，在温词中显得十分清新别致。

"江上柳如烟，雁飞残月天"两句，描写女主人公正做着甜蜜的美梦。大意是：她正和恋人在江边的柳阴下相依相偎，卿卿我我，互诉衷情，忽然听见空中大雁鸣叫，把她给惊醒了。她睁开惺忪的睡眼，看了一看窗外，一弯残月挂在天边，天就要亮了。好梦散去，她心中略感歉然，但转念一想，毕竟在梦里和恋人度过了一段美好时光，心里又有几分满足了。

这两句写景的句子，描绘出了一幅空明淡雅的江天月夜图，极为清美。但景语也是情语，这就使得画面充满了绵绵的情意，创造出一个略带朦胧美的意境，令人回味无穷。

清代著名词论家陈廷焯在《白雨斋词话》中对这两句词评价颇高："'江上柳如烟，雁飞残月天'，飞卿佳句也。好在全是梦中情况，便觉绵邈无际。若空写两句景物，意味便减。"也有词论家持不同看法，甚至贬之为"晦涩"。不过，见仁见智，这在诗词的审美欣赏中是一种正常现象，读者完全可以根据自己的审美经验进行鉴赏。

007 人人尽说江南好，游人只合江南老。

作者简介：

韦庄（约公元836年~910年），字端己，京兆杜陵（今陕西省西安市东南）人。五代前蜀著名词人、诗人。唐乾宁元年（公元894年）登进士第，任校书郎。天复元年（公元901年）入蜀为王建掌书记。天祐四年（公元907年）劝王建称帝，为左散骑常侍、判中书门下事，定前蜀开国制度。官终吏部侍郎兼平章事。工诗能词。尤擅长词。与温庭筠同为"花间派"开创词人，并称"温韦"。其词语言清淡明丽，多用白描手法抒写闺情离愁及游乐生活，运疏入密，寓浓于淡，故论者有"温浓韦淡"之语。存词55首，收在《花间集》《尊前集》《金奁集》等词集中。有王国维所辑《浣花词》一卷。

注释：

①选自唐代韦庄《菩萨蛮》五首之二："人人尽说江南好，游人只合江南老。春水碧于天，画船听雨眠。垆边人似月，皓腕凝霜雪。

未老莫还乡,还乡须断肠。"

②江南:此指唐代蜀地,今四川地方。韦庄于唐天复元年(公元901年)入蜀后,便未回北方。

③合:该,应该。

品鉴　这首词描写了词人游历蜀地的生活与感受。

"人人尽说江南好,游人只合江南老"两句,是朋友劝词人留在江南(蜀地)的话语。大意是:江南(蜀地)是个美好的地方,你来到这里就别走了。你的家乡一片战火,你已无家可归了,就留下来终老江南吧!

当时黄巢起义军攻占了关中,进逼长安,韦庄的家乡处在战乱之中,极不安宁,而蜀地(江南)偏在一隅,相对比较平静,而且天府之国,物产丰富,是一个令人流连忘返的好地方。这样理解,也十分切合这两句词的意旨。

后来,人们在解读这两句词时,则偏重于赞美江南(蜀地)的秀美风光,游人来到这里就想终老蜀地——天府之国,再也不想离开了。这种作者未必然而读者未必不然的解读,是审美多样性的表现,正如一百个读者心中就有一百个哈姆雷特一样。

008　千山万水不曾行,魂梦欲教何处觅?

注释:

①选自唐代韦庄《木兰花》词:"独上小楼春欲暮,愁望玉关芳草路。消息断,不逢人,去敛细眉归绣户。　坐看落花空叹息,罗袂湿斑红泪滴。千山万水不曾行,魂梦欲教何处觅?"

②不曾:未曾,没有。

③教:叫,让。王昌龄《出塞》诗:"但使龙城飞将在,不教胡马度阴山。"

品鉴　这首词以第一人称描写女主人公思念心上人,独自登上小楼,眺望通向玉门关那条芳草萋萋的小路，成天守候，却始终不见心上人回来的身影，于是闷闷不乐，独坐在窗边无聊地看着落花叹息。

"千山万水不曾行，魂梦欲教何处觅"两句，写女主人的内心独白。心上人一去不复返，到如今仍然音信全无。多么想去玉门关外寻找他啊，可是路途迢遥，远隔千山万水，我又没有去过，哪里去找他啊！即便是梦魂往来无阻，也不知道到哪里去找他呀！

艺术上，这两句词由实到虚，由真到幻，构思新巧，天然无痕地将女主人公日间的相思化为了梦中的幽怨。女主人公相思的愁怨步步加深，千回百转，揪心抉肺，终由失望而绝望，哀情倍增。近代李冰若评论说：韦庄《木兰花》词"'千山'、'魂梦'二语，荡气回肠，声声情苦。"（《栩庄漫记》）俞陛云也赞赏说："此词……结句言水复山重，梦魂难觅，与沈休文诗'梦中不识路，何以慰相思'，皆情至之语。"（《唐五代两宋词选释》）

009 不知魂已断，空有梦相随。除却天边月，没人知。

注释：

①选自唐代韦庄《女冠子》词："四月十七，正是去年今日。别君时，忍泪佯低面，含羞半敛眉。　不知魂已断，空有梦相随。除却天边月，没人知。"

②魂断：即"魂销"，言极度伤心痛苦。

③"空有"句：化用唐代储光羲《田家即事答崔二东皋作》诗"梦寐相追随"之意。

④除却：除了。却，助词。元稹《离思》诗之四："曾经沧海难为水，除却巫山不是云。"

品鉴　这首词着力描写了一个想念心上人想得丢魂失魄的痴心女子。

"不知魂已断，空有梦相随。除却天边月，没人知"几句，集中抒写了这个女子的相思苦情。大意是：这个女子爱上一个人后，就日思夜想，难以忘却，整天丧魂失魄的样子，十分痛苦，空有梦里相随，难遂心愿。

如此的相思之苦，除了挂在天边的月亮外，又有谁能知道呢！

词人写思妇相思之苦，写得惝恍凄恻，怨而不怒，深得古人做诗三昧。"不知"二字，正话反说，明明自己非常痛苦，却说"不知魂已断"，虚中寓实，凄楚低回。接着写梦里相随，但那毕竟是虚无缥缈的梦境，醒来后依然一片空无，难遂心愿。这样一波三折地写来，情切语悲，将一个痴情女子的相思幽怨之情表达得淋漓尽致，余音袅袅，含不尽之意于言外，韵味悠长。词人以常语出之，能有如此艺术效果，自然真切，更见其笔触之妙。清人王闿运评价说："不知得妙，梦随乃知耳。若先知，那得有梦？惟有月知，则常语耳。"（《湘绮楼词选》）

词

五代

010　换我心，为你心，始知相忆深。

作者简介：

顾敻（公元约928年前后在世），五代蜀词人。历仕前、后蜀。前蜀王建时任给事内廷，后擢茂州刺史。入后蜀，累官至太尉。性诙谐，工词能诗。词多为艳词，近代著名词论家况周颐评其词为"五代艳词上驷"，其特点是"工致丽密，时复清疏，以艳之神与骨为清，其艳乃益入神入骨"（《餐樱庑词话》）。词见《花间集》，凡55首。

注释：

①选自五代蜀顾敻《诉衷情》词："永夜抛人何处去？绝来音。香阁掩，眉敛，月将沉。争忍不相寻？怨孤衾。换我心，为你心，始知相忆深。"

②忆：思念，相思。毛文锡《醉花间》词："深相忆，莫相忆，相忆情难极。"

品鉴　　这首词以一位独守空闺的少妇的内心独白，表达了对丈夫出游不归的深深愁怨和对丈夫的真挚感情。

"换我心，为你心，始知相忆深"几句，大意是：你应该设身处地地想一想，如果把我的心换作你的心，你才知道我对你的思念是多么的深啊！

这几句词，不是直接说自己思念之深，而是通过假设，采用对言法，委婉曲折地道出对丈夫的不满和自己的依恋真情。

词人这样写，不但含蓄地表现出封建时代女子不能把握自己命运的苦痛，还能把女子深挚强烈的感情抒发得更为真切、婉曲，读来至为感人。清人王士禛在《花草蒙拾》中给予高度评价："顾太尉'换我心，为你心，始知相忆深'，自至透骨情语。"后来诗词中一些类似的情语，如徐山民句："妾心移得在君心，方知人恨深。"便是脱胎于此。

011 风乍起，吹皱一池春水。

作者简介：

冯延巳（公元903年～960年），又名延嗣，字正中。广陵（今江苏省扬州市）人。五代南唐著名词人。初为李璟掌书记，璟即位，用为翰林学士承旨。后迁中书侍郎、左仆射同平章事。词受花间派影响，多写男女离别相思之情及士大夫的闲逸生活，风格清丽多姿，委婉情深，不似花间派那样浓艳雕饰。有些词作的感伤气息较浓，给人一种哀美之感。他的词风对宋代晏殊、欧阳修等词家颇有影响。有宋人陈世修所辑《阳春集》传世，存词120首。

注释：

①选自南唐冯延巳《谒金门》之三："风乍起，吹皱一池春水。闲引鸳鸯香径里，手挼红杏蕊。　斗鸭阑干独倚，碧玉搔头斜坠。终日望君君不至，举头闻鹊喜。"

②风乍起：风突然吹起，忽然吹来。

品鉴　这首词写一个贵族少女排遣怀春情绪，希望心上人到来的情景。

"风乍起，吹皱一池春水"两句，写春风吹动春水的景象。但不是为写景而写景。这位少女因春情萌动，漫步来到花园排遣愁闷。这时忽然一阵春风吹来，吹得一池春水泛起了道道涟漪。

表面上，词人写的是自然景象，但一切景语皆情语，实际上，词人是以春风吹动一池春水，象征春风撩动了这个怀春少女的心。这里，词人精炼出的"皱"字，景中寓意，恰如其分地把少女的春情暗示了出来。池中水波的动荡，一如她春心的躁动不安。这正是冯延巳生花妙笔的巧妙之处。

宋人马令评价说："元宗（南唐中主李璟）乐府词云：'小楼吹彻玉笙寒。'延巳有'风乍起，吹皱一池春水'之句，皆为警策。"（《南唐书》卷二十一）是颇为中肯的。

012 梅落繁枝千万片,犹自多情,学雪随风转。

注释:

①选自南唐冯延巳《鹊踏枝》十四首之一:"梅落繁枝千万片,犹自多情,学雪随风转。昨夜笙歌容易散,酒醒添得愁无限。 楼上春山寒四面,过尽征鸿,暮景烟深浅。一晌凭阑人不见,鲛绡掩泪思量遍。"

②梅落:"落梅"的倒语,指凋谢的梅花。

品鉴 这首词抒写了词人伤春的情绪和惆怅,表达了一种对生命的感悟和留恋。

"梅落繁枝千万片,犹自多情,学雪随风转"。大意是:千万片落梅,既已飘零,离开了赋予它生命的枝干,可是却不甘命运的无情安排,就此陨落,还多情地随风飘转,留恋生命的最后时光,像风中片片飞舞的雪花一般。暗示了文人墨客常有的睹物伤春的哀怨和伤感。

梅花走完它生命的历程,开始陨落了,可是它却多情地留恋、缱绻,不忍遽去。这里,"千万片"落梅,已不纯是词人眼中所见之景物,而是一种生命陨落、尚自多情的象喻了。而且,词人以"千万片"来写这一生命的陨落,其所构成的意境便显得倍加缤纷、倍加凄伤!

这三句词的意境,尤其是"落梅"这一意象,亦寓有人生无常,世事多变,盛极而衰的哲理,给人以人生苦短、事物盛衰变化的启迪。

唐代大诗人杜甫《曲江》诗中有"一片花飞减却春,风飘万点正愁人"的诗句,其意境与这三句词颇为相似。不过,杜甫写的是春天的落花,借以抒发他的愁怀。词人写的是落梅,表达的是他对生命的感悟。

013 细雨梦回鸡塞远,小楼吹彻玉笙寒。

作者简介:

李璟(公元916年~961年),字伯玉,徐州(今江苏省徐州市）人。南唐中主，庙号元宗。公元943年称帝，在位18年。爱好文艺，诗词文并能，尤擅词。他和李煜、冯延巳等人，形成了南唐词的创作中心。其词绮艳明丽，深婉哀美，体现了南唐词的新风格。所作大多散佚，今存词5首，散见于后人所辑的《南唐二主词》和《草堂诗馀》中。

注释：

①选自南唐李璟《山花子》词："菡萏香销翠叶残，西风愁起绿波间。还与韶光共憔悴，不堪看。　细雨梦回鸡塞远，小楼吹彻玉笙寒。多少泪珠何限恨，倚阑干。"山花子：一作《浣溪沙》（实为《摊破浣溪沙》）。

②鸡塞：即鸡鹿塞，又名鸡禄山。《汉书·匈奴传》："送单于出朔方鸡鹿塞。"颜师古注："在朔方窳（yǔ）浑县西北（今内蒙古杭锦后旗西北）。"这里泛指边塞。

③吹彻：吹罢，指吹完最后一曲。彻，完结，结束。元稹《琵琶歌》："逡巡弹得六幺彻，霜刀破竹无残节。"

④玉笙寒：笙吹久了有水汽含润，故言。玉笙，用玉装饰的笙，也用为笙的美称。

品鉴　　这是李璟最负盛名的一首词。词人于深秋触景生情，怀念远方朋友，抒发了一种秋思情怀。

"细雨梦回鸡塞远，小楼吹彻玉笙寒"是词史上传诵的名句。大意是：在细雨纷纷的深秋时节，我梦见了鸡鹿塞外远方的友人，醒来时，凉凉的秋意中，小楼上不知是谁刚吹完了最后一段笙曲。

这两句词字面意思通晓明白，而意蕴深俊，每个字都浸润着一种人人心中感受到的、却无法用语言言尽的悲秋情绪，因而为历代词人、词论家所激赏。宋人马令在《南唐书》卷二十一中道："元宗乐府词云：'小楼吹彻玉笙寒。'（冯）延巳有'风乍起，吹皱一池春水'之句，皆为警策。元宗尝戏延巳：'吹皱一池春水'，干卿何事？延巳曰：'未如陛下"小楼吹彻玉笙寒"。'元宗悦。"明人李延机亦高度评价说："字字佳，含秋思极妙。"（《草堂诗馀评林》）清末著名词论家王国维则谓李璟这两句词"乃古今独赏"（《人间词话》）。

014 春花秋月何时了，
往事知多少？

作者简介：

  李煜（公元937年~978年），字重光，号钟隐，又号莲峰居士。徐州（今属江苏省）人。南唐后主。著名词人。政治上庸懦无能，苟安享乐。公元975年被宋军攻破金陵，他肉袒出降，封为违命侯，软禁为囚。两年后赐酒毒死。善属文，精音乐，工诗词，能书画，特别擅长词。降宋前，其词作主要写宫廷的享乐生活，降宋后，其词作多写对往昔生活的追恋和悔恨，充满感伤的情调。词风豪迈清雅，风流倜傥，往往任性而为，情胜乎词。语言朴素自然，以白描取胜。善于表达复杂哀伤的情致，流走如珠，淋漓尽致，在词文学发展史上产生了很大影响，占有重要地位。存词30多首。有宋人辑《南唐二主词》。

注释：

①选自南唐李煜《虞美人》词："春花秋月何时了，往事知多少？小楼昨夜又东风，故国不堪回首月明中。　雕栏玉砌应犹在，只是朱颜改。问君能有几多愁？恰似一江春水向东流。"
②春花秋月：古诗词中常用的物象和意象，多借指美好时光。
③了：了结，完结。

品鉴　　这是李煜最为传诵的词作之一。相传作于李煜最后一个生日。宋太平兴国三年（公元978年）七月七日，他在被软禁的寓所里命随身之妓作乐，唱《虞美人》词，声闻于外。宋太宗闻之大怒，遂命赐李煜牵机药酒，将其毒死。

  后来的词人、词论家大多把这首词看作是李煜用血写成的一首杰作，大加赞赏。明人沈际飞说："此亦在汴京（北宋都城，今河南开封市）忆旧乎？""华疏采用，哀音断绝。"（《草堂诗馀续集》卷下）清代词论家谭献亦谓："二词（此词与"风回小院"一词）终当以神品目之。"神品为古代评画用语，指最完美最理想的绘画作品。谭献借以评价李煜这首词，足见其评价之高。

"春花秋月何时了，往事知多少"两句，词人以无限感慨的心绪回首往事，自叹自怜，词意间笼罩着一种悲凉感伤的情调。大意是：面对春花秋月，不免想起往昔欢乐的时光，触动愁肠，因而怕看到它，可是年年岁岁，春花秋月总会不期而至，那么，它什么时候才会完结，让人不再有忧伤呢！而回想过去，词人作为一国之君，与妃嫔歌女在春暖花开、秋月明媚的时节，嬉戏游乐，年复一年，尽情享受，生活是多么美好，多么自在啊！可是转眼间，自己成了亡国之君，多少赏心乐事，多少美好时光，都只能成为回忆，怎不令人倍感凄凉，黯然神伤！

　　前人曾有诗吊李煜说："作个才人真绝代，可怜薄命作君王。"《随园诗话·补遗卷三》李煜作君王不行，政治上是个失败者，但作为词人，却取得了艺术上的极大成功，留下了许多感天动地，千古传诵不衰的词作。

　　这两句词，后来也常被用来表达追悔往事，感叹虚度了美好时光。

015　问君能有几多愁？恰似一江春水向东流。

注释：

①选自南唐李煜《虞美人》词。全词见前条"春花秋月何时了，往事知多少"。
②君：指词人自己。
③恰似：正如，就像。

品鉴　　这首词写词人回首往事，表达了一种追悔莫及的悲伤情怀。

　　"问君能有几多愁？恰似一江春水向东流"两句，自问自答，大意是：请问你心中到底有多少忧愁？我心中的忧愁啊，就像那涨满水的春江一样，滚滚滔滔地永远也流不尽啊！

　　这是李煜心情痛苦的真实写照，也是他声嘶力竭的无助的呐喊。李煜由一个高高在上的君主，变成了一个失去自由的阶下囚，处于极度的忧愁郁闷之中，也许只有这样痛彻肺腑的发泄和呐喊，才会让他稍微感到轻松一点。

　　词句以"一江春水"喻愁,声情并茂,比喻新颖,形象地表达出一个人的愁思之多之涌,如同那汩汩滔滔、奔流不息的一江春水,让人深切感受到一个人感情涌动的深度和力度。比起李白的"白发三千丈,缘愁似个长"来,这两句词显得更生动,更恰切,更含蓄,也更有情味,不愧是词中写愁的名句。因此,后世词人多有效法者。如宋代欧阳修《踏莎行》:"离愁渐远渐无穷,迢迢不断如春水。"既仿效,又有创新,亦颇受词论家赞赏。

016　剪不断,理还乱,是离愁。别是一般滋味在心头。

注释:

①选自南唐李煜《乌夜啼》(一作《相见欢》)词:"无言独上西楼,月如钩。寂寞梧桐深院锁清秋。　剪不断,理还乱,是离愁。别是一般滋味在心头。"

②一般:一样,一种。

③滋味:此指意味,感受。

品鉴　　有人说:真有忧愁的人才善于写忧愁,说忧愁。的确是这样。李煜由一国之君变成了阶下囚后,软禁在北宋汴京,受尽屈辱,整日以泪洗面,忧愁无限。这首词便集中抒写了他亡国之君故园之思的离愁。

　　"剪不断,理还乱,是离愁。别是一般滋味在心头"几句,是历代写离愁的名句。大意是:丧权失国的离愁犹如一团乱麻,千丝万缕地交织在心中,想用剪刀剪去,可是剪不断,想整理它们,可是怎么也理不顺,而且越理越乱,这种故国之思、亡国之痛的千般离愁,真是别有一种说不清道不明的难受滋味啊!

　　这几句词,把词人离乡去国的忧愁,表达得淋漓尽致,抒写得格外形象生动。

　　愁,是人们的一种心理感受,看不见,摸不着,李煜却能以一种形象的比喻，把它写得似乎眼之可观，手之能触，呼之欲出，尝之有味，让人读起来心里有一种酸酸的感觉，不愧是千古妙笔，词中神品。历来人们赞赏这首词，就是因为它道人之不能道，深切地表达了词人自己切肤的亡国之痛和故国之思。

017　离恨恰如春草，更行更远还生。

注释：

①选自南唐李煜《清平乐》词："别来春半，触目愁肠断。砌下落梅如雪乱，拂了一身还满。　雁来音信无凭，路遥归梦难成。离恨恰如春草，更行更远还生。"

②更：越。

品鉴　　这是一首抒写词人愁绪的名词。比喻新颖生动，深受历代论者赞赏。

"离恨恰如春草，更行更远还生"两句，是词人传誉千古的名句。大意是：离愁别恨是如此浓郁如此盘曲，触眼而生，就像那沾春即发的小草，蓬蓬勃勃，绵绵无尽，不论走到什么地方，都沉重地伴随着你，越走得远越生长得茂盛，永远也挥之不去。

词人把"离恨"比作"春草"，构成了一个情景交融的意境，不仅贴切、形象、生动，还具有意蕴的多层性，引人联想，导人深思，读后给人一种愁多难解的共鸣，一种哀美的感受。

这两句词在词坛上影响深远，给后之来者许多创作上的启迪，提供了抒写离愁的新的法门。宋代词人秦观《八六子》词："倚危亭，恨如芳草，萋萋划尽还生。"就显然借鉴了以"春草"喻"离恨"的写法。

李煜另一首名作《虞美人》（春花秋月）曾把"离愁"比作"春水"，在这里又把"离恨"比作"春草"，两种比喻都非常成功，都成为了千古名句。

现代词学家俞平伯对此评论道："于愁则喻春水，于恨则喻春草，颇似重复，而'恰似一江春水向东流'，以长句一气直下，'更行更远还生'，以短句一波三折，句法之变换，直与春水春草之姿态韵味融成一片，外体物情，内抒心象，岂独妙肖，谓之入神可也。虽同一无尽，而千里长江，滔滔一注，绵绵芳草，寸接天涯，其所以无尽则不尽同也。"（《论诗词曲杂著》）

俞老言之有理，"春水""春草"之喻，确有异曲同工之妙。

018　人生愁恨何能免？销魂独我情何限！

注释：
①选自南唐李煜《子夜歌》词："人生愁恨何能免？销魂独我情何限！故国梦重归，觉来双泪垂。　高楼谁与上？长记秋晴望。往事已成空，还如一梦中。"
②销魂：这里形容极度悲伤，像灵魂离开了躯体一样。江淹《别赋》："黯然销魂者，惟别而已矣。"

品鉴　这首词是李煜降宋后，被软禁在北宋汴京（今河南省开封市）时写的，抒写了无尽的亡国哀思。

"人生愁恨何能免？销魂独我情何限"！两句，感触至深，发自肺腑，真切自然。大意是：人生难免没有忧愁悔恨，所以遇到忧愁的时候忍一忍就过去了；但我的愁和恨却特别多，特别强烈，无穷无尽，使我肝肠欲裂，无法忍受。

李煜亡国亡家，从高高在上的一国之君沦落为阶下囚，过着没有一丝尊严，没有一丝自由的囚禁生活，其痛苦之深，悲哀之巨，世上一般人谁能比得上他呢！

当然，这样深重的哀愁，能用一两句词使之跃然纸上，字字意切，句句情真的，也不是一般人所能为。只有李煜这样的人，有亡国之哀，日以泪洗面，痛不欲生，才能写出这种极度的愁苦。

这两句词，后人常用来形容自己不同于别人的深重的愁苦。

019 别时容易见时难。
流水落花春去也，天上人间。

注释：
①选自南唐李煜《浪淘沙令》："帘外雨潺潺，春意阑珊。罗衾不耐五更寒。梦里不知身是客，一晌贪欢。　独自莫凭栏，无限江山。别时容易见时难。流水落花春去也，天上人间。"
②别时容易见时难：《颜氏家训·风操》："别易会难，古人所重。"曹丕《燕歌行》二："别日何易会日难，山川悠悠路漫漫。"
③天上人间：天上与人间，极言相隔遥远，难以相见。张泌《浣溪沙》词："天上人间何处去？旧欢新梦觉来时。"亦含有春归何处之意。

品鉴　这首词同《虞美人》（春花秋月何时了）一样，是李煜国破被囚后，抒发的对故国深深的怀念之情。

"别时容易见时难。流水落花春去也，天上人间"。大意是：当年国破请降时，告别故国是多么的容易，如今想要回归故土却是千难万难，遥遥无期！而往昔逸乐欢笑的生活，也似流水落花一般流逝了。如今想起来恍如隔世，显得那么遥远，那么不可企及，直如天上与人间的差别啊！

"流水""落花""春"，指过去的生活，去而不可复返；"天上""人间"，指过去和现在相比，差别悬殊，一个在天上，一个在地下。而水流走了，花落完了，春归去了，则人亦将亡了。婉转凄惨，辞情俱苦，充满哀伤，写出了词人希望破灭，肝肠寸断，黯然神伤，痛不欲生，遗恨千古的哀叹，具有无比感人的力量。

宋代蔡绦《西清诗话》云："南唐李后主归朝后，每怀江国，且念嫔妾散落，郁郁不自聊。尝作长短句云：'帘外雨潺潺……（下略）'含思凄婉，未几下世矣。"

后来，人们常借这几句词形容亲朋别后难于相见的情形。

020　寻春须是先春早，
　　　　看花莫待花枝老。

注释：

①选自南唐李煜《菩萨蛮》（一作《子夜歌》）词："寻春须是先春早，看花莫待花枝老。缥色玉柔擎，醅浮盏面清。 何妨频笑粲，禁苑春归晚。同醉与闲平，诗随羯鼓成。"按：此词一说非李煜作。　平：此同"评"。

②先春早：在春天刚到来之时。一说是要赶在春天到来之前，早去迎接春光。寓及时行乐之意。

③莫待：不要等到。花枝老：枝上的花朵衰败、凋谢。后句与唐代杜秋娘《金缕衣》"花开堪折直须折，莫待无花空折枝"义近。

④平：此同"评"。

品鉴　　这首词当是李煜前期的作品，描写了他和妃嫔们在宫中赏春行乐的情景。

"寻春须是先春早，看花莫待花枝老"二句，意思是说：要赏春，就应该及早前去，想观花，也要趁花开放的时候，如果去迟了，花朵就衰败、凋谢了。

然而仅仅从字面上来理解是远远不够的。实际上，词人的言外之意是：人生苦短，应该及时行乐，不要辜负了良辰美景、青春时光。它反映了封建社会里封建官僚、士大夫们常有的及时行乐的思想。汉代《古诗十九首》里就有类似的诗句："为乐当及时，何能待来兹？"

当然，这两句词也可以从正面去解读：即年轻人应该珍惜青春，珍惜时光，努力上进，而不要虚度光阴，蹉跎岁月，到"老大"时徒生"伤悲"，后悔莫及。

词句真实自然，没有丝毫矫揉造作之态，反映了词人驾驭语言，传情达意的高超技艺。

词

宋代

021　弄潮儿向涛头立，手把红旗旗不湿。

作者简介：

　　潘阆（？～1009年），字逍遥，自号逍遥子。大名（今属河北省）人。北宋词人。曾在京师（今河南省开封市）卖药。工诗词。宋太宗时，为人推荐，赐进士出身，试国子四门学助教。未几，以狂妄追还诏命。后坐事易名而逃。真宗时被捕，赦其罪，并以为滁州参军。当时文人如寇准、王禹偁、林逋等，均与之有交往。词风飘洒隽逸。有《逍遥集》传世，存词10首。

注释：

①选自北宋潘阆《酒泉子》词："长忆观潮，满郭人争江上望。来疑江海尽成空，万面鼓声中。　弄潮儿向涛头立，手把红旗旗不湿。别来几向梦中看，梦觉尚心寒。"
②弄潮儿：指船工舵手，因和潮水周旋，故称。也指敢在波峰浪谷中泅水、竞渡的勇者。
③把：持，举。白居易《卖炭翁》诗："手把文书口称敕，回车叱牛牵向北。"

品鉴　　这首词热情讴歌了"弄潮儿"敢于和大风大浪拼搏的大无畏斗争精神。

　　"弄潮儿向涛头立，手把红旗旗不湿"两句，表现弄潮儿挺立涛头的英姿，是整首词的警策、词眼。大意是：弄潮儿踏波出没，人趁潮涌，潮添人威，手擎红旗，不沾水滴，两相映照，更显出弄潮儿的大胆，勇敢和驾驭潮头的高超本领。

　　这是一幅壮美的画面！即使没有观过潮的人，读了这两句描绘逼真的词，也会惊叹不已，为弄潮儿的精彩表演而击节赞赏。

　　据南宋人周密《武林旧事·观潮》云：每当钱塘江潮起之时，"吴儿善泅者数百，皆被发文身，手持十幅大彩旗，争先鼓勇，溯迎而上，出没于鲸波万仞中，腾身百变，而旗尾略不沾湿，以此夸能。"

　　今天，人们常常用"弄潮儿向涛头立，手把红旗旗不湿"两句，来赞扬那些敢于在大风大浪中勇敢拼搏的人。

022 碧云天，黄叶地，秋色连波，波上寒烟翠。

作者简介：

范仲淹（公元989年~1052年），字希文。卒谥文正。苏州吴县（今江苏省苏州市）人。北宋著名文学家、政治家。进士出身。仁宗时官至参知政事（副宰相）。在陕西守卫西北边防时，实行"屯田久守"的方针，遏止了西夏和羌人的入侵，敌方说他"胸中自有数万甲兵"。政治上，主张革新，但为守旧派所沮，未取得显著成效。工词能诗，内容多写边塞生活与人生感受，苍凉悲壮，慷慨动人；一些诗抒写羁旅情怀，缠绵深致，脍炙人口。其词对后来的苏轼、王安石等人影响较大。词风介于婉约与豪放之间，但以婉约为主，既苍凉又优美。有《范文正公文集》传世，存词5首。

注释：

①选自北宋范仲淹《苏幕遮》词："碧云天，黄叶地，秋色连波，波上寒烟翠。山映斜阳天接水。芳草无情，更在斜阳外。　黯乡魂，追旅思。夜夜除非，好梦留人睡。明月楼高休独倚。酒入愁肠，化作相思泪。"
②碧云天：指蓝天白云，秋日晴朗景象。碧、蓝为近义词，浅蓝色为碧。
③寒烟：秋天的雾霭。

品鉴　这是一首抒写离愁别绪、羁旅情思的名篇。意境阔大苍凉，在同类词中清新特出，为人称赏。

"碧云天，黄叶地。秋色连波，波上寒烟翠"几句，色彩浓郁，境界阔大、意境苍凉，成为描绘秋天壮丽景象的经典名句。大意是：蓝天白云，阳光灿烂，澄碧广远，山峦起伏，黄叶飘飘，层林尽染，远处水天一色，波光渺渺，水面上泛起秋日的雾岚。

历来文人写秋景，如楚国宋玉的《九辩》，总不免表现出一种衰飒之气。而范仲淹这几句词，却饱蘸浓墨重彩，大处着笔，描绘出一幅苍凉壮阔、色彩斑斓的秋色图。词人用这种壮美的景色，为羁旅愁思作铺垫，作烘托，以乐景写哀情，衬托离愁别恨，起到了相反相成的作用，让人倍感凄切。

　　这几句词对后世文学产生了一定影响。元代王实甫《西厢记·长亭送别》中的《正宫·端正好》一曲"碧云天，黄花地"，明显受其影响。文字上只改动了一个字，却十分切合曲中意境，颇富情致。

023　多情自古伤离别，更那堪、冷落清秋节。

作者简介：

　　柳永（？～约1053年），字耆卿。原名三变，字景庄。福建崇安（今福建省武夷山市）人。北宋著名词人。作举子时，好游狭邪，常出入勾栏瓦肆，秦楼楚馆。南宋人胡仔《苕溪渔隐丛话》引《艺苑雌黄》说："柳三变喜作小词，薄于操行。当时有荐其才者，上曰：'得非填词柳三变乎？'曰：'然。'上曰：'且去填词。'由是不得志，日与儇子纵游倡馆酒楼间，无复检率。自称云：'奉旨填词柳三变。'"一生只做过睦州掾吏、余杭县令、屯田员外郎一类小官。世称柳屯田、柳郎中，又称柳七。是北宋第一个专业词人，又是词史上第一个大量写作长调慢词的作家，对慢词的发展有着开拓性的贡献。创作上善于吸收民间歌词的养料，在宋词中颇有特色。其词经伶人歌妓传唱，流传极广。"凡有井水处，即能歌柳词"（宋代叶梦得《避暑录话》）。内容以羁旅行役和男女恋情为主，也有一些歌咏都市风光、胜概美景之作。擅长白描铺叙，音律谐婉，词意妥帖，虽杂俚俗语，而能委曲尽致。有《乐章集》传世，存词200余首。

注释：

①选自北宋柳永《雨霖铃》词："寒蝉凄切。对长亭晚，骤雨初歇。都门帐饮无绪，留恋处，兰舟催发。执手相看泪眼，竟无语

凝噎。念去去、千里烟波，暮霭沉沉楚天阔。 多情自古伤离别，更那堪、冷落清秋节。今宵酒醒何处？杨柳岸、晓风残月。此去经年，应是良辰好景虚设。便纵有、千种风情，更与何人说？"
②多情：指多情之人。
③那堪：难受。那，同"哪"。冷落：冷清。白居易《琵琶行》："门前冷落车马稀。"清秋节：凄清的秋天、秋季。

品鉴　　这是柳永一篇非常有代表性的名词，也是一篇婉约词派的典型作品。相传是词人从汴京南下，和一个歌妓惜别，写了这首词抒发自己缠绵悱恻的恋情和离别时难舍难分的愁情。

"多情自古伤离别，更那堪、冷落清秋节"两句，是这首词的词眼。大意是：历来多情的人在离别的时候都很悲伤，可让我更难受、更惆怅的是，我们竟是在这样冷冷清清、凄凄凉凉的清秋时节分别。

这里，词人由一般到个别，由别人到自己，突出了自己与情人依依不舍、不忍分别的凄苦离情。读起来至为感人，能引起读者强烈的共鸣。

后人常将这首词与苏轼的《念奴娇·赤壁怀古》（大江东去，浪淘尽，千古风流人物）作比，说明婉约词与豪放词的特点与区别。宋人俞文豹《吹剑录》云："东坡在玉堂日，有幕士善讴，因问：'我词比柳词何如？'对曰：'柳郎中词，只合十七八女孩儿，执红牙拍板，唱"杨柳岸、晓风残月"；学士词，须关西大汉，执铁绰板，唱"大江东去"。'公为之绝倒。"

由此可以看出柳词婉约的特点及人们对柳词的评价。

024　衣带渐宽终不悔，为伊消得人憔悴。①

注释：
①选自北宋柳永《蝶恋花》（一作《凤栖梧》）词："伫倚危楼风细细。望极春愁，黯黯生天际。草色烟光残照里，无言谁会凭阑意？拟把疏狂图一醉，对酒当歌，强乐还无味。衣带渐宽终不悔，为伊消得人憔悴。"

②衣带渐宽：形容人渐渐消瘦。《古诗十九首》："相去日已远，衣带日已缓。""宽""缓"，均是人瘦带松之意。

③伊：她，指所追求的人。消得：值得。消，值。崔涂《夷陵夜泊》诗："一曲巴歌半江月，便应消得二毛生。"

④憔悴：形容人消瘦，脸色不好看。《史记·屈原列传》："颜色憔悴，形容枯槁。"

品鉴　柳永这首词以凝重而深沉的笔触，向所爱之人表达了自己矢志不渝的恋情及难以排遣的苦闷愁肠。

这两句，词意真切，正是词人忠贞爱情，矢志不渝，痴心不悔的真实写照。大意是：为了她——我心中的恋人，我日思夜想，茶饭不香，觉睡不好，身体一天天地消瘦下去，面容憔悴，衣带也越来越松了。但我爱她之心始终不变，也决不后悔。

这两句词所表达的执著的爱情，无私奉献的精神，引起了人们普遍的同情和赞赏，成了人们理想爱情的榜样。所以，后人常用"为伊消得人憔悴"这句名言，来形容一个人甘愿为情所困，为爱所苦，始终不悔的决心和意志。

清末词论家王国维对这两句词的运用发生了嬗变。他用"衣带渐宽终不悔，为伊消得人憔悴"来表达一个欲成就大事业、大学问的人，极力追求理想，终身努力，至死不悔的奋斗精神。（见《人间词话》）这里，"伊"的内涵被改造为大事业、大学问，成为有志者追求的奋斗目标，得到了人们特别是学术界的认同。

025　何须论得丧？才子词人，自是白衣卿相。

注释：

①选自北宋柳永《鹤冲天》词："黄金榜上，偶失龙头望。明代暂遗贤，如何向？未遂风云便，争不恣狂荡！何须论得丧？才子词人，自是白衣卿相。　烟花巷陌，依约丹青屏障。幸有意中人，

堪寻访。且任偎红依翠,风流事、平生畅。青春都一饷。忍把浮名,换了浅斟低唱。"

②得丧:得失。

③白衣卿相:意谓虽为白衣之士,而有卿相之姿,可视为卿相一类人物。白衣,平民衣着,借以指无功名地位的人。

品鉴

这首词,据说是柳永进士考试落第之后写的。南宋吴曾在《能改斋漫录》卷十六中说:"仁宗留意儒雅,务本理道,深斥浮艳虚薄之文。初,进士柳三变,好为淫冶讴歌之曲,传播四方。尝有《鹤冲天》词云:'忍把浮名,换了浅斟低唱。'及临轩放榜,特落之,曰:'且去"浅斟低唱",何要"浮名"!'"

从这则记载看,可知柳永初考进士未第,作了这首词以抒不平之气。后来再应进士试,榜上有名,但仁宗见了柳永的名字,因不满其"忍把浮名,换了浅斟低唱"的词句,遂将其黜落。可见这首词带给柳永多么大的挫折。

"何须论得丧?才子词人,自是白衣卿相"。大意是:一个读书人何必计较升沉得失呢?我是个才子词人,虽然没有功名地位,却是白衣中的卿相人物啊!

柳永这样自尊,以布衣之身,等同卿相之列,自是落第之后自我安慰,看淡功名,不同流俗的表现。不过,"何须论得丧",又反映出他对落第的掂量、计较。他自诩"白衣卿相",流露出心中没有忘记"卿相"。这样品读,就能体味出他内心深处的巨大矛盾。落第让他的梦想破灭,对他的打击是沉重的。所以,"白衣卿相"之谓,不过是词人的一种牢骚之语,愤激之词,是为摆脱落第的苦恼而自我排解和调侃罢了。

026 有三秋桂子,十里荷花。

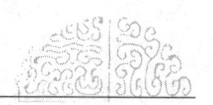

注释:

①选自北宋柳永《望海潮》词:"东南形胜,三吴都会,钱塘自古

繁华。烟柳画桥，风帘翠幕，参差十万人家。云树绕堤沙。怒涛卷霜雪，天堑无涯。市列珠玑，户盈罗绮，竞豪奢。　重湖叠巘清嘉，有三秋桂子，十里荷花。羌管弄晴，菱歌泛夜，嬉嬉钓叟莲娃。千骑拥高牙。乘醉听箫鼓，吟赏烟霞。异日图将好景，归去凤池夸。"

②三秋：即季秋，农历九月。唐代王勃《滕王阁序》："时维九月，序属三秋。"也泛指秋季、秋天。

③桂子：指桂花。唐代白居易《忆江南》词之二："山寺月中寻桂子，郡亭枕上看潮头。"

④十里：形容面积大。

品鉴　柳永是宋代婉约词派的大家之一，所写多为艳词，流传极广。但他也写有一些别具风格的咏景词，为人喜爱。这首词描写杭州的繁荣景象，就是柳永这类咏景词中的名作之一。

"有三秋桂子，十里荷花"两句，是这首词写景最成功的地方。大意是：三秋时节，秋高气爽，正是桂花盛开的时节，放眼望去，桂树枝头，缀满了米粒般金色的花朵，微风拂面，整个人便沐浴在那沁人心脾的芳香里；西湖中荷花开放，亭亭玉立，在丽日阳光的映照下，衬着绿茵茵的荷叶，显得格外娇艳美丽。

杭州的桂花颇有名气。唐代大诗人白居易任杭州刺史时，杭州的桂花给他留下了深刻印象。回到北方后，他还填了一首《忆江南》词："江南好，最忆是杭州。山寺月中寻桂子，郡亭枕上看潮头。何日更重游？"赞美杭州的桂花。而西湖的荷花，也是杭州的一大美景。南宋杨万里用诗笔描绘了这样一幅莲叶荷花图："毕竟西湖六月中，风光不与四时同。接天莲叶无穷碧，映日荷花别样红。"

这样流香的桂子，这样迷人的莲荷，词人以"有三秋桂子，十里荷花"形容之，如画如诗，秀丽之至，优美之至，谁读了都不由得会心向往之。相传远在北方的金主完颜亮读了这两句词，便欲渡江南，一睹杭州美丽景象。据宋人罗大经《鹤林玉露》载："孙何帅钱塘，柳耆卿作《望海潮》词赠之……此词流播，金主亮闻歌，欣然有慕于'三秋桂子，十里荷花'，遂起投鞭渡江之志。"充分体现了柳永这首词艺术上的成功和魅力。

027 沙上并禽池上暝，云破月来花弄影。

作者简介：

张先（公元990年～1078年），字子野，乌程（今浙江省吴兴）人。北宋著名词人。天圣八年（公元1031年）进士及第，累官至都官郎中。性疏放，善谐谑。晚年退居家乡，往来吴兴、杭州一带，以诗酒自娱。早年以小令和晏、欧并称，后来多写慢词，又与柳永齐名，而成就略逊于柳永。善于琢字炼句。内容多写花香月色，离情别绪，偏于纤艳。但也有一些小词写得工致含蓄，较有特色。有《张子野词》传世。

注释：

①选自北宋张先《天仙子》词："《水调》数声持酒听，午睡醒来愁未醒。送春春去几时回？临晚镜，伤流景，往事后期空记省。沙上并禽池上暝，云破月来花弄影。重重帘幕密遮灯。风不定，人初静，明日落红应满径。"
②并禽：成对的鸟儿，此指鸳鸯。暝：黄昏时分，暮色苍茫。
③花弄影：指花影在月光下摇曳生姿。

品鉴　这是张先在秀州（今浙江省嘉兴市）任判官时填的一首词，主要抒写伤春的情感，同时寓有伤别的意绪。

"沙上并禽池上暝，云破月来花弄影"两句，是词人的名句，张先因此享誉词坛。大意是：暮色苍茫中，水禽们在池边沙岸上，相依相偎地睡着了；一阵清风吹来，吹破了天上漂浮的云朵，月亮露出来了，清辉泻在花枝上，花枝摇曳，在地上留下了婆娑花影。

词人因"云破月来花弄影"一句而擅名一时。宋人范正敏云："张子野郎中，以乐章擅名一时。宋子京尚书奇其才，先往见之，遣将命者，谓曰：'尚书欲见"云破月来花弄影"郎中乎？'子野屏后呼曰：'得非"红杏枝头春意闹"尚书邪？'遂出，置酒尽欢。盖二人所举，皆其警策也。"（胡仔《苕溪渔隐丛话》引《遁斋闲览》）

宋子京，即宋祁，时任工部尚书。其词《玉楼春》有"红杏枝头春意闹"之句，故张先称之为"红杏枝头春意闹"尚书，作为他称自己"云破月来花弄影"郎中的回应。双方以对方词中警策呼之，表明对其名句的欣赏和对作者的尊崇。

"云破月来花弄影"一句，动词"破""弄"炼得好，灌注了真挚的情感，意境优美，生趣灵动，因此最负盛名，传诵不朽。

张先善于写"影"，除了"云破月来花弄影"之外，还有"帘压卷花影""堕轻絮无影"两句，故人们称之"张三影"（见宋人胡仔《苕溪渔隐丛话》引《后山诗话》）。

不过，"张三影"之说，还有另一个版本。《苕溪渔隐丛话》引宋人曾慥《高斋诗话》谓："子野尝有诗云：'浮云断处见山影'，又长短句云：'云破月来花弄影'，又云：'隔墙送过秋千影'，并脍炙人口，世谓'张三影'。"两个说法中都有"云破月来花弄影"一句，可见人们对它的推崇备至了。

028 天不老，情难绝。心似双丝网，中有千千结。

注释：

①选自北宋张先《千秋岁》词："数声鶗鴂，又报芳菲歇。惜春更把残红折。雨轻风色暴，梅子青时节。永丰柳，无人尽日飞花雪。莫把幺弦拨，怨极弦能说。天不老，情难绝。心似双丝网，中有千千结。夜过也，东窗未白凝残月。"

②天不老：化用唐代李贺《金铜仙人辞汉歌》中"天若有情天亦老"的句意，但采用肯定的说法。

③双丝网：用双丝缕结成的网，形容其紧密牢固。

品鉴

这首词抒写爱情横遭阻抑而产生的幽怨情绪，并表示了对爱情坚定不移的心志。

"天不老，情难绝。心似双丝网，中有千千结"两句，是词中的点睛之笔，集中体现了词的主旨。大意是：天是不会老的，既然天不会老，那么，我们的爱情就像天一样不会老，不会断绝。因为我们的心犹如双丝缕结而成的丝网，千千万万的丝结，已经把我们紧紧地联结在一起了，任凭地老天荒，再也不能分隔。

这几句词，语气坚决，犹如海誓山盟。与汉乐府的《上邪》："上邪！我欲与君相知，长命无绝衰。山无陵，江水为竭，冬雷震震，夏雨雪，天地合，乃敢与君绝。"有异曲同工之妙。

这里，特别一提的是，词人借用江南民间情歌常用的双关手法，用丝谐音"思"，含蓄有致，言外有言，韵外有味，读之能令人产生丰富的联想，引起强烈的情感共鸣。

029　昨夜西风凋碧树，独上高楼，望尽天涯路。

作者简介：

　　晏殊，见宋代诗句部分。

注释：

①选自北宋晏殊《蝶恋花》（一作《鹊踏枝》）词："槛菊愁烟兰泣露，罗幕轻寒，燕子双飞去。明月不谙离恨苦，斜光到晓穿朱户。昨夜西风凋碧树，独上高楼，望尽天涯路。欲寄彩笺兼尺素，山长水阔知何处？"
②西风：指秋风。凋碧树：使绿叶凋落。此是形容秋风吹落树叶的情景。
③天涯路：极远的路。天涯，犹言天边。宋代张世南《游宦纪闻》："今之远宦及远服贾者，皆云天涯海角，盖言远也。"

品鉴　这是一首描写离别相思之情的著名词作。在宋代婉约派词人的作品中，颇负盛名。

"昨夜西风凋碧树，独上高楼，望尽天涯路"三句，气象阔大，意境高远，是词人传诵的名句。大意是：昨夜听着西风吹落树叶的飒飒声，孤枕难眠，更加思念远在天涯的情人。因此一大早便急迫地独自一人爬上小楼，向远处凝望，多么希望能看见他归来的身影啊！

词句纯用白描，洗净铅华，但却淡而有味，形象地表现了女主人公缠绵真挚的感情。不仅具有婉约词派情致深婉的共同特点，还具有婉约词派少有的境界寥廓高远的特色，确是传世名句，为历代词家所推崇。

对于这三句词的意义，清末词论家王国维赋予了新的解会。他认为"古今之成大事业、大学问者"必须经历三种境界。"昨夜西风凋碧树，独上高楼，望尽天涯路"是第一种境界，指树立奋斗的理想，热情的希望，并积极向往之。第二境界他借用柳永词"衣带渐宽终不悔，为伊消得人憔悴"，指为了实现理想、希望，必须努力追求，不懈奋斗，至死不悔。第三个境界他借用辛弃疾词"蓦然回首，那人却在，灯火阑珊处"，指理想、希望经过漫长的努力后，突然实现的喜悦心情。

王国维之说，拓宽了三首词的内涵、意境，也让人体会到了"古今之成大事业、大学问者"所必须付出的种种艰辛和困苦。

030 无情不似多情苦，一寸还成千万缕。

注释：
①选自北宋晏殊《玉楼春》词："绿杨芳草长亭路，年少抛人容易去。楼头残梦五更钟，花底离愁三月雨。　无情不似多情苦，一寸还成千万缕。天涯地角有穷时，只有相思无尽处。"
②无情、多情：均为借代用法，分别指无情之人与多情之人。
③一寸：指愁肠，相思之心。前蜀韦庄《应天长》词："别来半岁音书绝，一寸离肠千万结。"

品鉴　这首词抒写离别相思的苦情。艺术上不重雕饰，语言自然流利，委婉含情，颇有特色。

"无情不似多情苦，一寸还成千万缕"两句，大意是：那些无情人啊，哪像我这个多情之人这么痛苦；我思念离别的情人，每一寸愁肠都化作了千万缕相思之情。

词人运用比喻手法，将"多情"与"无情"对比，夸张地形容多情主人公的离愁比一般人更多千万缕,突出了抒情主人公内心被离愁煎熬的极度苦痛。这样由议论到比喻抒情,由抽象到具体形象,层层写来,把一个"多情"之人的离愁别恨写得真切感人,与众不同。

南唐冯延巳词《蝶恋花》"心若垂杨千万缕,水阔花飞,梦断巫山路"。与晏殊这两句词的意思殊为相近,出于同一机杼。

031 劝君看取利名场,今古梦茫茫。

注释:

①选自北宋晏殊《喜迁莺》词:"花不尽,柳无穷,应与我情同。觥船一棹百分空,何处不相逢。 朱弦悄,知音少,天若有情应老。劝君看取利名场,今古梦茫茫。"

②看取:观察。取,语助。唐代孟浩然《题大禹寺义公禅房》诗:"看取莲花净,方知不染心。"唐代孟郊《怨诗》:"看取芙蓉花,今年为谁死?"

③利名场:追逐功名利禄的场所。指科举考试。简称名场。唐代杜荀鹤《哭友人》诗:"病向名场得,终为善误身。"又指追求、竞夺声名的场所。唐代李咸用《临川逢陈百年》诗:"教我无为礼乐拘,利路名场多忌讳。"

④茫茫:迷茫,模糊不清的样子。《文选·扬雄〈剧秦美新〉》:"在乎混混茫茫之时,罾闻罕(汗)漫,而不昭察,世莫得而云也。"

品鉴 这是一首赠别词。在抒写离情别意之中,也寄托了词人自己的人生感慨。

"劝君看取利名场,今古梦茫茫"二句,表达了词人对人生的体验、感悟和慨叹。大意是:自隋唐开科取士以来,多少读书人都自愿入此彀中,追求功名,以达显荣,光宗耀祖。殊不知,一生的美好时光就在这如梦的名利场中消磨尽了。

晏殊跻身上层社会，一生显达富贵。但宦海险恶，尔虞我诈，钩心斗角，充满风险。晏殊在官场呆得久了，也难免感到厌倦，危机四伏，疲惫不堪。他深切感到，人生苦短。如果一个人一生为名利所牵，终日在仕途上奔竞，身心交瘁，一旦撒手人寰，岂不是"今古梦茫茫"，什么也没有了，那该多不值啊！

可是，数百年来，沉迷于名利梦的读书人不知凡几，而能参悟此梦并能醒过来的人又何其少啊！一生显达但却饱受利名场之苦的晏殊，正是以自己的切身体验劝告友人，希望他们吸取教训，从"茫茫"名利梦中清醒过来。

032 绿杨烟外晓寒轻，红杏枝头春意闹。

作者简介：

宋祁（公元998年~1061年），字子京，安陆（今湖北省安陆市）人，后迁开封雍丘（今河南省杞县）。北宋词人。天圣二年（公元1024年）进士，名著一时。主修《新唐书》，书成，进工部尚书，旋拜翰林学士承旨。死后谥景文。工诗善词。内容多写士大夫优游闲适的生活情趣。语言工丽，描写生动。存词6首，见《全宋词》。

注释：

①选自北宋宋祁《玉楼春》（一作《木兰花》）词："东城渐觉风光好，縠皱波纹迎客棹。绿杨烟外晓寒轻，红杏枝头春意闹。 浮生长恨欢娱少，肯爱千金轻一笑。为君持酒劝斜阳，且向花间留晚照。"

②烟：烟雾，雾气。此处用以比喻春天的柳树。

品鉴　这首词描写春天的景象，表达了士大夫优游闲适的生活情趣。

"绿杨烟外晓寒轻，红杏枝头春意闹"两句，是历来传诵的名句。大意是：初春时节，大地透着一层薄薄的寒意，细柳如丝，刚刚绽出了新芽，远远看去，好似一片轻烟薄雾，笼罩在树头。红灼灼的杏花，在枝头竞相开放，明艳动人，更增添了春天的蓬勃生机和热闹气息。

"红杏枝头春意闹"一句，词人炼一"闹"字，使境界一下子全出来了，历来为人称赏。"闹"字不仅形象地写出了杏花的红艳、灿烂，而且透露出了春天生命的旺盛和活力，的确把春天给写活了。清代词论家刘体仁评价说："'红杏枝头春意闹'，一'闹'字卓绝千古。"（《七颂堂词绎》）而清代另一词论大家王国维的审美感受更深，讲得更具体、准确："'红杏枝头春意闹'，著一'闹'字而境界全出。"

词人也因此被称为"红杏尚书"，传为美谈。清代陈廷焯《白雨斋词话》卷六云："宋人如'红杏尚书'、'贺梅子'、'张三影'……之类，皆以一语之工，倾倒一世。"

033 人生自是有情痴，此恨不关风与月。

作者简介：

欧阳修，见宋代诗句部分。

注释：

①选自北宋欧阳修《玉楼春》词："尊前拟把归期说，欲语春容先惨咽。人生自是有情痴，此恨不关风与月。　离歌且莫翻新阕，一曲能教肠寸结。直须看尽洛城花，始共春风容易别。"
②情痴："痴情"的倒语，指执著于感情，情有独钟。
③恨：指离愁别绪。

品鉴　这是词人写的一首表现人生离情别恨的代表作。

"人生自是有情痴，此恨不关风与月"两句，是这首词的主旨所在。大意是：人生本来就伴着一个"情"，执著于感情，情有独钟是常有的事，因此人生的离愁别恨和那些春风、秋月有什么关涉呢！

词人把情感的产生归结于人，而非物。古人谓："圣人忘情，最下不及情；情之所钟，正在我辈。"（南朝宋刘义庆《世说新语·伤逝》）"我辈"，指多情之人。多情之人，一旦动了感情，看事看景看人，自然会产生感情。情动于中而形于言，必是好诗好词好文章。

南唐词人李煜《虞美人》词:"春花秋月何时了,花落知多少?小楼昨夜又东风,故国不堪回首月明中。"其实,天上的月亮,楼外的东风,都是无情之物,与人毫不相干。可是因为词人是个多情之人,以其多情的眼光观之,则明月、东风都成了引其伤心断肠之物了。这正好可以作为"人生自是有情痴,此恨不关风与月"最好的注脚。

034　今年花胜去年红。可惜明年花更好,知与谁同?

注释:
①选自北宋欧阳修《浪淘沙》词:"把酒祝东风,且共从容,垂杨紫陌洛城东。总是当时携手处,游遍芳丛。　聚散苦匆匆,此恨无穷。今年花胜去年红。可惜明年花更好,知与谁同?"
②今年花胜去年红:化用唐代岑参《韦员外家花树歌》:"今年花似去年好,去年人到今年老。"
③可惜:对象不是花而是友人。
④谁同:同谁。倒装句法。

品鉴　这是词人春天与友人游洛阳城东旧地时有感而作。词中的友人可能指梅尧臣,他们两人是诗文至交。

"今年花胜去年红。可惜明年花更好,知与谁同"两句,即景抒情,自然真切,意涵深沉。大意是:去年与友人一道赏过花。一年过去了,今年的花胜过去年,开得更加繁盛红艳,见了就希望与友人一道再去赏玩。可惜的是,明年的花会开得更好,谁知道我们还能不能在一起观赏呢?

词人欲挽留友人多逗留一些时间,便以花为线索,将去年、今年、明年的花拿来比较,花年年相似,一年比一年好,而人相聚却难,这样一层递进一层,构思新颖,很好地表达了挽留友人的真挚情感。然而从花年复一年开放,想到人一年比一年衰老,便在挽留之情中蕴含着一种人生易老,眼前的相会应该珍惜,一别难再会的况味,流露出了几分悲凉之意。

035 月上柳梢头，人约黄昏后。

注释：

①选自北宋欧阳修《生查子》词："去年元夜时，花市灯如昼。月上柳梢头，人约黄昏后。 今年元夜时，月与灯依旧。不见去年人，泪满春衫袖。"此词作者，一作朱淑贞，或作秦观。

②月：此指农历正月十五日的月亮。

品鉴 这首小令写正月十五日闹元宵的时候，有情人在月下柳边约会的情景。

"月上柳梢头，人约黄昏后"两句，前一句点明约会的时间，是对后一句"人约黄昏后"的具体化。一对热恋中的男女青年，约定黄昏后，月亮升上柳梢头的时候见面。词中月、柳相映，使约会增添了几分诗情画意。十五的月亮又圆又亮，象征着男女之间美满的爱情。

这两句是写情侣约会的绝佳情语。词中月、柳、人情景交融，构成了一个宁静、神秘、温馨、充满幸福和甜蜜的境界。这样诱人的情境，和《诗经·陈风·月出》"月生皎兮，佼人僚兮"的甜蜜意境是多么的相似啊！

因此，它和《诗经》的诗句一样，成为流传千古的名句，至今读来依然趣味盎然，耐人寻绎。

036 相见争如不见，有情何似无情。

作者简介：

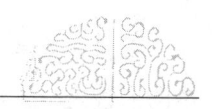

司马光（公元1019年～1086年），字君实，陕州夏县（今山西省闻喜县）人。居夏县涑水乡，世称涑水先生。北宋大臣，词人。宝元初（公元1038年）进士甲科。知谏院。神宗时为御史中丞。因反对王安石变法，出知永兴军（今西安市）。后退居洛阳

15年。哲宗即位，起为尚书左仆射兼门下侍郎（宰相），尽废新法，复旧制。在相位8月而卒。赠太师温国公，谥文正。善属文，工诗词。著有《传家集》80卷。其生平杰作为《资治通鉴》294卷，为世所重。后人编有《司马文正公集》。

注释：
①选自北宋司马光《西江月》词："宝髻松松挽就，铅华淡淡妆成。青烟翠雾罩轻盈，飞絮游丝无定。　相见争如不见，有情何似无情。笙歌散后酒初醒，深院月斜人静。"
②争如：怎比得上。争，怎么。北宋柳永《八声甘州》词："争知我，倚阑干处，正恁凝愁？"
③何似：一作"还是"。

品鉴　这是一首典型的艳词。写词人参加宴会时，看到一个绝色歌女引起的相思之情。

"相见争如不见，有情何以无情"两句，写词人对歌女动心之后发出的感叹。大意是：世间竟有这么漂亮的女子，歌又唱得如此动听，见了令人心动。早知道如此，就不该来参加这个宴会，更不该看见她，做有情人总比不上做无情人好啊。

词句全用反衬手法：词人见着了这个美丽女子，心生情爱，却反说不该见，因为不见就不会让人顿生爱心，惹人思念；自己动了情反说无情好，是因为自己忘情不了，而无情就没有这样的相思之苦了。

这首词，有人怀疑不是出自司马光的手笔。因为司马光一生信守儒家传统，为人正经古板，为文正道无邪。清人徐釚《词苑丛谈》卷四引王士禛云："'有情争似无情'，忌者以诬司马。"张宗橚《词林纪事》引姜叔明亦谓："此词绝非温公作。宣和间，耻温公独为君子，作此词诬之耳。"

不过，这些说法不无偏颇。人，都具有人性。男女之恋就是人最基本的人性之一。《孟子·告子上》："食、色，性也。"《礼记·礼运》："饮食男女，人之大欲存焉。"圣人尚且这么说，司马光作为一个有血有肉的人，就不可以写一两首表达爱恋的词吗？范仲淹、欧阳修在当时亦被视为正人君子，他们一样写有关于男女恋情的词，谁又对他们说三道四了！

"相见争如不见，有情何似无情"这两句词，后人常用来形容恋爱中人患得患失，不知如何是好的矛盾心理。

037　千里澄江似练，翠峰如簇。

作者简介：

　　王安石，见宋代诗句部分。

注释：

①选自北宋王安石《桂枝香》词："登临送目，正故国晚秋，天气初肃。千里澄江似练，翠峰如簇。征帆去棹残阳里，背西风酒旗斜矗。彩舟云淡，星河鹭起，画图难足。　念往昔，繁华竞逐。叹门外楼头，悲恨相续。千古凭高对此，漫嗟荣辱。六朝旧事随流水，但寒烟衰草凝绿。至今商女，时时犹唱，《后庭》遗曲。"
②澄江似练：化用南朝诗人谢朓《晚登三山还望京邑》诗中"馀霞散成绮，澄江静如练"句意。
③簇：聚集，簇拥。五代前蜀韦庄《听赵秀才弹琴》诗："蜂簇野花吟细韵，蝉移高柳迸残声。"

品鉴　　王安石这首词，被词论者赞为写景抒情中的"绝唱"，千百年来，称赏不绝。

　　"千里澄江似练，翠峰如簇"两句，描写金陵（今江苏省南京市）附近山川胜概。大意是：登高四望，千里长江，秋水澄碧，蜿蜒向东，宛如一条铺在辽阔大地上的白色绸带；金陵周围的山峰，山山竞秀，峰峰相高，簇拥耸列在一起。

　　这两句词，仅仅十个字，便将金陵形胜呈现在了我们眼前，成为千古绝唱！所以王安石被称为写景高手，大方家数。宋人杨湜云："金陵怀古，诸公调寄《桂枝香》者三十余家，惟介甫为绝唱。东坡见之，叹曰：'此老乃野狐精也。'"（《历代诗馀》引《古今词话》）王安石是受之无愧的。

038　忽忆故人今总老。
　　　贪梦好，茫然忘了邯郸道。

注释：

①选自北宋王安石《渔家傲》词："平岸小桥千嶂抱，柔蓝一水萦花草。茅屋数间窗窈窕。尘不到，时时自有春风扫。　午枕觉来闻语鸟，欹眠似听朝鸡早。忽忆故人今总老。贪梦好，茫然忘了邯郸道。"

②总：皆，都。唐代戎昱《赠别张驸马》诗："华堂金屋别赐人，细眼黄头总何在？"

③邯郸道：暗用"黄粱梦"典故。见唐代沈既济《枕中记》。

品鉴　这是王安石晚年写山水风景的一首词作。表现的是一种恬静的美，反映了词人在退出政治舞台后的生活情趣和闲淡心情。

"忽忆故人今总老。贪梦好，茫然忘了邯郸道"大意是：忽然想起了一些故人，他们现在大多老了，不能前来和自己叙旧消闲了。自己常常贪爱午睡的梦境，却早抛弃了邯郸道上卢生那种"出将入相"的黄粱美梦了。

词人说故人老，其实是用"故人"的"老"来说自己的老。因为老了，所以如今的心情与从政时大不一样了。后一句"茫然忘了邯郸道"暗用了"黄粱梦"的典故。典出唐人沈既济的著名传奇《枕中记》。说有一个姓卢的年轻书生，在邯郸旅店遇见道士吕翁，叹息自己命运不济，久试不中，不能建立功名。当时店家正在蒸黄粱饭。吕翁借来一个枕头给卢生，说：睡下就能实现你建功立业的愿望。卢生半信半疑。不久进入梦乡。果然应试高中，出将入相，娶妻生子，享不尽的荣华富贵。但是，不久即被权贵所嫉，诬他阴谋造反，被逼得几乎自杀。于是惊叫一声，从梦中醒来。这时，店主人的黄粱饭还没有蒸熟。卢生明白过来，自己不过是做了一个短暂的美梦。他由此得到启悟，懂得了"荣辱、穷达、得失、死生"的人生道理，甘愿恬淡平静地度过一生。

王安石晚年退居田园，常回忆起从政的风险和烦难，感到非常厌倦，因此流连自然山水，以求心情平静，安度晚年。这两句词使用"黄粱梦"

的典，就反映了他的这种思想认识和心情。

039 相思本是无凭语，莫向花笺费泪行。

作者简介：

晏几道（约公元1030年~1106年），字叔原，号小山，临川（今属江西）人。北宋著名词人。晏殊第七子。成年时，家道中落。他性情耿直，不肯趋附时势，因此一生仕途偃蹇，只做过开封府推官一类小官。博学多才，能文章，工诗词。词尤清丽顿挫，带有一种哀婉情调，风格近于"花间词派"。词与其父齐名，并称"二晏"，又称"大小晏"。有《小山词》传世。存词260首。

注释：
①选自北宋晏几道《鹧鸪天》词："醉拍春衫惜旧香，天将离恨恼疏狂。年年陌上生秋草，日日梦中到夕阳。　云渺渺，水茫茫，征人归路许多长。相思本是无凭语，莫向花笺费泪行。"
②无凭：无所凭据，凭什么，拿什么。
③花笺：印有或绘有花的信笺。

品鉴　晏几道有两个好友，一个姓沈，一个姓陈。沈、陈二人家中各有两个色艺双美的歌伎。他常到沈、陈两家去歌酒宴乐，与歌伎产生了不少悲欢离合的故事。这首词就描写了他与歌酒场中相悦女子的离情别绪。

"相思本是无凭语，莫向花笺费泪行"两句，直抒胸臆，表达词主人公对相悦女子分别之后的思念之情。大意是：自从和你们分别之后，就日夜思念你们。这种相思凭空而来，挥之不去，无所凭依，无从解说，千言万语，真不知道该怎么向你们表达。唉，实在写不下去，就索性不写了吧，不要让泪水徒然地打湿了花笺。

"莫向花笺费泪行"，是情至之辞。词人的相思之情已经深到无法用言语表达了，所以只好自身感受，自己去体味了。"泪行"是双关语，指欲语泪先流，文字写成行，泪水也成行。流着泪写信诉说相思之苦，可见词人的相思是何等的深挚。而流着泪写信都无法诉说的相思之苦，那词人的相思就更情深似海了。

040 天涯岂是无归意，争奈归期未有期。

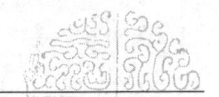

注释：

①选自北宋晏几道《鹧鸪天》词："十里楼台倚翠微，百花深处杜鹃啼。殷勤自与行人语，不似流莺取次飞。　惊梦觉，弄晴时，声声只道不如归。天涯岂是无归意，争奈归期未有期。"

②"争奈"句：化用李商隐《夜雨寄北》诗"君问归期未有期"句意。争奈：怎奈，奈何。北宋晏殊《殢人娇》词："争奈向、千留万留留不住。"

品鉴　这首词表现词人客中听到杜鹃的啼声，引起了思归的情绪。杜鹃，又名子规，其啼声好似"不如归去"，所以又被称为思归鸟。古代的文人骚客，羁旅在外，每闻杜鹃啼声，往往触发思归之情，形诸吟咏，而颇有佳句。

"天涯岂是无归意，争奈归期未有期"两句，大意是：游历在外，不是我不想回家去，我可是时时都盼着回去啊！怎奈我一再地想着回去，可是却一再地不能决定回去的日期，因为我现在的生活不能由自己主宰，我也是没办法啊！

唐代诗人李商隐当年想回家而不能决定归期，是由于"巴山夜雨涨秋池"，为绵绵秋雨所阻。晏几道想回家而身不由己，归期难定，不为别的，却是因为家道中落，自己浪迹天涯，生活无着，阮囊羞涩，表现出命运对人的捉弄是多么无情，而词人对生活境遇的愤慨之情也在字里行间流溢了出来。

041 水是眼波横，山是眉峰聚。

作者简介：

王观（公元1070年前后在世），字通叟，如皋（今江苏省）人。北宋词人。嘉祐二年（公元1057年）进士，官至翰林学士。因赋应制诗获罪被贬，遂自号逐客，浪迹江湖，不知所终。工诗善词。其词多用口语，时杂诙谐，而颇有新丽之作。宋人王灼《碧鸡漫志》云："王逐客才豪，其新丽处与轻狂处，皆足惊人。"为人恃才放荡。其词集名《冠柳》，足见其自视甚高。近人赵万里、刘毓盘各有其词辑本，亦名《冠柳集》。

注释：

①选自北宋王观《卜算子·送鲍浩然之浙东》词："水是眼波横，山是眉峰聚。欲问行人去那边？眉眼盈盈处。　才始送春归，又送君归去。若到江南赶上春，千万和春住。"
②"水是"句：古人常用"眼如秋水"的比喻形容美人明亮的眼睛。如李贺《唐儿歌》："一双瞳人剪秋水。"
③"山是"句：古人常用"眉如春山"的比喻形容美人的秀眉。如《西京杂记》："司马相如妻文君，眉色如望远山，时人效画远山眉。""山"，指春天葱翠的山岭。

品鉴　这是一首送别词。但摒弃了依依惜别、悲伤告别的传统写法，而出以真情眷眷、轻松活泼的情调。风趣而时见俚俗，偶发奇想，体现了王观词的一大特点。

"水是眼波横，山是眉峰聚"两句，描写秀美山水，构思巧妙，想象奇特，比喻新颖。大意是：那清澈明亮的江水，好似美人流动的眼波；那攒聚簇陈的山峦，好似美人紧蹙的眉峰。

古代南方多在山清水秀的江边津渡送别。王观在这样的地方送别友人，触目是清澈的水，葱翠如黛的山，于是忽发奇想，感悟到，这水多像美人流转的眼波，这山多像美人横陈的眉峰，于是吟出了这两个新奇的比喻。

古人用"眼如秋水""眉如春山"来比喻美人的美，王观反其意用之，将水比作眼波，春山比作黛眉，就显得与众不同，十分新奇。这新奇，这不同，还表现在其言外之意，味外之旨上：意即这位友人归去的时候，一路之上都有这样的青山绿水相伴，都有这山山水水对他脉脉含情，陪侍左右。由此可以见出，王观对他友人的感情有多么深，多么长了。

042 大江东去，浪淘尽、千古风流人物。

作者简介：

　　苏轼，见宋代诗句部分。

注释：

　　①选自北宋苏轼《念奴娇·赤壁怀古》词："大江东去，浪淘尽、千古风流人物。故垒西边，人道是、三国周郎赤壁。乱石穿空，惊涛拍岸，卷起千堆雪。江山如画，一时多少豪杰！　遥想公瑾当年，小乔初嫁了，雄姿英发。羽扇纶巾，谈笑间，樯橹灰飞烟灭。故国神游，多情应笑我，早生华发。人间如梦，一樽还酹江月。"

　　②大江：指长江。李白《庐山谣寄卢侍御虚舟》诗："登高壮观天地间，大江茫茫去不还。"

　　③淘：淘洗，冲洗，淘汰。唐代诗人刘禹锡《浪淘沙》词："九曲黄河万里沙，浪淘风簸自天涯。"

　　④风流：英俊、杰出。《世说新语·赏誉》："范豫章（宁）谓王荆州（忱）：'卿风流俊望，真后来之秀。'"风流人物：指文武双全的杰出人物，如周瑜等人。

品鉴　　这首词作于宋神宗元丰五年（公元1082年）七月。当时，苏轼做诗讽刺朝廷新法，被新派官员罗织论罪，贬为黄州（今湖北省黄冈市）团练副使。黄州城外有赤壁矶。苏轼闲时游览，有感于历史上英雄人物的豪情壮举，纵横捭阖，感叹于自己老大无成，于是写了这首壮阔沉雄的词作，抒发对壮丽河山的热情赞美和讴歌之情。

"大江东去,浪淘尽、千古风流人物"两句,起笔不凡,读之令人精神为之一振,仿佛滚滚大江,滔滔流水一下子奔涌到了眼前。大意是:长江水浩浩荡荡地向东奔流而去,大浪淘沙,随着岁月的流逝,这浩荡的长江水淘去了历史上多少周瑜这样的英雄豪杰啊!

这两句词,把浩浩荡荡的长江与"千古风流人物"联系起来,既展示了广阔的历史空间,又标示出了深厚悠久、绵延不尽的历史长河,而词人就在这样一幅极为壮阔而悠久的时空背景下,表现风流人物雄姿英发、卓荦不凡的英雄气概,能不让人心潮激荡,为祖国壮美的山川和众多英雄豪杰而感到自豪,感到热血澎湃,产生强烈的共鸣么!

这两句词,在文学史上影响很大。明代著名文学家杨慎就曾取其意作了一首《临江仙》词,开篇两句"滚滚长江东逝水,浪花淘尽英雄"从字面到意义都十分相似。不过,比起苏轼的"大江东去"来,就要逊色多了。

苏轼是豪放词派的开创者和代表作家之一。这首词是苏轼最引人注目的豪放词作之一。清代词论家徐釚对此评论说,苏词"自有横槊气概,固是英雄本色"(《词苑丛谈》卷二)。而在苏轼的豪放词中,最具"英雄本色"的代表作,就是这首被誉为"千古绝唱"的"大江东去"了。明人王世贞评论说:"昔人谓铜将军、铁绰板,唱苏学士'大江东去';……学士此词,亦自雄壮,感慨千古,果令铜将军于大江奏之,必能使江波鼎沸。"

043 人有悲欢离合,月有阴晴圆缺,此事古难全。但愿人长久,千里共婵娟。

注释:

①选自北宋苏轼《水调歌头》(中秋词):"明月几时有?把酒问青天。不知天上宫阙,今夕是何年?我欲乘风归去,又恐琼楼玉宇,高处不胜寒。起舞弄清影,何似在人间! 转朱阁,低绮户,照无眠。不应有恨,何事长向别时圆?人有悲欢离合,月有阴晴圆缺,此事古难全。但愿人长久,千里共婵娟。"词前有小序云:"丙辰中秋,欢饮达旦,大醉,作此篇,兼怀子由。"

②古难全：从古以来就难于十全十美。全，指完美无缺，十全十美。

③共婵娟：化用南朝宋人谢庄《月赋》"美人迈兮音尘阙，隔千里兮共明月"，及唐人许浑《怀江南同志》诗"唯应洞庭月，万里共婵娟"的句意。婵娟，形容美好之语。唐代孟郊《婵娟篇》："花婵娟，泛春泉；竹婵娟，笼晓烟；月婵娟，真可怜。"后用以比拟美好的月光，或形容月光皎洁美好。

品鉴　这首词写于宋神宗熙宁九年（公元1076年）中秋节。当时词人任密州（今山东省诸城市）知州。赏月时，有感于中秋夜兄弟不能一起团聚，时其弟苏辙（字子由）远在齐州（今山东省济南市）任职，因而写了这首中秋词，并表达对弟弟子由的怀念之情。全词意落天外，别出心裁，而又笔触圆转如意，境界浑成，极富于浪漫色彩，被词论家推为中秋绝唱。

"人有悲欢离合，月有阴晴圆缺，此事古难全。但愿人长久，千里共婵娟"几句，表达了词人关于人生人世的哲理思考。大意是：人的一生有悲欢离合的遭遇，就像月亮有阴晴圆缺一样，自古以来，这世上就没有十全十美的事情。只愿我们兄弟两个，与天下所有相处异地的人们，都能长健久安，在同一轮明月下，过着美好的生活，度过美满的一生。

词人推己及人，将对人生的哲理思考和美丽的神话传说融为一体，表达了对人生人世的看法和美好愿望。这些至理名言，从古以来未经人道，自苏轼道出来之后，引起了不少人的认同和共鸣，也给了许许多多离人以温馨和安慰。至今，每当中秋佳节之时，人们仍然会想到苏东坡，想到他的这几句名言，并以此来表达共享明月的美好光辉，祈望人生感情和美的良好心愿。

044　此生此夜不长好，明月明年何处看？

注释：

①选自北宋苏轼《阳关曲·中秋月》词："暮云收尽溢清寒，银汉

无声转玉盘。此生此夜不长好,明月明年何处看?"

②阳关曲:唐代王维有古绝句《送元二使安西》(一作《渭城曲》)诗,后人据以制为歌曲,名《阳关曲》,又名《阳关三叠》,多用作送别时歌唱。

品鉴　这首词写于北宋熙宁十年(公元1077年)。这年冬天,词人得到移知河中府的命令,遂离密州南下。当时其弟苏辙已在朝廷任职。次年春天,苏辙自京城往迎苏轼,兄弟二人便同赴京城。抵陈桥驿时,朝廷又命苏轼改知徐州。苏辙乃随兄去到徐州任所,一直住到当年中秋节过后才离去。

这年中秋,兄弟二人分别7年后得以第一次共同赏月,苏轼非常高兴,于是写了这首《阳关曲·中秋月》词。之所以使用《阳关曲》词调,是因为这一次难得的团聚之后,苏辙就要回京师去,兄弟二人又将分别,他又要为弟弟送行了。

"此生此夜不长好,明月明年何处看"两句,大意是:这个中秋之夜,皓月当空,清辉满地,我们兄弟团聚赏月,真是月亮圆满,人也圆满,我们要好好珍惜,因为这样美好的夜晚是不常有的。过了这个中秋节,我们兄弟二人又将天各一方,聚少离多,到了明年中秋,天上还是这轮明月,但我们兄弟二人不知各会在什么地方赏月呢!

词句以叠字唱答,衔接自然,对仗天成,铿锵圆转,情韵悠然,读之极易产生共鸣,让人从心底为苏轼兄弟的惜别平添一份惋惜和惆怅。

045　长恨此身非我有,何时忘却营营?

注释:

①选自北宋苏轼《临江仙·夜归东皋》词:"夜饮东坡醒复醉,归来仿佛三更。家童鼻息已雷鸣。敲门都不应,倚杖听江声。　长恨此身非我有,何时忘却营营?夜阑风静縠纹平。小舟从此逝,江海寄余生。"

②此身非我有：我的身体不归我自己所有，意谓命运不掌握在自己手里。这是道家哲学对人生的看法。《庄子·知北游》："舜问乎丞曰：'道可得而有乎？'曰：'汝身非汝有也，汝何得有夫道？'舜曰：'吾身非吾有也，孰有之哉？'曰：'是天地之委形也。'"苏轼化用庄子语，但非全用其义。

③营营：形容来来往往。《诗·小雅·青蝇》："营营青蝇，止于樊。"后引申为为了功名利禄而劳碌奔走。《庄子·庚桑楚》："无使汝思虑营营。"

品鉴　　这是词人因"乌台诗案"贬谪黄州（今湖北省黄冈市），居于城南长江边临皋亭时写的一首词作。当时，朝廷给了他一个团练副使的闲职。由于不视事，他就在亭边开了一块荒地，种菜种树，名曰"东坡"，自号"东坡居士"。过着优游闲适的生活，时作诗词，写景赋情，表达对人生的感悟和看法。这首《临江仙》就是其中的一首。词中记述了一天秋夜开怀畅饮，醉后返回临皋亭时的情景。

"长恨此身非我有，何时忘却营营"两句，大意是：由于终日在名利场中奔走，我的身体根本不归我自己所有，我对此也非常不满，那么，什么时候我才能摆脱功名利禄的诱惑和羁绊呢？

词人的言外之意是说，从现在起，我再也不想到官场中去混了。

苏轼政治上平白地遭受了巨大挫折，陷于"乌台诗案"之中，差点送了性命。现在想起来还心有余悸，常常处于忧惧苦恼之中，于是从道家哲学里获得领悟，并试图以超然物外的道家思想来解脱自己。这两句词就充分体现了词人的人生彻悟，对自己不幸遭遇的追悔，以及希望早日离开名利场，忘却功名利禄，获得精神上的自由。

046　**万事到头都是梦，休休。**
　　　明日黄花蝶也愁。

注释：

①选自北宋苏轼《南乡子·重九涵辉楼呈徐君猷》词："霜降水痕

收，浅碧鳞鳞露远洲。酒力渐消风力软，飕飕。破帽多情却恋头。

　　佳节若为酬，但把清樽断送秋。万事到头都是梦，休休。明日黄花蝶也愁。"

②休休：口语"算了罢，算了罢"之意。

③"明日黄花"句：当是化用唐代郑谷《十日菊》诗："节去蜂愁蝶不知，晓庭还绕折残枝。自缘今日人心别，未必秋香一夜衰。"明日，指重阳节过后。黄花，指菊花。重阳节过后，菊花就开始凋谢了。

品鉴　　这首词写于黄州（今湖北黄冈市）贬所，时间是宋神宗元丰五年（公元1082年）重阳节。徐君猷时任黄州知州。重阳节这天，徐君猷与苏轼在城中涵辉楼饮酒赏菊。苏轼遂作了这首词，送给徐君猷。词中记述了他们二人重阳欢宴的情景，并表达了他的人生感慨。

　　"万事到头都是梦，休休。明日黄花蝶也愁"两句，借用古人"万事到头都是梦，休嗟百计不如人"的诗句，抒发自己遭受挫折时的人生感叹，表现了他善于自我安慰的达观思想。大意是：万事到头来都像梦境一样虚幻，功名利禄的事，还是算了吧，过了重阳节，花就要凋谢了，（采不到花）蝴蝶也要发愁啊。所以我们应该趁今天朋友聚会，一醉方休。如果错过了机会，还不知到哪天我们才能在一起痛饮呢！

　　真是快人快语，真切自然。但千万不要误会苏轼会因此而消极，自甘沉沦。苏轼是一个极为达观的人，最能随遇而安。他这样说，不过是一时的愤激之语罢了。

　　这两句词后来发展为成语"明日黄花"，常用来比喻过时的事物。

047　枝上柳绵吹又少，天涯何处无芳草！

注释：

①选自北宋苏轼《蝶恋花》词："花褪残红青杏小。燕子飞时，绿水人家绕。枝上柳绵吹又少，天涯何处无芳草！　　墙里秋千墙外

道。墙外行人，墙里佳人笑。笑渐不闻声渐悄，多情却被无情恼。"

②柳绵：即柳絮。柳树的花呈棉絮状，故称。

③"天涯"句：化用屈原《离骚》"何所独无芳草兮，尔何怀乎故宇"的诗意。

品鉴 这是词人一首伤春之作。主旨是感叹春光易逝、佳丽难遇，多情则多烦恼。在文学史上，苏轼是有名的豪放词派代表作家，但这类婉约词在他的词集中也不在少数，而且写得非常好，非常感人。这首《蝶恋花》写得情溢于言，风韵婉媚，意象秀丽，是其婉约词中很有代表性的作品之一。

"枝上柳绵吹又少，天涯何处无芳草"两句，点化屈原《离骚》中的抒情佳句"何所独无芳草兮，尔何怀乎故宇"之意，寓情于物，铸成丽语。大意是：春天快过去了，枝上的柳絮已渐渐被风吹去，越来越少，但是天地之间，哪里没有碧绿芬芳的花草呢？

词人的言外之意是说：一个人的青春年华就要过去了，但大可不必悲伤，更加成熟的中老年照样是可宝贵的。

苏轼是一个十分豪放旷达的人，即使是伤春之作，写出来也是旷放之语。所以，苏轼的婉约词，与柳永等人的婉约是颇不同的。苏轼的婉约词，既有深挚的感情，又有旷达的胸襟，却没有柳永等人低回消沉的情调。

词史上，人们对这两句词评价颇高。明人沈际飞云："'枝上'二句，断送朝云；'一声何满子'，肠断李延年。正若是耳。"（《草堂诗馀正集》卷二）清代王士祯则谓："'枝上柳绵'，恐屯田（柳永）缘情绮靡，未必能过。孰谓坡但解作'大江东去'耶？髯（东坡，又称髯公）直是轶伦绝群。"（《花草蒙拾》）

后来，有人以"芳草"喻指美女，情场失意，便以"天涯何处无芳草"来安慰自己，自我排解；有人以"芳草"来喻指自由、幸福等等，拓展了这两句词的含意。诗无达诂，这在审美欣赏中是一种正常的现象。

048 谁道人生无再少？门前流水尚能西，休将白发唱黄鸡。

注释：

①选自北宋苏轼《浣溪沙》词："山下兰芽短浸溪，松间沙路净无泥。萧萧暮雨子规啼。 谁道人生无再少？门前流水尚能西。休将白发唱黄鸡。"
②再少：返老还童，重返青春或老当益壮之意。
③西：向西（流）。水一般是向东流。此词指黄州（今湖北黄冈市）蕲水（今湖北浠水县）清泉寺前的兰溪，水向西流（见《东坡志林》卷一）。
④"休将"句：意谓不要像古人那样，徒然地悲叹岁月流逝，自伤衰老。唐代白居易《醉歌示妓人商玲珑》："谁道使君不解歌？听唱黄鸡与白日。黄鸡催晓丑时唱，白日催年酉前没。腰间红绶系未稳，镜里朱颜看已失。玲珑玲珑奈老何？使君歌了汝更歌。"

品鉴

这首《浣溪沙》词，是苏轼谪居黄州期间，于元丰五年（公元1082年）三月游蕲水清泉寺时写的。当时苏轼虽身处逆境，年龄也早过了不惑之年，可是，词中却表现出了对青春的热情呼唤，充溢着一种乐观旷达的情怀，没有一丝暮气沉沉的悲观情调。

"谁道人生无再少？门前流水尚能西，休将白发唱黄鸡"三句，先设问，后回答，集中体现了词人积极的人生态度。大意是：谁说人生不能返老还童？既然这清泉寺门前的溪水都能向西流，那我们老年朋友就能寻回自己的青春，不要为逝去的华年而徒自悲叹。

在苏轼的人生哲学里，没有"花有重开日，人无再少时"的悲观思想。但明显地，苏轼讲的青春、少年，指的是一种精神，一种状态。人的年龄增长是不可抗拒的自然规律，但只要心胸豁达、开朗，自强不息，人的心理、精神状态完全可以永葆青春，充满健康和活力。三国魏曹操在《龟虽寿》中说："老骥伏枥，志在千里；烈士暮年，壮心不已。"唐刘禹锡《酬乐天咏老见示》："莫道桑榆晚，为霞尚满天。"就是一种心态年轻、老有所为的典型例子。

049　日日思君不见君，共饮长江水。

作者简介：

　　李之仪（公元1038年～1117年），字端淑，晚号姑溪居士、姑溪老农。沧州无棣（今山东省无棣县）人。北宋词人。神宗熙宁三年（公元1070年）进士。苏轼知定州时，做过苏轼的幕僚。后入京，官枢密院编修。不久受苏轼牵连落职，编管太平州。徽宗时，提举河东常平仓。官终朝议大夫。晚年退居姑孰（今安徽当涂）。诗文并能，亦善填词，以小令见长。有《姑溪词》传世。

注释：

选自北宋李之仪《卜算子》词："我住长江头，君住长江尾。日日思君不见君，共饮长江水。　此水几时休？此恨何时已？只愿君心似我心，定不负相思意。"

品鉴　　这是一首脍炙人口的小令，流传很广。词人运用代言体，以一个痴情女子的口吻，表达了对爱情忠贞不渝之情。

　　"日日思君不见君，共饮长江水"两句，是这首词中最精彩的部分。女主人公非常直白地说出了她的相思之苦，一点也不加掩饰。大意是：我俩天天都饮用这长江里的水，可是我天天思念你，却始终没有机会与你见上一面，真想得我好苦啊！

　　词人以"长江水"为纽带，将这个痴情女子与意中人联系在一起。而唯一能安慰女主人公的，就是意中人与自己共饮一江水了。

　　在宋词中，以如此直白而巧妙的语言，委婉地道出如此深挚爱情的作品，比较少见。明人毛晋在《宋六十名家词·姑溪词跋》中给予高度评价：李之仪词中"多次韵小令，更长于淡语、景语、情语。如'鸳衾半拥空床月'，又如'步懒恰寻床，卧着游丝到地长'，又如'时时浸手心头烫，受尽无人知处凉'，即置之《片玉》《漱玉集》中，莫能伯仲。至若'我住长江头，君住长江尾。日日思君不见君，共饮长江水'，直是古乐府俊语矣。"

以清淡婉丽之语，表达执著的爱情，是这两句词的一大特色。语言复叠回环，明白如话，颇有民歌情趣。

050 天涯也有江南信，梅破知春近。

作者简介：

黄庭坚，见宋代诗句部分。

注释：

①选自北宋黄庭坚《虞美人·宜州见梅作》词："天涯也有江南信，梅破知春近。夜阑风细得香迟，不道晓来开遍向南枝。 玉台弄粉花应妒，飘到眉心住。平生个里愿杯深，去国十年老尽少年心。"

②信：花信，即花信风。古代有"二十四番花信风"的说法，就是应花期而来的二十四次信风。由小寒到谷雨共八个节气，一百二十日，每五日为一候，凡二十四候（俗称"二十四番"），每候应一种花信（花期）。梅花信在小寒节内。

③破：绽开，开放。

品鉴　这首词写于宋徽宗崇宁三年（公元1104年）冬天。当时，词人因写《承天院塔记》一文，被人挑剔，诬以"幸灾谤国"的罪名，贬谪宜州（今广西宜州市）。

这首词采用托物寄意的手法，通过吟咏梅花，把天涯与江南、垂老与少年、去国十年与自己一生进行对比，含蓄地表达了对朝廷迫害的不满。

"天涯也有江南信，梅破知春近"两句，表达了天涯见梅的喜慰之情。大意是：在这样僻远的地方，竟然也有江南一样的花信，看见梅树枝头的花蕾快要绽开了，就知道春天快要来了。

宜州地近南海，离京城有数千里之遥，所以词人称之为"天涯"，但不是海南岛的"天涯海角"。词人远离家乡江南，在这么遥远偏僻的贬所，居然看见了快要绽开的梅花，一时喜出望外，冰冷的内心也似乎得到了一丝安慰。于是心中不再那么惆怅了，词人旷达的胸怀由此可以略见一斑。

词人人在天涯，心系家乡（黄庭坚是江西修水人，地属江南），表明即使"天涯"也无法隔断自己与家乡"江南"的联系，这就反映了他身在贬所、老怀故土的思乡之情。第二年，词人就带着思乡的梦想，与世长辞了。

051 春无踪迹谁知？除非问取黄鹂。

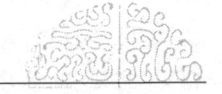

注释：

①选自北宋黄庭坚《清平乐》词："春归何处？寂寞无行路。若有人知春去处，唤取归来同住。 春无踪迹谁知？除非问取黄鹂。百啭无人能解，因风飞过蔷薇。"
②问取：即"问"，"取"是助词。
③黄鹂：又叫黄莺。叫的声音很好听，常在春天出现。

品鉴　这首《清平乐》，是黄庭坚词作中最为人传诵的一首。主要表现词人喜爱春光，留恋春天，对美好事物珍爱有加及执著追求的精神。

"春无踪迹谁知？除非问取黄鹂"两句，大意是：春天来去无影，没有人能知道它的踪迹？要想知道春的去处，只有去问那枝头鸣叫的黄鹂吧！

黄鹂是伴着春天一起出现的鸟儿，春在黄鹂在，所以它知道春天的去向，能够把春天为我们重新寻找呼唤回来。

词人采用拟人手法，自问自答，格调清奇，语言轻快流利，而意趣盎然，将一个古老的"惜春"题材写得十分新颖别致，耐人寻味，故历来评价甚高。

052　两情若是久长时，又岂在朝朝暮暮？

作者简介：

秦观（公元1049年~1100年），字少游，一字太虚，号淮海居士，又号邗沟居士，世称淮海先生。因其《满庭芳》中"山抹微云"一句写得好，又被称做"山抹微云学士"。高邮（今江苏省）人。北宋著名词人、诗人。神宗元丰八年（公元1085年）进士。哲宗元祐初，为秘书省正字，兼国史院编修。与黄庭坚、晁补之和张耒同为"苏门四学士"。四人中，他最为苏轼看重。绍圣元年（公元1094年）以"影附苏轼，增损《实录》"获罪，贬谪处州，继又贬郴州、雷州等地。徽宗即位，得赦北还，卒于滕州。半生穷愁潦倒，而诗、词、文并工，词尤著称。词的内容多写柔情，间有身世之感，反映封建社会失意知识分子的不幸遭遇。而一般人更看重其男女思恋怀想之作，遣词精密，善于刻画，雅淡清丽，柔婉蕴藉，情韵并胜。属婉约词派。有《淮海词》传世，存词90余首。

注释：

①选自北宋秦观《鹊桥仙》词："纤云弄巧，飞星传恨。银汉迢迢暗渡。金风玉露一相逢，便胜却人间无数。　柔情似水，佳期如梦，忍顾鹊桥归路。两情若是久长时，又岂在朝朝暮暮？"
②两情：两个有感情的人。指彼此相爱的男女双方。古乐府《孔雀东南飞》："举手长劳劳，二情同依依。"
③朝朝暮暮：战国楚人宋玉《高唐赋》写巫山神女，有"妾在巫山之阳，高丘之阻，旦为朝云，暮为行雨，朝朝暮暮，阳台之下"的语句，后来"朝朝暮暮"演变为成语，用以形容从早到晚，或时时刻刻。

品鉴　这是一首描写男女恋情的词，具有典型的婉约风格。

"两情若是久长时，又岂在朝朝暮暮"两句，发前人之所未发，揭示了爱情的真谛，点明了词的主旨，是词中描写最为成功的地方。大意是：

两人若是真心相爱，经得起长久的考验，又哪在乎时时刻刻厮守一起呢！

当然，这两句词也可以正面理解为：只要二人彼此真诚相爱，即使天各一方，也胜过许多朝夕相伴、形影不离的庸俗男女！

词句巧妙地运用议论言情，写出了新意，是婉约派词的又一特色，深受词家称赞。

明代李攀龙称赏说："相逢胜人间，会心之语；两情不在朝暮，破格之谈。七夕歌以双星会少别多为恨，独少游此词谓'两情若是久长'句，最能醒人心目。"（《草堂诗馀隽》卷三）清人黄苏亦赞赏云："按，七夕歌以双星会少别多为恨。少游此词谓'两情若是久长'，不在'朝朝暮暮'，所谓化臭腐为神奇。凡咏古题，须独出心裁，此固一定之论。"（《蓼园词选》）

的确，这两句词把"牛郎织女"七夕相会的传统题材化为了"神奇"。词人不仅赋予这对恋人以浓厚的人情味，而且别出心裁，将他们的爱情理想化，升华为爱情的极致。

053 雾失楼台，月迷津渡，桃源望断无寻处。

注释：

①选自北宋秦观《踏莎行》词："雾失楼台，月迷津渡，桃源望断无寻处。可堪孤馆闭春寒，杜鹃声里斜阳暮。　驿寄梅花，鱼传尺素，砌成此恨无重数。郴江幸自绕郴山，为谁流下潇湘去？"
②津渡：渡口。句中"迷""失"互文见义。
③桃源：化用晋代陶渊明《桃花源记》文义。

品鉴　这首词大约是秦观于宋哲宗绍圣四年（公元1097年）春天，作于郴州旅舍。当时，他接连被贬，又被夺去了所有的爵禄，内心极为愁苦，于是写了这首词抒发自己贬谪生活的凄苦之情。由于情出肺腑，笔法委曲，被誉为"千古绝唱"，后人极为称赏。

"雾失楼台，月迷津渡，桃源望断无寻处"三句，表现了词人屡遭贬谪后的失意心情及感到前途无望的惆怅情绪。大意是：白天，郴江城中，巍峨的楼台笼罩在雾气里，消失了它们壮丽的身影；夜晚，朦胧的月光之下，郴江渡口模糊一片，迷蒙不清，看不清方向，就像陶渊明笔下的桃花源一样，无处找寻。

词句表面写景，但景中有情。从秦观当时的处境和心情来看，这些景语背后，可能都喻有一种深意。如以"楼台"喻指朝廷：他当时被贬蛮荒，很可能再也见不到京城的楼台，回不去朝廷了；以"津渡"隐喻通往朝廷的道路：身为贬谪之人，处在社会底层，困惑迷离，不知前行的路究竟在何方？或许，自己的政治前途，就像武陵人寻找的桃源一样，原本就是一种虚无，是无处找寻的。

句中"失""迷""无"三个否定性动词，表达了这种对前景的虚无思想，象征了词人曾经有过的三个希望的迷失。正如清人黄苏所言："'雾失'、'月迷'，总是被谗写照。"（《蓼园词选》）可谓窥得词人深心。

后人在鉴赏这三句词时，常用来比喻失去人生方向与道路，美好的希望成了泡影的绝望心境。

054 自在飞花轻似梦，无边丝雨细如愁。

注释：

①选自北宋秦观《浣溪沙》词："漠漠轻寒上小楼，晓阴无赖似穷秋。淡烟流水画屏幽。　自在飞花轻似梦，无边丝雨细如愁。宝帘闲挂小银钩。"

②自在：自由自在，悠闲。唐代白居易《自远禅师》诗："自出家来常自在，缘身一衲一绳床。"

③丝雨：细雨，细如丝缕之雨，俗话说"毛毛雨"，言其细密柔软而多。

品鉴　这首词被论者推为秦观小令的压卷之作，历来为人称赏。

"自在飞花轻似梦，无边丝雨细如愁"两句，以细腻的笔触，把"飞花"比做轻灵的梦幻,把"丝雨"喻作无尽的愁绪,比喻新奇,意境新美,韵味悠然。大意是:暮春时节,春寒料峭,自由自在的落花,漫天里轻飞着落下,缥缥缈缈,像那迷离的梦幻;无边无际的雨丝,款款地飘落下来,更像那纤纤袅袅,剪不断,理还乱的无尽愁绪。

句中婉美的音韵,浓郁的诗意,构成了一幅清丽幽婉、轻灵缥缈的艺术境界,传达出词人心中幽怨的情绪,其格调,与花间派温庭筠、韦庄的词风颇为相近。明代卓人月、徐士骏甚至认为,其艺术境界超过了南唐二主李璟、李煜的词(《古今词统》)。

近代梁启超也给予高度评价,赞之为"奇语"。今人沈祖棻不仅赞扬它"奇",还具体分析道:"它的奇,可以分两层说。第一,'飞花'和'梦','丝雨'和'愁',本来不相类似,无从类比。但词人却发现了它们之间有'轻'和'细'这两个共同点;就将四样原来毫不相干的东西联成两组,构成了既恰当又新奇的比喻。第二,一般的比喻,都是以具体的事物去形容抽象的事物,或者说,以容易捉摸的事物去比譬难以捉摸的事物。……但词人在这里却反其道而行之。他不说梦似飞花,愁如丝雨,而说飞花似梦,细雨如愁,也同样新奇。"(《宋词赏析》)

055　若问闲愁都几许?一川烟草,满城风絮,梅子黄时雨。

作者简介:

  贺铸(公元1052年~1125年),字方回,卫州(治今河南卫辉)人。北宋词人。宋太祖赵匡胤贺皇后族孙,所娶亦宗室之女。任侠好武。博学强记。喜谈时事。17岁时至汴京任右班殿直,后调地方任武职。40岁时转为文官。元祐中曾任泗州、太平州通判。因常尚气使酒,一生郁郁不得志。诗、词、文均能,词尤著称。词风以婉约为主,深于情而工于语,而兼有豪放色彩。有《东山词》《贺方回词》传世,存词200多首。

注释:

  ①选自北宋贺铸《青玉案》(一作《横塘路》)词:"凌波不过横塘路,但目送、芳尘去。锦瑟年华谁与度?月桥花院,琐窗朱户,

只有春知处。飞云冉冉蘅皋暮,彩笔新题断肠句。若问闲愁都几许?一川烟草,满城风絮,梅子黄时雨。"

②闲愁:一作"闲情"。都,总共,共有。几许,多少。

③一川:遍地。烟草,烟雾笼罩着的草丛。风絮:风中的柳絮。

④梅子黄时雨:即"黄梅雨",简称"梅雨",也叫"霉雨",指梅子黄时下的雨。宋人陆佃《埤雅》卷十三《释木·梅》:"今江、湘、二浙,四、五月之间,梅欲黄落则水润土溽,础壁皆汗,蒸郁成雨,其霏如雾,谓之梅雨。"

品鉴 这首词写于词人晚年退居苏州时,据说他偶然间遇见一个妙龄女郎,顿生爱慕之情,回家后相思不已,便填了这首词表达心中的情愫。

"若问闲愁都几许?一川烟草,满城风絮,梅子黄时雨"三句,词人巧妙而确切地把充塞于胸中的"闲愁"(相思之情)刻画了出来,极为形象达意。大意是:若问我的闲愁有多少?请看平川之上,一片片,一丛丛笼罩着朦胧烟霭的野草;满城飘飞,迷迷茫茫的柳絮;以及梅子黄时,纷纷洒洒,漫天漫野飘落下来的毛毛雨。

词人用了这么多意象,只为表现心中的那份相思"闲愁"。这种闲愁无时不在,无处不在,充斥时空,塞满胸中,多得没法排解。词人如此写愁,大约也把愁写到极致了。而且,由于"梅子黄时雨"的优美形象,词人还得了个雅号"贺梅子"。

艺术手法上,词人运用博喻手法,一问三答,一连列举三个比喻,既回答了自己的设问,又形容了自己胸中"闲愁"之多。比喻新奇,亦称得上是生花妙笔了。

这几句词词境凄美,意蕴深长,耐人回味,历来受到词人、词论家称赏。同时代的词人黄庭坚赞誉道:"解道江南断肠句,只今惟有贺方回。"南宋罗大经评得更具体:"诗家有以山喻愁者,杜少陵云'忧端如山来,澒洞不可掇'、赵嘏云'夕阳楼上山重叠,未抵闲愁一倍多'是也;有以水喻愁者,李颀云'请量东海水,看取浅深愁'、李后主云'问君能有几多愁?恰似一江春水向东流'、秦少游云'落红万点愁如海'是也。贺方回云'试问闲愁都几许?一川烟草,满城风絮,梅子黄时雨',盖以三者比愁之多也,尤为新奇,兼兴中比,意味更长。"(《鹤林玉露》

卷七）

056 当年不肯嫁春风，无端却被秋风误。

注释：

①选自北宋贺铸《踏莎行》（一作《芳心苦》）词："杨柳回塘，鸳鸯别浦，绿萍涨断莲舟路。断无蜂蝶慕幽香，红衣脱尽芳心苦。返照近潮，行云带雨，依依似与骚人语。当年不肯嫁春风，无端却被秋风误。"

②嫁春风：化用晚唐韩偓《寄恨》诗："死恨物情难会处，莲花不肯嫁春风。"嫁，指花朵开放。

③无端：无缘无故，没来由，不知怎么地。北宋柳永《女冠子》词："相思不得长相聚。好天良夜，无端惹起、千愁万绪。"

品鉴　这首词继承屈原"香草美人以譬君子"的艺术传统，借咏莲花倾吐词人自己怀才不遇的愤懑之情。词中人与莲花融成一片，构思独特，比兴新颖，寄托遥深，成为词人的一首杰作。

"当年不肯嫁春风，无端却被秋风误"两句，运用多重比拟手法，表达词人的悔恨之情。大意是：当年我不肯嫁与春风，到了秋天，不知怎么地我的大好时光又被秋风给耽误了！

词人以莲花自比。莲花只在夏天开放，所以"不肯嫁春风"，表明自己持性贞洁，不愿学那些"嫁东风"的趋炎附势者。可是无缘无故秋风兴起，莲叶衰败，芳华消逝，莲花的美好年华和前程也给耽误了。

这里，莲花、美人的意象与词人自己巧妙地融合在了一体：即以香草比美人，再以美人比君子，构成"香草—美人—君子"的三重意象结构，象外有象，比中有比，达到了艺术上的完美结合，充分显示了词人高妙的艺术构思和表现手法。

词人是武官出身，且才兼文武，素有治国平天下的宏伟抱负。但在尚文抑武的宋朝，难以得到重用，加上他志行高洁，不肯阿附权贵，时有"英俊沉下僚"之感，政治上郁郁不得志，所以心中免不了有后悔、嗟叹和怨恨之情。而"无端"二字，则不露声色地将他的这种怨恨之情流露了出来。

北宋张先《一丛花令》词有"沈恨细思，不如桃李，犹解嫁东风"句，后人用以比喻找错了对象，嫁错了人。又常与贺词"当年不肯嫁春风，无端却被秋风误"联系起来运用，表达事先没有认真思考、权衡，从而失去了一生中最好的机会，导致终身遗恨，后悔莫及。

057　人如风后入江云，情似雨馀粘地絮。

作者简介：

周邦彦（公元1056年～1121年），字美成，自号清真居士，钱塘（今浙江省杭州市）人。北宋词人。神宗元丰间，游学京师，以献《汴都赋》受到神宗赏识，自太学生擢为太学正。不久出为庐州府教授。哲宗召对称旨，历任校书郎。徽宗时，官至徽猷阁待制，提举大晟府，成为朝廷供奉词人。博学多才，精通音律，能自度曲，尤擅为长调。内容多写闺情旅思，亦有一些感叹身世及咏物之作。词句典丽精工，法度谨严，音韵谐美，笔法虚实相生，字句雕炼工巧，结构曲折而前后呼应，为后世所称。是北宋婉约词派的集大成者，从当时到近代，一直被士大夫文人推为"词家之冠""词中老杜"，对词的发展产生较大影响。有《清真集》（一名《片玉词》《片玉集》）传世。

注释：

①选自北宋周邦彦《玉楼春》："桃溪不作从容住，秋藕绝来无续处。当时相候赤阑桥，今日独寻黄叶路。　烟中列岫青无数，雁背夕阳红欲暮。人如风后入江云，情似雨馀粘地絮。"
②"风后""雨馀"：互文见义。
③粘地絮：被风雨打湿吹落到地上的柳絮。

品鉴　这首词借刘阮天台遇仙女的神话故事，写自己一段久久不能断绝的相思之情。

"人如风后入江云,情似雨馀粘地絮"两句,集中进行抒情,表达了词人无尽相思的况味。大意是:她离开我后,像一朵被风吹落江面的彩云,随流水消失了美丽的踪影;可我的思念之情啊,却像被风雨吹落的柳絮一样,紧紧地粘贴在地面上不能脱离。

词中比喻形象,充满想像。如随风飘入江中的云,不但形象地表现了情人飘然而逝,杳然无踪的情状,而且能令人想见她轻盈缥缈的绰约身姿。被风雨吹落的柳絮,紧紧粘在地上,则不但形象地表现了词人执著的情感,还把那种欲罢不能的相思之苦和盘托了出来,表明词人受到的爱情打击是多么沉重。词人寄情于物,让读者从景物、比喻中体味到一种缠绵深挚的相思苦情,充分显示了词人杰出的艺术手法是何等的高妙。清代著名词论家陈廷焯评价说:"美成词,有似拙实工者。如《玉楼春》结句云:'人如风后入江云,情似雨馀粘地絮。'上言人不能留,下言情不能已,呆作两譬,别饶姿态,却不病其板,不病其纤,此中消息难言。"(《白雨斋词话》卷一)

058 沉思前事,似梦里,泪暗滴。

注释:

①选自北宋周邦彦《兰陵王·柳》词:"柳阴直,烟里丝丝弄碧。隋堤上、曾见几番,拂水飘绵送行色。登临望故国,谁识京华倦客?长亭路,年去岁来,应折柔条过千尺。 闲寻旧踪迹,又酒趁哀弦,灯照离席。梨花榆火催寒食。愁一箭风快,半篙风暖,回头迢递便数驿。望人在天北。 凄恻,恨堆积!渐别浦萦回,津堠岑寂。斜阳冉冉春无极。念月榭携手,露桥闻笛。沉思前事,似梦里,泪暗滴。"

②前事:指与送别之人度过的美好夜晚。

品鉴 这是一首借咏柳来抒写自己离情别恨的词。词中叙事、写景和抒情极有层次，章法情节回环曲折，音节韵律抑扬顿挫，感情意绪起伏沉郁，结构浑然天成，充分体现了周邦彦善作长调的艺术才能。

"沉思前事，似梦里，泪暗滴"两句，写词人离别京城渐行渐远之后，一边走一边回忆起与友人度过的美好夜晚。大意是：回想与朋友们一起在月榭里携手畅谈，在露桥上欢歌饮酒的日子，有如梦境一般；真舍不得离开你们啊，可我终究还是离开京城，与你们分别，想起这些，心中酸楚，眼泪竟不知不觉地流了出来。

这首词曾在文坛上引起了一段争讼。宋人张端义在《贵耳集》中说，这是周邦彦与宋徽宗争狎京城名妓李师师，被逐出朝廷，离京时，李师师前来为他饯别，于是写下了这首名作。此说出来以后，自宋至清，不少人信以为真。直到清末词论家王国维站出来为周邦彦辩诬，现代学者吴世昌、罗忼烈等人，亦据史力辩，斥其虚妄，此说的影响才渐渐消失了。

后人鉴赏时，常用这两句词来表达自己对过去所做事情的后悔、伤心的心情。

059 莫听古人闲话语，终归失马亡羊。自家肠肚自端详。

作者简介：

朱敦儒（公元1081年~1159年），字希真，号岩壑，又自称伊水老人、洛川先生。洛阳（今属河南省）人。宋代词人。早年生活潇洒，以词名世，与陈与义、富直柔等并称"洛中八俊"。靖康之难后，南奔避乱数年。高宗绍兴五年（公元1135年）召对称旨，除秘书省正字。八年，通判临安府，次年任都官员外郎。二十五年（公元1155年），为秦桧所迫，落职致仕。四年后去世。其词多写遁世隐居生活，反映自我人格心态。词句意趣丰韵，不假雕饰，自然天成，具有鲜明的个性特色。南宋人汪莘在《方壶诗馀自序》中将他与苏、辛并提，认为有唐以来，词创作历经三次变化：一变于苏轼，二变于朱郭儒，三变于辛弃疾。近人梁启超《词学》亦认为两宋词人"能超脱时流，飘然独立"者，惟苏轼、辛弃疾与朱敦儒。有词集《樵歌》3卷传世。

注释：

①选自北宋朱敦儒《临江仙》词："信取虚空无一物，个中著甚商量。风头紧后白云忙。风元无去住，云自没行藏。 莫听古人闲话语，终归失马亡羊。自家肠肚自端详。一齐都打碎，放出大圆光。"

②闲话语：闲话，闲谈。

③失马亡羊：这是两个成语典故。失马，即"塞翁失马"，常与"安知非福"连用，说明坏事在一定条件下可以变好事（见《淮南子·人间训》）。亡羊，即"亡羊补牢"，语出《战国策·楚四》："亡羊补牢，未为迟也。"又作"亡羊补牢，犹未为晚"，比喻遭受某种损失后，及时补救，可避免更大的损失。

④肠肚：犹"心腹"，指自己的心事，或自己的事情。

品鉴　　这是朱敦儒以词谈禅的一篇词作。朱敦儒是一个自标淡旷、不热衷功名利禄的读书人。早年以清高自诩，不愿做官。晚年秦桧当权，被强拉去做了几天鸿胪少卿，旋又被秦桧所迫而致仕。秦桧死后，仍被废置不用。这一点对他清高的品性不啻是白璧之玷。于是他皈依到浮屠的教义中去寻求解脱。这首词谈禅说空，据说就是在这种背景下写成的。

"莫听古人闲话语，终归失马亡羊。自家肠肚自端详"三句，是在谈禅的基础上，讲述自己遭受挫折后的人生教训。大意是：不要去听古人的闲语吧！世上的事情不外乎就是"塞翁失马"与"亡羊补牢"罢了。重要的是，自己的事情应该自己考虑，自己做主。

词人引用两个典故来讲述自己晚年的人生经验。他认为，自己晚年的挫折，犹如马跑了，羊丢了。马跑了，未必不是一种"福"，羊丢了，赶紧补救，修好羊圈，就可以避免新的损失。词人认为，古人这种得失祸福转化论，并没有超越个人利害，所以仍是一种执妄之见，一种不足取的"闲话语"。那么，应该怎样做呢？词人主张，自己的事情，自己应该反复思考、反复权衡，再作决定。这样做即使错了，遭受了挫折或失败，也不会卖后悔药，甚至怨天尤人。

060 青史几番春梦,黄泉多少奇才。不须计较与安排,领取而今现在。

注释:

①选自北宋朱敦儒《西江月》词:"日日深杯酒满,朝朝小圃花开。自歌自舞自开怀,且喜无拘无碍。 青史几番春梦,黄泉多少奇才。不须计较与安排,领取而今现在。"

②青史:史书。古代早期的史书多用竹简书写。为了便于书写,避免虫蛀,竹简事前要用火烤,使其水分蒸发,称为汗青。史书因又称"青史"。杜甫《赠郑十八贲》诗:"古人日已远,青史字不泯。"

③春梦:比喻转瞬即逝的好景或美事。唐代刘禹锡《春日书怀》诗:"眼前名利同春梦,醉里风情敌少年。"宋代苏轼《正月二十日与潘郭二生出郊寻春》诗:"人似秋鸿来有信,事如春梦了无痕。"均比喻世事无常,繁华易逝。

④黄泉:地下的泉水。借指人死后埋葬的地方,迷信的人则指阴间。古乐府《孔雀东南飞》:"结发同枕席,黄泉共为友。"

⑤领取:领受、享受之意。

品鉴 这是朱敦儒晚年的作品。词人晚年由于遭受了人生挫折,总想从挫折的阴影中解脱出来,平静地度过余生,于是一方面皈依佛理,一方面饮酒养花,过着恬淡闲散的生活。这首《西江月》就是他抒发闲逸情怀的词作。

"青史几番春梦,黄泉多少奇才。不须计较与安排,领取而今现在"四句,大意是:人类的历史犹如几场短暂的春梦,黄泉之下不知埋没了多少杰出的人才。既然是这样,我又何须去计较个人的得失,埋怨上天对我的命运安排呢?人到晚年,还是好好地把握桑榆晚景,享受今生的美好时光吧!

这几句词,带了几分看破红尘,消极避世的思想。这是一个人历尽沧桑、饱经忧患之后容易产生的消极情绪。对此,是不能苛责于词人的。

人的一生总会遭受各种各样的挫折，如果不善于自我安慰，自我排解，在痛苦中终老一生，丧失了精神乐园，那人还有什么活的快乐，活的意义呢！

061 此情无计可消除，才下眉头，却上心头。

作者简介：

李清照，见宋代诗句部分。

注释：

①选自南宋李清照《一剪梅》词："红藕香残玉簟秋。轻解罗裳，独上兰舟。云中谁寄锦书来？雁子回时，月满西楼。 花自飘零水自流。一种相思，两处闲愁。此情无计可消除，才下眉头，却上心头。"

②此情：指词人与丈夫赵明诚分别后的思念之情。

③却：还，又。唐代李益《夜上西城》诗："鸿雁新从北地来，闻声一半却飞回。"顾复《酒泉子》词："别来情绪转难判，韶颜看却老。"

品鉴 宋徽宗建中靖国元年（公元1101年），李清照与赵明诚结为伉俪。婚后，二人过着幸福美满的生活。后来，赵明诚因事外出，分别后，李清照非常思念他，于是写下了这首缠绵悱恻、脍炙人口的《一剪梅》，以表达自己的相思之情。

"此情无计可消除，才下眉头，却上心头"两句，集中表现了词人魂销肠断的相思之情。大意是：丈夫远离之后，我一直思念不断，心中非常痛苦。这种相思之情，最难以排遣，刚刚从眉头上赶下来，它又一下子钻入心中，令人难受得心烦意乱。

词句写得生动、形象，极为感人，历来为论者称赏。明人王世贞云："李易安'此情无计可消除，才下眉头，又上心头'，可谓憔悴支离矣。"（《弇州山人词评》）清代王士禛则将之与范仲淹词比较，谓："……易安'才下眉头，却上心头'……亦从范希文'都来此事，眉头心上，无计相

回避'脱胎,李特工耳。"(《花草蒙拾》)

那么,李词"特工"在什么地方呢?两者对比,可以看出,范词写得较为平直,缺乏触动情感之弦的艺术效果,而李词则别出巧思,运用拟人手法,把相思之情写活了,给人眼目一新的感觉。再者,李词"眉头"与"心头"对应,"才下"与"却上"对应,不仅对仗精工,而且让人感受到了情感的起伏,具有强烈的艺术感染力。因此,赞为"特工",亦属公允之论了。

062 莫道不消魂,帘卷西风,人比黄花瘦。

注释:
①选自南宋李清照《醉花阴》词:"薄雾浓云愁永昼,瑞脑消金兽。佳节又重阳,玉枕纱厨,半夜凉初透。 东篱把酒黄昏后,有暗香盈袖。莫道不消魂,帘卷西风,人比黄花瘦。"
②消魂:一作"销魂"。灵魂离开躯体。多用以形容极度愁苦的心情。南朝梁江淹《别赋》:"黯然销魂者,惟别而已矣。"秦观《满庭芳》词:"消魂当此际,香囊暗解,罗带轻分。"
③西风:秋风。古代以西方属秋,故称。
④黄花:指菊花。菊花秋开,秋令属金,金色黄,因别称菊花为"黄花"。唐代李白《九日龙山歌》:"九日龙山歌,黄花笑逐臣。"

品鉴 这是李清照寄给丈夫赵明诚表达自己相思之情的作品,也是李词中最为人称赏的作品之一。

"莫道不消魂,帘卷西风,人比黄花瘦"三句,集中表达了女主人公的相思苦情。人们称赏此词,主要是称赏这三句写得"绝佳"。大意是:自从你离别之后,我日思夜想,饭吃不香,觉睡不着,这样愁苦的日子真令人难受啊,如今的我,就像帘外在秋风中瑟缩着的黄花一样,憔悴极了。

以花之"瘦",比人之"瘦",并非自李清照始。北宋秦观《如梦令》词:"依旧,依旧,人与绿杨俱瘦。"程垓《摊破江城子》:"人瘦也,比梅花，瘦几分。"也是以花比人的例子。但却不及李词意境优美，词句精工。首先，从内容上看，李词这三句创造出了一种凄清冷寂的怀人境界，"幽细凄清，声情双绝"（清人许宝善《自怡轩词选》卷三）；其次，从意象结构上看，李词这三句形象地描绘出一幅佳人相思，西风菊瘦，怜花亦自怜的秋风观菊图，能给人以丰富的想像和联想，引起共鸣。表情之善，莫与能比，的确称得上是"绝佳"之语了。

据元人伊世珍撰《琅嬛记》云："易安以重阳《醉花阴》词函致赵明诚。明诚叹赏，自愧弗逮。务欲胜之，一切谢客，忘食忘寝者三日夜，得五十阕，杂易安作以示友人陆德夫。德夫玩之再三，曰：'只三句绝佳。'明诚诘之，答曰：'莫道不消魂，帘卷西风，人比黄花瘦。'正易安作也。"由此可以见出词人言情达意的高妙艺术了。

063　乍暖还寒时候，最难将息。

注释：

①选自南宋李清照《声声慢》词："寻寻觅觅，冷冷清清，凄凄惨惨戚戚。乍暖还寒时候，最难将息。三杯两盏淡酒，怎敌他晚来风急？雁过也，正伤心，却是旧时相识。　满地黄花堆积，憔悴损，如今有谁堪摘？守著窗儿独自，怎生得黑？梧桐更兼细雨，到黄昏，点点滴滴。这次第，怎一个愁字了得！"

②乍：初，刚刚。北宋张先《青门引·春思》词："乍暖还轻冷，风雨晚来方定。"

③将息：休养，调养。王建《寄刘蕡问疾》诗："年少病多应为酒，谁家将息过今春。"

品鉴　　这首词是北宋沦陷、李清照逃难到南方后写的，主题是悲秋。词人极为细腻又极富层次地描写了自己对于秋令的真切感受，暗示了国破家亡后的悲怆忧患意识，给人以强烈的感染力。因此历来为人们所称赏，脍炙人口数百年，被赞誉为"绝唱"，是词人最有代表性的词作之一。"乍暖还寒时候,最难将息"两句,大意是:太阳出来了,天气刚刚转暖,寒风一吹,又突然转凉了,这样的时候是最难于调养身体的,稍不注意,就着凉生病了。

此词作于秋天,而"乍暖还寒时候",似乎应该是春天的气候特征。那么,词人为什么这样写呢?这样写是不是错了呢?这里,关键之处是对"时候"一词作何理解:是指"季节",还是指一天中的某一个时间?当代著名学者吴小如对此分析说:"我以为,这是写一日之晨,而非写一季之候。秋日清晨,朝阳初出,故言'乍暖';但晓寒犹重,秋风砭骨,故言'还寒'。至于'时候'二字,有人以为在古汉语中应解为'节候';但柳永《永遇乐》云:'薰风解愠,昼景清和,新霁时候。'由阴雨而新霁,自属较短的时间,可见'时候'一词在宋时已与现代无殊了。"

由此看出,词句描写的是一天中的气温变化带给词人的感受。这可以帮助进一步理解词意中蕴涵的凄切的悲秋情调。

现在,对这两句词的使用范围扩大了。不管人们遇到春寒料峭,还是秋阳乍暖,只要感到气温波动大,需要注意防病时,都会想到词人"乍暖还寒时候,最难将息"的名句。

064　枕上诗书闲处好,门前风景雨来佳。

注释:

①选自南宋李清照《摊破浣溪沙》词:"病起萧萧两鬓华,卧看残月上窗纱。豆蔻连梢煎熟水,莫分茶。　枕上诗书闲处好,门前风景雨来佳。终日向人多酝藉,木樨花。"
②枕上诗书:指靠在枕头上读书。诗书,原为《诗经》和《尚书》的合称,后泛指书籍。古乐府《东雀东南飞》:"十五弹箜篌,十六诵诗书。"

品鉴　这是李清照晚年写的一首自况之作。词人历经丈夫去世之痛和国家沦陷战乱之苦后,在相对安定的南方杭州一带安顿下来,过着比较宁静的晚年生活。这首词写的就是她晚年赏月、品茗、看书、观景等消闲生活中的几件事情。

"枕上诗书闲处好,门前风景雨来佳"两句,写了词人枕上读书和门前观景两件事,表现了词人高雅的生活情趣。大意是:我靠着枕头看书,感到这样清闲地过日子非常惬意;看书疲倦了,便到门边赏景,遇到下雨天,门外宁静的自然风光在雨中别有一番情趣,显得更加美丽怡人。

词人年轻时读书,为的是实现自己的抱负和梦想,而现在老年读书,却纯粹是为了消遣,打发独自相守的孤寂时光,所以说闲处好。这里,"闲处好"应该从两个层面上去理解:一是词人说自己老了,加上体弱多病,出去春游秋赏不行了,闲暇时就只能看点儿书了;二是说晚年静心读书,可以进一步陶冶性情,愉悦身心,这样才过得更有情趣品味,有意义,不至于无所事事,百无聊赖。

065 天意从来高难问,况人情、老易悲难诉。

作者简介:

张元干(公元1091年~1161年),字仲宗,号芦川居士,又号真隐山人。永福(今福建省永泰县)人。南宋词人。早年曾与徐俯、吕本中、汪藻等人结诗社唱和。后任陈留县丞。靖康元年(公元1126年)入李纲幕为属官,曾冒矢石协助李纲指挥杀敌。建炎三年(公元1129年)任监丞。绍兴元年(公元1131年)以右朝奉郎致仕南归。绍兴二十一年(公元1151年)触怒秦桧,追赴大理寺,削除官籍。10年后卒,赠正议大夫。其词多抒愤世嫉俗之情,风格豪迈,自成一家,开南宋爱国词派先河。但有的词也写得婉丽清秀。毛晋《芦川词跋》谓:"人称其长于悲愤,及读《花庵》《草堂》所选,又极妩秀之致,真堪与片玉(周邦彦)、白石(姜夔)并垂不朽。"有《芦川词》《芦川归来集》传世。

注释:

①选自南宋张元干《贺新郎·送胡邦衡待制》词:"梦绕神州路。怅秋风,连营画角,故宫离黍。底事昆仑倾砥柱,九地黄流乱注?

聚万落千村狐兔。天意从来高难问，况人情、老易悲难诉。更南浦，送君去。凉生岸柳催残暑。耿斜河、疏星淡月，断云微度。万里江山知何处？回首对床夜语。雁不到、书成谁与？目尽青天怀今古，肯儿曹恩怨相尔汝？举大白，听《金缕》。"

②"天意"二句：化用杜甫《暮春江陵送马大卿公恩命追赴阙下》"天意高难问，人情老易悲"诗意。天意：此指朝廷决策和用心。人情易老：语含双关，既指国耻大仇日渐被忘，而与金人讲和，也指世态炎凉，人情日渐浇薄。

品鉴　这是张元干在福州为胡铨字邦衡送行时写的一首赠别词。南宋绍兴八年（公元1138年），枢密院编修官胡铨上书反对"和议"，并请斩宰相秦桧等三人。秦桧恨之入骨，将胡铨贬往新州（今广省东新兴县），并大搞株连治罪，致使胡铨的生平好友多不敢和他来往。张元干激于义愤，不顾个人安危，毅然写了这首词，同情胡铨，批判朝廷的投降政策，充分表现了词人强烈的正义感和大无畏的勇气。

"天意从来高难问，况人情、老易悲难诉"二句，大意是：天子（朝廷）的心思从来是高深难测、没法揣度询问的，何况现在，许多人对于北方国土沦陷的深仇大恨已经淡忘了，真让人悲痛万分，无处哭诉啊！

是的，如果连皇帝、朝廷都不想抗金，不想收复失地，作为一介臣民，即使有满腔爱国之情，又能怎么样呢，心里的悲痛又能向谁去诉说呢？

这两句词"音韵洪畅，听之慨然"，毫无婉约派词那种"多情自古伤离别"的低沉悲伤情调，读之能感受到一个爱国词人的一腔爱国激情和一颗火热的激烈跳动的心，令人难以忘怀。

066　醉眼冷看城市闹。
　　　　烟波老，谁能惹得闲烦恼！

注释：
①选自南宋张元干《渔家傲·题玄真子图》词："钓笠披云青嶂绕，绿蓑细雨春江渺。白鸟飞来风满棹。收纶了，渔童拍手樵青

笑。　明月太虚同一照，浮家泛宅忘昏晓。醉眼冷看城市闹。烟波老，谁能惹得闲烦恼！"

②烟波老："老于烟波"之意，即像唐人张志和那样，以垂钓为乐，过一辈子隐逸闲淡的生活。张志和隐居江湖，自号"烟波钓徒"（见《新唐书》本传）。烟波：水面烟雾苍茫的状态，比喻隐居不仕的生活。唐末五代前蜀韦庄《惊秋》诗："不向烟波狎钓舟，强亲文墨事儒丘。"

③闲烦恼：指与正事没有多大关系、莫名其妙的烦恼。南宋沈瀛《水调歌头》："枉了闲烦闲恼，莫管闲非闲是，说甚古和今。"

品鉴　这首词描绘了一个自甘淡泊、不慕功名利禄，忘情于山水自然的渔人形象，表达了词人潇洒出尘的真性情，给人一种飘逸轻松的艺术美感。

"醉眼冷看城市闹。烟波老，谁能惹得闲烦恼"两句，描写了一个流连山水、自得其乐的渔人形象，表达了词人的人生态度和处世哲学。大意是：我一生淡泊，闲来醉酒，但酒醉心明白，冷眼旁观城里人热衷名利，尔虞我诈，明争暗斗，犹如一场闹剧。还是像唐人张志和那样，隐居山水，以垂钓为乐，终老一生吧，谁也不能惹起我对尘世间无端的烦恼！

词人自表心迹，宁愿流连山水，过一辈子"烟波钓徒"的闲散生活，也不愿再去惹那些闲是闲非的烦恼，表达了词人摆脱世俗烦恼的超然物外的情怀。当然，很显然，这实际上是词人遭受了政治上的沉重打击之后的一种无可奈何的心情。

067　莫等闲，白了少年头，空悲切！

作者简介：

　　岳飞（公元1103年～1141年），字鹏举，汤阴（今属河南省）人。南宋著名将领，词人、诗人。出身农家。20岁从军，以功擢秉义郎。建炎元年（公元1127年）上书反对京城南迁，以越职言事夺官回乡。遂投河北招讨使张所，充中军统领。后随宗泽、杜充守开封，屡败金兵。建炎四年（公元1130年），于牛头山大败金国元帅兀术兵，收复建康。绍兴四年（公元1134年），任荆南鄂岳制置使，讨伐伪齐，收复襄阳等六州。次年，进封武昌郡开国侯，不久拜太尉。十年，大举北伐，接连取胜。但因高宗、秦桧主和而被迫班师。绍兴十一年（公元1141年）被解除兵权，被秦桧以"莫须有"的罪名害死狱中，年仅38岁。孝宗时追谥武穆，宁宗时追封鄂王，理宗时改谥忠武。岳飞文武双全，精忠报国，享誉古今。有后人编辑的《岳忠武王文集》传世。存词3首。

注释：
①选自南宋岳飞《满江红·写怀》词："怒发冲冠，凭栏处、潇潇雨歇。抬望眼，仰天长啸，壮怀激烈。三十功名尘与土，八千里路云和月。莫等闲，白了少年头，空悲切！　靖康耻，犹未雪。臣子恨，何时灭！驾长车，踏破贺兰山缺。壮士饥餐胡虏肉，笑谈渴饮匈奴血。待从头、收拾旧山河，朝天阙。"
②等闲：轻易，平常。此指虚度年华。唐代白居易《琵琶行》诗："今年欢笑复明年，秋月春风等闲度。"少年，古指青年，青春年华。

品鉴　岳飞身为武将，却是文武双全的千古风流人物。他作词不多，仅存3首，但都是词中佳品。这首《满江红》抒写了词人的英雄主义情怀和胸襟，强烈表达了收复失地的坚强意志和必胜信念，是词人一首脍炙人口，最负盛名，雄壮激烈，传诵不衰的名作。

"莫等闲，白了少年头，空悲切"三句，化用汉代乐府《长歌行》中"少壮不努力，老大徒伤悲"的句意，表达了早日建功立业的急迫心情。大意是：国家山河破碎，强敌当前，自己应该杀敌报国，收复北方失地，早建功业。而不要庸庸碌碌、虚度年华、到头发白了的时候，为自己没能使国家重归一统而空自悲叹。

这既是词人自励之语，也是对当时坚持抗战救国的广大军民的巨大鼓舞和鞭策，表现了岳飞时不我待，只争朝夕的精神、意志。清人陈廷焯在《云韶集》中赞扬说："何等气概！何等志向！千载下读之，凛凛有生气焉。'莫等闲'二语，当为千古箴铭。"直至今天，它仍然是激励有志之士、特别是青少年珍惜青春年华，立志报效国家，为祖国和人民努力做出贡献的箴言与座右铭。

068 无意苦争春，一任群芳妒。

作者简介：

陆游，见宋代诗句部分。

注释：
①选自南宋陆游《卜算子·咏梅》词："驿外断桥边，寂寞开无主。已是黄昏独自愁，更著风和雨。 无意苦争春，一任群芳妒。零落成泥碾作尘，只有香如故。"
②争春：指梅花不与桃李花争占春天。梅花开在春天之前，故言。
③一任：听凭，任凭。《旧唐书·宪宗纪》下："一任贴典货卖。"
④群芳：百花，众花。这里指春天开放的桃李等花。

品鉴 这首词以梅花在风雪严寒中寂寞地开放，托喻自己的不幸遭遇和不得志的心情，并以"春"和"群芳"隐喻官场，表现自己坚持高洁志向、决不同流合污的节操。

"无意苦争春，一任群芳妒"两句，写梅花标格孤高，不与阿谀取容以求荣显者为伍的品节。大意是：梅花在冰雪的冬天冒寒开放，待到山花烂漫、万紫千红的时候，它却退隐了，变成了梅子，不与百花争妍斗艳，争占春天。然而，尽管梅花"无意苦争春"，还是受到了"群芳"的嫉妒，那就让它们去嫉妒吧！

词人运用拟人手法，以花喻人，以花事隐喻人事：当时，陆游因"力说张浚用兵"（抗金），被人诬告，罢职回家，政治上遭受一段挫折和打击。因此借梅花比喻自己，尽管自己志向高洁，无意与人争名夺利，却仍然受到一些势利小人的攻击、排挤。然而，不管小人们怎样攻击诽谤，自己仍然始终不渝地坚守自己孤高的品格和不同流俗的节操。

后来，人们常在遭受嫉妒、排挤时，用这两句词来表明自己的心迹，或借以抒发自己的委屈与不平。

069 零落成泥碾作尘，只有香如故。

注释：

①选自南宋陆游《卜算子·咏梅》词：见本书"无意苦争春，一任群芳妒"条。
②零落：指植物花叶凋落，落下。北宋欧阳修《秋声赋》："其所以摧败零落者，乃其一气之余烈。"
③碾：压，轧。

品鉴 陆游一生最爱梅花，写了很多歌咏梅花的诗词，这首《卜算子·咏梅》就是其中最著名的一首。

"零落成泥碾作尘，只有香如故"两句，赞美梅花坚贞不渝的精神气节。大意是：梅花在风雨的吹打下，纷纷凋落，碾轧成了灰尘。然而，它的香气却依然和从前一样，芳香馥郁，流溢四方。

词人表面上写梅，实际上是在写自己。南宋孝宗乾道二年（公元1166年），陆游"力说张浚用兵"（抗金），被人诬告，罢免了隆兴通判之职，回到老家山阴生活了四年。所以他以梅花自喻，表达自己不管遭受什么样的摧残、打击，即使粉身碎骨，也要保持高洁的精神品质，决不改变自己的气节和操守。

现代著名词学家唐圭璋评论说："此首咏梅，取神不取貌，梅之高格劲节，皆能显出。……'零落'两句，更揭示出了梅之真性，深刻无匹。"（《唐宋词简释》）评价十分中肯，十分精当。

070 世路如今已惯，此心到处悠然。

作者简介：

张孝祥（公元1132年～1169年），字安国，号于湖居士。简州（今四川省简阳市）人，卜居历阳乌江（今安徽省和县乌江镇)。南宋词人。绍兴二十四年（公元1154年）进士，因廷试名列第一，居秦桧之孙秦埙之上，被秦桧借事下狱。后获释。孝宗时历任秘书省正字、中书舍人、直学士院等职。以赞助张浚北伐计划，受主和派打击而罢职。后官至荆南湖北安抚使、显谟阁直学士等职。为人豪迈，工诗善文，尤长于词。其词多为感怀时世之作，风格豪壮，追武东坡，邻于稼轩。有《于湖居士文集》《于湖词》传世。

注释：

①选自南宋张孝祥《西江月·题溧阳三塔寺》词："问讯湖边春色，重来又是三年。东风吹我过湖船，杨柳丝丝拂面。　世路如今已惯，此心到处悠然。寒光亭下水连天，飞起沙鸥一片。"
②世路：指宦海之路，也指社会人生之路。
③悠然：悠闲、自适的样子。

品鉴　这首词大约作于南宋绍兴三十二年（公元1162年）春天。当时，词人自建康返宣城，途经溧阳县，乘便游览了三塔寺旁的三塔湖风光，并作此词以记之。3年前，词人曾被劾罢免了中书舍人之职，起用后，知杭州一年又被罢归。经历了这些挫折、打击后，词人对宦海风波已经习以为常，能够泰然处之了。

"世路如今已惯，此心到处悠然"两句，表现了词人惯经世路风波之后，悠然自得的闲逸之情。大意是：官场的沉浮和人生道路的坎坷，我已经习惯了，无所谓了，所以，我无论去到什么地方，官也好，民也好，心里都感到十分安闲、坦荡，悠然自适。

从表面上看，词人这样说，心情似乎很平静，其实，平静的心底是翻着波澜的。词人有恢复中原的雄心壮志，力主北伐，可是屡遭排斥、打击、罢职，经历了这些挫折后，感到自己空有长才大志，无处施展，便想离开黑暗的政治漩涡，投身到大自然的怀抱中去，忘却一切苦恼和烦闷。所以，"此心"所到之处，皆能忘情山水，陶醉于美好宁静、秀色迷人的自然风光之中，暂时从尘世的曲折失意中解脱出来，获得一种心灵上超然物外的平静和闲适。

这两句词，固然是词人宦海沉浮之后的经验总结，也是词人对人生的一种感悟，而对于那些仍然沉迷于仕途得失的人来说，不啻是一剂清醒良药。

071 远山眉黛横，媚柳开青眼。

注释：

①选自南宋张孝祥《生查子》词（一题秦观作）："远山眉黛横，媚柳开青眼。楼阁断霞明，帘幕春寒浅。　杯延玉漏迟，烛怕金刀剪。明月忽飞来，花影和帘卷。"
②远山：指古代妇女画眉的一种样式。《西京杂记》卷二云："（卓）文君姣好，眉色望如远山，脸际常若芙蓉。"后来的妇女多有仿效她画"远山眉"者。前蜀韦庄《荷叶杯》词："一双愁黛远山眉，不忍更思惟。"所以"远山"眉者，殆指女子心有愁绪时微蹙之眉。　眉黛横：即"横黛眉"，横陈着的黛眉，比喻远山之美。眉黛，即"黛眉"，古时妇女用一种叫青黛的颜料画眉毛，故称。唐代李商隐《代赠》诗之二："总把春山扫眉黛，不知共得几多愁。"唐代温庭筠《春日》诗："草色将林彩，相添入黛眉。"
③媚柳：形容春天的柳叶有媚态。用以比喻女子妩媚的眼睛。

品鉴　　这首小词主要描写一个闺中女子的春愁。这个女子从傍晚到深夜，都在想心事，愁烦得不能入睡。其愁苦的心情与环境的描写非常贴切、恰当。但这个女子到底在想什么，却始终没有点明，意蕴含蓄，颇有特色。

"远山眉黛横，媚柳开青眼"两句，着力描写了闺中女子娇美的容貌。大意是：有一位女子，她那青黛画的眉毛，美得像远处的一抹春山横在她的额上，她那明澈如水的眼睛，像春天泛着阳光的柳叶，忽闪着诱人的魅力。

古人多有状眉如柳叶的描写。词人反过来以柳叶比喻女子美丽的眼睛，跳出俗套，益见新奇有致。柳叶细长柔美，饶有媚态，加上一双愁闷时微蹙的眉峰，生动地写出了这个女子愁容的美丽。

人们常说：眼睛是心灵的窗户，传神写照，正在阿堵之中。殊不知眉毛也能传神传情。从张孝祥这两句工笔描绘的远山眉、春柳眼中，不是可以想见出这个女子"春愁黯黯难成眠"的情状么！

072 想当年，金戈铁马，气吞万里如虎。

作者简介：

辛弃疾（公元1140年~1207年），字幼安，号稼轩。山东历城（今山东省济南市）人。南宋著名词人。绍兴三十一年（公元1161年）21岁时，聚众2000余人参加北方耿京领导的抗金义军。耿京遇害后，他擒拿叛徒，南归宋廷。历任江湖签判、建康通判、江西提点刑狱、湖南湖北转运使等职。因坚持抗金主张，抑制地方豪强，为朝廷所忌。从43岁起，落职闲居江西上饶近20年。晚年知绍兴府兼浙东安抚使，后徙知镇江府，不久罢归铅山，忧愤而卒。由于抗金报国之志不能实现，遂将满腔忠愤寄于词的创作之中。词作题材广泛，风格多样，体备刚柔，代表了南宋词的最高成就。而其悲歌慷慨，雄壮豪放之处，被誉为是苏轼之后豪放词派的集大成者，与苏轼并称"苏辛"。著有《稼轩长短句》。今人邓广铭所辑《稼轩词编年笺注》较为完备。

注释：

①选自南宋辛弃疾《永遇乐·京口北固亭怀古》词："千古江山，英雄无觅、孙仲谋处。舞榭歌台，风流总被雨打风吹去。斜阳草树，寻常巷陌，人道寄奴曾住。想当年，金戈铁马，气吞万里如虎。　元嘉草草，封狼居胥，赢得仓皇北顾。四十三年，望中犹记，烽火扬州路。可堪回首，佛狸祠下，一片神鸦社鼓。凭谁问：廉颇老矣，尚能饭否？"

②"想当年"三句：此处用的是南朝宋代开国皇帝刘裕的典故。刘裕早年曾居京口（今江苏省镇江市），为东晋大将。东晋末年刘裕两次北伐，扫平北方后，于元熙二年（公元420年）代晋称帝，国号宋。在位三年，史称宋武帝。

品鉴 　这首词气势雄放,悲壮苍凉,风格沉郁顿挫,意境博大深宏,抒发了词人壮志难酬、满腔郁塞难平的英雄豪情,被誉为"辛词第一"(清代冯金伯《词苑萃编》卷五引《升庵词话》),是其豪放词中最著名的代表作品。

　　"想当年,金戈铁马,气吞万里如虎"三句,回忆历史上宋武帝刘裕北伐的盛况和英雄气概。大意是:想当年,刘裕手持金戈,身骑铁马,率领大军北伐,那种气吞万里,势如破竹的气势豪情,犹如猛虎下山一样,不可阻挡!

　　刘裕早年居京口,为东晋大将。东晋末年,两次北伐,收复了黄河以南的大片北方国土,为词人心目中的抗敌英雄。辛弃疾年轻时聚众起义,抗击金人的入侵,金戈铁马,屡创奇功,英雄了得。入南宋后,一生以抗金报国为己任,时刻不忘收复失地,一统河山。所以,当辛弃疾任职京口,登临北固亭时,自然会想到京口历史上抗击北方入侵者的英雄们,也自然会回忆起自己当年的抗金壮举,因而语意双关,一赞刘裕,二比自己,借以抒发充盈自己胸中的英雄情怀。

　　当然,人们读这三句词,自然也会读懂这个典故背后的含义,那就是讽刺南宋小朝廷偏安一隅,惧怕金人,不思收复北方失地的怯懦行为和投降政策。

073　青山遮不住,毕竟东流去。

注释:
①选自南宋辛弃疾《菩萨蛮·书江西造口壁》词:"郁孤台下清江水,中间多少行人泪。西北望长安,可怜无数山。　青山遮不住,毕竟东流去。江晚正愁予,山深闻鹧鸪。"
②青山,泛指遮挡词人望眼的众多山峰。
③东流:指"清江",即江西境内的赣江。本是北流入长江,写为"东流",当是词情所需的艺术化处理。

品鉴 这首词作于南宋淳熙三年（公元1176年）江西提刑任上。词人运用高超的比兴手法，以小词寓大主题，发大感慨，抒发自己深沉的爱国情思，不愧为词中大手笔。近人梁启超评价说："辛弃疾《菩萨蛮》如此大声镗鞳，未曾有也。"（梁令娴《艺蘅馆词选》丙卷引）

"青山遮不住，毕竟东流去"两句，大意是：青山啊，你们尽管能遮断我远望的视线，但是却阻挡不了滔滔滚滚的清江水向东流去。

词句写的是眼前景，但却是"借水怨山"（周济《宋四家词选》评），深有寄托，这从"毕竟"二字可以体味出来。上片中，词人视清江水为"行人泪"，这两句言江水"毕竟东流去"，当有所喻指。词人一生抗金报国，然而屡遭挫折，因而反映在词中，"青山"当是喻指入侵之敌与朝中的投降派，江水"东流"当是喻指人心所向，正义所向。词人所欲寄寓的是：不管是北方入侵之敌，还是朝廷的投降派，终将阻挡不住人民的爱国之心，报国之志；爱国军民抗金救国的正义事业终究是阻挡不住的，表达了词人抗敌救国的良好愿望和坚定信心。

今天的读者，在鉴赏时赋予了词句新的哲理意义，给予了新的诠释：任何逆历史潮流而动的人，都阻挡不住历史前进的步伐和必然趋势。或用于说明：正义的事业像奔流的江水，滚滚向前，必将把社会上的一切污泥浊水涤荡得干干净净。

074　众里寻他千百度，蓦然回首，那人却在、灯火阑珊处！

注释：

①选自南宋辛弃疾《青玉案·元夕》词："东风夜放花千树。更吹落、星如雨。宝马雕车香满路。凤箫声动，玉壶光转，一夜鱼龙舞。　蛾儿雪柳黄金缕，笑语盈盈暗香去。众里寻他千百度，蓦然回首，那人却在、灯火阑珊处！"

②众里：人群里。他，此同"她"。

③蓦然：偶然，不经意地。

④阑珊：衰落的样子。此指灯火稀少、将尽。南唐李煜《浪淘沙》词："帘外雨潺潺，春意阑珊。"北宋苏轼《蝶恋花》词："春事阑珊芳草歇，客里风光，又过清明节。"

品鉴　辛弃疾是著名的豪放派词作家。但他也写了一些带婉约词风的词作。这首元宵节（农历正月十五日晚上）观灯词，描写满城灯火、游人如织、歌舞达旦、熙熙攘攘的元宵之夜，并记叙了一对意中人在长街巧遇的情景，是他这类词作中最有名的一首。

"众里寻他千百度，蓦然回首，那人却在、灯火阑珊处"，写抒情主人公寻找和发现"那人"的情景。大意是：我在人群里到处寻找"他"，找了千百次，都没有找着，正当我感到失望的时候，偶然一回头，却发现"那人"正站在灯火稀少的地方望我哩！

这三句把"踏破铁鞋无觅处，得来全不费工夫"的偶然性完全形象化了，也把抒情主人公发现"那人"一瞬间的惊喜之情，表达得格外生动，给读者留下了许多回味和想象的余地，情韵悠长。

清人彭孙遹（yù）对这几句词给予高度评价，认为有秦观、周邦彦的婉约风范，他在《金粟词话》中评论说："辛稼轩'蓦然回首，那人却在、灯火阑珊处'，秦、周之佳境也。"清代著名词论家陈廷焯进一步说明，作为豪放派大家的辛弃疾，即使写一些带婉约词风的词作，也自有其与婉约派词风不同的特点，他说："艳语亦以气行之，是稼轩本色。"（《词则》）这些评价既中肯且公允。

清末词论家王国维别出心裁，将这三句词比作"古今之成大事业、大学问者"必经的第三种境界，即最高境界。

075　千古兴亡多少事？悠悠。不尽长江滚滚流！

注释：

①选自南宋辛弃疾《南乡子·登京口北固亭有怀》词："何处望神州？满眼风光北固楼。千古兴亡多少事？悠悠。不尽长江滚滚流！

年少万兜鍪,坐断东南战未休。天下英雄谁敌手?曹刘。生子当如孙仲谋!"

②悠悠:形容久远,无穷无尽的样子。陈子昂《登幽州台歌》:"念天地之悠悠,独怆然而涕下!"

③"不尽"句:化用杜甫《登高》诗"无边落木萧萧下,不尽长江滚滚来"句意。

品鉴 这首《南乡子·登京口北固亭有怀》与《永遇乐·京口北固亭怀古》为辛弃疾同一时期之作。当时他任镇江府知府。镇江古称京口,东北临江的北固山上有北固亭,亦称北固楼。词人两次登临,面对长江滚滚东流的壮丽景象,思绪也如同滚滚的江水一样,汹涌翻腾,激荡不已,因而写下了这两首千古不朽的词作。

这首《南乡子·登京口北固亭有怀》词,借对心目中的英雄人物——孙权的仰慕之情,抒发了自己壮志难酬的感慨。

"千古兴亡多少事?悠悠。不尽长江滚滚流"两句,一问一答,纵论千古兴亡,意味深长。大意是:千百年来,在神州这块土地上,不知经历了多少次朝代的兴亡更替,那许许多多的往事,恰似眼前这滔滔滚滚流不尽的长江之水啊!

是的,在历史悠久的神州大地上,发生过许许多多王朝更迭兴亡的事件,也涌现出了许许多多数不清的英雄豪杰。然而,毕竟往事悠悠,英雄已矣。只有这无尽的长江水仍然滔滔滚滚地向东流去。气魄之大,真可谓"虎视千古","极英雄之气"了(见清人陈廷焯《词则》卷一)。

076 天下英雄谁敌手?
曹刘。生子当如孙仲谋!

注释:

①选自南宋辛弃疾《南乡子·登京口北固亭有怀》词:见"千古兴亡多少事?悠悠。不尽长江滚滚流"条。

②曹刘:曹操和刘备。词人心目中的两个英雄。陈寿《三国志·

蜀书·先主传》：曹操对刘备说："今天下英雄，惟使君（刘备）与操耳。"

③"生子"句：汉献帝建安十八年（公元213年），曹操率军攻濡须（故址在今安徽省巢湖市境内），孙权亲自提兵迎战。曹操看见孙权（字仲谋）麾下军伍、舟船、器仗整肃，遂喟然叹道："生子当如孙仲谋！刘景升（刘表）儿子若豚犬耳。"按：荆州牧刘表死后，其子刘琮不能守住祖宗基业，不战而举荆州之地降曹，故曹操在赞叹孙权英武之时，对刘琮进行嗤笑。

品鉴　这首词抒发了辛弃疾自己壮志难酬的感慨，表达了对三国时期吴主孙权的赞赏之情。

"天下英雄谁敌手？曹刘。生子当如孙仲谋"两句，词人借曹操之口，表达了自己对心目中英雄人物的仰慕。大意是：天下的英雄有谁称得上是孙权的敌手呢，恐怕只有曹操和刘备两个人吧！生的儿子就应该是孙仲谋这样的英雄豪杰。

然而，词人不是为赞颂而赞颂。词人赞颂孙权，其实是在慨叹自己。词人少年抗金，文武双全，立志报国，可是长期受投降派倾轧，被朝廷闲置，英雄无用武之地。如今已是年过花甲的人了，尚一事无成，与孙权少年有成相比，能不让人唏嘘感叹！

这两句词后来用以表达人们望子成龙的心理。希望自己的儿子学业有成，干出一番事业时，常常说："生子当如孙仲谋！"而当自己的儿子不成器时，也常常感叹地说："生子当如孙仲谋！"

077　斫去桂婆娑，人道是清光更多。

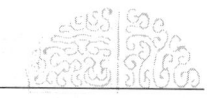

注释：

①选自南宋辛弃疾《太常引·建康中秋夜为吕叔潜赋》词："一轮秋影转金波。飞镜又重磨。把酒问姮娥：被白发欺人奈何？乘风好去，长空万里，直下看山河。斫去桂婆娑，人道是清光更多。"

②"斫去"二句：化用杜甫《一百五日夜对月》诗"斫却月中桂，清光应更多"句意。斫（zhuó）：砍。婆娑：形容树木枝叶扶疏、纷披的样子，含有浓阴遮蔽意。

③清光：明亮、美好的月光。古代月中有桂树的传说，汉晋以来，即已有之。《太平御览》卷九五七引《淮南子》："月中有桂树。"

品鉴 辛弃疾这首词作于南宋孝宗淳熙元年（公元1174年）中秋节之夜。他当时任江东安抚司（治所在建康，今江苏省南京市）参议官。是年中秋晚上，他和友人吕大虬（字叔潜）饮酒赏月，促膝谈心。想到自己南归12年中，为了抗击金人，收复中原，先后上了《美芹十论》《阻江为险须藉两淮疏》《议练兵守淮疏》《九议》等疏奏，反对"和议"，希望朝廷积极作好北伐准备，等待时机，收复中原。然而，当时的朝廷偏安一隅，"和议"派（实为投降派）占上风，自己的政治、军事建议未能得到采纳，沦陷的国土至今不能收复，因此不胜愤懑，只好将一腔忠愤，寄于词章，写了这首表达自己心声的词作。

"斫去桂婆娑，人道是清光更多"二句，词人展开想象的翅膀，思飞天上，直入月宫，期望砍去遮蔽"清光"的月中桂树，表达了词人对妨碍自己实现政治抱负的黑暗势力的憎恨。大意是：砍去那枝叶婆娑的桂树，明月会更加明亮地普照天下！

这里，"桂婆娑"是一种象征性的比喻，清代词论家周济《宋四家词选》认为：它"所指甚多，不止秦桧一人而已"。那么，除了秦桧，还指那些人呢？从此词写作的背景来看，当指朝廷中以秦桧为代表的投降派（词人南归时秦桧已死，但投降派势力仍然很大），也指当时占领北方大片土地的金人统治者。总之，是指阻碍光明普照的黑暗势力。词人希望除去朝中投降势力，以便团结起来，同仇敌忾，赶走金人入侵者，早日收复中原，一统天下，让人民过上安稳、太平的好日子。

词句富于理想追求的浪漫色彩，对于激励人民改变黑暗世界，提高斗争勇气，有一定的鼓舞作用。

078　稻花香里说丰年，听取蛙声一片。

注释：

①选自南宋辛弃疾《西江月·夜行黄沙道中》词："明月别枝惊鹊，清风半夜鸣蝉。稻花香里说丰年，听取蛙声一片。七八个星天外，两三点雨山前。旧时茅店社林边，路转溪桥忽见。"
②说：主语是"蛙""蛙声"。
③听取：听。取，助词。

品鉴

辛弃疾作为豪放词人，在慷慨激昂之外，也有其潇洒轻逸的一面，主要表现在一些描写自然风光、农村题材的词作上。这首描写江西上饶夏日夜晚优美风光的词作，就是颇有代表性的一首。

"稻花香里说丰年，听取蛙声一片"两句，表达了丰收的喜悦心情。大意是：夜晚的黄沙道中，微风轻拂，送来阵阵稻花的清香；稻田里欢快的蛙声，像是在向人们宣告：今年又是一个丰收的年景！

词人抓住农村夏夜景色的特征：稻香、蛙声，运用拟人手法，渲染了连"蛙声"也为之欢唱的丰年景象，生动地反映了农民们丰收在望的喜悦心情。需要指出的是，在这两句词里，词人巧妙地运用了形象替换的手法——写"蛙声"向"我"报告丰收喜讯，实际上就是向农民报告；写"我"听了丰收喜讯而高兴，实际上就是农民们高兴。

词人曾在《鹊桥仙·己酉山行书所见》中，描写过稻花香的景象，相比之下，这两句写得更加生气流动，给人的美感也更加深刻。个中原因，现代学者顾随曾分析说："稼轩之词，固以意胜。以意胜，则不能无所谓。此稻花香中蛙声一片，固与《鹊桥仙》中之'千顷稻花'、'一天风露'同其旨趣，然彼早酿成，此曰'丰年'，彼为因，为辛苦，此为果，为享受。'稻花香里说丰年，听取蛙声一片'，真乃鼓腹讴歌，且忘帝力于何有，千秋之盛事，而众生之大乐也。"（《倦驼庵稼轩词说》卷下）洵为至论灼见。

079 近来始觉古人书，信着全无是处。

注释：

①选自南宋辛弃疾《西江月·遣兴》词："醉里且贪欢笑，要愁那得工夫。近来始觉古人书，信着全无是处。 昨夜松边醉倒，问松'我醉何如？'只疑松动要来扶，以手推松曰'去！'"

②书：指《尚书》。后泛指古代圣贤之书。《尚书》是儒家经典之一。《尚书》中记载的，儒士们都深信不疑。可是孟子认为，《尚书》中的一些说法，也有与史实不符之处，不可全信。

品鉴 这首小词，大约是词人后期退居瓢泉所作。名曰"遣兴"，其实并不是消遣、解闷之作，而是词人通过醉酒心情的描写，以一种诙谐调侃的笔调，表达被朝廷闲置不用的不满，抒发了自己满腹郁积的愤懑之情。

"近来始觉古人书，信着全无是处"两句，大意是：我近来才发现，《尚书》上讲的道理，是不可信的；如果相信那些道理是对的，那自己一生主张的立志报国、坚持国家统一的所作所为，岂不都是错的了！

词人一生立志抗金报国，收复中原，完成国家统一大业。可是朝廷为投降派把持，一味偏安议和，他自己也屡遭猜忌，两次罢官，前后闲置近20年。自己这些亲身经历与《尚书》讲的道理是多么的悖逆啊。如今投降派得到重用，而积极主张抗金、恢复国家一统的忠臣却遭到打击、排斥，罢免的罢免，流放的流放，关的关，杀的杀，完全不符合圣人之言。词人百思不得其解，于是愤而说出："近来始觉古人书，信着全无是处！"

这里，词人巧妙地借醉后狂言，从侧面讽刺南宋小王朝忘记国耻大辱，不思统一救国的所作所为，完全违背了古代圣贤的教诲。

080 心肝吐尽无余事，口腹安然岂远谋。

作者简介：

陈亮（公元1143年～1194年），字同甫，号龙川，婺州永康（今浙江省永康市）人。南宋爱国词人、诗人。为人豪放，喜谈时事，好论兵。曾上书宋孝宗，力主抗金，反对偏安，为执政的投降派所忌，三度被诬下狱。光宗绍熙四年（公元1193年）举进士第一，授签书建康府判官，未到任而卒。他是南宋有名的政论家，才气超迈，强调事功。所作词一如其文，笔锋犀利，气势豪纵，淋漓奔放处不减辛词，为辛派重要词人。著有《龙川文集》《龙川词》。今有中华书局出版的校点本《陈亮集》。

注释：

①选自南宋陈亮《鹧鸪天·怀王道甫》词："落魄行歌记昔游，头颅如许尚何求？心肝吐尽无余事，口腹安然岂远谋。才怕暑，又伤秋。天涯梦断有书不？大都眼孔新来浅，羡尔微官作计周。"
②心肝：犹言"肺腑"，指肺腑之言。
③口腹：借指饮食。东晋陶渊明《归去来兮辞·序》云："尝从人事，皆口腹自役。"

品鉴

这是一首怀人的抒情小令。然而，它不像一般的怀人之作那样，用赞誉的笔调表达对友人的思念，而是以讽刺的口吻表达了对友人的批评。这在众多的怀人诗词中，可谓别开生面，独标一格。

"心肝吐尽无余事，口腹安然岂远谋"两句，批评友人背弃初衷，只顾为衣食饱暖而奔走。大意是：你不像我这样能够始终如一地坚持自己的操守——我一生力陈救国大计，说的都是肺腑之言，此外就再没有其他事情值得我去做了。如果一个人只为了口腹之事奔竞求官，又怎么会有远大的志向呢！

词人是这样说的，也是这样做的。据《宋史·陈亮传》载：陈亮当年"书既上，帝欲官之。亮笑曰：'吾欲为社稷开数百年之基，宁用以博一官乎！'亟渡而归。"这就是陈亮其人：一个坚持节操，言行一致，淡泊功名利禄的人。而对朋友，他是心口如一，有啥说啥，朋友有了缺点，就直言不讳地予以批评，是非曲直，不容混淆。

然而，如果把他的批评，仅理解为是针对这个为口腹而钻营的朋友，就显得肤浅了。实际上，他的批评，指向了所有那些守志不终、背弃自己志向的人。正是这些人把持朝政，才导致了偏安一隅，国家长期分裂，不思北伐的局面。

081 未必古人皆是，未必今人俱错，世事沐猴冠。

作者简介：

刘过（公元1154年～1206年），字改之，号龙洲道人，吉州泰和（今江西省泰和县）人。一说庐陵人或襄阳人。南宋词人、诗人。屡试不第，布衣终身。曾数次上书陈述政见，力主抗金，皆被压制不报。遂放浪江湖，诗酒自娱，名噪一时，称为诗侠。常与陆游、辛弃疾、陈亮诸人交往。作品多抒发抗金之志及人生失意之慨，风格豪放，而含蕴稍差。为辛派主要词人。著有《龙洲集》《龙洲词》。存词50余首。

注释：

①选自南宋刘过《水调歌头》词："弓剑出榆塞，铅椠上蓬山。得之浑不费力，失亦匹如闲。未必古人皆是，未必今人俱错，世事沐猴冠。老子不分别，内外与中间。酒须饮，诗可作，铗休弹。人生行乐，何自催得鬓毛斑？达则牙旗金甲，穷则蹇驴破帽，莫作两般看。世事只如此，自有识钴鸾。"

②沐猴冠：即成语典故"沐猴而冠"。语出《史记·项羽本纪》："人言楚人沐猴而冠耳，果然。"又《汉书·伍被传》："以为汉廷公卿列侯皆如沐猴而冠耳。"沐猴，即猕猴，猴子的一种。猴子戴上帽子，装成人样，而其实不是人。用以比喻装模作样，虚有其表，或人面兽心。

品鉴

刘过晚年，南宋朝廷主和、主战两派斗争激烈，而主和派常常执掌实权。这使得身为一介布衣、又一直以抗金统一为念的刘过极为郁闷，于是写了这首词，抒发自己历经世事沧桑以后所积存的愤世嫉邪的思想感情。

"未必古人皆是，未必今人俱错，世事沐猴冠"三句，大胆地批评了当时的时政是非。大意是：古人做的事未必都正确，今人做的事未必都不正确，然而今天的事实是，文臣武将们，大多是沐猴而冠，虽然峨冠博带，高爵厚禄，道貌岸然，却只知向金人屈膝求和，不思为国效力、收复中原，努力实现国家统一。

这几句词，对朝中主和派、投降派给予了辛辣的嘲讽与鞭挞，入骨三分，也给整首词增添了几分幽默的色彩，趣味盎然。

082 纵豆蔻词工，青楼梦好，难赋深情。

作者简介：

姜夔（约1155年~1209年），字尧章，号白石道人，饶州鄱阳（今江西鄱阳）人。南宋著名词人、诗人。少时随父官游汉阳，父死，流寓鄂湘间。后居湖州，常往来苏、杭一带，与张镃、范成大等诗人过从甚密。屡荐不起，一生以布衣出入于公卿之门。博学多艺，善书法，精音乐，能自度曲，诗词并工，词尤负盛名。其词多咏叹身世飘零、情场失意、记游咏物之作，亦赋忧国伤时之情。艺术上继承周邦彦，而又引江西诗法入词，以救婉约词软媚之失。格律精严，字句琢炼，风格清劲骚雅，境界轻旷，自成一家，被视为格律词派的主要代表作家。有"词家之申韩"之称，清代词论家陈廷焯甚至誉为"词中之仙""词圣"（《白雨斋词话》）。但其词中飘忽的意象，让人时有"雾里看花"之感。著有《白石道人歌曲》《白石道人诗集》《白石诗说》等。近人夏承焘所撰《姜白石词编年笺注》较为完备。

注释：

①选自南宋姜夔《扬州慢》词："淮左名都，竹西佳处，解鞍少驻初程。过春风十里，尽荠麦青青。自胡马窥江去后，废池乔木，

犹厌言兵。渐黄昏，清角吹寒，都在空城。杜郎俊赏，算而今、重到须惊。纵豆蔻词工，青楼梦好，难赋深情。二十四桥仍在，波心荡，冷月无声。念桥边红药，年年知为谁生？"词前有序云："淳熙丙申至日，予过维扬，夜雪初霁，荠麦弥望。入其城，则四顾萧条，寒水自碧。暮色渐起，戍角悲吟。予怀怆然，感慨今夕，因自度此曲。千岩老人以为有黍离之悲也。"

②豆蔻词工："豆蔻词"，指杜牧《赠别》诗："娉娉袅袅十三余，豆蔻梢头二月初。春风十里扬州路，卷上珠帘总不如。"因此诗工于写情，故曰"豆蔻词工"。词：指诗。工：巧，善于。

③青楼梦好："青楼梦"，指杜牧《遣怀》诗："落魄江湖载酒行，楚腰纤细掌中轻。十年一觉扬州梦，赢得青楼薄幸名。"好，与上句"工"互文。此诗亦善写情，故曰"青楼梦好"。青楼：妓院。

④深情：指词序中所言"黍离之悲"（国家残破、国事艰危的哀伤和感叹之情）。

品鉴 词人于南宋孝宗淳熙三年（公元1176年）冬至路过扬州，目睹扬州城两遭兵燹后的萧条景象，抚今追昔，顿生"黍离之悲"，于是填了这首词，以抒发对扬州昔日繁华的怀念和对眼下山河破碎的哀伤。词意情真意切，读之令人泪下，是其自度曲中的代表作之一。

"纵豆蔻词工，青楼梦好，难赋深情"三句，大意是：纵有唐代诗人杜牧写《赠别》《遣怀》这样动人诗篇的才情，也难以描绘出我今天看到扬州破败萧条时的凄怆心情！

词句用反衬手法，极写自己的悲痛之情。这种深沉的悲痛，即便像杜牧那样有才华的诗人，也难以用言语来表述，深切表达了词人对扬州劫后惨景所产生的"黍离之悲"和爱国情怀。

083 春未绿，鬓先丝，人间别久不成悲。

注释：
①选自南宋姜夔《鹧鸪天·元夕有所梦》词："肥水东流无尽期，

当初不合种相思。梦中未比丹青见，暗里忽惊山鸟啼。春未绿，鬓先丝，人间别久不成悲。谁教岁岁红莲夜，两处沉吟各自知。"

②丝：本借指斑白的头发。陆游《诉衷情》词："时易失，志难成，鬓先丝。"此用以形容头发斑白。

品鉴　姜夔二十多岁时，客居庐州合肥（今安徽省合肥市）城南，与邻居姊妹二人产生恋情，写了一些诗词来表达自己的情感，离开后，又写了一些词来回味这一段美好的生活。这些词被称为"合肥情词"。不过，这些情词不同于一般的艳词，因为没有"一语涉于嫣媚"（沈祥龙《论词随笔》），"不作婉娈艳体，而是以健笔写出柔情，词意生新刻至"（吴熊和《唐宋词通论·词派》）。

这首《鹧鸪天·元夕有所梦》词，写自己梦见与合肥姊妹二人相恋的情景，梦醒后，不禁相思连连，表达了一种深切的思念及自怨情痴的怅惘之情，是"合肥情词"中有代表性的一首。但写此词时，词人已经40多岁，距所忆之事已有20余年了。

"春未绿，鬓先丝，人间别久不成悲"三句，大意是：春天没有到来，草木也没有泛绿，我的两鬓却早已斑白了。回想往昔的恋情，依依难舍，可是如今分别久了，也就不再感到悲伤了。

这里说的"不成悲"，其实是一句反话。它恰恰表明，词人当年与合肥姊妹分别之后，心中一直念念不忘，相思不已。所以，"不成悲"的表象下面，正表明内心深处有着极大的悲痛。这就是人们常说的"多情却似总无情"的恋爱心理吧！

而如今，岁月蹉跎，鬓发斑白，过去的那些恋情，不敢去想，不愿去想，因为想多了会令人更加伤心不已。

浓挚之情而出以淡语，是姜夔这几句词在语言艺术上的一大特色。正如杨海明《唐宋词论稿》所言："'人间别久不成悲'与'不思量，自难忘'（苏轼《江城子》）一样，都像那种淡而极醇的清茶一样，令人久久回味。"

084　贾岛形模元自瘦，杜陵言语不妨村。

作者简介：

戴复古，见宋代诗句部分。

注释：

①选自南宋戴复古《望江南》词："石屏老，家住海东云。本是寻常田舍子，如何呼唤作诗人？无益费精神。千首富，不救一生贫。贾岛形模元自瘦，杜陵言语不妨村。谁解学西昆？"词前有小序云："仆既为宋壶山说其自说未尽处，壶山必有答语。仆自嘲三解。"这是其中第一首。

②"贾岛"句：贾岛，唐代诗人，与同时代诗人孟郊以苦吟著称，诗风清峻瘦硬，故有"郊寒岛瘦"之称（苏轼《祭柳子玉文》）。形模：形状，样子。此指诗歌的风格特征。元：通"原"，原来，本来。

③"杜陵"句：杜陵，指唐代诗人杜甫。杜甫曾自称"杜陵野老"，人称"杜少陵"。村：俗、村俗。杜甫一些诗作喜用方言俗语，为宋代西昆派诗人所不满，嗤之为"村夫子"。其实这是杜诗语言艺术的一个优点。

品鉴　自唐代杜甫首创以诗论诗的形式以来，唐、宋两代多有效之者。宋代又出现了以词论诗、以词论词的评论形式。南宋辛弃疾曾作过这种尝试，戴复古继起仿效，填了这首词来表达对诗歌创作的一些见解。

"贾岛形模元自瘦，杜陵言语不妨村"两句，表达了词人对唐代诗人贾岛、杜甫的推崇赞赏之意。大意是：唐代贾岛的诗风清峻瘦硬，有什么不好呢；杜甫喜欢用一些方言俗语入诗，正是杜诗的一大特色，对杜甫这样一个大诗人，又有什么妨害呢！

唐代诗人贾岛，一生穷困，过着清苦寂寞的生活，做诗喜欢琢字炼句，苦吟不休，写成的诗，清峻瘦劲，时有豪爽之气，对晚唐及以后的诗人，产生过较大的影响。大诗人杜甫，一生穷困潦倒，转徙漂泊，做诗更以沉郁顿挫的风格，备受称赏，誉为"诗圣"。可是，西昆派诗人杨亿等却看不起他们，贬低他们，反对学习杜诗。

戴复古论诗主张朴实、自然，有真情实感，推崇杜甫的语言艺术，反对西昆派堆砌典故，内容空虚的创作作风。从维护贾、杜二人的声誉出发，于是通过这首词批评杨亿等人，同时表达了自己关于诗歌创作的一些观点。

词人论诗，自出机杼，平淡有新意；善于巧妙地抓住贾、杜二人诗歌"瘦""村"的特点，组织成句，不仅充分肯定了贾、杜二人"瘦""村"的诗风，而且还从侧面表达了对贾、杜二人一生穷困遭遇的真切同情，受到不少论者好评。

清人纪昀评论说："其《望江南》自嘲第一首云：'贾岛形模元自瘦，杜陵言语不妨村。谁解学西昆？'复古论诗之宗旨，于此具见。宜其以诗为词，时出新意，无一语蹈袭也。"（《四库全书总目提要·石屏词》）

085 未必人间无好汉，谁与宽些尺度？

作者简介：

刘克庄（公元1187年~1269年），字潜夫，号后村居士，莆田（今属福建省）人。南宋词人，江湖派诗人。以父荫入仕，历建阳、仙都令。因咏落梅诗被人劾为谤讪朝政，免官废置多年。理宗淳祐六年（公元1246年）赐进士出身，累官秘书监、工部尚书兼侍读。后出知建宁府。景定五年（公元1264年），以焕章阁学士致仕。五年后卒。诗词并能。其诗初学晚唐，后转学陆游，多为讥时政、悯民瘼之作，为江湖派诗人中之大家。词则学习辛弃疾，发展了辛词议论化、散文化倾向。内容以伤时念乱、渴望国家中兴、收复失地等为主，风格豪放粗犷，慷慨悲壮，而含蓄较差。有《后村先生大全集》《后村别调》传世。存词200多首。

注释：

①选自南宋刘克庄《贺新郎》词："国脉微如缕。问长缨何时入手，缚将戎主？未必人间无好汉，谁与宽些尺度？试看取当年韩五。岂有谷城公付授，也不干曾遇骊山母。谈笑起，两河路。少

时棋枰曾联句。叹而今、登楼揽镜，事机频误。闻说北风吹面急，边上冲梯屡舞。君莫道投鞭虚语。自古一贤能制难，有金汤便可无张许？快投笔，莫题柱！"词前有小序云："实之三和有忧边之语，走笔答之。"实之，即王迈，字实之，词人友人。

②宽些尺度：放宽用人的标准、要求。谓用人不宜求全责备。

品鉴 这是一首与友人王迈的和词，作于南宋淳祐四年（公元1244年）。词中批评了"南宋边防空虚、统治阶级昏暗无能、国事岌岌可危的现实"（胡云翼《宋词选》），字里行间流露出词人匡时救国的激情和远大抱负。

"未必人间无好汉，谁与宽些尺度"两句，大意是：这世上未必没有抗敌救国的英雄好汉，但是，谁愿意放宽一些用人的标准呢！

词人深信，如果朝廷能够破除用人上的条条框框，不拘一格地任用人才，不过于挑剔，求全责备，民间自有用不尽的降龙伏虎的英雄豪杰。例如南宋初年抗金名将韩世忠（排行第五，人称韩五），年轻时有"泼韩五"（泼皮无赖汉之意）之称，后来投军，出身行伍，并无名师传授，却在谈笑之间，取得了大战两河的赫赫战功，成为宋代著名的"中兴四将"之一。

当然，词人这样说，亦间接地表露了自己怀才不遇的抑郁之情和强烈的感慨。

086 楼前绿暗分携路，
　　　　一丝柳，一寸柔情。

作者简介：

吴文英（公元1200年～1260年），字君特，号梦窗，晚号觉翁。本姓翁，入继吴氏。四明（今浙江省宁波市）人。南宋词人。绍定中曾入苏州仓幕，又曾作浙东安抚使吴潜的幕僚，复为荣王赵与芮的门客。常出入贾似道、史宅之之门。博学多艺，知音律，能自度曲。词学周邦彦，以绵丽为尚。意象密集，思深语丽。为南宋后期格律词派代表作家，与姜夔齐名，词名极重。但受到张炎批评，说他造语虽工，而不浑成，"如七宝楼台，炫人眼目，碎拆下来，不成片段"(《词源》卷下)。著有《梦窗词甲乙丙丁稿》四卷。

注释：

①选自南宋吴文英《风入松》词："听风听雨过清明，愁草瘗花铭。楼前绿暗分携路，一丝柳，一寸柔情。料峭春寒中酒，交加晓梦啼莺。西园日日扫林亭，依旧赏新晴。黄蜂频扑秋千索，有当时、纤手香凝。惆怅双鸳不到，幽阶一夜苔生。"

②柳：谐音"留"。故古人离别时常折柳相赠，送别、怀人诗词中亦常用到柳这一意象。吴文英词中的"柳"，除留别之意外，还赋予了爱情的含义。

品鉴

据唐圭璋《唐宋词简释》说，这首词是吴文英"西园怀人之作"，内容为追忆昔年与情人的不忍离别，及怀思、怅望之情。西园为词人寓居之处，故其词中常常提到。

"楼前绿暗分携路，一丝柳，一寸柔情"两句，大意是：昔年清明时节，天下着蒙蒙细雨，词人在楼前柳阴下，与情人依依惜别。丝丝柳条在风雨中轻轻摆动，仿佛每一条柳丝都缠绕着寸寸柔情，令人难分难舍。如今又到了清明时节，看着眼前这细柳沾雨，随风飘动的景象，不禁又想起昔年和情人依依惜别的情景，惹起心中一阵阵的伤感情愁！

词句善于将一刹那的感觉，赋予形象化的描写，直把那种恋人间不忍分离的情感，写得深挚缠绵，极为感人，增强了艺术感染力。这种表现手法对后世作家产生了较大影响。近人俞陛云说："'丝柳'七字写景而兼录别，极深婉之思。"(《唐五代两宋词选释》)陈匪石则评论得更为确切："柳一丝，情一寸，极悱恻缠绵之致，极伤离惜别之心。元人曲云：'系春情短柳丝长'，即从梦窗此语出，而逊其浑朴。"(《宋词举》)

087 落絮无声春堕泪，行云有影月含羞。东风临夜冷于秋。

注释：

①选自南宋吴文英《浣溪沙》词："门隔花深梦旧游，夕阳无语燕归愁。玉纤香动小帘钩。落絮无声春堕泪，行云有影月含羞。东

风临夜冷于秋。"

②泪：双关语，一喻落絮，一言人。

品鉴　这是词人一首梦中怀人的小词。所怀之人，当是其情人，因为只有情人，在离别之后，才会令词人日思夜想，梦中相见，缱绻不已，此所谓"日有所思，夜有所梦"也。

"落絮无声春堕泪，行云有影月含羞。东风临夜冷于秋"三句，深切表达了对情人缠绵悱恻的思念之情，非常动人。大意是：在梦中，当我和她在柳阴下分别之时，柳絮在春风的吹拂下，轻轻地飘落下来，好像是在为我们落泪似的；一朵白云飘过来，渐渐地遮住了月亮，好像月亮也在脉脉含情，为我们的不忍离别而害羞。夜已深了，吹过来的东风竟然比秋天还要冷！

这里，"春堕泪"，实际上是人在垂泪；"月含羞"，实际上是恋人含羞，依依难舍。词人成功地运用拟人移情手法，将自己离别之情，移入了"落絮""行云"和月亮，塑造出一个人化的自然景物，巧妙地用自然之物，来表达恋人离别时的心情。换句话说，恋人难分难舍的惜别之情，把没有感情的自然之物柳树、白云和月亮也感动了，大有"悲莫悲兮生别离"的悲伤之恸。

这一动人之情，尤见于"东风临夜冷于秋"一句：客观上，春风绝不会比秋风冷。词人说东风"冷于秋"，表达的只是一种情感心理，是抒情主人公想到分别之后，不知何时才能再相见，而感到阵阵寒冷的情感体验！真可谓是情至之语，凄切悱恻之极，读之令人泪下。

清代词论家陈廷焯在《白雨斋词话》卷一中评价这句词说："《浣溪沙》结句贵情余言外，含蓄不尽。如吴梦窗之'东风临夜冷于秋'，贺方回之'行云可是渡江难'，皆耐人寻味。"

088　惟诗也，是乾坤清气，造物须悭。

作者简介：

　　陈人杰（公元1218年～1243年），又名经国，号龟峰，长乐（今属福建省）人。少时寓居临安（今浙江省杭州市）。南宋词人。

曾应江东漕试，不第。后以幕客身份浪游于两淮荆湘等地，最终复还杭州，潦倒而卒。词多慷慨忧国之作，风格近似辛弃疾。有《龟峰词》传世。存词31首。大多为寓居杭州时作。

注释：
①选自南宋陈人杰《沁园春》词："诗不穷人，人道得诗，胜如得官。有山川草木，纵横纸上；虫鱼鸟兽，飞动毫端。水到渠成，风来帆速，廿四中书考不难。惟诗也，是乾坤清气，造物须悭。金张许史浑闲，未必有功名久后看。算南朝将相，到今几姓；西湖名胜，只说孤山。象笏堆床，蝉冠满座，无此新诗传世间。杜陵老，向年时也自，井冻衣寒。"
②惟：只，只有。
③造物：创造万物。古人认为，天地间有一种无形的创造自然万物的神力，也叫阴阳。这里指造物者。北宋苏轼《赤壁赋》："惟江上之清风，与山间之明月，耳得之而为声，目遇之而成色，取之无禁，用之不竭，是造物者之无尽藏也。"悭：吝啬。此指不随便给人之意。

品鉴　这是一首以词论诗的词，通篇演绎了北宋欧阳修"诗穷而后工"的诗学观点。欧阳氏在《梅圣俞诗集序》中说："凡士之蕴其所有而不得施于世者，多喜自放于山巅水涯。外见虫鱼草木风云鸟兽之状类，往往探其奇怪；内有忧思感愤之郁积，其兴于怨刺，以道羁臣寡妇之所叹，而写情人之难言，盖愈穷则愈工。然则非诗之穷人，殆穷而后工也。"

这里，"穷"，不是单指经济上生活上的贫穷，而是指政治上的困窘、失意。政治上不得志，没有出路，古人常谓之"穷"。

"惟诗也，是乾坤清气，造物须悭"两句，大意是：只有诗，是天地清气的集中表现，那造物者是不会随便赐予人的。

清气，指清淳超迈之气。晋代曹丕在《典论·论文》中说："文以气为主。气之清浊有体，不可力强而致。"曹丕认为，天地之气分为清、浊两种，而写文章所秉之气，则要依据作者的气质禀赋而定。这里，陈人杰把秉浑浊之气的文人排斥于诗人行列之外，认为诗人只是秉天地之清气者，而清气又是造物不能随便给予人的。这与曹丕天地之清气"不可力强而致"的观点是一致的。二人都强调了文人（包括诗人和词人）只有加强自身锻炼，提高素质修养，才能写出好的诗词来。

既然天地之"清气"是不能得到的，所以世间做诗人最难：诗才难得。只有摆脱了官场俗气，才能得到天地之"清气"，才能写出纯正的好诗来。词人将诗人、诗才与天地的赐予联系起来，不仅将诗人、诗作推到了最高地位，也表现出了词人极为崇尚诗歌创作的文学思想。

089 镜里朱颜都变尽，只有丹心难灭！

作者简介：

　　文天祥，见宋代诗句部分。

注释：

①选自南宋文天祥《酹江月·和》词："乾坤能大，算蛟龙、元不是池中物。风雨牢愁无着处，那更寒虫四壁。横槊题诗，登楼作赋，万事空中雪。江流如此，方来还有英杰。堪笑一叶飘零，重来淮水，正凉风新发。镜里朱颜都变尽，只有丹心难灭！去去龙沙，江山回首，一线青如发。故人应念，杜鹃枝上残月。"酹江月：《念奴娇》的别名，因苏轼《念奴娇·赤壁怀古》词中有"一尊还酹江月"的名句而得名。

②朱颜：红润健康的脸色。唐代李白《蜀道难》："蜀道之难，难于上青天，使人听此雕朱颜。"南唐李煜《虞美人》："雕栏玉砌应犹在，只是朱颜改。"

③丹心难灭：忠诚之心不变、永存。文天祥《过零丁洋》诗："人生自古谁无死，留取丹心照汗青。"

品鉴　　文天祥是我国历史上著名的民族英雄。他和同乡好友邓剡被元兵押往大都（今北京）时，途径南京，邓剡因病留在南京医治，临别之际，邓剡作了一首《念奴娇·驿中言别》赠送文天祥。文天祥遂写了这首词作答。虽然题作"和"，但不是一般的唱和之作，而是一首慷慨激昂，表达自己爱国之志，丹心报国的自白书。

"镜里朱颜都变尽，只有丹心难灭"两句，集中体现了民族英雄文天祥宁死不屈的报国忠心。大意是：近来我揽镜自照，只见面容苍老多了，先前那种红润健康的脸色全不见了；但是，我胸中这颗坚定报国的赤诚之心，是永远也不会改变的。

这两句词，是文天祥赤诚心灵世界的展现，与其《过零丁洋》诗中"人生自古谁无死，留取丹心照汗青"的爱国思想是一致的。据史载，文天祥在大都被囚期间，元朝廷曾多次威逼利诱，百般劝降，"虽示以骨肉而不顾，许以官职而不从，南冠而囚，坐未尝面北"。元朝平章（宰相）阿合马去劝降，也碰了一鼻子灰（邓光荐《文丞相传》）。正因为文天祥具有这种坚贞不渝的爱国忠心，才写出了这样激励人心、光照千古的词句。

090　流光容易把人抛，红了樱桃，绿了芭蕉。

作者简介：

　　蒋捷（生卒年不详），字胜欲，号竹山。阳羡（今江苏省宜兴市）人。南宋末年词人。度宗咸淳十年（公元1274年）进士。宋亡。隐居于太湖竹山，人称竹山先生。元大德年间，有人荐其出仕，不赴，抱节以终。为人博学，诗词文并工。其词多写故国之思、山河之恸。风格以悲慨清峻、萧疏爽丽为主，承苏、辛一路而兼有众长。为南宋词的殿军之一。与周密、王沂孙、张炎并称"宋末四大家"。清人刘熙载《艺概》誉之为"长短句之长城"。对后世创作产生较大影响，清初阳羡词派受其影响尤大。有《竹山词》传世。

注释：

①选自南宋蒋捷《一剪梅·舟过吴江》词："一片春愁待酒浇。江上舟摇，楼上帘招。秋娘渡与泰娘桥，风又飘飘，雨又萧萧。何日归家洗客袍？银字笙调，心字香烧。流光容易把人抛，红了樱桃，绿了芭蕉。"
②流光：光阴，时间。因其逝去如流水，故称。唐代李白《古风》诗："逝川与流光，飘忽不相待。"

③樱桃、芭蕉：分别代表春天与夏天的植物。借指时间的流逝变化。

品鉴　　这首词描写旅途奔波之急，表现了词人倦游思归的迫切心情，是词人一首很有代表性的作品，流传很广。

"流光容易把人抛，红了樱桃，绿了芭蕉"三句，选用平常的意象来表达丰富的思想感情，特别脍炙人口，为人称赏。大意是：时间是最无情的，它在不知不觉中飞快地流逝着，把人推向了老年，这就像自然界的变化一样，才看见樱桃红了，春意盎然，又看见芭蕉碧绿一片，炎炎夏日到来了——时光过得真快，人生也老得真快啊！

词人将"流光"拟人化了，用"流光容易把人抛"，写光阴荏苒，新颖而别致。同时，词人进一步描写"樱桃"（代表春天）、"芭蕉"（代表夏天）的色彩变化，通过这两个鲜明的视觉形象，把非视觉形象——时间的变化，描绘成了一幅画卷，形象地展现在读者眼前，表达人生易老、年华易去、"春去夏来"、白驹过隙的人生感叹，非常生动形象。这样就使人对"时光容易把人抛"有了更加具体的感知，从而更加自觉地珍惜这匆匆而去的人生。

词

金代

091 敢向青天问明月：算应无恨，安用暂圆还缺？愿人长似、月圆时节。

作者简介：

李俊民（公元1176年~1260年），字用章，号鹤鸣老人。泽州晋城（今山西省晋城市）人。金代词人、诗人。承安五年（公元1200年）进士第一，授应奉翰林文字。因时世动乱，不久弃官，教授乡里，从学者甚众。后隐居嵩山。入元后不仕。辛谥庄靖先生。其诗词多感伤时世人生，抒发忧愤之情。风格清新自然。有《庄靖集》十卷传世。

注释：

①选自金代李俊民《感皇恩·出京门有感》词："忍泪出门来，杨花如血。惆怅天涯又离别。碧云西畔，举目乱山重叠。据鞍归去也，情凄切！一日三秋，寸肠千结。敢向青天问明月：算应无恨，安用暂圆还缺？愿人长似、月圆时节。"
②敢：谦词，表示冒昧地请求。
③算：料，料想。表示推测。南宋陈亮《贺新郎·寄辛幼安和见怀韵》词："二十五弦多少恨，算世间，哪有平分月？"
④暂圆还缺：农历每月十五、十六日月亮最圆，过了这两天，就不那么圆了，故言。

品鉴　这是李俊民离开京城告别亲友时写的一首词。词人借月比兴，既抒写了离别之苦，又表达了希望亲友们长相团聚的美好愿望。

"敢向青天问明月：算应无恨，安用暂圆还缺？愿人长似、月圆时节"几句，大意是：请问天上的明月：你应该是没有什么恨事的吧，那么，你为什么总是圆的时候少，不圆的时候多呢？我多么希望世上的人们，永远像月亮圆满一样，过着团团圆圆的美满幸福的生活啊！

这是词人于金末元初战乱年代，亲历了乱离的痛苦，深切感受到人民渴望和平而从内心深处发出的祈愿和呼喊。

同是问月，李词的问月与北宋苏轼《水调歌头》（中秋词）的问月，有异曲同工之妙。苏词"不应有恨，何事长向别时圆？"责备月亮常常在人们痛苦的离别后才"圆",李词反其意而用之,则是抱怨月亮在人们刚刚幸福地团聚时就"缺"。苏词是以"人有悲欢离合,月有阴晴圆缺"来安慰自己,发出"但愿人长久,千里共婵娟"的美好愿望,李词却是在埋怨月亮"暂圆还缺"之后,直接表达了"愿人长似、月圆时节"的良好祝愿;苏词有感于兄弟二人长期离别而不得团聚,李词则有感于和亲友们暂聚之后又将作天涯之别。所以,李词中这几句正反用笔,直抒胸臆,将伤离恨别的情绪表达得淋漓尽致,当可与苏词匹敌媲美,并传于世!

092 问世间、情是何物?直教生死相许!

作者简介:

元好问,见金代诗句部分。

注释:

①选自金代元好问《迈陂塘》(一作《摸鱼儿》)词:"问世间、情是何物?直教生死相许!天南地北双飞客,老翅几回寒暑。欢乐趣,离别苦,就中更有痴儿女。君应有语,渺万里层云,千山暮雪,只影向谁去?横汾路,寂寞当年箫鼓,荒烟依旧平楚。招魂楚些嗟何及,山鬼暗啼风雨。天也妒,未信与、莺儿燕子俱黄土。千秋万古,为留待骚人,狂歌痛饮,来访雁丘处。"词前有序云:"泰和五年乙丑岁,赴试并州,道逢捕雁者云:'今日获一雁,杀之矣。其脱网者悲鸣不能去,竟自投于地而死。'予因买得之,葬之汾水之上。累石为识,号曰雁丘。时同行者多为赋诗,予亦有《雁上词》。旧所作无宫商,今改定之。"

②直教(jiāo):竟能使。相许:报答对方,誓死忠于对方。

品鉴

金章宗泰和五年(公元1205年),元好问赴并州(今山西省太原市附近)应试。途中,有感于孤雁丧偶后投地殉情一事而写了一首《雁丘词》诗。后来,词人又将这首诗改为长短句,调寄《迈陂塘》(一作《摸鱼儿》)。金亡后,元好问常写一些咏物诗词来寄托自己的故国之思。这首诗改词即为其中的一首。

"问世间、情是何物？直教生死相许"两句，通过咏殉情之雁，抒发词人亡国伤时之痛。大意是：请问人世间，爱情究竟是一种什么样的东西？它竟然有那么大的力量，能使相爱之人以死相许，用生命来报答对方！

词人问："情是何物？"这个简单的问题，还真难回答。如果仅仅为形体外貌所吸引，显然算不得真正的爱情。真正的爱情，应该是：情至极处，"生者可以死，死者可以生"，相爱的双方风雨同舟，忠贞不渝，"生死相许"。人们说：醉过才知酒浓，爱过才知情重。只有身在情在，此心不变，达到"生死相许"的人，才懂得真正的爱情。这样的爱情，就像词人笔下的大雁那样，比人世间什么东西都宝贵，都令人感动，都令人心向往之，一生追求之。

这两句词，由雁及人，以人拟雁，赋予雁情以超越自然的意义，形象地回答了什么是真正的爱情。真正的爱情，就是坚贞不渝、以死相许的爱情。

也有人认为，这两句词是赞扬爱情的专一、忠贞的。谨书于此，供读者鉴赏时参考。

093　浩歌一曲酒千钟。
男儿行处是，未要论穷通。

注释：

①选自金代元好问《临江仙·自洛阳往孟津道中作》词："今古北邙山下路，黄尘老尽英雄。人生长恨水长东。幽怀谁共语？远目送归鸿。盖世功名将底用？从前错怨天公。浩歌一曲酒千钟。男儿行处是，未要论穷通。"

②浩歌：放声歌唱。屈原《九歌·少司命》："望美人兮未来，临风怳兮浩歌。"唐代李白《春日醉起言志》诗："浩歌待明月，曲尽已忘情。"钟：古代一种盛酒器。

③未要：休要，不必。穷通：穷困与显达，指政治上的得志与不

得志。《庄子·让王》："古之得道者，穷亦乐，通亦乐，所乐非穷通也。"唐代李白《笑歌行》："男儿穷通当有时，曲腰问君君不知。"

品鉴　　金章宗兴定五年（公元1221年），元好问赴京应试登第后，从洛阳返回登封，途经北邙山时，写了这首词。北邙山在河南洛阳城东北，汉魏以来，许多王侯公卿死后都葬在这里。自此以后，文人骚客经过这里，多写诗作词述怀，感叹人生。元好问这首词，抒写他面对北邙山时引起的人生感慨，也是一首述怀词。

"浩歌一曲酒千钟。男儿行处是，未要论穷通"三句，集中表现了词人以英雄自视、渴望建功立业的豪迈情怀，及面对艰难现实，无可奈何而强作旷达的苦闷心情。大意是：我一边饮酒，一边放声高歌，以抒发胸中的豪迈之情！男子汉的行为处世，走到哪里是哪里，何必去计较政治上的得失"穷通"呢。

表面看来，这是词人借酒浇愁，以求得苦闷的解脱和内心的平衡。实际上，这是词人历经沧桑坎坷之后，得出的人生感悟，是其顺其自然、不在乎成败得失的人生哲学的诗意表达。古代许多文人，如陶渊明、李白、苏轼等诗人，在历经世事坎坷之后，大多采取这种旷达的人生观。读这样的诗句，人们不但不会感到诗人们消极的人生态度，相反，还会从中受到教益，得到人生观的哲理启迪。

094　月自于人无意，人被月明催老，千古共悠悠。

作者简介：

　　段克己（公元1196年～1254年），字复之，号遯庵，又号菊庄。绛州稷山（今山西省稷山县）人。金代词人、诗人。早年与弟段成己并擅文名，世称"段氏二妙"。金末举进士。入元不仕，与弟一同隐居龙门山（今山西省河津市），时人誉为"儒林标榜"。诗词并工，多为感叹身世之作。风格清健。况周颐《蕙风词话》称其词"清劲能树骨"。著有《遯庵乐府》一卷。后人将其作品与段成己之《菊轩乐府》合刻为《二妙集》。

注释：

①选自金代段克己《水调歌头》词："乱云低薄暮，微雨洗清秋。凉蟾乍飞破镜，倒影入南楼。水面金波滟滟，帘外玉绳低转，河汉截天流。桂子堕无迹，爽气袭征裘。广寒宫，在何处，可神游？一声羌管谁弄？吹彻古梁州。月自于人无意，人被月明催老，千古共悠悠。壮志久寥落，不寐数更筹。"词前有小序云："癸卯八月十七日，逆旅平阳，夜闻笛声，有感而作。"

②无意：无关，不相干。

③悠悠：形容历时久远。

品鉴　癸卯年（公元1243年）八月十七日，词人客居平阳逆旅。中秋刚过，天宇澄明宁静，月轮尚圆，清辉泻地。这样的夜晚，词人赏月闻笛，产生了许多关于人生的联想与感慨，于是写下了这首《水调歌头》。

"月自于人无意，人被月明催老，千古共悠悠"三句，集中表达了词人幽郁的情怀。大意是：月亮按照自然规律运行，显现出阴晴圆缺，于人本是无关的，可是有情之人却多愁善感，往往触景生情，感叹时光易逝，这样就把人一天天给催老了。千百年来，这种望月生感的情怀，都是相通的。

这两句词，道出了人们共同的美好愿望。千古以来，诗人、词家赏月的时候，都曾产生过这样的情感思考。如谢庄《月赋》有"隔千里兮共明月"的美好祈求，许浑《怀江南同志》有"万里共婵娟"的人生理想，苏轼《水调歌头》有"千里共婵娟"的旷世祝福。不过，段克己与谢庄等人表达的情感是不相同的：谢庄等人希望普天之下有同此一月的亲情、友情，共享人间美好的生活；而段克己表达的是，由古今一月的永恒而产生的人生易老的感叹。

词

元代

095　江山王气空千劫，桃李春风又一年。

作者简介：

耶律楚材（公元1190年~1244年），字晋卿，自号湛然居士。元代诗人、词人。契丹族，辽代王族子孙。父为金朝尚书右丞耶律履。耶律楚材从元太祖成吉思汗至元太宗窝阔台期间（公元1206年~1241年），任职近30年，官至中书令，长期掌管元朝军国大事，注意改革弊政，颇有政绩。他博学多才，诗词文章并能，且通天文、地理、术数、医卜等学。诗词多酬赠唱和、思亲怀旧之作，感情真切，不事雕琢。风格清新自然。著有《湛然居士集》十四卷。词仅存1首《鹧鸪天》，而为元词中名作。

注释：

①选自元代耶律楚材《鹧鸪天·题七真祠》词："花界倾颓事已迁，浩歌遥望意茫然。江山王气空千劫，桃李春风又一年。横翠嶂，架寒烟，野花平碧怨啼鹃。不知何限人间梦，并触沉思到酒边。"

②王气：帝王之气，亦称"天子气"。旧指象征帝王运数的祥瑞之气。据说，战国时楚威王曾看见金陵（今江苏省南京市）有王气。《史记·项羽本纪》范增语："沛公（刘邦）……其志不在小。吾令人望其气，皆为龙虎，成五采，此天子气也。"唐代刘禹锡《西塞山怀古》诗："王濬楼台下益州，金陵王气黯然收。"

③劫：佛家语，谓天地从形成到毁灭为一劫，即言天地的一生一灭叫一劫。《法苑珠林·劫量述意》："夫劫者，盖是纪时之名，犹年号耳。"《红楼梦》第一回："又不知过了几世几劫。"后来多借指厄运、灾难。

④桃李春风：指自然景物、自然界。

品鉴

耶律楚材是辽代王族后裔，辽灭后入金，金亡后入元，身经三代，历仕两朝，心灵深处的痛苦是不言而喻的。这首词，就是词人借山野倾颓的道观，抒发心中家国兴亡、人事变迁的感慨。

"江山王气空千劫，桃李春风又一年"两句，大意是：山川之上空有帝王之气，因为任何一个王朝都没有能够永远存续下来，留下来的只有这一年又一年的桃李春风罢了。

换言之：任何一个王朝，不管它有多么强大，都是不能永存的；而能够永存的，只有这天地山川、自然造化，及无穷无尽的春秋更迭了。

词中"空""又"二字炼得好，产生了奇妙的效果，在"空""又"二字的作用下，壮阔的景物、悠远的时间，都化作了词人抒发感慨、表达世事哲理的意象。而且，"空"字还暗示了历史朝代兴亡盛衰的必然，"又"字则点明了王朝更迭变换，唯有风物依旧，山川永存的历史规律。因此，从这两个字的炼意中，词人那种江山不改、世事变迁、家国兴亡的感慨就显得更加深沉、更加令人怅然了。

096 念老来生业，无他长技；欲期安稳，敢避崎岖。达士声名，贵家骄蹇，此好胸中一点无。欢然处，有膝前儿女，几上诗书。

作者简介：

　　许衡（公元1209年~1281年），字仲平，号鲁斋。河内（今河南省沁阳市）人。元代学者，词人。曾寓居苏门，与姚枢、窦默讲习理学。在哲学上继承程朱理学，为元代三大理学家之一。中统元年（公元1260年）被元世祖忽必烈召至京师。至元二年（公元1265年）命他议事中书省，历官中书左丞、集贤殿大学士兼国子祭酒，并领太史院事。后请病归。卒后，谥文正。至大二年（公元1309年），加赠太傅、开府仪同三司，封魏国公。后又从祀孔子庙庭。有《鲁斋先生集》传世。

注释：

①选自元代许衡《沁园春·垦田东城》词："月下檐西，日出篱东，晓枕睡余。唤老妻忙起，晨餐供具；新炊藜糁，旧腌盐蔬。饱后安排，城边垦劚，要占苍烟十亩居。闲谈里，把从前荒秽，一旦驱除。为农换却为儒，任人笑、谋身拙更迂。念老来生业，无他长技；欲期安稳，敢避崎岖。达士声名，贵家骄蹇，此好胸

中一点无。欢然处,有膝前儿女,几上诗书。"

②生业:职业,事业。《史记·匈奴列传》:"其俗,宽则随畜田猎禽兽为生业,急则人习战功以侵伐。"

③达士:明智达理之士。《吕氏春秋·知分》:"达士者,达乎死生之分。"《汉书·萧望之传》:"朝无争臣则不知过,国无达士则不闻善。"

④骄蹇:傲慢不驯。《公羊传·襄公十九年》:"为其骄蹇,使其世子处乎诸侯之上也。"

⑤诗书:本为《诗经》与《尚书》的合称,后泛指书籍。古乐府《孔雀东南飞》:"十五弹箜篌,十六诵诗书。"

品鉴　这首词作于词人辞官归乡之后,主要抒写作者摆脱了繁琐政事后的轻松心情。

"念老来生业,无他长技;欲期安稳,敢避崎岖。达士声名,贵家骄蹇,此好胸中一点无。欢然处,有膝前儿女,几上诗书"几句,集中表现了词人无官一身轻的思想和情趣。大意是:我们这些读书出身的人,没有什么擅长的谋生技能,老了以后能做什么呢?只求能够度过一个平稳的晚年,躲过人生道路上的艰难危险罢了。那些达士的名声呀,官老爷的骄气呀,都抛得干干净净了。每天和儿女在一起,或看一看书,就是我最快活的人生。

许衡不趋权势,不慕虚名,其安于恬淡、洁身自好的品性,略近于晋代的陶渊明。在他看来,蜗角名利,富贵骄矜,都是无足轻重、不足挂怀的,所谓"此好胸中一点无"。当然,许衡这种高雅的思想境界,绝不是与生俱来的。和陶渊明一样,他如果没有经历宦海沉浮,人间辛酸,是写不出这种觉世经来的。

097　虚道人生归去好,谁知美事难双得。[1]

注释:

①选自元代许衡《满江红·别大名亲旧》词:"河上徘徊,未分

袂，孤怀先怯。中年后，此般憔悴，怎禁离别？泪苦滴成襟畔湿，愁多拥就心头结。倚东风，搔首谩无聊，情难说。　黄卷内，消白日；青镜里，增华发。念岁寒交友，故山烟月。虚道人生归去好，谁知美事难双得。计从今、佳会几何时，长相忆。"

②虚道：空道，莫说。

③美事：好事。

品鉴　这是词人被召赴官前，与亲友们分别时写的一首词，情感真挚，凄切感人。

"虚道人生归去好，谁知美事难双得"两句，反映了词人在人生道路上两难的思想和心情。大意是：不要说归隐家乡就一定好，作为一个有志向的读书人，总应该在有生之年为国家建功立业，扬名生前身后吧！唉，哪里知道，归隐与出仕这两件美事，真是难以双双都得到啊！

沈雄在《续古今词话》中评论这两句词说："此被召时作也。尝自言曰：'生平为虚名所累，不能辞官。'其心可哀矣。"虚名者，金榜题名，功名富贵，封妻荫子也。这是古代读书人一生的追求目标。许衡也不例外，故言"为虚名所累，不能辞官"。但他又从心底里向往隐逸恬淡的生活，所以内心充满了矛盾。这种两难的矛盾心理，差不多贯穿了许衡的后半生，直到他辞官归里之后，才得以彻底解脱，专得一美。

后来，人们在品读时，对这两句词赋予别解，用以说明好事不可兼得。

098　恋杀青山人不去，青山未必留人。

作者简介：

白朴（公元1226年～约1307年），字太素，号兰谷，初名恒，字仁甫。隩州（今山西省河曲县）人，后迁居真定（今河北省正定县）。元代词人，著名曲作家。父白华曾任金朝枢密院判官。8岁时金亡，与父相失。为其父挚友、著名诗人元好问收养。入元后终身未仕，浪迹江湖。晚年居建康（今江苏省南京市），纵情山水，以诗酒自误。博学多艺，除创作杂剧外，也写词和散曲。词集名《天籁集》。清末词人王鹏运引《四库提要》称白朴词"清隽婉逸，调适均（韵）谐。"

注释：

①选自元代白朴《清平乐》词："朱颜渐老，白发添多少？桃李春风浑过了，留得桑榆残照。　江南地迥无尘，老夫一片闲云。恋杀青山人不去，青山未必留人。"

②恋杀：极其喜欢，爱恋。杀，通"煞"，用在动词后，表示程度很深。犹今言"死"，如"笑死人了"，古人则说"笑杀我也"。

品鉴

白朴不仅是元代著名的戏曲作家，也是个词作家，写了不少词作。在元代词人中，称得上是个佼佼者，对词文学的发展作出了一定的贡献。这首词以平易、朴素的语言，表达了他对人生世事的看法和感叹，抒发了心中的苦闷和追求。

"恋杀青山人不去，青山未必留人"两句，大意是：我非常喜欢归隐到青山中去，可到现在还没有去，因为我在想，青山未必喜欢我，愿意留我在它那里隐居。

词人为什么会有这样的想法呢？应该怎样来解读这两句词的含义呢？只要联系词人生活的社会情况，就可以理解了。

当时，元朝尚未完全统治中国，各地抗元斗争不断，战火纷飞，生活极不安宁。词人虽然很想退隐青山，回归自然，以求宁静，但又担心，身处这样一个动荡不安的乱世，要想潜心归隐，超然物外，获得解脱，实在是一件难以做到的事，因而流露出一种想归隐而又担心不可能真正归隐的忧虑。因此，这两句词的矛盾心理，从一个侧面表达了词人对纷乱世道发出的深沉的叹息。

后来，对这两句词常作别种解会，用来劝诫人们不要一味单相思，意思说：你那样喜欢别人，别人未必就喜欢你！

词

明代

099 记取春来杨柳，风流全在轻黄。

作者简介：

杨基，见明代诗句部分。

注释：

①选自明代杨基《清平乐·柳》词："欺烟困雨，拂拂愁千缕。曾把腰肢羞舞女，赢得轻盈如许。 犹寒未暖时光，将昏渐晓池塘。记取春来杨柳，风流全在轻黄。"

②记取：记得。取，助词。

③风流：是用拟人手法写杨柳，形容其风度翩翩，姿态优美，很有风韵。轻黄：淡黄，嫩黄色。

品鉴 这首咏柳词，描写生动，能传春风杨柳之神韵，是一首真正的咏物佳作。

"记取春来杨柳，风流全在轻黄"两句，生动地表现出了春柳的鲜嫩可爱。大意是：还记得吗，这春天的杨柳，风度翩翩，姿态优美，其可爱之处，全在于那一身鲜嫩的淡黄色啊！

这里，词人引用了一个典故，对杨柳作了拟人化的描写。据《南史》记载，有一年春天，齐武帝出宫赏春，看见殿前的杨柳在春风中袅娜生姿，逗人喜爱，不禁赞叹道："此杨柳风流可爱，似张绪当年时。"张绪是南齐人，不仅能说会道，谈笑风生，而且长得标致，风度翩翩，听他谈话的人，会忘去饥饿和疲倦，见到他的人，更会爱之有加，肃然起敬。词人咏柳时，顺手拈来这个典故，非常恰切地把春日杨柳写活了，令人想到它的风韵、标格、姿态，犹如一个青春少年，翩翩可爱。

而以"轻黄"咏柳，古已有之。唐人李商隐咏柳诗云："江南江北雪初消，漠漠轻黄惹嫩条。"宋人姜夔的咏柳词，名字就叫《淡黄柳》。所以，轻黄、淡黄，成为了早春杨柳特有的动人姿色。

100 滚滚长江东逝水，浪花淘尽英雄。
是非成败转头空，青山依旧在，
几度夕阳红。

作者简介：

杨慎，见明代诗句部分。

注释：

①选自明代杨慎《临江仙》词："滚滚长江东逝水，浪花淘尽英雄。是非成败转头空，青山依旧在，几度夕阳红。 白发渔樵江渚上，惯看秋月春风。一壶浊酒喜相逢，古今多少事，都付笑谈中。"

②"滚滚"句：化用苏轼《念奴娇·赤壁怀古》词"大江东去，浪淘尽、千古风流人物"句意。

③"是非"句，化用南宋向子諲《西湖》诗"世间万事转头空"句意。转头：犹言"转眼""转瞬"，形容时间快。

④几度：几番，几次。

品鉴

这是杨慎《廿一史弹词》中的一首，它通过历代王朝的盛衰兴亡，抒发了词人对于人生人世的感慨。

"滚滚长江东逝水，浪花淘尽英雄。是非成败转头空，青山依旧在，几度夕阳红"。大意是：浩浩荡荡的长江水不停地向东流去，历史上许许多多英雄豪杰，像大浪淘沙一样，随着时间的流逝而湮没了。他们的"是非"也好，"成败"也好，转眼成了一片空无。只有江山依然存在，还是以前那个模样。

长江之水历千古而不停，而一代代英雄人物却早已成为过眼云烟。面对这一历史现象，词人以"青山依旧在"，比喻天地山川永存，自然永恒，以"几度夕阳红"，比喻英雄人物，像夕阳残照一样，虽然一时声名显赫，但终究短暂，很快归于沉寂。

这几句词，让人体味到人生虽然美好，但毕竟是短暂的，颇有一种感伤情调，甚至空无色彩。但是，它却是在用艺术语言，表达了一个社会变化发展的历史唯物论的观点。

101 一番风雨一番情。
几度销魂还未了，又是清明。

作者简介：

陈子龙（公元1608年~1647年），字人中，又字卧子，号轶符。松江华亭（今上海市松江县）人。明末著名诗人、词人。少时与夏允彝、徐孚远等人结为"几社"，与张溥等人组织的"复社"相呼应。为明末文坛领袖人物之一。明崇祯十年（公元1637年）进士，授绍兴推官，擢为兵科给事中。清兵入关后，曾事南明福王，先后受唐王、鲁王封衔。为权奸所妒，告归乡里。南明灭亡后，积极参与抗清复明活动，事败被俘，投水而死。博学多能，诗词文并工。其诗宗法汉魏盛唐，多感慨时事之作，悲凉沉雄。词则以婉约为主，或叹国事，或抒己情，皆"以浓艳之笔，传凄婉之神"，"为一时杰出"（清陈廷焯《白雨斋词话》），被推为明代"第一"（谭献《复堂日记》），对清词影响较大。著有《湘真阁》《江篱槛》等词集，俱佚。后人辑其诗词文合为《陈忠裕公全集》。

注释：

①选自明代陈子龙《浪淘沙·春恨》词："阁外晓云生，烟草初醒。一番风雨一番情。几度销魂还未了，又是清明。 不嫁惜婷婷，特地飘零。落花春梦两无凭。满眼离愁留不住，断送多情。"
②销魂：形容极度悲伤或极度欢乐时，人的灵魂好像离开了肉体。常用以形容极度悲伤，也用于形容男女恋情的欢乐。南朝梁江淹《别赋》："黯然销魂者，惟别而已矣。"

品鉴

陈子龙是明末反对阉党乱政、清初积极从事抗清复明活动的一代英豪，其诗文注重补偏救弊的政治功用，总是在遒劲的笔力之间挥洒出一腔凛然正气。而他的词却写得风流蕴藉，婉约缠绵，别有一种幽怨的情味。

这首《浪淘沙·春恨》，是一首深有寄托的词作。词人以春天喻明朝，以春去隐喻明朝的沦亡。全篇借一个女子恨春之去，表达了自己的亡国之恨，清丽凄切，充分体现了幽怨婉约的风格。

"一番风雨一番情。几度销魂还未了，又是清明"三句，大意是：风雨到来一次，就引起我一次伤心。前几次风雨对我的折磨，引起的痛苦心情还没有摆脱掉，风雨飘飞的清明时节又要来了。

词句化用唐代杜牧"清明时节雨纷纷，路上行人欲断魂"的诗意。词中"销魂"一词，义同于杜诗中的"断魂"。不过这种"销魂"不是一度而是"几度"，而且，"几度"之后，"又是清明"。表达了"风雨"对词人折磨之深之重之久，不断地在旧伤痕上又添新伤痕，让人有难于承受之重！

当然，这里的"风雨"，也不单是指自然界中的风雨，而是一语双关，暗示了词人政治上遭遇的"风雨"。词人生当明末清初之际，先是反对明朝廷中阉党专权，欲挽狂澜于既倒；明亡后，又积极组织和参与反清斗争，力图恢复大明王朝。然而，这些斗争都失败了。在这些风风雨雨之中，自己为之尽忠的大明王朝走向了覆灭，词人无力回天，心中的悲痛凄楚，真的是令人痛苦不堪，几度销魂了。

冯沅君先生评论说，陈子龙词"在绸缪婉转中寄托着爱国深情"，这三句就是很好的例证。

词

清代

102　天下事，少年心，分明点点深。

作者简介：

王夫之，见清代诗句部分。

注释：

①选自清代王夫之《更漏子·本意》词："斜月横，疏星炯。不道秋宵真永。声缓缓，滴泠泠，双眸未易扃。　霜叶坠，幽虫絮，薄酒何曾得醉？天下事，少年心，分明点点深。"

②分明：明明是，清清楚楚地。唐代杜甫《历历》诗："历历开元事，分明在眼前。"

品鉴

这首小词题为"本意"，似乎词人是在歌咏调名《更漏子》，即歌咏"更漏"本身，但究其实，词人却另有所指，深有寄托。

"天下事，少年心，分明点点深"三句，追忆年轻时候不平凡的事情。大意是：我年轻的时候，非常关心天下的大事，直到现在，当年那些不平凡的事情还能一件一件从记忆深处清清楚楚地涌现出来。

王夫之青年时代，正当明末清初战乱频仍、社会动荡不安之际。青年王夫之非常关心明朝的命运。明亡之后，他更积极参与抗清斗争，力图恢复明王朝。兵败之后，眼看清朝政权日益巩固，复明无望，方才隐居衡山，著书立说。然而，每当秋宵夜永，思绪百千，追怀青年时代的抱负和斗争经历，仍然壮怀激烈，激动不已。

这几句词，劲气直达，字字千钧，深蕴着词人忧国忧民的强烈感情，令人击节赞赏。

103　别来世事一番新，只吾徒犹昨！

作者简介：

陈维崧（公元1625年~1682年），字其年，号迦陵，宜兴（今属江苏省）人。清代著名词人、诗人、骈文家。30岁以后，离家浪游南北。康熙十八年（公元 1679 年）举博学鸿词，授翰林院检讨，预修《明史》。越四年而卒。阳羡词派领袖，被视为清代前期词坛巨子。他才气横溢，作词一挥而就，有时日得数十首。其词题材多样，神思腾跃，情致酣畅，骨力遒劲，气势磅礴。清代陈廷焯评其词谓："国初词家，断以迦陵为巨擘。"又谓："迦陵词气魄绝大，骨力绝遒。填词之富，古今无两。……然在国初诸老中，不得不推为大手笔。"（《白雨斋词话》卷三）今存词 1600 多首，为历代词人之冠。著有《湖海楼诗文词全集》五十四卷，其中词占三十卷。词集又名《迦陵词》。

注释：

①选自清代陈维崧《好事近》词："分手柳花天，雪向晴窗飘落。转眼葵肌初绣，又红敧栏角。别来世事一番新，只吾徒犹昨！话到英雄失路，忽凉风索索。"词前有小序云："夏日，史蘧庵先生招饮，即用先生喜予归自吴阊过访原韵。"

②吾徒犹昨：指作者与友人史可程（号蘧庵）仍旧像过去一样不得志。

品鉴　　史可程是著名抗清英雄史可法的弟弟，与陈维崧交好，二人常相唱和。这首《好事近》，是陈维崧从吴阊（今苏州市）回家后，应史可程之邀，于欢饮交谈中，有感于英雄失路而写下的一首悲怆的词作。

"别来世事一番新，只吾徒犹昨"二句，表达了词人怀才不遇、失意伤感的心情。大意是：自我们二人分别之后，世事发生了翻天覆地的变化，许多人已经今非昔比了，只有我们二人还是过去的老样子——一介布衣。

"世事一番新"，指清兵入关，明朝灭亡，建立了清朝。陈、史二人都经历了这一番世事变迁，都没有得到任用，人生际遇相似。特别是陈维崧，入清后长期不得志，为了填饱肚子，沦落四方，备尝颠沛流离之苦，所以感叹"只吾徒犹昨"！这种怀才不遇的牢骚，词人在其《贺新郎》词中也表达过："自古道，才人无命。"不过，陈维崧的这种牢骚感叹，语意较为婉转，不像有的诗人，如杜甫《醉时歌》"诸公衮衮登台省，广文先生官独冷"那样大声诉说，愤激之意，一泄于言表。

后来，朋友相聚时，谈到人生失意处，常喜欢用这两句词来表达一种深沉的感叹。

104 不师秦七，不师黄九，倚新声、玉田差近。

作者简介：

朱彝尊（公元1629年～1709年），字锡鬯，号竹垞，又号金风亭长，晚号小长芦钓鱼师，秀水（今浙江省嘉兴市）人。清代著名词人、诗人。顺治二年（公元1645年），清军入江南，曾结交江南志士共谋复明，未举。后游历南北，考察古迹。康熙十八年（公元1679年）以布衣举博学宏词，授翰林院检讨，预修《明史》。曾出典江南乡试，入值南书房。康熙三十一年（公元1692年）辞官归里，专事著述。博学多才，工诗词，擅长考据、辞章。诗与王士禛齐名，时称"南朱北王"。词宗姜夔、史达祖、张炎，风格淳雅清空，为浙西词派创始者。与陈维崧为代表的阳羡派并世称雄，世称"朱陈"。其词多吊古、宴游、送别、咏物之作。著有《曝书亭集》80卷，其中有词集《江湖载酒集》《蕃锦集》等四种。今存词650余首。另编有《词综》《明诗综》等。

注释：
①选自清代朱彝尊《解佩令·自题词集》词："十年磨剑，五陵结客，把平生、涕泪都飘尽。老去填词，一半是、空中传恨。几曾围、燕钗蝉鬓？　不师秦七，不师黄九，倚新声、玉田差近。落拓江湖，且分付、歌筵红粉。料封侯、白头无分！"
②秦七、黄九：指北宋著名词人秦观和黄庭坚。清代陈廷焯《白雨斋词话》卷一谓："秦七黄九，并重当时。"秦观是宋代婉约派代表作家之一。风格妍丽婉美，自成一家，但有柔弱之失。黄庭坚以诗名家，词也写得好。但他的词作，多抒写男女之情和饮酒酬唱，属婉约词风。有些作品失之生涩奇拗。
③倚新声：填写新词。倚声：即填词、作词。填词多依前人词调，而词调是依歌声的音律句拍而定，故称"倚声"。倚，通"依"，依照之意。宋人张耒《贺方回乐府序》："携一编示予，大抵倚声

而为之词，皆可歌也。"

④玉田差近：（词风）与张玉田的相近。玉田：宋末著名词人张炎的别号。张炎词作以咏物见称，风格承周邦彦、姜夔一路，注重格律，以婉丽为宗，名重当时。著有词学专著《词源》，在当时和后世都有一定影响。

品鉴　朱彝尊是清代浙西词派的开创者，在词的创作和词学上都有显著成就。这首《解珮令·自题词集》，是他以词论词，表达其词论主张的一首词作。

"不师秦七，不师黄九，倚新声、玉田差近"几句，集中表述了词人的创作主张。大意是：我作词，既不学秦观，也不学黄庭坚，而与张玉田的风格相近。

词人自论其词，颇见真切。他认为，秦观的词风有纤柔之失，而黄庭坚的词风又偏于生涩，二者都有偏失，不宜师法。只有继承姜夔词风的张炎，兼容了婉约、豪放两派之长，且注重音韵格律，字琢句工，风格淳雅清空，属于正宗的作词之法，才真正值得师法。

这里，"倚新声、玉田差近"，含有两层意思：一是说张炎的词风颇得我心，和自己风格接近，值得自己学习；二是说自己作词要博采众长，达到新的境界，而历代词人中，只有张炎的风格和自己相近，可以学习。由此可以看出，这三句词准确地道出了以朱彝尊为首的浙西词派"家白石，户玉田"的风格特点。

进一步分析，还可以知道，朱彝尊之所以崇尚张炎的词风，二人身世际遇、性格相近，也是一个原因。张炎出身名门，其六世祖——南宋初年有名的"中兴四将"张俊（亦能诗词），曾任知枢密院事兼宰相，受封循王，荫其子孙，代代为官，是有名的世代簪缨之家。张炎年轻时经历了宋、元易代的大变化，内心极为悲痛。当元朝建立后，张炎北游燕蓟，正欲为新朝任职时，忽起江南菰米莼羹之思，遂慨然南归，以著述为事。张炎身出名门之后，又历天涯沦落之苦，所以其词常于孤寂愁苦之中，多寓故国黍离之悲。

朱彝尊也经历了明、清易代之痛，清军入江南时，还曾结交江南志士共谋复明，事败后浪游南北，考察古迹。后虽入仕，不久辞官归里，专事著述。正是二人的这些相似之处，才使得朱彝尊走近张炎，师法张炎，明标自己的词风与"玉田差近"。

105　一往情深深几许？
　　深山夕阳深秋雨。

作者简介：

　　纳兰性德（公元 1655 年～1685 年），原名成德，字容若，号楞伽山人。满洲正黄旗人。清代著名词人、诗人。大学士明珠的长子。18 岁中举。康熙十八年（公元 1676 年）赐进士出身，选授三等侍卫，不久晋升为一等。虽出身贵族豪门，却淡于功名权势。为人敦古义，重然诺，所交皆一时隽异，与严绳孙、顾贞观、朱彝尊、陈维崧等人尤为契厚。博学多艺，精书法，善骑射，工诗词文章。词主情致，宗李煜，小令为有清一代冠冕，而以悼亡、塞外旅愁之作最负盛名。风格清新俊逸，蕴藉自然，哀感顽艳，别有怀抱。著有《通志堂集》。后人辑其词为《纳兰词》，凡五卷，又补遗一卷。

注释：
①选自清代纳兰性德《蝶恋花·出塞》词："今古山河无定据，画角声中，牧马频来去。满目荒凉谁可语？西风吹老丹枫树。　从前幽怨应无数。铁马金戈，青冢黄昏路。一往情深深几许？深山夕阳深秋雨。"
②"一往情深"句：模仿欧阳修《蝶恋花》"庭院深深深几许"句式。

品鉴

　　纳兰性德自 22 岁选为御前侍卫后，一直扈从在康熙皇帝身边，并多次随驾出巡。这首《蝶恋花·出塞》，就是他陪侍康熙到塞外草原狩猎时，作的一首吊昭君冢的怀古词。

　　昭君，名王嫱，是汉元帝的一个宫女。晋代人避司马昭之讳，改称明君、明妃。她入宫数年没得到元帝临幸，便自请嫁与匈奴单于呼朝邪。到匈奴后，被立为宁胡阏氏（相当于王后）。她的和亲行为，为历代的骚人墨客所吟咏。归纳起来，大致有两种旨趣：一是出于同情，写她在汉宫中得不到宠幸，心存怨恨才去了匈奴；一是给予充分肯定，赞扬她为汉、匈之间的安宁、和平做出了贡献，意义重大。比较起来，表现前一主题的作品较多。唐代诗人东方虬、杜甫，宋代诗人王安石等人，都着力表现昭君哀怨的一面，写得情深意切，影响广远。

纳兰性德这首词属于"昭君怨"一类主题。不过，在表现昭君怨的同时，词人另出新意，指出昭君远嫁匈奴后，深深地爱上了单于，有了"一往情深"的爱情，别有一番情味。

"一往情深深几许？深山夕阳深秋雨"二句，一问一答，表达了词人对昭君的赞美之情。大意是：如果要问昭君对单于的感情有多深，那好比大山深处泻满林间山谷的金色夕阳，深秋时节绵绵不断的霏霏细雨。

前一句"一往情深深几许"，模仿欧阳修词"庭院深深深几许"的句式，但又不是简单地机械模仿，而是移情入景，将欧阳修的景语变为情语，借此赞美昭君对匈奴的"一往情深"，表达了对和亲政策的充分肯定；后一句以景语作结，两"深"字重见，前一个"深"字饰山，后一个"深"字饰秋，加上"夕阳"、秋雨，构成了一种广阔深远、凄冷幽婉的意境，让读者去想像昭君对匈奴单于的感情究竟有多深，含蓄隽永而又十分耐人寻味，给读者留下了广阔的想象和回味的余地。

后来，人们常用这两句词来形容对恋人的一往情深。

106　等闲变却故人心，却道故心人易变。

注释：

①选自清代纳兰性德《木兰花令·拟古决绝词》词："人生若只初如见，何事秋风悲画扇？等闲变却故人心，却道故心人易变。骊山语罢清宵半，泪雨霖铃终不怨。何如薄幸锦衣郎，比翼连枝当日愿。"

②等闲：轻易，平白地。清代李调元《方言藻》卷下："等闲与等头，皆唐人方言，轻易之辞也。"唐代刘禹锡《竹枝词》之七："长恨人心不如水，等闲平地起波澜。"

②故人：此指女子的前夫或丈夫。汉乐府《孔雀东南飞》："怅然遥相望，知是故人来。"
③故心：旧有之心。此指忠贞不渝的夫妻感情。
④却：前一句"却"是助词，相当于"了"。后一句"却"表转折，是"反而""反倒"之意。唐代李白《把酒问月》诗："人攀明月不可得，月行却与人相随。"

品鉴 相传，西汉蜀女卓文君听说丈夫司马相如想要纳妾，就作了一首《白头吟》诗，中有"闻君有两意，故来相决绝"二句，以此表明自己的心意。唐代元稹根据其中"决绝"之意，写了《古决绝词》三首。

词人这首《木兰花令》，系模拟唐人元稹《古决绝词》之作，主要表现"痴心女子负心汉"的主旨，故题名《拟古决绝词》。

"等闲变却故人心，却道故心人易变"两句，大意是：是你平白无故地变了心，却反倒来指责我变了心。

前一句"故人"，指女子的前夫。后一句"故心人"，指女子自己。"故人"的心已经变了，而"故心"不变之人，反而被"故人"指责变了心。词人将这两个字变序使用，不仅把男女不同的性格形象表现了出来，而且还巧妙地表达了女子对"等闲"变心的男子的指斥，言近旨远，意味深长。

封建时代的妇女，遵守"三从四德"，一切依从于丈夫，自己不能掌握自己命运，常常被丈夫随意抛弃。词人有感于此，通过这两句词议论抒情，表达了对她们不幸遭遇的同情和感叹。